三色镯 ①

THE THREE BRACELETS
THE CURSE OF TURANDOT

王小平　著

作家出版社

图书在版编目（CIP）数据

三色镯 / 王小平著 . -- 北京：作家出版社，2020.8（2020.12重印）
ISBN 978-7-5212-0678-4

Ⅰ. ①三… Ⅱ. ①王… Ⅲ. ①长篇小说 – 中国 –当代
Ⅳ. ①I247.5

中国版本图书馆CIP数据核字（2019）第173290号

三色镯

作　　者：王小平
责任编辑：丁文梅
装帧设计：张丽娜
出版发行：作家出版社有限公司
社　　址：北京农展馆南里10号　　邮　　编：100125
电话传真：86-10-65067186（发行中心及邮购部）
　　　　　86-10-65004079（总编室）
E-mail:zuojia@zuojia.net.cn
http://www.zuojiachubanshe.com
印　　刷：唐山嘉德印刷有限公司
成品尺寸：142×210
字　　数：733千
印　　张：34.375
版　　次：2020年8月第1版
印　　次：2020年12月第3次印刷
ISBN 978-7-5212-0678-4
定　　价：128.00元（全三册）

目录
CONTENTS

I

楔　子

这已经是个老旧的故事。

水神共工跟火神祝融打架，打败后，怒撞不周山。他的举动一时成为世间笑柄。一个失败的人，也配去撞山？打不过就服软认怂，叫人家爹嘛。若是脸皮薄，膝盖硬，找个窟窿躲起来，偷哭着舔伤口也行啊。打不过，又不忿打不过，何不换个打法？扇阴风点鬼火，暗箭是很易伤人的。打不过，觉得憋屈，那就干脆活活把自己气死。吐口血闭眼，费劲去撞山，有病！

殊不知那时的共工就像一头愤怒的公牛，那撑天的柱子样的不周山就像是一块红布，他只有一头撞上去的选择，别的都是废话。

共工头破血流，残破的灵魂带着不灭的欲望脱窍而出，像星星点点的磷火，四处游荡。

不周山断了，天塌下半边来，太阳月亮站不住脚，全往低斜的西边跌去。地裂开，条条深沟巨壑。山林燃烧起烈火，地底喷出滔天巨浪，那些看热闹说风凉话的禽兽和人群掉头就逃，转眼消失在山火和洪水中。仓皇间听得有人声嘶力竭骂：这共工太孙子。自己活腻了，还抓垫背的！

说什么都晚了，这里是人间地狱。

天神女娲是站在天台山上看到这一切的。她目瞪口呆，哀叹：众生，好可怜！

女娲要补天了。她用自己的罗裙兜住从天窟窿里掉落下的星星，取东海的水，昆仑山上的火，熔炼它们。当东海的水几乎被取干的时候，女娲炼出了五彩晶石。但这只是开始。

补天用了很久很久，五彩晶石一点点补在了天上。不知是谁第一个注意到天边出现了绚烂的云霞，女娲终于完工了。她精疲力竭，低下头，看到自己脚下的草原已变成森林，丘陵已变为沼泽。

晶石剩下了小小的三块。它们都是弯弯的弧形，与天上云霞同色，仿佛是三个镯子。女娲望望天，又看看手中的晶石：命里不该补天，也无须自愧，我赋予你们美丽、智慧和权力。以后不要五彩，还是三色吧！

那三块晶石仿佛听懂了女娲的话，瞬间显出了明艳的红色、温润的黄色和纯净的蓝色。

在这瞬间，共工那些残破的四处游荡的灵魂，突然看到了三块晶石。它们像看到了归宿，一头钻进晶石之中。

女娲不由微微叹气：你们本来神力齐天，但附着了这欲望心魔会在人间惹祸事的，还是不要在一起的好。

说着，女娲将三块晶石分别掷向东南、正北和偏西的大海里。

别不甘。女娲若有所思地微笑：天是永生的，三色镯也是永生的。

第一章
大汗和大汗的女人

这是一座拔地而起的大城。有多大？据说有个波斯商人来大城做生意。他沿着一望无际的草原走啊走，鲜花、羊群，赏心悦目。他一直在打听自己的目的地。大城？别人都说，你走吧，往前走，一定不会错过。但有一日他突然抬头，望到天际出现了一座高入云端的大山。他往那大山走了几个时辰，天已渐黑，山的模样不甚清晰，这山看似万仞，白云在山间飘着，如一道屏障挡住了他的去路。他感到一阵头晕，冷冷的汗流了下来：看来，那大城是去不成了。这时，旁人告诉他：大城到了。

这就是大城。

走到近处端详，那万仞下宽大的护城河如同深不见底的天堑，往上望，那山仅仅是这座大城最基础的一部分，大城刺入黑压压的云雾之中。这不是城，也不是山，这东西阻止你呼吸，碾碎你视觉，让你觉得它阻断了一切可能性，因为你触摸到了世界的尽头。

那波斯商人不仅仅头晕，而且目眩。他的腿一软，竟跪下，手放在了嘣嘣乱跳的胸口上：宽恕我，安拉，这难道是您住的地方……

话音刚落，那云雾之中天光大亮，夜空中突然出现了奇幻无比的火树银花，花团锦簇，绚烂一片。

真主显灵了！

波斯人两眼一翻，幸福地昏厥过去。

见到波斯人这般模样，旁边人倒也见怪不怪。一个过客，见到大城的第一眼，能够伴随着大城最美的焰火，也算是他的福分了。

对汗国都城的顶礼膜拜，就是对掌管这座大城的那个人的顶礼膜拜。"大汗"，他们这样称呼他，这字眼儿是至高无上的统治者的意思。他虽不是安拉，不是佛祖，也不是上帝，却是这个世界的主宰，他的权力比神的权力还大，因为他的刀刃把神的庇护逼退到局促的角落里。

大城，一座巍峨雄壮的伟大的城。它倚山而建，层层叠叠，有的说这大城杂沓混乱，有的说这大城矩阵分明。多少人在这里懵懂厮混了一生，仍然无法探明它的究竟。他们谈论的大城，在其他人听来，仿佛谈论的是一个与自己所知道的那个大城完全不同的另一个地方。

大城里住着的都是大汗的子民。他们或卑微如蝼蚁，或富贵如琼枝，但在大汗的眼中是一样的。大汗海纳百川，对自己的子民当然也是一视同仁的。

这座城是大汗的大城。若将大城比作一座高耸入云的神殿，大汗是这座神殿中供奉的天尊。

天尊的境界，是常人无法企及，也无法明了的。

天尊的心境最好的时刻，是大城烟花盛开的时刻。

大汗是个什么样的人？作为主宰，他是一个人面对整个世界。

大汗已经人过中年。他亲自率部冲锋的日子已经过去，并一一被铁笔记载在汗国的光荣史册里，每一个字闪亮耀眼；但厮杀并没有结束，忠诚他的将士们正驰骋在画卷上，用自己的血肉替他赢得更多的光荣。大汗喜欢想象他的金刀上仍然缓缓流淌着鲜血，只有这样，他才能感觉到他的心依旧年轻。

大汗目光如炬地站在那儿，凝视着烟花在他的眼前盛开。烟花中一幅幅斑斓的幻影扑面而来。那些幻影中有华丽的宫殿，金字塔，神庙，还有望不尽的沙漠，茫茫的雪山。大汗的目光抚过幻影，那些宫殿、金字塔、山川江河像一束束干草，遇到他的目光如沐浴野火，一触即燃。

大汗太爱这种感觉了。

世间还有什么力量能够与朕匹敌？

大汗踌躇满志地询问他身旁无所不知的国师。

国师摇头。

大汗再问：你能确定？

国师说：即使过去曾经有过……但如今这是长生天的意愿。

大汗满意地笑了：这么说，朕是独一无二了。

作为万王之王，大汗并不孤独。他是个感情充沛的人。他喜欢拥抱江山，拥抱世间最交心的好兄弟，更喜欢拥抱温存的好女人。

今日大汗拥抱着自己的女人，望着窗外的焰火，提起了国师的话。

大汗感慨道：即使朕是独一无二，人生如烟花，美，但太短促了。

蚌女无语。烟花映着蚌女的脸，美得无与伦比。

大汗又说：你知道朕是如何打算的？

蚌女看向他。

朕是独一无二的，你是朕独一无二的女人。我们若有骨肉……

大汗若有所思地停顿住，仿佛为这个想法惊喜：我们若有骨肉，会是何等模样？一件多奇妙的事情。

蚌女莞尔。

大汗抱住蚌女：你得给我个骨血。免得有一日我将江山交给别人。

大汗对蚌女说这话时，不是愿望，而是命令。大汗子嗣不昌，曾有过两个儿子，一个跟随大汗打天下战死，另一个体弱多病，出生不久便夭折。此后，宫中再无女子有孕。

大汗的江山是大汗的。按照大汗给汗国立下的规矩，这江山既可以传给大汗的子嗣，也可以传给跟他打天下的兄弟。有功者显贵。大汗待人公平，才使得手下对他死心塌地。

大汗向来一诺千金，这一点毋庸置疑。但此刻的大汗对蚌女的态度里有一种古怪的执拗，仿佛他已经做出一个决定。

蚌女匍匐在大汗的胸口上。大汗手掌在蚌女的臀部游走。这是个温香如玉、柔弱无骨的尤物，微微透明的肌肤沁着香汗，透着樱花似的粉红，使他几乎想把这个女子揉进自己的身体里。

朕的话你听到了？大汗对女人说。

蚌女慢慢抬起眼睛，她的眼睛清澈，像两眼汪汪的泉水。然后，她微微点点头。

这女人是一朵花。她用的也是花的语言，花的语言就是在风中摇曳，或摇头或点头。大汗很满意。他已经习惯这样的回答，就好像听惯了花语。

这蚌女是不说话的。她的容貌使得人们深信，世间没有一种声音配得上她。哪怕美妙如天籁，也不如沉默不语。

蚌女是上天赐给大汗最好的礼物，但这个礼物是大汗的好兄弟海都大元帅给他带回来的。

在大汗的汗国里，海都是对大汗最忠诚的人。

海都曾与大汗一同打天下，鞍前马后，他是大汗的盔甲，大汗的利剑。如今，他仍在替大汗打天下，他是大汗意志的延伸，论忠诚，论随心所欲，海都的作用几乎胜过大汗自己的手臂。

大汗曾说过，你有权与朕一同享受这个汗国。

这种承诺，是一种极高的荣誉。有人甚至猜测，说不定有一日海都会成为大汗的继承人。但他们不懂，在大汗的意识里，有权享用这个汗国，与有权继承这个汗国，应当并非一回事。

海都给他带回来的女人，让他看到了一种可能性，一种让他兴奋不已的可能性。

那日海都元帅带领部下征讨流沙王国，大胜而归。路过冰川领主的地界的时候，领主恭恭敬敬地站在冰雪大道边迎接海都的队伍。

这次是冰川领主主动邀请大汗的人马穿越他的领地的。

据说冰川领主年轻的时候，也不是个好惹的主儿，动不动就跟人起口角，一干架就是冰风暴级别的。遮天蔽日的白毛风一刮大半年，冰凌子如利箭横飞，弄得领地里的冰鸦、雪蛇和冻凌蜥蜴，纷纷躲在冰窟中簌簌发抖，不敢冒头。

这两年，领主老了，脾气也收敛了很多。他开始懂得脾气是可以有的，但要看对谁。所以，他权衡利弊后决定，即使跟整个世界结仇，也不要跟大汗结仇。所以他这次对大汗的人马门户大开。

这一友善的举动，使得海都元帅归乡的路途缩短了将近八分之一。

海都元帅很领情。他答应冰川领主，自己的手下绝不会骚扰领主那些安居乐业的百姓。当然，前提是领主的百姓们主动献出一些肥硕的猪羊牛。

好说，好说！

白须白发的领主频频点头，雪花从他那镶满耀眼冰钻的大氅上缓缓飘落。

海都元帅知道冰川领主的心思：请神容易，送神难。这老东西既怕得罪大汗，又怕大汗的将士们看中了这个地方，留下不走了。只要能哄得大汗的将士们开开心心地离去，损失些许猪羊牛自然不在话下。

其实，海都元帅和他的部下们比领主还急着离开这里。这儿哈气成冰，若不时时活动四肢，血在腔子里都凝固了。这儿可不是大汗的人马愿意驻足的地方。就连最彪悍的豹军们——那些海都的先头部队，都有了牢骚。他们的坐骑是雪豹，速度闪电似的快捷，但快有快的弊病。穿越这个冰雪世界，疾风把他们和他们坐骑的骨头都剔薄了。将士们看不上这儿，更因为他们的心早飞回自己水草丰美的家乡。家，那是金窝银窝都比不上的地方。

显然，两方心思是不同的，但能够互惠，还是桩美事。

海都元帅带着自己的部下在这个白色的地界里行进。海都元帅自以为见识颇广，但那些绵延不断呈现在他视野中的斧削四壁的万仞冰川，还是让他感叹不已。这地方气候恶劣，地势险峻，冰崖重重，易守难攻。若有一日兵戎相见，是个麻烦的对手。

就在这个时候，他的部下发现了大汗的女人。

准确地说，是海东青向他报告这个发现的。海东青是海都的长子。他个子奇高，额头后倾，大而尖的鼻子，斜溜的肩膀，走路的时候为了保持平衡，脖子总是向前探着。

海东青长得有点像只大鸟。要不是他微微有些驼背，目光有些阴郁，他甚至可以算大鸟中比较好看的。

海东青统领海都的鹰隼天军，那是整个大军的耳朵和眼睛。

海东青前来报告，说鹰隼们在冰川之间发现了一个蚌屋。

海都疑惑：蚌屋？那是什么？

海东青噘起嘴，向天空发出了一声尖厉的鹰语，很快天边有了回应。

海东青说：那是个巨大蚌壳，或是个蚌壳样的屋子。

海都点头：过去看看。

海都元帅来到蚌屋前，只见那屋子椭圆形状，墙面上有着蚌样的光泽和弯曲的纹路，蚌扇般的门微敞着。因为它与冰雪一色，蠹立在那儿，若不是鹰隼们目力锋锐，路人几乎忽略它的存在。

海都向屋里面望去，里面无人。

将军，您看——！

海东青的嗓音中有一种古怪的沙哑，那是男性本能的兴奋。

海都的视线转到不远处。在蚌屋的侧后面有一眼徐徐冒着热气的温泉。温泉边坐着一个水母般柔软、珍珠般晶莹的女人。当那女人抬起眼睛，整个冰雪世界都在这群将士面前融化。

蚌女！海都愕然。他早就听说过在冰川领主的地界，有一个神奇的蚌女，遇到过她的人都说无法用言辞描绘她的美貌。因为她和她的蚌屋常常会意外地出现在某一个地方，转眼又不见踪影，不少人怀疑她的真实性，宁可将她想象成是一个虚无缥缈的梦境。

冰川领主听说海都元帅打算把蚌女带走，笑了笑：她也该走了。这些年，我猜她一直在等谁。

海都元帅问，蚌女是否有亲人。

冰川领主摇头，却说：在我的领地里有一对姐弟，似乎跟她走得挺近。

于是，海都元帅见到了那对姐弟。那是一对侏儒矮人，白净粉嫩，如同一对圆润的珍珠丸子，站在蚌女身边倒也般配。

海都元帅将那个蚌屋与那蚌女一起运回了帝都。

那对叫阿西和阿东的珍珠丸子跟着来到了大城。

海将军在冰川中发现了瑰宝。他将瑰宝献给了大汗。至于那对姐弟，海都元帅对大汗解释：就算作是那女人的陪嫁吧。

大汗对玉骨冰肌的蚌女爱不释手，赐她"莹妃"。爱屋及乌，待那阿西和阿东也很宽容。尽管那两个圆滚滚的珍珠丸子十分碍手碍脚。这对姐弟看似寻常，却拥有一种常人没有的隐身变色的能力，可以藏匿在任何一个你想象不到的地方——土堆，草丛，或家具旁，让你一抬腿不是踢到他们，就是坐到了他们身上；他们醒着更麻烦，两个人热衷给人惊喜，你得时时提防他们从大殿的石壁和梁柱里突然蹦跳出来，把人吓得魂飞胆战。谨慎起见，每次大汗去看蚌女，大汗的侍从都不得不使用猎犬搜索蚌女的寝宫，把这对姐弟撵得满宫殿乱跑。

两个小妖孽。大汗盯着猎狗的影子笑语。

蚌女娇嗔地用手指捂住了大汗的嘴。

你到底是蚌，还是女人？大汗对自己的女人说。

蚌女的眸子转动着。

可蚌里怎么会生出你这样的女人呢？

大汗的问话中有戏谑，有赞许。

蚌女的嘴角微微翘起，把头埋在大汗的胳膊肘里。

大汗的目光捋过蚌女如丝的长发，真是极品尤物。

大汗打趣过后，心里掠过一丝疑问。海都将这么好的女子献给自己，难道就没有一点迟疑和动心？是仅仅出于忠诚，还是汗国的诱惑比女人更大？

大汗挥了挥手，像是在赶走一只讨厌的苍蝇。

苍蝇被赶走，又总飞回来，大汗的心头就有些烦闷了。他要让蚌女为自己产下骨血的念头更加顽固地占据了大汗的思绪。大汗请来了国师。他要跟国师商榷自己的想法。

你说过，世间已无任何东西可以与朕匹敌。

这个……是吧！国师迟疑地说。但他心里已经有些懊恼。

大汗错会了国师的意思。国师那时用那话回答大汗，是因为他知道这种事情没有绝对的。如同一个打架高手，号称打遍天下无敌手，只是因为你还没有遇上一个能打败你的敌手。若一生一世都没遇上，那是长生天保佑。

大汗兴致勃勃地说：你知道朕想要什么？朕想要造就出来一个。

国师思索着：哦？

大汗说：朕要造就一个超过朕的人。

国师小心翼翼地说：不知大汗打算如何造就？

大汗张张嘴，欲言又止：朕不能说，以后你会知道。

大汗的样子就像在策划一场恶作剧。国师摇摇头，只好安慰自己，世事多变，人生易老，全由长生天来安排吧。

真正的强者，皆因顺势而为，因势而行；过刚易折，情深不寿。国师明白这个道理，他那位被人称为"贤者"的师父一直这样教导他。

每个人都有小时候。记得国师还是个小孩子的时候，他的脸像一个剥了皮的鲜嫩的荸荠，而不像现在是个出土的芋头。他曾经问师父：世间有什么是您做不到的吗？

很多。师父说。

师父带着这个小孩子旅行，两个人走了很多的路。那天，他们正好站在一棵莲雾树下，鲜红的莲雾果像一盏盏点燃的灯笼。师父的手轻轻一点，一个熟透了的香甜无比的莲雾果落到了那个仰着脸询问师父的小孩子的手里。

他们站在莲雾树下，是因为他们饥渴了。小孩子马上咬了一口果子，含含糊糊地说：怎么会？

师父答：世间的万物相生相克。刚者易折，柔则长存。

小孩子对自己师父的话似懂非懂。

那时候他见到人们对自己师父的顶礼膜拜。师父点石成金，撒豆成兵。在他眼中，自己的师父法力无边。

师父说：我去过东方，从那里懂得了一个道理，世间万物相生相克。我能做到，是因为我从不做自己做不到的事情。

难道就没有一样东西是神力齐天，无所不能？

师父思索着：或许曾有过，但它若出现，定是灭顶之灾。

那是什么东西？

一个嗜血的怪物。

它的模样很可怕吗？

不，它看起来绝对无害。

它从哪儿来的？

师父说：说来话长。那是一个很久远的故事。那东西独为仙，合为魔。曾有一个极有权势的邪恶家族，为了养护它的神力，世世代代以自己的鲜血喂养它。让它变成了一个怪物。

后来呢？

后来，那个家族灭绝了，它也消失了。那都是几百年以前的事情了。据说那个家族的最后一个人临死前，留下一个可怕的诅咒：当你获得那个神力齐天的东西，你将遭受巨大的痛苦，付出难以想象的代价……

那是师父第一次提起那个东西。师父截断了句子的尾音，似乎打算结束这个话题。

然而，小孩子却从师父截断了的尾音里听到了一种勾人魂魄的声音，一种仙乐似的声音从远方飘来，袅袅爬进他的脑海，直入他心底。

原来世间还有这样的东西。小孩子嘴里的莲雾果突然变得酸涩难咽，他的嗓子被一种难以抑制的欲念堵得满满的。

师父仿佛读出了小孩子的念头。师父道：小孩子家记住两个字——莫贪。贪念成愚，欲念成昏，妄念成祸，恶念成灾。举世无人匹敌，遁天妄行，结果是自己毁灭自己。

第二章
伯 颜

这是一场数年少见的恶战。

在与巫人鱼的这场海战中，大汗的将士们的尊严受到了罕见的挑战。

本来，与巫人鱼的打斗，是不在海都元帅的计划之中的。

巫人鱼，是一些介乎人与鱼之间的，既能生活在陆地，又能嬉戏在海里的怪物。他们长着人形却有着鱼一样的鳃，手脚上有蹼，时而在岸上行走，时而在海中觅食。正常的人类不屑与他们为伍。既然如此，他们也不屑把自己归于人类，干脆骄傲地称自己是"巫人鱼"。

所谓"巫人鱼"，是因为他们都擅长一些鬼鬼祟祟的巫术。他们身材矮小猥琐，习性像鼹鼠，日伏夜出，更喜欢选择在海边挖掘洞穴做宅屋。他们很在意隐藏自己的形迹。偶尔在涨潮时和退潮时，可以见到一些肮脏的小手在忙碌地用沙子掩埋自己出入洞穴留下的脚印。

大汗的将士们若将这些巫人鱼作为对手，简直是对汗国的羞辱。

所以这场战争开始得漫不经心。

先是海都元帅命令部下在海边安营扎寨。他打算在这里建造一批大船。造船的同时，让水性好的水鬼们去训练自己那些只擅长骑射、不懂得驶船用帆的下属。这一切都是必须的。大汗的刀锋已经指到了大海的那一边。忠诚的臣子们向大汗禀报，大海的那一边有十三个极其富庶的岛国。这些岛国目中无人，竟然多年来从未向大汗表示尊惮和进贡礼品。

是可忍孰不可忍。海都是秉承大汗之命出征的。但要征服那十三岛国，没有船只和好水手是纸上谈兵。

海都带着人马来到海边，造船的事情进行得很不顺利。负责监管造船的官吏是海都元帅最信任的将军之一玉勒，他前来禀报说，造船的木头数目短缺得厉害。负责提供材料的官吏是海都元帅的另一个手下，他竭力分辩说，木材本来实打实按需筹办，一分不敢少，但被贼人在夜间偷得精光。

海都元帅勃然大怒，在他看来，从他眼皮底下偷木头的，比从他腰包里偷金子还十恶不赦。这里没有森林，不产木头，木头都是将士们千辛万苦从极远的地方运来的。

海都元帅下令查清行盗之人。

很快，他的长子海东青带来了情报，偷木头的是那些住在海边的巫人鱼。

海都元帅恼怒：他们要木头干什么？

为了生孩子。

什么？海都元帅蒙了。

他们偷木头，是为了生更多的巫人鱼小崽子。

难道那些木头有催情的效用？

海东青翻着白眼儿，不知道该怎么回答父亲。

原来，这巫人鱼不仅模样古怪，习性也很古怪。他们既不是人又不是鱼，既不是男子又不是女子。据说，他们都是自己产出龟蛋一般的蛋，经过九九八十一天孵化出小巫人鱼，所以他们都是蛋里生出来的。但没人知道他们产蛋的具体过程。因为他们的繁殖都是在梦中进行的。

巫人鱼睡眠本来很少。他们日伏夜出，使得他们白天精神，夜晚更加精神。他们偶尔打个盹，还来不及做梦，就醒了。这样，他们生育下一代的几率变得十分稀少。特别是这些年，巫人鱼们发现要寻求一个梦，几乎是不可能了。

那些活着的巫人鱼在一日日衰老。而他们的人口在逐渐减少。

他们中间的智者忧心忡忡，这样下去不行，这样下去，巫人鱼要绝种了！

难道是因为饮食的原因？巫人鱼开始节食，舍弃最爱吃的鱼类、贝类、虾类，尽量去吃糟烂的海藻，喝腥臭的墨鱼汁。

难道是因为环境过于干燥？或者潮湿？他们尝试着把自己整日泡在海水里，泡得手足肿胀；或者把自己放在沙滩上暴晒，晒得皮都爆裂了。

他们把自己折腾得精疲力竭。可睡眠还是与他们越来越远，梦已经完全抛弃他们。

有一日，海边出现了许多木头。巫人鱼们看不出这又长又圆的东西对他们有什么用处，没有特别关注。不久，有那穷极无聊的，在夜间不当心闯到了造船的备料场里，没什么好拿的，便顺手将一块木料拖走。他们在海滩上拖来拖去，有的竟然将木头拖到自己的洞穴里去。

这个意外却引发了更加意外的结果，那个将木头拖到宅屋里的家伙竟然在巫人鱼最清醒的黑夜里睡着了。他不但睡着了，而且醒来怀里还抱着一个大而光滑的蛋。他望着那个蛋目瞪口呆。接着，他砰地跳了起来，冲出了洞穴。他跑得像一股旋风，嘴里大喊：我做梦了！

这个喊声让巫人鱼们炸了！有人做梦了！

他们跑到做梦的那个巫人鱼的洞穴里去围观。那个蛋就在那儿静静地躺着，两头尖，中间圆，真真切切是个巫人鱼蛋，巫人鱼有救了！

于是那个黑夜，巫人鱼像疯了一般冲向海边的备料场。他们争先恐后地将木头拖走，拖到自己的家里去。

他们尝试着和木头亲热，抱着木头，枕着木头，趴在木头上，躺在木头上，他们祈求着睡眠的到来。可那些木头无动于衷，那个巫人鱼的美好经历在大多数巫人鱼那里却无法重复。

巫人鱼们不相信木头的魔法失效了。他们每个晚上都去备料场偷木头。他们深信就算这根木头不灵验，谁又知道下一根木头怎样呢？

海都元帅点头：这么说，这些妖孽真的拿大汗的木头当春药了？

海东青无言。有时候，父亲大人有铁一般的神经，但也不乏幽默。

海都元帅挥了挥手：把你弟弟叫来。

海东青迟疑一下：对付那些巫人鱼，末将有个想法……

可惜海都元帅根本没打算听海东青的话：去吧，让伯颜即刻到我这儿来。

海东青的嘴闭成一条线，只得乖乖地走了。

不多时，伯颜出现在海都元帅面前。

这是个体形匀称、长相英俊的青年。他的敏捷，他的优雅，他的不动声色，使得他一举一动透着优越感。作为兄弟，人们难免要将他和海东青相比，这一比，好像处处都衬出了哥哥的平庸。

伯颜是豹军首领。有这样一个杰出的豹军首领，将士们觉得很有面子；有这样一个出挑的儿子，海都元帅觉得很光彩。

伯颜，去把那些木头找回来。

海都元帅对伯颜说。他语气平和，就像是让儿子从邻居家里讨回一把稻草。

伯颜转身出去了。

伯颜站在营帐前，他对自己的豹军说：去把那些妖孽的窝都给我掏了，少一根木头，我抽你们全身的骨头来顶。

豹军听了这话，瞬间消失得无影无踪。因为他们知道，自己的首领做事，从来都是一言九鼎。

豹军的出现让巫人鱼猝不及防。这场屠杀是在白天进行的。

凭着豹子敏锐的嗅觉，巫人鱼的洞穴几乎是一目了然。

白日是巫人鱼警觉性和战斗力最差的时候。当他们的洞穴在瞬间被挑开的时候，面对突然涌进的强烈日光，他们是一群盲人，一群白痴。他们神情呆傻，完全放弃抵抗，是一群任人宰割的牛羊。

豹军挥动长矛利刀，巫人鱼的宅屋瞬间土崩瓦解。巫人鱼们倒毙在豹军们的脚下。

巫人鱼的血从他们的肢体里流出。他们的血是淡蓝色的，所以那淡蓝色汇成了汩汩的小溪。

就在巫人鱼逐个倒下的时候，豹军的将士们发现一个奇特的现象，那些奄奄一息的巫人鱼临断气时，都奋力用手掌弹拨起了自己竖起的两鳃，发出了一种古怪而犀利的音调。

若是歌唱，这音调也太凄苦了。若不是歌唱，那便是哭泣。

这些丑陋的东西，连哭泣都这么丑陋。

伯颜冷冷想着。

但局势就是在伯颜思索的一瞬间发生了变化。随着这音调向四处扩散，海岸边出现了一种震动，这震动来自脚底。准确地说，是一种敲击声正从人们的脚底迅速地向大海延伸。

豹军们感觉到了脚下的敲击声，他们望着自己的脚下，显出茫然。

随后，豹军们有了更惊愕地发现，残存着的巫人鱼们转眼间全从他们的洞穴中消失了。他们走得毅然决然。他们全部离开了自己的家，撤向了大海。

巫人鱼们在死亡面前并没有惊慌失措，他们仿佛早有预感，仿佛一直等待着这一天。巫人鱼的半鱼半人的特性，使得他们在筑建宅屋时，每一个洞穴都留有一条通往公共通道的出口，而这公共通道是一条直接进入大海的地下走廊，他们可以随时沿着这条通道进入大海。

此刻，只是瞬间的事情，这些巫人鱼都离开了陆地，拥向了大海。他们到大海中去集结，不是避险，从撤退开始，他们就进入了战斗状态。

他们要让自己的敌人明白，巫人鱼并不是那么懦弱好欺。

但这些都是后来人们才明白的事情。当时在现场的每个人只以为胜局已定，海都元帅用豹军收拾那些小偷小摸的家伙，简直是杀鸡用牛刀。

敌手落荒而逃，剩下的就是打扫战场，收缴战利品了。

伯颜决定爬上高大的岩石峭壁观看这个愉悦的过程。海风习习吹过伯颜的面颊，他觉得很亢爽。他的豹军正兴高采烈地从巫人鱼的洞穴向外搬木头，那些雪豹都懒洋洋地趴在沙滩上晒太阳。

突然，伯颜身边的副将，说了一声：那是什么？

伯颜抬起视线向大海望去，伴随着隐隐约约的轰鸣声，他看到大海里涌起了一道白色的水线，那水线被巨浪推送着，越涌越高，渐渐形成了一道巨大水墙向岸边推来。水墙渐近，铺天盖地，只见在那水墙之上，站立着巫人鱼们，他们眼睛凸鼓着，用带着蹼的手掌弹拨着自己爹起的两鳃，用那犀利的音调驱赶着凶恶的海狮、海豹、海蛇、鲨鱼、虎鲸。

伯颜的脸色变得苍白：海啸。

副将茫然，他似乎没有听懂伯颜的话。

伯颜仓皇喊道：快，鸣金收兵！

伯颜的副将听到伯颜的指令，却不知道如何才能即刻将这个命令传达下去。他慌忙向山崖下跑去。

伯颜望着迅速涌上岸来的滔天巨浪，脸色已经煞白。他自言自语道：晚了，来不及了。

海水铺天盖地地冲上岸来，转眼间将伯颜的豹军吞噬得一干二净。那些尊贵的雪豹，尽管反应敏捷善于游泳，但大都没能逃脱被鲨鱼、虎鲸当作午餐的命运。

伯颜已经顾不上为自己的将士和那些雪豹难过了，他开始拼命往石崖峭壁的后面跑。他知道巫人鱼若想追杀他，那是分分秒秒的事。关键是当下他们是否发现了他的位置。

海水张牙舞爪地继续向陆地深处涌来，杀向海都元帅的营地。

此刻的海都元帅正在大帐中听玉勒将军向他汇报伯颜的豹军大获全胜的战况。突然外面传来阵阵喧嚣，他不由得皱了皱眉：怎么回事？

玉勒满面笑容地说：只怕是弟兄们在为豹军庆功吧？

海都摇头：我听着不像。

海都说着，站起身向营帐外走去。

海都元帅跨出营帐。作为一个久经沙场的老将，这一刻，他几乎不知所措，敌人来势凶猛，猝不及防。面对滔天大水，面对波涛之上的杀气腾腾的巫人鱼，他的将士正土崩瓦解，溃不成军。

巫人鱼们把两鳃弹拨出金石断裂之声，大批的剑鱼跳出水面，密不透风地向营地飞射而来。

玉勒慌神，大喊：巫人鱼来袭营了！快保护元帅退后！

海都元帅一把推开身边的玉勒，伸手去拔自己随身的佩刀。但一条剑鱼赶在将军的手掌摸到刀柄之前，用它的利吻穿透了海都元帅的前胸。

海都元帅受了致命的重伤。

若不是海东青的鹰隼天军及时赶到，大汗的人马可能已经全军覆没了。

鹰隼们黑压压地俯冲下来，它们用尖喙和利爪与海兽们拼搏，奋力把海兽们撕成碎片。它们从水面上掠过，用自己铁扇般的羽翅将巫人鱼砍翻。巫人鱼的攻势被阻挡了。鹰隼天军自杀式的打法，使得它们的损失同样惨重。

亲眼看见这场恶战的人都说，此生他们再不想有这样的噩梦。

最后，巫人鱼撤兵了。

大水退去。海都元帅躺在他的营帐里奄奄一息。

你们出去吧。海都元帅对围在他身边的人说。

他的下属们都将手放在胸前，向自己敬爱的首领致意，然后，沉默地走了出去。

海都元帅的视线投向了营帐里他的随军医师赤贵和他的心腹玉勒将军。

他们读懂了将军的眼神，鞠了一躬，也退出去了。

营帐里只剩下海都元帅的两个儿子。

海都元帅的目光在两个骨肉之间游移着。

一个笨拙的儿子，一个灵秀的儿子。十指连心，各有长短。

海都元帅眼眶有些湿润了。

海都元帅说：长生天要召我去了。

您的伤不要紧。海东青说，您的伤真的不要紧……

伯颜截断了兄长的话，说：父亲只管好好养伤，若有事放心不下，交代给儿子便是。

海都元帅恍惚没有听见，沉思着望了望自己的前胸。

海东青和伯颜都随着望向父亲前胸的伤口，那里黑紫色的血还在缓缓渗出。

你们是我的骨肉，应当明白我的意思。

海都元帅的右手放进衣襟里，显然，那里揣着一个东西。

按照咱们的祖制，是长子随军打仗，幼子看守家业的。可你们从小就没有照着规矩办。我不是一个喜欢规矩的人，你们也不是……

海都元帅说着，喘了起来，随即是一阵急促的咳嗽。

海东青忙给父亲端上水碗。

伯颜弯腰给父亲搓揉胸口，他的手有意无意地碰到了父亲藏在衣襟里的东西。

伯颜的身子顿了一顿，海都元帅的身子也顿了一顿。

海都元帅看向自己的小儿子。伯颜避开了他的眼睛。

海都元帅的右手从衣襟里撤出来，他的手里攥着一块青铜色的令牌。

这是大汗授予我的令牌。我军中从来没有副帅，我走了，这令牌要有人接——你们中间的一个人。

营帐里的空气一时变得稀薄，两个年轻人感觉到自己呼吸困难。

沉默了片刻，海都元帅终于开口：我想过了，以前的事那是以前的事，有规矩还是比没有规矩好。

海都元帅说着，将自己的手伸向了海东青。

这一刻的海东青完全懵懂了，他不能肯定地打量着海都元帅的手，以及那手与自己的距离。当他终于战战兢兢地将令牌托住时，泪水夺眶而出。

伯颜跪在一旁，脸上的肌肉僵硬得像一块铁饼。

海都元帅是在当晚过世的。他将令牌交给长子之后，再没有多说一句话。他做了一个抉择，那是他一直难以抉择的事情。当他的生命走到尽头的时候，他迅速地做出判断。他发现这事情并不像想象的那么难。

海都元帅静静地躺在营帐里。海东青嘱咐侍卫不要打扰将军。

随后，海东青和伯颜肩并肩地走出了营地。

亲人的离去，让他们感到悲哀，并因哀伤而倍感无助。当伯颜提出和哥哥出去走走，海东青一口答应。

在撒满星光的旷野上走了一阵，海东青首先开口。他说他想跟伯颜商量，应该如何处置父亲过世的消息。

密不发丧。伯颜几乎想也没想，脱口而出。

海东青有些迟疑。

大敌当前，阵前失帅，群龙无首，这会动摇众人斗志。伯颜看了看海东青，又说：无须多虑，我并不是质疑你的能力。但这支队伍是父亲的队伍，让将士们口服心服地接受任何一个人来取代父亲的位置，一定需要个特别的机会。

你说得对。海东青低声说：必须尽快收拾掉巫人鱼这个对手。这次我们虽然吃了大亏，但并非山穷水尽。我们要做的事，不仅仅是给父亲报仇，更重要的是稳定军心。

伯颜瞥海东青一眼：说来容易。我们是跟海怪交手，虽然你的鹰隼立了大功，但也死伤十之五六了，你还有多少本钱？

海东青思索着说：假如刀不血刃就能取胜，岂不更好？其实，一开始，我以为这主意可以试试的，若成功了，父亲也不会遭受那些巫人鱼的暗算。

刀不血刃？哪有这等好事？

或许你不信。这是我从爪哇国得来的主意。不试怎能知道其功效。

海东青的话并没有说服伯颜。

海东青不得不向伯颜做更详尽的解释。

当年海东青曾奉命带兵征讨爪哇岛国，正遇上当地闹妖。

兴风作浪的是一种海蛙。它们样子虽是蛙，但身量巨大如猪。那畜生凶恶，张嘴便吞得下整鹅、整鸭，更喜食嫩嫩的刚会走路的小娃儿。因为海蛙两栖，几乎没有天敌。摄食时跳跃丈高，无论是大屋围墙栅栏，都挡不住它的去路。岛上天天丢孩子，有孩子的人们吓得纷纷外逃。

海东青率部上岛后，为了安定民心，要做的第一件事就是剪除妖孽海蛙。但想尽办法，收效甚微。于是海东青开出重金悬赏，终于岛上来了个能人，他献出一种无色无味的药水，海蛙触到，不疼不痒，但在无声无息之中，悄悄化掉了它四肢上的蹼。脚蹼是海蛙的命根，没有了蹼，海蛙顿时变成跛脚蛙，既不能游水，也不能跳跃，很快被岛上军民赶尽杀绝。

伯颜听到这儿，像黑夜中行走的豹子双眸发出幽幽的绿光。

那药水不会只能对付海蛙吧？

我也曾有这个顾虑。后来想到，在扑杀海蛙的同时，当地的海龟、海蜥蜴也几乎绝迹了。

伯颜思索：因为它们也是靠蹼生存的。

海东青答：正是。

伯颜抬头看向海东青：秘方你搞到手了？

海东青回应：不仅仅是秘方。因为觉得奇妙，所以想尽办法将那个能人留在了军中。他本就知晓飞鸟走兽习性，又是名好剑客。他在军中除了调教鹰隼，还可为我培训新人。

太好了。伯颜微笑，过去我真小瞧哥哥了。

海东青被伯颜说得窘迫：其实……我不明白为何父亲选择了我，你一直比我出色。

伯颜说：这已经不重要了。

海东青固执地说：可我觉得亏欠了你。

伯颜说：没有的事情，从小你都对我很好。凡事都让我。

海东青说：我是兄长，应当的。

伯颜说：既然这样，我正好有一事要向你求教。

海东青点头：你说。

有一件事情，我若做了，对家人肯定是错的，对社稷或许是对的，我该如何选择？

江山社稷为重。

江山社稷为重？

海东青点头，肯定道：社稷江山为重。听从你本心，你该知道怎么办。

你是兄长，我听你的。伯颜仿佛松了口气，伸出手，亲热地抱住海东青的肩膀，谢谢你。

海东青道：你我同根连气，何必言谢。

海东青的话音未落，伯颜的宝剑已经利落地刺进了海东青的腹部。

海东青愣愣地看着自己的兄弟，难以置信的神情：你是指父亲……

伯颜凄凉地说：世上不会有人像你这般对我好了。

海东青的嘴张着，嗓子里发出一种尖厉的呜咽，他慢慢倒在地上。

那个青铜色的令牌滑到了伯颜的手心里。

当夜，伯颜在海东青的下属中找到了那个能人。按照他的秘方，配制出大量的药水。接下来整整一天，伯颜让手下忙着将药水均匀地喷洒在造船的木头上——虽然经过海啸，木头已经损失大半，但数量还是可观的。然后，将这些木头堆在营地的中央。

太阳下山前，伯颜下令大军开拔到几十里远的高地上，偃旗息鼓。

天又暗下来了，警醒的巫人鱼们先是探头探脑地游上岸来打听风声，然后蹑手蹑脚地四处究寻那些可恶的对手都到哪里去了。最后他们成群结队地来到敌人的旧营地前，发现除了成堆的木头，没有一个人。他们认定结果就在这儿了：敌人已经被彻底打败，并逃得干干净净。

他们因为敌人逃得太迅速，有些不甘心。所以他们打算做些什么。尽管没有任何人提议，他们纷纷开始搬木头。

他们一边搬木头，一边讨论下一步。他们决定要给死去的巫人鱼进行体面的海葬，他们还决定要重新选址建造洞穴，宅屋已经被敌人毁于一旦，重建家园是非常重要的。

随后，他们的讨论集中到了木头。这些木头，这些用性命抢回来的木头该怎么办，他们的想法却有分歧。是多拿多得，还是按人头分配，这可大不一样。他们争执起来，争执得面蓝耳绿。把木头都扔到了脚下。

这些木头是属于每一个巫人鱼的，这些木头也是属于整个巫人鱼族的。怎么办不该听从任何一个巫人鱼的意见，而应当听从整个巫人鱼族的。

这话很有说服力。让反对的人都不好意思开口了。于是大家的语气和缓起来，又开始继续搬木头。但就是这个过程中，他们发现事情有点古怪。这些木头变得不听摆布，不好搬抬了。他们换姿势，换左右手，换肩膀，但很快发觉不是木头变了，而是他们自己与木头相接触的那部分肢体变了。他们的手掌变得麻木僵硬，他们的脚丫子也不听使唤，他们的身子渐渐站不稳了。

木头砰砰掉在了地上，砸到了巫人鱼们的脚面。他们哎呀呀地叫着，跳着，跌倒在地上。他们龇牙咧嘴地摸索自己的脚，异样陌生的脚，就像摸索光秃秃的树杈子，上面光滑柔韧的蹼都莫名其妙地消失了。他们慌得用手抱住脚掌，在月光下打量，这下，他们更加惊恐，因为他们清清楚楚地看到不仅仅脚，他们手上的蹼也消失得无影无踪。

巫人鱼们都吓坏了，吓得不由自主地用手去弹拨自己的两鳃，可那变了模样的手再也弹拨不出原来的犀利的音调，鼓胀自如的两鳃已经变得干瘪。

就在这时，四面燃起了火把，响起了震天的锣声。伯颜的大军铺天盖地出现了。巫人鱼仓皇地逃避，却都软手软脚，他们打着滚，四肢爬行，他们逃着逃着，就滚进了一张张大网里。这些网是对手们早已为巫人鱼们布置妥当的。

巫人鱼们在网子里向外望去，突然明白到什么叫作无助。

有些漏网的巫人鱼逃到了大海边，他们像受了委屈的孩子，径直扑向大海。那里有他们祖祖辈辈享用的庇护和安全。

谁料大海却拒绝了他们。大海不知这些不长蹼的东西有什么企图。大海有大海的警觉和辨识力。它用冰冷的浪头把巫人鱼们狠狠地扔回了岸边，并用涛声警告他们，不要想耍花招，无论他们是谁，都肯定不是巫人鱼族。

巫人鱼们走投无路了。他们仿佛从一张网逃到了另外一张网里。他们望着大海，欲哭无泪，同样明白了什么叫作无助。

伯颜用囚车将一批巫人鱼运进大城。他与这些巫人鱼有杀父杀兄之仇。他不打算轻饶他们。他知道大城的百姓不会轻饶他们；汗国也不会轻饶他们。

这是大城的百姓第一次也是最后一次见到巫人鱼。

在皇城外的市场入口处，这些巫人鱼被关在笼子里示众。百姓们很乐于用烂瓜果投掷这些长着鱼鳃的怪物。

妖孽，施法啊！

妖孽，来用剑鱼射我啊！

他们情绪激烈地咒骂这些妖孽。他们强烈要求在死难的将士墓地前对这些巫人鱼实施鞭刑，然后将他们点天灯。

他们真的是最后的巫人鱼？

大汗站在大殿中，俯瞰着云雾远处的市场。

伯颜跪在大汗的脚下，做出保证：军中按头论功行赏，将士们一共交上来七千四百三十三个长了鱼鳃的头颅。能活下来的这些妖孽是我亲手捉住的，除此之外，世界的任何一个角落里不可能再有那种叫巫人鱼的东西了。

大汗点点头。凡是与自己和自己的汗国为敌的，都不配活。他深信巫人鱼被灭族是罪有应得。

论罪，那巫人鱼不仅仅应当灭族，还应当被灭九族。

九族中父族四：自己一族、出嫁的姑母及其儿子、出嫁的姐妹及外甥、出嫁的女儿及外孙。

母族三：外祖父一家、外祖母的娘家、姨母及其儿子。

妻族二：岳父一家、岳母的娘家。

可巫人鱼的父母同身，都是从蛋里出来的怪物，哪里有九族可灭？

大汗发令：大城内，凡是长蹼的，拿不出与巫人鱼脱离干系的凭证的，都给朕砍了手脚。

于是，大城内手脚畸形的人们一下都灭迹了。大汗的旨意绝不能打折扣，这连带着鸭子、鹅、蛙类和蜥蜴族们在劫难逃。

大汗收拾了这些长蹼的家伙后，心情仍然有些悲凉。他损失了他最好的元帅，世间再也没有海都这个人了。

海都元帅死了，海都元帅的长子海东青也死了。他们都死于巫人鱼的妖术之下。关于海都元帅的死，说法十分一致，他是汗国第一位被剑鱼射杀的将领。这话听起来有点滑稽，但那剑鱼是海都元帅亲自从胸口拔下的，证据确确凿凿。对于海东青的死，说法却有些含糊。人们在旷野上发现海东青大鸟样的尸体的时候，他的身上已经没有余温。由于海东青的耳目在大汗军中是一等一的敏捷，大家都猜不透巫人鱼们是怎样偷袭成功的。

幸亏海都有伯颜这个出色的小儿子。看起来，他很可能从此前途无量呢。

大汗虽然为海都父子难过，但大汗是个实际的人。此刻，伯颜这个英俊的年轻人手中紧攥着的令牌已经说明了一切：剪灭巫人鱼是伯颜的一大功劳，伯颜已经赢得了将士们的拥戴和百姓的欢呼。

大汗将自己的手放到了伯颜头顶，说：你是海都元帅留下的唯一的骨血。你有资格享用你父兄的一切权利，继承他们的一切光荣。

第三章

国　师

一颗鸽子蛋大的珍珠在蚌女的手心熠熠放光。

蚌女支开了与她形影不离的阿西和阿东，就是为了给国师一样东西。

那是蚌女从嘴中吐出的世间罕见的宝珠。拒绝这样的宝物，是需要相当定力的。

国师瞥了那个硕大的珍珠一眼，摇摇头。

蚌女眼泪汪汪地望着国师。

国师突然非常想帮这个女人的忙，他奇怪自己突然想帮蚌女的念头竟然与这粒宝珠无关。

你想为大汗生下骨血，这个代价太大了。

国师耐心劝导着这个女人。

蚌女坚定地看着他。

那是一条性命换一条性命的代价。

蚌女坚定地点点头。

于是，国师叹息一声，站起身。这事，他有些忐忑，还要想一想。

国师思索着从大汗的皇宫慢慢地走回到自己的住处。

帮，还是不帮那个女人呢？他很少像今日这般拿不定主意。预感告诉他，无论帮与不帮，未来都有很多麻烦。

国师的家离皇宫有点远，在这中间，他一共停留了三次。

首先，他出了皇宫大门。他吩咐自己的随从不要跟随，然后直接进入了大城的东市。他听说从拂菻国来了一个游僧。大城日日都有游僧的新面孔出现，但他凭直觉知道，这个游僧与他是有关系的，当然，与师父也是有关系的。

已经好一阵子，师父中断了与他的联系。他知道因为自己执拗地违背了当初师父对他的叮嘱，师父大约是生他的气了。

要是能让师父开心，国师愿意被师父斥骂，责罚。但师父不这么做。师父选择了忽略自己。师父难得动声色，说明师父这次真的恼了。

师父说国师什么来着？妄念生过。你有心魔，有一日会闯下大祸。

过去师父这样敲打自己，自己听了也算警醒。

但这次事情发生之前，有人将师父的话再次传给自己。国师却觉得莫名地抵触和厌烦。国师向来敬重师父。师父是"贤者"，能够预测未来。但有时过于小题大做了。后来事情发生了，虽说是擅自做主，但也算处置得小心慎重，并无疏漏。何况如今事过境迁，早就无人提及。师父为何还这般恼自己。

既然那游僧来自师父的家乡，他要主动去寻那游僧。做不了解释，起码可以打听一下消息。

这个集市是离皇城最近的集市，也是大城里最大的集市，因为位置偏东，所以被称为东市。

这里鱼龙混杂，以国师的身份，他本来是可以让手下人传个话的，但他觉得还是自己亲自跑一趟更为妥当。

国师不是大城人。国师有异相，宽额大嘴，个子矮小，圆圆的耳朵支棱着，一双眼睛像鱼一样分得很开，这长相在异国人当中也是十分奇诡。但由于大汗招贤纳士，朝中高官不乏异国人，出出进进尽是异类，大城人见得多了，反而见怪不怪了。

国师在东市里闲逛了一阵，不动声色地与各色做生意的小贩搭讪。他喜欢这里的氛围，这里让他感觉如同百鸟投林。只是只言片语，他就断定那个面相憨厚的卖羊驼的老头儿是个惯偷。大城人见识广博，尽管如此，羊驼在大城仍是稀罕物，趁着众人围看羊驼，他知道老头的同伙已经屡屡得手，众人腰间的钱财早已易主。

国师微笑着走着，刚一转头，一个瘸腿的卖艺男人又抓住了他的目光。那男人击打塔不拉鼓的技艺高超，但从鼓手击鼓的力度，他猜测那男人的腿并非真的残废，击鼓的技艺更非来自遥远的天竺。

能在大城里面混的，都不是凡人哪！国师暗暗点头。最后，他在贩卖香料的商人摊位前站住脚。让这个集市享誉大城内外的正是这些香料。这些香料来自遥不可及的天涯海角，它们的价值更大大高于寻常的首饰珠宝。因为它们的身世，因为它们奇妙的气味，人们面对它们时，难免心神恍惚。

国师选择的这几家店铺，货物算得上琳琅满目，从龙脑香、安息香、麝香、沉香、甲香、甘松香，到胆唐香、栈香、零陵香、青木香、熏陆香、毕钵、诃梨勒，应有尽有。这些东西都是极品，非皇室权贵享用不起。这些香料的主人的经历也都非同一般，他们有能力将目光延伸到世界的各个角落，他们的舌头下藏着许多故事。

国师从一个安南国来的老女人那里买了一些苏合香和沉香。他多给了她十个金币，终于打听到了那个拂菻国来的游僧的落脚处。

这就是金钱的好处。国师想，他不看重金钱，但他看重金钱给他带来的方便。国师正盘算要不要马上去见那个游僧的时候，他撞见了一个人。这个人的出现，让国师把要去见那个游僧的念头抛在九霄云外。

这个人，是周大。

周大！

国师听到有人呼唤"周大"两个字。

国师的视线像被牵着一般，跟着那个与他擦肩而过的大汉而去。

从背后看去，这人衣着举止并无任何特别之处，人们却对他的态度很特别，这便显出了他的特别之处。

国师小心地快步绕到侧面，他清楚地看到了那个大汉是个独眼人。

大城中叫周大的一定不止一个；但大城内独眼人叫周大的，肯定只有一个。

国师打量着这个大汉。他脸色黝黑，身量修长，尽管他缺一目，脸上并不显得凶恶、丑陋，反而有一种怠惰的自如。

周大从人群中走过，步子闲散，那唯一的眼睛看东西专注并炯炯有神。他穿着短衫，粗麻布料的衣裳。这种粗鄙的衣裳穿在他身上不仅没有显得寒酸，倒有一种惬意的熨帖，这说明他气韵很深，藏在他的骨头里。外在的东西都是敷衍，算不上东西。

大城人都知道周大本来是有两只明亮的眼睛的。周大在军中失掉一目，所以他退伍了。大城人还知道周大曾在军中立下许多功绩。大汗对功臣一贯慷慨，众人猜周大的荣华富贵足以享用一辈子的。

但周大回到大城，既没有在朝中做官，也没有搬进豪门大宅，他依旧住在过去的茅草老屋，这让许多人有一脚踩空的感觉。

这个周大怎会这样？平平凡凡地回到了家里，回到了妻子身边，没有多什么，反而少了一只眼睛。大家为他不值。

周大在军中伤了他的左眼。有人说是被失心疯的鹰隼抓的，也有人说是被巫人鱼的巫语诅咒的。对此，周大从没有做过任何解释，他只是说他再不能调教大汗的鹰隼，这是他辞去军中职位的理由。这理由充足。大汗允了周大的请求。眼睛残疾了，是最破相的。朝中做官讲究基本相貌周全，所以，周大彻彻底底地成了一个百姓。

国师听说了这些闲言碎语，但他根本不信。

国师也想知道周大失掉一目的原因。至于周大解甲归田的理由，他认为根本说不通。照他看，一个人特殊的能力往往不在与别人一样的地方，而是与别人不同的地方，周大只有一只眼睛了，或许还会让目力更加敏锐。

周大退伍是周大自己不想干了，其他都是借口。为什么周大不想干了？国师觉得这正是有意思的地方。像周大这样的人，无论做什么都应当是有企图的。好宝剑都是霜刃藏于剑鞘之中。周大是有自己的打算的。何谓"隐"？大隐隐于市啊！

国师远远地跟在周大的后面，看到他会与什么人交往，留意些什么东西。

周大在一个小首饰铺前停留下来。于是，国师也在另外的一个首饰铺前停下来，假意赏玩一些玉扳指，他将扳指轮番戴在拇指上。

周大在柜台前徘徊了一阵，与店主攀谈起来。片刻后，他开始细心地挑选金项圈。他比较了一阵，看中了一个带着细碎小铃铛的金项圈，并爽快地付了钱。

国师看到周大将那个金项圈小心翼翼地放进衣襟，一脸心满意足，很快地向市场外走去。

大城内集市众多。皇城边上住的都是权贵。像周大这样的平民百姓，他们的家大都安在大城的中下部，很少有人愿意舍近求远。何况，既然是皇城边上的集市，就有个身份问题，东西自然比别的地方精细，价钱自然也比别处更高些。

周大出现在皇城边的集市里，高价买一个金项圈，然后就走了。

这么说，周大有骨肉了。国师盯着周大越走越远的背影思索。既然周大特地挑选了一个精巧秀气的项圈，他的骨肉应当是个女孩。

国师思索再思索，想不出更多的内容了。但有关这个周大一直有很多流言，这让国师兴趣盎然。

首先，周大一定不是叫周大的。

周大是他出现在爪哇岛时报上的姓名。国师推测，周大不会是他的真名。神龙见首不见尾。凭他浪迹天涯的经历，不会随意给出别人自己的本相。更何况姓名就像衣服，叫"李大""王大""潘大"和"周大"又有什么区别？

周大不是大城人，他没有兄弟姐妹、父母或亲戚。这对于一个闯荡天下的人，是多么幸运。多一份牵挂，就多一分软弱，多一分险恶。可如今他在大城落了根，这烦恼就会像袍子里的虱子，捉不尽了。

国师冷笑一声。无论是谁，再自视甚高，只要割舍不了世间亲情的，到底还是一俗人。

牵挂是什么，是自寻烦恼，是人生的羁绊。

人生在世如身处荆棘之中，心不动，人不妄动。不动则不伤身心。

国师想起了自己师父的话。

师父是国师唯一的亲人，亲过国师的父母亲。当然，国师并不清楚自己的父母亲是谁。他在襁褓中的时候，他的族人把他丢给了他的师父。师父说，他的族人丢弃他，无关恶意还是好意。但他当时若留下来，定不能活的。

为此，他在这个世界上，除了师父，他从来不认同自己与其他人的任何关系，包括自己的族人……不过，到目前为止，国师一直不知道，也没有兴趣知道丢弃自己的那些人到底是些什么人。

如今，他以国师的身份可以俯瞰世间了。他孤身一人，而且将永远孤独下去。

尽管师父对自己有恩，他养育了自己，传授了自己满身本事。就是这样，师父绝不允许自己对他有丝毫情感依恋。

别谢我，我养育你，收你为徒，不是为了你，而是为了我自己。

国师明白师父的意思。师父并不想要他把自己当作亲人。

师父要他和自己一样，无所牵挂。

这个扳指您要吗？

扳指的主人见国师望着手上的扳指许久，但心思却显然不在扳指上，忍不住催问。

不要了。

国师把扳指摘下来，轻轻地放在柜台上。他对着扳指的主人笑了一笑，转身走开。

扳指的主人去取扳指，却啪的一声丢开了。这扳指仿佛是块刚刚从火炉上取下来的火炭，烤得扳指主人的两个手指头焦黄。

国师仿佛没有听到他身后的惊叫和嘈杂。他不慌不忙地向前走去，径直走向市场的另一个出口。

走到那儿，他第三次站住了。他留意到集市出口处的空旷。这空旷让他不适应，就像是一个人富态的大脸被摘去了鼻子。

那里曾经有过两排笼子。那些笼子都是北方坚硬的楸木做的。它们尽管做工粗糙，但因大小一致，间隔均匀，成为集市的标志性的装饰物。

在国师的记忆中，他来到大城的时候，那些笼子已经立在这里。这些笼子属于这个集市的。笼子关押过江洋大盗，关押过擒获的战俘，无论关押谁，他们都是民众的兴奋和娱乐的对象，那些笼子是这个集市的喧嚣和热闹的一部分。如今是谁把它们拆除了？

国师仿佛又看到了一个多月前这里的情景。海都的小儿子……哦，如今的伯颜大将军——伯颜声称星辰难与日月争辉，大汗的军队中只有父亲海都配得上"元帅"二字，所以只肯谦称大将军——将巫人鱼族的俘虏关在这些笼子里示众。那些疯狂的民众们，像嗜血的疯狗，冲着关押巫人鱼们的笼子狂吠。

本来，那些巫人鱼是要轰轰烈烈地被人结束他们性命的。大汗顺从民意，下旨将巫人鱼在海都元帅的墓前点天灯。大城民众跃跃欲试，把那个点天灯的日子当作喜庆节日来迎接。然而，就在行刑的日子到来的那个凌晨，看守巫人鱼的兵士却发现，所有巫人鱼都在同一时刻死在了笼子里。

这把大城人气疯了。这不仅仅由于大城人的希冀落空，更让他们觉得很没有面子。大汗还没有让这些怪物死，他们就敢死？他们不仅仅敢死，还玩了大城的民众的情绪一把，真是太卑鄙了。

提刑官验尸后说，这些巫人鱼全身外无伤痕，内无骨折，但面色青紫，五官流血，是被憋死的。

民众们闹起来，要求重新调查巫人鱼们的死因。他们不相信巫人鱼们会在笼子里自己闭气而死。

朝中的一些臣子也跟着起哄鼓噪：那些笼子是干什么的？是囚禁犯人的，而不是杀人的。这么些年，这笼子里装过东海的蟊贼，西岭的大盗，被装在里面虽不舒坦，但绝无当着看守的面自戕的可能。光天化日之下自己捏着自己的鼻子和嘴闭气而死了？这可比被尿憋死还难得多呢。试过的人都说，这是个笑话。

本应即刻处置的巫人鱼的尸身，却因为众人对死因的质疑而搁置。

四月的大城，桃红柳绿，是最美的日子。转眼间大城里最美的日子被巫人鱼们彻底地毁了。

只是隔夜的工夫，死在笼子里的巫人鱼开始散发出浓重的臭咸鱼般的气味。这气味窒息人呼吸，令人作呕。过往市场的人们纷纷掩鼻绕行。

天气开始暖和了，但人们还穿着夹衣。新鲜的尸首这么快就腐烂了，这是前所未有的怪事。

伯颜下令把尸首都搬到市场附近的冰窖里去。他不能乱了阵脚。初掌杖节把钺，他明白外人对自己的任何质疑，都是对自己的权威的质疑。

伯颜对朝臣们解释说：巫人鱼不是寻常之人，他们法术高超。

朝臣们听说了不买账，他们公然反诘：巫人鱼若真的法术高超，为何要自寻短见？干脆施法逃出牢笼多好。

伯颜是此事的始作俑者，他不得不对朝臣和大汗给个交代。其实，他自己大概也不相信那些巫人鱼是自己把自己憋死了。就算巫人鱼们诡计多端，但这一招无论如何太标新立异了。难就难在除此解释，伯颜拿不出其他的解释。

国师揣摩过伯颜当时的窘况。伯颜不笨，他定能猜测到若不是巫人鱼们决意寻死，那背后就该有个极大的阴谋。谁是那个敢在这件事上弄鬼的人？那人该是出于什么目的，又有什么样的来头？

那一阵子，人人都能看出伯颜郁闷至极，挺拔的身形都消瘦了。

结果，就出现了伯颜求见国师的那一幕。

这个主意是玉勒想出来的。因为伯颜实在没有主意了。

玉勒，海都元帅当年的手下，如今已成为伯颜最依赖的人，显示出了他殚诚毕虑的忠心，建议伯颜去求见国师。

海都在世时，是一人之下万人之上。除了大汗，从未将任何人，包括国师，放在眼里。国师则一贯待人接物极有分寸，你与他远，他绝不会主动与你近。好在一个征战主外，一个安邦主内，两人也算井水不犯河水，各走各的大路。

伯颜平日对玉勒的话大都言听计从，但这一回他犹豫了。

玉勒知道伯颜在想什么。玉勒提醒道：海都元帅已经过世了。

伯颜说：正因为如此，我才更不能让人小觑。

玉勒耐心地劝解：大将军心高气傲，不愿改弦更张。但这巫人鱼的事情却迫在眉睫，刻不容缓。

伯颜说：我去求他，若办好了，岂不成全了他？

玉勒说：错。将军想想，此事办坏了，将军逃不掉责任；办好了，功劳自然还是将军的。该是他成全了将军。

伯颜沉默不语。

玉勒又说：将军可知要想达到权重望崇的境界，如积土成山，非一日之功。

玉勒的话打动了伯颜的心。

隔日，伯颜来到国师府，恭恭敬敬地向国师求教。

国师没有见他。国师府里的贴身随从告诉伯颜，说国师的脚疾又犯了，不便见客，请将军改日再来。

朝中的臣子们都知道国师有奇怪的脚疾。偶尔犯病痛苦万分，却无药可医，只能卧床静养。伯颜无奈，悻悻然地走了。

第二日，他又来到国师的门前，随身带来了龙涎香和番红花，两样东西都是大城里千金难觅的宝贝。伯颜为了讨得国师欢喜，也算煞费苦心了。

国师喜好搜集世间奇幻的香料，这是个公开的秘密。有传闻说，香料常常会影响国师的心情。香料对国师的影响极大。而国师对大汗的影响极大。

伯颜再次求见，国师收了龙涎香和番红花，脚疾未愈，自然不会露面，只是让人传给伯颜四个字：灰飞烟灭。

伯颜傻了，反复琢磨这四个字的意思。"灰飞烟灭"四个字，本出自佛经《圆觉经》："譬如钻火，两木相因，火出木尽，灰飞烟灭。"

国师说出那"灰飞烟灭"四个字，是什么意思？若寻求本意，说巫人鱼寿数到了，如同灰飞烟灭，倒也贴切。扯远一点说，那些巫人鱼在转眼之间毙命，快而猝然，灰飞烟灭之说也过得去。还是说，眼下处置那些巫人鱼的尸身，最好让他们都灰飞烟灭？

这时，大城的民众们正因城内四处弥漫的臭气而怨声载道。

那些堆放在冰窖里的巫人鱼的身躯，并没有因为冰窖里的低温而阻止他们的尸腐。相反，他们正在加速溃烂，化成一股股黑色的尸液。冰窖里的冰块遇上这些尸液，即刻融化，融化后的冰水混合着尸液渗透过冰窖厚厚的木门的门缝，流淌到外面，恶臭弥漫在大街小巷之中。

伯颜没有时间再做斟酌，他向大汗呈上看似最合理的巫人鱼突然毙命的原因：巫人鱼违抗大汗之意，罪孽深重，长生天赏善罚恶，以天力祛除之。

大汗捂着鼻子说：能否先跟朕说清楚那些妖孽为什么这么臭？难道你就没有闻到这股臭气？朕的大城已经成了猪圈了。

伯颜慌手慌脚地退出了大殿。

灰飞烟灭，对，把这些妖孽灰飞烟灭！

伯颜下令将巫人鱼的尸身从冰窖里拖出来焚烧。但他的将士们已经无力完成这个任务，任何人企图接近冰窖的那扇木门，都会全身无力，抽搐呕吐不止。

巫人鱼尸首的恶臭成了大城的梦魇。恶臭占领了每个人的生活空间。人们无时无刻不在与恶臭抗争，即使闭住呼吸，也无法逃开恶臭的进攻。家家户户门窗紧闭，但仍然不断有人昏厥在街市上。

三百内侍在皇宫里日夜熏香，仍隔阻不断臭气的侵蚀。满庭珍花异草都枯萎了。蚌女病病恹恹地躺在蚌屋里，面色蜡黄。

大汗脸色铁青地站在大殿中，与众臣商讨对策。

众臣跪倒一片，大殿中死一般寂静。

半晌，有个声音从角落里迟迟疑疑地冒出来，那人是枢密院的枢密副使，一个眼睛整日迷迷瞪瞪的胖子。他说出了两个字：迁都。

大汗慢慢走到那个大臣面前，微微点头，说了声：好主意！

只见寒光一闪，那个胖乎乎的枢密副使倒了下去。

瞬间，大汗的利刀已经回到了他的刀鞘里。

枢密副使那圆圆的脑袋骨碌碌地滚到了伯颜的面前。

伯颜凝视着那双对着自己惶惑地眨动的小眼睛，后脊梁冰凉一片。

国师是在万众困顿的境况下现身的。他的脚疾初愈，行走不便，侍卫们恭恭敬敬地将他抬出国师府，一直抬到他示意要去的那个地方，才落下轿子。

沿着皇城外的四面围墙，已经各架起了十口大锅。锅下燃起了旺火。锅中是沸腾的开水。据说，这水是国师花了多年的心思积攒下的帝都的初霜、初雨、初雪。所以，锅中的水也是稀罕物。

国师让人将一袋袋的香料倒入大锅里。那几日大城香料市场上香料的价格已经涨到天上。有见识的认得出那中间有杜衡、苏合、安息、郁金、丁香、沉香、檀香、麝香，那可都比得上"猫眼儿"和红蓝宝石的贵重。锅里的水熬得黏稠后，国师又亲手加入上等的琥珀和龙涎，那也都是香料商人们压箱子底的货色。

这时，只见大锅中开始冒出袅袅白烟。那烟气渐渐升空，与四下里黑烟缭绕在一起，冉冉入云。

从清晨到傍晚，国师一直忙活着。天色将晚的时候，大城上空传来了闷闷的雷声，一场骇人的黑雨瓢泼而至。

墨汁似的大雨整整下了半个时辰，之后，大城内臭味明显消退了。

国师吩咐手下将锅中已经熬制得粘手的液体抬到冰窖去，并将这些黏稠的香料一桶桶地浇在冰窖上。橙黄色半透明的液体爬满了冰窖的四周，缓缓地封住了冰窖顶和门。

第二天日出之时，人们看到大城里出现了一座晶莹的香丘。浇灌在冰窖上的液体都凝结成坚硬的盔甲，在日光下闪着明亮澄澈的光彩。

大城里少了一个冰窖。冰窖变成了巫人鱼最后的坟丘。

人们终于可以大口呼吸了。大城又恢复了往日的自信和尊严。

大汗感叹：有国师，是汗国之幸。

国师说：臣不做不行，实在身不由己。

众人赞许国师的谦逊和忠诚。但国师说的却是真心话。

国师沉思地望着集市的出口。拆掉也好。木笼拆除后，集市的出口一下子变得十分空旷，但日子久了，这空旷或许就成了畅快。就像是个富态的大脸，虽说少了凸起的鼻子，但看多了，或许觉得平坦也不见得是什么坏事。

就在这一刻，国师突然又想起了蚌女的请求。他决定，要帮蚌女那个忙。

他的直觉告诉他，眼下蚌女求助他的事情仿佛与他关系不大；但有一天，却必定是关系重大。

国师从东市径直回到自己的府邸。

一个时辰以后，他让自己的手下给蚌女送去了一个红豆杉做成的木盒，盒里装着嫩绿的桑叶和一些刚刚出壳的蚕宝宝。

他让手下传话给蚌女：好好待它们，等那一日到了，娘娘想要的，便会有了。

手下出门后，国师松了口气，对侍从说，外面好吵。他又说，他累了。

侍从们给国师端上早已准备好的两个蚕茧，帮国师堵住耳朵。

国师怕吵，蚕茧堵耳朵是最有效的方法。

侍从们立刻吩咐给国师准备汤水。国师要泡脚了。

国师累了，唯有泡脚可以解乏。

热腾腾的汤水抬进国师的内室。很快，内室里充溢着冰片，薄荷和玫瑰的好闻的气味。

国师走进内室，放下幔帘，再不见人。

国师泡脚的时候，是绝不要有人在身边伺候的。

第四章
剑 客

周大走回家中的时候，妻子刚刚做好葱花饼和一锅热汤面，烫好了一壶老酒，等着他吃晚饭。

周大进了屋，妻子迎上来：去哪儿了？这么久才回来。

周大搂住妻子细柔的腰，笑说：给咱们丫头买了个玩意儿。

周大说着，从怀里掏出了那个金项圈，在妻子眼前晃着。

妻子娇嗔道：又乱花钱了。

周大说：咱们丫头，给她个金山银山，都不多。

周大说着，将金项圈在摇篮里比了比，有点懊恼：好像买大了。

妻子反倒安慰：小孩子长得快着呢，过两年就能戴了。

周大说：那就给她先收着。

妻子说：这么宠她，当心宠坏了。

周大捧起妻子的脸：咱们的孩子，可劲宠，也宠不坏。

摇篮里的婴儿对着父母笑得很甜。

周大坐下吃饭，碗里的热汤面上漂着香喷喷的葱花。周大捧着碗，看了一眼美妻和娇女，心里满是知足。不管怎么说，自己是幸运的。这幸运来得千辛万苦，所以格外珍惜。从此我周大尘封记忆，只做个普通百姓。离那些黑暗和阴冷远些，离光明和温暖就近些。

他对自己说。这些话他已经对自己说了无数次了。

他希望那隐藏在角落里的雾霾能就此挥之而去。

周大还记得那个晚上发生的一切，以及那天晚上之前的事情。

巫人鱼袭击营地的时候，他正在大营外的高坡上专心调训一群小鹰。调训禽兽是他在幼年间跟随祖父学到的本事。祖父要孙儿将崇山大岭当作淘气的场所，呼啸于林间，令飞鸟百兽避之唯恐不及，这是他的祖父乐于想象的孙儿的未来。然而，周大没有成为山大王，却成了个行走四方的剑客。他在爪哇岛上施展身手，完全出于无聊，这一下却遇上了海东青将军。

当时海东青要留周大，只是问了他一个有关鹰隼的问题。

海东青说：我有一事请教先生。

周大听海东青叫他"先生"，觉得有趣，回嘴说：在下就是一粗人，当不起"先生"二字，还是叫我周大吧。

海东青固执地说：既是请教，当然就是先生。先生可知养活好鹰隼，首先要养活好鹰隼的胃？

周大忍住笑，说：正是。

海东青说：有何法子？

周大答：喂轴和甩轴。

海东青又问：何谓喂轴和甩轴？

周大道：鹰隼没有牙，吞下的食物有沙砾石子和鼠类的骨头，这些东西会伤胃。定期喂轴，就是让它们吃下去带毛的兔肉。鹰隼们吃下兔毛不舒服，要用力甩头，这样，帮着胃里不能消化的东西随着兔毛呕吐出来。这是喂轴和甩轴。

海东青说：喂兔毛是毛轴，有人主张用麻绳缠团牵线放在肉片里喂麻轴。那可比毛轴省事。

周大看了海东青一眼：将军要的是鹰隼们对你真心。喂麻轴的确省事，但肉片里可是裹了个"假"字。

海东青微微点头：先生说得极好。我军中缺的正是像先生这样懂得鹰隼们的心思的人。

海东青不是个善于辞令的人，却有法子让人看到他的真心。漂流多年，周大正好倦了，海东青的邀请使他想到了换一种法子活的可能性。于是，他留在了军中。

他曾用刀剑挣来了名声，如今在军中，他却觉得不用刀剑也挺好。

特别是，当他后来在大城里遇上了自己中意的女人，他决意将这种美好的日子永远延续下去。

谁知，就是从那个晚上开始，他希冀的一切迅速地结束了。

那时，他听到远处传来了海东青尖厉的口哨声，那口哨声中充满着不寻常的急迫和狂怒。海东青是个从容的人，因为从容，他的肢体反应经常显得迟缓，人们很容易把这种迟缓看成笨拙。但海东青的天赋在于他判断事物的准确。他在下属需要他的时候，发出的每一个指令都精准无误。

海东青急切地在呼唤将士和他的鹰隼军。他的指令是集中全部鹰隼军，即刻向敌人进攻。不惜任何代价的进攻！

这指令让久经沙场的周大都感到了愕然。海东青从来待鹰隼军如同儿女，每一只鹰隼都是海东青的心头肉。此时，他却如此仓促地下了不惜与敌人同归于尽的指令！

出于对海东青的信任，周大和其他将士们才一丝不苟地执行了海东青的指令。

后来，周大意识到，若不是海东青那一刻的决绝，大汗的人马很可能全部都覆灭在被巫人鱼驱赶而来的滔天海浪之中。

巫人鱼暂时退去后，营地满眼狼藉。到处都是弃甲遗弩，到处是伤残的将士，死亡的尸体。当海都元帅受重伤的消息在大军中传开的时候，人们才明白什么是真正的打击和沮丧。

那一夜，将士们都很警醒，没有几个人能够真正睡着，何况是睡在泥水当中。所以，周大在半睡半醒中被人传唤时，他盔甲依旧在身。

他与伯颜是在海东青的营帐里见面的。

周大与伯颜面对面地站在那儿。他从没有想到有一日会这样近距离地和海都元帅的小儿子对视。伯颜长着一张吸引人目光的面孔，任何场合只要有伯颜在，人们都不可能不留意他，就像留意黑暗中的一盏灯。但周大总是回避这种尝试，因为每每望到这张面孔的瞬间，都有道白光穿过周大的脑海，直达他的记忆深处。

闯荡江湖的人的记忆，是封存在厚厚的灰尘当中的。打开岁月那把锁，尘埃飘浮处露出一张稚嫩的面孔，那应当是海都元帅的小儿子的青葱时光。没错，他们相识，准确地说，他们当年曾有过交集。

坊间相传，周大的剑术得到过高人指点。真相乃是当年周大为拜师学艺走遍名山大川，高人的确见过几个，但一个无名穷小子，谁肯收他为徒？百般无奈，他想出了最无奈的办法，没钱，咱有骨头；无名，咱舍得起命。于是，他成了武林中的打架专家。天天寻衅，找名家弟子打架。他对剑术的领悟是从次次皆输，到间或能赢，从伤皮肉，伤筋骨，到几乎丧命的过程。打到最后，竟然没有丧命，他疑惑，不知是自己的运气好，还是剑术好。

打了约莫五六年，有一日，周大打到了余老白的门下。江湖都说，余老白的剑术天下第一，但无人能得到他的全部真传。余老白的弟子不多，个个人中龙凤。名门望族花了重金，就是渴望有一日能请动他授艺。

周大这次打架的目标，自然是奔着余老白的弟子去的。

余老白住在暮云山下的杏林旁，他的住处有个奇怪的名字，叫"混沌斋"。

那一日，周大望到余老白出门了。余老白的弟子们拿着筐，走进杏林，打算摘采枝头熟透了的杏子。

周大一声呼啸，天边飞来无数的鸟雀，瞬间杏林里下了一场杏子雨，橙红的杏子劈头盖脸地砸向余老白的弟子们。

自然这场架就顺顺当当地打起来了。

余老白弟子中有个相貌英俊、衣着光鲜的少年郎，显然身份高于其他人，他率先跳出来与周大单挑，仿佛打算一剑捅周大个血窟窿。

周大明知自己剑术不如对方精湛，但他多的是打架的实战经验。周大边出剑，边用言语戏弄对方，气得对手尽管有周身的本事，但心浮气躁，并没有占到大便宜。

两人正打得热闹，余老白却带着酒意回来了。望到自己的弟子与一个衣衫褴褛的半大小子打得不可开交，他饶有兴趣站到一边看起来。

他先是奇怪周大明明都是山林野路子，怎会抵挡得住自己高徒的正派功夫。再望了一会儿，看出了端倪。他发现这个人武学很杂，看似全是猿豹鸟禽腾挪扑食的手法，中间却藏着些各门派的精华，起承转合不着痕迹，招招都有其用处。

余老白伸出手中的拐杖，轻轻一划，一股真气即刻让两个打架的对手各向后踉跄了几步。

英俊小子见到师父，自然不好发作，乖乖站到一边。

余老白转身对周大说：眼下你打不过他们，我看还是算了吧。

余老白语言温和，苍眉皓髯，衣袂飘飘，神仙似的。

周大正打到兴头上，即使是神仙的话，依旧让他不爽。

他几乎耍赖地说：他们也打不过我。

余老白说：想打架并不难，但你要先答得出我的问话。我便任你们打。

周大翻翻眼皮：好。

余老白说：你可知剑术有几层境界？

周大答：八层。

余老白说：何谓八层？

周大说：初学者从一招一式，到门派套路，不过是一二三层境界的递进，人称"有相"，若能破了这"有相"，第四至七层则是"有为"境界，那是追求人剑合一，手中寸草也是利器；学艺能进入此等境界，便是高手。至于这第八层……

周大看了余老白一眼，突然有些踌躇，觉得这老神仙的笑容中藏着东西：……讲究的是手中无剑，心中有剑，赤手空拳却能以剑气杀敌于百步之外。被人尊为"无为"境界。

英俊小子抢白：你个泼皮，人云亦云。

余老白说：他答得不错。但这剑术明明还有一层境界。

周大愣怔。他偷瞥众人，从余老白的弟子们的反应看，他们也从没有听说过什么第九层。

周大说：哪有什么第九层？

余老白笑了笑，抬起拐杖，朝前一指。

在场的人也都朝着拐杖的方向望去，但眼前空空如也。

余老白不再多言，径直向院门走去。

余老白的弟子们望着自己的师父的背影，莫名其妙。

英俊小子嘟囔：师父一定喝多了。

周大却是清清楚楚看到余老白那一指，是朝着大门上的那块木匾，上面只有两个极大的几乎要从木匾上跳出来的字迹——混沌。

余老白搅和了周大精心策划的打斗，人群散了，院门紧闭。

周大呆呆地坐在杏林边，盯着院门上的那块匾，一直盯到霞飞漫天。突然，他站了起来，向着大门深深施礼：弟子明白了。

说完，周大转身走了。

余老白站在窗前，眺望青山白云，自语：此人有慧根。

后来，周大的剑术日益精进，却很少与人打架了。

他从离开杏林那日起，天天琢磨"混沌"二字。他渐渐从二字中悟出了那另外的一层境界，那是一种无招无式、无定可循、无相可循、万物即我的心性。那是天人合一，返璞归真。或者，该称为"无不为"。

周大从未向任何人提过这段时光。

只是当他认出昔日的那个英俊小子已经变为大汗的豹军统帅的时候，他更有种恍然隔世的感觉。

所以，无论谁在他面前比较海都元帅的两个儿子，他都缄默。可他心里有数：孔雀再漂亮，也飞不过朴素的鹰。这是周大对伯颜的评价。

　　帐篷里只有伯颜，并无海东青的影子，这让周大意外。

　　你是周大？

　　伯颜说话了，审视的眼睛在周大身上扫来扫去。

　　周大不能肯定对方是否认出了自己，当然，他也不在乎。无论伯颜是否认出了他，都不是在质疑他是不是周大。伯颜的这种腔调，不过是想来强调他对周大的掌控权。

　　是。末将正是海东青将军的属下。

　　周大平静地回应伯颜。

　　伯颜笑了笑，他听出了周大话里有骨头：好，我知道海东青将军一直很看重你。你也从来没有让他失望过。

　　将军过奖。末将才疏学浅，不堪大用……

　　伯颜不想再兜圈子，径直截断了周大的话：今日的情景你也看到了，那些巫人鱼丧心病狂，虽然暂时退兵，但随时可能卷水重来。除非……除非，我等能找到一种置敌于死地的办法。

　　周大沉默地看着伯颜。

　　伯颜在营帐里徘徊了几步，来到周大的身边，压低了声音：眼下，军中知晓这个方法的，只有一个人，就是你。

　　将军此言要有根据。

　　这根据嘛……我听说，世间有一种秘方，可收拾那些手脚上长了蹼的畜生？

　　周大的眼睛霍地抬起，他明白了伯颜的意思。他早听说过巫人鱼的模样，今日打扫战场，更看到了那些死去的巫人鱼的相貌，果然一个个都手脚有蹼。

这个主意一定是海东青将军想出来的。周大思索，因为他与海东青曾有约定，自己若留在军中，海东青绝不向外人提及有关爪哇岛的一切。海东青答应过他。海东青将军是守信之人，不到万不得已，不会食言。

这么说，此事是真的。

伯颜满意地笑起来，从周大的脸上，看到了他想要的东西。

伯颜说：海东青将军识人有术。本将猜你不会辜负他。

周大无法再做否认，也无法回绝伯颜的要求。伯颜说的是实情，军中主帅受伤，士气遭重创。巫人鱼善水，若以大汗军队之短攻巫人鱼之长，必然失利。要剪灭巫人鱼只能以谋取胜。他相信海东青的这个主意是可行的。

于是，周大说：秘方我有，将军可以拿去一试。

伯颜摇头：我不要你的秘方。既然我信你，这事情就都交给你办。

伯颜话音落地，回头唤来玉勒将军，要他即刻结集军中精良将士，全凭周大指挥调遣。

在那一刻，周大看到了伯颜雷厉风行，做事果断。手下不乏精兵强将，转眼召集到周大身边的汉子们个个以一当十。这些人对伯颜表现出极度的敬畏，而军中的敬畏都是拼出来的。

周大对伯颜的判断不由得做了一些修正：或许眼前这个人经过这些年的历练，除了皮囊漂亮，肚子里也存放了些货色。

海东青将军去哪儿了呢？周大仿佛无意地问道。

大敌当前，心无旁骛才好。

玉勒将军淡淡地回应了周大的话，转身走开。

海东青将军到底去了哪儿？周大在指挥将士们按秘方配制药水的紧张时刻，还是忍不住想到这个问题。眼下战局紧迫，间不容发。海都元帅生死未卜，作为长子，海东青理应坐镇大营，运筹帷幄，决胜千里才是。

但周大的问题没有人能回答。就连海东青的副将也说不知道海东青将军此刻在哪里。

这有点不对头。周大想了想，又怀疑自己是不是操心太过了。假若海东青将军就是不想让人知道他在哪里，自己刨根问底，的确有些唐突。毕竟自己只是鹰隼军中的一个百户长，一个微不足道的人物。

接下来便是天衣无缝的布局。眼看巫人鱼一步步落入圈套。敌手在浑然不觉之中大败，伯颜在不露声色之间站在了辉煌的顶峰。

正当将士们开始欢呼胜利之时，海都元帅和海东青已经双双去世的噩耗突然在大营里传开了。一瞬间，将士们大惊失色，五内俱崩。他们攥着拳头，咬牙质问，这等重大消息，为何对众人隐瞒？

这是我的主张。

这声音仿佛是张盾牌，将众人的质疑统统顶了回去。只见玉勒伴随着伯颜径直走到众将领面前。

伯颜扫视着众人，说：这是我一个人的主张。

众人望向伯颜。这个年轻汉子一双眼睛血红，疲惫不堪地站在那里。

伯颜说：我父兄皆死于巫人鱼的巫术之下。我不得不守口如瓶，也是万般无奈。眼下坐人鱼族绝种，我父兄能死而瞑目，此事不用再瞒。你们若怪，就怪我好了！

众人望着伯颜，依然一片沉默。

玉勒对伯颜抱了抱拳，开口了：将军差矣。就算记性不好的人，也不会忘记海都元帅过世的那天发生了什么。将士们征战多年，从未遇到过对手，那日却张皇失措，几乎鱼溃鸟散。那是大军生死攸关的关头。阵前痛失主将，群龙无首，军心惶遽。若将这等消息透露出去，谁还能撑到最后？

众人被玉勒的话说到痛处。他们不由得想起了那日的种种狼狈。

玉勒接着说：元帅过世，塌天大祸，被暂时隐瞒，却拯救了整个大军。伯颜将军痛失两位至亲，肝肠寸断，却独自一人扛起整个天。同为海都元帅的属下，我们难道不该扪心自问，感到汗颜？

玉勒的话像巴掌打在众人脸上，将他们的理智打回了正位。他们终于明白，因为大恸大悲，他们几乎错怪了一个绝不该错怪的人——在那个时刻，敢于隐瞒海都元帅过世的消息的人，是一个比他们更有勇气、更有担待的人。

众将领的惭愧已经变成了自责。众人的疑惑都转为对伯颜无限的敬佩和爱慕。

我等见识浅薄，无地自容；将军虚怀若谷，还望海涵。

转眼，众将领的膝盖纷纷酥软，伯颜面前跪倒一片。

海都父子的去世，如同一块基石，顺顺当当将伯颜扶上了一个高不可攀的位置。伯颜收获了无数赞美，无数钦佩，收服了军中所有的人心。

伯颜面对众人的敬仰，心有片刻感慨。他为这个位置付出了太多，他与这个位置几乎失之交臂。

这一刻，没有被伯颜的辞令说服的人大概只有周大和那些在鹰棚里狂躁不安的鹰隼们。

周大在军中立下大功，被晋升为千户长。伯颜当众表彰，周大风光无限。然而，被羡慕的目光包围着，周大心里更加不踏实了。

周大并非多疑的人。但要取得周大的信任，与言辞无关。

海东青走了，没有留下一句话。鹰隼军暂时由海东青的副将打理。海东青的副将尽管跟随海东青多年，却开始日日抱怨自己鹰隼军变得难以管束。

周大注意到鹰隼们在海东青离去后的反应。

海都元帅将豹军和鹰隼军看成自己的左右臂。两个儿子各统领一支，也说明了他们和它们在海都心中的位置，以及他对儿子们的期许。

海东青是鹰隼军的首领。统率鹰隼天军是一件极其不易的事。因为鹰隼们性格孤傲，独来独往，戾飞冲天，不屑与其他鸟类同行。能够驯服鹰隼，使它们肯与他协同作战赴汤蹈火，一定是个比所有鹰隼更强大凶猛、被它们敬为神灵的人。

海东青看起来不是那样的人，但周大知道外表是最靠不住的。人们包括海都元帅，只看到了海东青的外表，没有看到他的心。

周大说，鹰隼天军是为你而生的。海东青听了很开心。他悄悄告诉周大说，自幼他就觉得自己是一只大鸟，在睡梦中，他经常感觉自己俯瞰大地。与那些桀骜不驯的鹰隼在一起，是海东青最快乐的事，他把自己灵魂化成了那些猛禽的一分子，即使站在地面上，他的心也随着那些鹰隼在天空翱翔。

海东青死后，大鸟们反应强烈到让人意外的地步。它们沮丧是在情理之中，但除了沮丧不安，它们还表现出了难以掩饰的敌意，即便是经常与它们打交道的周大，都从这些猛禽的眼中看到了这种罕见的戾气。

这情形是从什么时候开始的？周大竭力回想，是那个晚上，自己被人传唤到海东青的大帐中的晚上，是伯颜向自己追问剿杀巫人鱼的秘方的晚上；是海东青无缘无故地消失，又莫名其妙地毙命的那个晚上。

这些大鸟们一定知晓些什么。周大坚信，海东青的命运和这些猛禽之间存在着神秘的联系，尽管外人难以猜度，它们一定是与海东青的生死息息相关的。

因为主帅去世，伯颜向京城飞鸽传书。大汗的圣谕未到，众将士只好安营扎寨，开始休整。

不久后的一日，不知是路过还是一时兴起，伯颜突然出现在鹰隼军的营地。伯颜的出现让营地里弥漫着兴奋的情绪。很快，这种情绪变成了意外的骚乱。

伯颜进入鹰隼军大营的时候，正值大鸟们准备进食午餐的时候。它们的午餐是新宰杀的鲜嫩的小牛肉，而这个时刻，小牛肉的血腥气，以及胃液的分泌让这些大鸟格外激动。

伯颜带着他的随从们走进营地，鹰隼们在它们的笼架上都奓毛了。这些大鸟身经百战，这次它们激动的情绪竟然难以控制。

可惜那些正在分发血淋淋的小牛肉的兵士们并没有因为大鸟们异样的表现而有所警惕，他们打开鹰棚的门闩，解开鹰架上的铁链。只是眨眼的事，鹰隼们暴动了。它们掀翻了食盆，折断了鹰架，疯狂地冲撞鹰棚的大门。有几只冲出鹰棚的金雕竟向伯颜的人马扑去。若不是恰好鹰隼军里的将领们都在场，若不是军营里的众将士手疾眼快，若没有周大及时赶到，鹰隼们也许就把伯颜和他的卫队当作可口的饭食享用了。

在那一刻，周大见到了伯颜和鹰隼们对视的目光。他感觉一阵心悸，他终于知晓了一些他并不想知晓的事情。

那几只金雕犯上作乱，被处死了。负责分发午餐的那些倒霉蛋都被军棍打惨了。

从此，伯颜再也没有来过鹰隼军的大营。

周大每每想起此事，不寒而栗。他变得心事重重，沉默寡言。

因为这次的骚乱，海东青的副将以玩忽职守的罪过被撤职。上面要在军中选拔新的鹰隼军的首领，千户长以上的都是比武应试者。

周大本来拒绝了这次机会，他说自己村鄙之人，德薄能鲜。

但玉勒传话，说：大汗选拔人才，向来不拘一格，任人唯贤。

周大无奈，只得应下来。

比武应试的科目，是一哨一剑。

哨为驯鹰者指挥鹰隼们攻敌的口哨；剑为鹰隼军将士防身之剑。这些都是周大稔熟的。

比武的前一天，周大身子不适，嗓子红肿，眼睛燥疼。这些日子鹰隼军中没有人好过，那几只被处死的金雕，原本是鹰隼里的领头雕，身先士卒，一呼百应。它们被朝夕相处的主人当众处以极刑，其他鹰隼们惊愤到崩溃的边缘。将士们守着鹰棚，眼不敢眨，生怕再引祸患。想那海东青主事时，鹰隼军的威风；如今一盘散沙，无人辖制，谁的心气不一落千丈。

周大强撑着到山上采了些黄连。多年闯荡在外，周大无师自通，也成了半个医生。他知道只要用黄连内服外敷，应付自己的病症不在话下。

黄连采摘回来，周大的那个副手主动提出替周大煎药。自从周大升了千户长，他身边多了一个麻利的副手，小伙子手脚勤快，周大对他甚是满意。

第二天早上，周大巡视鹰棚回来，副手已经将熬好的黄连汤搁放在帐篷的桌子上。

周大擦了擦手，接过副手递过来的药碗，温乎乎的，正好入口。

喝了一口，周大的心头一噤，他觉得今日的黄连汤格外寒苦。

副手提醒他，太阳当头，时辰已经不早。周大来不及多想，将药汤一口灌了下去。周大准备要去比武场了。他知道这次比武许多人都把他看成了对手，无论输赢，去晚了总是不好。

比武场就设在山后那个往日驯鹰的空旷处。从营地走到那里，不过一里多路。出门时，周大脚仿佛软了一软，副手立即扶住周大的手臂。

副手忙说：周爷，走好。

周大说：没事。

周大说没事，心中却有些疑惑，他站住，运了运气，似乎并无大碍，他瞥了副手一眼，继续上路。

又走了不多一段路，前面绿荫通往山间小径。周大突然觉得视线有些模糊。

周大说：已经快正午，这雾气从何而来的？

副手答：周爷说笑，哪里有雾气？

周大用手在脸前一挥，眼睛里的雾气更重了。他突然站住，一动不动，面色变得铁青。

周大冷笑一声，拔出剑来：兔崽子，老子着了你的道了。

副手吓得顿时后退几步。

周大说：把他们都叫出来吧。

副手说：何人？

周大说：少废话，你的帮手们。

话音刚落，绿荫里跳出几个人影。那些人个个手里持着刀剑向周大奔来。

副手慌忙喊道：慢着，等那药性发作出来，再取他性命不迟。

那些人当中的领头人道：你看他已经头晕目眩，是个半瞎。用过这神药，就算他定力过人，也只能伏首待死。

周大竭力保持镇定。显然，这是桩早已策划好的图谋。尽管他模糊的视线已经看不清那闯到自己身前的歹人的面容，但凭着多年的江湖经验，这些人是想即刻取自己性命。

来不及多想，周大已经开始与那些人过招。他发现对方脚步轻盈，听刀剑带过的风声，兵器也都用得飘逸。这种轻飘路数，对目力受损的人威胁极大。交手没有几招，周大就判定这几人用的是天罗地网的战术，论个体，武艺并不出众，联手在一起，以优补劣，互为臂助，这样一来，自己险象环生。

这时，周大突然感到丹田一泄，胸口的真气突然再提不起来，腿脚手臂都变得软弱无力。

显然对手也发现了周大手中的利剑变得滞重，不由得哈哈大笑：周大，都说你剑无敌手，可惜你阳寿该终，还不乖乖受死！

对方一拥而上，兵器齐下，顿时利刃雪亮一片织成大网，将周大罩得密不透风，喘不过气来。

周大自知已经强撑不住，性命交关。他拼力横剑架住敌手的兵器，仰天长啸起来。这长啸尖锐刺耳，振聋发聩，让人心脉惊悸，几个歹人手中的兵器不由得都缩了一缩。周大趁机寻个破绽，侧身一跳，向山间斜坡地滚去。

那些歹人看到了，只以为周大要逃，一起向坡地追来。刀剑戳的戳，砍的砍。眼看周大就要血溅三步，呜呼哀哉，突然间，天空中出现了对周大长啸的回应，那声响携风带雨，几只大雕似箭般地扑了下来。霎时间，飞沙走石，愁云惨淡，几个凶狠的歹人立刻没了还手的机会。

周大只听得兵器打落在地的叮当的声响和那些个歹人逃命时的哀号。他眼前一黑，人事不省。

待人们发现倒在坡下的周大的时候，四下无人，只见几只大雕孤零零地守护在周大身旁。

周大被抬回营地，奇毒攻心，高烧不止，却手脚冰冷。人们围看周大，七嘴八舌。曾给海都元帅疗过伤的赤贵先生本是军中最好的医师，他看过周大的脉象后说：依我看，这毒物并非寻常之物。

周大闭着双目，似睡非睡。

赤贵说：倒像是一种极阴的冰。

有人诧异：难道是万世毒尊用过的那种冰？

赤贵不答。帐篷中的人都识相地不吭声了。

这些人多少都有些见识的。赤贵说的东西他们虽没有见过，却是听说过。毒界曾有一高人被称为万世毒尊，据说他手中有一种叫作"火毒之王"的冰，这种冰算得上冰中魂魄，来自海底冰川的极寒处，遇阳光化水，看似透明无形，却是阴火至毒，被奸人拿来专害武艺高深之人。

人身全靠阳气为生，练武更靠血脉通畅，但这种"火毒之王"是用它的毒阴之火攻溃阳气，阳气最充沛者，受害最大。它专门追顺血脉而走，在阳气集中的心肝脾肺肾处纠结，在与五脏对应的五官处发作，三到五日后，五官溃烂，人衰竭而死。

半晌，有人怯怯地问：这毒可有解药？

赤贵摇头。

还有人不甘心：都说先生妙手回春。

赤贵说：为医者，治病不治命。

听到这儿，周大挣扎着说道：出——去——！

众人目瞪口呆。

周大在铺上摸索着拔出利剑向着众人：给我出去！

众人不动。

周大却从铺上强撑着爬起来。

众人忙不迭地都退了出去。

周大跌跌撞撞地跟走到门口，将自己的利剑插在帐篷外。然后，帐篷帘落下。只听到砰的一声，众人知道周大定是倒在帐篷里的地上了。

接下来的几天，将士们只听得从帐篷里传出断断续续的呻吟。时不时地，这呻吟还混杂着瘆人的诅咒和嘶喊。又过了两日周大的声音已经嘶哑，梦呓也变得有气无力。直至有一天，帐篷里猝然传出撕心裂肺的一声惨叫。接着，一切无声无息，归于沉寂。

有人猜测周大无力回天，终于与痛苦一同走了。但猜测归猜测，始终没有人敢碰帐篷外的那柄剑，无人敢到帐篷里去打探。

当天将亮的时候，巡营的士兵看到一个形销骨立的人形出现在帐篷外。那人打着晃，拔起了帐篷门口的利剑，慢慢插入自己的剑鞘。原来，那人竟是周大。他依旧活着，但他已经不是原来的周大，他只剩下一只眼睛。

周大的副手消失得像从来没有存在过。

谣言四起，说周大遭人暗算是因为鹰隼军中有人蓄意争夺头领之位，于是，那日参加比武的人都有了脱不了的干系。上头派人到鹰隼军中察访，闹得人人自危，惶惶不安，从鹰隼军中选拔统帅的事情再也没人提及。

过后不久，说是为了避免重蹈覆辙，伯颜指派玉勒接管了鹰隼军的军务。

周大回到大城，见到自己的女人。他对着妻子笑笑，笑中有一丝歉疚。妻子怀胎九月，即将临产，自己这般样子见她，难免惊吓了她。

妻子抚摸着周大的脸说：怎么会，我觉得你原来就该是这个样子。

周大问：原来我在你心里早就这般丑陋？

妻子娇嗔：什么丑陋？你是我心中的好汉，英雄好汉自当不同流俗。

周大被妻子的话说得胸口暖意浓浓。他庆幸自己能够平安回家。自己能够回家可谓九死一生，确切地说，自己是拿一只眼睛换了一条性命。

在赤贵医师尚未说出那"火毒之王"无药可救之前，周大已经对此心知肚明了。周大虽然中毒，但神志并未丧失，他凭着多年的经验知道，自己这次再难逃脱鬼门关。愤怒沮丧之下，他忍不住挥剑将众人驱赶出去。

但当他跌倒在帐篷中之后，一股酸楚之气冲到咽喉间。他刚刚有了一个家。这家给他带来的温柔是他二十八年未曾享用过的。他的女人将他看成阳光雨露充足的一片青天。他的命是他和他的女人的。他不可以死。他的女人在大城等他，等他一起过好日子。

毒性发作，毒火在周大的身体里肆意横行，阵阵痛苦如刀割斧剁。周大生不如死，但他仍有一丝信念。他记得那日毒性是从双目发起的，毒火必然在那里积淤最深。他听说"火毒之王"之所以攻腑脏而溃五官，是因为阴火极旺之后，如猛兽在寻找出口。周大决意要在那猛兽吞噬掉自己之前，找到那个出口。

阴火焚烧着周大的五脏六腑，他全身疼痛难挨，他的眼睛成为痛中之痛，脑袋仿佛正在被两只眼睛锯成两半。这时，他的信念更加清晰。特别是当他留意到左眼的痛苦已经达到无以复加的程度的时候，他心中反而产生了一种轻松。

于是后来，众人听到帐篷里猝然传出了撕心裂肺的惨叫。

周大用自己残余的力气，将匕首刺入了自己的左眼。

两个时辰过去，周大慢慢苏醒过来，他感觉自己满面是血，但腑脏中火烧火燎的痛感却在消退。他意识到，与长生天赌命，他赌赢了。

一只眼睛的周大义无反顾地退伍了。他回到了大城。

周大守着妻子，守着她生下了一个漂亮的女儿。

窗前杨柳春风，妻子说：给闺女起个名字吧。

周大想了想，说：柳树最有风情，最像女人。就叫柳儿吧。

第五章

拂菻国来的游僧

他是一个游僧。

作为一个游僧，他见过的世面已经太多。

所以，今天当玉勒将军带着一群兵士凶神恶煞地闯进他寄宿的客栈的时候，客栈里的人们都略显惊慌，唯有他依旧在那里一心一意地喝酒。一把小小的酒壶，一个不大的酒杯，几粒煮花生，他喝得津津有味，不时吧唧着嘴。

客栈店小二忙迎着玉勒走上去：将爷，里面请。

玉勒推开店小二，目光在人群当中巡视着。

这个客栈的老板，原先是个从朱罗国来的丝绸生意人，随着买卖越做越兴隆，在后街开了商号，并顺便在前街经营这个客栈，让来往客商有个落脚的地方。所以住这个客栈的，大都是四方各国到大城经商的人。住店的总得吃饭，老板捎带着在客栈里搞了个酒肆，结果生意好到不行。

店小二看出玉勒是来找麻烦的，所以点头哈腰紧跟着玉勒，不敢有一点差池。

玉勒走到两个波斯人面前，不客气地问：你们，做什么生意的？

其中一个忙拿出自己的腰牌，说：瓷器。青花瓷。

玉勒不接腰牌，却说：手——！

那人忙把腰牌叼在嘴上，与另外一人一起把手掌伸了出来。

头目仔细地凝视了片刻，点点头，走到一边去。

他拦住了一个大汉说：你呢？

大汉说：皮毛生意。

说着，那个大汉也将腰牌叼在嘴里，伸出双手。

玉勒却朝那大汉身边的皮毛货物瞥了一眼，转身走开。把那个嘴里叼着腰牌的汉子晾在那里。

玉勒有一搭没一搭盘问了几个珠宝生意人和药材商贩后，走向角落里几个皮肤黝黑的商人。

那几个人立刻浑身的骨头都紧了起来。

玉勒说：本官好像在哪儿见过你们几个？

那几个人面面相觑。

其中一胖子奉上腰牌，说：兵爷定是看错人了。我们是苏丹国人，专做茶叶生意的。生平第一次来大城。

玉勒似笑非笑地一边看腰牌，一边打量对方：不错。还真是第一次。你们进了多少茶叶啊？

胖子说：三五十斤。

玉勒嘿嘿一笑：这点茶叶的赚头，还不够你们跑路和住客栈的。

胖子的同伴忙插嘴：哪里是三五十斤，明明三五百斤都不止。

胖子说：是，是，我说的是顶级团饼三五十斤，那散茶怎么也有千把斤。

玉勒哼一声，道：做生意的，连货物斤两都心中无数，做赔本生意啊？

胖子脸上冒出油汗，说：瞧您说的，小的一时糊涂。

玉勒说：别啊，千万别糊涂。本将最爱喝茶，遇到做茶叶生意的，就觉得亲，总想聊聊门道。你说，这紫笋雀舌茶为何胜于先春、次春茶？

胖子说：这……这个……

玉勒说：既然你说有散茶千把斤，那都是蒸青，还是炒青？

胖子说：有蒸青，也有炒青。

玉勒说：各有多少斤两？

胖子说：各有四百斤，哦，不，五百斤。

玉勒问：货物放在哪儿呢？

胖子支吾：货物……在那儿。

玉勒说：在哪儿？

胖子说：磨盘山那边的万方崖。

玉勒说：那边可有不少作坊呢。乐器作坊，铁器作坊，木器作坊……焰火作坊也在那边吧？

那几人面面相觑，突然，那胖子拔腿就跑，别看他圆滚，竟跑得奇快。

头目呵斥：给我拿下！

兵士们有的现场拿人，有的提着兵器追了出去。

客栈里的人都看呆了。

有人悄悄问：这是犯了什么事儿啦？

即刻有人答道：还没看出来，准又是有人想偷皇家焰火作坊的焰火，败露了。

有人接话：那焰火可是汗国的绝顶秘密，真要偷到手，带出去，是几辈子享不完的荣华。

店小二冷冷地说：哼，刀尖上舔蜜。多少人就是为了这念头给剜了眼睛，剁了手脚。还是本分点儿吧！

众人不由得都沉寂了。

游僧依旧一个人坐在那儿喝酒。手中的酒壶已经倒干，他遗憾地将酒壶盖揭开，向里探望着。这时他发现有个人来到自己的面前，挡了窗口的光亮。

玉勒客客气气地问：这位师父从哪里来？

游僧一声不响地从怀里掏出腰牌，放在桌子上。

玉勒瞥见对方手腕上缠着一串念珠，那些念珠有长有短，大小不一，黄玉般透着润泽油色。玉勒识得，那是西域最神秘的法器，每一粒念珠都是由过世高僧的手骨做成。

玉勒不动声色地拿起腰牌看了看：师父从拂菻国来。路程好远。

游僧说：比人心与人心之间的距离要近得多。

玉勒说：来大城做什么？

游僧答：大城里有许多游僧。跟他们一样。

玉勒摇头说：不会一样。师父是从拂菻国来的。

游僧手中的酒壶的确是空了，他缓缓抬起头，向玉勒望去。

游僧说：原来你一直在寻我？

玉勒说：别误会，是伯颜大将军。他想请师父到府上去坐坐。

游僧说：我若说不……

游僧指指门口。只见刚才从客栈里逃出去的那个胖子已经被人捉住，手脚绑在一起，像个要下锅去毛的生猪，被人穿在扁担上一路抬着走来。

游僧说：也那样抬我去？

玉勒皮笑肉不笑地回答：伯颜将军专门派了车马，比那样舒服得多。

曾经的海都大元帅的府邸，已经成为伯颜大将军的家。贝阙珠宫，异草奇花，除了皇城，这府邸算得上大城内最气派的宅子。

伯颜接管了父亲的府邸后的第一件事，就是重新修缮东书院和如意斋这两处幽静的院落，然后让玉勒将军替自己出马，将海东青的遗孀和独子接到了自己家中，安置他们住进新房，并吩咐府中最伶俐的侍女下人去好生伺候。

父亲和长兄同时过世，伯颜善待孤儿寡母，义薄云天。就算大城里有不少人对伯颜曾有微词，但耳闻此事，不得不承认伯颜将军这一手做得漂亮，让再挑剔的家伙也无话可说。

花厅里摆着一桌丰盛的饭食，鸡鸭鱼肉，美酒瓜果。

游僧坐在桌前大吃大喝，手上和脸上都油腻腻的。

伯颜面无表情地坐在那儿，看着游僧吃喝。

师父觉得这些饭食还可以？玉勒站在游僧身边，笑眯眯地问道。

游僧说：一顿饱顶十天饥。

玉勒说：师父若吃得顺口，只管慢慢吃。

游僧没有反应，周围人看他吃喝，看得目不转睛。

玉勒转移话题，道：师父，你看将军的这个园子如何？

游僧头也不抬：对雨卧风餐的人来说，这园子就是仙境。

玉勒说：师父可愿意天天有这饭食，天天享受这园子？

游僧说：那是做梦。

玉勒说：师父想让它不是梦，就不是梦。

游僧眯起眼睛说：还是让我眼下把这梦做得长久一点。

伯颜突然开口道：师父为何到我们大城来？

游僧仿佛愣了愣，把嘴里的肉努力咽下去：嗯，问得好，我一直想知道，我的这双脚为何带我到这里来。

伯颜说：师父来到大城，都去了哪些地方？

游僧说：让我想想？城东城南城西城北，有好茶好饭，有热闹看的地方都去过。

伯颜打断游僧的话：师父去过一个独眼人的家。

游僧说：独眼人？

伯颜说：他叫周大。

游僧认真地想了想：有、有，是那个南城茶馆的老板。不对？那就是西城做衣的裁缝。也不是？你们大城里怎会有这么多的独眼人啊。

伯颜的脸有些青。他看出这个游僧是个滚刀肉。可既然他已经到了自己手掌心里，就不怕他弄鬼。这个来自西域之西的游僧身上藏着不可告人的秘密，他一定要把这个游僧的嘴撬开。

伯颜是从胡姬口中听到那个游僧的消息的。

胡姬是个小妖精。她说话时总是一脸乖巧恬静，但她那些仿佛无心的话，却很准的。

胡姬说：大城里新来了一个拂菻国的游僧。

伯颜不以为然，大城每日有无数游僧出入。更何况，他此时正把一只手插在胡姬怀里，抚摸着她刚刚萌起的胸脯，觉得像是在抚摸一对青苹果，虽然尝起来略带酸涩，但水嫩新鲜。

胡姬又说：拂菻国地处西域之西，说不定他就是你想找的那个人。

胡姬说这句话时，眼睛像精灵一般闪着，伯颜黑蒙蒙的脑子里仿佛有盏灯一下子被点亮了。

伯颜还记得自己当初发现这个睫毛如同飞蛾翅膀的小丫头时的情景。半年前，白骆驼国国王向大汗出首自己的亲兄弟黑骆驼国国王对大汗有谋反之心。大汗令伯颜率兵出征讨伐。汗国大军轻而易举帮着白骆驼国灭掉了黑骆驼国。黑骆驼国的国王被自己的弟弟抽了脚筋，装入一个笼子里，挂在了城楼上，任凭路人观赏。由此可见亲兄弟打架往往是最狠毒的。

战役结束，两边都拿到了好处。黑骆驼国国土归白骆驼国，白骆驼国承诺此后每年要向汗国双倍进贡；而黑骆驼国的精壮男子都将送往大城成为汗国的苦役。在苦役的队伍里，伯颜偶然瞥到了一个小小的身影。那个羸弱的身量看起来顶多十岁出头，衣衫褴褛，排在青壮男子的队伍里，实在是太醒目了。

伯颜喝住了押送苦役的队伍，让那个孩子出列。那个孩子一声不响地走到伯颜的面前。伯颜用手掌掐住孩子的下颌，抬起了他的面孔。他的尖尖的小脸上沾满尘垢，一双眼睛眨也不眨地看着伯颜。这是一张轻易就能在人的记忆上划出痕迹的面孔，即使污垢满面，仍难掩其清秀，特别是那双睫毛极长的眼睛透着黑夜般的诡惑，仿佛有精灵出没。

伯颜松开手掌，对手下说：把他送到我的营帐里去。

晚上，伯颜走入营帐，看到那个孩子已经在那儿等待。孩子被清洗过了，换了整洁的衣服。

伯颜挥挥手，让跟随他的侍从出去。接着，他坐下，对孩子说：倒茶。

孩子走过来给伯颜倒茶，笨手笨脚，将茶水洒了满地。显然，这是个从未经受过训导，也从未伺候过人的孩子。

伯颜说：谁让你做苦役的？

孩子平静地说：我要去大城。

伯颜喝了一口茶水：谁让你贿赂他们的？

伯颜已经让人打听清楚了底细，这个孩子用一块罕见的祖母绿贿赂了自己的士兵，要跟随苦役们去大城。天知道这块宝石是从哪里来的。

孩子说：我要去大城。

伯颜放下茶杯，说：你过来。

孩子乖乖地走近他。

伯颜一把将孩子攥在手掌中，他发觉这孩子的骨头像爬行动物一般灵巧柔软。

伯颜问：谁让你女扮男装的？

孩子瞬间有些愕然，黑森森的眼睛将伯颜瞥了瞥，突然将手变成利爪向伯颜的脸上抓去。伯颜头一偏闪过，手疾眼快地捉住孩子的胳膊。

伯颜狠狠地把孩子的骨头拧得嘎嘎响。

孩子呻吟一声。

伯颜说：讲实话。

你杀我好了！孩子脸上毫无一点怯意。

伯颜道：我不杀你，我要你的实话。

孩子忍住痛，声音低了些，还是那句话：我要去大城。

伯颜问：你要去大城做什么？

孩子定定地看着他，眼睛美丽得无与伦比：那是我的梦。

伯颜的脑子里闪过的第一个想法就是，这个小丫头是个小妖精。尽管她眼下干瘪得像条鱼，胸脯也平平的。但她的眼睛，仿佛里面藏着妖孽，一不小心会摄走你的魂魄。

伯颜松开手，突然决定要带这个孩子回大城。这与感动无关，他觉得自己已经被这个孩子的眼睛蛊惑，他心甘情愿要探一探究竟。

伯颜说：小丫头，你叫什么？

孩子说：胡姬。

伯颜一笑。西域的姑娘们都被称为胡姬。

伯颜并不在意她的真实姓名，胡姬总有一日会成为一个小妖精的。

伯颜将胡姬带回到大城，嘱咐左右让她恢复女孩子的身份。胡姬性子野惯了，常常在府中乱跑。伯颜竟然毫不在意，说不要过分束缚她。胡姬好吃好喝好装扮，不久，果然如同雨露滋润的种子，萌发出芽。这颗西域的种子出土后，伸枝展叶，开始生机勃勃地疯长。很快她的身形有了些少女的丰满，脸上也有了女子的妩媚。尤其让伯颜惊艳的是，这个丫头的天赋特异，她能够轻而易举地打听到各种与她无关的闲人杂事，她的眼睛望向五湖四海。她的耳朵长向八方六合。

胡姬对伯颜说，拂菻国来了一个游僧。他开始并没有往心里去。尽管拂菻很遥远，拂菻的游僧到大城来，绝不是件易事，但再难，也仅仅是个游僧。直到他听说国师也在打听那个游僧的行踪的时候，心里才不由得顿了一顿。国师绝不会关注一个凡俗之人，他寻找这个游僧，必有缘由。

这话是胡姬在说完前一句话之后，过了好久，仿佛突然想起什么说的。胡姬说：知道吗，国师也在打听一个拂菻国的游僧。说不定你们找的是同一个人。

胡姬说这话时，像条蛇似的缠在他的身上。

伯颜瞥着胡姬说：我要找的那个人？

胡姬撇撇嘴：当年你在黑骆驼国把所有僧侣搞得赤条条的，为什么？不就是在找他吗？

伯颜浑身的肌肉都硬了：谁？

胡姬说：谁知道啊，那人肯定没在那些人当中，反正那阵子只要听到黑骆驼国的僧侣，你都跟被骆驼踢了一样。

伯颜一把捏住胡姬的小手腕，这地方骨头娇嫩，一捏疼穿肺腑。他知道对方是在戏弄他。在这个府邸中，也就是胡姬敢这样与他说话。所以，他要给她些教训。

然而胡姬微微蹙眉，不肯喊一声痛。他的手又使了些力气，胡姬依旧不吭声，只是眼睛中多了些水分。于是，他笑了笑，放了手，他稀罕这个丫头，更稀罕这丫头的脾气。

前一阵子，伯颜在朝堂上被那个矬子国师弄得很窝囊，选了个日子，让府里的大巫祝问问长生天凶吉。大巫祝把煮熟去肉的麋鹿的肩胛骨放在火炭上烤，当那扁平硕大的骨头烤出黑红色火星的时候，大巫祝往骨头上吐了一口唾沫，顿时骨头啪啪作响，并炸裂出许多细纹。

大巫祝翻着浑浊的白眼半晌没说话。

伯颜探头窥视肩胛骨上的裂纹，一般说来骨纹没有爆出大洞，没有出现横断纹，视为吉利。这肩胛骨上密密匝匝的纹路，分明都是竖纹，但大巫祝的白眼一直没翻回来。

伯颜有点急，却不敢造次。

大巫祝魂魄出窍，正与神交谈，不能打搅。府邸里的这位大巫祝已经上年纪，说话啰唆。伯颜担心他与长生天交谈的时间过久，魂魄忘记了回家的路。

幸好，大巫祝翻着白眼开始嘟囔。大巫祝说：有人从西域之西来了。

"西域之西"四个字让伯颜的心头微微一动。

大巫祝说：是个带消息的。

伯颜瞪着大巫祝的嘴，等待听下文，但大巫祝没有下文了。

过了好一会儿，大巫祝终于让伯颜看到了他的黑眼珠。

伯颜迫不及待地问：你刚才说的，与本将军有何关系吗？

大巫祝说：长生天想让将军知道的，都说了。

伯颜气了：放屁！

大巫祝恭敬地低下头：小巫的法术的确有限，如果将军肯请教国师，或许他能指点一二。

伯颜骂了声"没用的东西"，转身走了。

这会儿伯颜又想起了大巫祝的话。既然大巫祝提及有人会带来消息，不会是凑巧与那个东西有关吧？凭良心讲，大巫祝的话若是不灵验，自己也不会将他白白养了这么多年。拂菻国正是在西域之西。这个游僧不远万里来到大城，或许他就是那个有特殊使命的人？

于是，伯颜命人费了点工夫找到了拂菻国的那个游僧。他的手下偷偷跟踪了那个游僧几日，很快发现了那个游僧与周大的来往。这更触动了伯颜的敏感。国师，游僧，加上那个周大，三个完全不可能在一个路口交会的人。是什么将他们串在了一起？这是有故事的，中间的曲折一定非常有趣。

伯颜的心情沸腾起来，他要找到那个游僧，他想知道答案在哪儿。冥冥中他感觉若找到了那个答案，便能够解开他的心结。

原本，在这三个人当中，这个游僧并非伯颜第一个想碰的人。大汗历来优渥礼待各国游僧，与游僧打交道是件麻烦事。但其他人更烫手。

首先是那个长得獐头鼠目的国师，伯颜与他打过交道，知道自己眼下的实力决计占不到便宜的。周大呢？他迟疑一阵，也还是放弃了。因为在心底，他对周大仍然有忌惮。他不怕周大。他是汗国大将军，周大是谁？但想起那些曾与这个人面面相对的经历，无一件事让他舒服，因此他也不愿意轻易去回顾。

那日，周大出现在海东青营帐中的一瞬间，伯颜便认出了当年的冤家对头。他不动声色，不仅仅是为了得到周大的秘方，更是为了有一日除去他。自小被人仰慕，优越感反使得他在记仇方面有天赋，曾经的挫败都是他心头永不愈合的伤口。但后来，周大没有死在大营里，这让伯颜不得不对这个人刮目相看。中了"火毒之王"必死无疑，他竟然以一只眼睛的代价活下来，说明他的运道足够好，命足够硬。头顶三尺有神灵，伯颜对一些不可思议的事情还是存有敬畏之心的。所以当周大知趣地退伍，伯颜犹疑一阵，突然决定放周大一马，让他自生自灭去。离开了鹰隼军，一个瞎了一只眼睛的人，就算他再神通广大，又能怎样?

所以，伯颜别无选择地请来了游僧，好饭好酒地伺候着。他安慰自己，他养得起豹军，养得起鹰隼，养得起大巫祝，当然也养得起这个人。将这个人当只狗养在自己家中，棍棒加骨头，不怕他不开口。

第六章
西域之西

游僧来自西域之西。多少年来，有关这"西域之西"的传说一直牵挂着伯颜的心。

那是一个一代又一代人传下来的故事。不同的人讲述，总有新意。无人知晓"它"的由来，无人能证实"它"的真实性。它究竟是何等模样？它能神通广大到如何程度？所以，它给予人们无限的想象空间。

伯颜已经记不得是什么时候得知的那个传说了，都知道它们是与女娲补天有关系的。女娲将它们三个分别抛在东南、正北和偏西的极远的地方，为的是不让它们聚齐。它们若真的聚在一起，将出现白昼颠倒、星辰错位的大事。

于是，它们长久地沉寂了，人们仿佛遗忘了它们。但过了许多年，有一日，大家又都听说了它们，或是天意，或是机缘巧合，因为有人终于聚齐了它们。

于是，有关它的消息被人从遥远的地方带到大城来。于是，有关它的传言像幽灵一般四处飘走。那些传言变幻多端，让人心驰神往，欲罢不能。

有说它出没在天涯之北，后又有说它隐逝在西域之西。有时，它被描绘成一个嗜血的"奇禽怪兽"；有时，它又被叙述成一个"灵果仙草"，总之谁若是能幸运地得到它，就得到了与天抗衡的力量。凡是有人从西域来，伯颜就忍不住向人打听它的故事，但随着说法的变化，那个东西也变得摸不着头脑，越来越虚无缥缈。

年幼时，伯颜也曾向父亲海都询问过此说法的可靠性。走南闯北征战多年的海都摇头：别听信那些异端邪说。汗国大军所向披靡，若真有什么"神力齐天"的怪物，也早就该冒出来了。

虽然只是一个传说，它却伴随着伯颜一直成长。每每提起它，伯颜都恍惚听到一种天籁之声在耳边萦绕，令人如痴如醉。伯颜对它的想望日甚一日地热切起来。这让他渐渐开始相信，它一定是有的。有一日若将它纳入怀中，余老白提及的什么九层境界又算个啥东西。

伯颜离开"混沌斋"已经多年。他离开时，曾深信自己的剑术有一天定能超越自己的师父余老白。时光一日日过去，他已经进入高手境界，但离那"无为"二字仍然遥远。他开始感觉自己的能力极限受到挑战，自己的自信受到挫败。他恨恨地想起那个传说。当他野心的根须伸展得越发强壮的时候，他愈加意识到自己的实力与之不相称。

在巫人鱼事件上，伯颜吃了国师的哑巴苦头。国师以出面收拾残局为借口，将众人玩于股掌之上，让他伯颜在大汗面前大丢颜面。从此伯颜将国师放入了自己宿敌之列。那次失利怪不得谁，技不如人，但至少让伯颜知道了对手在哪里。

玉勒劝他：即使是太阳，也分朝阳和夕阳。将军青春年少，大把的好日子在后面。国师如日中天，风头健得很。但再往后，夕阳该落山啦。

王勒的话让他受用。他不由联想了很多，是啊，他们，包括自己的父亲海都，都曾如日中天，都曾有过辉煌的时刻，但往后呢……夕阳落山之后，谁该站在汗国之巅呢？

伯颜想得浑身发热，舌根干燥。他向云端望去，仿佛有一只手在向他召唤。不过能够走上那云端，是需要奇迹的。

他自然又想到了"它"。若是有了它，定能一步登天，并且永远不会成为落日。

他出重金让大巫祝做了一次很隆重的法事。大巫祝连续三日傍晚时分跳神占卜，指着落日后西天的长庚星说，此星明亮赛月，西域那边有乱子了，那乱子将给伯颜大将军带来想要的机会。

几日后，传来了白骆驼国国君举报黑骆驼国国君谋反的事情，伯颜即刻向大汗请命出征。他的豹军和鹰隼大军会合了白骆驼国的人马，摧毁黑骆驼国如同大手揉面饼一般容易，而黑骆驼国国君就像刚出壳的小鸡，只扑腾了几下翅膀，便被他们捉住，装进了笼子里。

白骆驼国国君莽夫模样，虎背熊腰，在伯颜面前恭顺有礼。他小心翼翼地陪伴伯颜巡视他们的战利品，指出每一条街道的名称和方位。白骆驼国国君熟悉这里的一切如同熟悉自己家的后院。

当年，白骆驼国和黑骆驼国本为一国，叫"骆驼国"。骆驼国的两个王子一个儒雅仁慈，一个骁勇善战。骆驼国的老国君疼爱小儿子，但又不能剥夺大儿子的继承权，于是临终前将国土一分为二，交给了两个儿子管理，为的是表示自己的不偏不倚。谁料最后结果竟是这样。

白骆驼国国君说：从此刻起，将军脚下的每一寸土地都是将军的土地，将军看中的每样东西，都归将军所有。

白骆驼国国君的语气谦卑，但伯颜能见到这个莽夫的肠子曲里拐弯路数很多。伯颜说：此言差矣，普天之下皆为大汗之土；四海之内皆为大汗的臣子。我奉大汗之命前来铲除逆贼，怎敢以职谋私？

白骆驼国国君立刻改口：将军襟怀磊落，奉命唯谨，佩服，佩服！

他不再与白骆驼国国君啰唆，也不打算猜测白骆驼国国君小算盘噼噼啪啪图谋着什么。他做人有原则，只要各取所需，互不挡道，他不计较那些小事。

白骆驼国国君退下，伯颜站在大殿里环顾四下，黑骆驼国虽为小国，但土地肥沃，民康物阜，大殿中的陈设都很有排场。

伯颜的眼睛扫视着天花板、墙壁和地面，到处都有精美的骆驼图案，他不禁莞尔，难道传说中的宝物会藏匿在这个骆驼成灾的地方吗？

然而，黑骆驼国的王宫虽堆金叠玉，将士们觅缝钻头，找遍王宫的各个角落，并没有发现什么特别的东西。伯颜命玉勒带着手下撬开了所有的大理石墙壁和地面，转眼间雕梁画栋变成一片废墟。

伯颜失望，但又不甘，他深信自己不会是白来一趟。绝世珍宝，即便有人知道那个东西的秘密，也一定守口如瓶。

他很快发现白骆驼国的国君正在向他那个倒霉的哥哥偷偷索要什么东西，但无论是抽脚筋，还是将哥哥的两手在火炉上烙成炭饼，都没有奏效。黑骆驼国国君武艺虽弱，但骨头很硬，直至咽气没有吐一个字。

看来，真是有人想挡他的道了，路窄，容人太难。正当他盘算着要不要搬开白骆驼国的国君这块石头，玉勒给他带来了消息，有一个黑骆驼国国君的贴身侍从熬不住酷刑终于吐口。那人说王城陷落当日，曾见一西域僧侣走出国君的密室。神情绝望的国君跟其身后念叨：……这是我的至宝，托付给你了。

伯颜立刻命属下将黑骆驼国的所有僧侣都抓起来，扒光衣服一根毛一根毛地细细搜查，但能够查出来的不过是些虱子和跳蚤。那个西域僧侣如同一缕清风，与伯颜擦肩而过，消失得无影无踪。伯颜相信，那东西不会在黑骆驼国现身了，那个西域僧侣已经将伯颜寻求的那个至宝带走了。

此事没有让伯颜过分沮丧，他接受了这个事实。说起来虽是遗憾，但同时证明了人们一代代悄悄讲述的那个故事并不只是一个传说。伯颜感觉与那神物是有缘分的。

伯颜率部浩浩荡荡离开黑骆驼国。白骆驼国国君亲自将伯颜的人马送到大路口。望着对方的粗蛮大脸，伯颜招招手，说：后会有期。

白骆驼国国君笑得诚恳：期待将军下次光临。

这家伙还不知道自己有多幸运。伯颜心想，要不是那个西域僧侣抢先冒出来一步，这家伙的狗命就不一定能保住了。

光阴眨眼已经过去两三年，拂菻国游僧到来的消息勾起了他的旧心思。

这个游僧或许是有来历的，这个游僧让他联想起许多许多。

胡姬来自西域。胡姬自然也听说过那个"西域之西"的故事。

胡姬有时会信口开河，但这件事上，伯颜相信胡姬的直觉。

他要会会这个游僧。

来自拂菻国的游僧已经吃得很饱了。满桌大块的牛羊肉
对于他来说，有些过于油腻，吃多了会拉肚子。他有这样的
经历。但下一顿饭不知道在哪里，又让他习惯性地停不下来
咀嚼。其实，这饭食尽管丰盛，还真不如在周大家里吃的葱
油饼和烩锅面香。那顿饭他记忆犹新。他决意有一日启程回
乡，要将这做饼和做面的手艺带到拂菻国去。

那天，他走进周大的家。周大正在用晚餐。游僧说，自
己带来了马尔维亚国王的问候，周大立刻给了他亲热的拥抱。
周大的妻子在桌上添了一双筷子，邀请他像家里人一般地坐
下喝一杯。他和周大如旧相识。因为都是行走天下的人，两
人聊的话题无不投机。

这里是他这次旅途的终点，他见到了他要见的人。他履行
了对别人的承诺，转达了要转达的口信。他只等着对方点头。

游僧用他那老辣的目光打量四下。这是一个让人从头到脚
都感到舒服的家，家里的主人毫不对人掩饰他们的心满意足。

周大的妻子柔媚娇俏。她话不多，一直忙着给他们添菜
热酒。

周大的目光烫烫地徘徊在妻子身上，满是骄傲和赞许。

游僧看着眼前的周大夫妻，暗暗感慨，其实，国王和剑
客的幸福并没有太大的不同。

游僧告诉周大，马尔维亚国王已经娶妻生子。国王的小
王子已经三岁了。作为未来的国王，他需要聘请高人做师父。
那时，周大是首选。

周大哈哈大笑：怎么会是我？一个粗人。

游僧说：国王想把自己的骨肉托付给最信任的人。

听到这话，周大感慨道：真快啊，当年我们是兄弟，他跟我一样，也是个拼命的汉子，如今我们都是父亲了。

周大转身对妻子说：到时候我们一家都去？

周大的妻子微笑着看了看摇篮里的婴儿：那就热闹了。女孩子说话早，过些日子柳儿就会叫爹娘了。

周大说：再过一年半载，咱们的柳儿能满地跑的时候，正好能跟小王子做伴儿。

周大的妻子笑道：柳儿能有个哥哥，也挺好。

临别时，周大请游僧转告国王，等小王子五岁的时候，他一定赴约。

周大家的温馨还没从游僧心头全部散去，他就突然被人强行请到这如花似锦的地方喝酒吃肉。他本来可以拒绝。如果他真的拒绝了，对方也拿他无可奈何。他若想跑路，只怕脚在哪里对方都看不见。如果他像胖子那样被人穿在扁担上抬着，那也是他情愿被抬着，而不情愿用脚走。可他偏觉得对方固执得有趣，又偏巧囊中羞涩，下几顿饭还没有着落，所以只好顺水推舟了。

饱了。游僧打了个嗝，对伯颜说：实在是吃不动了。

说完，他站了起来：谢谢将军盛情款待，告辞了！

伯颜冷笑一声：师父以为我这儿是茶馆，喝完了茶，抹嘴就能走？

游僧说：将军想要我付钱？

伯颜说：天下哪有白吃的饭食。

游僧说：我们这些游僧可都是靠吃白食混日子的。

伯颜说：那你今日就只好留下了。

游僧说：我只听说伯颜将军请我来坐坐。原来是我听错了，不是坐坐，是住住？

伯颜板着脸对玉勒说：既然房间已经收拾好了，就请师父住下吧。

玉勒向花厅里的侍卫一扬下巴，

游僧看着扑上来的侍卫，脸上一副好玩儿的神态。

几个侍从已经扑到跟前，想抓游僧的双臂。游僧却脚跟一挪，顿时闪出好远，侍从竟然连游僧的衣裳都没有沾到，却撞到一起，差点跌倒。

伯颜道：师父功夫不浅。

话音刚落，玉勒向游僧扑去。玉勒是军中著名的擒拿好手，只要被他挨上，定是分筋错骨。

玉勒快似一阵风，却仍扑了个空。刚才明明是游僧站立的地方，眨眼就变成了玉勒一个人自己与自己相搏。再看那游僧正立在花厅的另一头抓痒。

伯颜倏地站了起来，即刻要亲自出手，却突然听到有人说话：他若真想走，只怕你们是留不住他的。

伯颜暴怒：谁说的！

我说的。

伯颜扭头看去，只见一人正背着手，稳稳地站在花厅的门口。

由于意外，伯颜一时竟然说不出话来。

满屋子的人都愣住了。

玉勒说：国师来了！快请国师进来！

伯颜破口大骂：瞎了你们的狗眼。国师来了，怎不通报？

花厅里的人大眼瞪小眼，因为的确没有人看到国师是何时进来的。

国师不慌不忙走了进来。

玉勒说：国师请上坐，敬茶！

国师没有理睬玉勒，却快步向游僧走去。

国师说：师兄到了大城，怎不与我打个招呼？

游僧对国师拱拱手：国师权重位高，不敢打搅。

国师说：这是骂我慢待师兄。

游僧说：岂敢。

国师亲热地拉住游僧的手，说：那好，到我府上去坐坐，我给师兄设宴赔罪。

游僧不动：这位将军说我吃了他的白食，不肯放我走呢。

国师说：当真如此？

玉勒说：哪里的话啊，伯颜将军是敬仰师父品格和学问，想留师父在府上多盘桓几日，也好切磋讨教。

国师说：伯颜将军是好客之人。但同出师门，情如手足。切磋之事还是改日吧。

玉勒只好答应：好说，好说。

玉勒向伯颜递了个眼色。

伯颜恨恨地说：既然国师开口讨人，这个面子我怎敢不给。

国师说：谢过将军。

游僧笑嘻嘻地转身就走。

玉勒忙跟上去：送客。师父慢走。

游僧摆摆手：不用，不用，择日再来叨扰。哦，提一句，那焗羊肉过于肥腻了些。下次最好是用三个月内的羊羔崽子，记着，多放点儿香葱……

游僧摇摇晃晃走出伯颜的府邸。国师不急不慢地跟在后头。

游僧说：天色不早了，国师请回吧！

国师不肯，说：我陪你走走。

游僧说：你是等我谢你？

国师马上否认，说：怎么会？没有我，那些人也留不住你。

游僧说：那你为何还要跟着我？

国师说：是我要与你赔罪。

游僧不由叹气：你若不寻我，那些人也不会找我的麻烦。

国师说：你从拂菻国来。我想知道师父的近况。

游僧说：这你不该问我。我也无缘与国师称兄论弟。

国师说：一时情急，罪过罪过。

游僧说：可惜你师父这辈子只收了你这一个徒弟。

国师说：本来无人知晓此事，可见你与师父的交情。

游僧沉默了。片刻，游僧说：回去吧，你师父很好。

国师仍不放弃，说：师父还在生我的气？

游僧不答。

国师再追问：可否告知师父为何这样生气？

游僧说：你若心里无数，也不会这样问我。

国师不由得尴尬，片刻转开话题：既然你来到大城也有些日子了，要办的事可办妥了？

游僧说：云游四海，做事全凭缘分。

国师说：你找了周大，你要做的事情必与周大有关。

游僧突然站住脚。

国师解释：我并无恶意，周大在大城多少也算是个名人。

游僧说：既然你们都在猜测，我究竟是来大城做什么，索性就告诉你。我欠一个人的人情。我来这里，只是传个口信。

国师不甘地说：人情是我师父？口信却是他人的？

游僧没有否认。

国师点点头：这些与我无关，我只想知道师父的话。

游僧说：你怎知你师父有话。

国师说：毕竟他只有我这一个徒弟。

游僧叹息一声：凡事适可而止，切记过犹不及。

国师愣了愣：弟子记住了。

游僧大步向前走去。

国师望着游僧远去的背影。他不知这是师父的话，还是游僧的话，当然已经无所谓了。他本想再说几句，但最后忍住了。师父有能力感应到千里之外。说什么都是多余的。

第七章

马尔维亚

大厅火炉四周的凹槽里撒满了春黄菊、艾菊、黄花九轮草、雏菊和甜茴香，那些植物在温暖的火光下散发着好闻的气味。

大厅的墙壁上烛光闪闪，马尔维亚的国王坐在火炉前的地毯上，绘声绘色地在给自己的儿子讲故事。

国王说：……太阳老高了，我还没有走出那片沼泽地。我听到耳边嗡嗡的叫声，大群的蚊蝇追逐着我。我已经好几日没吃东西，两条腿像两块巨石，再也搬不动了。这时，后面传来了马蹄声……

年近四岁的卡拉夫将蔚蓝的眼睛瞪得老大：爸爸，当心坏人！

国王说：我绝望地四下望去，没有地方躲藏，连一棵大点儿的灌木都没有。怎么办？只见远处马队飞驰而来，马队最前面就是那个三番五次要拿我性命的小杜克公爵。我拔出剑来，这次只好拼了……

国王用手臂挥砍着：小杜克公爵举着长矛向我刺来。我向旁边一跳，闪过了长矛，但脚下没有站稳，跌倒在泥水里。小杜克公爵掉转马头，又向我冲来。我已经筋疲力尽，拼了命，也爬不起来了……

卡拉夫急得小脸通红。

国王继续比画着：眼看那杆锋利的长矛戳到了我的胸前，我几乎感到了瞬间钻心的刺痛。就在这时，小杜克公爵的手突然软了，只见一把利剑正正插在他的后背上，小杜克的身子歪了，接着，像个大口袋从马背上掉下来。在几步远的地方，突然出现了一个人……

卡拉夫激动地张开小嘴。

国王说：小杜克公爵手下将那个突然出现的好汉团团围在当中。他们问，你是何人？报上姓名！

卡拉夫抢着打断父亲的话：我知道，我知道，好汉说，你们要是能胜过我手中的剑，我就告诉你们！

国王赞许地点头：那个好汉说着话，踹了小杜克一脚。插在小杜克肩头的剑立刻跳了起来，落到了那个好汉的手里。那些坏家伙一拥而上，可好汉明明这一刻还在马头，但转眼就跳到了那些人的马后。他的身子比猴子还灵巧，他的剑比闪电还快，那些坏人纷纷落马，躺在地上又哭又喊……

卡拉夫喊叫：还有我，卡拉夫也来了。卡拉夫拿着剑，跟着剑侠叔叔一起揍他们！嗯，狠狠地揍他们的屁股……

国王一把抱住卡拉夫用力亲吻：哈哈，儿子说得好！

这时，王后带着侍女走进了房间。她的金发浓密，如云朵沉重地堆在头上，使得她行走时不得不挺直洁白的颈项，有一种如同天鹅般的柔曼高贵。她的手搭在小腹上，站定后望着国王父子两人，像是望着两个快乐的大孩子，眼睛里满满都是爱。

国王看到了自己的王后，坐直了起来：宝贝，看谁来了！

卡拉夫向王后喊着：妈妈，我什么时候才五岁啊？

王后上前，抚摸着儿子的小脸蛋：快了，还有十八个月。

卡拉夫说：剑侠叔叔说了，等我五岁，他就会来。

王后回答：对啊。

卡拉夫说：可我不想等那么久。

王后笑说：等待是件很美好的事情，就像等待花朵盛开，等待果子成熟。好了，天太晚了，我们的小王子要睡觉了。

卡拉夫扭着身子，说：不，我还要听爸爸讲剑侠叔叔的故事呢。

国王说话了：看，蜡烛都流眼泪了，爸爸也困了。明天再接着给你讲剑侠叔叔如何帮着爸爸从坏人手里夺回王位的，好不好？

卡拉夫恋恋不舍地望着国王点点头。

王后抱起卡拉夫，在他脸蛋上亲了一口：卡拉夫，做个好梦。

卡拉夫看向王后：我希望，明天早上我睁开眼睛，就五岁了。

王后微笑着：听话的孩子总能心想事成。

卡拉夫看看母亲，又看看父亲，举起一只小手，五个手指分开，并示意地扬扬下巴。

国王和王后也伸出一只自己的手。他们三个人的手腕上各自戴着一个样式古朴似琉璃的镯子。

小小的手击打到父亲温暖的掌心。接着，母亲柔软的手掌叠盖到他们手上。

随着那三个手掌的接触，三个镯子碰撞在一起，光彩流溢，发出叮叮当当悦耳的声响。余音袅袅回响在大殿之中。

王后将卡拉夫交到侍女手中。

看着侍女抱着卡拉夫离去，国王将王后拥到怀中，端详：今天晚上，我的王后好美。

王后淡淡地结着眉头，仿佛有心事。

国王将王后头顶的珍珠发针拔出，浓密的长发如瀑布般倾泻而下。国王向王后细腻洁净的颈项吻去。

王后依在国王的肩头喃喃：看到卡拉夫天天纠缠着你讲剑侠的故事，我心里总觉得……

王后说着语噎。

国王宽慰道：你担心什么？小杜克公爵？他早就死了。

王后说：可他的父亲，那个老杜克还在。

国王说：他已经年迈，不能对我们做什么了。

王后说：午夜里，有人听到大殿外的神柱们在叹息。还有人看到一些幽灵在王宫的长廊徘徊。

国王抚摸着妻子的脸颊：那些都是吓唬小孩子的说法。

王后说：那个剑侠，你不是已经让人给他送信？你请他来，不就是为了……

国王截住王后的话：干吗总把事情往坏处想。他是我最好的朋友。卡拉夫很快就会长大，他需要一位师父。

王后被勉强说服了。她终于放弃了追问，温存地握住国王捧着自己脸庞的手，两个人腕间的镯子互相摩挲着。

国王定定地看着妻子：放心，有我在，不会让你和卡拉夫有事。

王后枕着国王的手臂，沉沉地睡去。

国王一动不动地躺着。倾听着妻子甜馨的呼吸声，他的眸子凝视着黑夜，样子显得警醒。

慢慢地，他将自己的手臂从妻子的脖子下抽出，然后，坐了起来。他低头看了看自己手臂上的镯子，那镯子在黑暗中发出幽微的光彩。国王微微叹息一声，离开了床铺，赤着脚走向窗前。

国王撩起窗幔，窗前一片漆黑，只有王宫外的湖水映着月光，泛出粼粼的光亮。这个城堡是国王的祖父的叔叔传给国王的祖父，而国王的祖父又将它传给了国王的父亲，他的小儿子。他们都是王国的继承人，他们在继承王国的同时，继承了王室的荣耀和对百姓的责任，继承了家族中的一个秘密，一个无人能解的诅咒。

雪山下的城堡被碧蓝湖水和绿色草地萦绕，城堡中最显赫的建筑是王座大厅。大厅的圆拱镶嵌五彩斑斓的玻璃，阳光中，人们觉得这大厅里的王座离天堂很近，大厅外是十二根雕着神兽的神柱。十二神柱代表着王国曾经的十二位国王的辉煌。

国王的父亲正是那十二位国王当中的最后一位。

米海尔，我选择你，让你拥有这个王国。对你来说，或许并不是一件幸事。

国王记得父亲临终前对自己说的话。

你掌握了世间最强大的力量，你的唯一对手就是自己。

老国王艰难地喘息着说：这听起来像是祝福，不是诅咒，对吗？有人说，我们这个王国，能维持到今天，全都靠它的庇护。但他们不知道，它让我们付出了多大的代价。我真希望，我们从来不曾拥有过它……

老国王中了慢性毒药。毒药来自王宫里的花匠，他小心翼翼地送来的一盆极红艳的花。每日清晨，日出之时，那花散发出奇异无比的香气。将花送给老国王的花匠说，闻此花香能让人头脑清醒，耳聪目明。

花摆在了老国王的寝室里，不久后，老国王就开始全身骨节疼痛，皮肤上出现了青紫色的瘀血。当医生发现老国王中了花毒的时候，那个花匠已经死在一堆花肥前。

看到父亲的痛苦，年轻的国王通告全国：无论谁，只要有人能解救老国王的性命，他将不惜一切代价来报答。

那个人终于出现了。他是老国王的哥哥，小杜克公爵的父亲——老杜克公爵。

老杜克公爵来到王宫，他的目光扫视着宫中的一切，最后落在了王座大厅当中的那个高高的王位宝座上。当年他的父亲若不是选择了老杜克的弟弟做王国的继承人，他应当在那个宝座上坐得屁股都长出茧子了。

老杜克公爵说他带来了解毒的灵药，但提出，要和自己的弟弟单独谈谈。

那次谈话的内容无人知晓。老杜克公爵离开的时候脸色很不好看。

老国王就是在那个晚上过世的。过世前，老国王艰难地在儿子面前展开一个手巾包，里面是三个琉璃似的镯子。

老国王对儿子说：不要为我的死遗憾。那个秘密是无法与任何东西交换的。每一代的继承人都是权力的象征。但被选中的继承人，却一定是那个最不热衷于权力的人。

年轻的国王含着泪水：我记住了。

老国王叹息说：这个承诺比你想象的要难得多。贤者曾告诉我，它会五百年出世一次。我知道，那个日子快到了……

老国王去世的时候，眼睛睁得大大的，似乎还有话没有说完。

年轻的国王握着父亲的手，直到父亲的体温完全消失。

他的胸襟里多了一个绣着玫瑰花与利剑的王徽图案的手巾包，那个手巾包随着年轻国王的走动，发出叮叮当当的声响。

老国王葬礼的日子到了。王座大厅外立起了第十二根神柱。士兵们含着泪水跟随在灵车后面，为老国王送葬。百姓们倾城而出，他们都在为一位圣明的国王去世而悲哀。

老杜克公爵的儿子趁着城内兵力空虚，率领铁骑杀进了王城。这是一次精心设计的反叛。城里到处都是叛军的奸细和接应。血战后，刚刚即位的国王不得不带着自己的亲信离开了王城。

老杜克公爵宣布自己正当地从篡位者手中夺回了早就该属于他的王位。他带着侍从走入王宫，径直地在王座大厅当中的国王王座上坐下。此刻，这个平日国王上朝，接受众臣子申述的地方显得有些空旷。老杜克踌躇满志地向着王座大厅外望去，那里，贵族们正聚集在一起，神色惶恐。

老杜克已经让人一一给他们送去口信，只要肯跪倒在自己的脚下，表示他们的忠诚，自己便会考虑相应地增加他们的封地和减免应纳贡赋。其实对于他们来说，无论拥戴谁，最在意的还是权杖给予的好处。

老杜克坐在王座上，体味着强者的快乐和兴奋。他等待这一刻已经很多年了，这反而让他感到一种不真实。这时，他发觉自己的双脚开始微微颤动，屁股下的王座跟着摇晃起来。他想制止自己的脚的动作，但它们完全不听使唤。老杜克不由紧紧抓住王座的扶手。脚下的那种颤动愈演愈烈，这让他在王位上坐立不安。老杜克不得不疑惑地站了起来。

王座大厅外的贵族们还在低声议论，犹豫不决。这是一个和平的国家，王国继承人的更替突然以武力形式出现，让他们无所适从。这时天空变得昏暗。只见大厅门外矗立着的神柱开始变形，神柱上那些神兽的面孔现出狰狞状。神兽们纷纷张开嘴，在风中发出凄惨的呻吟。

贵族们吓得向后退去，这些神柱是王室列祖列宗的幽灵栖息地。贵族们眼见那些神柱仿佛无比悲痛地扭曲着身体，它们在风中摇曳着，高大的神柱一根接着一根折断，并倒了下去。

尘埃中，贵族们四散而去。他们看到了神的旨意，他们相信王室的祖先并不情愿选择老杜克做继承人。

老杜克站在那儿，愣愣地望见殿外的情景，难堪之余，有一种愤怒胀痛了他的胸口。他想起了家族中一直流传的那句话：王冠之重，不是每个人都承受得起的。不是你选择它，而是它选择你。

小杜克说：我去把他们都抓回来。

老杜克说：不用了！如果我们能在这张椅子上坐稳，他们就会回来。

小杜克迟疑着：能够阻碍我们的，还有什么？那个传言？

老杜克不语。

小杜克气恼：什么秘密啊，诅咒啊，我不信。

老杜克说：这种事大家都是宁可信其有。

小杜克问：据说它和一个嗜血的怪兽有关？

老杜克说：我自小在这王宫里长大，没有见过什么怪兽。

小杜克固执地说：但大家都知道它是存在的，只是不知道它藏在哪儿，对不对？

老杜克说：是啊，我也猜测，它一定隐身在一个地方。

小杜克沉思：既然是隐身，既然不是怪兽的模样，那它什么模样都是可能的？

老杜克感叹：我怀疑过宫里的每一样东西，或许它是一根蜡烛，一张纸，一块石头，或许它什么都不是。知道真相的那个人，已经逃到荒山野岭去了。

小杜克对父亲说：我这就去带人找他。严刑拷打之下，不怕他不开口。

老杜克摇头：老东西至死都不肯说的秘密，小东西未必会说。

小杜克说：那怎么办？

老杜克思索着：既然那个秘密是我们最大的障碍，我们为什么要被它捆住手脚？我们不妨宣布，从新的国王开始，王国的继承人，再也不用受这个秘密的约束……

小杜克迷茫地看着自己的父亲。

老杜克说：因为你的那个米海尔堂弟，家族中唯一知道秘密的人，已经让这份秘密伴随着他的尸体一起，腐烂在泥土里了。

小杜克折服地深深点头。

小杜克率领大队兵马出城了。他用死亡威胁湖边的渔夫、山里的猎人、草场上的牧民为他提供消息。士兵们夜以继日地奔袭围剿，他们像狗抓兔子似的，追逐着米海尔国王。

老杜克在王城里用金钱和利益收买动摇的贵族们。他知道他们的原则，世上没有永远的敌人，也没有永远的朋友。

米海尔国王身边人马越来越少。供给匮乏，没有安全的宿营地。贵族们纷纷露出贪婪的嘴脸，毁路断桥，截取国王的粮草和钱财，他们认为自己不主动出卖国王，已经是一件高尚的事情。

国王一次次与死亡擦肩而过，沮丧，郁闷，绝望的情绪散发在他呼吸的每一口空气里。他陷入不甘心和渴望替父亲复仇的欲念之中。他不由得想起了那种可能性。他是世间唯一的知道那个秘密的人。那个秘密若揭开，将石破天惊。他是它唯一的主人，只要他愿意，他可以将世界踩在脚下。

只要这个念头泛起，他便听到那个东西在他的怀里碰撞，发出一阵阵仙乐般的叮咚之声。

那种时候，他心头感觉的已经不是诱惑，而是痛苦。那个秘密像个怪兽在他心中迅速变大，变得强壮无比，毛烘烘地拱动着他的胸口。他经常在睡眠中被自己的梦境惊醒。每一次，他都挂在悬崖边，即将坠落的恐慌让他心跳如鼓。痛苦中，他开始怀疑自己的定力，甚至，怀疑坚守这份秘密的意义。他甚至开始渴望违背自己的承诺，起码那样做，也是一种解脱。

我真希望，我们从来不曾拥有过它……

他回忆起父亲的话，他真正明白了其中的含意。

就在这时候，他邂逅了那个从东方来的男人。那时候，他的名字并不叫周大。当然，他叫什么并不重要，重要的是他的出现不仅仅是救了米海尔国王的性命，更从欲望的深渊中解救了他的灵魂。

那是一个奇特的男人，身上的坦荡和豪爽像烈酒一般迷人。米海尔国王记得那日大雨滂沱，他和他在同一个简陋的草屋里避雨。国王的手下给国王端来了一碗热汤，而偏巧国王心情坏得吃不下一口东西。那男人眼睛盯着汤直言已经好几天没有吃东西。于是，国王将自己手中的热汤给了他。

那个男人并没有因为这碗汤而致谢，但他片刻后用他的剑，把闻风而来的小杜克的追兵打得落荒而逃。

兄弟帮兄弟。他说，兄弟的敌人就是我的敌人。

米海尔国王剑术是一流的，但那个男人的剑已经不是剑，而是死神的手。他出剑的方式与他做人的方式一般潇洒，是敌人还是兄弟，都是对视的第一眼便决定了。别人绝没有拒绝和选择的机会。

他对国王说：只要你自己不倒下，没有人能够打倒你。

他大大咧咧地称国王"兄弟"，尽管国王的下属都对他翻白眼儿，他还是叫国王兄弟；于是国王也开始叫他兄弟——剑侠兄弟。

有了剑侠在身边，国王逃亡的日子变得好过起来。他跟剑侠学捕鱼，与渔夫做朋友；他跟剑侠学扶犁，与农夫做朋友；他跟剑侠学调训飞鸟百兽，与猎人做朋友。米海尔国王重新组织起自己的人马，士兵中既有渔夫，也有农夫和猎人。

与小杜克公爵的战争继续下去，战局在逆转，小杜克公爵开始节节败退。贵族看到了站队的机会，他们纷纷倒戈。老杜克终于尝到了被人背后捅刀子的滋味。那个发誓要将米海尔国王埋葬在泥土里的小杜克公爵，在与堂弟的决战中受了致命重伤，最后，在一个马棚里，被反水的部下割下了头颅。

米海尔国王回到了王城。贵族们热烈地欢迎国王，仿佛国王刚刚度假而归，中间的曲折故事从没有发生过。

老杜克像泡沫一般消失了，跟着他一起消失的还有一批珍奇珠宝。没有人关心他后来的命运。

米海尔国王重新戴上王冠的时候，剑侠却要走了。国王难过，他说，我已经授予你"国王之剑"的名誉。这儿就是你的家，留下不好吗？但剑侠说，他受不了宫廷生活，更不习惯被身份约束。他说有一日国王兄弟真的需要他，给个信儿，他即刻回来。

那十二根神柱重新站立在王座大厅的外面。

米海尔国王常常凝视着神柱沉思。他深信是先祖亡灵的保佑，他才渡过了那次危机，战胜了邪恶。他看到了自己的渺小。他希望那曾经的一切仅仅是一场噩梦，再不会回来。

国王娶妻了，有了自己的王后。王后生子，国王有了自己的骨血后裔。他开始渐渐忘记了当初的恐惧。他以为幸福的日子将会一直到老，继续下去。

但在一年前，宫中的占星师悄悄告诉国王，火星、天王星、冥王星过天顶，预示着有一场灾祸正慢慢向王国靠近。

贤者曾告诉我，它会五百年出世一次。我知道，那个日子快到了……

父亲的声音萦回在国王的耳边。

国王说：我该怎么办？

占星师摇摇头，说：我的能力只能知道这么多。

国王开始忧心忡忡。但他不得不在家人面前掩饰自己的焦虑，他不想让自己美丽的王后因为焦虑而枯萎。他必须保护自己的家人。

国王想尽办法，终于找到了那个神秘的"贤者"。那个贤者已经是个老者。

贤者说，他的确记得国王的父亲，一个难得的好人。但他不记得曾与老国王说过那番话。

贤者的回答让国王唯一的一点希望落空。他低下头，说：我明白了。

贤者沉默片刻，问：你有儿子了？

国王说：是。

贤者眼睛里有隐隐约约的悲悯，随即说：放心，你的儿子会有自己的儿子的。

国王问：这就是说……

贤者打断国王的话：我说了什么，并不重要。周而复始，这不就是草木生灵的本意吗？

国王望着贤者愣愣的。

贤者问：我还能为你做什么？

国王说：我想见我的剑侠兄弟，但不知道到哪里去找他。

贤者说：这件事，有人能替你做到。

于是，不久后有人离开了拂菻国。半年后，国王辗转收到了周大的口信。

他的剑侠兄弟很愿意与他团聚。他说等到卡拉夫五岁，就会来到国王和小王子的身边。

周大的口信让国王在头顶的乌云中望到了一丝蓝天。他祈祷自己的剑侠兄弟来得不是太晚。

第八章
公主降生

七月下旬，当木盒里的蚕宝宝长得硕大透明，开始绵绵吐丝的时候，蚌女怀孕了。

蚌女怀孕的事情并不是守在她身边寸步不离的阿西和阿东发现的，也不是御医报告给大汗的。

七月，正是大城最热的日子。蚌女体形纤细，吃得又少，不过就是饮些露水，食些水果和鲜花。所以她身边人并没有察觉她的外貌形体和饮食有任何变化。

唯一不同的就是那一阵子，她经常沉湎在想象当中。她望着木盒里的一日日变得又白又胖的蚕宝宝，发出轻微的叹息；她低鬟浅笑，就连夜空里的焰火都不能吸引她的目光了。这沉湎使她格外开心，格外动人，也让她更加瘦弱下去。

大汗担心蚌女病了，打算让人去请御医。

不是病，是热的。

角落里的青花瓷坛说话了，青花瓷坛还挂着汗滴。

大汗一惊，定睛看去，却是阿东趴在瓷坛子上。这阵子，珍珠丸子姐弟不知用什么法子搞定了大汗的所有的猎犬。猎犬们成了他们的同谋，见了他们大气不出。

樟木箱子那边也跟着补充：我们过去住在冰川领地，那儿多凉快。

106

不用问，那定是阿西坐在樟木箱子上呢。

大汗听了，即刻派人将皇宫冰窖里的冰都拉到蚌女的寝宫来，晶莹的冰块嵌满四壁，寝宫里充斥着丝丝凉意。

但蚌女的状况并没有改善。

大汗有些着急。

阿东抱怨：娘娘的寝宫该换个地方。老住在一个地方，实在腻了。

阿西提醒大汗说：过去娘娘可是时常搬家的。

大汗认为有道理，说道：盛夏里皇宫草木繁盛，好地方很多。让莹妃娘娘四处走走，选中了哪儿，开口便是。

那个清晨，木盒里的蚕宝宝们纷纷仰起了头，对着托腮守候着它们的蚌女吐出了莹光闪闪的蚕丝。

蚌女知道，时候到了。她从容地站起身，离开了她的蚌屋，走出她的寝宫。

那个清晨，沐浴着清晨的阳光，蚌女站上高高的台阶。她仰着头往东边望了又望，然后，径直地往那边走去。

她穿过花园，穿过珍禽园，穿过御兽园，再穿过珍宝殿。跟随蚌女的阿西和阿东，看景看得眼花缭乱，一路玩得开心。

蚌女好像心里有数一般，越往前走，脚步越快，直到她走到了缯帛如山、丝絮似云的司彩殿前，才止步。

她盯着大殿，脸上出现了询问的神情。

阿西问随从：这是哪儿？

随从忙说：司彩殿，存放大汗和王妃们衣料的地方。绫罗绸缎应有尽有。莹妃娘娘可要进去看看？

蚌女摇了摇头，她的目光挪到更东边的偏厦。

阿西问：那边呢？

随从说：那边……那边娘娘是不会去的。

阿西问：为什么？

随从说：那是下人们去的地方。

阿西问：什么上人下人，问你是哪儿？

随从说：花楼殿。

蚌女听见这名字，脸上却绽放出笑容。

阿西和阿东也跟着笑了。"花楼"，多好听的名字。让人浮想联翩。

尽管随从们还在絮絮叨叨，蚌女已经带阿西和阿东走向了花楼殿。

花楼殿，一座高大、空旷、陈旧而静寂的大殿。

走进花楼殿的蚌女再也不挪动脚步。她的目光里充满欣喜。她终于在这里找到了那个让她梦寐以求的东西。

那是一个巨兽般的东西，安安静静地蹲坐在大殿里。它高贵，神秘，充满柔情地看着蚌女，仿佛它和她似曾相识。

蚌女向着那只怪兽走过去。她仰起头凝视那怪物许久，慢慢伸出手。她接触到它的皮肤，它的骨骼；她开始抚摸它，安慰它。然后，她坐到它的身旁，试图驯服它。

她和它很快互相熟悉，并亲近起来。她轻轻地推了它一把，它微微摇了摇，再推一把，它全身嘎吱吱地响着动了起来。她和它之间出现了一种心领神会的默契。她知道她要它做的，它一定会心甘情愿去做。

接下来的时光，它完全为她而倾倒，对她俯首帖耳。她用绚丽的丝线诱惑它，它张开嘴，将五彩的丝线缓缓吞咽下去，片刻后，它吐出来的是比晚霞更加灿烂的锦缎。

那是一番人间少见的景致，只见日月山川、万物峥嵘的景致源源不断地从那怪物的嘴里倾泻出来，瀑布般地流淌在蚌女的脚下。

阿西看呆，问：那个大家伙是什么？

随从说：那就是"花楼"。

阿东仍不明白："花楼"是什么？

随从说：就是通常人们说的织花机啊。

大汗听说蚌女迷上了"花楼殿"，呵呵笑起来：朕的女人真是世上第一刁钻古怪。只是那花楼殿过于寒碜粗陋，朕即刻下令重新修缮，再让宫中最巧的工匠夜以继日赶做几架世间最好的"花楼"，一同送给她，可好？

阿西连连摇头：来不及了。

大汗说：此话怎讲？

阿西说：她被困在里面，出不来了。

大汗说：什么话？朕不明白。

当大汗赶到花楼殿，他惊惑得几乎说不出话来。

只见那花楼殿里多了个一人多高的锦缎鸾阁。那鸾阁四面帷幄，走近它，可看见暗暗的光华从阁中透出。蚌女若隐若现地坐在当中，仍在织造。面对众人的喧哗，她和她的花楼都显出与己无关的模样。

大汗铁青着脸问：怎么回事？

在场的人都说不出个所以然。

大汗又问：她在干什么？

这正是大家想知道的。可惜蚌女做的事情只有蚌女自己清楚。

后来，人们回忆说，那天从一开始，大家就都像中了魔怔。每个人站在那儿，看着蚌女巧夺天工，除了感叹就是感叹。这花楼与人们一样，从动作起来后，便沉溺在其中不能自已，仿佛永远不会停下来。花楼织出了人们从未见过的美景。人们看得如痴如醉，目不转睛。直到蚌女将自己完全织进了这个鸾阁当中。

　　不知是谁第一个想到，这个锦绣鸾阁尽管美轮美奂，但没有入口，也没有出口。没有人进得去，也没有人出得来。这是一件值得庆贺的事情吗？

　　大汗说：让这花楼停下来。

　　侍从官对大汗耳语：要这花楼停下来，恐怕先要让莹妃娘娘停下来。

　　大汗说：那就让她停下来。

　　侍从官是大汗的心腹，知道此事棘手得很，目光开始四处寻觅阿西和阿东，但那对珍珠丸子见到大汗发了脾气，一溜烟地不知道藏匿到哪儿去了。

　　这时，国师来了。

　　国师气喘吁吁走入大殿，显然是听到消息就赶来了。大家见了国师，松了口气。在这个国度里，没有国师摆不平的麻烦。

　　大汗看了国师一眼：你来得正好，朕要让她出来。

　　国师不语，愣愣地盯着鸾阁，脸上掠过一丝似悲似喜的古怪神情。国师道：只怕做不到了。

　　大汗说：有何做不到？利剑破了这帷幄就是。

　　国师勉强笑了笑，说：万万使不得。那会得不偿失。

　　大汗说：朕不明白。

国师说：昨夜观天象，见到九星连珠，是吉兆，今日果然应验。微臣是来给大汗道喜的。

大汗问：喜从何来？

国师压低声音：大汗，莹妃织造鸾阁，事出有因，她应当是有身孕了。

大汗愣怔住，半晌才回过神来：你是说，她有了朕的骨血了？

国师说：正是。

大汗喜不自禁地：她有了朕的孩子了。

大汗几步上前，好像要将蚌女一把搂在怀里，却被那帐幕挡住。

大汗说：既然莹妃有了身孕，怎可住在这个地方。偌大的皇城里哪里不比这儿好，就算是她那个蚌屋也比这里强。朕要让她出来，锦衣玉食，好生养胎。

国师叹息：如果她是个寻常女子，就好办了。

国师的话点醒了大汗。他的女人不是寻常女子。他做得了天下的主，却做不了他女人的主。

大汗不甘地望着鸾阁当中的蚌女，这个冰雪聪明、温婉顺从的女人，实现了他的心愿，终于怀上了他的骨血，但却给他出了一个难题。

国师说：大汗，此殿本为花楼殿，花楼衬花阁，花团锦簇，倒也应了开花结果的旨意。不如……

大汗听了，沉吟着点点头：来人，朕要这花楼变成真正的花楼……

接下来的日子里，整个皇宫忙碌坏了。

内侍们运来了从寒地进贡的极金贵的冰蚕丝，铺衬在花楼的梁柱、石墙上，然后再用司彩殿里成匹的锦缎包裹起来。大殿四面靠墙的石板下置有石沟，沟里铺满晶莹的冰块，石板上搁置鲜花，花香入骨，清凉沁脾，花楼殿成了万人瞩目的地方。

蚌女依旧在花楼殿里织造着。那鸾阁四面的帐幕越织越厚，已经一丝光亮都透不进去，再也看不到蚌女的身影。只是凭着花楼持续摇动，可以判断，蚌女一刻也没有歇息。

大汗不愿意自己的女人孤独辛劳，征募了上百个技高手巧的织娘到皇城给蚌女做伴。皇城内围着花楼殿架起了几十个织机，每个织机上挂满了铃铛，星夜烛光闪闪，白昼绚烂一片，银铃之声在风中不绝于耳……

大城的人们听到阵阵的银铃声，叹息：无论是男是女，能生在皇家，真是太有福气了。

周大的妻子，也被征募到皇城去了。

周大抱着不满周岁的柳儿，日日望着皇城的方向沉默无语。

记得征募的人来到家中的时候，妻子正拿了针，要给周大缝补开了线的衣襟，说出门在外，会让人笑话。妻子身子弱，那两天着凉了。周大不愿意妻子辛苦，说管他谁笑话，他不在乎。

听说要去宫里服役，周大本意是要跟征募的讨个人情的。但一眼瞥到领头的竟是玉勒，到了嘴边的话，又生生咽了下去。

玉勒环视着周大的家，说道：周师傅，好久不见，别来无恙？

周大回答：能吃能睡，劳驾玉勒将军牵挂了。

玉勒看着周大黑沉沉的脸色，心想：毛屎坑的石头，又臭又硬。等着有人收拾你吧。

周大的妻子被派到皇宫里去服役，是伯颜的意思。

伯颜听说大汗要招募织娘到宫中服役，仿佛无意地说了一句：听说那周大也娶亲了。那么个心高气盛的家伙，不会只娶了个寻常女子吧。

玉勒立刻明白了伯颜的意思。他让手下查了查周大的家眷，果然这汉子娶了个出色的女子，并且还是个织造好手。当然，这事也是凑巧。其实是否好手并不重要，在这大城里，以伯颜的身份，说一句你"好"，你就是"好"。

玉勒是个悟性极高的人。有些事情，经历一次就足够领悟一辈子。识时务者为俊杰。当初自己若不是那一瞬间的敏悟，哪有今日的显达。当然，那种关头，玉勒若做错了，赌的不仅仅是后半生的荣辱，还有身家性命。

记得海都元帅受重伤后的那个晚上，玉勒心如乱麻。他跟随海都元帅多年，被视为亲信，一靠战功，二靠的就是领会上司的心意。眼下海都元帅命在旦夕，权柄移位是难免的事情。

海都元帅会将令符交给谁？要是过去，玉勒猜都不用猜。海都元帅对两个儿子的态度是明摆着的。加上大儿子海东青木讷，远不如小儿子伯颜懂得人情转圜，众人都巴不得站在伯颜一边。但那场大战的结果，让玉勒的看法打了折扣，若不是海东青的鹰隼军拼死援救，全军覆没的结果是显而易见的。临危受命，力挽狂澜于既倒，海东青的人气一下子就压过了弟弟。

海都元帅奄奄一息，却要众人都退出大帐。玉勒知道时候到了。最后究竟如何，只有听天由命。

当人们都散去了的时候，玉勒是唯一一个徘徊在大帐门口的人。虽然他知道自己改变不了什么，但先人一步赢得主动的习惯，让他一定要看个真相大白。

他等了又等，站得两腿发酸，正当他要离去的时候，见到海东青和伯颜肩并肩地走了出来。这是玉勒第一次见到兄弟两人如此亲热的模样。他愣怔在黑暗里，竟没有与他们打招呼。

望着海东青和伯颜渐渐走远的背影，玉勒陷入惶惑。他曾推算过各种各样的结果，但无论什么结果，都不应当是眼下这样的局面。是海东青大权在握？还是伯颜令符独揽？或许，海都元帅早就安排好让两兄弟共享权力的锦囊妙计？

玉勒百思不得其解，只好想了又想，直到他发现伯颜回来了。

伯颜一个人回来了。海东青到哪里去了？

玉勒茫然地四处眺望。他却看到伯颜径直地向自己藏匿的地方走来。伯颜走到离玉勒还有七八步的地方，突然驻足，那莹莹的目光投向玉勒，如同野兽撕咬敌手前的警告。

凉意一丝丝地爬上了玉勒的脊背，他动不敢动，小腹发紧，腿肚子僵硬。两人远远对视了片刻，伯颜没有说话，又倏地转身离去。

好一会儿，玉勒才慢慢走回到自己的住处。他对着篝火发愣，不敢合眼。他知道伯颜很快就会有动作了。

后半夜，将领们都被叫到伯颜的大帐，一场对巫人鱼的反攻即将开始。

伯颜将监督周大配制秘药的重任交与玉勒。伯颜语气平和，态度自若，仿佛一个时辰前的事情从未发生过。

玉勒却被对方的那份镇定弄得毛骨悚然。他急于向伯颜证明自己的无辜。伯颜越是对他客客气气，他越是如坐针毡。

他开始努力表白自己，无论私下还是在众人面前，他的渴望是显而易见的。但伯颜不是一个容易被说服的人，他不要听别人说忠诚，他要看到别人的忠诚。

于是，玉勒对周大下手了。他读透了伯颜的心思。伯颜要拿下鹰隼军，要除去鹰隼军中的异己。每一个细节都是玉勒亲自安排的。他说服自己，既然周大是个必死的人，他不下手，也会有人下手。他得让自己的手沾上脏血。他知道只有从那一刻起，伯颜才会真正把他当成自己人。

虽然，周大死里逃生，但玉勒希冀的结果还是出现了。伯颜投向他的目光逐渐不那么专注，玉勒逐渐成了伯颜身边一件无关紧要但用起来顺手的物件。就像是一副结实的马镫子、一个舒服的靠枕、一块擦汗的汗巾……玉勒太喜欢汗巾这个想象了，汗巾是最随意又最亲近的东西，亲近到不加遮拦一丝不挂，那是什么样的赤诚相待？见到伯颜在自己面前随性地嬉笑怒骂，玉勒鼻子发酸，他有一种死心塌地的感激，自己终于安全了。

究竟有多少人清楚海东青的死因？玉勒试图猜测，但又很快放弃了。海东青怎么死的不重要。归根结底往根儿上刨，是海都元帅害死了自己的大儿子。玉勒确认一定是海都元帅在最后一刻将权柄交给了海东青。海都若不是选择了海东青，海东青绝不会死。海都元帅地下有灵，会感叹自己百密一疏。

权力面前只分两类人，一类是无论怎样挣扎，终归是给别人做奠基石；一类是毫不犹疑地踏着奠基石走向巅峰。恰好海东青是前一类，而伯颜是后一类。

与伯颜作对的人，都将死无葬身之地。

玉勒要将周大的妻子带走的那一瞬间，妻子突然说：等等，让我把这点儿针线做完。

妻子针脚密密地将丈夫的衣襟缝好，用嘴在周大的胸口咬断了线。那一刻，周大的胸口刺得生疼。

炕上的柳儿突然大哭起来。

妻子抱起闺女亲着哄着：宝贝，好生跟着爹爹，娘亲去去就回来。

玉勒皮笑肉不笑地对周大道：能去宫里伺候娘娘的女人，都是万里挑一的。大汗不会亏待你媳妇儿。

"万里挑一"这个词，让周大气息难平。他看到了黑暗中的那只手。这大城里善于织作的女子不在少数，宫里绝不会出于偶然才挑中了自己的妻子。

周大的妻子去了。周大抱着女儿，眼巴巴地看着妻子越走越远。半生用惯了利剑，此刻他却如此无助。

从盛夏到深秋，花楼殿里的花楼一直没有停歇。

花渐渐谢了，叶子渐渐黄了，最后果子也渐渐成熟了。

花楼外的织娘们都累得直不起腰来。在内侍们的斥骂声中，不断有织娘倒在织机前，被抬了出去。

那天晚上，没有人留意花楼殿里的花楼是什么时候突然停止了摆动。

阿西和阿东迷迷糊糊地靠坐在鸾阁边上，头一点一点地打着瞌睡。

花楼就像一首悠长的曲子，弹奏出最后一个音符，终于结束了。

阿西和阿东的头都沉沉地枕到了膝盖上。

花楼殿外那些倦乏至极的织娘们也都随着不再颤抖的琴弦，睡倒在了织机上。

静谧一直延续到清晨，微风带着露水扫过宫闱，将花楼上的铃铛声浸染得悠扬而湿润。

在大殿外出现了一个影子，只见国师像个幽灵慢慢地走到花楼殿的门口。他站在那里，凝视着殿内。片刻，他脸上浮现出深奥莫测的微笑，转身离去。

国师的身影刚刚消失，大殿里就传出了婴儿的哭声。

这哭声如锋锷刺破青天，穹苍之上的朝霞倾泻而下，只见皇宫内满眼祥瑞。

阿西和阿东首先嗵地跳了起来，扑向传来婴儿哭声的地方，扑向密不透风的鸾阁帷幄。他们趴在上面，竖起耳朵倾听着。

阿西喊起来：娘娘生了！

阿东跟着喊：娘娘生啦！

殿外的人们都向殿内拥来。

产婆，侍女，奶妈，齐聚在一起，大伙儿望着那传出婴儿啼哭声的鸾阁，大眼瞪小眼。

这时，那密密匝匝的鸾阁突然在婴儿的哭声中出现了动静。鸾阁上绷得紧紧的丝缎锦帛自行缓缓撕裂，那动静如悦耳的凤箫鸾管之声。紧接着，人们望到那鸾阁如同春风里的花苞正在一点点地出现缝隙，再过了片刻，那绽放的鸾阁，慢慢张开口子，里面呈现出一瓣瓣的暄妍。

人们都惊愣了，没人敢说话。阿西和阿东更是张着大嘴，透不过气来。

那是一朵从未有人见过的奇花，它奉献出世上最美的颜色，从茸茸的淡紫，到妩媚的粉白，再到轻柔的鹅黄。

随着鸾阁的绽开，整个大殿里散发出幽馨的香气。

花芯绵软处躺着个娇嫩的婴儿。那婴儿的身上穿着个鲜红的小兜兜，泪珠如同一粒粒的珍珠从她的脸颊滚落。

阿西和阿东小心翼翼地走过去，抱起了婴儿。他们看到了一双清澈的眼睛正与他们对视。

阿西惊喜地说：是个小公主。

阿东说：是个香喷喷的小公主！

这时，站在一边的产婆突然诧异地说：看，她手里有东西。

众人的视线转向女婴的右手。只见小公主手里攥着一个幽幽放光的东西。

阿东和阿西都认出那是蚌女的宝珠。

小公主生于花楼的花朵之中的消息传遍了皇宫。

整个大城里的人们都闻到了幽馨的花香，人们深深地呼吸着，都快入冬了，还有什么花开得这么香？

大汗闻讯赶来，婴儿的啼哭在他听来，声声拨动他的心弦。他接过婴儿，抱在怀里，看不够地端详。

奶娘说：跟她娘亲一样，是个绝世美人儿呢。

大汗喜不自禁地四处张望：孩子的母亲呢？

人们都跟着张望，仿佛刚刚想起，随着小公主的降生，那个美丽的蚌女却消失得无影无踪了。

阿西说：她不见了。

大汗说：不见了？

阿东说：她好像变成一股轻烟，飘走了。

大汗大怒：胡说！朕现在还能够闻到她的气味，这香气除了她，没有别人。她就在这儿，把她找出来！不然休怪朕杀人！

阿西和阿东吓得刺溜一下躲到柱子后面去了。

大汗说得不错，这弥漫在大殿里的幽馨的确是蚌女特有的香气，但芬芳依旧，佳人踪迹难寻。

大殿里的人都忙着开始四处搜寻，他们细细地查找了大殿的每一个缝隙，仿佛蚌女有可能变成一只蜘蛛，或者是一片枯叶，藏匿在哪个角落里。

整整一天，皇城里闹得天翻地覆，只差挖地三尺了。

国师来了。

大汗请国师指点蚌女的去向。

国师道：陛下不要找了，找也没用。

大汗说：她的蚌屋还在，她刚给朕生下孩子，她能去哪里？

国师说：她或许哪儿都没有去。

大汗说：朕不明白。

国师说：大汗可知缘生而聚，缘尽而散。生者必灭，会者必离。

大汗说：朕有了自己的骨血，就不能有自己的女人？

国师说：万事随缘吧。

大汗说：朕不信与她缘薄分浅！

国师说：叱咤风云难免幻化，凡圣贤愚皆归一死。万物生生不息。往后，陛下只要看到了小公主，就像看到了她母亲一样。

大汗听了此话，向小公主望去。小公主竟对着大汗嘴角翘了翘。只见她脸上那双眼睛果真与蛙女一丝不差，晶莹明澈，不沾尘埃。

大汗铁一般的心碎了。

阿西和阿东听不懂国师的话，但他们看到大汗不再暴跳如雷，喊着杀人，便钻了出来。他们刺溜跑到了大汗面前：大汗，小公主还没有名字呢。

国师说：大汗给孩子赐个吉祥的名字吧。

大汗抑制住热泪，凝视着自己的骨肉：这孩子出生伴幽兰之香，似初夏的花朵，就叫图兰朵吧。

宫里从此没有了蛙女。

图兰朵获得了父汗对她的无以复加的爱。

宫中传令，织娘们可以回家了。

周大抱着柳儿，站在门口的大柳树前，翘首相望。

但周大的妻子没有回来。就在图兰朵出生的那个清晨，周大的妻子倒在了织机旁。她坚持到了最后一刻。而在那一刻她合上双眼，再也没有醒过来。

第九章
蜕　变

在小公主出生之前的很久，国师给蚌女送去了几条装在红杉木盒里的黑黢黢的蚕宝宝；随后小蚕蜕皮，沙沙吃着桑叶而成长；再后来大蚕浑身透明，吐出五彩蚕丝将自己裹住。然后，是漫长的等待，等待突然有一日一只蛾子破茧而出，它给人们的惊讶来自于它的面目全非。

国师说：故，变者，化之渐；化者，变之成。

小公主出生在花里。从她出生的那一刻，她身边所有的一切都悄悄地在变了。

首先，国师看到大汗变了。

当然，除了国师，暂时无人能领悟大汗那些细微的变化。

但因为大汗的细微变化，皇城内的其他变化却是显著的。

那日，国师偶然入宫，发现宫人们正慌慌忙忙地锯门槛。

国师被告知，这是大汗的口谕，宫中的门槛一律不留。

摇篮中的图兰朵公主活泼好动。鬼怪精灵的阿西和阿东为了逗公主开心，不顾小公主乳娘的阻拦，天天推着摇篮车满宫乱跑。那隐身变色的阿西和阿东，让那摇篮长了脚一般，到处横冲直撞，宫人们经常被吓得一身冷汗，惊叫间鸡飞狗跳，乳娘则恨得在后面一路跳脚骂人。

蚌女在世时，宫人们就暗暗嫉恨这两个侏儒矮人肆意放纵，这会儿他们借小公主乳娘的嘴向大汗禀报，说阿西和阿东对小公主疏于照料，有失职之过；并说阿西和阿东不知好歹竟敢到处抱怨，嫌弃宫里的门槛妨碍了小公主的游戏。

大汗听了乳娘的陈述，淡然一笑，下令：将宫中的门槛统统锯掉。

宫人们知道了，恨不得抽自己两个嘴巴。这下好，偷鸡不成，反蚀一把米了。

很快，宫中的门槛都消失了，那些被锯掉门槛的宫殿门户，就像一张张缺少下齿的大嘴，在暗处显露出惊愕的表情。

摇篮中的图兰朵公主与她的母亲一样，喜欢焰火，只要烟花盛开，宫中一定回荡着图兰朵清脆的笑声。

于是，大汗下令初一和十五燃放烟火，凡能打造出新颖奇巧的烟火的人，都有重赏。皇家焰火作坊的师傅们日日繁忙不休，大城的百姓也跟着大饱眼福，若有一日，那个生在锦花中的图兰朵公主知道了自己的身世来历，定会感念一个人的。那个人就是这个国家的国师。国师私下忖量。

国师帮蚌女一手筹划了这个女孩子奇特的出生。因为她的出生，改变了许多人的命运。这个女孩子还会给大城带来很多惊喜。这证明自己当初的直觉是对的。尽管一命换一命，但命命各不同。

国师兴趣盎然地看到那个大城的主人的变化。那个铁石心肠的男人有了系念，那个天神般的人物俯瞰天下的目光不再那么冷酷无情，那双惯于杀伐决断的手，因时常抚摸娇嫩的女婴的皮肤，变得轻柔。

国师相信日积月累，必会堆沙成塔这句话。

人都会变的。只是时间长短和变化大小而已。至于破茧而出的，有的是灿烂的蝴蝶，也有的是暗淡的蛾子。

同时，周大也变了。

图兰朵公主出世后，国师的耳目将周大妻子过世的消息传递给国师。国师微微叹息一声：修短随化，天命有归。

妻子过世后，周大变得异样沉默麻木。他用一坛坛的酒筑起了一座看不见的高墙，他将自己的心封在酒筑的天地里，任何人都别想走进去，包括他的女儿。

光阴一日日过去，周大一日日醉倒在酒里，白云苍狗，斗转星移。不觉间柳儿嘴里开始长牙，小腿能在地上跑了。再转眼柳儿一岁半了。小姑娘模样伶俐乖巧，总是坐在屋前柳下，眼巴巴地向着过路人望着。柳儿语迟，一直不会说话。

邻居们都说没有娘的孩子太可怜了。

那天周大踉踉跄跄地从酒馆儿回来，走到屋前，对那小小的身影仍旧视而不见。

周大打着酒嗝，从柳儿的身边迈过，脚下不知被什么东西绊了一绊。

柳儿仰起脸，对着周大含含糊糊地说了两个字。

周大站稳，挥挥手。

女儿仰起脸对着周大又将刚才的两个字重复了一遍。

周大应了一声：唉。

周大往前走了两步，突然，他站住了。周大下意识地转身望向女儿：你刚才说什么？

柳儿愣愣地看着他。周大一把将柳儿抱了起来：丫头，再说一遍，说啊！

柳儿怯生生地与周大对视着：爹——爹。

周大愣了半晌，自语：丫头会说话了，丫头会叫爹了！

周大不禁泪水滚落下来。

柳儿开口说话了。柳儿会说的第一句话是"爹爹"，而不是"娘亲"。

那个晚上，周大没有再喝酒。他守着床上的女儿坐了半宿。夜风习习而过，他的脑子时而清醒，时而糊涂。

他恍惚看到妻子在一阵风铃声中盈盈地走到自己面前，妻子依偎在自己身边，凝视着甜睡的柳儿：……女孩子说话早，过些日子柳儿就会叫爹娘了。

他不由接话道：再过一年半载，咱们的柳儿能满地跑的时候，正好能跟小王子做伴儿。

妻子笑道：柳儿能有个哥哥，也挺好。

周大伸手去摸妻子，风铃声渐渐隐去，妻子在他怀里消失了。

周大的胸口突然刺痛，像被插入一把尖刀。他顿时想起了过去的许多事，想起了曾经的金戈铁马，想起了曾有的此唱彼和，想起了对游僧的承诺。如今，马尔维亚王国的小王子也该快五岁了。他要去赴约了。

周大从床头摸出自己的利剑。白虹出鞘，雪亮一片。

第二天周大收拾行李，准备上路。当他收拾停当后，视线落到了女儿身上。

柳儿的大眼睛一直跟着周大的身影在转动，她好像预感到了什么，小嘴紧闭，眼睛里湿汪汪的。

周大蹲下来，从怀里拿出了一个金项圈，小心翼翼地戴在了柳儿的脖颈上。

周大打量着女儿，那项圈套在女儿娇嫩的脖颈上还是显得有点大。

周大自语：你娘说过，小孩子长得快，再过两年就合适了。

柳儿愣愣地注视着父亲，两个嘴角微微一翘，竟旋出两个酒窝来。

周大突然心酸：走吧，丫头，跟爹上路。

说着，周大抖开一个大包袱皮儿，将柳儿裹住。

这时，开豆腐店的李婶儿进来了。李婶儿是周大的邻居，自打周大妻子过世后，李婶儿常来帮着照应这个家，柳儿就是靠着李婶儿的热豆腐脑和甜豆浆活下来的。

李婶儿望见周大正打算将柳儿往背上背，脸一沉，疾步上前，伸手将小姑娘抢了过去。

李婶儿瞪着周大：你疯了！那种雨卧风餐的日子，你受得了，这么小的娃娃怎受得了？

周大说：她娘亲没了，我这一走，三年五载的……

李婶儿抢白：她娘亲在的时候，我们拜过姐妹。怎么，信不过我这个当大姨的！

周大愣愣地望着李婶儿，说不出话来。

李婶儿整了整小姑娘的发辫，说：你放心去吧。有我的一口饭，就不会亏了柳儿的。

第十章
伯颜和海长春

国师记不起来自己是从什么时候开始关注海都元帅的那个小儿子的。

过去海都元帅带着两个儿子在外征战，国师与那两个年轻人没有多少交集。朝廷里来来去去的人很多，凡是过于爱在人前展示自己的羽毛的，结果往往都不堪。可自从海都元帅死了，海东青也死了——死得有点不明不白，那个伯颜却突然崭露头角，成了人物。

那日帝军大胜而归，伯颜气宇轩昂地走入大汗的大殿。国师望向那个年轻人，这第一眼却让他心中一凛。对方俊朗的五官上，浮着一层暗黑气色，那气色由里及外，由骨及肤，像是驱赶不去的雾霾。

国师的眼睛仿佛看到了这个人的蜕变，曾经混迹于孱弱的蚕宝宝之中，在黑暗中沙沙吃着桑叶，层层蜕皮，悄悄长大，默默结茧，然后在某一日突然破壳而出，那模样却与蛾子无关，是只吃蛾子的鸟。

国师喜静，向来与世无争。国师的宅院远离皇城，更是与伯颜的府邸隔着半个大城，他选择这处简朴的宅子为家，就是图它僻静。但伴随着那个叫伯颜的年轻人在大城中的迅速崛起，国师听到了半城之外的种种喧嚣。

与巫人鱼的战争结束在千里之外，好大喜功的伯颜却将战争的余音延续到了大城。大城人的生活有大城人的杨柳清风，巫人鱼被连日游街示众，动静沸反盈天，国师即使躲在自己的寝室里，将耳朵塞上两个大大的蚕茧，也挡不住那锣鼓的铿锵之声，国师再也找不到那份清静了。

　　国师不太开心。但巫人鱼的死活毕竟不是国师要顾念的事情。天下每日有那么多人在饥寒交迫，那些半人半鱼的家伙吃饱喝足却来打劫汗国的木头，不是活得厌烦，自讨没趣吗？

　　伯颜本已经将那些巫人鱼几近赶尽杀绝，却还要节外生枝地把它们弄到大城里来凌辱示众，这的确过分。但毕竟事不关己，国师当时还是想睁一只眼，闭一只眼，忍了算了。

　　直到后来，国师听说巫人鱼要被灭九族了。国师也是偶尔听说那些装在笼子里的可怜虫们并无九族可攀，但因为手脚上都长着蹼，大城内凡是长蹼，又拿不出与巫人鱼脱离干系的凭证的，都被算作九族之内，一一被大汗砍了手脚。国师突然感到意外的羞辱。脚上长了蹼就是罪过？身体发肤，受之父母，何罪之有？这叫欲加之罪，何患无辞啊。国师望望自己的脚，气愤难捺，这种事情，国师要管一管了。

　　事情都是伯颜骄狂无知引起的，国师给他个小小的教训，并无不妥。

　　因为这个"蹼"字，国师决意要给巫人鱼们一个善死。尽管这么做，违背了师父的教诲，但他还是执意做了。

　　国师不后悔他的举动，假如有下一次，他还是会那样做。他知道他无法抗拒的是那种渴望解脱的诱惑。就像一个懂事的好孩子常年看守着果树，他被告知，他的职责是看守，不可以做看守之外的事情。于是，孩子看着果树年年开花结果，坠落并腐烂在了泥土中。终于有一日，他忍不住拾起果子咬了一口。他忐忑，但他还是想知道咬了又如何？结果没有如何，于是他有了一种尝试后的满足和快乐。树上的果子是可以碰的，地上的果子也是可以捡的。以后要不要摘，会不会捡，可以全凭心情。

那之后，伯颜在人们眼中似乎气馁了一阵。但国师知道，那其实是野兽的本能，当它受到挫折时，当它发现自己的对手过于强大的时候，它会以低姿态迷惑对方，它甚至会谦卑地猫下腰。但这并非说明它打算放弃它的目标。它是在选择更容易进攻的方向，猫着腰迂回前进。

国师看见伯颜开始竭尽全力地接近大汗。为了接近大汗，他不遗余力地揣摩大汗的心思。

图兰朵公主出生后，大汗更多地将攻城略地的事情交付给伯颜打理。伯颜倒也不负众望，并次次都带回一些意外的惊喜。

小公主寝宫内的池塘里出现了婀娜多姿的月亮鱼和太阳鱼，它们的色彩会随着白昼的变换时时变化；小公主寝宫外的花园里跳跃着华丽的琴鸟，它们悦耳的鸣唱让宫中最好的乐师黯然失色；小公主寝宫周围的林子里飞翔着绚丽多姿的极乐鸟、相思鸟、知更鸟和戴胜鸟，仿佛世间所有飞翔着的美丽的精灵都被召唤到这里了。

这些都是伯颜"顺便"给小公主带回的异国他乡的礼物。

大汗为此十分开心，对身边人感叹：宫里没有小孩子相伴，图兰朵难免冷清。幸亏朕还有伯颜这样的忠良臣子。

说者无心，听者有意。几日后，国师就得知伯颜领着他的侄子海长春进宫了。

伯颜府里姬妾成群，但至今为止，尚无子嗣。说起来伯颜年轻力壮，自不用过急，但子嗣之事全在天意，将来膝下能否有一儿半女，谁又能打得了包票。所以外人私下议论，说伯颜关照兄长的骨血，或是打算长生天若不成全，至少也可让侄子继承家业。

海东青的儿子只有九岁，九岁的年纪却显出与众不同的老成。若说他相貌清奇古怪，也许夸张，但他的模样的确引人注目。个子奇高，在同龄人当中，绝对鹤立鸡群。他瘦骨嶙峋，耷拉着的肩膀拖着两条长长的手臂，就像一只笨拙的打算学飞的幼鸟——这只幼鸟的每一个举动，都自然而然地让人们想起曾经的那只大鸟——海长春死去的父亲。

海长春不是那种善于讨人欢心的孩子。他知道自己的外貌与众不同，所以他尽力用他的木讷来避开外人对他的注视。他很少主动说话，他的眼神在大多数时候都是黯淡无光地低垂着的，仿佛在打瞌睡；即使觐见大汗，除了应有的敬畏，并无过多的欣喜和兴奋。

那日，海长春就是这副样子跟随着伯颜出现在大汗召见内臣的偏殿当中。他低着头，像怕犯错，又像已经犯错。大汗见到了这只木讷的小鸟，自然想起了小鸟的父亲，更勾连起了对故去的海都元帅的思念，心里难免怜惜。

大汗说：孩子，你想要什么？朕都答应你。

海长春有些疑惑，他望望大汗，好像没有明白大汗的意思。

伯颜拜谢：大汗于臣子一家有再造之恩。我等肝脑涂地，无以报答，哪里还有讨要的道理。

大汗嗔责：伯颜将军，朕赏的是这个孩子，又不是你。

伯颜只好闭嘴。

但海长春的模样依旧显得心不在焉。他没有留意伯颜和大汗的对话，却听到了外面庭院里的笑声，那是阿西和阿东正推着载着小公主的车子一路疯跑而来。他望着那小车跑来轨线，瞬间在目光中有了刺人的亮。

海长春突然开口：大汗，我可以要那个吗？

海长春的话太突兀，在场的人没有一个摸到头脑。

大家顺着海长春的手指的方向看去，那里是空空荡荡的庭院，什么都没有。

伯颜板起面孔：长春，休得胡说。

海长春有些急迫地：大汗，就是那个石头，我可以要那块石头吗？

大汗不动声色地点点头。

大汗的下颌的胡须还在飘动，海长春已经嗖的一下蹿出了偏殿。他来到庭院，捡起了路径上的一块东西。

紧接着，阿西和阿东推着小车刚好到了海长春的面前，车子蹭着海长春的身体，车轮分毫不差地从曾经躺着石头的地方碾过。

小车跑远了，但大家都看明白了刚才的一切。

大汗的脸色顿时铁青。自从大汗下令锯了宫中的门槛，宫里头专门派人督管在小公主经常出入的地方捡石子和清扫路径，以免出现意外。若不是海长春手疾眼快，这个小小的障碍物只怕已经造成一场祸事了。

偏殿上的人们都一声不响地站在那儿。

海长春拖着两个长胳膊，慢慢走过来，刚才的迅猛荡然无存。

大汗说：给朕看看。

海长春张开手掌，掌心躺着一块圆圆的鹅卵石。

大汗目光缓缓扫向大殿上的其他人。

大汗的目光落处，偏殿上已经跪倒了一堆人。

大汗问：今日是谁轮值？

一个侍从哆哆嗦嗦地从人堆里爬了出来。

大汗说：你家中可有老小？

那人哭泣着：老母已经七十多了，还有个残废的弟弟……

大汗挥挥手，侍从们即刻上前将那个人拖了下去。

殿里的人都觉得此人运气实在太好，因上有老母，下有弱弟，免了剁碎喂鹰隼和豹子的下场，落了全尸。

大汗转向海长春，语气温和：好目力，好身手。不愧为海东青的长子、海都的长孙。

伯颜说：大汗过誉，这孩子别的不成，唯有"忠心"二字。

大汗点点头：将门无犬子。

海长春并没有在意大汗与伯颜的对话，他的思绪飘忽着，手里攥住那个圆石。他好像又看见了那个小车，车上那笑得如盛开的鲜花般的图兰朵小公主。两个白白胖胖的侏儒正推着公主在庭中疯跑，而在前面不远的路径上，安安静静地躺着一块圆圆的石头。

伯颜边与大汗应酬，边斜瞥着这个九岁的孩子。他从来没有如此细致地打量过他，因为他与他的父亲太像——外貌几乎是幼年的海东青的翻版，他有他的父亲一样极好的耳目，凭听力目力，可以做出许多常人无法做出的判断。他们的姿态，无论行走还是站立，都让人相信他们只是缺少一双翅膀，不然，早已翱翔在天空之中。他们本该投生做鸟禽的，却意外地以人的身份混杂在芸芸众生当中。这些都使得伯颜无法忽视他，无法忽视与过去曾有瓜葛的联想，这些都让伯颜五味杂陈。

海东青比伯颜年长五岁。从幼年记事起，海东青那双长长的臂膀就成为伯颜嘲笑的目标。无论是偷摘树上的果子，还是挨先生的板子，兄长笨笨的样子都让伯颜鄙夷，都让伯颜心生优越感。

海东青的存在，是为了成就自己英武的弟弟的，这点被事实所证明，并一直证明到他生命的最后一刻。

这两年，伯颜偶尔回忆起父亲临终前在营帐中的情景。他渐渐怀疑那本身就是一场误会。父亲伤势严重，已经神志不清，气息奄奄中将海东青看成了自己，所以令牌递到了大鸟的手里。这个解释让伯颜豁然。那不是父亲的选择。父亲绝不会将自己毕生心血托付给那个笨拙的大鸟的。幸好，他在关键时刻更正了这个错误。

伯颜对海东青是心存感激的，他深信自己对得起死去的兄长。他尽可能地让他的妻儿枕稳衾温。他并不欠海东青的情分。

但此刻，他从这个孩子身上发现了他从未意识到的东西。这个孩子是有天赋的，他的天赋决计与他的亲生父亲有些不同。他身上有一部分与他的父亲完全无关的潜质，那是绵里藏针的敏锐，机智，还有运气。

这孩子值得更多的关注，有耕耘，才有收获。

这时，他听到大汗的声音。大汗说：难得的好孩子。图兰朵没有兄弟，让这孩子常进宫来玩耍。

国师曾私下里猜测庭院中的那块石头的由来。皇城里正在扩建花园，工匠们在装饰花坛时，发现恰好有几块鹅卵石的颜色有些扎眼，于是挑出来放在了工具袋里。偏巧，有人故意让那个工具袋的角落开了线，出现了一个小小的口子，而那些个鹅卵石当中有一个石头特别圆润，它穿过各种工具的缝隙滚向工具袋底部，最后在工匠们行走的颠簸中，那个圆圆的石头顺着那个开了线的口子，滑落到路径上，然后，是阿西和阿东推着图兰朵小公主出现，然后是那车轮几乎从那块圆圆的石头碾过……

就在这时，国师突然有些毛骨悚然。因为如果这一切都是人为的话，那个叫伯颜的年轻人就几乎在皇城里一手遮天了。

国师思量了半晌，不得不否定了自己的猜测。

那么，现在事情的经过就是这样了。皇城里扩建花园，工匠们发觉有几块装饰花坛的鹅卵石的颜色不对，挑出来放在了工具袋里。偏巧，那个工具袋的角落开线了，出现了一个小口子，而鹅卵石当中的一个石头穿过杂物的缝隙滚到工具袋底部，顺着那个开了线的口子，滑落到路径上……

这就叫作运数。一块本属于花坛上的石头掉落在庭院中的路径上，无意中帮了伯颜，也帮了那个叫海长春的孩子。国师记住了"海长春"这个名字，这个孩子有一日若成了伯颜的左膀右臂，将不可小觑。

伯颜不是个笨人，他期盼的东西很高远。由于他正在攀缘一棵参天大树，所以他会利用自己手中的全部筹码和运数，尽量避开像国师这样的会妨碍他攀缘的荆棘。由于他想走得更远，所以他要像那辆婴儿车一般躲闪开皇城路径上像国师这样的石头。

对国师而言，他不喜欢被人比喻成荆棘，那种尖厉跋扈不是他的风格；但他不在意被人看成是一块默默地躺在路径上的石头。

石头可以帮人，也可以绊人。

都说，聪明的人不会被同一块石头绊倒。但在国师的眼中，伯颜实在还算不得那么聪明。在相当一段时间内，国师只要想出手，伯颜难免会被同一块石头绊倒。

第十一章
国师的客人

老杜克对着镜子望去，一张苍老而憔悴的面孔。这张面孔上刻着一道道的坚忍、痛苦和仇恨的痕迹。

他曾经是一个极度自信的人。他相信自己的命运，相信通往权力的路尽管崎岖但依旧光明，相信自己该得的都会得到。他曾经离他的梦想只有一步之遥，他甚至已经摩挲过那王位的椅背和扶手，但他那颤抖不止的双脚使得他不得不守着王位而无法安然落座。

那本来是一场实力悬殊并稳操胜券的角逐。谁知造化弄人，开场的精彩与落幕的清冷完全出乎他的想象和预料。在转眼间他失去了儿子，失去了他的随从和军队，失去了他的领地，失去了一切。他，老杜克公爵，成了丧家之犬，成了众人的笑柄。

他离开王城的时候只有一个念头，倾其所有为自己雪恨洗耻。他对这个世界已经毫无留恋，这个世界辜负了他，欺骗了他，抛弃了他，毁灭这个世界成为他生存下去的唯一动机。

他如今孑然一身，每日依赖的只有这面无所不知的黑曜石镜子。

这面镜子是他用自己从王城带走的全部珍宝换得的。他还记得那个老祭司用这面镜子展示给他的情景。烈火燃烧着这面形状古怪的镜子，镜子闪出异彩。他从那个镜子的幻影中看到了一座高耸入云的城。

他问：那是哪儿？

老祭司没有即刻回答，焦黄的眼珠在干枯的眼眶里滴溜溜地转着。老祭司是他最后的朋友，也是随时可能出卖他的人。

老祭司说：你别问，除非你出得起这个价钱。

老朋友间谈生意总是直截了当。老杜克识得世间一切宝石，他早就看出，这镜子是火山口炼出的黑曜石制成的。

老杜克说：黑曜石并不算稀罕，难得的是黑曜石中这种在火光中赤红带金的颜色。

老祭司嗤笑：你这是指东说西。算了……

老杜克急了：等等！

当即老杜克将他贴身皮囊中的猫眼、钻石、蓝宝石、祖母绿全部倒了出来：这些可以买下一个王国。

老祭司沉吟：这镜子能够摧毁的不止一个王国。

老杜克小心翼翼地观察着对方的神情：你想告诉我，这面镜子就是世人都在找的那个"东西"，是王室的诅咒？

老祭司否认：当然不是。但它能引出那个诅咒。

当真？

自然当真。

我能看到这一天？

老杜克的脸上充满了渴望。

老祭司怜悯地看了老朋友一眼，诚实地说：可惜，这做不到。

那我怎么知道你不是诓我？

老祭司反问：你有选择吗？

在对方轻蔑的目光中，老杜克气软了。尽管老祭司对友谊和忠诚的态度绝对值得怀疑，但在做生意守信方面，他的声誉还是很好的。

老杜克说：我且信你一次。

慢，我说了我打算卖吗？

老杜克公爵不太高兴了：你都这把年纪了，拥有这些珠宝，你可以享受荣华到死，不比守着这面镜子实惠？

老祭司却固执地摇头：你再想想，还能给我什么？

老杜克摊开手，说：除了性命，我几乎一无所有了。

那你就给我性命吧。

老杜克愣怔，以为对方是开玩笑。

老祭司固执地说：我是真话。

老杜克依旧不语。

老祭司解释：我说的不是现在，是当性命对你没用的时候。

老杜克狡黠地思索着：我可以答应你。但假如我在千里之外，你如何来取呢？

老祭司笑了：那就是我的事情。

老杜克又沉吟片刻，点点头：一言为定，我的命是你的了。

镜子里的城，是天下人都知道的那个帝都大城。那是你该去的地方。

老祭司说着，将手伸向珠宝。老杜克却将珠宝用胳膊一挡。

老杜克皱眉：我为什么要去？

老祭司瞪了老杜克一眼，他不说话，拿起酒囊，嘬了一口，向火中喷去。只见镜子在火焰里出现了雪山之下的马尔维亚王城，在狂风之中，王宫的屋顶和墙壁被狂风掀翻，那些神柱纷纷折断的场面。

老杜克看得热血偾张，眼中沁出泪花。

老祭司伸手从火中取出镜子，递过去：你会称心如意的。

老杜克慌乱地捧过对方手中的镜子，准备被镜子烫起燎泡，谁知，那镜子竟然温和适手。

第二天，老杜克出发了，风雨兼程。

心中的热望使得他把艰辛当作过耳风尘。

老杜克向着东方的方向走了又走，从烈日炎炎，走到天寒地冻，终于，他来到了大城之下。

这里是他旅途的终点和他热望的归宿。他千辛万苦地来到这里，就是为了在这里结束一切。

老杜克无钱住店，天天游荡在大城的穷街陋巷。没人能够想象得出这个在路边和衣而眠的乞丐，就是那个曾经富可敌国的老杜克公爵。因为他风烛残年的容貌和异乡人的身份，人们难免对他生出怜悯之心，会主动施舍给他一些残渣剩饭。老杜克羞辱地吃进嘴里，暗暗恨想：我会让你们为今日的施舍而后悔的；总有一日，我会全还给你们。

到了大城之后，老杜克开始寻找一个人。

他已经将那面镜子无数次地丢进火里，确认他看到的情景。

火焰中燃烧的是一个身世可怜的孩子的故事。

老杜克将故事中的那个面孔牢牢地刻在脑子里。此刻他需要知道的是，他是谁？

老杜克终日怀抱着那面黑曜石镜子，在大城里游荡。他如饥似渴的目光在人海中筛滤着每个面孔，他极其有耐心，不厌其烦地走遍大城的每一个角落，寻找镜子中的那个人。

一日又一日，终于，老杜克觅到了"他"的踪迹。当他知道了"他"的身份的那一刹那，他有点愕然，随即，周身的血液都沸腾起来，那是一种毒蛇发现了捕食的目标，毒液已经充满了毒牙里毒腺的兴奋。

国师最近脚疾犯得很勤，出门不便，只好坐车坐轿。大汗免了国师上朝之苦，但即便是在家中走动，国师也感到了吃力。

国师劳苦功高，却删华就素，身边连个暖被的女人都没有。这一点，大汗实在看不过去了，曾送了几个颜色好的到国师府邸，转身的工夫，她们都被国师打发到伙房劈柴做饭去了。

国师府邸里侍从寥寥，女人更是寥寥。国师不近女人，不懂得怜香惜玉，这种苦行僧的行为几乎达到令人发指的程度。

大汗开导国师：女人有女人的好处。知冷知热，犯个头疼脑热的，也能照应。

国师笑而不答。

国师从小到大都不靠女人。小时候有师父，大了靠自己。国师喜欢这种只被别人需要，而不需要别人的状态。

国师常犯脚疾，再痛苦也不求别人，自己给自己医治。

说起来，脚疾不是大病。但国师府里的人都知道，国师一旦犯了脚疾，那是比要性命还要性命。

国师有几件事从不烦劳别人。那就是洗澡，擦身和泡脚。到了国师治脚疾的时候，府里的人都自动躲到远处去，以免触犯国师的忌讳。

据说曾有人无意中闯入国师的寝室，见到国师正在给自己治脚。他看到国师手里拿着把明晃晃的匕首，将一双脚捅得鲜血淋漓,说鲜血淋漓似乎并不准确,滴滴答答的液体明明是明蓝色的。国师坐在那儿,头发根根立着,脸色白里发青,那情景像个魔鬼在给自己剔筋挫骨。

那人当时就吓昏过去了。

后来,那人醒来,发现自己躺在柴房里,他不知道自己是如何出了国师的寝室,又怎样进了这里。他还发现自己的裤子湿漉漉的。

后来,他向别人描述自己看到的情景。他描述国师的脸,国师的眼睛,国师脚上的液体,还有国师手中的刀子。别人听了反诘,谁让你不知进退,坏了规矩,惹国师不开心?国师随便给你施点儿法,让你灵魂出窍,吓尿了裤子,小惩大诫也是应当的。

总之,那人的话虽没有人信,但大家都断定,国师绝不是凡人,那脚疾也不是凡人得的脚疾。

国师的府上来了一个西域的客人。那个客人就是老杜克。

国师犯了脚疾是不见客的,所以,老杜克被挡在了国师府邸的大门外。

老杜克说:我是大夫,专治脚疾。告诉你们国师,他若不见我,他要后悔的。

这种疯话门卫听得多了。见老杜克挂着一根棍子,落魄不堪,更像是个实打实的疯子,只是挥挥手,让他走开。

老杜克于是说:我已年逾花甲,千里迢迢来到大城,无亲无友,你们国师总不能让我饿死在门口。

门卫打量这个疯子,见他鹰鼻凹眼,衣衫褴褛,须发银白蓬乱,难免心生几分怜意,于是到伙房拿了几个凉烧饼给那人，说：一边吃去吧，别再生事。

谁知道第二天，老杜克又来了。还是那句话：我要见国师。

门卫生气：怎么又是你？快走开！

老杜克说：你们国师的病就是被你们这些小人耽误了。

门卫不耐烦地：你再不滚，别怪我不客气。

老杜克说：我又累又饿，你打死我算了。

门卫举起手，却在那一头白发前止住，他忍住气，道：好好好，你等着。

门卫回身去伙房拿了两个烧饼给那老头：快滚！

老杜克拿了烧饼，却说：只有烧饼，无酒无肉？

门卫挑起眉毛：哪有肉和酒？

老杜克说：我看到你怀中的荷叶里包着猪头肉，腰间的葫芦里还有半瓶酒。

门卫傻了：你说什么？

老杜克说：你拿出来看看，我若说错了，割我的舌头。

老杜克指手画脚，门卫下意识地用手护住胸口和腰间。但他转眼看到那包肉和葫芦已经到了疯子的手里。

老杜克打开荷叶包，将里面的猪头肉抓了一块，放进嘴里：嗯，肉很烂，正对我这牙口不好的人的心思。

门卫目瞪口呆。

老杜克笑眯眯地看着门卫：明日我还会来。

说完，他转身慢慢走了。

第三日，老杜克果然又来了。

老杜克走到门前，发现门卫坐在门前，耷拉着脑袋在睡觉。

老杜克扬声说：嘿，醒醒，你们主人可在家？

门卫不理睬。

老杜克说：你若再不作声，我就闯进去了。

门卫依旧不理。

老杜克迈腿就往里走，刚刚两步，脚下一滑，差点摔了个大跟头。老杜克愣了愣，向那门卫看去，那门卫动也未动。

老杜克慢慢举起手中的棍子，突然打向门卫。棍子明明指着门卫的肩头，却衣服都没沾，莫名其妙地滑到一边。

老杜克失神片刻，道：恕我眼拙，原来遇上了一位高人。

门卫浑浑噩噩地：走开，别烦我。

老杜克说：今日我一定不会走。

门卫瓮声瓮气地：为何？

老杜克诡异地笑着：因为我就是来寻你的。

门卫抬起头，宽额大嘴，一双眼睛分得很开，那明明是国师的面孔。

国师沉声问：你寻我作何？

老杜克答道：我手里有国师想要的东西。

国师回绝：我不会对你的东西感兴趣。

国师向来不乱于心，不困于情。但假如是有关国师的亲人、族人呢？

老杜克的话中有一种笃定。

国师的胸口闷闷地一响，气息有些上浮：我既无亲人，又无族人。

那是过去，如今国师见了我，也许就有了。

国师瞬间从眼中射出寒意，他沉默片刻，说了一句：你，进来。

老杜克进了宅院。国师的宅院宽大，却十分简朴素净，连墙角的花木都是最寻常的。老杜克视线扫过，微微摇了摇头。

老杜克被人引进了国师的内室。这是一间不见阳光，窗楣低窄，显得有些阴暗的屋子。老杜克打量着四下，又瘪了瘪嘴。

你是说我过于廉俭了？

国师突然出声，他坐在角落里，冷冷地看着老杜克。

老杜克回嘴：国师多心。我一个穷困之人，怎敢妄议国师的富贵。

国师说：你明明不屑，却口不对心。别看你衣衫褴褛，但你是享用过高车驷马、饱阅大富大贵的人。

老杜克狡辩：这……只怕没有根据。

国师站起身，摇摇摆摆走过来：看你的这双手，尽管污秽，却修长纤细，哪里有劳作过的茧子、粗皮？再看看你的肩部，单薄而滑润……无一分僵肌死肉。这么娇嫩的肩膀，根本受不住肩挑手提，要说穷困，也是这两年刚刚沾上的。

老杜克感慨：国师目光如炬。

你从西域来，不远万里来找我，必有你的目的。从你那衣着打扮和口音，我已经大概知道你的来路。直说吧，你到底想干什么？

老杜克说：给国师治病。

国师冷笑：哼，我有何病？

老杜克摇头晃脑：身疾是病，心疾也是病。治病讲究治根。我既知道国师的病症，又明了这病症的原因。自然能对症下药……

世人皆知我有脚疾。在我面前，没有什么杏林圣手。

国师果断地截住对方的话，然后回身，一瘸一拐地走回到角落里，慢慢坐下。因为脚疾，他真的站不了多久。

老杜克眨眨眼，决定沿着刚才的话辙继续唠叨：一般来讲，脚疾的确不是重症。但国师之疾，是天生造化，与生俱来，既在脚上，又不在脚上……

国师仿佛没听见，静静地给自己斟茶，却没有招呼老杜克一同喝茶的意思。

老杜克停顿一下，瞥了瞥国师的脚。国师的双脚向外撇放着，搁在那儿像双鸭脚，衬上国师矮短的身材，像只蹲坐在那儿的阴鸷的鸭子。

老杜克说：国师身为一国之智者，那双脚自然也不是寻常人的脚。比方说，那是一双鸡脚，鹅掌，或者鸭蹼什么的。这是禽兽之蹼，恶物之丑，只好每每靠锐器强力割开。但天意难违，不多日子，那脚蹼又会重新长上。国师不得不时时遭受遁天之刑……

国师手中的茶杯晃动了一下，茶水从茶杯里溢了出来。国师放下茶杯，将手上的茶水轻轻一甩。

老杜克突然说不出话来了。老杜克的喉咙被一只无形的铁手死死地掐住，他的嘴张得大大的，眼珠子凸出，嗓子眼儿咯咯地响着，喘不上气来。

老杜克的双手拼命地与那只看不见的手徒劳地搏斗着，片刻，老杜克的脸色已经变成了猪肝色。

国师仿佛没有看见，不慌不忙地用茶杯旁的手巾擦了擦手，然后，端起茶杯，继续喝茶。喝了两口，他噘起嘴，吐出了一个茶梗子。

那茶梗子像自己识得方向似的，走了个弧形，砰地打在老杜克的脑门子上。老杜克在半昏厥中，一股清凉突然冲进肺里，那掐住自己喉咙的铁掌松开了，堵在老杜克脑子里的那团死黑渐渐退去。

老杜克用力咳嗽着，鼻涕眼泪淌了一脸。

国师说：我要是你，马上乖乖地滚出去。

老杜克咳嗽半晌，终于喘过气来。他沙哑着喉咙艰难地说：我刚才的话，可说到了国师的痛处？

国师叹息：自作孽啊……

老杜克自顾自地说：那还只是病症，不是病因。国师应当再往下听听。

既然如此，你就不用出去了。

国师的话音刚落，屋里的门窗突然砰砰地自动地闭合上，屋里顿时又暗了一层。

老杜克却松了口气：这正是我梦寐以求。

我与你无冤无仇，为何费尽心机谋算我？

老杜克说：我怎敢谋算国师。我这番周折，只是想让国师看到本相。

须臾之间，变化无穷，哪有本相。

无论国师信与不信，看了才知道。

老杜克说着，小心翼翼地从怀里掏出那面巴掌大的镜子。

国师盯了镜子一眼，不由失声：火镜？它怎会在你手里？

老杜克道：这是缘分。既然国师认得它，那就更好了，让下人送些柴火进来吧。

国师神色凝重，对着镜子久久不语。

国师还疑惑我的话？

国师说：你有它，由不得我不信了。

说着，国师的两手开始磨搓。片刻，国师的手掌冒出徐徐烟气。

老杜克看得发愣。

眨眼间，国师的手掌上已经燃起熊熊火苗。

老杜克赞叹：好法力。

国师冷笑一声，镜子长了脚一般，从老杜克的手中飞到了火里。

镜子在火焰里发出赤红，发出耀眼的金黄，随即，像水一般清澈深邃，渐渐涌起道道波纹。

镜子里映出一个半人半鱼的家伙将一个丑陋的婴儿交给了一个中年人。襁褓露出一双嫩嫩的小脚，脚趾如鸭蹼相连……

镜子中，那个婴儿在哭号，中年人正在用刀子割开婴儿脚上的蹼……

国师面孔僵硬得像块铁。

阵阵波纹隐去，镜子中的中年人牵着一个孩子在走路。那孩子摇摇晃晃，两脚明显有残疾，走路的姿势古怪……

转眼，镜子中的那个孩子长大了，他跪倒在已经变老的中年人面前，似乎是临行前的告别……

老杜克感慨：国师的相貌没有大变。

国师说：巫人鱼这一族，只要长成后，就不会大变了。

老杜克说：国师脸上无鳃，手上无蹼，只剩下脚蹼，你的族人与你相见，只怕也很难相认。

国师摇头：没有这个机会了，世间已经没有巫人鱼族……

老杜克眨眨眼睛，承认国师的话正确。

国师看向老杜克：而你，是除了我师父之外，唯一知道此事的人。

老杜克有些得意：幸亏这面镜子。它无所不知。

国师漫不经心地：火镜对你说了这么多，却忘了告诉你一件极重要的事情。

何事？

你不知道？这火镜是要用命祭的。

老杜克疑惑地向镜子望去。

国师说：有违天意，有泄天机，这是代价。

镜子仿佛是对国师的话语做应答，突然从火中跳了出来，径直向老杜克的胸口撞去。只听得砰的一声巨响，镜子在老杜克的胸口炸开。

老杜克低头看着自己前胸，那里出现了圆圆的一个大洞。

老杜克一脸愕然：你不可以这样拿我的性命。老祭司说过，要等我的性命没有用处的时候……

老杜克的声音渐弱，只见他的身躯一点点地消失在他破旧的衣裳里面。瞬间，国师的眼前只剩下一堆破布烂衫。

傍晚，国师府里的下人将一堆垃圾从国师的内室里清了出去。

他们记得这堆垃圾的主人曾经进入过这个院子，但他们不记得他是何时离去的。

国师对下人们说，他累了，想睡了。不要打扰他。

下人们都明白国师这话的意思。他们从国师说了这句话开始，都下意识地屏住呼吸，说话只敢耳语。他们全都脱了鞋，像猫一样蹑手蹑脚地在院子里走动。

国师听力好，睡觉最怕有动静。平日里寝息，下人们总要献上两个蚕茧儿堵耳朵眼儿。但这回，国师说了一句，不用了。

国师的这一觉睡得很长，他回到了他从没有梦到过的婴儿时代。那个孩子虽然脸上无鳃，手上无蹼，异于其他巫人鱼，但他的族人待他很好，从没有将他送给过别人。

第十二章
阿西和阿东

小公主图兰朵已经一岁多了，她是大汗的开心果子、宫里的欢喜菩萨。

小公主极爱笑，她的笑声是浇灌众人心窝的雨露，无论有多烦恼，有多劳累，只要听到小公主的笑声，那暖暖的阳光、煦煦的春风便回到了人们的心中。

小公主长得太好看了。无论谁，只要望到小公主的身影便挪不开眼睛。能为小公主做点事情，成了众人的心愿和快乐的享受。

早上天未亮，膳房中手艺最好的厨子们就忙着用玫瑰花给小公主做玫瑰露，用核桃、芝麻和牛乳做核桃芝麻奶豆腐了。

厨子指挥宫人们剪下暖房中含苞欲放的玫瑰花蕾，洗净晾干，取大城天泉山上的泉水慢慢熬制成深红色，过滤凉凉，加上蜜糖，小公主冬日里喝了，全身都散发着甜甜的芬芳，额头沁出浅粉色晶莹的汗珠子。

厨子指挥宫人们给核桃去壳去皮，碾碎了跟芝麻一起烤得香喷喷，放在加了蜜糖的鲜牛乳里，再搅入少许糯米酒，冻在冰窖里，小公主夏日里吃了，秀发如墨，肌肤如雪，两眸如亮亮的星辰。

大汗尝过厨子们的手艺，冷冷哼了一声：你们给小公主做事，比给朕做事更肯花心思。

厨子们吓得跪满一地。

大汗说：朕要罚你们……

地上的脑袋都感到了颈子后面的寒意。

大汗接着说：……罚你们每日给朕也进一份核桃芝麻奶豆腐。

大汗笑眯眯地加了厨子们的俸禄。

有了大汗的赞许，厨子们心怀感激，更不敢有一丝懈怠。对厨子来说，膳房是厨子们的战场，是他们情感的归宿。他们除了要起早贪黑，还要善于保卫自己的劳动果实，警惕像阿西和阿东这样的古灵精怪、恶作剧层出不穷的家伙们的偷袭。

入宫几年了，阿西和阿东这对姐弟在宫中既没有长高半寸，也没有学会守规矩。

蚌女离去后，他们曾一度情绪低落，神情茫然，像是两个走失了爹娘的孩子，常瘪着嘴，眼泪汪汪，与人答话颠三倒四的。

幸亏还有小公主在，那可是蚌女的骨肉。睹小公主思蚌女，阿西和阿东感到自己与小公主有比血缘还要近的亲情，由此他们悟出自己的责任。

秋风起，树叶黄了，他们听小公主的乳娘说，小公主沾不得寒气，于是他们突然间一起消失。等再见他们时，已经是蓬头垢面鬼怪模样——阿西焦糊了头发，阿东少了半边胡须，两个白生生的珍珠丸子变成了黑煤球，原来他们钻进寝宫的火墙洞里搬炭烧火，差一点把自己也点了天灯。

立夏了，他们生怕小公主受蚊蝇滋扰，在皇宫大殿里四处采摘蜘蛛网，打算在小公主的寝宫张挂一张巨大的蜘蛛网做成的既能捕虫又能防蚊的蚊帐。皇宫里的蜘蛛们面对阿东阿西的巧取豪夺，生计堪忧，不得不开始集体迁徙。

数伏天，园中知了热闹无比。他们怨恨知了声惊了小公主的甜梦，强迫宫中的侍从宫女们跟随他们上树捉知了，下树挖知了洞，统称"上天入地"。弄得侍从和宫女们一听"上""下"两个字，腿脚都软了。

阿西和阿东憨憨的忠诚，一一被大汗看到眼里。大汗说，这对宝贝也是难得，对他们用不着太拘着。这句话如同把野马放出围栏，阿西和阿东有了大汗的庇护，更不知天高地厚起来。

其实，用不着大汗放话，阿东阿西那变色隐身的本事，让他们早就有了哪儿都能去的方便；他们自说自话、我行我素的脾气，又让他们以为宫中没有他们不可以去淘气的地界。

那一阵子，宫中他们最爱去的地方，是膳房。

开始，他们只是溜进膳房，习惯性地东摸一把果子，西抓一块糕，在膳房里神出鬼没。厨子们被这对姐弟闹得心慌，听到一丁点儿动静就会着了魔一般，拿着擀面杖和锅盖对着四下又骂又喊，又抢又打，又蹦又跳。这般情景实在让阿西和阿东爱死了。

阿西阿东饱了口福，调戏完了厨子，突然想到了小公主。小公主刚刚开始扶墙走路，还到不了膳房这么远的地方，于是他们觉得有责任将快乐搬运到小公主的寝宫里去。

接下来，心慌意乱的厨子们发现刚刚出炉的糕点突然长了脚，整盘整锅往外走。这已经不是偷，而是公开抢了。厨子们急眼，宫里头出现了糕点瓜果穿过曲径长廊，悠悠地在前面飘着，厨子们提着菜刀在后面追赶的场面。

果子和糕点一直走进图兰朵公主的寝宫，走到小公主的面前。正在蹒跚学步的小公主被这怪异的风景看愣住，黑亮亮的眸子望着空中走过来的吃食和一队追在后面的厨子转动了片刻，禁不住咯咯笑起来。小公主笑得前仰后合，如同一朵摇曳不止的风铃花。

见到小公主开心，阿西和阿东极其感动，差一点要抹眼泪。他们想起了蚌女。蚌女性情婉约，从未这般笑过。蚌女大约是把自己一生的笑声都留给小公主了。

只有让小公主开心，他们才对得起小公主的母亲；若不能让小公主天天如此，简直是他们的罪过了。

可惜，厨子们被阿西、阿东接连戏弄几次后，长心眼儿了。知道那些吃食总归要去它们该去的地方，厨子们对膳房里长脚的水果糕点，开始显露出冷漠和假作视而不见的样子。

这对阿西和阿东来说，实在失望。他们带着小公主去花园里扑蝴蝶，抓蜻蜓，捉蜗牛，看蚂蚁打架，可这一切都太平俗，无趣得要命。

他们开始想新花样。这么大的皇城怎么会没有能让小公主开心的东西呢？不是说这个世界上有的，大汗都有，这个世界上没有的，大汗想有也可以有吗？他们想着想着，就想到了那些来大城进贡的衣着奇异、举止古怪的外乡人，以及他们不远万里送到大城来的贡品……

第十三章
朝贡者

又是一年一度向汗国朝贡的日子。

这是大城最繁忙的季节。行行的车队，成群的骆驼、大象、马匹步伐稳稳地驮运着大箱小笼的贡品进入帝都。

街头游荡穿梭着服饰豪华的各国王亲贵族们。每逢朝贡的日子，都是这些国家的显贵们努力用礼物来展示他们对大汗的忠诚，用财富换得和平与安宁的大好时机。

大城的皇家宾客馆舍叫"会同馆"，住满了贵气的客人们，而他们的吆三喝四的下属，则占据大城的各个客栈。

大城的店铺、市集、酒肆、茶馆的老板们抖擞精神迎接金主上门，一波波生意潮水般涌来，老板们点钱点得手痛。

大城的青楼歌台、烟花柳巷里的女子对着恩客们丰满的腰包笑得花枝乱颤，来者个个出手阔绰，姑娘们忙碌到来不及画眉、补胭脂。

往年，各国向大城进贡的日子也是国师忙碌的日子。

国师是大城中最稳重睿智的人，深通与各国使臣打交道的奥义。他话少，才更让人感觉他一语千金，满腹都是上知天文下晓地理、洽博多闻熔古铸今的学问；因为他待大国小国的使臣一视同仁，温和有礼，使他恰到好处地成为大汗威

153

严的身影下的一块缓冲地，让人们在暴晒的日头下寻到了一丝凉荫。

各国使臣都把国师当成通往大汗恩典的一道门，对待国师无比敬重。接近了国师便接近了大汗的恩典。能不能，全在这扇门是否能打开。

但这一两年，情形有些变化。伯颜在汗国中突然崛起，走到哪里，哪里便有风景。各国使臣们自然也都赶着巴结。见到伯颜府邸前出现门庭若市的景象，人们暗暗推测风向或许变了。出于最实际的打算，人们想，多了一道通往大汗恩典的门，总是好事。

国师今日出门了。

今日是大汗在大殿接受各国使臣朝贡的日子。若不是因为这日子重大，他今日仍不打算出门的。国师的步辇入了皇城。国师突然说：我想下来走走。于是，落轿，国师走了出来。

国师一边走，一边打量四下，心事重重的样子。

这些日子大城里很热闹，国师家的宅院将热闹隔在高墙外。国师不仅仅难得出家门，甚至难得出屋门。因此，家臣们拒绝了许多远道而来的拜访者。这让那些吃了闭门羹又不肯罢休的人们，不得不在各种猜想中度日。

国师究竟闭门在家中做什么？

有人花钱打听。拿了好处的总要给个结果，回话说：没看到国师做什么特别事情。国师身子不舒坦，在屋里躺着多，坐着少。连他旧日里最喜欢的品香、品茶的雅事都难得做了。

国师真的是病了？病了为何不请大夫？

国师就是大城中最好的大夫。

最好的大夫却医不好自己的病，难道是病入膏肓了？

国师一贯身子不好，都说小灾小病保长寿。突然一病不起，这病来得古怪，不会是得罪了谁人，着了仇家的道吧？

就算是有病，世上什么病能将学德兼备、举国尊崇的国师真正打倒？恐怕只有心病了。而真能让国师觉得糟心的事儿，只怕是他觉出大汗对他的眷宠不如过去了？

打探的人都希望自己的猜想最接近真相。但国师不开口，真相永远都在水下。

不知道是否国师听到了这些闲言碎语，阳光下，国师的面容的确憔悴了许多，两只圆圆的耳朵都疲惫地耷拉下来。

国师走着，看到路径两边新种的一棵棵龙槐。树形狰狞，恍惚一条条恶龙张牙舞爪，迎面扑来。

国师说：我上次来，见到的都是桂花。什么时候换了？

侍从答：前两日，伯颜将军启禀大汗，说从高丽国弄来了百棵玉龙仙槐，这不，刚刚栽种在皇城花园里。

国师凝视着龙槐，半晌点点头：这树果真并非寻常龙槐，大将军真是有心。

伯颜将军还想出了一样新奇的东西，国师肯定猜不到……

国师仿佛没听见，说：走吧，我们已经晚了。

国师的确来得有些晚了。

此刻，在金銮大殿里，大汗正坐在那高高的宝座上左顾右盼。大汗的宝座本是一个巨狮的身架，巨狮的头被大汗踩在脚下，那双瞪着的眼睛和张开的血盆大嘴栩栩如生，使得无人敢向宝座直视。

今日是汗国的大日子。为了这个"大日子"很多人等待了好久。

在等待的人群当中，伯颜是最为兴奋的一个人。今天不仅仅是汗国的"大日子"，而且是在众人面前显示他伯颜卓尔不群、庸中佼佼的日子。他期待着品尝成功的滋味，因为这个成功的滋味将由他独自享受，而其他人只有眼馋的份儿，所以，他比任何人都期待这个过程。

国师来迟了。有人悄悄询问伯颜，还要不要等？

伯颜答，一定要等。礼部的事儿怎能随意迈过国师呢？

伯颜当然要等国师的身影出现，他相信国师的鉴赏力。他打算让国师明白这个荣耀虽不能分享但是可以景慕的。就在前两日召集诸国使臣们演练的时候，玉勒曾贴在他的身边低声感叹：若非天人，谁敢下如此大的一盘棋。

伯颜微笑不语。玉勒这个家伙的嘴如同挠痒痒的"孝顺子"，每次总能舒舒服服挠在你的痒处。伯颜已经发话，事后要好好犒劳手下的人马。为了筹划这个大日子，筹划这盘棋，大家都辛苦了。

封赏之外，伯颜还有话，胡姬在柴房里关了这些日子，该是知道悔改了，将她放出来吧。

说起来，这个小丫头也算误打误撞立了功，但她触犯了伯颜的忌讳。伯颜得让她和众人明白，大将军是赏罚分明的人。

事情是从十多天以前开始的。

那次伯颜打算进宫去看看。因为是藩国纳贡的时节，皇城里很忙。藩国的使臣们为了替自己的国君在大汗面前多讨些欢喜，如同后宫女人们在君王面前争宠一般，绞尽脑汁不计代价。更有人逢庙就烧香，前来叩拜伯颜这尊菩萨。伯颜觉出里面是有机会的。但这种事过去都由礼部打理，而礼部又掌握在国师手里，这一层层的关系让伯颜一时想不出自己能插手做什么。

伯颜临出府邸，看到胡姬正与府中的几个女子在园子里下棋。胡姬在棋盘边上又叫又跳，其他女子则竭力分辩。胡姬争吵不过，耍赖地把棋盘上的棋子推到地上去。

伯颜不由得走过去。女子们见了伯颜慌忙跪拜。唯有胡姬，虽跪着，却一副无辜的模样。

伯颜向石桌上瞥了一眼，发现这副棋子做得十分别致，上好的黄花梨棋盘，兵马车相士帅黑白分明。他伸手拿起两个小人打量，原来黑的是用犀牛角，而白的是用细腻的象牙雕刻的，小人儿一个个神采飞扬，衣衫飘逸，栩栩如生。

伯颜夸道：好棋具。哪儿来的？

侍从提醒：将军忘记了？是高丽国的使臣孝敬府里的。

听人一说，伯颜隐约想起这么回事。

伯颜点点头，却说：胡姬，我记得你不会下棋。

胡姬答：大将军记错了，胡姬会下棋。

伯颜说：哦，你说你是赢了，还是输了？

胡姬低声道：当然是赢了。

伯颜说：那你为何将人家的棋子推到地上去。

胡姬辩说：因为他们冒犯大汗，要杀头。

伯颜被胡姬的话弄得狐疑地向其他人看去。

跪着的女子中有人只得解释：胡姬定了下棋的新规矩，说我们的这些兵马车相士帅都来自汗国的藩属国，到大城来纳贡。外臣拜见大汗，自然只许输不可赢，不然便是对大汗的大不敬。

伯颜说：胡姬，你的玩儿法不合规矩。

胡姬嘟囔：规矩都是人定的，为何不能改？

伯颜说：那要看是什么身份。

胡姬说：胡姬不懂。

伯颜道：在我的府里，我说行，就是行；不行，就是不行。

胡姬问：出了将军府邸呢？

伯颜答：大城里的事情归大汗管。

胡姬说：将军的意思是，胡姬若是离开了将军府，便不受将军约束。既然如此，胡姬这就走。

胡姬的话撞得伯颜的心嘭的一下，他冷冷地看向胡姬。胡姬竟站了起来，转身向外走去。

这个丫头无法无天，当众试探底线。

伯颜说：来人——！

侍从忙应声。

伯颜吩咐：把这个蛮丫头给我拖下去……

侍从立刻上前，架起胡姬往外面拖去。

胡姬竟然一不挣扎，二不求情，剪水双瞳中仿佛冒出两条小蛇，恨恨地向外吐着芯子。

下面人都头抵着地大气不出，只等待伯颜发话。按照府里的规矩，顶撞主人，男的喂鹰隼，女的喂豹子。

伯颜的狠话明明已到嘴边，却变了：关进柴房，等我回来处置。

伯颜进了宫，正巧碰上大汗在向礼部尚书询问召见各国使臣朝贡的安排。

158

使臣们来大城拜见大汗，各国间本来就或敌或友，各怀鬼胎。如今会集在大城，只有一个目标是共同的，就是当着大汗的面献上对汗国的祝福和对大汗的拥戴。但为了实现这个目标，没有一句话是说得拢的。

四海来拜，大汗召见使臣们的时辰总要有先后早晚，这一时一刻的差别在朝贡的使臣们的心里就是天壤之别的亲远厚薄。于是，使臣们为了争取大汗的恩宠，纷纷各显神通，用尽手段以给别人设障碍，给自己找门路。礼部尚书回答大汗的询问时难免吞吞吐吐，大汗对此心里有数，没有即刻戳穿。

礼部尚书一味暧昧，伯颜却不知何故想到了胡姬的那副棋盘，那棋盘上摆放的一排排黑白鲜明的小人儿，以及与胡姬的那番话。

伯颜不由得说道：大汗日月入怀，何不择一吉日，将各国使臣同时召上大殿，以彰显汗国声威。

大汗沉吟不语。

礼部尚书摇头：这与汗国的老规矩不符。

伯颜道：大汗为天下之主，规矩还不是大汗说了算。

礼部尚书被伯颜抢白，有些悻悻然：这么多人一拥而上，会不会乱而无序？

伯颜说：微臣有个主意，绝不会乱了章法。

大汗问：什么主意？

伯颜说：抽签。

随后，伯颜如此这般地细细描述一番。

大汗频频点头，脸上渐渐有了笑容：听着倒也新奇有趣。

礼部尚书踌躇：只怕……做起来不宜。

伯颜直视大汗：大汗若信得过微臣，交给微臣去做便是。

当即，这事情就定下来。

礼部尚书见风向已变，自然也不再多语。

大汗却突然说：别弄老套数。每年朝贡，朕听颂词，耳朵都起腻子。告诉使臣们，这次都用新规矩，把那些吉祥话儿给朕免了。

大汗这话里明显有一抑一扬的味道，礼部尚书顿时灰头土脸。

伯颜洋洋得意地走出大殿，不禁想起了此刻正关在柴房里的那个小丫头……

看来胡姬是个有福分的人，机遇竟然来自这个丫头的随口胡诌。平日只当她是匹野马，任她胡跑，可关键时刻，她往往是匹灵驹。

伯颜迟疑了片刻，决定要让胡姬在柴房里多待两日。通常人在柴房里的悟性要比学堂里高，特别是多饿几天饭，成效尤其好。

收服灵驹，该用鞭子的时候用鞭子，该用匕首的时候用匕首。

伯颜出宫后，即刻令人着手秘密督造。

后来的日子里，大汗听到身边人不时向他禀报匠人们制造的进展：料已经选好了，雪白柔软得如同天上摘下的云彩，都是万中挑一的好羔皮。那每一块羔皮的大小是按照每个国家的形状和比例裁剪的，再由巧手的缝人拼制在一起……

随着身边人的绘声绘色，大汗对那样东西渐渐熟悉并牵挂起来。因为牵挂，对那个"日子"的到来也越来越期盼，仿佛是个孩子在等待一个新奇的玩具交付到自己的手里。

　　宫廷仪仗吹吹打打，一派郑重地走上皇城。宫廷礼仪官宣布大汗口谕：天朝上国，四海一家，同施仁爱。特择定吉日良辰，各国使臣共上金銮大殿，向汗国朝贡。

　　这消息如同一阵风吹遍大城，让世人目瞪口呆了一阵子。

　　事情来得突兀意外。听说大汗打算在同一天召见各国进贡的使臣，大城内外不少人都坐立不安了。朝臣们首先想到的是，大汗至高无上，他想如何召见属国外臣当然不容置喙；但那些外来人全都神头鬼脸，将这些人招呼到一起，如何保证他们能安分守己？万一有点差池，坏了规矩，不仅丢了大汗的颜面，而且要丢众人的脑袋。

　　而各国使臣们则有人欢喜有人愁。好逞强的以为这是个千载难逢的露脸机会。过去觐见大汗，人人都是同一套路，跪见、祝词、献礼单。大汗记不清个张三李四，这回众人一同上场，如同竞技，这口才、衣着、礼品自然要分出个高低上下，很有点争奇斗艳的味道。

　　怕惹事的却忐忑不安，过去朝贡，无论祝什么词，献什么礼，图的都是给母国挣一个平安吉利。如今人比人得死，货比货得扔，这辛辛苦苦比下来，万一让大汗生了嫌弃之心，回去如何交账呢？

　　于是各国使臣们纷纷打听那日朝贡的种种细节，进而有人提议应当提前将众人召集在一起，熟悉各自的位置，演练朝贡的场面……

第十四章
羊皮地图

国师气喘吁吁地走入大殿。

文武重臣们都默默地望向国师，敢在这种场合晚到的大约只有国师了。

国师对着大汗诚惶诚恐地一拜：老臣来迟，望乞恕罪。

大汗像是个期待观看好戏上演的孩子，终于听到了开场的锣鼓声：好，好，来了就好。

大汗挥挥手，让国师站到他的身前。

文武重臣们将视线低垂。国师身子骨不好，近来朝堂上更是难得露面。大汗从不曾怪罪他，但这不怪罪并不等于大汗没想法。众人一直在揣测国师在大汗心里的位置有多大变化，从国师走进大殿那一刻，他们的心里就因为兴奋而期待着。

国师要站到大汗的身边去，就一定会向前走两步。这两步或向左，或向右，极其关键。汗国向来以右为尊，往常国师都是站在狮头的右边的，但今日那右边的位置被早到的伯颜占据了。

国师抬头看了一眼，默默地站到了狮头的左边。众人的心里唧里哇啦地叫起来。结果竟然是这样的。但这证明国师宽仁大度，还是识时务者为俊杰呢？

大汗指指下面，对国师低声道：国师见多识广，你看，怎么样?

国师抬眼看去,眼眸微微闪了一闪。

大汗的大殿共有三扇大门,今日难得齐齐打开。大殿内一排排规规矩矩站着人。这些人种肤色不同,着装奇异,在他们的脚下,原本一码黑色金砖铺地,如今在那金砖上却各自另铺着一块与他们自己国家地图形状相符的羊皮。一块块雪白的羊皮蔓延开去,便是一张巨大的汗国疆土扩张的地图。

这张地图将原本空旷无比的大殿地面占去了多半。

国师不动声色地说:臣看着如同棋盘一般。

大汗笑道:说得好,朕的天下就是一盘棋。

国师说:确实如此。

得到国师首肯,大汗呵呵笑起来。

大汗赞叹:这都是伯颜将军一手操办的。干得漂亮,朕着实高兴。

众人连忙应和着大汗的夸赞,纷纷点头称道。

伯颜抱拳:大汗谬赞,伯颜不敢当。

对国师来说,他明明听到了另外一番话。什么叫作言不由衷?有人偏偏要告诉你这就是言不由衷。

国师脸上浮现出一丝若隐若现的微笑,将视线投向大殿外。通过大殿敞开的大门,可遥遥望见大殿外宽阔的空场上站立着一队队皇家侍卫,在他们身边排列的则是各国进贡的财宝和关在笼子里的珍奇异兽。国师仿佛自语:这样的排场,实在难为伯颜将军。

伯颜谦逊地说:为大汗效力,定当竭尽所能。

国师显得置若罔闻,耷拉着的耳朵仿佛影响了他的听力。

礼部尚书上前:禀报大汗,吉时已到。

大汗点点头。

片刻，宫廷乐师奏起了"阿斯尔"。箫，笛，管，笙，马头琴，火不思，鼓乐澎湃，声震林木。

乐声落，站在羊皮地图上的使臣们一动不动，听傻了一般。

礼部尚书干咳着，对安南国的使臣瞪了一眼。

安南国使臣被点穴点醒了一般，顿时手忙脚乱。

安南地处西南，近来与邻国龃龉不断，为了得到大汗的庇护，此次朝贡很用些心思。安南盛产香木，安南国王招募能工巧匠将顶级的安南香木做成九辆香气袭人的鸾车，一路白象驾车，香气四溢，贡品未到，名声已到。朝贡大典前，安南国的使臣又在大城四处打点，抽签时果然有人替他在签子上做了手脚，竟然拿到了头筹。

对安南国拔得头筹，有人说闲话。安南国的使臣大约是心中玄虚，此刻两腿竟然簌簌抖起来。

安南国使臣一脸油汗，气息短促：安南国恭祝大汗福寿康宁……大汗吉人天相……国泰民安……

大汗打断他：好了，好了，按照新规矩，繁文缛节免了吧。

安南国使臣一时发蒙：大汗……大汗恕罪，外臣……外臣不明白……

礼部尚书将左手摊开，右手指指手掌。

安南国使臣发愣。

礼部尚书提示：礼单！

安南国使臣终于找到了自己手中的礼单，同时找回了自己的舌头：礼单，对，礼单。安南……安南国进献大汗鸾车九辆，红宝石两箱，蓝宝石两箱，石榴石两箱，还有，还有沉香……沉香四箱。

礼部尚书怜悯地看着安南国的使臣，真是烂泥扶不上墙。

幸好，接下来的抽签排名第二的是基辅罗斯国的使臣，此人肥头大脸，却十分伶俐。

基辅罗斯国使臣深深鞠躬：基辅罗斯国，贡奉大汗上等纯白貂皮五百张，紫水晶貂皮五百张。

下一个是高丽国的使臣，有了前面的榜样，更是没有一个字的废话：高丽国，孝敬大汗上等高丽参二百斤，高丽罗两百匹……

当使臣们在大殿上开始轮流宣读朝贡礼单的时候，阿西和阿东刚好领着小公主走到大殿外的空场上。空场上摆放得琳琅满目，阿西和阿东不由得童心大起。

阿西说：早些来就好了。

阿东说：不晚，不晚，还来得及。

他们争先恐后向各种箱笼扑去。

出门时，小公主的乳娘是随他们一同来的。当众人望见金銮大殿屋脊的时候，阿西和阿东轻轻松松地提到，要与小公主一同到大殿空场上去看看热闹。乳娘不由得被吓破了胆。

乳娘说：你们是谁啊？

阿西和阿东彼此望望：阿西和阿东啊！

乳娘说：我是说那地方外人去不得。

阿西说：我们和小公主怎会是外人？

乳娘说：没有大汗允诺，谁都去不得，包括小公主。

阿东嘻嘻笑起来：这皇城里还有什么地方小公主去不得？

乳娘说：换个日子再去，今日真的去不得。

阿东说：今日最好，过了今日，就没有这热闹了。

乳娘气急：你们要去，自己去，小公主是不去的。

阿西问：真的吗？

阿西望着鸾轿上的图兰朵公主：公主殿下，要不要跟阿西阿东一起去？

图兰朵一岁半了。她最信任的人就是阿西和阿东。阿西和阿东教会她的头一件事，是只要向她发问，她都点头。

那乳娘自知不是这对姐弟的对手，干脆一屁股坐在地上，不肯走了。

阿西对侍女们说：乳娘崴了脚，抬她回去吧。

乳娘被人拉扯到小公主的鸾轿上，抬走了。

于是阿西和阿东牵着小公主的手走进了大殿前的空场。

阿西东张西望，对阿东说：这里有很多好东西！

阿东说：多得数不过来的好东西！

于是，守卫空场里的贡品的皇家侍卫，莫名其妙地看到眼前箱笼的盖子，纷纷自行打开了。

阿东叫道：好大的红枣……

阿东手里攥着的一个大枣，鲜红油亮，肥厚水灵，瞧着让人口舌生津。

阿东张口就咬，却差点崩掉了门牙：哎呀，什么鬼！

阿西看一眼，捂嘴笑：那是玛瑙石做的，只能看，不能吃……

阿东懊丧地扔掉手中的"红枣"：呸呸，不能吃的枣子，也能算枣子？

转眄，阿东又有了新的欢喜：这些夜明珠倒是有用的，若放到小公主的寝宫里，晚上不用点烛火……

图兰朵小公主好奇的目光则全落到了那些珍奇飞禽走兽

166

的身上，她先是挥着小胖手，对着德里苏丹国的白狮子打招呼，然后，噘着小嘴，嘟嘟囔囔地冲着罗斛国的丹顶鹤说出一番己话。正当小公主忙得不可开交的时候，阿东那边打开了那旺国进奉的象牙做的鸟笼，一群五色鹦鹉扑碌碌地飞了出来，其中一只翅膀蹭着小公主的脸颊飞过……

使臣们的礼单已献过半。

大汗坐在宝座上，神情有些寡淡。这盘棋无论多么精彩，一个人玩久了，趣味还是不那么浓烈了。

莫斯科公国的使臣刚刚退下，真腊国的使臣开始宣读长长的礼单。

礼部尚书趋近大汗身边，殷勤道：等朝贡大典结束，大汗可以去看看莫斯科公国送来的白熊，据说那些家伙是北方最凶恶的畜生，两只前掌随意可以撕碎一头老虎。但它们特别怕热，都是特别筑了冰车万里跋涉送过来的。

伯颜凑趣地：依微臣看，应当让这些白熊与真腊送来的鳄鱼斗一斗。那些鳄鱼一口可以吞下一头水牛，据说是南方最凶猛的野兽。

大汗不由得有了兴趣：真的能让莫斯科公国的白熊和真腊国送来的鳄鱼相斗吗？

伯颜答：大汗若有意，此事微臣来安排。都是暴虐凶狠的角色，真要分出胜负，起码要五战三胜吧。

大汗兴致又高涨起来，他的注意力转到真腊进贡的鳄鱼数量上，唯恐不够多斗几盘。

站在大汗身边的国师冷笑。国师猜测，这番对话只怕是礼部尚书在伯颜的授意下早就设计好的。不要说是用莫斯科公国的白熊与真腊国的鳄鱼斗，大汗若是想看莫斯科公国的国王和真腊国的国王厮斗，伯颜也会去安排。

国师抬起视线，向外面的空场望去，目光被一只小鸟抓住，不仅仅是因为那只小鸟，更因为那只小鸟后面的一个摇摇晃晃的小小身影。

那是只色彩灿烂的鸟类，如果国师没有猜错，那该是只极其稀罕的双眼无花果鹦鹉。大汗的鹦鹉阁中鹦鹉无数，但这种鹦鹉只产于大洋中的小岛，所以人们难得一饱眼福。

至于那个孩子，则比那只鹦鹉更令人瞩目。在那个孩子眼中，巍峨的皇宫大殿如同一片寻常瓦砾，她张着小手东跑西跑的身影让国师突然想到了"万物之灵"这四个字。

国师隐隐约约听到了那个孩子稚气的话语声，那清澈的娇憨将死气沉沉的帐幕撕开了一个口子，飘进一缕甘凉。国师的视线因为那隐约的小小的身影而微微湿润。这只小鸟和这个孩子出现在今天这个场面里，是命。国师知道不平常的事情永远会在不平常的时刻出现。

国师深深呼出一口气，这里的确太沉闷了。于是，他悄悄捻了捻手指，空场上的那只小鸟仿佛听到了召唤，兜了一个圈，飞向了大殿门内的方向。

很快，死寂的大殿门前回响起小孩子的笑声，人们不由得纷纷转头去看。包括大汗，一瞬间他的诧异不亚于大殿中的任何一个人。

当图兰朵小公主追逐鹦鹉跑到大殿门前的时候，额头已经微微挂了汗珠。

两个卫兵不知所措，慌乱地用长枪拦住图兰朵小公主的去路。图兰朵小公主抬起头。她有些疑惑，在她的记忆里，很少有人用这种长长的东西阻挡自己。于是，图兰朵公主下意识地伸出小手，企图推开自己面前的长枪。

宝座上的大汗不动声色地用鼻子哼了一声：嗯——？

卫兵们像听到闷雷，扑通一声跪下。

长枪消失了，那只小鸟也消失了。图兰朵向大殿里望去，眼前都是些打扮古怪的陌生人，但在陌生人的尽头，大殿的中央出现了一个熟悉的面孔，那是她的父汗，是被众人尊称为大汗的那个人。

对图兰朵小公主来说，这座大殿虽然陌生，但大殿的主人她并不陌生，这就够了。

她笑吟吟地向自己的父汗走去。人们默默地向这个小人儿行注目礼。

国师望着渐渐走近的小公主，望着她花苞一样的面孔，暗暗赞叹，世间竟有这样好看的孩子，这种好看若不让众人知晓，简直是浪费了。

国师想着，他与这个孩子的缘分是有些说不清的。虽然，他时不时听到有关小公主的衣食住行的消息，但事实上，他已经很久没有见过小公主的模样了。这就是日子，日子只是刹那间的事情。

国师心里有些感慨，上次看到小公主是什么时候？是在她周岁生辰庆典上。小孩子长得神速，转眼工夫已经走得很稳，跑得很快了。一个没有母亲的孩子，却得到了其他有母亲庇护的孩子得不到的一切，长生天是公平的。

国师想着想着，竟有些失神。

图兰朵跑向宝座，在离大汗几步远的地方站住。她仰起头，娇憨地望着自己的父亲。看着图兰朵嫣然的样子，大汗威严的面孔上露出一丝笑容。

大汗说：图兰朵，我的小公主，找我有事儿？

图兰朵冲着大汗咯咯地笑起来。大汗向图兰朵伸出手。图兰朵摇摇头，却扭过了脸。她望向那些面貌奇异着装华丽的各国使臣们。

礼部尚书立马对着那个刚才因为小公主的出现而被打断程序的使臣，比个手势：继续，快继续。

使臣会意地拱拱背脊。他高而瘦，戴着一顶红帽，一袭白纱长袍珍珠镶边，显得颇有些仙气。他捧着礼单继续宣读：德里苏丹国，檀香珠五十串，玉佛两尊，黄金万两……

接下来的那个使臣面容棕黄，嗓音尖细，上身赤裸，脖子上套着一圈五彩琥珀，下着鲜艳夺目的罗裙：麻喏巴歇国，金缕衣两件，翠毛锦被十床，乐工百人……

图兰朵小公主目不转睛地看着他们。在她的眼里，穿着一袭白纱长袍的德里苏丹国使臣更像是一只白鹤，而套着鲜艳的羽毛织成的罗裙的使臣就是一只准备展翅的锦鸡。

她笑嘻嘻地冲着使臣们快步跑去。

大汗显然被这小女孩的天真烂漫逗得心花怒放：天下人都臣服于我的脚下，只有这个小丫头，从不把我放在眼里！

侍从官说：微臣记得在公主刚出生时，国师曾说，图兰朵公主是文殊菩萨转世，聪明美丽无人可比。

大汗问：国师真的说过此话？

国师答：老臣岂敢有诳语，汗国未来的祸福兴衰全托庇在公主身上。

大汗微笑点头。

伯颜却在一旁插话：国师想说的是繁荣昌盛，而不是祸福兴衰吧？

国师冷冷瞥了伯颜一眼：伯颜将军，听过我原话的人，都该懂得我的意思。

当阿西和阿东发现图兰朵小公主不见了的时候，他们曾有过片刻的慌乱和不安。他们跑到大殿门口探望，才松了一口气。

只见图兰朵正淘气地拉拉这个使臣的长袍和袖子，拽拽另一个使臣的衣带和配饰。那些使臣们不敢离开脚下的羊皮地图，无处躲闪，只得战战兢兢地向小公主弯腰行礼。

阿西说：这些人为什么站在那儿不动？

阿东说：一定是大汗不许他们动。

阿西问：为什么？

阿东答：他们大概在玩"僵尸"。

"僵尸"是种赌钱的把戏。阿东和阿西经常在宫里与侍从宫女玩这种对赌的游戏。游戏中点燃一炷香，一人扮作"僵尸"，另一人挖空心思进行挑逗。在一炷香燃尽之前，"僵尸"只要四肢动了，便是输了。

阿西望了望，反对：不对哦。他们只是脚不动，身子却是乱动。

阿东望了望，也觉得不对，改口：总之，一定是大汗让他们陪着小公主玩的新把戏？

阿西提议：过去看看？

阿东赞成：过去看看。

图兰朵公主好像听到了阿西和阿东的争论，开始歪歪斜斜地围绕着使臣们来回穿梭，前后徘徊。图兰朵小公主在棋子般的使臣中间一边左右顾盼，一边手舞足蹈，图兰朵小公主嘴里咿咿呀呀唱着歌。

阿西和阿东看得心里发痒，正打算要投身这场游戏的时候，那羊皮地图好像突然挪动了一下，出现了一小块空隙。小公主一脚踩上去，踉踉跄跄冲了几步，随即飞了出去。阿西和阿东吓得魂飞胆战，一起向图兰朵小公主扑去。然而已经太晚，小公主的额头撞到了金砖地面上。

瞬间，大殿中传出了小孩子娇嫩的哭声。阿西抢先抱起小公主。只见图兰朵公主的额角流淌出殷红的鲜血。阿西慌忙用手去揩，一边揩，一边却也哇哇地痛哭起来。

阿东则愤怒地用拳头砸向自己的脑袋：你好笨，怎么摔破脑袋的不是你！

两个人的做派一下子把哭泣中的小公主惊吓住了。

大汗猛地站起身。他看到了图兰朵小公主跌倒的那个地方，汗国扩张地图的中央，裸露出一块黑色的金砖地面。

大汗拔出御用宝剑对着羊皮版图上的那个空白处狠狠掷了过去。宝剑如闪电，使臣们狼狈不堪地纷纷躲避。锋利的宝剑插入金砖，剑身抖动嗡嗡作响。

大汗吼着：那儿，啊——怎么回事！

惊惶的礼部尚书伏在地上：这……这个，微臣实在不知……

大殿里的其他使臣们哗啦啦地跪倒一片，全都恨不得钻到地砖下面去。

国师镇定地说：陛下恕罪。这地方叫马尔维亚国，弹丸小国，非战略要地，所以一直被汗国帝军忽略。

大汗青筋暴露：怎会有这等事！

伯颜上前：大汗，马尔维亚弹丸小国，竟视我汗国为无物，致使公主殿下玉体受创，罪不可赦。

大汗说：伯颜将军……

伯颜应声：臣在！

大汗咬牙切齿地：朕要你去……

大汗扫视着大殿上跪满的黑压压的人群，说：去把那块地图给朕补上。

第十五章
贤者的预言

那个夜里，当卡拉夫的贴身侍从伊万打算请小王子回寝
宫就寝的时候，怎么也找不到他的身影了。他迈着大长腿到
处转悠，像只找不到方向的长腿鹤。

那时候周大正好站在花园里，他看到三色堇的花朵在摇
动，于是对伊万说：那儿有只兔子。把我的弓箭拿来。

伊万去拿弓箭了，卡拉夫不得不从三色堇花丛后面爬
出来。

卡拉夫跑到周大身边，耍赖地揪住周大的袖子：剑侠叔
叔，你教我的剑术，我还没有练熟。

周大说：磨刀不误砍柴工。

卡拉夫仍然不放手。

周大压低声音：你给伊万的碗里放了地狱之火，害得他
半日都说不出话来，我还没找你算账。

卡拉夫听了，刺溜一下从周大的身边跑走了。

国王笑道：这孩子，从早到晚都缠着你。

周大叹息：我们有缘。

周大在花园的水池边坐下，端起果子酒，大口喝着。这
种酒比家乡的酒要酸得多，但在雪山流淌下来的泉水里镇过
后，极其爽口。

米海尔国王挨着他坐下。

国王问：你除了教他剑术，好像还教了他什么绝招？

周大有些诧异：绝招？没有啊！

国王疑惑：那地狱之火是什么？

周大一愣，随即扑哧一声，道：是个来历诡秘的船夫送给我的，样子像水果，味道太恐怖了，叫作辣椒。

国王不由得哈哈大笑起来。

国王感叹：如果卡拉夫有个妹妹，会让他懂事得多。

周大说：那你跟王后赶快给他添个妹妹。

听到周大这话，国王却沉默了。

周大说：别担心，卡拉夫会是个好剑手。

国王迟疑了一下：可我想让他离开我一段日子。

周大不解：为什么？

国王说：卡拉夫的外公想念卡拉夫了，托人带信来，想让王后和孩子到萨尔城堡去住些日子。

周大想了想：萨尔城堡不近呢，你不打算一起去？

国王说：你知道，那个老头儿不怎么喜欢我。

周大说：想要让他喜欢，你会有办法。

国王摆摆手：算了，他一直想打断我的一条腿呢，我不能给他这机会。不过，你跟着一起去吧，免得卡拉夫贪玩儿，荒废了他的剑术。我会让我的卫队队长约翰安排人马，过几日就上路。

周大望着国王想要再说什么，被国王打断。

国王坚定地说：有你在他们身边，我放心。

周大不再坚持了。他看出国王有心事，国王有心事却不打算马上告诉他这个好兄弟，这就是说这事情有点复杂。周大想帮国王，但周大不想难为国王。他决定再等等，等国王愿意说的时候，他随时效力。

谁又没有心事呢？周大来到马尔维亚大半年了，他已经习惯了这里的生活。国王夫妇待他亲如手足，卡拉夫更是一日都不肯离开他的左右。自从周大逐渐习惯了雪山和森林的静谧，并爱上了这里酸溜溜的果子酒之后，他开始考虑是否该差个人去大城，将柳儿接过来。

夜深了，下露水了。周大打了个大大的哈欠。

国王与周大分手时说，他还想在花园里再走走。

于是周大拍拍他的肩膀，径自去歇息了。

国王一个人坐在花园里，愣愣地望着周大消失的方向，微微发出一声叹息。

兄弟之间赤诚相见，没有什么可隐瞒的。但此刻，国王心里装着的秘密实在沉重，沉重到不能告诉任何一个人，包括周大。

自从周大来到国王的身边，一扫王宫里郁闷的气氛。国王到处挑选工匠，给周大兄弟定做最好的马镫、马鞭和马鞍；王后则忙着指挥侍从们采摘山果酿制美酒，在王宫里举办了从未有过的盛大酒宴。接下来，国王夫妇带着周大出席百姓庆祝甜菜丰收的甜菜节；再后来，落雪了，王室倾巢而出，大人孩子都在王城传统的雪橇大赛上露了一把身手。

那种令人不安的时刻似乎已经过去，并被人渐渐忘却。

转眼开春了。那日国王与周大带着几个卫士一同出门到黑森林边上猎野鸡。他们却意外地发现了一只身量巨大的野猪。那野猪鬃毛漆黑，腰身比橡木酒桶还要粗壮，面对国王的马队和猎狗，它毫不示弱，龇着锋利的獠牙，凶猛地东冲西撞。

瞬间，有两个卫士栽到马下，受了重伤。

见那畜生丧心病狂，国王心中一紧：莫非它就是那只野猪王？

在马尔维亚王国，一直流传着一个说法：在黑森林里藏着一只野猪王，它是黑魔鬼的化身，一旦露面，必会在王国引起灾祸。

国王说：杀死它！

国王话音刚落，周大的两支利箭已经射中野猪的侧腹和颈部。

野猪吼叫着，冲开了众人的包围圈，消失在林子的深处。

国王和周大等人急忙纵马分头驰入林子寻找那畜生的踪迹。走了一阵子，国王突然发现自己已经落单。看到林子越来越阴森，而周围再也听不到卫士们的呼啸和马蹄声，他猜测自己大概走失了。在这种林子里走失，最聪明的方法是原地不动，根据周围环境来判断方向。

国王勒住缰绳，下得马来。他找了附近几棵大树，观察它们的枝叶。通常来说，南侧的枝叶应当更茂盛而北侧的较稀疏；他又低头寻找蚂蚁的洞穴，这些小东西最喜阳，洞口大都是朝南的。

国王正查看着，耳边听到灌木丛哗啦啦的响动。自己的坐骑一声惊叫，掀蹄狂奔而去。他不禁抬起头，霍然望到一个庞然而狰狞的兽脸。只见那只野猪的颈部流着黑红的血，嘴边挂着黏黏的口涎。它站在离国王六七步远的地方，粗哑地喘息着，目光凶残逼人。

它的确受了伤，但并非即刻致命之伤。伤痛让它怒不可遏，唯一想做的事情，就是报复对手，将对手的肉体戳成烂泥。

国王忙倒退两步，拔出剑来。在这种地方，想要一个人对付这头怪物，几乎不可能。

来不及多想，野猪已经冲过来，国王迅速地向树干后面闪去，野猪的腥臭气擦着他的脸颊飘过。再转身，粗壮的野猪竟然已经灵巧地掉过头来，并再次向国王扑去。国王侧身回手，王剑顺势刺了出去。野猪嚎叫一声，它虽然被刺伤，但它那沉重的体魄也将国王撞倒在地。

国王的头碰在坚硬的树根上，一阵晕眩，耳边嗡嗡作响。他竭力睁开眼睛，猜测那头野猪正向自己冲来，那血盆大口或许与自己仅有寸分之远。然而，他却惊讶地看到，那头野猪的神情与自己一般愕然。野猪的愕然是因为它发现了局势的变化，它本该制胜一击的，但它的进攻路线被人阻断了。

那是一个穿着长袍的老者，他站在野猪的面前。老者说：走吧，离开这儿。

那只野猪不甘地低声咆哮着。老者望着它，挥挥手。

野猪怒气冲冲地与老者对峙了片刻，大约明白自己不是对手，竟然泄气，慢慢掉头，走开了。

国王凝视着老者，那张面孔他是见过的。虽然，他只见过他一次，但他曾说过的每一个字他都牢牢记在心里。

国王狼狈地爬起身。他听到那个老者叹息一声，说：离开这儿，再也不要回来。

国王说：是说我？要我离开哪儿？离开这片森林，还是我的王国？

老者不答。

国王继续追问：如果我不走，会怎样？

老者依旧无语。

你说过，我的儿子还会有儿子的……

他的声音喊出去，空旷无比。国王眨眨眼睛，发现老者已经消失，眼前荒芜一片，仿佛从未有人出现过一样。

难道是自己那一跤摔得太狠，摔糊涂了？难道刚才那一幕都是意识混乱后的幻影？那么野猪呢？那活生生的野猪也是幻影吗？国王看看四周，灌木丛中明显有打斗过的痕迹，自己的衣裳还沾着斑斑泥迹。再看自己的宝剑，那上面黑红色的血迹依旧鲜明。

那只怪物也走了，它难道因为是见了自己跌倒而萌生怜悯之心，掉头而去？这种解释听着太可笑了。国王晃晃自己的脑袋，他对自己的判断力产生了根本性的怀疑。他甚至观察到自从自己与众人走进这片黑森林，手腕上的那只手镯的色彩仿佛比往常更加鲜艳。

这时，远处传来周大和卫士们的呼唤声。很快，周大出现在国王的面前。

周大面色紧张，望见国王一个人站在那儿发愣，冲了过来。

周大问：出什么事了？

国王迟疑地：没什么，是那只野猪……

它在哪儿？

刚才还在这儿，大概听到你们的声音……它就跑了。

周大观察着国王的神态，似信非信：困兽犹斗，要特别当心。

国王说：幸亏你们来得快。

周大警觉地打量四下，欲言又止。他从国王游移的眼神中看出，事情的经过并非那么简单。但国王既然不肯说，定有原因。

当周大发现国王与大家走散，曾惴惴不安，紧接着见到国王的坐骑从林子深处狂奔而来，心提到了嗓子眼。好在是虚惊一场，国王毫发无损。

周大说：没出什么意外就好。

国王闷闷地点头。于是众人迅速收拾了猎物，抬上受伤的卫士，离开了森林。国王下令取捷径返回王城。周大纵马跟在国王的左右。一路国王寡言少语，但他那急促挥动的马鞭，传递着他心中的焦虑不安。

马队回到王宫。国王匆匆地下马，寻找妻子和儿子。他走上山坡，在金色的夕阳下，望到王后正搂着儿子的肩膀，在蓝莹莹的湖边喂天鹅。

国王凝视着王后和卡拉夫王子缓缓走过去，眼中渐渐有些晶莹。

黑森林的遭际将国王推入了无法摆脱的噩梦。

从那日起，即便白昼，他都能看到一个长袍在身的"影子"跟随着他。无论他走到哪儿，都无法摆脱那灰色长袍的存在。在喧闹的街头，在寂静的王宫大殿，在周大指点卡拉夫学剑的庭院里，国王随意张望，似乎都能看到"他"静静地伫立在某一个角落里。国王生气地对卫士下令：不要让那个陌生人靠近。

卫士疑惑：陛下，这里没有陌生人。

国王指向"他"站立的地方：那是谁？

卫士向国王所指的方向望去，那里空空如也。

国王的手慢慢放下，众人都有些诧异地看着国王。

国王苦笑。是的，他们看不见"他"。因此，他更加确定了"他"的存在，更能确定"他"曾跟他说过的每一句话都真实无比。

"他"说：离开这里。

但我怎么能离开这里？这是我的祖先留下来的财富和土地；这里的人民将我当作他们的庇护和依赖；这里的雨雪四季滋润万物生息繁衍，这里的一砖一瓦为我的妻子和孩子遮风挡雨。

我是马尔维亚的国王，我的命运是与我的国家和人民共存亡。

面对王殿前的十二根神柱，国王明白这是唯一的答案。

这些都是无法改变的。当自己从父王的手中接过那个绣着王徽的手巾包，这一切就已经定了。

无人的时候，国王绝望地对着"他"吼道：走开，别再打搅我！

国王的喊声传得很远，但"他"只是默默地看着他，从不回应。

深夜，国王再不能睡安稳。国王听到"他"走进来，站在他的床边。

国王说：我明白你的意思，但我不能走。

"他"说：你的妻儿呢？他们怎么办？

国王被惊醒，腾地坐起来。他呆呆地看着黑夜：是啊，为了荣誉，为了家族的骄傲，他不能走，但妻儿怎么办？

第十六章
王室的诅咒

王后是马尔维亚人的骄傲。

马尔维亚人把高贵的王后看成自己的女神。

马尔维亚人都说王后是王冠上那颗最耀眼的明珠，但王后自己却明白自己嫁入马尔维亚的王室，是嫁给了一份沉重的责任。

记得六年前，盛大的婚礼结束后的那个晚上，国王郑重地将样式古朴的三只镯子中的一只戴到她的手腕上。

国王说：父亲嘱咐我，当我成家时，要把这只镯子戴在新娘的手腕上。因为这只镯子意味着美丽。

王后醉心的目光徘徊在国王的脸上：很美的镯子。

国王说：三色镯。

王后笑盈盈地说：这名字好听。

国王沉声：可是，它们还有个名字，叫王室的诅咒。

王后听到这儿，脸颊微微有些变色。

国王说：你嫁给我，便是嫁给了这个家族的秘密。如同坚守我们的婚姻誓言，我们要将这个秘密保守到离世的那一刻。

王后的心怦怦地跳，她觉得丈夫将一份信任戴在了她的手腕上。从此她将这个镯子看成是自己的性命。卡拉夫出生后，国王将第三个微黄的镯子戴到了儿子的小手上。

王后自然而然地把那镯子看成了儿子肉体的一部分。

她曾仔细地打量过这三个镯子。从形状上讲，三个镯子看上去很相似，都是一样的流云滴彩，晶莹剔透。放在一起仔细端详比较，可见一个微微发黄，一个隐隐暗红，一个淡淡浅蓝；大小也相仿，当被戴上不同人的手臂，会随着那人的身体比例或收缩或胀大，这一特征更是惊人的一致。唯一的差异大约就是千万年前镯子自然形成时表面上的凸凹度和弯曲度。而由于这一点点细微的不同，产生了它们光影的千差万别。

最令人惊异的是，这三个镯子间暗藏着一种相互引力。每每当王后与夫君以及儿子相聚，她注意到它们对各自距离的反应，若有机会，它们会叮叮当当地互相爱抚，如同吟唱一首歌。

王后曾问过自己的夫君：这三个镯子作为王室的传世珍宝，无可非议。但是什么使得它们成为不可告人的秘密？

国王说：它们来自远古。有人说，它们是美丽、智慧和权力的化身。

王后笑说：听起来不错。红色美丽，黄色智慧，蓝色权力。

也有人说，它们代表着专制、欲望和野心。

这更有诱惑力了。

国王停顿片刻，说：但这些都不重要。

王后好奇地看着丈夫。

国王说：如果将它们同时戴在一个人的手腕上，那个人会产生无人可抵御、无人可束缚的力量……你觉得这是件幸事吗？

王后迟疑：那个人虽然无敌，但也很可怕。

国王低声道：整个世界都会变得很可怕。不受约束的力量是罪恶的根源。我们每一代王室继承人所继承的使命，就是绝不能让这种事情发生。

王后还是忍不住问：如果这种事情真的发生了会怎样？

国王沉默片刻，说：那就触动了王室的诅咒。这个世界上的每一个人都会被诅咒。

王后无言。她明白了自己守护的东西并非像它皮相上那么纯洁可爱，她有了一份敬畏和警觉。

时光荏苒，王后战战兢兢地守护着丈夫和儿子，守护着这份秘密。或许因为她是女人，她比别人更敏感细腻，她觉察那三个镯子一天天地有些不同了。它们像三个经过了长久的悄无声息的蛰伏的生灵，虽然还没有摆脱四肢的僵硬和麻木，但绝不甘心继续保持这种死气沉沉的状态。它们像藏在黑暗深处的种子，有一日沁润到潮湿和温暖的空气，在某个时刻悄悄苏醒过来。乍看，它们体态好像并没有发生显著的变化，但它们真的是活过来了。它们不动声色，正悄悄打量着四下，寻找着破土的机会。

让王后首先注意到的是镯子的色彩。那三只镯子原本是半透明的琉璃体，有时处在不同的光线中，会折射出七色霓光。单独看，成色大都不会有更多的差异，色彩仅仅当它们相聚在一起才可以隐约区别。但近日来，情形不对了，这三个镯子不安分了，它们仿佛在彰显自己的存在，颜色也开始有了明显的区别。

对那一天早晨的情景，王后记忆清晰。

在明亮的晨晖中，王后正在对镜理妆，她望见自己的贴身侍女艾达提着一篮从花园里剪下的初夏的玫瑰进来。那些带着露珠的白色的玫瑰，散发着怡人的芬芳。王后情不自禁地微笑，那些白玫瑰是自己的最爱。

艾达将玫瑰放在桌上，帮着王后将浓密的长发盘在脑后。

艾达突然说：我以前一直以为这只镯子是无色的。

王后不明白地看向侍女。

艾达看了一眼王后手腕上的镯子，说：也许我记错了。

王后端详那镯子，发现侍女说得不错。过去那镯子是泉水一般透明，此刻衬着手腕，却带着明媚的鲜红色。她摘下镯子，放在桌上的白玫瑰当中，那晶莹剔透的红色衬着白色花朵，更加绚烂夺目。她无法相信自己的眼睛，怀疑那是因为晨晖的作用，于是，她走到背阴处打量，那猩红仍然熠熠生辉。

王后心事重重地查看另外两只镯子。她的担心并不多余，用不着再去寻找纯白色的东西衬底，也能看出卡拉夫手上的镯子呈现出的是温暖的鹅黄色，而国王镯子则偏于天空的蔚蓝。

国王听到王后的话，片刻沉默，说：会不会是你的错觉？会不会它们原来就是这个样子，只是我们没有察觉？

王后有些愕然。国王的否认让她听到了一个声音，不是国王不相信她的话，而是他故意选择宁肯不相信她的话。

尽管王后不明白国王的选择，但她深信国王的选择有他的道理。出了什么事情？还是夫君预感要出什么事情？她期待国王能够告诉她。但无论夫君选择相信还是不相信都无济于事，王后知道自己没有错。用不着更多的证明，那三个镯子正在自己证明自己。

自从王后开始留意那三只镯子，她发现了镯子的种种更加奇异的迹象。过去，每当三个镯子相遇的时候，它们顶多像好友相遇，叮叮当当地轻轻碰撞，相互亲热地打招呼。如今它们更像三个久别重逢的亲人，情绪不可抑制地激动。它们彼此渴望拥抱，身体里仿佛有血液在活泼泼地涌动，心潮澎湃，因此，它们的颜色会在瞬间极其明艳，那是朱霞的红、娇艳的黄和瑰丽的蓝。只有分开它们，那些色彩才会退潮般地渐渐暗淡。这个过程不长，但留意到这个过程的人，会因此而感到心惊肉跳的不安。

除了那颜色的彰显，三个镯子对主人的影响也愈加明显起来。王后能感觉到它们之间的召唤。它们彼此之间有一种隐约的牵挂。而这种牵挂直接影响到镯子的主人的心境，让他们常常突然陷入焦虑，只有当三个镯子的主人相聚了，这种焦虑才能平息。所以，每每和丈夫及儿子在一起时，她禁不住瞥看那三只镯子，暗暗怀疑此刻三人的相聚与这三个镯子有关。

这一切都太古怪了。王后想，一定得跟他，跟国王谈谈。

王后问：亲爱的，你最近有点变了。告诉我，出了什么事？

国王迟疑了片刻，说：我前几日梦见了你的父亲。

王后似信非信地笑了：他不会是又举着长矛追你，逼得你跳河，而他又摔断了另外一条腿？

当日，国王流亡的时候，与萨尔城堡主人的女儿一见钟情。那时的萨尔城堡赫赫有名，主人是个世袭贵族，拥有百里内最富庶的土地，他将自己的独生女看成是世间最珍奇的珠宝，准备将她镶嵌在帝王的王冠上，但他并不认为落魄的米海尔国王有这个机会。所以，当这个野心勃勃的父亲发现自己女儿悄悄与国王约会时，不禁勃然大怒，举着长矛追了国王一里多地，直至国王不得不跳进湍急的河流中逃跑，而他却在河边的石头滩上摔断了一条腿。

国王温柔地对王后说：不，他说他想念你和卡拉夫了。

王后神色有些黯然。父亲的领土离王城有两三日的路程。年初他曾传书，说冬日漫长，着了风寒，久咳未愈，残腿也日日痛楚，言语中都是思念。王后派人送去特制的貂皮大氅、熊皮褥子和问候，并答应他春暖花开的季节去看望他。而如今连香根鸢尾花都已经开败了。

国王说：去吧，带着卡拉夫去你父亲那儿多住些日子。

王后迟疑：你真的觉得我们应当去吗？

国王坚决地点头，说：我的直觉告诉我，只要你们去了那儿，一切都会好起来。

第十七章
出　征

绿色的远方没有尽头。

羊群像天边的白云，参差飘落在碧绿的茸毯上。突然，天空中出现了一只巨大的鹰。那鹰翱翔着，发出尖厉的鸣叫。随着那鸣叫声的徘徊四散，草原刮起了疾风。

眨眼间，在天空和草原的交界处出现了一条黑线。那黑线渐渐变粗，伸展蔓延，如同被拉扯开的巨幅帷幕，将天空一兜脑遮掩进去，太阳顿时变得昏暗无力。

随即，大地开始了微微的颤抖，那是它接受汗国讨伐大军的铁蹄践踏前情不自禁的战栗。

很少有人谈论那次出征。在伯颜统率汗国大军出征马尔维亚的日子里，人们的记忆仿佛都被清空；在汗国大军经过的地方，草木枯槁，岁年才可重生。

那次出征前，大汗带着众臣站在大城的城墙之上阅兵。

大城的城门如同天门开启。大军黑色潮水似的从城门中涌出，潮流迅速扩散，如同蚁群涌向天边。

豹军为前锋，金甲，银甲，铜甲和铁甲，四支铁骑为中军。鹰隼军呼啸威骇，遮天蔽日。铁骑军万马嘶鸣，踏铁铿锵。

伯颜骑着汗血宝马，走在金甲铁骑的当中。

玉勒乖巧地说：大将军请看，这些都是您的人马。

伯颜向高高的城墙上瞥了一眼，低声说：记住，该说是大汗的人马。

玉勒忙应：是。不过……大将军是大汗最信得过的人啊。

伯颜不语，他心里很是熨帖。

伯颜转开话题，说：再过些日子，就是小公主的两周岁诞辰，记着在马尔维亚筹办一份生日礼物，别耽搁了祝寿的日子。

玉勒答：大将军放心。

伯颜的话对他来说，便是金口玉言，绝不需要重复第二次。

玉勒牢牢记住了伯颜的话。他传令大军日夜兼程。汗国铁骑大军是一人四马的配制，无论战斗还是行军，接力更换，人在马上吃睡，马匹能够极快地恢复负重能力。大军行进，如同疾风过岗，伏草唯存。

玉勒已经成为鹰隼大军和豹军的总统帅。这不仅仅是荣誉，更是心照不宣的信任。为此，玉勒打算当牛做马报答伯颜，当然，前提是要弄清楚伯颜需要他当牛，还是做马。

伯颜说：兄弟们的刀许久不祭血了。

玉勒低语：这回可以让兄弟们好好开一下荤?

伯颜微微一笑，对一望无际的大军高声呼喊：兄弟们，远方的草原草更绿，远方的牛羊更肥美，远方的姑娘屁股更大！去吧……

第十八章
王　后

那是一个乌云密布的日子，周大带着卫队，护送王后和卡拉夫王子上路了。

王后穿着宝蓝色的金线缎的长裙，披着一条天鹅绒绣着王族徽章的短披肩，美丽的金发像软黄金一般垂在她的背上。卡拉夫穿着亚麻缝制的小马甲，身上佩着小剑。艾达两手抱着王后的首饰匣子和卡拉夫的侍从伊万站在一边。

辞别那一刻，国王深情地拥住王后和儿子。

国王对妻子看了又看。国王说：卡拉夫，你妈妈今天很美。

王后在这瞬间突然伤感，忍不住说道：我总觉得不该留下你一个人……

国王说：你和卡拉夫先去。

你是说，你抽空会来看望我们？

王后期待地凝视着国王。

国王没有回答王后，笑得有些勉强。他扭过头，仿佛希望开启一个新的话题，对卡拉夫说：小男子汉，你会照顾好你的妈妈，对吗？

卡拉夫答：放心吧，爸爸。

卡拉夫举起自己的一只小手。

国王将自己的手掌击打在儿子的手心上。

父子两人都笑盈盈地望向王后。王后微微叹口气，慢慢地将手掌握住了丈夫和儿子的手掌。三个人的手叠放，三个镯子相撞，洋洋盈耳。那声响在王后听来，几乎是惊心动魄的。

　　王后恋恋不舍地吻别丈夫。

　　卡拉夫挣脱了父母亲的怀抱，迫不及待地跳上马车。从他听说外公已经请来能工巧匠，打算量身为他定做一套最精巧坚固的小盔甲，并答应要送他两匹最好的骏马，他的心就飞到百里之外了。

　　周大走到国王面前。

　　国王说：好兄弟，我把他们交给你了。

　　周大说：到了那儿，我派人给你送信。

　　国王低声道：只要他们是安全的，就尽量不要让他们再回来。

　　周大诧异：你是说，尽量不要让他们马上回来？

　　国王斩钉截铁地：不，是不要让他们回来。

　　周大愣住：这可不像是一个忠诚的好丈夫说的话。

　　国王说：照着我说的去做吧。

　　国王不再解释，却用眼神告诉他，他的每个字都是他想表达的意思。

　　周大心里一沉，国王的语调有一种莫名的不祥。

　　上路不久，淅沥小雨就落下来，道路渐渐变得泥泞。

　　车队不得不放慢行进的速度，以免王后和卡拉夫的马车过于颠簸。

　　王后静坐在那里，陷入沉思。

　　当马尔维亚的王城完全消失在朦胧的雨雾中时，王后

191

突然说道：艾达——！

艾达抬起头，望向自己的女主人。

王后说：万一我们的离开是一个错误的决定……

艾达迷惑地：为什么？

王后沉默，随即摇了摇头。

前往萨尔城堡的路途漫长而沉闷。王后的马车在前，卡拉夫王子的马车在后。王后一路沉默少语。卡拉夫趴在窗口看了一会儿风景，又跟侍从伊万斗了一会儿嘴，歪靠在马车里，睡着了。

半日过去，雨终于渐渐停了。周大刚要命令加速前进，却见前面的卫队停了下来。

周大赶到前面，问道：为什么停下来？

卫队队长约翰一边拴马，一边冷冷地答道：是我的命令。已经到了吃正餐的时候。

周大环顾四下，摇摇头：这里不妥。

约翰问：有何不妥？

周大说：前面就是黑森林，这地方就是上次我们打猎，遇上野猪的地方。

约翰挑起了眉毛：野猪？那头野猪若敢再出来，这次一定不会让它有机会逃跑。

周大说：约翰队长，你错了，今天不是打猎的日子。

约翰哈哈大笑：是你自己错了吧。我们是皇家卫队，想挡我们路的都命不该活。再往前走说不定还有黑熊和野狼呢！胆怯了吧？没想到剑侠师父竟然被一头野猪吓破了胆。

周大听出这言语中的恶毒挑衅。

约翰队长人高马大，是个莽撞汉子。当年他是追随国王

192

流亡的侍从之一，国王复位后，对他恩宠有加；所以，在宫中他有了一种藐视旁人的资本。约翰队长热爱国王和王后。当然，这里面是有区别的，他对国王是忠诚，对王后则是崇拜。国王是约翰的主人，而王后是约翰心中的神。

约翰队长崇拜王后。国王是以他的威严征服他的心，王后则因为她的高贵而让他臣服。约翰曾经暗暗期许有一日国王和王后会让他做卡拉夫王子的师父。这是可能的，他是宫中最好的剑客。他会对得起那份荣耀，将自己的剑术传授给自己主人和自己女神的儿子，谁料，国王竟然让那个不知来路而又傲慢无礼的家伙占据了那个位置。

多年前国王曾与周大称兄道弟，在约翰看来，虽有失体统，但也可算作落败之时的委曲求全。但如今不同了，国王礼贤下士，周大应当知道自己的斤两。周大在宫中的做派，说好听了是放浪不羁，说难听了是不守本分，僭越作乱。当然，周大是卡拉夫王子的师父，并不受约翰队长的辖制，但约翰队长的视线总是舍不得离开周大的左右，他脸上的表情仿佛周大每走一步都踩着了他的脚趾。碍于国王和卡拉夫王子的情面，约翰队长不好发作，却将每一次的不爽全记在了周大的头上。

周大压住恼怒：我绝不能因为你的愚蠢，让大家付出代价。

约翰说：我已经说了。王后陛下和王子殿下需要用餐了。

周大说：车队必须离开这里。

我是卫队队长，这支卫队只听我一个人的指挥。约翰狠巴巴地盯着周大。

这是国王的卫队，不是你约翰的卫队。周大轻蔑地回答。

约翰拔出剑来：是不是，我的剑说了算。

周大气得牙关咬紧，手忍不住摸向剑柄。

这时，在他们身后传来了王后的声音：剑侠师父——！

不知什么时候王后下了马车，来到他们身边。

王后说：你们上次打猎遇到的，真的是那只传说中的野猪王吗？

周大望着王后踌躇：我……不能肯定。

王后问：为何米海尔从未与我提过此事？

周大说：也许他不想让你担心。

卫队队长插嘴：那次与野猪遭遇，国王陛下毫发无损，说明即便真的就是那只野猪王，它也被国王陛下的威严而折服。

王后说：明白了，让大家准备继续上路。

王后转身冲着马车而去。约翰队长愣住。他虽然愿意服从他的女神的意志，但这个决定必须与周大无关。

约翰队长争辩：王后陛下，我们在这儿用餐，也耽搁不了多久。马车上备着王宫面包房新烘烤的面包，还有奶酪、咸肉和烟熏的鳊鱼，我们可以吃完了就走……

王后说：把面包和奶酪分发给大家，路上饿了，随时吃。

约翰悻悻然地跟在王后的身后：看天色，也许一会儿还会下雨……

王后说：所以，我们更应当马上上路。

卫队队长说：王后陛下！

王后站住，她看到了卫队士兵们正用迟疑不决的眼神望着他们。

王后转身温和地对约翰队长说：告诉你的手下，从现在起，指挥这支车队的人是王后陛下本人。

车队重新启程。

然而，卫队刚刚前行了不过百米，就出了险情。给王后驾车的那两匹黑鬃黑尾的骝马仿佛被什么东西突然惊吓住。它们先是恐惧地双目瞪圆，前蹄跃起。马车夫竭力想要勒住缰绳，但随着惊恐的嘶鸣，骝马疯了一般拉扯着马车向斜刺里跑去。紧跟在王后马车后面的是卡拉夫乘坐的马车，那两匹白马也像是同一时刻听到了逃命的指令，莫名其妙地跟着前面的马车狂奔起来。

周大一见情形不好，掉转马头，向那两辆马车追去。王后的马车驶出泥泞的道路，疯狂地在坡地上颠簸，马车夫转眼被甩到车下，艾伦手中的首饰匣子被打翻了，首饰哗啦啦地滚落，有些径直飞出车外。车轮飞旋，车身开始危险地倾斜，再这样狂奔下去，必然四分五裂。

周大急速纵马超过马车，拔剑飞身砍向前面一棵歪脖子大树的枝干。那粗粗的树杈从天而降，骝马企图奋力越过树杈，但庞大的树枝裹住车轴，车轮被卡住，树杈被拖着咔啦啦地狂响，马车行驶的速度明显慢下来。

两匹骝马拼力挣扎，纷纷挣脱车辕和缰绳，疾驰而去。接着一个车轮骨碌碌地滚落，车子瘫软在荆棘当中。

紧随在其后的马车受到前面的马车意外阻拦，惶惶不知所措，马匹拖着车子在原地转了一个大圈子，也歪歪斜斜地慢慢停住。

约翰队长带着卫队士兵们赶过来。

周大下马，只见惊魂未定的王后正被艾达搀扶着跳下车。

周大迎上去：王后陛下——！

王后仿佛没有听见，径直向卡拉夫乘坐的马车跑去。

王后脸色苍白地奔到车前，惊恐地敲打车门：卡拉夫——！

车门被打开。卡拉夫的侍从伊万捂着鼻子钻了出来，他的鼻子在马车颠簸狂奔中被撞破了，弄得一脸是血。

紧接着，卡拉夫呼喊了一声"妈妈"，扑进王后的怀里。

王后抱住儿子，浑身颤抖，半晌只是盯着他看。

卡拉夫说：妈妈，我没事。

王后仿佛没听见，将儿子的身体上下打量好几遍，才算信了。

艾达边笑边抹泪，说：还好，还好，王子殿下无恙。

周大松了口气。他转身弯腰查看车辆，不由眉头紧皱。

约翰走过来。这一刻，他对周大是心怀感激的，若不是周大出手救了王后和卡拉夫王子，他觉得自己要百身莫赎了。

约翰问：怎么样？

周大说：自己看吧。

约翰蹲下，只见这辆马车的车轴也已经彻底断裂。

约翰队长沮丧地：真他妈的活见鬼！

两辆王室马车同时严重受损，一个马车夫受了重伤，另一个马车夫吓得将裤子都尿湿了。在场的人目瞪口呆，没有谁敢说一句话。

半晌，卫队的副队长低声询问约翰：约翰队长，我们该怎么办？

约翰说：要想办法再去搞两辆马车。

众人沉默，王室马车都是精工细料千金订制。同样的马车除了富庶一方的贵族们可能拥有，一般平民想都不要想。要在这荒僻之地搞到王后母子能够乘坐的马车，谈何容易。

周大说：此地不宜久留。如果王后和卡拉夫可以乘坐简便马车的话……

周大的目光投向不远处那辆简易马车。

约翰断然反对：王后陛下是什么身份？那辆马车是拉行李和随行仆人的！

大家不语，都将目光投向王后。

此刻的王后仿佛没有留意到周大与约翰队长的争执，她的目光茫然地投向马尔维亚王城的方向。

约翰队长不得不开口：王后陛下？

王后回过神来，说：我在想，既然如此，也许我们应当原路返回。

听到这话，大家不由愣住。

周大第一个反对：万万不可，国王临别时特别嘱咐过我……

王后问：国王？国王如何说的？

周大迟疑起来。那两句话在周大的唇边徘徊了一圈，又被他咽进肚子里：国王说……一定要安全地把卡拉夫小王子和王后陛下护送到萨尔城堡。

卡拉夫听到周大提到了自己，不由得对着师父笑了一笑，碧蓝的眼睛水汪汪的。他是在睡梦中被惊醒的，甚至不知道在惊醒之前究竟发生了什么。

王后默默低下头望向卡拉夫。

周大明白自己的话的确缺少足够的说服力。他接着说：还有一种选择。我们只要想办法修复马车，就能上路。至少，可以将其中那架受损较轻的马车修复。

约翰说：我们没带工匠，除非剑侠师父有这个手艺。

周大忽略了约翰的话语中明显的奚落。

周大说：我记得离这里十几里外有个村落，村里应当有木匠。

约翰质疑：十几里路？你打算让我们怎么走到那儿？

周大答：我马上就去，王后和卫队留在这儿等我回来。

卡拉夫听说周大要走，突然喊起来：剑侠叔叔，我跟你一起去。

周大拒绝：不，你留下来。

卡拉夫哀求地说：为什么？

周大摸摸卡拉夫的头，说：男子汉，你要留下来，照顾你妈妈！

卡拉夫无奈地看了一眼王后，叹气：那……好吧。

周大转向约翰：约翰队长，你不介意我带两个人走吧？

约翰的嘴瘪了瘪，他对周大的提议还是介意，但显然，眼下没有比周大的提议更好的选择。

周大迅速上马。他对着沉默不语的王后高声喊了一句：王后陛下，千万要等我回来。

随即，他带着两个士兵扬鞭而去，消失在众人的视野之外。

雨淅淅沥沥地又下了起来。约翰队长命令卫队四下警戒，就地等待。尽管约翰队长从来自命不凡，但刚才惊心动魄的那一幕也让他心虚起来。他开始在周边巡查。一只突兀飞起的野鸡，吓得他倒退两步，拔出剑来。他意识到这重重密林和叠叠荆棘，的确适于猛兽潜伏和妖孽作祟。

王后站在树下，看着破损的马车出神。这是征兆，还是结果呢？她隐隐觉得自己手上的镯子正在渐渐勒紧，如同她的胸口正被一只看不见的手攥紧。假如真的是这样，离开就是个错误的选择。

王后是有预感的，只是这预感来得太快，并且与现实过于契合，让她反而有了一种不真切的感觉。这预感使得她在马车突然受惊并开始狂奔的那个时刻，竟然比任何人都镇定。她只是想：该来到的，总要来。

一路上，她曾纠结不已。车队与王城越来越远，她的焦虑越加强烈。当她听到约翰队长和周大提起那次狩猎的经历，不禁心悸。丈夫故意将此事向她隐瞒是有深意的。这些日子，丈夫一直对她隐瞒着什么，绝对不仅仅是这只曾经在黑森林里遭遇的野猪王。她意识到丈夫的隐瞒中有一种决绝的爱，是一种要将她和儿子挡在身后的呵护。

就在她决定听从周大的劝告，命令车队继续前进的时候，她的耳边却出现了另外一个声音。她听见了那个声音隐隐约约在说："回去。"她听到那个声音在向她靠近，在渐渐清晰，随即马车出事了。在那栗栗危惧的生死之间，她的焦虑已经变为了一个想法：米海尔，亲爱的，我还能见到你吗？

卡拉夫站在王后的身旁，显得有些烦闷。王后的沉默让他不安。于是，他扯了扯艾达的衣襟，说：艾达，剑侠叔叔真的可以找到人来修马车？

艾达说：剑侠师父说出的话，如同铁钉钉在马掌上，马蹄铁烂了，钉子都不会掉。

艾达理了理卡拉夫的衣裳，抚摸他的脸蛋儿。艾达发现卡拉夫的脸蛋儿冰凉，灿烂的金发变得湿漉漉的。这种风雨交加的天气，大人都是活受罪，小孩子弄不好会感染风寒。

艾达弯腰对卡拉夫说：王子殿下，要不，咱们找个地方避避雨？

刚才约翰队长也向王后提出过这个建议，但被王后拒绝了。

卡拉夫摇摇头，挣脱小手伸向王后：妈妈需要我，我要跟妈妈在一起。

王后的手被儿子的手握住。她心里一暖，感到那两个镯子正在相偎：是你们在召唤我们吗？是你们要我们在一起？

她听到了回答：要在一起，在一起……

王后抬起头，望向身边的艾达：告诉约翰队长，我需要几匹马。

约翰队长听到王后决定要骑马返回王城的那一瞬间，他有些懵懂。

约翰说：王后陛下，那可是二三十里地的路程。

王后说：约翰队长，你知道我当年是个好骑手。

约翰队长有片刻的犹疑，直觉告诉他，这么做是不妥当的。但面对高贵的王后，又有谁忍心拒绝她的请求？

艾达说：我也会骑马，我陪王后陛下一起回去。

约翰队长果断地说：这不行，要回去，我跟我的卫队送你们回去。

王后说：需要有人通知剑侠师父……

约翰队长说：可以在这儿留下两个人。就算他找到了木匠，一时半刻也不可能修好马车。与其在这里等待，不如大家都回去，再做打算。

王后迟疑：可是，卡拉夫……

200

约翰队长说：放心，您把卡拉夫殿下交给我，我和他同骑一匹马。

王后感激地深深望了约翰一眼。

此刻，约翰队长非常骄傲。他的脊背挺直，感觉是自己说服了王后。

第十九章
三色镯

残阳如血。

伯颜率领他的大军来到了马尔维亚的城外，倚马眺望城池，那是衬映着雪山的一片宁静。

众人一时竟然有些看愣。

于是，有人说出了没有走心的话，当然，此后他会为这蠢话而后悔无比：大将军，我们是不是该先礼后兵？

看到说这话的是玉勒的副将。伯颜冷笑一声，瞥向玉勒问：你说呢？

玉勒心里狠狠诅咒着这个愚眉肉眼的家伙，寻思这一仗结束后，一定要指派他到鹰隼军里去打扫一个月的栏笼，让鹰隼的粪便给他洗洗脑子。

玉勒说：大将军，兄弟们鞍马劳顿了这么多天，也该好好放松一下了。

伯颜说：好，太阳落山前，我在马尔维亚王宫大殿里等着兄弟们共进晚餐。

玉勒拔出刀来，走向前一指，问道：那是什么？

将士们有些含糊：雪山？

玉勒说：还有呢？

城池。将士们对这一点是可以肯定的。

玉勒哈哈大笑：那是装着珠宝骏马漂亮姑娘的金城，是堆满了白花花的银子的银库，大将军有令，能搬多少，搬多少，就看你们自己的能耐了。

大军"嗷嗷"地欢呼起来。

玉勒举刀：跟我来——！

将士们兴奋地挥着武器，跟着玉勒，纵马杀去。

当国王接到进犯的报告的时候，他曾有一刻的茫然。他想到了那个老者，那披着长袍的身影。他预言过的，果然发生了。幸好……他深深地吸了一口气，这一切可以让自己独自承担。

我们有厚实的城墙，我们有曲折蜿蜒的街巷，我们有宽阔的广场，我们有高大的王宫宫殿。这些是一道道的防线。国王对自己对亲兵卫队下令：用我们的鲜血，将每一寸土地变为敌人的坟墓。

他坦然接受了这个命运。这是王殿前的那十二根雕着神兽的神柱在午夜时分喃喃私语的内容，他——王国的第十三位国王，别无选择地要替家族接受这个命运。

蒺藜火球连续爆炸在王城的城墙上，随着火箭蝗虫一般飞蹿，一群群凶恶的鹰隼正徘徊在王宫的上空。

国王披甲站立在城楼上。看到远近的硝烟滚滚，进攻的敌军正在护城河的那一边搭起浮桥。他感到激愤，又有些悲哀。放眼望去，这燃烧的和坍塌的一切，都是先祖留下来的基业，王冠赋予他的使命是保护他的子民和他脚下的土地。

这是一场没有先兆的战争，是一场异常野蛮、不宣而战的战争。马尔维亚人不惧怕战争，但马尔维亚的男女老少很少经历战争。有人说，数百年前马尔维亚王族的奠基人曾是最善战的勇士，他们奋不顾身的名声远扬，令人闻风丧胆；也有人说，因为人们深信关于这个家族受到了上天庇护的传言，"王室的诅咒"对那些即使有觊觎之心的人来说，也是有无形的威慑力的。假若不将老杜克的篡权哗变算在内的话，马尔维亚的人们几乎相信，他们安宁的日子将会世世代代永远继续下去。

但这个信念在这一日被推翻了。

城门夹着火光倒下来。人们惊呼哭号。

伯颜的大军已攻进铁门关，并开始在城内大肆杀戮。面对潮水般的敌军，国王的亲兵卫队如同沧海一粟，米海尔国王不得不率兵且战且退。当国王一身血迹地退到了王宫大殿外，他意外地遇见了约翰队长。约翰队长身负重伤。他身边的卫士寥寥无几，他的剑刃也已经残缺。

国王望到约翰队长跟跟跄跄地走过来，愕然：约翰，你怎么会在这儿？

约翰喘着粗气回答：我们……我们返回的时候，正好赶上敌军攻城。

国王怀着一分侥幸：剑侠兄弟送王后他们去萨尔城堡了，对吗？

约翰说：不，马车坏了，王后和我们都回来了。

国王听到此话，如同被雷劈了一般，片刻说不出话来。

约翰补充：剑侠师父去找人修车，不知他能不能……

国王摆摆手，打断约翰队长，苦笑道：这是天意。

204

约翰队长：我已经让人将王后陛下和王子殿下送进王座大厅里了。

刚刚说完这句话，一道巨大的黑影从他们眼前掠过。那是鹰隼军的一只领头鹰隼，它追逐的也是敌手的领头人。只见约翰队长粗壮的身躯在瞬间被鹰隼扑倒。

当王后的马匹在约翰队长的拼杀守护下冲入王城的那一刻，她看见她的马尔维亚正在沦陷，百姓们正在遭到洗劫和屠杀。血水满街，到处是尸体。杀戮不分妇孺老少，有刀戳斧砍，也有野兽噬咬的痕迹。

尽管王后不明白这大半日里，王城内外发生了什么，但她意识到，此刻她的夫君生死攸关。

王后带着卡拉夫和艾达在卫队的守护下，走捷径奔向王宫。

穿过街巷时，他们遭受到豹军和箭雨的洗礼，艾达的肩被一支利箭射伤；穿过喷泉广场时，他们又遭遇了骑兵长矛的袭击，长腿的伊万被长矛穿透前胸。国王卫队的卫士们正一个个地倒下。约翰队长和他的卫士们在用性命实现他们对王后的承诺。

当王后带着卡拉夫和艾达跑入王座大厅，他们发现防守在王宫里的帝军不过百人。

王后大声询问：国王呢，国王在哪儿？

宫人们尖叫着从她们身边四散而逃，没有人回答她的问题。

敌军正在进攻王宫外殿。士兵们在黑色鹰隼们的利爪之下哀鸣。

国王卫队和亲兵们奋力上前抵抗。但他们势单力薄，转眼都成了豹子们的口中食物和敌人的刀下之鬼。

王后环视四下，看来，这里将是她最后的战壕。王后一把扯下自己身上的短披肩，围在小卡拉夫的身上。

王后对艾达说：你们站到后面去，替我照看好卡拉夫。随即，王后拔下了一把装饰在墙壁上的剑，宝剑在她手中熠熠生辉。

正在这时，一个浑身是血的人走进了大厅。那人见到王后，不由失声：伊莎贝拉！

卡拉夫惊呼：爸爸！

王后举目望去，宝剑落地。

国王将王后和卡拉夫搂进怀里。

王后泪眼模糊：我以为见不到你了。

国王温柔地说：你和卡拉夫不该回来。

王后说：不，你需要我们。

国王听到此话，不由发狠地推开王后和儿子：你不明白。你带着卡拉夫赶快走。我们还能抵挡一阵。

王后斩钉截铁地：我们不走，你需要我们！

国王诧然望了望王后。他们相爱多年，息息相通。王后的话让他心悸。王后向自己的夫君递送了一个意味深长的目光，迅速把她手上的镯子褪了下来。接着，她又摘下卡拉夫手腕上的另一个镯子。

王后说：我们世世代代守护着它们，是时候了，戴上！

国王不由得倒退一步：伊莎贝拉?！

王后说：三色镯是我们最后的机会。它们不会辜负我们。

国王痛苦地说：你知道它，先祖为禁止它们结合在一起，曾留下过咒语。戴上它们，意味着无人能控制的魔力，也意味着灾难的降临。

王后说：上苍有眼，如果被诅咒，不应当是我们，而是那些正在践踏马尔维亚的魔鬼，是那些正在屠杀我们的子民的刽子手。

国王依旧犹豫着，只听到大厅外的厮杀声和兵刃的撞击声越来越清晰，宫人们的哀号不绝于耳，显然敌军已近在咫尺了。

王后说：米海尔，没有别的选择了。

国王勉强接过那两个镯子。他感觉镯子们瞬间有了生命。它们发出罕见的赤红、纯黄光彩的同时，在他手中兴奋地扭曲颤动；他感觉那绚丽夺目的镯子正灼痛他的手掌和他的眼睛，他不由得骇然停顿住。

王后攥着夫君的胳膊扑通一声跪下。王后含泪哀求：求求你。即使不为我和你，也应该为了卡拉夫，为了马尔维亚的孩子们。

国王望到卡拉夫伏在艾达肩头上的稚气而惊恐的脸，那双与他的母亲一般的眼睛让他心碎。

国王不由得祈求：上苍宽恕我……

国王将那个赤红的镯子戴在了右手腕上。顷刻间，那红色旋转起来，像一条赤链蛇吐出蛇芯，飞快地攀绕盘转，和他原本手腕上的镯子纠缠胶葛，最后合为一体。

大厅中回响起嗡嗡的轰鸣，国王的身体在一瞬间突然强壮起来。他的伤口愈合了，变得雄壮有力，浑身血脉沸腾，骨节咯咯作响，皮肤嘶嘶地膨胀，头顶脚底冉冉冒出强大的气流。国王慢慢仰起头，他的眼睛里隐隐现出一团杀气。王后和周围人都愣住了。国王从周围人的反应中恍惚发现了什么异样。他看了看王后，又看了看自己因为那两个镯子而变得极其粗壮有力的手臂。接着目光移到第三个镯子上面。王宫杀声四起，敌军闯进了大厅里，刀剑在外圈围成了明晃晃的铁壁。绝望的王后瞟了一眼几步之遥的敌人，用自己的手狠命一推，将最后的那个纯黄色的镯子戴在了丈夫的手腕上。三个镯子唰的一下扬起了头尾，迫不及待地在国王的手臂上环绕扭结，彼此交织，紧紧勒住国王的手腕。三个镯子变幻出无数种诡异的颜色，它们迅速混淆在一起，发出霓虹般炫目的光芒。马尔维亚国王的头发飞舞起来，斗篷像一顶张开的风帆。他在狂风中迅速生长膨胀。他的皮肤变得坚硬厚重，呈现出石头般的颜色，他的毛发蓬乱，五官粗莽，他的躯体撑破了他的衣服和盔甲，他正在蜕变成一个丑陋的巨人。王后惶恐地战栗：米海尔——！

国王望向她，目光陌生而残忍。

王后情不自禁地倒退。艾达腿软成一团，她和卡拉夫全都跌倒在地上。

国王野兽般地咆哮起来，对着冲到自己面前的敌军振臂挥剑，顿时，血肉四溅，尸首无数。其他涌进大厅里的兵士们吓得骨寒毛立，而那些横飞在空中的鹰隼在国王的吼叫声中丧失了方向，纷纷撞上墙壁，扑刺刺地摔落在地。

国王大开杀戒，他用手轻易地撕碎那些企图阻碍他前进的身体，如同撕碎一件件烂布衫，他用手臂随意地抵挡那些削铁如泥的兵器，刀剑长矛在瞬间锩刃的锩刃，折断的折断，如同不堪一击的稻草。大厅里的人们突然发现，这是一场力量完全不对称的博命游戏，争先恐后地掉头向外逃去。

周大就是在这一刻来到了大厅入口处。他听到了那一声非人的吼叫，见到了向外奔逃的人们那一张张恐惧万分的面孔，他感觉自己握着剑的手竟然也在发抖。

周大从那个农庄找到了木匠，迅速返回到相约的等待地点，却得知约翰队长已经护送王后等人返回王城了。周大当时感觉自己的脑袋差一点炸了，返途中，他将自己所能想到的骂人的话都骂了出来。事实上，当周大抵达王城之时，他的马已经累得口吐白沫，他嘴里的唾沫也骂干了。

周大骂自己愚蠢无能，为何不留在那儿阻止王后，更后悔自己没有将国王在临别时叮嘱的那两句话说出来。

国王说：不要让他们再回来。

国王斩钉截铁地说的。让一个深爱自己妻儿的人说出此话，定是撕心裂肺地疼。国王的话被周大一个字一个字地牢牢记住。他明白此事定是关系重大。

没有守住对兄弟的承诺，这对周大来说无法原谅自己。如何补救，还来得及补救吗？周大抱着去死的念头闯进王座大厅。他打算替国王和王后去死，若做不到这一点，他就和他们一起死。

周大握剑闯入大厅，却因为映入眼帘的情形如此意外而不知所措。他见过无数比噩梦还可骇的场面，然而，那些都无法与眼前的景况相比。大殿里这个狰狞的巨人尽管穿着国王的装束，但与周大熟悉的那个手足般亲近的人毫无相似之处。这个人的五官充满疯狂的欲望，目光野蛮而凶狠，他的身体里面仿佛钻进去了一头暴戾的猛兽，那猛兽已经吞噬他的灵魂，将那个曾经睿智骁勇的国王变为嗜血的化身。发现周围的人死的死，逃的逃，巨人感到愤怒，他向前两步，一只大手伸向哭泣中的卡拉夫王子。

艾达扑过去，挡在巨人的前面。只听到"啊"地叫了一声，艾达的脖子便活生生地被拧了个大反转，脸到了背脊的方向。

王后吓得几乎昏厥，面色死灰。突然，她见到站在大厅入口的周大，一把将卡拉夫推向周大。

王后对周大嘶喊：剑侠师父，你快带着卡拉夫走。

卡拉夫大声哭叫起来：妈妈——！

王后绝望地叫：走啊，卡拉夫，你是我们唯一的希望……

伯颜骑着汗血宝马在一群怯薛兵的簇拥下来到了王宫大殿的广场前。四下都是自己的将士，再看不到一个抵抗的敌人。玉勒跑过来，向伯颜报告说，马尔维亚王室的残孽都已经被包围在大殿里。如笼中之鸟，插翅难飞了。

伯颜踌躇满志地点点头。这场战争的过程和结局与他的预料一般，与他曾有的大多数经历也一般，易如反掌，毫无惊喜。面对这样的结果，伯颜虽有些腻烦了，但他没有什么好抱怨的。

玉勒说：将军，要留活口吗？

伯颜眯缝起眼睛：回大城这么远的路，若是一只鸟，带回去还有些意思。

玉勒说：将军放心，交给小的了。

伯颜点头：利索点，别耽误了兄弟们吃晚饭。

玉勒应了一声，持刀回身向王殿跑去。

伯颜知道玉勒的身手。有玉勒亲自上阵，估计收拾干净大殿里那些待宰的羔羊，用不了喝杯茶的工夫。伯颜朝四下望了望，他看到了王殿前的那十二根盘绕着神兽的神柱。

伯颜指着问：那是什么？

周围的怯薛兵答不上来，马上有人将一个小个子男人推了过来。这是大军在进攻马尔维亚王城前找来的向导，一个马尔维亚国附近的山民。

那个向导哆哆嗦嗦地向伯颜鞠躬：那是祭奠马尔维亚王室先祖的神柱。

伯颜问：有什么特别寓意吗？

小个子男人答：保佑马尔维亚王室的子孙世代平安的。

伯颜哈哈大笑：竟有这样的龟鳖先祖，他们的子孙已经被老子快杀绝了，还不赶忙显灵。

说着，伯颜勒住缰绳跳下马来，向神柱走去。伯颜刚走了没有两步，脚下一绊，踉跄出去，若不是旁边人手快，几乎跌个狗啃泥。伯颜勉强站稳，却觉得一股阴森森的冷风正从高大的神柱间向他吹来。他脊背一悚，不由得皱紧眉头：来人，把这些装神弄鬼的东西都给我弄到猪圈里去。

怯薛士兵立即应声上前。

有人说：王宫的猪圈在哪儿？

有人马上接话：没有猪圈，茅坑也行啊！

轻佻的嬉笑声还没有落地，大殿的方向突然传来轰雷似的咆哮声，紧接着狂风大起，王宫的门扇、窗扇、幔帘都被忽地卷到了空中。飞沙走石天昏地暗间，王宫大殿前的怯薛兵被强大的气流掀翻在地。

伯颜一阵晕眩，感到脚下无根，身体如叶片轻飘飘地要飞出去。他慌忙伸手抱住眼前粗大的神柱。谁料神柱随着狂风的呼啸开始发出低低的哀鸣，柱身猛烈地晃动摇曳。伯颜吓得撒开手，只见那一根根神柱上的神兽都突然凶相毕露，须毛参起，张开血盆大口，扑将过来的姿势。伯颜吓得连连倒退。

这时，大殿门口倒涌出一股人流，玉勒和他的将士们连滚带爬地逃出了大殿。他们鼻青脸肿，弃甲曳兵，恨不得多长出几条腿逃命的架势，证明他们能逃出来，全凭侥幸。

伯颜不禁呆若木鸡。神柱的基座正在开裂，摇摇欲坠，神柱折断，朝着伯颜站立的方向坍塌。在神柱倾倒的最后一刻，伯颜蓦地跳起来，双手抓住身旁的一个怯薛兵狠命往前推去。柱子重重地砸下来，那个人在尘埃飞腾中瞬间变形，被压成了肉饼。圆圆的石头柱体弹了一下，翻滚到边上。伯颜脸颊上热乎乎火辣辣的。他抹了一把，他那英俊的面孔一片鲜血淋漓。

狂风刮了整整小半个时辰才渐渐平息。

伯颜和他的随从们惊慌失措地从地上慢慢爬起。他们手持武器，小心翼翼地重新包围王宫。

里面有一个杀人不眨眼的妖怪。玉勒话不成句地向伯颜报告时，是这样描绘的。此刻他们走入王宫，只见四处都是尸首，不见一个活人。

死一般的寂静，让伯颜等人越发心惊肉跳。他们战战兢兢地进入大厅，里面依旧是鸦雀无声。再向前走去，他们看到倒在血泊中的一对男女，那竟然是马尔维亚国国王和王后。伯颜和众将领如同泥塑木雕，半晌动弹不得。

在死去的国王夫妇身旁，有东西正在熠熠发光。

那是三个漂亮无比的镯子。

第二十章
公主的生辰

图兰朵小公主快两岁了。

图兰朵小公主额头上曾经的那个伤口早已愈合，结疤，留下了一个浅浅的月牙儿似的小伤痕。人们惊异地发现，这个伤痕并没有损伤小公主的美貌，事实相反，小公主那完美的脸蛋儿竟然因为那个浅浅的月牙儿，显得更俏丽了。

国师听到人们对小公主额头上的月牙儿的窃窃私语，说了一句：祸兮，福之所倚；福兮，祸之所伏。

国师的话深奥，让很多人听不明白。后来有学问好的说，这是因祸得福啊！于是，大城里有的母亲开始悄悄地给自己的小儿女的额头上画上一个浅浅的月牙儿。开始是为了辟邪，后来变成了为漂亮。有那抓乖弄巧的，想出用鲜艳的花草汁掺进香料画月牙儿，也有人琢磨出研碎了金箔当颜料，在小儿头上作画。他们摇着拨浪鼓，出入街巷，竟成了热门生意。富贵人家的母亲们用小娃娃额头上的月牙儿争奇斗艳，风靡大城，风光无两。

伯颜率兵归来。伯颜向大汗奉上一块雪白的羊皮，说：地图上的那个空缺已经被补上了。

大汗手一摆，让侍从官将羊皮拿走。小公主额头的伤痕虽然早已愈合，但在大汗心中，那件事永远是痛。对那羊皮地图的游戏，他已经没任何兴致。

伯颜又说：大汗宽心，那马尔维亚已被微臣夷为平地，替小公主报了伤痛之仇。

大汗点点头。无论怎样，大汗还是打算要好好犒赏伯颜。这个伯颜由于脸上多了一道深深的疤痕，眼前的面目既生疏又狰狞。大汗知道，这种疤痕一般都是用性命换来的，为此，对这个人应当有所补偿。

就在这时，站在大汗身旁的国师用鼻子哼了一声。

大汗高高在上，没有觉察。耳目灵聪的伯颜却听到了这闷沉的声音。

第二日又是上朝的日子，伯颜在人群中见到了国师。他飞步追了上去，与国师并肩。

伯颜乜斜国师：国师为股肱之臣，身子要保重了。昨日见到国师，听鼻息塞涩，怕是受了风寒？

国师笑笑：谢伯颜将军挂念，老臣近来身子出奇地好。

伯颜说：历来文臣依赖计谋励精图治，武将全凭性命平治天下。既然国师身子无恙，也该出来多做些实事，免得有人说你我盛名之下其实难副。

国师言：将军所言极是，且名副其实。听说为了补上羊皮地图的空缺，将军用了小娃娃吃奶的力气？

伯颜脸上的肉僵死了，眼神阴得像要下一场大雨。

从马尔维亚归来后，伯颜很少与人提及那场战争的过程。身边的人仿佛也都心领神会，那天究竟发生了什么，成为一个忌讳的话题。所以，国师的话字字戳入伯颜的肋骨。

国师话毕，甩着袖子摇摇晃晃走进大殿。

伯颜的指甲深深掐入掌中，才没使自己的手在国师的后脑勺上挖个窟窿。

那日众臣云集大殿。大劝农司的官员向大汗禀报了夏粮的收成，接着，通政院的官员向大汗禀报汗国四海之内会同馆的开设状况，枢密院的官员宣读了对征讨马尔维亚国的功臣的分封赏赐。最后，礼部尚书呈上关于操办小公主图兰朵生辰的奏章。

礼部尚书说：启禀大汗，再过一月有半，就是图兰朵公主的两周岁生辰，礼部已经拟好奏疏，请大汗过目……

礼部尚书说着将手中的奏章递了过去。

大汗却没接过礼部尚书手里的东西。

大汗问：你等有何打算？

礼部尚书说：这个……按照去年的规制操办。

大汗说：照搬去年？既是照搬去年，这奏疏也是去年的吗？

礼部尚书哑了。

众人谁都不敢作声。这时作声就是找死。近日兵部、吏部、户部的人事都有所变更。礼部虽在六部中不那么扎眼，但因曾与伯颜大将军有过龃龉，也许此刻正是该换人的时候了。

这时，国师却突然向前迈了半步，对着大汗鞠了一鞠：大汗恕罪，礼部那边肯定疏忽了。小公主周岁时的规制怎可用在两周岁？两周岁明明是周岁的倍数。这要重新考量。

国师的话一下子给礼部尚书解了围。

礼部尚书砰砰地磕头：该死，该死，微臣一贯不善算数，实在……愚钝，望大汗海涵。

大汗瞥了礼部尚书一眼：把奏疏拿回去，重新计议。

礼部尚书连声应着退下。

大殿里的气氛瞬时也轻松下来。国师替礼部说情，这个面子大汗自然要给的。众人纷纷凑趣，说：是啊，周岁是大生日，两周岁更是大生日。我等的确应替小公主好好筹划一下。

　　大汗拈须点头：你们看，如何筹划呢？

　　有人提议，让皇家焰火作坊赶制出最新奇的焰火，给小公主祝寿。

　　众人对这个提议自然无异议。大城里无论男女老幼，贫贱富贵，谁能不爱焰火呢？但这个提议实在没有新意。皇家焰火作坊的总监早就接到了总管府的指令，焰火作坊的师傅们为了"新奇"二字绞尽脑汁日夜赶工，总监是用脑袋担保小公主的生辰之日，焰火的花样一定是最奇巧的。

　　于是，又有人说，小公主生辰这等大事，一定要排场，要铺张，要赶紧发喜帖子，让各国派使臣参加小公主的寿辰庆典。

　　这个提议众人也赞成。但大伙儿心里都明白，其实哪儿用得着发帖子，只要有风声传出去，那些上赶着巴结的小国使臣还不苍蝇般地跑到大城，轰都轰不走。

　　臣子们七嘴八舌，唯有国师站在一旁，一声不吭。

　　伯颜心里的气恼早涌到了嗓子眼儿。他嘿嘿一笑，道：其实我等都是平庸之辈，想破了脑袋，也不如国师别具匠心。何不听听国师的独到见解？

　　有道理，有道理。

　　众人都向国师看去。

　　国师像被一下子惊醒的模样，有些不知所措，说：使不得，使不得。老朽愚钝，哪里有伯颜将军慧心巧思，目达耳通。

伯颜说：幸好微臣有自知之明，不敢班门弄斧，不然早让国师在肚皮里暗笑半日了。

国师说：老朽那点见识，全靠钝学累功。伯颜将军当世才具，必有高见。

伯颜说：国师为一国之师，既然一眼就看出倍数之差，这庆典若没有个倍数的惊喜，也对不起"国师"二字。还是国师请——！

大汗从两人的话里听出了针尖对麦芒的意思，于是插话：国师，朕知道你不开口便罢，开口定是与众不同。

国师说：大汗过誉，微臣的眼光实在平俗寻常。

伯颜哈哈笑道：难道国师真的技穷，却用这种言辞来搪塞大汗？

国师不理睬伯颜，说：既然如此，老臣就信口开河了。大汗是否听说过小孩子"抓周"一说？

大汗说：不曾。

国师说：民间小儿周岁之时，做母亲的会用笔、墨、纸、砚、珠玉、印章、刀剑、首饰、花朵、胭脂给孩子抓周，来预卜自己孩儿的敏慧和前途。其实抓周只是个说法，那都是做父母的舐犊之爱。

大汗问：你说的那个……抓周，都是小孩子的娘亲操办的？

国师答：正是。此事本该是一年前小公主周岁之时做的，因为小公主的身世特殊。所以，老臣当日踌躇，没有提起。

大汗听了半晌无言，两眼黯然。

大殿里死寂。众臣面面相觑，不知是凶是吉。只有伯颜一旁睥睨，有种挖坑见人掉进去后的欢愉。

大汗突然说：一岁是周，二岁也是周。朕要亲自为图兰朵公主操办抓周大典。

国师两手一拱：父爱如山。既然大汗有这个意思，老臣是再赞成不过的。

礼部尚书首先拜倒：恭喜大汗。列国群雄得知此事，定会因大汗厚德载物而折服。小公主的寿辰由大汗操办，必成为千古佳话。

众人紧随拜倒：恭喜大汗，贺喜大汗。

伯颜见状，只得灰头土脸地跟着磕头，肚子里却憋闷得差点发了疝气。自己哪里是挖坑，明明给国师递了爬墙的梯子，让他占了大便宜。

伯颜此刻好恨国师那张丑陋的脸，好恨那脸上鱼一般分得很开的诡计多端的小眼睛和圆圆的鼠类似的小耳朵，总之，好恨这个矮怪物的种种一切。他恨到极致，脸上竟然堆出笑容，上前说道：大汗，臣还有一主张，不知当不当讲？

大汗道：讲。

伯颜说：国师的主意甚好。但大汗既为图兰朵公主之慈父，更为庇护百姓之神圣。微臣想，小公主寿辰应恩泽天下，普天同庆，才能彰显大汗的王者气度，绝世风范。

大汗眉开眼笑：此言极是。传朕的旨意，图兰朵公主两周岁生辰，大赦天下，与民同乐……

伯颜的怯薛兵们打马奔走在大街小巷，宣读大汗的诏书。人们很快得知因为伯颜大将军的力争，大汗已经免去众百姓一年赋税，免去各藩属国两年纳贡。

那是多少的金银啊。伯颜大将军真是体恤百姓，大汗更是慷慨。

可也有人偷偷议论，说伯颜将军灭了马尔维亚国，带回来的金银珠宝足足有几十马车。换成粮食，够皇室吃几年的，那点赋税又算什么。

也有人说，大汗亲自操办小公主生辰庆典，各国送礼定是丰厚无比，早抵得上两年纳贡的数目了。

第二十一章

火 镜

国师坐在深深的宅子里，依然能清晰地听到怯薛兵们的吆喝声和马蹄金戈的喧闹。国师曾经是那样地心静。人世间的一切喧闹落到他的心中，都会变成清冷寂寥。可如今竟不同了。如今国师心中的熙攘有时竟然超过了外面的喧嚣，如同春蛙秋蝉，沸反盈天。

国师想起儿时曾问过师父：那些修行的僧侣们一定日子过得最宁静。

师父答：否。他们最苦。

为什么？那个小娃娃问。

师父说，因为修行。

小娃娃仰着脸看师父，脸上挂着另外一个"为什么"。

师父说：何谓修行？修行即人生。或可成佛成仙，或可成妖。

那时候的国师觉得师父的话太深奥。现在，国师终于可以明白了。修行本意是为了斩断痛苦不以物累，但人世间无处不天堂，无处不地狱。斩断是苦，斩不断也是苦。

一场汗国与巫人鱼的战争，一个肮脏的老乞丐彻底改变了国师的命运。过去，国师从不在乎身边的那些平俗的人们。那些人生如蝼蚁，一生忙碌，为了吃喝，为了或早或晚地死去。活即死，死即活，在国师眼中毫无意义。但如今回头一看，他发现那些蝼蚁无论生死，似乎比他还要快乐些。他活了几十年，不知自己是谁。不为人父，不为人子，不为人夫。他不如他们。他不是人，他也不是蝼蚁，他是巫人鱼。他的自信被这个事实轻而易举地击碎了。

国师清清楚楚地看到了自己的悲哀。自己被人恶毒地伤害了，被伤害得鲜血淋漓，刺骨穿心。

国师并非自怨自艾之巫人鱼，他只是将此变故看成是"他"与"他们"之间的缘分。既然命里注定，他就无法再享受过去洒脱的日子，这也算随缘。参透了此事，国师竟产生了些许欢喜。他再也不用受任何教诲的羁绊，任何人的束缚。从心所欲，他解脱了。他不仅仅可以变得平俗，并且可以变成"妖类"。他有了今生和来世都要仇恨的人。不是几个，而是很多，他与他们之间的缘结得死死的。

在老乞丐死后的一段时间里，国师曾隐在角落中慢慢理清自己的思绪。他有意避开了光亮也是为了避开他自己，他慢慢理清自己是谁。

那个老乞丐死了，死得干脆。不是国师取了他的性命，是老乞丐自己欠下的债务，债主说取就取走了。

天下事都是生意，付出的代价大，收获的价值也大。

黑曜石制作的火镜炸碎后，残骸散落在国师的寝室里。国师小心翼翼地将那些黑色的残骸一点点扫在一起，堆放在了一个不起眼的匣子中。这些都是师父教过的步骤，师父教过的东西永远都是有用的。

国师日日坐在屋子里冥想。他想着自己在火镜里看到的那些情景，那个畸形的小婴儿，那小婴儿割开的血淋淋的脚蹼，那个小婴儿绝望的啼哭。他时时刻刻能感到那种过去他从未感受过的痛。过去他把割开自己的脚蹼看成是一种洗礼，是肉体的痛苦，是心灵的磨砺。师父隐瞒的事实当中包括很关键的内容——那就是脚蹼对他这个又丑又矮的家伙的意义。因而他决定此生再也不割开自己的脚蹼。他仔细打量了自己长着脚蹼的脚，扁扁的，平平的，像鸭子一样张扬的脚。他很喜欢自己的双脚，喜欢它们稳稳当当的品性，喜欢它们特立独行的模样。那是他的标志，是他的血脉家族出身的唯一标志，他并不以为有何耻辱。

国师沉醉在对那些故事的冥想当中，伴随着冥想，他听到了那个窸窸窣窣的声音。国师有世人不具备的听觉，所以，他无时无刻能听到四海八荒的各种动静。这些声响过于吵闹，以致府邸的下人们不得不常年为国师备着上好的蚕茧儿，以供国师睡觉时塞耳朵眼儿用。

但这个声音的不寻常处是它无法隔绝，即使国师的耳朵眼儿里紧紧塞上了蚕茧，他仍能够清晰地听到那个不寻常的声音。那窸窸窣窣声来自国师的寝室，来自那个匣子，那声响应和着国师心中的鼎沸此起彼伏，与国师心中的熙攘渐渐形成共鸣。他仿佛看到了匣子里的黑曜石的残骸正在一点点聚集，如同水滴朝石台凹处聚汇、云彩往大山深处飘移。

想到这些，国师竟然笑了笑。他与火镜是巧合，也是必定。时辰早不得，晚不得的，他逃都逃不掉。剩下的事情也都在预料之中。世上的东西，不同的拥有是不同的累。他知道有一日他会打开那个匣子。他想做的事情，火镜都能帮他。但他也知道，一旦他打开了那个匣子，他就成了火镜的仆从。

从此再也不能自已，从此也再不能回头了。

那面火镜是要用命祭的。这一点让他多了一些好奇心。其实，他并不在意自己的性命。出生对于每个人来说，都是个惊喜，死则是每个人逃不脱的终点。他好奇的是在自己走向死亡的过程中，竟可以神一般俯瞰别人的命运。望到终点，并不意味着需匆忙去抵达终点，在许多人相伴的旅途中，有人走在自己前面，有人走在自己的后面。但他们会怎样去死？

他已经知道了自己的过去，对那个未来并无太多兴趣，但他期待看到其他人的未来，他期待他们的未来是他想要的。

打开匣子的那天，并不是个特殊的日子。

那天清晨，他一觉醒来，突然觉得心头格外空旷，耳畔也一片死静，再也听不到任何动静。他有些疑惑，抬头四下看去，一下子看到了那个匣子。他跳起来迅速走过去，把匣子打开。在那一瞬间，他的心紧了一紧，会不会是一个巨大的意外，比方说，那个镜子不翼而飞了。于是，他便看到了它。

匣子里静静地躺着那面巴掌大的镜子。那黑曜石的镜子看上去显得比过去更加陈旧，晶体样的光泽有些乌涂，边饰的花纹也显出磨损。他用手抹了抹镜面，镜面蹦出火星。国师不禁叹息，雪泥鸿爪，凡是过往的事，若想天衣无缝，是不可能的。他再抹了抹，火焰拥抱住镜子。国师向镜子里望去，望到的东西有些古怪，那明明是自己熟悉的皇城大殿，皇城大殿当中躺着一张雪白的羊皮。

这是什么预兆，国师说不出。他是明白规矩的，火镜给你的，定是你期待的。

万国朝贡的那天，他去了皇城。他本可以用身体不佳为托词的。长久以来，人们已经习惯了他羸弱多病的身体，大汗绝不会怪罪。但自从得知伯颜大将军在王殿上铺就了一张硕大的羊皮地图之后，他就知道了答案。是了，应当就是它了。这张地图决定了他在那天的出现。如同痴迷看戏的人听到了开场的锣声，按捺不住心中的激动，哪怕病入膏肓也要用管弦来治病。

　　在走进大殿的那一刻，面对着那张巨大的用许多张羊皮拼凑起来的地图，国师突然感觉望到了一片死白的海，那涌起的浪涛之凶恶，让国师情不自禁地倒退了一步。那是片充满邪气的白色，那片白色汪洋将会淹没很多生灵。国师打量着那片一望无边的白色，慢慢走进去。他觉出脚下有无数双看不见的手臂在绝望地攀附他的小腿。

　　他天性凉薄，与悲天悯人无缘，他此刻体味的仅仅是敬畏。但就在这时，一个自大得意的面孔映入国师的眼帘。他望到的是伯颜的脸，那个英俊而目空一切的脸庞。这个年轻人会是其中一个吗？自然应当有他，他是这片白色之海的始作俑者，他该享用他的功劳。当国师意识到或有一天，在那被淹没的亡灵里，伯颜会是其中之一时，甚至有了几分快意。

　　后来在大殿里发生的一切，国师泰然处之。国师知道，那是命定的事情，谁都改变不了。

　　图兰朵小公主摔伤了。大汗暴怒，伯颜出征了，走向远方的战争。

　　国师回到寂静的宅邸，品香、品茶、沉思，远方的战火与他无关。

　　国师的记忆像潮汐，潮水退尽只剩下抹平的沙滩。但那一日在大殿上望到的那个追逐五彩鹦鹉的小小人影，还是让国师心中留下了淡淡的痕迹：世间竟有这样好看的孩子……

国师坐在宅邸里，拒绝了大多数的打扰和拜访。直到那一天，一个西域的香料商贩辗转托人给他送来了一个小盒子，说一定要请国师亲自鉴赏。

国师拿起盒子嗅嗅，突然心中一跳，他对下人道：把那人好好请进来。

那人进来了，是个陌生的胖子。那人拱拱手，说：国师打开看过了？

国师说：不用打开了，是麝香。

那受托之人拱手又拜了一拜，说：国师是世上公认的香料鉴定的好手，那个西域商贩不求别的，只求国师一定要打开盒子看看。

国师说：既然如此，里面的东西必定不寻常，老朽就看上一看。

国师小心翼翼地打开盒子，盒子里衬着丝缎，丝缎的凹槽里放着个圆溜溜的去了半个毛壳的麝香仁。这个麝香仁竟有鸡蛋大小，更加出奇的是那褐色的麝香仁外裹着一层白亮亮的霜体。国师小心翼翼地托起麝香仁，对光照了照，又用指甲掐下一小块，捻碎，放到鼻子旁细细闻了闻，最后把粉末放进嘴里，闭上双眼，含吮片刻，缓缓咽下。

国师说：果然是好东西。

那人问：为何好？

国师讲：这应当是一只十岁左右的香獐子的麝香仁，大概是机缘福分，这只香獐子常以枸杞、黄芪、茜草为主粮，所以它的麝香仁除了香气怡人，有通关透窍之功用外，还在去腐生肌上有奇效。因而算得上麝香中的极品了。

那人点头，赞道：西域商贩曾对我夸耀，说，国师品香是天下第一高手，并告知本人这个麝香仁是治疗跌打摔伤的灵丹妙药，涂抹在伤痛处，不仅有消炎去肿收敛伤口的功效，并具有鬼斧神工的美肤作用。此刻国师一番见解，证实了此话，令在下心悦诚服。

国师让人去取钱两，却被对方阻拦。

那人说：天之造物缘化神奇。国师慧眼识珠，万请笑纳。

国师摇头：这怎么可以……

那人坚持：国师高人，留下自有妥帖用处。

国师盯着那人的胖脸，面孔陌生，体态动作和声音却有些熟悉。

那人对着国师微微一笑。

国师却笑不出来，他望到了那人手腕上的一串似曾相识的油黄色的念珠。

待那人离去后，国师盯着那个小盒子出神。他已经想起来了，那声音和眼神都属于那个两年多前曾有一面之交的西域游僧。静坐片刻，国师对手下人说：将这盒麝香给皇城里送去，告诉他们，图兰朵小公主用得上。

伯颜回朝了。

伯颜回到大城。熟悉伯颜的人们与他相遇，无论是出于惋惜，还是出于敬畏，都会有意无意地避开他脸颊上新添的伤痕，那伤痕蜈蚣似的匍匐在伯颜的左脸上，一头一尾拉近了伯颜的左眼眉与左嘴角的距离。婉转的说法是，海都元帅的那个漂亮的小儿子再也不漂亮了；直率的描述是，伯颜将军面目狰狞。

据说，那场战役后，伯颜的手下曾重金请来当地的杏林高手给伯颜疗伤，伤口愈合很快，但却留下了极其不堪的疤痕。伯颜大怒，着人去追捕大夫，竟然再寻不见那个大夫的踪影。

由于有了那个大夫人间蒸发了的说法，并引出了各种猜测。

有人说，伯颜将军是被人算计了。五官破相有关运数，这是要坏伯颜将军的运数。

也有人说，若真的是算计，运道算什么？直接拿性命就是了。只是没找对先生，没用对药。

问题是尘寰中到底有没有去痕美肤的灵丹妙药？

问到国师，国师没有径直回答。国师说：用药要论人，也要论缘。有相无心，相随心灭。灵丹妙药也无用。

那么为何小公主用过极品麝香后，容貌如花……

国师打断对方的话：那的确是好东西。不过好东西也不是什么人都配用的。

在伯颜归来前，大汗在朝堂上告诉臣子们，说自己夜里梦见珠玉如山。臣子们纷纷恭贺，说那是大吉大利的兆头，是汗国之福。唯有国师一旁不语，他几乎是不做梦的，他也没有多少可以回忆的梦境。唯一能够让他清晰记住的梦，是遇到老乞丐后的那个晚上获得的。所以他深信，梦无所谓好坏，它给予人的，大约都是现世中你渴望的，却无法拥有的。但这种说法，对于富有四海的大汗却是根本说不通。

随着伯颜的大军归来，带回来大批金银珠宝。众臣更是百般奉承，都说应了大汗的吉言。大汗不在乎金银，但仍然为喜庆话而高兴。众臣推波助澜的本事国师早就见识惯了，这一回国师却觉出推波助澜的分量。

朝廷人事的更变，使得站在伯颜身后的人越来越多了。

大汗要给图兰朵公主办生辰。连礼部的人都差点一脚迈进事先被人挖好的坑里，国师觉得有必要帮帮礼部尚书那个书呆子。

于是，伯颜不爽了。他自然把这笔账算在了国师的头上。他想要国师的难堪，但"难堪"二字轻而易举地反打到伯颜的脸上。国师知道，那两个字粗糙，打脸是有些疼的。至于小公主的生辰，国师顺水推舟地想到大汗无数的金银珠玉，便提到了"抓周"。

国师的话引出了大汗对小公主的舐犊之爱；大汗的一句"亲自操办"，让大城内外开始忙得团团转。国师就像是集市上玩绳子的艺人，明明眼看他被人束住了手脚，但结果却是束他手脚的人动弹不得。

国师回到家里，感觉口干舌燥。他累了。他对下人说，泡茶。

下人慌手慌脚下去，半晌才将茶端上来。国师品了一口，噗地将茶吐了出来。

国师说：这水没开。

下人忙说：大人，水是开的，只是刚开。

国师气恼：我说没开就是没开。

下人不敢再辩，赶忙将茶端下。

见下人走到门口，国师突然问：你适才说什么"只是刚开"？

国师生活简朴，品茶是他不多的几个嗜好之一。国师品茶极有讲究。他好炒青的春茶嫩尖，而水温高低都会伤茶。所以灶上的水从烧开的那一刻起，下人要燃起一炷香，香燃两分时灭火，香燃四分时泡茶。差一分国师都会品出异样。厨房里为了国师品茶方便，灶上时时都备着水。但水只能烧开一次，剩下的倒掉。有人说，国师的眼睛无处不在，其实是他们骗不过国师的舌头。

下人道：昨夜柴房里漏雨，打湿了柴火，所以烧水的灶火灭了。厨房紧赶慢赶，才将水烧开。

国师挥挥手，让下人下去。茶喝不成了。柴房漏雨，灶台灭火，这种事在他的宅子里从来没有发生过。

国师烦躁地起身，走到内室。他愣愣地在内室里站了一会儿，从匣子里拿出了那柄火镜。

国师从不主动碰这个匣子。每当他打开这个匣子的时候，都是身不由己，仿佛背后有种看不见的力量推着他做一件他不打算做的事情。

手中的火苗徐徐舔着火镜，空白着的镜面里渐渐出现了影像。那是一个小孩子的背影，孩子的脚下是无尽的珠玉金银。还有些奇怪的小飞虫围绕着孩子徘徊，好像是一串串的金龟子在孩子身边飞舞。这孩子在做什么？抓周吗？国师惊心了，这情景与大汗打算亲手操办的"抓周"不谋而合。尽管那个小孩子的面孔看不清，但推断她是小公主，绝对不会错的。那一串串像金龟子的小飞虫又是什么？难道真的会是金龟子？象征着汗国财富的吉祥之物！

突然似一阵阴风刮过，国师掌中的火焰忽地熄灭，国师望着一片空白的镜面，背后竟然冰凉一片。

火镜照出的事情无所谓好坏。国师寻思着，把那面火镜慢慢搁放下。就算火镜说了什么，我又能做什么？

这时，他听到外屋有人推门进来。

国师恼怒：出去，谁让你进来的！

外面的人仿佛吓了一跳，随即结结巴巴：大人，茶刚刚泡好，您还要吗？

第二十二章

那个日子

小公主两岁生辰盛典成为汗国的一件大事。而盛典的众盛之盛，是给小公主举办抓周仪式。

阿西和阿东听说了要给小公主办生辰，小胸脯里扑腾扑腾的，抓耳挠腮地等着人家来请他们出山。小公主周岁的时候，宫里也办了庆典。但那日小公主吃饱了，玩够了，大约觉得已经心满意足，庆典刚开始不久，她就在自己最喜爱的焰火的映照下睡着了。乳娘抱着小公主，左摇右摇都不醒，大汗怜惜，下令送小寿星回寝宫歇息。于是，大伙儿不得不都早早散了。阿西和阿东还没有来得及淘气作怪，一切就结束了，实在不过瘾。

这一次一定不同，这一次一定要让小公主尽兴。阿西有阿西的主意，阿东有阿东的想法。比如说生辰那日如何吃？阿西情调雅致，最稀罕宫里的蜜饯了，吃起来只嫌少，不嫌多。桃杏李枣要用蜜渍得亮晶晶的，再被巧手的厨子雕成大花小朵，看着爱死了；还有用芝麻、荔枝、杨梅、杏仁、薄荷熬制的蜜膏，摆放在漂亮的竹节小盅里，闻着浑身骨头都醉了。阿东更重实惠，喜欢吃的东西是要有块头的，最好是重糖或大油、枣糕、蜜糕、奶糕、花生糕、高丽栗糕要大碗地上，油炸的煎堆和糖饼要用大盘子盛，再有冰酪……阿西提醒阿东，冰酪那是宫里夏日的吃食，如今已经是秋天了。阿东抢白，给小公主过生辰，分什么冬夏春秋？总之两人提起各种吃食，兴致勃勃，口水长流，肚子里的馋虫一条条爬上来，爬得满舌头都是。说完了吃的，再说玩的，要有马戏吧，要看猴子走绳索，看山羊钻火圈。还要有杂耍，要看喷火球的和顶大缸的……

但日子一天天过去，竟然没人理睬他们。小公主的生日，那是多大的事情，再不跟他们商量，就来不及了。他们抓耳挠腮，终于忍不住跑到总管府去质问，却被人反诘：你们以为你们是谁啊？

这话是小公主的乳娘常说的。难道这个人与小公主的乳娘是亲戚？

阿西生气地说：我们是阿西和阿东啊！

那人说：这事轮不上你们管。

阿西和阿东理直气壮：小公主的事我们不管，谁管？小公主的娘亲不在了，但娘家人还在啊！

那人问：谁是娘家人？

阿西和阿东异口同声：当然是阿西（阿东）啊！

那人用鼻子哧哧笑着：小公主的寿辰由大汗亲自操办，怎没听说有娘家人要插一杠子？

阿西和阿东不信：这不可能！

那人挥挥手，像赶苍蝇：走，走，该去哪儿去哪儿。

阿西和阿东感觉那只手在打他们耳光，打得他们面红耳赤。原来是这样，原来他们从没有把阿西和阿东当作自己人，连大汗亲自操办的事情都没有知会他们。甚至根本不打算知会他们。这些总管府的喽啰们眼里没有阿西阿东倒也罢了，但这些喽啰们将有关小公主生辰庆典的细枝末节知道得一清二楚，而阿西和阿东却被蒙在鼓里，这是多大的耻辱。

阿西和阿东悻悻然地一路走回到小公主的寝宫，受辱让他们有生不如死的感觉，他们觉得不如当时随着蚌女一同走了。

阿西甩了一把鼻涕说：什么庆典，什么抓周，让他们闹去。就算有人从天上摘下来星星月亮，都不稀罕。

阿东抹着眼泪说：当然不稀罕，小公主的娘亲已经给小公主留下了世间最好的东西。守着它，足够了。

他们提起蚌女，提起了蚌女留下的那颗宝珠。宫中见过这颗宝珠的人不多，那珠子被大汗当眼珠子一般小心收着。在大汗面前，无人敢提蚌女，自然也无人敢提那颗珠子；但谁都知道那宝珠放在大汗的床头，每日陪伴他。如今的大汗宫中又添了许多如花似玉的女子，如今那些个女子莺莺燕燕红红绿绿，但人的记忆无法骗人，大家都知道今生今世再多的女子堆放在一起，也抵不过蚌女曾有过的光辉。

大汗的床上有女人，那些女人在大汗面前走马灯似的变换。但大汗的床头只放一个匣子，匣子里只有一颗宝珠。大汗有话，等有一日小公主长大成人，那是小公主的压箱子底儿的陪嫁。

阿西和阿东想念蚌女，从蚌女想到了那颗宝珠，从宝珠想到大汗的多情和无情，悲从中来，不可断绝。

他们这样幽怨地一直走到小公主的面前，小公主不明白往日睡觉都张着嘴笑的阿西和阿东今日怎么会如此悲哀。她用手抓起糖油果子，塞给他们：阿西、阿东，吃果果。

阿西和阿东说：疼，吃不下。

小公主问：哪里痛？

阿西阿东都指胸口：这里。

小公主立刻扔下果子，将小手软软地揉到了阿西和阿东的胸口。

小公主问：还疼吗？

阿西和阿东摇头，眼泪掉得像断了串的珠子，满衣襟乱滚。

对很多人来说，图兰朵小公主的两岁的生辰盛典将永远成为记忆中翻不过去的一章。

在人们的印象中，那一年的那一天，是个异象不断的日子。在此前后，大城里已经闹得鸡犬不宁了。

在图兰朵公主生辰的前一个傍晚，大城的人们都在西面的天空望到了一条绚丽无比的彩虹。让人们惊愕不已的是那彩虹竟然倒挂着的，像个巨大的五彩宝盆托着一轮金色的斜阳。满城骚动，看热闹的人挤得大街小巷水泄不通。

当宫中掌管观测天象的太史令慌慌张张来到大殿前向大汗禀报的时候，大汗已经立在大殿的台阶上许久了。

大汗望着天空问：这是何等天象？

太史令额头上挂满油汗。他赶过来的时候，心里已经纠结了一路。他头不敢抬地说：上古之时，女娲曾炼五色晶石补天，彩虹即为补天晶石发出的光彩。至于这彩虹倒挂……

大汗等待着。

太史令说：……微臣虽非鸿儒硕学，但也还算得上博览群书。这彩虹倒挂的景致，的确是史无前例，闻所未闻。

大汗说：即使史无前例，今日映现，必有缘由。朕想知道，这是主吉还是主凶？

太史令胸口乱跳，知道这才是要害所在。左右两手，一好一坏。稍有疏忽，关乎身家性命。若是国师在场，或许还有个商量，但大汗要的是即刻的黑白。

太史令避开大汗的目光，咬咬牙道：大汗宽心。依微臣看，应当是吉象。彩虹倒挂，形似金盆聚宝。明日是小公主的生辰，定是长生天赐福赐寿大汗和小公主呢。

站在大汗身边的人顿时恍然大悟，七嘴八舌，纷纷给大汗道喜：恭喜大汗，恭喜图兰朵公主，瑞启德门，福至心灵。

大汗不由得笑容满面。

大汗说：好，好！传朕的口谕，大巫祝设坛，答谢长生天。

于是，宫中的四位大巫祝连夜在大城东、南、西、北设置高坛，谢长生天赐福赐寿。

暮色降临，大城夜空回荡着阵阵鼓声。羊皮鼓鹿皮鼓牛皮鼓或急或缓，不绝于耳。大巫祝们戴起黑红相间的面具，蹦跳着进入祭坛。他们深深跪拜，各烧九炷香，各叩八十一个头，各供八十一盘果品，各祭八十一盏好酒。大巫祝们亲手操刀各杀九头羊。刀入羊胸，羊儿们咩咩叫着，它们的小心脏为自己能够有幸奉献给慷慨的天神而怦怦欢快地跳动。鼓乐大作，巫祝起劲地唱着蹦着，他们赞美着羊头、羊腿、羊肋条、羊尾巴，吁请长生天享用。

汤锅沸腾，被唱诵的羊羔们在汤锅中煮得鲜嫩可口，芬芳四溢，四城的男女老少围在祭坛边，馋涎欲滴；他们耐着性子等待祭祀结束，等待对供品的分享，等待大快朵颐。大巫祝们重复不断的"长生天哟，腾格里"的唱词，在小孩子们听来，就是"常常吃肉，整个儿里吃"，他们越听越饿了。

第二日是小公主的生辰，大汗早有圣旨，凡是与小公主同日出生的十周岁以下的孩子，都有钦赏。女孩子珍珠耳环、珊瑚手串各一对；男孩子金线刺花云头靴一双。

刘屠户带着女儿领了耳环和手串，兴冲冲地回家，却被惊慌失措的家人拦在了门外，告知说家里出了妖孽，怀孕的母狗生出了长着双头的小狗崽子。刘屠户不信邪，偏要进去看看，话音刚落，如意门门楣上的牡丹花砖雕哗啦一声掉了下来，在刘屠户眼前砸成碎片。

打鱼的李欢哥有一对孪生子，得了两双云头靴。开开心心回到泊船的湖边，却不见了自己的柳叶舟。那条破旧小船是李欢哥一家吃饭的营生，李欢哥急得团团乱转。从清晨找到下午，李欢哥已经口干舌燥心灰意懒。他大半日未歇脚，此刻觉得内急，寻到避人处刚要方便，一眼望到芦苇荡里隐隐约约藏着一只小船。一个猛子扎过去，李欢哥扒着船帮细看，里里外外再熟悉不过，只是船舱里装满了蹦蹦跳跳的大鱼，满眼银白。

那日，李婶儿家的豆腐生意特别地好，刚开张不一会儿，卤水点的老豆腐就卖完了。李婶儿收了摊儿，转回家，看到了篱笆边上开着一束小白菊，不由得弯腰掐了一把在手里。

进了院子，小柳儿正坐在熬豆浆的大锅前，喝着白花花的豆腐脑。碗里有碾碎的花生仁儿和蜜糖，喝得小脸红扑扑的。李婶儿的儿子小骆驼坐在一旁，不错眼珠子地盯着柳儿的碗。他刚才也喝一碗豆腐脑，但豆腐脑里只有盐末子，吃到嘴里的滋味很不一样。

柳儿觉察到小骆驼的目光，将碗推给对方：骆驼哥，你喝。

小骆驼摇头。

柳儿说：我都撑着了。

听了这话，小骆驼立刻双手捧起碗，整个脸差点都装进了碗里。

这一幕让恰好进门的李婶儿看个正着，狠狠给了儿子一巴掌：小兔崽子，抢吃抢喝！

小骆驼满脸豆腐花儿地看着自己的母亲：柳儿喝不了啦。

李婶儿说：没眼力见儿，那是人家小柳儿让着你呢。

小骆驼委屈得鼻涕眼泪一起下来，却不肯把碗搁下。

柳儿见了，仰起小脸：婶儿，柳儿真的饱了。

李婶儿摸了摸柳儿的头：好孩子，过来，李婶儿给你梳梳头。

小骆驼怯生生地：娘——！

李婶儿呵斥：饿死鬼，一边儿去。

小骆驼端着碗急忙跑开了。

柳儿乖巧地倚到李婶儿的怀里。

李婶儿梳理着柳儿细软的额发，想起了孩子的娘，那个已经走了两年的人，那个性情柔软似水的女子，不知这两年阴阳相隔，她是如何惦念这个孩子的。

李婶儿说：待会儿，跟李婶儿出趟门儿。

柳儿问：去哪儿？

李婶儿说：看你娘去。昨儿个，你李叔已经买好了纸钱和香烛。

柳儿不吱声了，眼神似懂非懂。

李婶儿将一朵小菊花插到了柳儿的鬓边，叹了口气：要是你爹在，该是你爹领着你去的。孩子记着，今天是你娘亲殁了的日子。

　　总之，那一天每个人都经历了一些不寻常的事情，这些不寻常的事情使得这个日子变得格外地不寻常。

第二十三章
抓 周

　　抓周的时辰终于到了，皇城为了这个时辰，已经施展了它的全部魅力，奉献了它的全部宝藏。每个人都知道，今日的这个时辰必须是尽善尽美，无懈可击的。但当皇城打开了它的肺腑，双手捧出它的全部精华的时候，很多在皇城里伺候了大半辈子的人，仍然有目瞪口呆之感。他们第一次明白了什么叫作孤陋寡闻，目光如豆；活瞎了，真是活瞎了。他们想，这就是命。难怪都说人比人死，物比物丢。这些个叫都叫不上名字的稀罕玩意儿都是从哪儿来的呀？想出这些个稀罕玩意儿的人绝对不是凡人。他们是神仙吧！这些个东西，有一件能落在自己手里，就够滋滋润润活一辈子了……但他们想到这儿马上反悔了。呸呸，有福气享用这些个稀罕玩意儿的人，那得有多硬的命啊！还是一边看看得啦，免得折寿！

　　各国为小公主献上的生辰礼物更是争奇斗艳。吃的玩的穿的用的一样不少。吃食当中最扎眼是那一大篮子衬着鲜花的水嫩嫩的四季瓜果，鲜美得仿佛都还沾着水珠子。但馋嘴的阿东有了上次品尝大枣的经历，悄悄试探过这些瓜果后，并没有张扬。他不怕别人抢着尝鲜，因为这些个花儿和果子都是各色宝石翡翠珊瑚玛瑙做成的，他盼有谁比自己更倒霉

239

啃掉几颗牙呢；好玩的里面最惊艳的是一个小戏台子，上面进进出出十几个会演戏的小人儿，锣鼓一响，小人儿们连唱带跳还翻跟斗，叫人笑逐颜开爱不释手；穿的冬裘夏葛自然应有尽有，当中最精妙的却是一件雪蝉纱衣。那纱衣轻盈得可攥入一个拳头，避蚊祛疫有奇效，夏日披上它清凉如水。当然，用器里头最珍贵的还是冰川领主特派使者送来的贺礼。黑檀木匣子送到宫里，被蜡封得密密实实的。

知道蚌女的家乡送来的贺礼，大汗亲自召见了那个使臣，并当着众人的面打开了那个匣子。只见匣子里用雪白的冰蚕丝做衬，托着一枚五彩澄澈的珠蚌。冰蚕丝本是极寒之物，但因为衬了珠蚌，摸上去却觉得温热。

有人不禁脱口而出：避寒蚌！

即使是孤陋寡闻的人都知道避寒蚌曾是冰川领主的镇国之宝，因为避寒蚌里藏着避寒珠，在滴水成冰的日子里，只要将避寒蚌揣在怀里，顿时会感觉温暖如春。

大汗将那个避寒蚌拿到手里的时候，半晌不语。后来，他重重赏赐了冰川领主派来的特使，叮嘱手下：这是小公主姥姥家送来的东西。仔细替她收着。

那些宝物被人们一箱箱一盒盒地运过来，在人们的叹息声中一件件拿出来，一样样地全部摆放好，抓周仪式就开始了。

鼓乐喧天中礼部尚书走到人前，刚刚打算宣布抓周仪式开始，就见被众星捧月似的围在中间的图兰朵小公主，对着大汗打了个惊人的哈欠。

小公主有点累了。整整大半天的光阴，那些人一直围着她唠唠叨叨，不厌其烦地重复那种又磕头又拱手的游戏。他们一遍遍地从头开始，把小公主参与嬉戏的那点新鲜和好奇消耗殆尽。

小公主忍不住东张西望，觉得这些人有点烦。无论个高个矮的，无论长胡子还是不长胡子的，见了她都鸡啄米一样，在一点点啄掉她的耐心。她无奈地扫视着眼前的人，你要不就拿出点更有趣的把戏来耍，要不就都赶快消失掉算了。就在这个时候，她看到她的父汗正向她走来。她很容易在人群中发现她的父汗。父汗好像总比别人高几头，或者是没有人敢与父汗一般高。

图兰朵对着大汗扬起了小手。大汗将她抱在了怀里。

大汗说：我们的小寿星，今日怎么样？

小公主眨了眨眼睛，说：父汗……

这时，鼓乐齐鸣，声响盖过了图兰朵公主回答大汗的话语。她懵懂地四下望望，觉得一股混沌之气从后脑勺处冉冉升起。接着，她张开嘴，对着大汗的脸打了个大大的哈欠。

众人一下子都惊呆了。怎么可以呢？在这个要紧的时刻，小公主怎么可以这样做？今儿是什么日子？此刻是什么时辰？这种哈欠也是可以乱打的？人们惊愕而责备的目光投向小公主的乳娘。乳娘吓得腿一软，跪下了。

乳娘说：大汗恕罪，公主陛下今日起得过早，是有些困倦了。

大汗微微含笑望着自己的掌上明珠：今日是你的大日子，可不能扫了大家伙儿的兴致啊。

图兰朵仿佛在思虑父亲的话的含意，片刻，作为思虑的反应，她忍不住又深深地打了个哈欠，并用小手拍了拍自己的嘴。

众人紧张起来。因为有了上一次庆典的教训，人们想到的是哈欠后的结果，如果小公主打算即刻要睡了，这可是谁都拦不住的，也是谁都担不起的罪过。

这个时候，人群中唯一显得事不关己的，大约就是阿西和阿东了。阿西和阿东不仅不急不恼，还有一点同情和理解小公主打哈欠的意思。

今日是小公主的生辰。正因为是过生辰，小公主才特别辛苦，什么是辛苦？那就是累啊。累了怎么办？自然要打哈欠。小公主也是人，是人都是要吃饭要睡觉要打哈欠的。小公主的乳娘拦不住，阿西和阿东拦不住。即便是大汗，主宰这个世界的人，也拦不住小公主打哈欠。更何况，今日是小公主的生辰，小公主自然想做什么，便做什么，包括打哈欠。

阿西和阿东仿佛商量好了，同时张开嘴，哦——地打个大大的哈欠。好舒服，真的好舒服！

听到阿西和阿东响亮的哈欠，众人先是面面相觑，接着仿佛受到传染，都觉得有一个东西在自己的嗓子眼儿上蹿下跳，喷薄而出。最后，只见寝宫里一个个哈欠遥相呼应，此起彼伏。

礼部尚书难堪地望着大汗：大汗，您看……

大汗被众人簇拥，神色踌躇，刚想要说什么，却被伯颜一步抢先：大汗亲自为小公主操办抓周庆典，良辰吉日，水到渠成；依微臣看，庆典该即刻开始。

其他人两眼汪汪地赶忙附和：伯颜将军所言极是。

大汗点头：那，还等什么！

礼部尚书击掌，顿时鼓乐重新齐鸣。"抓周"开始。

大殿当中的帷帐被徐徐挽起，满堂尽是堆金叠玉，华光

242

耀眼。

宴席已摆上八珍玉食，酒坛，酒杯。人们散去，只留下小公主和大汗站在中央。大汗对怀里的小公主示意：图兰朵，这些都是你的。

小公主有所迟疑：都是？

大汗笑说：对，都是，今日是你的大日子。

大汗将小公主稳稳地放在地上，自己站到一边。小公主显得茫然。父汗走开了，乳娘不在身边，阿西、阿东也不在身边。她左顾右盼着，不知道此刻，自己已经是唯一的主角。

适才见到小公主倦意浓浓，国师心中曾闪过一个念头：若是这样，今日这个"周"或许就抓不成了。

自从那日火镜里出现了那个影像，国师心里是忐忑的。因为他是唯一知道结果的人，所以他比任何人都关心可能出现的意外。

然而，那个小小周折后，图兰朵小公主却开始抓周了。小公主的目光转向帷帐升起的地方，那双困倦的眼睛里突然有了神采。国师看到了两个小小的火苗在小公主的眸子里跳动，她的脸上浮现出异常美丽的笑容。接下来，小公主仿佛被一只看不见的手牵住，不由自主地迈开小腿，向前走去。

她一步步蹒跚在早就摆放好的琳琅珠玉当中，显出有所追寻。

人们好奇地注视着小公主的举动。一个两岁的孩子，没有人告诉她应当如何做，她难道能够知道自己该做什么？

大汗心里大约揣着同样的疑惑，他忍不住悄悄问道：任凭一个成年人，面对这么多宝物的诱惑也会眼花缭乱，如何让一个小孩子选择？

国师说：这不是人的选择，是长生天的意志。

大汗沉吟：所以说，今日的花，就是明日的果？

国师说：正是。

国师的回答让大汗有了一种特别的骄傲和自信。

大汗说：今日，图兰朵是朕的花朵，明日，就是汗国的果实。

大汗把这句话按照自己的理解做了恰当的解释。

今日的花，就是明日的果。

清晨，有人禀报伯颜，说前一夜大巫祝们祭祀结束，众人分食供品时，在羊骨头上发现了这句话的字样。这个吉祥的消息已经瞬间传遍大城。

后来有人悄悄议论，其实，这话是国师说的。当倒置的彩虹出现在天边的时候，人们还在猜测凶吉，国师站在他的府邸里，仰着头对着彩虹说了这句话。至于那羊骨头上的字样是否确切，黑灯瞎火的，谁也说不清。

伯颜大将军反复琢磨着这句话。他本能地厌恶国师，所以他选择性地听信了头一种说法。何况他从这句话里品出了自己想要的滋味，所以，他确信这话与国师无关。

大将军伯颜感觉他对大汗已经做到了肝脑涂地。虽说众人皆知小公主的生辰是由大汗操持，但在那里真正忙碌的既不是礼部，也不是总管府，而是伯颜大将军的人马。伯颜的手下一贯当得起手疾眼快，行事如风。这种训练有素在任何情况下都有着实际效果，并让大汗感觉到他们才是自己的口耳脚手的延伸。

与众多的皇亲贵族和面貌衣着奇异的各国来宾使臣们一同站在大汗的身后，伯颜认为自己鹤立鸡群。他虽然与他们站在一起，但他与他们迥然不同。这些人都是看客，都是围观者。

围观者是做什么的？帮闲凑趣的。从抓周仪式开始，围观者变得无比亢奋，无论小公主做什么，他们都在大声喝彩。他们的义务就是来看热闹，来喝彩的。然而热闹完了，围观者也就散了。

但伯颜在做什么，他在小心地耕耘。他决计把自己变成一个农夫，今日播种，明日收获。这就是花和果的关系。

图兰朵小公主在浩瀚的生辰礼物和珠宝之海里蹒跚。她咯咯笑着，爬着，嬉闹着。她先是抓起了一枝珠花，又抓起了一支碧玉宝钗。但把玩了一会儿，都扔下了。接着，她好奇地抓起了一把小小的宝剑。

周围顿时一片称道之声：图兰朵公主乃文乃武，果然是旷世奇才。

诸国使臣们更是摇头晃脑：冰雪聪明，与大汗一脉相承。数遍天下，无人能与小公主齐肩。

大汗不由得得意地笑了一笑。大汗认出了那柄红鲨鱼皮剑鞘的宝剑。那宝剑正是自己当年征战夏地国缴获的夏地王护身的武器。据说那个夏地王极其暴戾凶狠，只有枕着此剑才能入睡。由于这宝剑白日饲人血，夜晚饲虎血，早已有了灵性，若有人想刺杀宝剑的主人，宝剑便会鸣响不停。

大汗猜测自己的女儿下一步会有何举，这柄宝剑对她来说过于沉重，想将宝剑从剑鞘中取出来，是个艰难的过程。

图兰朵小公主端详了一阵子手中的宝剑，拿不准它的用途。她把宝剑用力举起来，宝剑几乎脱手，打翻了旁边的聚宝盆。聚宝盆里的珠宝哗啦啦地流了一地，让小公主错愕间不知发生了什么。于是，她手足无措地抬起头，求助地向四周看去。但她听到的是一片叫好声。

小公主低头再看看手中的宝剑和地下的宝物，不由得眯起眼睛。她的视线接触到了一道强光，那是藏在众多珠宝当中的一道令人目眩的光泽。小公主脸上出现了好奇的神色，顿时失去了对手中玩物的兴趣，扔下宝剑，向那束光泽爬去。

图兰朵公主的小手扒开了挡在光泽之上的器具，看到了一个造型奇异的镯子，色彩流云，晶莹剔透，在它的映照下其他珍宝黯然失色。图兰朵愣了愣，一把将那个镯子抓起。图兰朵玩弄着镯子。她先是用嘴啃咬那个镯子，随后，举起镯子摇了摇，最后，将镯子咕噜一下戴在了手腕上。镯子在她的手腕上滑来滑去，图兰朵清脆的笑声荡漾在大殿里。周围顿时赞叹声大起。

礼部尚书击掌道：小公主七窍玲珑，身如琉璃。此镯子与小公主相映生辉，内外明澈，净无瑕秽。

伯颜第一眼看到那只镯子，心中顿时一动。他赶忙殷勤上前：此话有理，这镯子的确大有来历。

大汗问：何等来历？

伯颜说：臣讨伐马尔维亚斩获此镯子，据说曾是国王的贴身之物。

大汗半信半疑：哦？

伯颜说：佛家有七宝，琉璃为七宝之首，能消病驱邪。图兰朵公主戴上这个镯子，定是有诸多福缘的。

大汗欢喜地看看四下的臣子们。

众人纷纷点头赞同：世间的确有此说法。

图兰朵公主毫不在意众人的七嘴八舌，继续在珍宝里搜寻。她将一个小小的宝琴拨弄了两下，又掀翻了一个嵌满海蓝宝、月光石和紫水晶的首饰盒。但她似乎对这些都没有兴趣。这时，宝物当中又冒出了另一道诡秘的光芒。那光芒像海风吹开细沙般地将覆遮在上面的珠宝一点点拨开，显露出跟图兰朵手腕上的镯子相似的另外一只镯子。图兰朵对着那光芒望了一眼，立刻伸手抓起那只镯子，和自己手腕上的镯子比弄起来。

大汗疑惑地：怎么又生出一只镯子来？

伯颜看到小公主再一次被自己带回来的另外一只镯子吸引，按捺不住地炫耀：臣记得这镯子共有三只，只只冥契鬼神，妙不可言。

伯颜说话间，那两只镯子之间仿佛突然有了引力，转眼间，第二只镯子便滑到了图兰朵的小手腕上。两个镯子叮叮当当碰出声响。周围人的目光都被那两只镯子牢牢诱惑。那镯子惊世骇俗的美丽，让他们叹惜不已。

国师不易察觉地皱了皱眉头：伯颜将军，你说你带回来了三只镯子？

伯颜答：正是。

国师说：那么，应当还有一只？

伯颜没有回答国师，却得意地向大汗拱拱手：小公主功侔造化，大庇苍生。若三只镯子都能被公主收齐，必是汗国的福气。

国师的胸口微微撞了一撞。他凝视着那个小小的背影，若你真的拿到了第三个镯子，最好记住是何人害的你。不过，真的想在这浩瀚的珠山宝海里发现第三只镯子的几率，应当是很低的。国师对自己说，身子却不由自主地向前倾去，他唯恐自己的目光漏掉了小公主的任何一个细微的动作。

戴上了第二只镯子的图兰朵公主，开始了她新的探索。她四下望望，看到在不远处有一棵晶莹的珊瑚树，树上挂满了像星星般灿烂的各色宝石。图兰朵公主扬起手，向珊瑚树慢慢走过去。就在她的手几乎够到珊瑚树的时候，她的脚被一个东西绊住，跌坐在地上。

图兰朵公主有些发愣。她眨眨眼睛，在她左侧一个物件正放射出摄人魂魄的霓光。她弯下腰，伸出小手，拿起了最后的那只镯子，笑了。图兰朵向着大汗举起了第三只镯子：父汗！

大汗上前，仔细打量那只镯子，晶莹剔透，流光溢彩。大汗说：果然是好东西。

图兰朵小手托着镯子：给——！

大汗接过来看了看，却又说：来，让父汗给你戴上。

图兰朵笑嘻嘻地将白嫩的小手伸向大汗。

国师暗呼：命中如此——！

然而一切如同瓜熟蒂落不可逆转，三只手镯仿佛早已迫不及待，它们碰撞着，跳跃着，互相拉扯拥抱着，发出金玉之声和耀眼的光泽，扭曲盘虬地归拢在一起。它们显示出自己的原本，它们都是活物，活生生地将众人惊着了。瞬间，小公主的身子被五彩霓光罩住，三个镯子沿着她的胳膊上下旋转，迅速缩小，并紧紧扣住图兰朵的手腕。三个镯子在变小的同时，突然像被催生的种子，瞬时发芽，长出藤蔓。那些藤蔓刺入图兰朵公主的皮肤，攀缘着图兰朵的手臂在她的肢体上生出根须来。根须深深地扎入图兰朵公主的血脉，只见小公主的皮肤下面有蚯蚓一般的突起物在迅速延伸，直至她的胸口和脸蛋儿上。那些青紫色的根须将小公主包裹起来，它们如同章鱼的触手，正把小姑娘身体中的血液飞快地吸吮到三个镯子当中。人们眼见着三个镯子由晶莹明澈转为赤红灼目，彰显出一种血淋淋的狞恶。

国师镇定地站在那里，他看到了一串串金色的飞虫正从三个镯子里飞出。这些就是火镜里曾出现的那些金龟子。在这个大殿中，大约只有他一人能够看到它们。但他又很快辨认出那些诡秘的小飞虫并非金龟子，它们是一串串奇异的文字，属于这三个镯子。它们从三个镯子中疾飞了出来，在图兰朵公主身边徘徊了片刻，又分别飞回到三个镯子里。

图兰朵痛得哭喊起来，气竭声嘶。她全身的血色正迅速退尽，皮肤显现出苍白冰凉。她那双黑宝石般晶亮的眼睛变得一片幽暗，深不见底，毫无光亮，仿佛是皑皑冰雪上的两个恐怖的黑洞。

大殿上突然黯然，无论珠宝金玉，还是鲜花锦缎，一切色彩都在瞬间消退，仿佛是一幅巨大的画卷，在瞬间被漂白。图兰朵公主的乳娘扑上来，阿西和阿东也冲上来。他们死命想把手镯除下，但拉扯得越狠，镯子扣得越紧。这时，小公主突然两眼圆睁，尖厉地喊叫起来。她的神色恐怖万分。在她面前，乳娘，阿西和阿东，一切熟悉亲切的面孔都消失了，他们曾经伫立的地方出现了一群鬼魅，全是白森森骷髅样的头颅和躯干。

图兰朵公主尖厉的叫声如利剑穿透大殿的屋脊，震裂了宴席上的酒瓮和酒杯，宾客们承受不住，纷纷抱头鼠窜，捂住耳朵。图兰朵公主的尖叫戳破漆黑的夜空，如疾风撩过树梢，摧枯拉朽，折落秋叶无数。

图兰朵公主的尖叫刺入湖泊，湖水波翻浪涌，停泊在水中的小舟被掀起的浪涛打翻，慢慢吞噬。

图兰朵公主的尖叫传遍大城，贩夫走卒愕然相望，妇人孺子被房梁落下的灰尘眯了眼睛。

图兰朵公主的尖叫声传入李婶家的豆腐坊，石磨碎了，浆水沿着李大骆驼的衣襟流淌下来，洒了一地。

图兰朵公主喊得上气不接下气。大殿里的人们惊慌失措地围上来。

大汗下令：快把手镯摘下来！

伯颜慌乱去摘：启禀大汗，这镯子……摘不下来！

大汗斥骂：哪有这等事情。

礼部尚书企图去抓小公主的胳膊。图兰朵小公主一声凄厉的叫声，竟吓得他浑身发软，手脚无力。

大汗说：都给我走开！

大汗推开众人，亲手去摘那三只镯子。镯子如同长进了女儿手臂的肉里，已经成为肢体的一部分。

图兰朵小公主在大汗的怀里挣扎着，她看到眼前尽是魑魅魍魉，高高矮矮，青面獠牙。她看到一群群恶鬼正张牙舞爪地向她扑来。

小公主哭喊：父汗——！

大汗企图抱着女儿：图兰朵，别怕，父汗来帮你。

小公主看到的却是一个大魔头张着血盆大嘴打算啃噬自己的手臂，不由竭力拍打抓挠：走开……

大汗几乎不敢相信自己的眼睛：图兰朵，你难道连朕都认不出了！

小公主浑身抽搐，用尽最后的力量挣扎了一下，昏厥过去。大汗望着躺在自己怀里气息奄奄、命悬一线的女儿，方寸大乱，狂呼：御医，传御医！

大殿一片狼藉。

国师孤独地站在人群之外。他的镇定是因为这一幕如同预先排练好了的戏剧，没有惊喜，也没有遗憾。他知道做什么都无济于事，一切都太晚了。

第二十四章
重赏之下

御医们赶来得很快。

略作切脉，立即有人给小公主下针，取穴人中、合谷。

又有人给小公主捻耳垂，掐委中。

再有人推拿小公主的曲池和肩井穴。

小公主依旧昏沉沉的。

大汗急躁：他们究竟能不能治？

太医院主管跪着答话：适才小公主是神昏惊厥，此刻已无抽搐，再对症下药，应有好转。

听了这句话，大汗挥手：啰唆什么，速速下药。

太医院主管却跪着不起：是。调理的方剂已经有了。微臣可以用防风、蝉蜕、菊花祛风解痉，僵蚕、钩藤熄风定惊。即便如此，仅仅是解燃眉之急，所以……

太医院主管说着，头深深地低了下去。

大汗问：所以，没法子了？

太医院主管伏在地上：是。

大汗的脸上怒意大增：没用的东西！

太医院主管慌忙道：大汗息怒，小公主的病是暴受惊恐所致。小儿神气怯弱，元气未充，不耐意外刺激，暴受惊恐，使神明受扰，肝风内动，抽搐神昏。我等的医术只能一时救急，对那三个镯子，微臣无计可施。但大城内十步芳草，定有不少高世之智。总之，若想回天，必须除掉那个始作俑者。

御医们围在图兰朵公主的床前，一会儿要热水，一会儿要冰块，一会儿要手巾，指挥得宫人们团团转。

阿西、阿东和图兰朵的乳娘只有一边观望的份儿。

阿西、阿东看着小公主昏睡的样子，惴惴猜测这些人忙活了半天会有什么结果。

阿西说：依我看，小公主的病很快会好的。哪怕是块石头，扎了这么多针，灌了这么些苦汤子，该是会好了。

阿东不赞成：若真是这样，他们不该用针扎小公主，应当扎那个混账镯子。

阿西愣怔，不说话了。

阿东继续恨恨地说：若不是那三个镯子，小公主也不会受苦。若不是抓周，小公主也不会戴上那三个镯子。在抓周前，小公主明明已经困倦了。她若睡着了，也就不用抓周了……

乳娘懊恼地接过话：可不是，适才见小公主困了，我还念叨菩萨保佑，切不可让小公主睡了。谁料到这下子好，反而害了小公主。

阿西和阿东的眼睛忽地瞪圆了：啊，原来是你啊！

图兰朵的乳娘懵懂：什么是我？

阿西说：你自己刚刚说过的，你求了菩萨！

乳娘说：我求菩萨莫让小公主睡着了，并无其他。

阿东说：所以小公主没有睡，就去抓周了。

乳娘分辩：那抓周是大汗定下的事，凭谁拦得住？

阿西说：所以小公主抓到了那三个作怪的镯子！

乳娘急了：天地良心，今天是小公主的大日子，谁不想讨大汗的欢喜。再说菩萨哪有那么灵光。我求菩萨慈悲为怀，让他帮帮小公主，可并不见效啊。

阿西和阿东一起吼起来：因为你求的菩萨是个坏心眼儿的家伙！

图兰朵的乳娘被阿西和阿东左一句右一句，堵得话不成句。她的脸涨得通红，看看阿西，又看看阿东，突然哇的一声哭出声来。

乳娘说：哎哟喂，是谁黑了良心，弄来了这个邪魔妖怪的镯子，害我们小公主。这挨千刀下油锅不得好死的东西，上辈子下辈子上下八百辈子，死无葬身之地啊……

乳娘说着，啪地给了自己一个响亮的耳光：你也是，怎么那么笨，眼瞧着小公主受苦，你该替小公主去死啊……算啦，小公主若有个好歹，我也不活了。

见乳娘拍着腿号啕大哭。阿西和阿东不由得傻了。面面相觑后，他们悄悄闭了嘴巴。其实他们心里并没有顶真认定那一定就是乳娘的过错。抓周抓出个妖怪，更不是乳娘能把握的，但他们心里憋屈，找不到个泄气的地方，乳娘自投罗网，让他们逮了个正着。

此刻，他们有那么点后悔对乳娘过于刻薄了。其实乳娘平日除了太唠叨磨叽，还是挺疼小公主，将小公主看成自己的眼珠子一般。听到乳娘哭着说，小公主若有好歹，她就不活了的话，阿西和阿东的眼眶甚至还有些湿润了。是啊，若是小公主真有个好歹，他们谁都不想活了。

大汗下旨：大城内，谁能将那三个作怪的镯子取下来，有重赏。

一群神头鬼脸的人进入了神圣的皇城。

肉铺的屠夫提着白花花的板油进宫了。他说他家的猪油是神油，内服补虚解毒，润燥生肌，是治疗小公主惊风昏厥和取下小公主的镯子的不二之物。

卖桂花油的货郎带着他的祖传秘方进宫了。他宣称他家的桂花油有奇妙之功，只要在他家的桂花油里沐过浴的人，身子滑得像剥了皮的鸡蛋，别说是首饰戴不住，连衣裳都会随风呼啦啦地飘落下来，

首饰匠来了，玩杂耍卖艺的来了，占卜算卦的来了，补锅镐碗的来了，大城里的能人们都来了。最后，连贼都来了。其中有个人号称"圣手"，拍着胸脯保证只要他出山，长在骨头上的首饰都能取下来。那人还拿出了两个宝石戒指做证据：城东专做绸缎生意的徐掌柜的老婆胖得像头猪，几个戒指陷在肉里长年累月褪不下，全靠他独门暗器一手绝活儿轻松解决。

往皇城里跑的人脚下生风，他们都惦记着小公主手上的镯子，镯子只有三个，这辈子吃香喝辣享富贵，就靠这三个镯子啦。

但人们忙活了一阵，很快发现事与愿违，那些鹅行鸭步到得晚的大多还能全身而退，脚下生风赶早献计的则一个个丢了脑袋。

大汗先是听那个肉铺的屠夫的打算。屠夫说他要用一大扇板油裹住小公主的胳膊，再将一大碗滚烫的猪油给小公主灌下去。他声称这是外敷内用的方子。专治惊风和解除身上的桎梏。

大汗问：你这方子用过？

255

屠夫说：用过。

管用吗？

屠夫得意道：管用。前一阵子我们家的狗疯了，铁链子拴得勒进肉里见了血，还乱咬人。小人先是用生板油给它脖子敷伤，又给它灌了一碗烫油。它好得那个快，一下子就挣断了铁链子，跑得影儿都没了……

大汗打断屠夫的话：朕知道了。既然如此，板油你还是自己留着用吧，那碗烫油朕也赏你了。

屠夫很快被人拖出去点了天灯，他带来的板油自然没浪费，按大汗的旨意全裹在他身上，给他自己用了。

接下来是首饰匠；再接着是软骨功卖艺的；但小公主的镯子已经严丝合缝地长在了胳膊上，无论是见多识广的首饰匠，还是擅长缩骨功的艺人，都无计可施，一个个轮番败下阵来。

终于到那个贼人出场的时候。由于先前众人看到了那两个戒指，大家觉得事情多少有了些希望。

贼人撸胳膊卷袖子拿出了自己的独门暗器——一把锋利的锯子。他试图用自己的锯子取下小公主的镯子。

大汗问那人：那两个戒指也是你锯下来的？

首饰匠说：正是。

大汗又问：锯下来后，绸缎店徐掌柜的老婆还有几个手指头？

首饰匠答：三个。

大汗点点头。原来那贼人的绝活儿是锯别人的手指头。于是，在众人一片唾骂声中，贼人被拉出去大卸九百九十九块，自然用的工具也是他自己的独门暗器，那把锯子。

拥进皇城的人们，很快又都逃了出去。

天色已经黑透。

大汗意气消沉地坐在大殿里，大殿里死寂一片。

诸国外臣们见出了祸事，知趣地说了些"吉人自有天相"之类的话，悄悄退了。

众大臣则无人敢多语，没头苍蝇似的在大殿前转悠。没人敢走，是因为没人敢第一个走。都待在这儿，有事无事反正大家共担着，天塌下来，总有个子高的人顶着。

幸亏国师说了一句：各位大人公务在身，除了今日掌嘉礼之官员，散了吧。恪尽职守才是真正为大汗分忧解难。

于是大家呼啦一下全都散了。大家走得大步流星，所谓个高的，此时就是众人当中最矮的国师了。

伯颜走在人群当中。他的心情都写在脸上了。好在大家各怀心思，无人特别留意他的神情。

伯颜的心情几乎不能用茫然和沮丧来描绘。三个小小的镯子，从马尔维亚国的王宫带回大城，竟然化成一场噩梦。这三个镯子到底是什么来历？伯颜开始怀疑那三个镯子的真相，它们与马尔维亚王室是什么关系？因为国王夫妇都已经毙命，而身边人几乎死尽。就算伯颜当时有疑问，也很难证实。会不会是被人算计了？想到这个，伯颜不由手脚冰凉。如果这三个镯子真的曾属于马尔维亚王室，为何那样醒目地摆放在那个死去的国王身边？自己的手下也有见识到那个国王的，说那家伙青面獠牙，当者披靡，无人能敌，却莫名其妙地寻了短见，会不会这本就是个圈套？记得曾有人说过，在极南之地有人养蛊害人，而最毒的蛊虫就是蛊虫的主人用自己的鲜血和性命饲养的。莫不是这三个镯子同样的道理？杀人如麻只是狠，附身三个镯子来害人才是真正的狠毒。

马尔维亚那个小城，在伯颜眼中不过是个用两个手指便可以轻轻捏死的小虫，谁料它却在死亡前不声不响地匿伏下了一根毒刺。

那毒刺光光鲜鲜地刺进了小公主的手腕，刺进了伯颜的心头。

大汗一个人坐在黑暗当中。礼部尚书跟着大汗的贴身侍从官，轻轻走过来。

大汗的贴身侍从官小心翼翼地开口：大汗？

大汗不作声。

贴身侍从官偷瞥了大汗一眼，大汗没有睡着，他的眼睛茫然地瞪着，有一种猛兽受到伤害后的悲哀。

贴身侍从官退后一步，看了礼部尚书一眼。

礼部尚书战战兢兢地上前：陛下，时辰到了。

大汗说：什么时辰？

礼部尚书说：烟花，放烟花的时辰。为图兰朵公主的生辰准备的。

大汗沉寂了片刻，无声地挥挥手。

第二十五章
蓝眼睛

大城内一片喧闹的节日景象。城门前走进了牵着骆驼的周大和踢踢踏踏跟在他身边的小卡拉夫。

周大黑了许多，也瘦了许多，满脸沧桑的胡须，更显出鹤势螂形的身量。

小卡拉夫则是一副疲惫不堪的神情。入夜后，有些凉了，周大给他裹上了那条天鹅绒的短披肩。那是他母亲的披肩，上面绣着玫瑰和利剑的王族徽章，奢华而精致。小卡拉夫虽裹着披肩，但下面的裤子却拖在地上，肥大得像条裙子。一看便知那是条大人的裤子截掉了一段腿脚，给他御寒的。这样的装扮太不和洽，从而使得他的小模样有些滑稽。

小卡拉夫实在累了。他累得随时都能够一屁股坐在地下，即刻睡着；或者说，他其实是一边走路一边在打瞌睡，即使是坐下，也是在延续着他的睡眠。那是一次多么漫长的旅途，从旅途的开始，那路几乎没有尽头，除了路，更多的是没有路的地方。他们坐过船，骑过马和骆驼，剩下的就是靠两条腿走路，当小卡拉夫实在走不动的时候，周大便背负起他，让他能够随他一同前行。

他们的麻烦是他们经常身无分文，如何投店和果腹是天天都要讨论的问题。

好在是没有什么人故意来惹他们，周大的样子够凶，小卡拉夫的样子够惨，所以他们遇上的麻烦都不算大麻烦。

有人曾猜测他们的关系。他们不是父子，一眼便可看出。但他们的亲密却让人觉得他们的关系超出骨肉血亲。

某一日，一个胖乎乎的僧人在路边拦住了他们。那个僧人提着一个装着吃食的口袋。他的神情似乎与周大相熟。他说他算准周大他们今天会到这儿，但他又怕掐不准时辰，与他们错过了。

周大见了那僧人半天不语，最后说：你都知道了。

僧人说：是。

周大又说：你是怎么知道的？

僧人说：不是我，是"他"。世上能预料此事只有"他"一个人。

周大说：你不打算告诉我他是谁？

僧人说：对。

于是周大不再问。

饥饿的小卡拉夫见到僧人给周大带来了牛尾骨煮的肉汤和黑面包，顿时像小狗般欢跳起来。

僧人说：我带来的东西够你们吃几日的。

周大说：够他吃就好。

小卡拉夫开始大口喝肉汤，说：汤很好喝。

那僧人说：这种加了茴香豆蔻的牛肉汤，的确是你爱喝的汤。

小卡拉夫迷茫地看向僧人：我……爱喝的？

那个僧人反问小卡拉夫：难道不是？

小卡拉夫有些迷茫地看着那人，又看看周大：我不知道，或许是吧。

小卡拉夫不再关心这个事情，他接着又呼噜呼噜地大口喝起来。

那僧人用疑惑的目光看向周大。周大摇摇头。

喝过了肉汤，小卡拉夫的每一根骨头都舒服死了，他歪歪地靠在周大的腿上很快睡着了。

听到小卡拉夫均匀的呼吸声，游僧微微叹了口气。

他不记得了。游僧说。

他全都不记得了。周大说。

你是如何发现的？

我抱着他从王宫的那条暗渠里游出来，一上岸我就觉得有些不对，他好像连我都不认识，甚至，他根本不记得自己的名字了。

这么说，就是他的父母死去的那一刻？

是，他是看着他的父母死去的。

游僧摸着手腕上的念珠，微微叹了口气：真的能忘掉也许是福气。

是福气。

你要带他回大城？

我在那儿还有一个女儿。

两个人于是都不吭声了。

过了一阵，游僧突然说话：那么他现在叫什么？

蓝眼睛。周大回答。

周大领着小卡拉夫走进大城的时候，周大说：蓝眼睛，我们到家了。

小卡拉夫抬头望了望大城的城门。那正是在他以为他的旅途永远不会结束的时候，周大告诉他，他们到家了。

夜市繁荣，街道热闹非常。各种各样的店铺作坊一眼望去无边无际，大街小巷四通八达。卖元宵的、卖糖人的、卖蜜饯的、卖酥饼和绿豆糕的，店铺作坊门前都挑着各色花灯，车水马龙，摩肩接踵。

小卡拉夫勉强睁大眼睛，左右望了望，这地方果然比他见过的所有的地方人都多，都热闹。他在街头望到人们和他们的举动十分陌生，甚至店铺兜售的那些看起来香喷喷的吃食也显得陌生。这是我的家吗？他拿不定，因为他不记得了。他想师父说"是"，那就应当不会错。他只相信师父一个人的话。凭直觉，他知道师父是他在这个世界上唯一可以信赖的人。尽管他弄不清自己为什么要叫他"师父"，好像是师父让他这样叫，他就这样叫了。但想想，好像又不是这样。

不管怎么样，到家了是个好事情。终于可以不用再坐船，骑骆驼，走啊走，终于可以不用担心晚上在哪儿睡觉，终于不会在你睡得香甜的时候，有人凶恶地对着你叫骂，撵你走。小卡拉夫好想马上就躺下来，永远都不醒。

他们走在街上，人群当中的几个街坊突然看到了周大，欢天喜地地打招呼。哟，这不是周师傅吗，您回来啦！

向周大打招呼的那个人姓孙，是个在大城里有头有脸的手艺人。他木匠手艺好，特别是打造镶嵌着五光十色的薄螺钿的硬木家具和器物，几乎是一绝。大城里富裕人家嫁闺女，都要以有一件孙木匠亲手打造的器物做陪嫁为荣，就算没有箱笼和朱漆条案，起码要弄个装首饰的盒子；过去几年孙木匠与周大来往并不多，但与开豆腐坊的李家却是极熟的。

周大对孙木匠的问候只是微微点点头。

孙木匠没有得到周大更多的回应，有些不甘心，追上了几步，说：周师傅，您这回可走了不少日子。

周大依旧只是点点头。

周大不是一个善于与人应酬的人，何况此刻的他也没有心情与人们应酬。

看着周大带着小卡拉夫渐渐走远，孙木匠有些遗憾，但他一转念，立刻催促妻子：还站着这儿干吗！快去给李婶儿报个信。看那周大的神色，准是记挂着他家柳儿呢。

周大走到李婶儿家的院儿门口，小院里已经站了些提前得了消息的人。

李婶儿愣愣地望着渐渐走近的周大，眼圈儿微微发红。她那老实巴交的丈夫李大骆驼挠着已经有些花白的头发，冲着周大嘿嘿傻笑起来。李婶儿的儿子小骆驼却大半个身子藏在母亲的裙后偷瞥眼前的这个陌生人。

周大在李婶儿面前站住，目光询问地看向李婶儿。

李婶儿说：进去吧，在屋里呢。

周大几步迈入屋门，首先闻到一股新鲜的豆子味儿。他环视四下，见到门前的地上放着两大木盆浸泡的豆子。一盘大炕，炕席八成新，炕桌上一盏小油灯。

在炕沿儿的角落里，坐着个穿着红兜兜、扎着两个冲天锥的小丫头。显然，她刚刚睡醒，懵懵懂懂地揉着眼睛。当她望到周大，脸上不由得现出了警觉。

周大上前，打量柳儿一阵，鼓鼓的脑门子，嫩豆腐似的脸蛋儿，红红的小嘴儿，最后，目光停留在她胸前的那个金项圈上。他恍惚见到了那个轻盈如柳的身影从眼前飘过，听到了那个温柔如水的声音：小孩子长得快着呢……

周大不由得感叹：你娘说得没错，小孩子长得好快，这项圈已经能戴了。

说着，周大的手伸向柳儿的项圈。

柳儿啪的一声打开了周大的手。她说：这是我爹留给我的。

周大与柳儿对视。他看到女儿死死地瞪着自己，那双漆黑的眼睛里有一种古灵精怪的倔强。

周大愣了一下：柳儿?

柳儿不吭声，她与周大的对峙，目光中充满着犹疑和挣扎。

周大企图抱柳儿。他感觉只有抱住她，抱住这个小小的身体，她才能体味到他对她的思念，他与她的血脉亲情。她是他的骨头，是他的肉；是他想起来会心酸、会四肢无力、会喉咙发紧的那个人。

柳儿咬着牙死命抵抗，小脸涨得通红，抡起胳膊又捶又打。

周大两手将柳儿攥住：柳儿，你仔细看看，是爹，爹回家了。

柳儿瞪视着周大的眼中渐渐渗出泪水，她突然将脸扭到一边：我要我娘。

周大不由心碎，紧紧地将柳儿搂在怀里。

院子里的人很快将注意力转移到了装扮古怪的小卡拉夫的身上。

孙木匠的媳妇儿首先"哟"了一声：哪儿来的小色目人啊?

孩子那小巧的身量一下子被所有人的目光罩住。

小骆驼说：是柳儿她爹带来的。

小卡拉夫神色呆滞地对待众人的好奇，一言不发。

李大骆驼蹲下来，问：小家伙，叫什么？

小卡拉夫奇怪人们每次刨根问底，大多都是这样的开头。好像那是甜菜的叶子，捋着它一用劲儿就能拔出个大玩意儿。

李婶儿说：你爹妈呢？

小卡拉夫愣愣地望着对方，这个问题他听得也太多了。

李大骆驼同情地对李婶儿说：这孩子脑子好像坏了。

孙木匠的儿子天狗与小骆驼是同党，笑嘻嘻地凑过来说：他是哑巴，柳儿爹带回来一个哑巴！

去！

孙木匠的媳妇儿胡噜了天狗一巴掌，转身安抚小卡拉夫：别理这些小兔崽子们，他们欠打。

大伙儿正七言八语，一声巨响炸开了漆黑的夜幕。只见绚丽的烟花升起在大城的空中，其风景让人们顿时忘却眼前全部话题。变化无穷的烟花映着层层叠叠的楼阁殿宇，恍惚是人间仙境。烟花似锦，照亮大城高高低低的街道、弯弯曲曲的沟渠和耸入云天的皇城的屋脊。百姓们不分贫贱在街道上欢呼跳跃着，追逐花团锦簇。

此刻是大城的人们最快乐的时候。无论高居庙堂还是贩夫皂隶，无人因其身份不同，而比别人少一分喜悦，这快乐超越了你能够想象的任何惊喜，所以每个人都仿佛回到了孩童的时光。

隆隆的烟花声，使憔悴不堪的小卡拉夫诧异地抬起头，瞪着眼睛。他从没有见过这样美妙的天空，这天空竟可以开出这样的令人心神迷乱的花朵。他诧异这怎么可能？这鬼斧神工从何而来？他望到了朵朵盛放在眼前的烟花，这些烟花摇曳着他的身心，夺走他的魂魄。他张着嘴，碧蓝的眼睛凝视着夜空。茫茫大地一片干净的记忆里有了这样的瑰丽的一笔，让他幸福得无可名状，如痴如醉。

孙木匠的媳妇儿，却突然有了新鲜发现，她欢喜地两手一拍：你们看，这孩子的眼睛好蓝啊！

李婶儿打量着赞同：大城里的小色目人我见多了，还没见过这么蓝的眼睛。

图兰朵小公主静静地躺在床上。她面如玉石，皮肤隐隐透明。窗外天空的喧闹似被一道看不见的屏障与她隔绝。

一团团的烟花绽开，极盛极繁中渐渐凋零，星星点点地幻灭。

烟花的炫彩明明暗暗地展现在敞开的窗棂间，映照在小公主苍白的脸蛋上。突然，图兰朵小公主的睫毛微微闪了闪，她缓缓地睁开了眼睛。她的眸子随着窗棂间的炫彩转动起来，她的脸颊依旧洁净如雪，但她的眸子当中闪出烟花的点点色彩。

第二十六章
青梅竹马

周大重新在大城安家了。

李大骆驼带人重新修缮了周大家漏雨的屋顶，修了倒塌的院墙。

孙木匠打了一套结实的桌椅给周大送过来。

孙木匠说：孩子们比猴儿淘气。这些桌椅够他们折腾。

周大有了一双儿女，左邻右舍都暗暗叹息，一个单身男人，这也太为难他了。

接回女儿的当夜，周大把柳儿拉到小卡拉夫的身前。

周大对柳儿说：这是蓝眼睛，你哥。

柳儿好奇地盯着对方，对方反应木然。

周大对小卡拉夫说：柳儿，是你妹子。

小卡拉的眼珠慢慢转到柳儿的身上。柳儿突然背过脸去，睫毛上带着羞涩。

柳儿说：爹——！

周大忙应她。

柳儿说：蓝眼睛今天睡在哪儿？

小卡拉夫的脑子是个空白的深渊，他对别人告诉他的有关这个家里的一切，都疑惑地接受了。

连着几日，周大收拾着家里的凌乱，小卡拉夫帮着拿东拿西。从马尔维亚到大城几月的艰苦路程，周大已经有意无意地将小卡拉夫训练成了自己的小帮手。

小卡拉夫依旧叫周大"师父"。他叫出来的"师父"格外亲昵，听着仿佛是父母的代名词。

每当小卡拉夫叫着"师父"，周大心中都有些酸楚。此师父再也不是彼师父了。

相比之下，柳儿与周大的关系却是出奇地别扭。她从一开始就不惧怕周大——天下竟然有不怕周大的人，而且柳儿竟然是首选。她对着周大娇嗔地噘嘴、瞪眼睛、跺脚，更厉害的时候就掉眼泪；周大对这一套把戏几乎是束手无策。柳儿还动不动闹着要离家出走。

我不要你，我要李婶儿！

柳儿耍着小性子，一溜烟地跑到李婶儿家去耗时辰。

柳儿不醉心小姑娘的花花朵朵，却特别喜好混在小骆驼、天狗、铁头那帮小小子里面打滚儿。好看的小闺女转眼就脏得如泥猴子一般，气得李婶儿挥着笤帚疙瘩追打自己的儿子。

周大劝说：别怪你们小骆驼，我们老周家的姑娘，秉性特异，这点像我。

柳儿从父亲的话里听出了夸赞，淘起气来更加肆无忌惮，无法无天了。

偶尔，柳儿也有安静的时候，那种时候大都是因为她和卡拉夫在一起。她坐在卡拉夫的身边，她安静的原因是因为卡拉夫的安静，卡拉夫做事情全神贯注，完全忽略身边的一切，他的全神贯注让她好奇。卡拉夫可以将周大叮嘱他做的每一件事情有条不紊地从头干到底，比方说，望着树丛，倾听和识别各种小鸟的叫声；比方说，记住山上各种不起眼的花草的名目。在柳儿看来，那些事情很难，也很无趣，但卡拉夫总是兴味盎然，好像他有办法把无趣变成有趣。她坐在板凳上，盯着卡拉夫看，对方让她迷惑。这个金发碧眼的男孩子与她认识的任何一个孩子都不同，他友善地对待别人，但他做事情的时候，很少受别人影响。他好像生活在自己的梦境里，那个地方别人很难走进去。

小柳儿好奇心重，总企图走入别人走不进去的地方。因此柳儿突如其来的撒娇和任性，经常与小卡拉夫有关，她是渴望用这些把戏引起这个新哥哥的注意。

柳儿不断主动地与小卡拉夫说话，对方若有反应，她立刻显出无比的兴奋。她给小卡拉夫端水碗，给小卡拉夫拿果子，给小卡拉夫看她捡来的小猫崽儿，拉着小卡拉夫看公鸡打架。当她发现小卡拉夫的鞋子露了脚指头，即刻将自己脚上的新鞋子脱了下来，硬要给小卡拉夫穿上——若不是因为李婶儿马上答应为卡拉夫缝双新鞋，柳儿就要拿着剪刀在鞋跟儿上开口子，以便能够把鞋套在小卡拉夫的脚上。柳儿企图赢得小卡拉夫的心，露骨而不择手段。周大简直快忍不住自己的嫉妒了。

这个丫头，突然有了个哥，连她亲爹都不在乎了！

周大仿佛在抱怨，但明明是一脸满意的笑容。

寸阴尺璧，露往霜来。

周大悉心养育着这对小儿女。仗着调训禽兽的本事，行走在山林之间，他识得百鸟千兽心性的名头在行猎者当中越来越响亮，私下里他们将他看成山林中的一尊神，称他为"山神"。

周大在大城有了一份可靠的收入。他让屋子里的两个孩子有了温饱，上炕暖和，上桌有吃食。出外的时候，李婶儿夫妇帮着照看他的家，归来后他总有猎物或少许银两答谢邻里的好意。他已经不再当众舞刀弄剑，渐渐地人们只记得他是个可怜的鳏夫，疲于奔命的父亲，忘却了他曾是个一等一的好剑师。他常喝一点酒，醒与半醉之间；他尽可能地抹掉自己身上孤拔傲立的锐气。他期望如果那些潜在的敌人仍在窥视他的举动，会因为他的平俗漠视他的存在。他要用这些换得两个孩子的平平安安，换得他需要的时间。他要用那些时间在不动声色中地将自己周身的本事一点点地传授给小卡拉夫。

日子漫长而煎熬。周大在门前的大柳树上刻上了孩子们的高矮。树梢冒出新芽，树干上的痕迹随着孩子们的身量一截截地向上攀。

传说中的所有的精彩故事都发生在黑夜里。但对周大来说，黑夜是重复不断的等待。油灯下，他凝视着熟睡的两个孩子。有一天，总会有一天的……

孩子们日子过得没有快慢。他们从不知道今天与明天的差别，在孩子们心中明天以后的事情都是很遥远的。

小卡拉夫已经与周边的孩子们打成一片。他们接纳他，比他接纳他们还要快。他们热情地接纳他是因为他的脑子很有趣——他的脑子几乎就是一个饥渴的空洞，所以，他无比期待从人们那里得到果腹的"食物"。凡是他觉得有兴味的事情，都询问得十分详细，并记得无比清晰，比铁锤打上的印记还要分明；另外就是他那和善的好脾气。他认真地问、认真地听、认真地向别人请教。小孩子们觉得他太给面子了。当然，还因为他是柳儿她爹从很远的地方带回来的——孩子们从不追究那个地方到底又多远，但他是柳儿的哥，这一点就够了，其他事情他们都没有多大兴趣。他们认为"蓝眼睛"这个名字与"小骆驼""天狗""二蛋子""铁头"并无多大差别；所以，他们叫他"蓝眼睛"的时候，小卡拉夫欣然地知道他就是他们中间的一个了。

他们向小卡拉夫讲述各种各样大城里的奇闻逸事。

小骆驼说，城东的许万户好酒好肉生性凶残，家中的狸猫因偷吃了他的下酒菜，被他剁了前爪，那猫痛得跳墙跑了，许万户也没追，揣测它不能活了。不几日后，他的小妾生产，是个胖小子，吓人的是孩子只有两条秃秃的胳膊，没有手掌；这时，有下人禀报，说那只逃走的猫回来了，趴在房梁上喵喵地对着许万户叫唤。那猫身强力壮，前后四个爪子一个不少……

天狗说，城西的冯寡妇靠缝补浆洗辛苦了一辈子。一日晚上，推门跑进来个穿红兜兜的胖小子。那胖小子天天与她说话帮她干活儿，让她日子突然好起来。有邻居听说了，告诉她，穿红兜兜的胖小子，很可能是"棒槌娃娃"，捉住了卖给宫里，会发大财的。冯寡妇贪心了，于是拿了根穿着红线的针，打算逮住那个胖小子卖钱，谁料，从那个晚上开始，胖小子再也不来。冯寡妇哭死了胖小子也不来了，她只好继续受穷了……

这就是大城，稀罕的事情可多呢！

小卡拉夫听得目瞪口呆，他发觉自己越来越爱大城，越来越爱这些故事。但小卡拉夫最想听的是有关焰火的事情。

你们说说焰火吧！

小伙伴们面面相觑，然后说：说那个干什么？

焰火很好看，也很好玩啊！

小伙伴们都摇头。

天狗说：那个东西说不得，说多了要咔嚓嚓。

天狗的手在自己的脖子上抹了抹，大伙儿的脖子都凉飕飕的。但是小卡拉夫还是不明白。他要弄清楚焰火和咔嚓嚓的关系。

小卡拉夫问：为什么？

因为那不是咱们玩的东西。

那是谁玩的？

皇家。

皇家是谁？

天狗指指天空中的云端：皇家就是大汗的家。焰火是好东西，但那是皇家的好东西。我爹说的，在大城，玩什么都可以，就是不能玩焰火。好些人为了玩儿它，玩儿没命了。

天狗的父亲是孙木匠，孙木匠在大城给许多有钱有势的人家做活计，他知道的事情比别的孩子多，他的话是很有权威性的。

小卡拉夫小心翼翼地抛出了他最关注的一个问题：那些好看的焰火不会是大汗亲手做的吧？

当然不是。

谁做出来的？

天狗说：那些焰火师傅啊！

铁头忍不住出来纠正天狗的不足，铁头家是在大城街头杂耍卖艺的，他们卖艺人有自己的圈子，而在这个圈子里流传的消息与他们的技艺一般，五花八门，无所不有。

铁头说：那边，看到没有，那座山的后面是磨盘山，磨盘山里有个大大的石窟，那是皇家焰火作坊，作坊里有很多很多的师傅。焰火就是他们做出来的。

小卡拉夫点点头，闭上嘴。他牢牢记住了天狗和铁头的这些话。

周大很早就发现了小卡拉夫对焰火的好奇。他并不感到意外。焰火是汗国的骄傲，被称为汗国皇冠上最璀璨的珠宝，其炫目的魅力无人能抵挡。但他不明白的是通常小孩子的好奇心维持不了多久的。到了小卡拉夫那里，怎会成为迷魂药的药引子，成为走火入魔的开端？

大城的孩子们都是在他们能够走稳的时候，就开始跟他们的父母学习生存的本事。这就像雏鸟跟大鸟学习飞行、猫崽跟大猫学习捉耗子一般自然。当李大骆驼开始教小骆驼磨豆腐，孙木匠开始教天狗用墨斗和凿子，铁头开始跟他的爹妈学走绳和顶大缸的时候，周大已经传授给卡拉夫不少呼啸山林的本事，并日日要他习武练功。小卡拉夫记忆尽管消失，但他的身体对兵器本能的反应并没有消失。他的灵巧、机智、悟性都使得他天生是个习武的好苗子。但唯一让周大遗憾的是，小卡拉夫对习武本身的热情似乎不像周大期待的那么高涨。小卡拉夫依旧勤奋，依旧用功，但小卡拉夫闲下来问得最多的却是，什么时候大城可以再放焰火啊？

小卡拉夫的心被焰火拴住，这让周大有些失落。焰火？那玩意儿算什么真本事？穷工极态，乃属于雕虫小技，不能吃，不能穿，不能强身壮骨，更不能治国平天下。作为马尔

273

维亚王室的唯一继承人，若有一日他的人民需要他，追随他的时候，焰火能帮他做些什么？不过是些点缀和装饰罢了。

难道当人们丧失了记忆，连性情也会跟着改变吗？周大不信，他记得过去马尔维亚国的小王子最爱的事情是跟着自己习武，那个纠缠着自己不放，发誓要学尽天下武艺的男孩儿到哪儿都不会变的。

所以每当周大被小卡拉夫纠缠不过的时候，他就对小卡拉夫说：别急，等你的剑术有进益的时候，自然就会有焰火看了。

于是，小卡拉夫练武变得特别用心。他期盼着自己的努力会有回报，期待自己日新月异，而美丽的焰火就在不远的那个地方等待自己，仿佛那是对自己的一种奖励。

见到小卡拉夫日有所获，月有所成，周大又会安慰自己，谁不是从小孩子长大的？小孩子的心性就是好奇。等小卡拉夫在大城住久了，把焰火看够了，他就会收心，就会全神贯注地去做他该做的事情了。

第二十七章
灰喜鹊和黑喜鹊

生活在大城的孩子们，很少有人清楚他们的今天与明天有什么不同，或者今年与明年会有什么不同。他们也只有在比较了昨天和今天、去年和今年之后，他们才会意识到日子的确有些不同了，他们正在渐渐长大。

比方他们会说，去年过年与今年过年大巫祝们跳神，长生天给出的神旨很不一样。去年大巫祝们跳神时，有人在火堆中看到了凶猛的金狮和金牛；今年祈福，火焰中明明都是吉祥的白鹿和白象。

比方他们会说，大汗为了给图兰朵小公主脱灾，安排宫中显贵们在皇城"射草狗"。本来箭术和运气是有好坏的，但这"好坏"在上一年还无关紧要，下一年却生死攸关了。去年，官员中凡没有射中草狗的，不过是减减俸禄；今年射不中，却一个个都被大汗免职罢官。

比方他们会说，大城里的喜鹊又开战了。去年大城里的灰喜鹊和黑喜鹊打架，各有输赢；但今年再次开战，运气的天平会倾斜到哪一方就很难说了。为什么？孩子都知道有个人说话了。如今在大城，有个人说要黑喜鹊赢，于是无人再提灰喜鹊交战黑喜鹊不分胜负的往事，大家都异口同声，仿佛那些灰喜鹊命中注定要被黑喜鹊打得屁滚尿流。

每年，大城里的灰喜鹊和黑喜鹊打架都是个大事情。

大城里有许多的灰喜鹊和黑喜鹊。有多少？有人说，大城有多少人，大城的房檐下树梢上就有多少喜鹊。到底是黑喜鹊多，还是灰喜鹊多？这没人知道。

黑喜鹊生性讲究，它们筑的是安乐窝，里里外外几百上千根粗粗丝丝的树枝层层叠叠，建在高耸阳面之处，所以，它们建巢大都喜爱选择大城的上部，而那里偏巧是大城里的富贵官吏人家朱门大户所在地，于是，黑喜鹊更显出了富贵。

灰喜鹊则是穷命，对自己的栖息之地只求随意，自然显得简陋寒酸。它们的窝大多数时候只是一个枯树枝夹杂着草叶、苔藓和兽毛筑起的浅盘状的凹坑，与黑喜鹊窝的精致舒适相比，简直就是丢人现眼。所以灰喜鹊自惭形秽，将老巢大都建在大城的下部，而那里是大城里贩夫走卒、乞讨卖艺的穷困百姓的住处，灰喜鹊的窝混杂在竹篱茅舍之间，毫无违和之处。

至于大城的中部，则居住着大量的僧人道士、富裕的商户、勤俭的匠人和黑黑白白的色目人。那里的喜鹊也都是高不成低不就的样子，所以常能见到灰喜鹊们的陋室和黑喜鹊们的豪门良莠不齐地混杂在一起。

喜鹊们尽管有贫富之分，但每年从春至夏，它们各自觅各自的食，各自筑各自的窝，倒也相安无事。但秋风一起，大城内仿佛竖起了两杆大旗，黑、灰喜鹊们就像是战马听到了主人的召唤，将士听到结集的号角，开始战前的热身。它们云合雾集，徘徊在大城的天空；呼朋唤友，寻觅着自己的同类，投奔各自的阵营。随着日子的一天天过去，黑、灰两个军团逐渐形成。立冬的那一日，大城里的喜鹊大战开始了！

至于为何黑喜鹊和灰喜鹊要在每年的立冬那日发动战争，大城的人是有不同的解释的。有的说：冬，终也，万物收藏，百鸟回巢，规避严寒。面对隆冬，每一只喜鹊都有了对窝巢的特殊的情感。通常，老喜鹊们早已筑好老巢，但新一代喜鹊却要为了新的家园流血流汗。无窝的渴望有窝，有窝的不嫌窝多。只只喜鹊无论黑灰，都在疾呼"安得广厦千万间，大庇天下黑（灰）喜鹊俱欢颜"。于是黑喜鹊们洗劫灰喜鹊们的地盘，灰喜鹊们侵占黑喜鹊们的窝巢，它们之间就有了一场你来我往的家园之争。而这个战场大都选择在鱼龙混杂的中城。

也有的说，上面那种说法看似公平，实质偏袒。发起战争的原因与黑喜鹊的筑巢习性有关。黑喜鹊奢侈而挑剔，习惯选在立冬吉日那一日开始筑巢，而筑巢择址又绝不肯将就。当它们发现自己看中的地方已经被灰喜鹊捷足先登，就会采用暴力手段清除原来的主人。于是，一方将开拓变成了掠夺，另一方不得不保卫疆土，双方本着"打虎亲兄弟，上阵父子兵"的原则倾巢而出，不打个尸横遍野血流成河，自然不会收场。

立冬那日，大汗要在皇城举办收获祭祀与丰年宴会。对于百姓来说，站在街头观赏天空里黑喜鹊和灰喜鹊的战争，不仅仅是庆典的一部分，而且是重大的节日中的高潮部分。对于大城的赌徒们来说，更是他们一试身手的好机会。

照理讲，喜鹊大战是很难分出输赢的。每一次战后都是鸟毛漫天，鲜血淋漓，彼此杀敌一万，自损八千。再细看中城屋檐树梢上的鹊巢的布局，仍然是你中有我，我中有你，

277

谁也没占多大的便宜。

　　但这绝难不倒聪明的大城人。每年立冬之前，大城的好事之人会事先划好一个黑、灰喜鹊窝较均衡的街区作为赌区，当然那清点出的窝巢总数定是单数，然后在各大酒楼里设上赌局。立冬那日血战来临，半空中凄厉之声不绝于耳。赌徒们喝着老酒，吃着可口的菜肴，心平气和地等待着空中群殴的结束。当夕阳西下之时，黑、灰喜鹊的两个阵营都经过轮番战役，耗尽了最后的力量，各自撤出战场，去舔伤口。它们就此别过，后会有期。喜鹊们是很守信义的。它们之间不管有多大的仇，都要待到来年才能雪恨了。

　　赌徒们看着天一点点地黑透，他们纷纷点上火把，攀树的攀树，上房的上房，慢慢清点巢中的新旧主人。哪一方胜出，押中的那一方就是赢者。由于赌注丰俭随意，赌局公开公平，结果虽常有意外，但从无人抱怨。

　　但今年不同了。

　　据说事情的由来是因为今年秋末的某一日，伯颜大将军坐在家中望见一群群的黑喜鹊徘徊鼓噪，一时兴起，问玉勒说：为何大城的喜鹊年年开战，但从无真正的输赢？

　　这个话将机敏过人的玉勒难住了。他斟酌了半晌，说了一句：因为它们势均力敌吧？

　　伯颜将军哼了一声：本将军就是不信下城的灰喜鹊赢得了上城的黑喜鹊。

　　伯颜大将军的话或许只是笑谈，但此言传出去之后，变成了伯颜将军今年要让上城的黑喜鹊打赢下城的灰喜鹊。

　　伯颜将军是谁啊？他说黑喜鹊要赢，自然黑喜鹊一定会赢的。于是立冬之前，大城的赌徒们毫不犹豫地都将赌注压在了黑喜鹊的一方。

这事情很快传回到玉勒的耳朵里。他顿时觉出了其中的不好。上城的喜鹊能否打败下城的喜鹊，这并不重要，重要的是上城的喜鹊若输给了下城的喜鹊，在众人眼中伯颜大将军的威严信誉将不保。他得有个主意，对此事有个交代。苦思冥想一番后，玉勒忽然想到了一个人，当他想到那个人后，他意识到除了这个人，没有更好的选择了。这个人就是伯颜将军的亲侄子，已故的海东青将军的独子——海长春。

当大城里的孩子们都在不经意间长大的时候，海长春显然比别人家的孩子长得更快些。平日里他不多言多语的，总是悄悄逗留在角落里，他的沉默使得人们很容易忽略他的存在，以至于有一日，人们将目光无意地投射到他的身上，会突然大惊小怪地感叹：天啊，这孩子怎么就长大了？

海长春的确长大了。十三四岁是个很尴尬的年纪，他的身量已经像个成人，但那张面孔却仍然徘徊在少年人的门槛上。

在伯颜的府邸里，人们称海长春为大少爷。虽然此时的伯颜仍没有放弃生养自己的骨肉的打算，姬妾们也都跃跃欲试，但那接二连三生了几个丫头的事实，除了让伯颜不开心外，就是使得他对海长春的打量渐渐认真起来。这些年来他在外人面前待海长春也算得上亲如己出，让很多人相信，有一日，若是海长春能真的继承伯颜的家业，也是桩两全其美的佳事。

海长春的娘亲常望着他的背影掉眼泪，那眼泪里有惆怅也有欣慰。那背影太容易让人想起他的父亲，那内敛的性情更是与他的父亲海东青酷似。虽然眼下海长春还是只瘦瘦的雏鸟，但他已经有了翅膀，在学飞了。

第二十八章
少年人

当玉勒找到海长春，说出自己的想法的时候，海长春没有即刻回答他。

海长春想了想，仿佛没有听懂玉勒的话，问：为什么要帮黑喜鹊？

玉勒说：不是帮黑喜鹊，是在帮你的叔叔，伯颜将军。

海长春把这句话想了更长的时间，最后说：不知道我是不是真的能帮他。

玉勒说：除了你，还有谁？

海长春沉默了。

玉勒知道，自己这话对，也不对；关键是海长春是否能够明白自己话中的玄妙。如今的伯颜将军在大城用风头正劲来形容，是再确切不过了。这样的人物哪里还用谁来帮？伯颜将军手中有鹰隼大军，鹰隼军中更不乏精通鸟语禽性之人。伯颜将军只要动动手指头，就有办法帮黑喜鹊打赢对手。可惜的是，伯颜将军不能这么做。

如今大城都传伯颜将军说了，黑喜鹊要赢，等到那日的结果，黑喜鹊果真就赢了。这说明伯颜将军英明睿智，料事如神；但若是人们得知伯颜将军为了要让黑喜鹊打赢灰喜鹊而动用汗国权柄，传出去，这就不是英明了，这是愚昧拙笨，是个大笑话：伯颜将军与喜鹊开战了，无论输赢，开战本身就是个大笑话。

所以凡事要有分寸，切记过犹不及。玉勒这些年在伯颜身边服侍，别的没有学到，这"分寸"二字他是牢牢记在心里了。

人无远虑，必有近忧。谁能保证自己一辈子不会遇到险象环生的时刻？就连伯颜将军神一般的人物，都有失手的时候，更不要提一般的凡夫俗子。那种时刻，就算本来与祸事毫无干系，也可能做了谁的替死鬼。

玉勒不禁又想起了图兰朵小公主两岁生辰那日发生的事情，历历在目，如同噩梦。

三色镯套在图兰朵公主的手腕上，一再取不下来，大汗决定对三色镯的来历追究罪责。凭小公主的金贵身份，过生辰当然应该，提议给小公主过生辰抓周自然没有错，错就错在抓周怎会抓出个三色镯来？

众人的目光都不由自主地落到伯颜将军身上，仿佛小糖人儿身上落了一层苍蝇。大家此刻的记性格外之好，都记起了小公主发现三色镯时伯颜将军在大汗面前的得意和卖弄。

玉勒当时冷汗从背脊淌到脚底，心说，只怕伯颜将军在劫难逃。

伯颜将军两步上前拜倒在大汗的脚下，辩道：三色镯的确来自马尔维亚的王室，由微臣亲自带回大城。但按规制，所有战役所获的兵器财宝金银均要由专人清点造册分类入库，其后才能用于礼乐燕飨。这次帝军在马尔维亚国斩获财物甚多，辎重百车，至今尚未完成入册分类，这三色镯怎会就混入了小公主生辰抓周的物品当中？

伯颜的一番话让他身上的苍蝇们站得不那么稳了。众人的目光移向大汗。

大汗没有即刻说话，他似在沉吟。

这时，礼部尚书脸黄了，显出有些慌神。

大家都明白，此次为小公主庆生，说是大汗亲自主持，实乃礼部巨细无遗打理操办，虽有伯颜的手下协理，但重大的事宜必须向大汗禀报，由大汗定夺。若伯颜的说法成立，礼部违反规制，又没有向大汗禀报，的确难辞其咎。

礼部尚书慌慌张张地跪下说：大汗明鉴，这三色镯混入小公主的生辰抓周，并非微臣空食俸禄，的确事出有因……

礼部尚书边说，边瞥向伯颜。

玉勒那时不知是哪里来的胆量，突然上前，打断了礼部尚书的话：大汗，末将有一言不得不说。

大汗点头：说。

玉勒道：众所周知，一月前，末将曾受伯颜将军之托打理所获的财物入册分类事宜。礼部得知将军讨伐马尔维亚，斩获丰厚，又恰逢小公主的生辰，所以主张提前遴选些精美珍宝，用在抓周庆典上，可谓相得益彰。末将当时就提醒礼部，此事须有大汗的首肯……

玉勒那边说得振振有词，礼部尚书忍不住跳起来：玉勒将军差矣！若非伯颜将军的示意，我等即使有天大的胆子，也不敢私下做这个主！

玉勒盯住礼部尚书：伯颜将军如何示意？将军只是告诫末将在造册时把那些稀世之物给予注明，以备后用。你我都是大汗的人，自然是懂规矩的。

282

礼部尚书急了，额头上的汗哗哗淌下来：但当日那些东西都是将军一样样拿给微臣看的，话里话外的意思……

伯颜冷冷说道：大人这就是血口喷人了。首先，尚书大人是为小公主的生辰庆典而来，礼部掌吉、嘉、军、宾、凶五礼之事务，尚书大人要看，微臣有何理由不让看？再者，做臣子的，吃的是汗国的俸禄，该秉承大汗的旨意做事才是，绝不能坏了规矩。伯颜揣测尚书大人当初也是好意，谁不想让小公主的生辰庆典锦上添花？但大人越俎代庖，甚至替大汗做主，这就不对了。

礼部尚书浑身哆嗦，他一张嘴对两张嘴，怎么都说不赢，于是掉头向大汗：大汗恕罪，微臣，微臣的确冤枉啊！

大汗最恨有人求饶，求饶的人再辩解，也是公开认罪。他狠狠地瞪了礼部尚书一眼，一挥手，那礼部尚书立刻被人拖了下去。大汗也算是法外开恩，只下令腰斩八截，家族老少贬为奴籍。

礼部尚书转眼成了八块烂肉，无人出来替他喊屈。

礼部尚书被大卸八块之后，国师站在一旁，冷冷听着众臣私下都偷偷感慨：若非因为尚书大人好大喜功，也不至于摊上这份无妄之灾。

国师清楚，礼部尚书之所以死了，既非罪有应得，也非无妄之灾，是他运气不好，遇上了伯颜和玉勒。他若不死，别人也会死。在伯颜眼中，满大殿的人都是替死鬼的命。

至于玉勒，他是真正的当事人。他知道那日的确是伯颜将军主张把马尔维亚国掠来的珍宝径直送到小公主抓周庆典上去的。自己一旁推波助澜，鼓动怂恿；礼部尚书只是做了顺水推舟的事情。但尚书大人顺水也好，逆水也罢，伯颜将军想做的事，谁又能拦得住？尚书大人替人受过，大约是命中有这一劫。

之后，玉勒得到了伯颜心照不宣的酬谢。伯颜以玉勒出征马尔维亚功勋尤为显赫为由，禀请大汗下旨，赐玉勒"昭勇大将军"封号，品秩万户，配金虎符。当玉勒拿起那块金光耀眼的虎符时，痉挛似的战栗从掌心传导到他的胃里。他不禁热泪盈眶，伯颜对自己人的确十分慷慨和大度。

玉勒是个知恩图报的人。这次灰喜鹊与黑喜鹊的事情必须办好，玉勒要求自己不仅仅是把事情办好，而且要办得漂亮。

多少人都想替伯颜将军做一些将军已经想到的事情，但玉勒是要替伯颜将军做那些将军还未曾想到的事情。先人一步，高人一筹，才能脱颖而出。

见海长春还在犹疑，玉勒说：我早听人讲，你父亲海东青将军过世前，就曾聘鹰隼军中的名师教导你，以你现在的身手，此事轻而易举。

海长春低下头：我帮我叔父，但不帮黑喜鹊。

玉勒糊涂了：帮黑喜鹊就是帮伯颜将军呀。

海长春摇摇头：我不喜欢黑喜鹊。

为什么？

它们以大欺小。

玉勒听了这句话，差点下巴掉了下来。不喜欢黑喜鹊，就因为它们比灰喜鹊个儿大些？这孩子的脑子定是有毛病。从海东青去世，伯颜将海东青的遗孀和独子接到自己府上好生赡养，一晃已经有五六年光景，伯颜将军府中的狗都比别人家的机灵，这孩子怎么如此不开窍呢？

玉勒眨巴眨巴眼睛，心里叹息：也难怪，毕竟是海东青的血脉，跟伯颜将军还隔着好几层。

你用不着想着帮黑喜鹊，你想着帮你叔父便好。

海长春还是不应声。

玉勒觉得需要给这个孩子点点要穴。

你父亲过世后，伯颜将军对你娘亲和你如何？

很好。

你就不想有一日报答他？

想。

眼下就有这个机会。

海长春又开始沉思。

玉勒只得耐心地等待。对于这种木讷的孩子，要给予足够的耐心。

海长春问：叔父不希望看到上城的黑喜鹊输给下城的灰喜鹊，对吗？

玉勒肯定地说：是这个说法。

海长春终于点点头。

第二十九章
廊桥边

立冬那天早上，天蒙蒙亮，柳儿就把卡拉夫摇醒了。打架去，打架去。她一边摇着卡拉夫，一边喊。

卡拉夫迷迷糊糊地揉着眼睛，问：跟谁打架？

柳儿说：黑喜鹊啊！

卡拉夫无可奈何地爬起来，嘟囔着：那是看打架。又不是你打架。

柳儿特别喜欢热闹，而热闹中她最喜欢看打架。无论是鸡斗架、猫咬架、狗打架，凡是跟打架有关的热闹，她都会兴冲冲地跑在前面。

立冬的日子早上已经很冷。卡拉夫尽管身上穿着李婶儿做的新棉衣，但迎面的晨风还是让他打了个寒战。他跟着柳儿和小骆驼跑跑走走，手不断放到嘴边哈着气，跑了半个时辰，终于来到了那座最出名的石拱廊桥边上。这座桥倚在中城的两座山间建造，面对万丈深谷，显得格外险峻陡峭。桥上有两层，上面一层飞檐翘角，楼阁亭台，可供人小憩；下面一层石磴粗实，木板铺就，可让行人车马任意通行。

卡拉夫停住脚步，身上觉出些暖意。

柳儿说：蓝眼睛，你肚子饿了吗？

卡拉夫摇摇头，可他的肚子不争气地大声叫起来。

柳儿听到，咯咯地笑了。她从自己的怀里掏出两个温热的枣馒头。自己留下一个，另一个递给卡拉夫。

卡拉夫接过来，刚咬了两口，只听到一边站着的小骆驼咽唾沫的声响震耳欲聋。

卡拉夫迟疑了一下，把手中的馒头一掰两半。他还没动作，小骆驼已经抢在手里。

柳儿不由得叫唤起来：他吃过了。

小骆驼讪讪地对柳儿说：蓝眼睛的饭量小，我帮他。

柳儿呸了一声，把卡拉夫手中另外一半馒头抢过来，把自己的馒头送过去：我饭量小，你帮我。

于是，三个孩子开始快乐地吃馒头。

早起，李婶儿见孩子们要出门，递给了每个孩子一个热腾腾的枣馒头。小骆驼双手捧着就往嘴里塞。柳儿喊着不饿。卡拉夫连忙接过馒头用干净的手巾包了，揣在柳儿的怀里。

你先揣着，咱们待会儿吃。

柳儿听话地点头。卡拉夫知道过一会儿，馒头的热气会透过手巾徐徐传到柳儿的胸口。那种小暖炉似的温暖会让人一直舒服到指头尖儿上。

卡拉夫一直在学。他的全部记忆，都来自于这三年的大城生活。人们望见他那碧蓝的眼睛，单纯干净得仿佛是个三四岁的孩子，但不能不注意到他学习的速度快得惊人，包括这用热食取暖的小技巧。卡拉夫用一双干净的眼睛学习着，那一点一滴都是周大的言传身教。

此刻，廊桥附近的人越聚越多，廊桥的底层渐渐有些拥挤。

熟悉大城的人都知道，每年这里都是看喜鹊大战的最佳地点。卡拉夫来到大城三年了，看了两次喜鹊大战。他对这座桥的模样印象深刻，不仅仅因为这座桥造型别致，因为看热闹的人虽多，但上面那层明显舒适宽敞，而下面那层却挤得水泄不通。

卡拉夫曾问起伙伴们原因。

小骆驼说：我们不愿意跟他们在一起。

他们是谁？

上城的人。

可上面人少啊！

上面的人都是上城的人，他们心向着黑喜鹊。下面的人都是下城的人，大家都向着灰喜鹊。

原来是这样的，原来喜鹊分群，人也分类，这一分便水火不容了。

卡拉夫站在那儿左顾右看，看着群鹊们盘旋聚集，等着太阳慢慢升起。大家都知道，一旦太阳升到头顶的时候，黑喜鹊和灰喜鹊就会开战，谁料，当太阳走到离它敲响开场锣鼓的位置不太远的地方，廊桥上突然出现了许多皇家侍卫军的身影。他们厉声驱赶着上下两层看热闹的人，挥刀弄戈，不容分辩。于是，那些百姓无论贫富都忙不迭地退出了廊桥，蜂拥到廊桥的两头。

大家七嘴八舌纷纷猜测，今天这阵势大了。凭这阵势，今天到廊桥来观赏喜鹊大战的人物绝对很不一般。

不久，从那边传来了悄悄低语：图兰朵公主来了。

立冬这日的清晨，阿西和阿东都早早醒了。他们催促小公主的乳娘快快给小公主梳洗打扮，因为他们要带着图兰朵公主去廊桥看喜鹊打架。

其实从四年前图兰朵小公主病了之后，他们就再也没有睡过一个踏实觉。他们常常有各种各样的噩梦，最多的时候是梦见三个妖怪张着血盆大口在咬噬小公主白嫩嫩的肉体，小公主被咬得鲜血淋漓，惨叫不已。妖怪，妖怪！阿西和阿东吓得跳起来。醒来之后，赶忙奔到小公主的床前。

小公主静静地躺在床上，脸色如雪如冰。这四年，他们半夜惊醒，看到的小公主最舒心的时刻就是这个样子。这真的是小公主最好的时候，没有哭叫，没有痛苦。只是睡着。一个人最好的时光竟然是睡觉。

阿西和阿东过去见到小公主最多的是她的笑容，微笑、憨笑、娇笑、欢笑、大笑，甚至哭的瞬间都会转眼变为开心的笑容。小公主是宫里的笑菩萨，是阳光，是雨露，是四季盛开的花朵。

小公主的笑容没有了。宫里一切都变了，变成了漫长的冬日。先是有人发现小公主寝宫中的那些婀娜多姿的月亮鱼和太阳鱼突然退去了光彩，它们有气无力地翻着眼珠吐着泡沫，一条又一条地肚皮向上，死在了池塘里；接下来寝宫外的花园里那些华丽的琴鸟们也变形了，它们身上的五彩羽毛纷纷飘落，琴鸟们成了瘦骨嶙峋的秃毛鸡。最令人恐惧的是琴鸟们的嗓音，它们变得极其惨厉，刺耳得让猫头鹰都无地自容，如同魔鬼用一把锋利的锯子锯你的脑子。大汗下令捞尽池塘里的月亮鱼、太阳鱼，射杀花园里的全部琴鸟。猎杀之后，宫中好几个参与射杀的侍卫都产生了挥之不去的幻觉，他们说他们日日夜夜都听到耳边萦绕着琴鸟的怪叫，最后，他们都因为无法忍耐耳边连绵不绝的琴鸟的怪叫而疯了。

图兰朵小公主再不会笑了，宫中一片晦暗。小公主不会笑了，这还不是最坏的结果，每当月圆之时，看到小公主遭受痛苦却束手无策，才真正令人心碎。

自从那三色镯戴上了小公主的手腕，月圆之夜就成了三个镯子的作怪之夜。每隔些日子，随着月亮渐渐趋圆，那三个镯子会像三个恶鬼，渐渐苏醒，从阴间地府钻出来，它们徐徐变红，发亮，渐渐放射出诡秘的光彩，小公主的神情也会随之日渐畏惧而惊怖。到了月亮最圆的那个晚上，三个镯子会变成血淋淋的红色，仿佛滴滴鲜血在渗出，小公主为此痛苦不止，整夜啼哭。

阿西和阿东知道，小公主在受苦了，三个凶狠的镯子在折磨可怜的小公主，在吸吮小公主的鲜血。

一年有十二个月圆夜，小公主度日如年。

阿西和阿东好心痛啊。他们每天望着月亮如坐针毡。

当阿西和阿东发现对月亮无计可施，他们开始想别的办法。小公主不笑，是因为小公主有病。小公主若笑了，那就是病好了。他们白天一步不落地围着小公主前后打转转，他们唱啊，跳啊，扮鬼脸，说笑话。小公主不笑，他们更要强作欢颜。他们要替小公主笑，期盼着有一日，小公主突然会因为他们的笑破涕而笑了。他们将自己的难过留在了夜深人静时，留在了半夜从噩梦中跳起来，奔到小公主的床前，望着熟睡中的图兰朵公主发愣的时刻，他们这时会悲从中来不可断绝，泪流满面。

阿西和阿东爱小公主远远胜过爱他们自己，如果无法替图兰朵小公主受苦，起码应当想办法让小公主有片刻的开心。

他们早就听说过大城的喜鹊大战。喜鹊大战的战场在中城，从皇城的城墙望向中城，距离太远，看不真切的。他们也曾设想溜出宫去瞧热闹，反正他们可以变色隐形，不用费多少腿脚，出宫进宫买菜拉水送贡品的车轿有的是，找一辆钻进去轻而易举，顶多就是弄脏了衣服。但不知是不是机缘巧合，每每立冬的日子到了，阿西和阿东却总是赶上一桩事情打岔，就把喜鹊们的战争扔在了脑后。结果当别人提起时，他们恨得跺脚。这一年又一年地过去，因为看不到而产生的想象力让他们把这种渴望逐渐放大。终于这一次，他们决定要去看看了。他们去看，不是为了自己，他们是要让小公主出皇城一起去看。人们倾城去看喜鹊打架，光那个人挤人的场面就值得一看，那闹哄哄中说不定有什么意外惊喜能逗得小公主开颜一笑。

于是，在立冬的前一日，阿西和阿东在小径上拦住了刚刚下朝的大汗。见到阿西和阿东仿佛从地皮底下钻出来似的，大汗的贴身侍卫的愤怒是可以想象的。这些年，为了让阿西和阿东这两个"珍珠丸子"稍许懂些规矩，大汗身边的人们没少动脑子，但实际效果之差，让他们的确没有面子。

阿西和阿东刚开口，大汗就拒绝了：鸟打架有什么好看的？要看就在宫里看吧，反正宫里有的是乌鸦。

不是乌鸦，是喜鹊。

差不多嘛。

见大汗转身要走，阿西急了。

阿西嚷嚷：喜鹊是报喜鸟，乌鸦是报丧鸟。这阵子小公主寝宫外的乌鸦特别多。

听到阿西这话，大汗的脚步慢了一慢。自从发生了三色镯那件事情，大汗的神经变得格外敏感。他向身旁瞥了一眼：

是吗？

这个……

大汗的身边人都你看着我，我看着你。他们整日眼睛盯在大汗身上，谁有闲心去留意树上乌鸦的数量呢？

正在犹豫之间，远处突然传来了一声喑哑的鸟叫。

大家都愣了一愣。那声音不甚清晰，所以没人马上说话。

阿西说：大汗听啊，乌鸦！

大汗问：怎么会有这么多的乌鸦？

这个问题没人答得出。于是，大家都尽量说得含含糊糊：是啊，今年天气冷得早，宫里的乌鸦好像也多起来。

阿东说：明日又是立冬的日子，应当图个吉利……

立冬在宫里是祭祖的大日子。过去到了这一日宫里要兴师动众地举办丰年宴会，恳请祖先保佑子孙安平。这两年，大汗心情不好，排场也小了些，但总还要让大巫祝们做些法术，卜问来年的丰歉。

大汗的眉头不由皱紧了：怎么早不说，侍卫长——！

大汗的御前侍卫长立刻凑上前，说：大汗是不是要微臣明日派一队宫廷侍卫到图兰朵公主的寝宫外去赶乌鸦？

大汗瞪了侍卫长一眼：告诉宫里的大巫祝，明日一早，到小公主的寝宫设祭坛驱邪祈福。

是。御前侍卫长忙缩了缩脖子，知道自己说了蠢话。

阿西趁机说：大汗，那明日中城还去不去呢？

大汗依旧迟疑：果真全城的喜鹊都会在哪儿？

阿西和阿东异口同声：阿西（阿东）从不撒谎。

大汗沉思片刻，下意识地看向自己的侍从官。

侍从官小心翼翼地说：这倒不假，年年到了这个日子。

那些黑喜鹊和灰喜鹊都挡不住地往那儿飞……

大汗好像自言自语：那就是吉兆了。既然如此，让图兰朵出去散散心也好。传朕的旨意，明日公主出宫，不得有任何闪失。

海长春是来到廊桥之后，才听说图兰朵公主要来观看今年的喜鹊大战的。

胡姬说：图兰朵公主都来了，今天这架打得挺有排场。

胡姬是跟随海长春一起来看喜鹊打架的。应当说，一开始她并没打算出门。她正在后院懒懒地逗蛐蛐，但不知怎么，突然听说海长春要出门，她跳了来，跟着就走，府里的人眼睁睁地看着她往外闯，没人敢拦她。这两年伯颜将军府里的人已经看惯她的我行我素。胡姬爱撒野，总撞规矩底线。尽管没少挨责罚，但结果似乎总与旁人的翘首以盼截然相反。大家只好眼睁睁地看着伯颜对她愈加宠幸。这招得府中的许多女人嫉恨不已。

狐狸精转世！还用转世吗？活生生就是只狐狸！那些女人愤然地咒骂。她们虽然巴不得也变成狐狸精或者狐狸，但心里明了，做精怪还是要有天分的。

胡姬明明是与海长春一同抵达廊桥的，她却比海长春早知道图兰朵公主要来看喜鹊打架的消息，而且不像是她特意打听的，仿佛有风将这个消息轻松地送到她的耳朵里。

图兰朵公主要来？海长春站在那儿，一时有些恍然。他不由得摸了摸自己的腰带，腰带是金镶玉的，正中嵌了一块圆圆的鹅卵石。这个腰带让许多人看不懂。伯颜府邸里的大少爷，身份如此金贵，怎会弄了块鹅卵石到处招摇。直到有人低语，说那是大汗的恩赐，众人才闭了嘴。

自从小公主两岁生辰出了意外，他就再也没有见过她。他还记得那个坐在婴儿车里的小公主，在明媚阳光下，那个孩子全身灿烂而透明，像是滴晶莹剔透的水珠，吸引了一切光泽，后宫花园里的草木山石在她面前都变得黯然无色。他后来总在重复那个情景，他捡起了那个石头，婴儿车里的小公主满脸笑容地从自己面前一晃而过。那是个难以形容的场面，想起来，令人心中有隐隐的满足和快乐。那是一种海长春不太熟悉的温柔。他想起那天的太阳，特殊的，仿佛是独自给他的太阳；他想起那个小小的女孩子，她把他的世界突然照亮。在海长春那言辞储备不多的脑子里，固执地冒出几个字：那是一个宝贝。

伯颜后来带着海长春又进过几次宫。伯颜说：大汗待咱们青眼有加，你当学会如何跟他们交朋友。

海长春没有太听懂这个话。或者说，他听懂了前面的话，却没太听懂后面半句。交朋友？跟谁？跟大汗？这可能吗？

伯颜对海长春的迟钝无可奈何：大汗不是说小公主孤单吗，你去陪陪她。

海长春从来没有朋友。年龄相仿的孩子不是嫌弃他特立独行的不随和，就是觉得他木讷无趣。于是海长春费尽心思，捉了两只红色的虫子给小公主带去。

小公主黑葡萄般水灵灵的眼睛掠过虫子，落到装虫子的草罐子上。

阿西问：这是什么？

纺织娘。

不，这个。

阿西说着，手伸向蒲草编织的小罐子，将两只红色的纺织娘倒出来，罐子递给小公主。

海长春尴尬地说：这种纺织娘很不好找的。

什么不好找？

红色的。寻常的纺织娘都是绿色黄色的。

阿西和阿东都瞥了一眼在地上伸胳膊伸腿打算逃走的纺织娘。

海长春解释。红的真是很稀罕的，它们叫"红纱娘"。

阿西和阿东的视线已经转到一边，显然海长春说的话没有引起他们的注意。

海长春愣愣地站在那里，露水打湿了他的脚面。

阿西和阿东捧着草罐子，带着小公主在园子里抓蚂蚁，追蜻蜓。

海长春有些遗憾，显然，小公主对草编的小罐子有兴趣，对园子里普普通通的蜻蜓和蚂蚁有兴趣，但对那两只红色的虫子没兴趣。若是需要，海长春可以在半个时辰内替小公主将园子里的蜻蜓、蚂蚁都抓光。那样，小公主喜欢吗？他拿不准。海长春低下头，发现那两只红色的纺织娘已经在草丛消失得无影无踪。

第三十章
喜鹊大战

　　图兰朵公主进入廊桥的时刻，正是大城两方的喜鹊往中城越聚越多的时刻。但此时的廊桥边却晴空寂寥，广袤无垠，几乎见不到一只鸟雀掠过。阳光开始变得刺眼，拥挤在廊桥两头的人们感到暖意和舒坦。他们对着天空东张西望，显得无聊和不耐烦，廊桥两头的小贩兜售糖人、奶饽饽的叫卖声格外响亮。

　　公主的护卫仪仗来了。众人都当头一激灵，伸脖子踮脚，将目光投向那个被侍卫围得水泄不通的步辇之上。

　　图兰朵公主！图兰朵公主！

　　人们忍不住叹息，无论看到了或没有看到，都这样兴奋地念叨。他们不知道这一生是否还能像今日一般有福气亲眼看见小公主的真容。

　　卡拉夫突然眯起了眼睛。在他踮起脚看热闹的瞬间，觉得那个高贵无比的娇小身影仿佛扬了扬手，手腕上有一首饰样的物件哗地放出极亮的光来。卡拉夫顿时感到一种莫名的心悸，像有一柄利剑从小公主的腕子上飞过来，穿透他的眸子，刺进了他的五脏六腑。

　　柳儿诧异地问他：蓝眼睛，你怎么了？

　　卡拉夫没有答。他捂着眼睛，泪水忍不住滚落下来。

小骆驼猜测：你眼睛进沙子了？

卡拉夫摇头。

柳儿说：进小虫子了？

卡拉夫又摇摇头，他忍着疼，缓缓睁开眼睛，却发现图兰朵公主的护卫仪仗已经全部过去了。意识到这点，他有些莫名的失落，但心中的那难挨的痛楚竟然也渐渐过去。

接下来，又是很长一段时间的无聊。

突然，有人喊了一声：来了！

人们都跟着喊声大眼瞪小眼，苍穹如洗，没有见到任何"来了"的痕迹。

有人开骂了：哄你祖宗，哪儿来了！

那喊的人答：我娘亲喊我，我答来了，有何错啊！

这对话立刻引起了众人嬉笑，场面变得更加混乱。这时，又有人高喊：来了！来了！

立刻有人斥责：贱骨头找打啊！

那人气恼地回骂：你瞎眼？看那边，不是来了是什么！

人们都往东边看去，乍一望，似乎看不出究竟，但眼尖的，可以发现天际果然出现了两条深浅不同的黑色细线。那细线迅速扩展，变成两片乌云，向廊桥这边飘过来。那乌云时时改变着形态，如潮水一浪接着一浪追逐着。那洪亮的鸟鸣由远及近，如同两军对峙，鼓角齐鸣。

两片巨大的乌云涌动到人们头顶的前方，笼罩方圆几里之外。它们开始缓缓徘徊，远近仍然有小朵的乌云在向大片的乌云汇集。在两片乌云之间，是一个百米的类似界河般的空当，尽管乌云前后涌动，但双方并不越过界河。

这时天空中的阳光被"乌云"逼成了一道弯曲狭窄的沟

鏊投射下来，如同一道金色的瀑布飞流倾泻。人们眼前阴阳分明，廊桥上悄无声息。大家都屏住气，生怕错过了揭开这场大战帷幕的最精彩的瞬间。

嘈杂的鹊鸣声渐渐稀落，仿佛百万大军只等着将帅下令，弩箭离弦。

蓦然间，一声尖厉鹊鸣从深色的乌云处悠悠传来，越过了那刺眼的河界，投向对方；仿佛是那鹊鸣的回应，又一声鹊鸣从浅色的乌云中响起，怆然而决断。

黑喜鹊和灰喜鹊开战了。呕哑嘲哳之声顿时再起，两片乌云遮天蔽日滚滚而来，雷霆万钧，如同汹涌波涛汇集在金色沟壑中，霎时将沟壑填平。它们越过河界，冲进敌方的阵营，深浅两色的鸟儿很快混淆在一起，钩爪锯牙，厮杀啄咬，惨厉的哀鸣不绝于耳。

廊桥前当黑喜鹊和灰喜鹊遮天蔽日之时，海长春站在廊桥的上层，观看得比任何人都清晰。他在图兰朵小公主进入廊桥之后，一直站在那个位置上，再没有动弹过。小公主坐在离海长春不远的地方，旁边站着阿西和阿东。小公主没有向海长春瞥一眼。显然，小公主已经记不得海长春了。不仅仅小公主，连阿西和阿东都对海长春视而不见。

海长春兴奋地看着小公主，他为自己今天能看到小公主而心里热乎乎的。小公主如今已经长大许多，与海长春记忆中的那个婴儿车中的孩子很不相同。小公主冰雪似的苍白，反而增添了无可名状的美丽。海长春记得周围人提起小公主都有些欲言又止。小公主从两岁生辰起就生病了，那个病好像挺奇怪。在海长春看来，小公主不太说话，也不太理睬周围的人们。她宛若被封在了一个看不见的透明罩子里，自己有自己的心思，却不打算与别人分享。但这没有什么不好。海长春也是这样的。他的心思只有他自己知道，连他娘亲都猜不透他。

你为什么总看她？

胡姬突然说话了。胡姬若不说话，海长春几乎忘掉了还有一个胡姬站在他身边。

她好看。

海长春老老实实地说。

胡姬嗤笑，说：只有你这种傻人才会说这种傻话。

海长春没有因为听到胡姬的讥讽而沮丧。相反，他发现自己的心思连最伶俐的胡姬都猜不中，这挺有趣的。

海长春的心情变得好起来，他突然为自己答应了玉勒将军而感到庆幸。可不是，要不然怎会在这里见到小公主。都说喜鹊是报喜的。连喜鹊打架都会让你碰上开心事。

黑喜鹊和灰喜鹊在半空打得难解难分。海长春知道，这种看似拼命的热闹，很难决出输赢的。禽兽们打架只知道一对一，即使铺天盖地而来，打起来仍是一对一，哪里懂得同阵营的配合作战——共进共退，互为依靠，互为掩护的道理。这种阵仗无论有多么宏大，其结果都是一塌糊涂。

海长春凝视着眼前的混战，漫天飞舞的鸟毛如同黑灰色的飞雪。这样的景色在立冬的日子里甚为相宜。这时，他突然听到图兰朵小公主说话了。小公主来到廊桥后一直没有说话，但此刻，小公主说话了。她说话的原因似乎是因为阿西和阿东在一旁手舞足蹈地为喜鹊们叫好。

小公主说：谁要赢？

阿西和阿东愣了一下。

阿西说：当然是黑喜鹊。黑喜鹊个儿大。

阿东不服气地说：灰喜鹊。大城里的灰喜鹊多。

小公主的奶娘笑嘻嘻地问：殿下说，谁会赢？

图兰朵小公主没有马上开口，那个美丽的面孔望着乌云翻滚的天空，若有所思。

海长春也很想知道小公主想要谁赢。

小公主终于开口了。但小公主说：我看不出来。

阿东看看阿西，阿西看看阿东。阿西迟疑地说：小公主看不出来，那就是谁都不会赢了？

此话有理。大汗的御前侍卫长赞成地连连点头。从早上出宫开始，侍卫长就不错眼地盯在小公主的后面。他战战兢兢，如临深渊，如履薄冰。喜鹊打架，很可能会打掉他的脑袋的。

侍卫长说：喜鹊打架哪有什么输赢？这大约也是长生天的安排。长生天若不改变心思，这些鸟就会每年的这个日子里开战，年年相似，两败俱伤。夕阳西斜，又都各自鸣金收兵，养精蓄锐，等待下一个回合。

谁说没有输赢？往年没有，今天一定会有了。小公主或许不知道，今年因为一个叫海长春的人，所有一切都可能不同了。他想要谁赢，谁就可以赢。

海长春心里有一个东西慢慢鼓胀起来，顶着他的胸口。他抬起手臂，将右手的一个手指弯曲着放在嘴边，噘起嘴唇，吹出了一连串尖厉的喳喳声，这声音混杂在嘈杂的鸟鸣声中，除了胡姬向他斜睨了一眼，并没有引起任何人的注意。

卡拉夫和孩子们挤在廊桥边的人群中看得如痴如醉。

在小孩子们的眼中，这就是真正的鏖战沙场。黑喜鹊和灰喜鹊们前赴后继的厮杀中，不时有伤者从天而坠，不时出现零星的逃兵，但它们大多数视死如归，让孩子们看得热血沸腾。

这时，天空中的战局意外地出现了变化。黑喜鹊们冥冥中恍惚受到了某种召唤，它们开始互相连续地喳喳叫着，左呼右唤相继转身向后飞去，随着它们回撤中的渐渐结集，一大块黑色的乌云从浅色的云朵中退出。面对自己的敌手们突然退出战场，灰喜鹊们一时不知所措了。它们懵懂地胡乱飞着，彼此乱撞，一下子找不到了进退的方向。

看热闹的人们也都惶惑起来。怎么，这就完了？太阳的确开始偏西，但远没有到日落西山的时辰，明明是势均力敌，为什么黑喜鹊集体开溜了？这让人太看不懂，年年黑喜鹊和灰喜鹊约架，尽管伤亡惨烈，但从不言败，今年竟有一方主动认输了？

正在大家百思不得其解之际，那飘开的乌云，瞬间变成一块黑得化不开的墨迹，掉转头，大刀阔斧地向灰喜鹊的阵营冲来，砍杀得灰喜鹊们血肉横飞，辙乱旗靡，四处奔逃。

原来黑喜鹊是拖刀计、回马枪，灰喜鹊们溃不成军，顿时乱了阵脚！

峰回路转，灰喜鹊们败象已露，廊桥边一片叹息声。
一直全神贯注地眺望着天空的卡拉夫突然说：不公平。
柳儿和小骆驼好奇地看向他。
太不公平了，有人在帮黑喜鹊。卡拉夫低声说着，脸上露出生气的神情。

谁？在哪儿？

柳儿四处寻觅，仿佛打算马上从人海中抓出那个人来。

不知道。卡拉夫摇摇头，说：他偷偷用了鸟语。

柳儿作为周大的独生女，当然知道用鸟语操纵禽类是怎么回事。

那你也帮啊？

帮谁？

灰喜鹊啊！

柳儿的眼睛亮晶晶的，那样子不知是因为过于气愤还是因为特别兴奋。在下城的男孩子和女孩子当中，柳儿爱看热闹，爱看打架，更爱身体力行；她打架不讲究实力，只讲究刺激。要有机会打架，她决不放过。今日他们一大早赶到廊桥，照柳儿的说法，就是来帮灰喜鹊打架的。那些住在下城的百姓们来到这廊桥，全都是冲着给灰喜鹊鼓劲儿叫好来的。柳儿是没有翅膀，不然她早一飞冲天，而且是在灰喜鹊当中那只领头打架的鸟。现在听说有人偷偷帮了对手，这显然是主动向她挑衅，她哪肯罢休。

卡拉夫犹豫地说：师父能让吗？

师父是我爹。我说帮就帮。

柳儿撸袖子抢胳膊，已经进入状态。

你是周师父的徒弟，周师父是我们下城的周师父，你帮灰喜鹊就是帮周师父。

小骆驼的话似是而非，但很有说服力。

卡拉夫被小伙伴们推推搡搡，他不由得抬起了自己的手臂。卡拉夫的手掌灵巧地弯曲扇动，嘴里发出了喳——喔—

喳—喳—的鸟语。

这声音钻入云霄，徘徊，仿佛撒出了一个巨型的网子将灰喜鹊们惊恐万分的魂魄收住，也将灰喜鹊四散而逃的肉体兜头网了回来。灰喜鹊们相互喳喳地招呼着，喳喳声不绝于耳，它们在这声响中恢复勇气，振作起来。

随后，那飘散的灰色云朵开始往一起聚积，它们如同滚滚浪涛卷入漩涡，迅速地化为一柄柄灰色的利剑。那些利剑神龙飞天，向那黑沉沉的大刀刺去。半空中雷霆万钧，翻江倒海。

这是发生在一次意外的突袭后，另一方报复性的反攻。双方打得难解难分。

时而那乌黑的墨迹被刺穿，时而那柄利剑被崩断。阳光被看不见的大手一片片地撕碎，间歇性地扔向地面。

大城的百姓目瞪口呆。他们今天算是开眼了，看到了长生天显灵。他们说这不是长生天显灵是什么？只有鬼功神力才能让那些混沌的鸟禽们突然顿开茅塞，懂得排兵布阵了。

怎么搞的？到底谁赢了？

胡姬莫名其妙地看到一场明明稳赢的打斗渐渐被扳成了平手。尽管这高潮迭起的过程令人眉飞色舞，但机警的本能还是让她洞察出中间必有原委。她眨着眼睛，带着几分嘲笑对海长春说：是不是有人给你捣乱了？

海长春不答，心知肚明究竟发生了什么。

海长春的眼睛投向廊桥边。他从父亲那里继承来的超凡目力世上无人可及。他在人群中隐隐约约看到了一个金发碧眼的孩子，海长春知道，今天他遇上对手了。

那个晚上，天黑透后，大城的赌徒们打着火把，兴致勃勃地架着梯子爬树上房，查点赌区里黑喜鹊和灰喜鹊的窝巢的数量。赌徒们并不在意廊桥边的战果，因为无论怎样，黑喜鹊和灰喜鹊总会有一家要赢的。

　　然而结果出乎大家意料。黑喜鹊竟然没有赢，灰喜鹊也没有赢！

　　这太不幸了。赌徒们都笃定地以为黑喜鹊要赢，准备稳稳当当拿钱了；然而不幸中的大幸是灰喜鹊也没有赢。不然，多少人要输得当裤子了。

　　黑喜鹊和灰喜鹊的窝巢竟然一样多。这原本是不可能的，因为每一年下赌的喜鹊窝巢一定会是单数。这回开赌前，仍然是请了大城里有头有脸的中间人当场验证，绝无差错。人们查找原因，原来，那日喜鹊们在廊桥大战的时候，赌区里有一家染坊的后院柴锅烧干后炸了，燃着了柴火垛和柴房，也烧毁了房檐上的喜鹊窝。这样赌区里剩下的窝巢只能是双数。

第三十一章
皇家焰火作坊

你是谁?

海长春拦住了卡拉夫。这是海长春见到卡拉夫后,问出的第一句话。这句话说出后,他半晌没有再说话,因为站在卡拉夫面前,他发现自己的那个对手竟然矮了自己好几头,心中的怨恨难免变成了复杂的难堪。

那日黄昏时分,廊桥边的人群渐渐散去。随着落日坠山,卡拉夫跟着小伙伴们都感到肚子很饿,急慌慌地要回家了。但这时,有个半大的少年郎拦住了卡拉夫的去路。他木讷讷地看着卡拉夫,要卡拉夫回答,他是谁。

胡姬走了过去,她对海长春说:算了,一个小毛孩子。

海长春不理睬胡姬,依旧固执地问:你是谁?

你管得着吗?伶牙俐齿的柳儿反击了。她冲到卡拉夫和海长春之间,挑衅地对着海长春说:你是谁啊!

柳儿的声音刚落地,她就被一个大巴掌撸到一边。

小丫头,跟大少爷说话,懂点儿分寸。

卡拉夫、柳儿和小骆驼都看到了胡姬的背后还跟着几个五大三粗的侍卫。

有话跟我说,别欺负我妹妹。卡拉夫一步挡到了小柳儿的前面。

小柳儿即刻觉得那个巴掌挨得很值。

胡姬对着那几个侍卫一扬下巴：你们几个站远点儿好吗？小孩子之间的事情，用不着你们插手。

于是那几个侍卫变得委顿了。

你是谁？海长春眼睛一眨不眨地看着卡拉夫，显然，今日若不问出对方的名姓，他不会罢休。

蓝眼睛。卡拉夫说。卡拉夫不清楚对方的来路，但他记得师父教过自己，为人要磊落，行不改名，坐不改姓。

刚才就是你？海长春说。

卡拉夫愣了愣，终于猜到了话中的含意：就是我。

你师父是谁？海长春又问。

卡拉夫再次愣住。这个人要的不仅仅是自己的姓名，这个人还要师父的姓名。这就不是一回事了。卡拉夫隐约觉察到事情正往严重的地方发展。这个人脸上看不出深浅，但声音里是不高兴的。他帮了黑喜鹊，他帮了灰喜鹊。黑喜鹊和灰喜鹊打完了，该他和他打了。若真是打架，抢胳膊撸袖子就是了，他却要把师父扯上。这跟师父有关系吗？

卡拉夫还没有张口，一旁的小骆驼先喊了起来：不告诉他。

胡姬在一旁看得嘻嘻笑起来。

海长春的几个侍卫已经开始不耐烦了：大少爷，把这几个小崽子交给我们就是。保证你想知道什么，都能问出来。

海长春的眼睛瞥也不瞥那几个侍卫：走开，与你们无关。

那几个侍卫只好再次闭嘴。

海长春的眼睛将卡拉夫死死盯了一阵：你功夫不弱。

卡拉夫说：你功夫也不弱。

他们彼此心知肚明，天上的灰喜鹊和黑喜鹊的恩怨要等到明年去续写，他和他之间的恩怨却可以马上了结。

海长春转身，用那长长的胳膊在身边一摆，他的脚下出现了一个大大的圆圈。大城的孩子都知道，圈子一画，什么都不用讲，无论站哪方这个架都帮不上手了。大城的孩子打架，圈里打架圈外人只能干瞪眼。不能偷袭搞鬼使绊子，更不能啐唾沫，甩鼻涕，扔石头；除了吆喝，什么都不能干。最热衷打架的柳儿虽然有点失落，但吃了刚才那一巴掌后，知道对方身后的那几个彪形大汉不是唾沫和石头可以对付的，所以觉得这种打法也算公平。

海长春说：既然如此，请。

卡拉夫正要往圈子里走，小骆驼突然叫唤起来：如何定输赢？

海长春说：谁先出圈，谁输。

小柳儿问：踩到线算吗？

海长春说：算。

卡拉夫走到了圈子里面。

两个人刚要摆开架势，胡姬那边大声叫起来：等等。

海长春有些不耐烦了：还有什么？

胡姬兴冲冲地说：你们赌什么？

赌什么？胡姬的问话让卡拉夫和海长春都踌躇了。小孩子打架有两种，一种是打野架，一块儿上，兴之所至，胡打乱抡王八拳，打赢了乘胜追击，打输了狼狈逃窜。还有一种是有规矩的打法，画圈对打，开打之前做好约定，虽不能赢房子赢地，但一个叩首，一声"爸爸"，也是彩头。

海长春说：我若赢，说出你师父的姓名。

卡拉夫思索：我若赢……

小柳儿跳脚：蓝眼睛，要个大的，稀罕的！

海长春无所谓地说：随你要。

卡拉夫的眼睛里突然闪过亮亮的火花：我要的你给不了。

圈外的那几个侍卫不由得嘿嘿地笑：你也不打听打听大少爷是谁家的少爷？只有你想不到的，没有大少爷弄不到的。

卡拉夫仍在那儿踌躇，胡姬却忍不住了。显然，胡姬对这场架有了很大的兴趣，对卡拉夫想要的东西也充满了好奇。她怂恿道：说说看，我保你赢了之后，一定拿得到。

卡拉夫说：既然如此，我要焰火。

卡拉夫的话让每个在场的人都傻了。卡拉夫若是说要金要银要牛要羊，都在意料之中，但要焰火，那是寻常人能要的吗？

只有胡姬笑着向海长春看去：大少爷，这还真是有点难呢。

海长春的回答却风平浪静：好，就是焰火。

那天黑喜鹊和灰喜鹊散了后，看热闹的人也都散了。很少有人察觉在廊桥边上又开了一个小小的战场。海长春和卡拉夫对站在圆圈里。两个人眼睛对着眼睛，竟半天谁也没有出手。

小柳儿盘腿坐在地上嘻嘻笑着，心想那个傻笨笨的大个子或是怕了蓝眼睛哥哥了。她笃定蓝眼睛是要赢的。众人都说父亲是大城里的顶尖高手，顶尖高手的徒弟不赢谁会赢呢？

就在小柳儿笑意还没有从嘴角退去，圈子忽地刮起一阵旋风，那个傻呆呆的大个子突然动起来。他的两条胳膊转眼成了两张灵动的大网、两只锋利的爪、两把雪亮的大刀。那个身体出人意料地敏捷，仿佛那不是一个人，而是一只暴走山林的禽兽。

就连胡姬见了此景都吃了一惊。她在府里看惯了海长春慢吞吞地走路，慢吞吞地说话，慢吞吞地高兴或者不高兴，从没见到他真的为什么着急，更没有见过他与人过手。就是那么个鹅行鸭步的人，突然一下子疯了，一下子脱胎换骨，全身的筋骨都灵动起来，变成了迅雷闪电。

小卡拉夫是在海长春突然出手的瞬间，本能地挪动了身体。虽然，卡拉夫的眼睛一直没有离开海长春的眸子，但是海长春双目中那种死黑死黑的宁静，竟看不到一丝涟漪。幸好，就在海长春动手的那个瞬间，卡拉夫眼睛的余光扫到了海长春肩膀的微动。师父曾教他，肩在臂先动，臂在手先动。完全是身体的本能反应，海长春的手掌从卡拉夫的脸颊边闪过，而他已经幸运地避开了这次进攻。卡拉夫的小心脏跳得怦怦的，只差半寸他便跌出了圈外，而这半寸正是师父每日里逼他腾挪闪躲吃苦流汗的结果。

此刻，圈外的人一下子都看出了圈内的战局是一面倒的。海长春长胳膊长腿，在不大的圈子里他占了三分之二的地盘，推抓踢打都是他的天地，对手能够利用的空间极其有限。卡拉夫尽管身子灵巧，但因为年幼体弱，即使进攻也缺乏杀伤力，加之无法接近海长春的身躯，所以对敌手构不成任何威胁，剩下的就是被动挨打的份儿了。

坏了，坏了，这就是父亲说的一寸长一寸强，一寸短一寸险！

小柳儿跳了起来：哎，傻大个儿，你的师父是熊瞎子吗？它教你的招数好丑，怎么跟我的蓝眼睛哥哥比！

小骆驼也跳起来：傻大个儿练猴拳，傻大个儿打你爸！

但无论小柳儿和小骆驼如何跳脚，海长春全然不理睬他们的挑逗。他像只凶猛的黑雕，一心一意地要拿住眼前这只活泼乱跳的兔子。这只金发碧眼的兔子让海长春血脉偾张，在一次次飙发电举的俯冲击打过程中，海长春觉出这才是活生生的自己，真实的自己。

倘若胡姬开始还存着看笑话之心——无论怎么打，她都觉得海长春和这个色目人小孩子打成一团是个笑话，但此刻她笑着，却不是因为笑话了。这事无论从哪儿讲都与她无关，她当然谁也不帮，她是揣着与看喜鹊打架一般的心思，仅图个热闹，但这个热闹开始之后，有点变味道了，或者说，从平淡变得有滋有味了。她觉得心中有种意外的窃喜。

卡拉夫险象环生。对方疾如雷电的快与狠，让他在躲避和翻滚中吃尽苦头，跌得满身泥巴。他明白像这样一味回避对方的攻击，是维持不了多久的，除非他能在那个异于常人的身体上找到弱点。师父曾说过，天下万物皆有弱点。无论多大的鱼都上不了岸，无论多凶恶的虎狼都下不了海……这时，卡拉夫从海长春身上觉察出了一点点异样。假若那个身躯真的是一股旋风，风头与风尾的确是有区别的。对海长春来说，他那极敏捷而有力的双臂便是风头，他那略粗短的腿便是风尾。风头摧枯拉朽，风尾飞沙走石，但风尾就是比风头稍稍慢一点点。

卡拉夫突然找到了方向，他开始千方百计进攻海长春的腿部。卡拉夫个子小，攻击对方的下半身是顺风顺水；海长春个子高，防御自己的下半身却显出捉襟见肘。战局顿时有所改观。就连海长春的那几个侍卫都看出了端倪。

小柳儿忍不住又开始捣乱：傻大个儿，你是不是腿痒啊？

我们帮你挠挠！

小骆驼跟着摇旗呐喊：傻大个儿，要不要我帮你揉揉腿，捶捶腰啊！

这时候，海长春有点生气了。他生气并不是因为被小柳儿和小骆驼分心，而是因为卡拉夫死死纠缠住他的双腿，使得这只黑雕变得笨拙，既飞不高，也飞不快了。这时，海长春飞起一脚踢向卡拉夫。卡拉夫闪过这一脚后，突然双手一抱，将海长春空中的那只腿紧紧搂着。这下海长春有些慌了。腿有运载身体之功，为稳身之根，腿被人抱住，等于失了根基。对手无论是扛、是拧、是掰、是掀，都会让自己处于险恶境地。

海长春狠命一甩，因为卡拉夫身子轻，竟然连腿将卡拉夫甩了起来，他再不敢将那条腿着地，两臂一震，像个螺旋在地上转了起来。那螺旋越转越快，显然，海长春是要借着旋转的抛力，将卡拉夫甩出圈外。而卡拉夫随着螺旋的飞转，手臂已经渐渐乏力，成为强弩之末。

圈外的人都看呆了。

这时，小柳儿突然大喊了一声：傻大个儿，你踩线了。

这一声如同霹雳，让大家的目光都挪向海长春那只站立的脚。

海长春一怔，忍不住也向下看去。这突兀的一顿，卡拉夫被猛然抛了出去。而这一刻，海长春也因为失去平衡，身子一歪，落下的那只脚实实在在地踩在了圆圈的线上。

小柳儿和小骆驼齐叫唤：傻大个儿输了。

海长春的侍卫吼道：大少爷赢了。

卡拉夫在地上打了两个滚儿，慢慢爬了起来。

海长春的目光久久地盯着踩在了线上的那只脚，半晌不作声。

小柳儿和小骆驼再喊：傻大个儿输了!

海长春的侍卫吼回去：大少爷赢了!

胡姬两边来来回回看了几次，终于开口：要我看，他们两个没有输赢。

这时，海长春抬起头，望了一眼正在拍打衣衫上泥土的卡拉夫，说：平了。

海长春的侍卫不服气地说：大少爷，他们使诈!

海长春说：兵不厌诈。使诈也作数。

海长春这句话说出口后，没有人再吭声了。显然，小柳儿和小骆驼为侥幸争到这样一个结果已经非常满意，海长春的侍卫们虽不满意，但自己的主人一言定江山，别人说什么都没用了。而胡姬，因为海长春说法与自己一致而扬扬得意。

卡拉夫走过来，对着海长春拱拱手，说：你我了结了。

海长春说：这次平了。下次你不会有同样机会。

海长春的话没有影响到卡拉夫的心情。他没有输，他没有赢，师父的名字可以不告诉陌生人，这就是了结。他性情从来随和，在他简单的脑袋里。了结就是没麻烦了。要说下次，还不知道是多少个日日夜夜之后的事情，看起来几乎与他无关。于是，他笑眯眯地说：好。

卡拉夫和小柳儿、小骆驼刚刚转身要走，忽然听到海长春在他们背后说：还要焰火吗?

卡拉夫听到这句话立刻走不动了。

小柳儿则还嘴：要，你能白给?

海长春没答是否白给，却说：跟我走。

312

这是一个极大的意外。跟对手侥幸打平之后，对方竟要买一送一，奉送焰火，这让几个孩子觉得不可思议，仿佛天上掉下来了大肉饼子。卡拉夫乐不可支，鬼精灵的小柳儿则多了个心眼儿。

小柳儿悄悄问：这傻大个儿真傻，还是假傻？

卡拉夫说：他个子虽大，但该不傻。

小柳儿犯疑：但他图啥呢？

卡拉夫寻思了一下，想不出答案。但他觉得问问海长春也无妨。

你为什么要给我焰火？卡拉夫问。

我说给你焰火了吗？海长春恢复了那只慢吞吞的大鸟的模样，他无精打采地说：我说的是，跟我走。

卡拉夫被海长春说愣了。这话似乎没说错，但有点没道理。

跟你去哪儿？他问。

磨盘山。海长春答。

小骆驼听了一脸惊悚地捅捅卡拉夫：蓝眼睛，磨盘山？要去磨盘山！那可是皇家焰火作坊的地方。

卡拉夫却一下子觉得很妥帖。不是初一十五，不是皇家节庆，想看焰火，不去磨盘山，不去皇家焰火作坊，能去哪儿呢？磨盘山，是啊，他早该想到他们会去那个地方。

众人前行，胡姬走在当中一言不发。她本以为刚才的平局就是收场，谁知海长春竟还留了这样一手。海长春到底要做什么？她怎么都猜不透了。今天出来，意外太多。她原来只将海长春看作是在大将军府邸的后院长出的一颗平凡的笋子，但一场暴雨之后，这颗笋子突发奇力，不断地顶翻石头。

胡姬饶有趣味地打量眼前的这个少年，他那大鸟似的体貌依旧笨拙，但胡姬从这笨拙当中看出了些顺眼的东西。

他们一行人穿过野牛坪的集市，过了各种作坊星罗棋布的星河湾，到了磨盘山脚下。磨盘山是个形状酷似石磨的石头山，它既不是大城里最大的山，也不是最高的山，却是最神秘的山，最坚固的山。它是大城乃至四海八方的人们私下里偷偷议论得最多，却很少有人能够真正一睹芳容的地方。

此刻磨盘山正沐浴在灿烂的夕阳之中。卡拉夫第一眼望到这个仿佛镀了黄金的巨大的磨盘，不由得愕然站住。他觉得刚才走过的那并不算遥远的路途，是凡人与神人的间隔，是尘土与彩虹的距离，是他走进梦幻的过程。

磨盘山下没有一个行人。磨盘山周围只有一条石头路。这条路曲折蜿蜒，一直通往一个巨大的石窟，而那石窟的入口处尽是暗红色的参差不齐的砺石，乍一看，像是一个凶恶的巨兽张开大嘴，露出错乱的牙齿。一队皇家侍卫日夜看守着这张大嘴，因为进入了这张嘴，就进入了皇室的密地——在这个巨兽的腹部藏着皇家焰火作坊。

海长春站住了，转身对小卡拉夫说：到了。

小卡拉夫望着那个凶神恶煞的大嘴，觉得自己的气息紧促起来。

海长春说：焰火就在那里面。

小卡拉夫不说话，他唯恐自己一说话，这个梦就醒了。

海长春直直地向石窟的入口走去。他没有招呼小卡拉夫。小卡拉夫却像梦游一般紧紧跟在他的后面。

走着走着，小卡拉夫突然被一个守门的皇家侍卫一把揪住。

皇家侍卫吼着：小东西，讨死啊！

小卡拉夫在那个当兵的手里挣扎，他看见自己离那个巨兽的大嘴已经只有咫尺之遥，他已经能够感受那个神秘的巨兽粗粝的呼吸。

海长春回头看了小卡拉夫一眼：你最多只能与我打平手。所以，你只能到这里。而且，永远也不可能走进去。

说完，海长春带着他的侍卫走进了那张丑恶的大嘴。

胡姬回头，对着在皇家侍卫手中挣扎的卡拉夫给予了一丝怜悯的笑容，跟着海长春走进焰火作坊。

小卡拉夫绝望地看着那张嘴把海长春、胡姬和侍卫们渐渐吞没。他的梦终于醒了。

第三十二章
大汗的苦恼

大汗鬓角边的白发丝丝变得清晰。

大汗知道，自己正在渐渐衰老。

在那些月明星疏的晚上，大汗支开身边的侍从，悄悄拿出蚌女留下的那颗宝珠。他恍惚觉得月亮从窗外落到他的手中，照见到了当年的蚌女，那个世上无双的好女子，照见了当年的好时光。

自从蚌女烟消云散之后，大汗觉察到蚌女留下的身边之物也开始发生变化。首先是那个晶亮华润的蚌屋，那蚌屋上的蚌壳纹路开始一点点变得粗糙，再后来，蚌屋上出现了小小的裂纹，再后来，裂纹越来越多，越来越大，直到有一天，大城里雷雨大作，宫中的侍从匆匆赶来向大汗禀报，说蚌女的蚌屋倒塌了，蚌屋在突如其来的雷声轰鸣中化成一堆粉末。大汗听了，不顾狂风卷地，来到蚌女曾经的寝宫。只见原来放蚌屋的地方空落落一片，地面上只剩下一堆惨白的痕迹。

大汗盯着那堆粉末愣愣地说，若蚌女真还在世间的哪个地方，她是需要这个蚌屋的，让风给她送去吧。于是他命人打开窗子，一把把捧起白色的尘埃，抛在空中。那一日风凄厉地呼号着，雨像眼泪倾盆而落，大汗感觉蚌女再一次从他眼前消失，消失得彻彻底底。粉末抛尽了，风雨竟渐渐停息。

大汗眺望穹苍，哀叹自己的记忆无法变成粉末，随风而去。

此后有一段时间，大汗常常守着蚌女留下的这颗宝珠心悸，他曾担忧，这宝珠有一日也会不翼而飞。但日子长了，宝珠纹丝不动地守在大汗的床头。大汗渐渐知道这种担忧似乎成为多余。于是他有了新的疑问，蚌女为何没有将与她性命相关的宝珠带走？难道是因为她不放心，留下宝珠来看护大汗和小公主？

想到这儿，大汗的心里隐隐作痛。

大汗曾站在国师的府邸里，对国师说：谁若能解开小公主手上的手镯，那个人要什么，朕给他什么。

大汗说这话的时候，国师正被他的下人扶着站在大汗眼前。大汗闻到一屋子古怪的香料味道。

国师自从小公主生辰那日发生意外之后，身子一天比一天不好。即使来上朝，众人也为他那副病恹恹的样子难受。国师十分固执，不肯接受大汗派去的御医的调理，声称知道自己的阳寿未尽，远不到要死的日子。

大汗曾将解救小公主的希望寄托在国师身上。即使国师不能亲自去做，起码应当给他指出一条如何去做的路。但国师眼下的样子，有些勉为其难。

那日，大汗没有事先告知任何人，自己去了国师的府邸。

国师府邸的俭朴永远让大汗难堪。大汗摇摇头，暗想这般克己修行，清心寡欲，放眼汗国找不到第二人。无欲则刚，既是好事，又是坏事。无欲，国师自然清白廉洁，然而没有了世俗的欲望，又用何物能把这个人的心拴住呢？

国师气喘吁吁地爬起来迎见大汗。国师说：大汗勿躁，要解开那三个镯子，首先要打听清楚那三个镯子的来路。臣已派出精干人马打听清楚了这三个镯子的所有来龙去脉……

可有结果？大汗迫切地看着国师。

镯子的确属于马尔维亚国王的遗物。

还有？

老臣也打听到当地曾流传一个说法，马尔维亚国的王室为了报复自己神秘的敌人，曾乞求神灵降下诅咒，叫作"王室的诅咒"。

如今，这个诅咒落到了朕的女儿身上？

是。

大汗不再说什么。国师的话说得再清楚不过。大汗沉默片刻，掉头走了出去。朕一生戎马，以无数将士的性命包括朕自己的儿子为代价才得到这天下。那些人都是朕的敌人，他们战场上都输在了朕的手里。如今他们换了下作的方式，想用这个恶毒的诅咒击垮汗国，击垮朕？那是做梦！

大汗走出国师的府邸之后，决定将国师的这些话牢牢地封存在自己的肚子里。当他知道汗国正面对一场战争的时候，他绝不允许敌方用任何的手段动摇汗国军心。

汗国向诸国发出诏书，说图兰朵公主病了。病因起于三个镯子，病症为不开心。求祛病之术。

接到诏书的诸国全都慌了手脚。这是汗国建朝以来从未有过的事情。过去只听说诸国向大城求助，如今大城也有事情要请诸国帮忙？这是祸，还是福啊？

无论私下里怎么想，大多数国家都对汗国的诏书反应热烈。医生不能不派，也不能随便乱派；药不能不送，也不能随便乱送。于是，诸国开始了一轮送医送药的角逐。说起来，"医"并非世俗医生，有道，有僧，有祭司，有毛拉，有教士，还有巫婆巫师，有占星术士和风水先生，总之都是神头鬼脸的人，或者说，是各种各样的更擅长与神沟通的人。"药"更是叫人眼界大开，有香喷喷的奇花异果，各种漂亮温柔的小动物，有布袋木偶、提线木偶，甚至有包括滑稽小丑的整个马戏班子送过来。何谓"药"？能治愈病痛之物为药。诸国送"药"风情各异，但对于哄小孩子开心的手法基本是如出一辙。诸国的"神医"来到大城，被安置在大城的会同馆。他们因为身份特殊，一个个都是有脾气的，都觉得自己在芸芸众生中如此鹤立鸡群，行事若不特立独行，就对不起自己和旁人。

雪天，天还蒙蒙亮，波斯国来的拜火教的祭司就已经漱口、呛鼻、周身洗净，他解开腰带捧在手中走出房门，对着院中用红泥临时修建的小小祭坛跪下，他要在院子里行日出礼了。祭司脸色铁青，心情怨怼。隔壁住着两个做派放浪的教士，来自斯特拉斯堡国，他们在大城青楼女子相伴下一夜喝酒吃肉，嬉笑吵闹充斥整个院落。

祭司跪坐在垫子上，面向圣火。这是一个污秽的地方，这是魔鬼驻扎的地方。他努力排除耳边断断续续的淫笑秽语，期待着光明智慧之神引导自己前行。祭司注视着祭坛上的火焰低语：你无药可救，你罪孽在身。所有的人，生者死者都要渡过滚烫的洪流，善者如同沐浴温暖的牛乳进入天堂；恶魔将永久堕入黑暗的深渊；大地广阔，世界安宁……

祭司的话音未落，那个从斯特拉斯堡国来的教士在会同馆小厮的搀扶下刚好推开隔壁的房门走进来。那教士面孔红润，视线蒙眬。显然他是喝多了，要去方便一下。因为茅厕是在这个院子的另外一头，他不得不打搅自己的邻居。

教士与祭司的目光相遇，不禁微微一笑，侧脸对小厮说道：主让每个人都开开心心的。但凡世上不开心的人都是被邪魔附身而触犯了主；魔鬼使他们悲苦，使他们嫉妒，使他们没有女人的青睐，忍饥挨饿……

智慧光明之神无所不在，无所不见。祭司紧紧闭上双眼，继续诵咏：请阿胡拉惩罚那些亵渎信仰的人们。请阿胡拉驱除那些可怜的人们心中的魔鬼，一切赞颂全归阿胡拉，使我受到了幸福，保存我的力量，消除我的灾难……

教士虽说听了不爽，但因内急，顾不上再与祭司斗各自的神鬼，跟随小厮去出恭了。

祭司的日出礼结束，教士也回房间去了。一个从谷底马拉国来的术士，挥着刀在会同馆的后花园里开始追杀一只雄伟的大公鸡。谷底马拉国在南方，术士们有雪天杀鸡祭神捉鬼的习俗。那只被砍掉脑袋的公鸡果然不辱使命，疯狂地在飘雪的院子里横冲直撞，血洒得淅淅沥沥。

会同馆的人们听到惨烈的鸡鸣声，都走出来看风景。有人说：鸡也是一条命，你何不让它死个痛快。

术士说：该要你们看到一些你们没看到的东西。

有人问：什么东西？

术士说：鬼魅。

有人质疑：鬼魅在哪里？

术士说：看看这些鸡血，洒向四面八方，这大城里有很多魑魅鬼魅。这院子里更不干净。

大家听了，顿时都退回到自己的屋子里去了。只剩下一个大食国来的占星师和一个缅甸国来的佛僧。

术士把那只丢了脑袋的公鸡捉住，那只公鸡已经变得无比温驯顺从。术士说：得病的人就像是这只鸡，身体里有了太多的鬼魅。医治他们的最好的办法，是给他们放血，把他们置放在冰冷的雪水之中。

占星师说：这只鸡头都没有了，你还要治它的什么病？

术士说：我讲的是治病，不是治命。

占星师嗤笑：所以说，吉凶祸福早已天定。无论贵贱都抗不过命。

那个佛僧听了，愣愣的。他想的与他们都不同，他低声道：既然受苦，不如早死，早死早投胎。

大汗一声传旨，这些神头鬼脸的人进了皇城。

他们四处东张西望，不禁暗暗叹息，以前只知道神仙的光阴是最惬意的，今日见到了大汗过的日子，神仙做不做，倒也无妨了。

大汗开口：朕请你们来，是说说小公主的病。

大汗的声音在大殿里回荡。那些人你看我我看你，都显出了谦逊。虽然每个人使命在身，但这时候抢着冒尖，好像有点不识时务。诸国送他们来大城是为取悦大汗的。他们尽管善于与神灵沟通，并不意味着他们善于与大汗沟通。大汗可是不把神灵放在眼里的。表白得不合分寸，会弄巧成拙。他们斟酌字眼儿，花费了太多的工夫。于是大汗又说话了。

大汗问斯特拉斯堡国来的教士：朕的爱女究竟是什么病？

教士毕恭毕敬地作答：小公主的病是主对小公主的考验。考验小公主的善良和坚贞。

大汗又对波斯国的祭司说：小公主的病还能治吗？

祭司忙鞠身说：能治，一定能治，光明智慧之神保佑小公主。

大汗转向术士：如何医治，你等可有头绪？

术士说：有，有了。听音乐，做游戏，尽力让小公主快乐。

大汗呵呵冷笑：果真如此？大城里不是有很多魑魅鬼魅？小公主难道不是魔鬼已经附身了吗？会不会是光明之神对她的惩罚？难道不该鞭打，放血，或是要把她放在冰冷的雪水之中吗！

众人听了，都有些慌乱。此刻他们顿时对身边的每一个人都充满疑忌，因为大汗的话让他们知道这些人当中藏着探子。

他们哗啦啦跪倒一片，说：大汗错会了我们的意思了。

说吧！大汗说，说说你们的意思。要不，你说说你的公鸡的意思？

术士见到大汗指着他提起公鸡，腿立即软了。他哆哆嗦嗦地说：那只鸡……那只鸡……

大汗说：朕的大城有许多鬼魅？

术士说：对对，是鬼魅。但大汗天神一般，有大汗在，鬼魅怎敢作乱。

大汗说：朕不信。

众人却不敢改口，纷纷说：大汗恕罪，小公主无妨，小公主真的无妨。

大汗问：如何无碍？

占星师说：吉人自有天相，造化自有神助。我斗胆看过小公主的星象，吉星高照。区区几个镯子，奈何不了汗国，更奈何不了大汗的小公主。

你当真看过？

当真。

看清楚了？

清清楚楚。

睁眼说胡话。不是吉凶祸福早已天定吗，要你这双眼睛还有何用？

大汗话音刚落，那人马上就被侍卫从人群中拖出去。此后，大城街头多了一个瞎子。那个瞎子能说会道，能掐着手指预测天象。他那深陷的眼窝，使得他的脸上多了几分诡秘，反而让人们相信他的话是有灵通的，所以，即使少了两只眼睛，还是很好用的。

大汗再问众人：小公主到底有碍，还是无碍？

于是众人打算集体改口，但又不知如何改口才能让大汗满意。

那个佛僧悄悄念叨：不可说，不可说，一说即是错。

大汗仿佛听到了：你说。

佛僧一怔：我？

大汗说：对，你说。

佛僧顿时开始结巴：小公主的病，虽说有碍，但……但应当无妨。

大汗笑了：还是无妨。与朕细细说一下这个无妨。

佛僧从大汗的笑声中听出，大汗此刻想要的不仅仅是他的双眼，而且要他的舌头了。他忙着把自己结巴的舌头撸直：因为这病并非绝症，有法子医治。

法子在哪里？

就在图兰朵小公主自己身上。

朕怎未看出来?

时辰未到。治病讲究对症下药,服药讲究时辰,时辰若未到,神仙也无用。

何时?

及笄之年,婚配之时。

为何是及笄之年,婚配之时?

对于女子来说,及笄之年,如同花蕾绽开,享受天之雨露、地之精华。而这千娇百媚之顶端,当然是婚姻之时。

朕不明白。

图兰朵公主将会等到一个高贵的求婚者,解开她手腕上的桎梏。凤友鸾交,情投意合,欣喜怡悦,图兰朵公主自然福寿康宁。

你能肯定?

佛祖在上,岂敢诳言。

你要朕等?

是。

大汗不再说话,眼睛死死地看着那个僧人。

大殿中死一般地寂静。众人都脸对着黑色金砖祈祷自己的神灵能够保佑那个僧人带着大家逃过这鬼门关。

此刻,那个僧人的背后已经冰冷一片。

大汗终于点点头:好,朕有耐心。朕能等,你们也都在大城里坐等那一天吧。

大汗说完,一甩袖子,转身走了出去。

于是,那些人都幸运地被留在了大城。大汗给他们好吃好喝,却不准他们离开大城一步。那些人没有什么好抱怨的。

他们唯一好奇的是，那个佛僧怎会知道别人都不知道的事情。他们想尽办法向僧人打听。

我怎知道的？佛僧记得是谁让他说的这些话。那个人说，你只有这样说，才能保住自己的一条命。但那个人还说，除此之外，你多说一个字，命一样保不住。

那些人还在追问。

佛僧愣愣地看着他们，这是想要他的命吗？他答说：天机不可泄露。

第三十三章

胡 姬

胡姬长大了。胡姬在伯颜将军的府邸里从一个瘦嶙嶙的黄毛小丫头变成了女人花中最妖娆的那朵丹蕊。

伯颜对胡姬的态度似乎一直很奇特。他对她从没有太多的关照，也没有太多的束缚。仿佛一园子的花草都有专人修剪打理，唯独留出一片荒地任胡姬蔓延滋长，眼睁睁地看着它高高地仰起头，用嘲笑的姿态越出篱笆，恣意所欲，其乐无比，弄得园子里的其他花草按捺不住地发出抱怨之声。

胡姬本来在府邸中就没有朋友，她根本不在乎旁人对她的态度。但她的不在乎对别人却是一种挑衅，使得所有的别人都结成了一个与她为敌的联盟。就连玉勒也担心地对伯颜提示：这个丫头实在太各色了，将军是否应当有所约束……

伯颜说：她若与别人一般，还有什么趣味？

玉勒换了一种说法：末将怕她坏了将军的规矩。

伯颜不屑地一笑：再野的草，能爬过院墙，长到我的园子之外去吗？

玉勒乖乖地闭嘴。这事情当然是伯颜将军说了算。伯颜将军打算在自己的园子里养野草，并深信即使是棵野草，在他园子里长久了，也能成为奇花异草。

胡姬长大了，出入大城市井成为一道风景。男人们看她的目光越来越邪恶，女人们看她的目光越来越厌恶。

于是有一日，她出门，发现自己身后多了几个女人和几个男人。

胡姬皱着眉头问：你们是干什么的？

那些女人和男人说：是伺候尊贵的胡姬的。

胡姬只允许别人称她胡姬，所以那些人把"尊贵的"几个字加在前面，听起来反而有种刺耳的感觉。

胡姬说：谁让你们来的？

那些男女答：伯颜将军。

胡姬说：走开！

那些男女不作声，继续跟随着胡姬。

胡姬问：你们想做什么？

那些人答：伺候尊贵的胡姬。

于是，胡姬恼了，转身回府，闯进了伯颜的西花厅。这西花厅外的场子，是伯颜每日习武的地方，习武场所，讲究清静，不乱心。所以若没有伯颜的传唤，随意闯入西花厅的人都定要被砍掉脚指头的。

伯颜刚刚结束午练，正半裸着身子在花厅里拭汗。见到胡姬进来，伯颜不由得沉下脸。

将军，胡姬有话讲。

伯颜理也不理胡姬，扔下汗巾，背着手站在花厅前。

胡姬纠缠着：胡姬不要那些人。

伯颜不答，却说：那是什么？

胡姬瞪大眼睛望过去：一只蜻蜓。

伯颜挥手拔剑，将那只从花厅前掠过的蜻蜓，穿在了剑尖上。

将军的剑好厉害。

你可知这西花厅连蜻蜓都不能随意进来?

所以胡姬并非飞虫啊。

你若再纠缠,本将军就要你变成这只飞虫了。

胡姬见到铁青的脸,只得一跺脚又退了出去。

晚上,伯颜召胡姬去伺候他洗澡。将军洗澡很讲究,用的是引进府邸的温泉水,水边青石板桌上摆酒摆肉。胡姬像只灵猫,轻盈地在伯颜的身边穿梭跳跃,把伯颜服侍得心神俱醉,骨软筋酥。

当每一根毛发都松弛下来的时候,伯颜突然说话了。伯颜说:胡姬,要知好歹。那些男人是帮你对付女人的,那些女人是帮你对付男人的。

胡姬说:胡姬不喜欢,他们碍手碍脚。

伯颜嘿嘿一笑:你说,是脚上戴着链子好,还是让本将军砍了你的手脚好?选一种吧。

胡姬顿时闭嘴。

此后,胡姬每次出门都不得不带着这些累赘了。对付天下的男人和女人,胡姬有自己的办法,哪用得着这帮废物。但胡姬不能硬顶。她想到伯颜利剑上的那只虫子,觉得那个死法不好看。

胡姬出没在大城的大街小巷,众多人跟随她,让那只灵猫感觉自己的尾巴突然被人拴上了铃铛。于是,她每次出门,第一件事情就是想办法摘掉尾巴上的铃铛。她出门的缘由一般都很奇怪。比方说,今日太阳怎么如此之好,或者今日怎会连太阳都没有。府里的狗与街头的野狗打架了，或府里的狗竟然与街头的狗和睦相处了。总之，没有不出门的缘由，只有更加古怪的理由。出了门，胡姬行踪飘忽，神出鬼没。无人能猜出她会在戏园子里整整泡上一天，还是在集市上转悠一炷香的工夫就又回来，总之，结果一定是在众目睽睽之下，她猝然就消失了。胡姬当然是有意这么做，起初是因为把跟随她的人当对手。易容、改装、藏匿都要花些心思，做些盘算的，但到了后来，这些过程成了她每日嬉戏的一部分，她很享受其中的快乐。

于是，那些随从们的处境便越来越可怜了，他们的日子完全被胡姬毁了。他们不明白胡姬究竟要在大城里干些什么。他们如果知道了原委，他们就可以筹商如何更好地做胡姬的随从——尽管说这话有点自不量力，但伯颜将军交代的事情，是没有讨价还价余地的。她为何要这样嫌弃他们捉弄他们？他们看不出理由。他们忠心耿耿，天地可鉴，日月可表。他们被胡姬牵着鼻子满城瞎跑，饥肠辘辘，风尘仆仆，脚上打疱，简直连苦役都不如。他们在心里哀告胡姬，是否可以老老实实地在府里待上一天，让他们这些可怜虫也有个喘息的日子。

胡姬要在大城里做什么呢？胡姬不会告诉任何人。就算是有一日，别人知道了胡姬在大城里做了什么，也不会猜出为什么。

今日胡姬在大城街头转了一个时辰，日头高了的时候，走进那个她最爱的客栈里去。

客栈里的"胡人酒肆"的名头在大城越来越响，进去吃喝的也大都是有头有脸的人物。酒肆的老板依旧是那个朱罗国的丝绸生意人，那么多年过去了，老板明显发福了不少，娶了一个大城当地的女子做妻子，那女子姿色虽平常，但做得一手好饭菜，各色叫不出名的点心更是引人垂涎欲滴。

老板在后街的丝绸商行生意越做越红火，在前街开的这个客栈和客栈里的酒肆生意好过后街，客人们花钱如流水，老板发福是情理之中的事。

胡姬在那儿用了些蜂蜜奶酪做的点心。点心做成花朵一般的模样，粉白的花瓣，褐黄色的馅儿。胡姬用心地吃着，她从这点心当中吃出了无花果。老板娘果然是有心之人，上次胡姬与她提起儿时最爱吃无花果，竟被她记住，并做成了点心馅儿。凭这个，结账的时候，胡姬会加倍打赏的。

胡姬那金黄色的眼睛骨碌碌地转动着打量四周，客栈坐的大都是来自四海八荒的客人，一个皮肤漆黑的孩子忙碌地在给他们端茶送水。客人们的眼睛头发皮肤显示了他们脚下的根须都扎在不同的泥土里，但既然大城里除了大城人，剩下的都是异族，所以不同泥土结出的果实，反而没有了外表上那么大距离。就连胡姬每每到这儿来，都有种难得的亲切感。

胡姬今日要做的事情都已经做完了。刚才到客栈之前，她已经从街口卖沙枣的老妇那儿得到了她想要的东西。记得上次老妇说：罗姆苏丹国国王的长女已经十三岁了。

这次，老妇又对她说，已经有人去白骆驼国了，很快就会有结果。

胡姬听了，微笑着接过老妇递过来的一把沙枣，边吃边走开了。她注意到老妇鸡爪似的手指甲缝里存满污垢，但这些沙枣吃起来依旧清香可口。

胡姬打听的事情都是东一点，西一点儿的。这些不着边际的东西堆放在胡姬的心里，长年累月，可能永远都是无用的，但也可能慢慢发酵，酿出醉人的酒来。胡姬耐心地收藏着她的所得，像个在瑟瑟寒风中拾秋的孩子，无论是豆子花生还是谷粒薯芋，她都不嫌弃。她对自己的收藏趣味盎然，很仔细地查看它们，总是能在那些东西中看出千差万别的好，那些复杂和细微的不同，使得她爱不释手，深信有一天它们就成为很珍贵的宝物。

这种爱好使得胡姬成为将军府邸中消息最灵通的一个人。如果需要，她可以把自己的收藏出卖一点给别人。但大多数时候，她宁愿独自享用。人最大的怡悦往往不是占有财富，而是占有秘密。

上次喜鹊大战之后，海长春与那个金发碧眼的孩子交手。胡姬本来仅仅是个旁观者。两个孩子打架，在她看来与两只小猫小狗打架并无大差别。这种打架除了无聊时解闷，没有更多的故事。但接下来，她却看到了一些意外，从这意外当中她闻出了一些特殊的味道。她通常不那么喜欢按图索骥，但那次偶遇，诱发了她与海长春一样的好奇心，她想知道那个孩子的背景，知道那个孩子的师父究竟是谁。好奇心促使她去做了一些事情，于是，答案很快浮出水面。这里面或许还真有些故事。虽然对此事已经了然于心，但胡姬对海长春只字未提。这也是她占有的一个秘密。海长春该不该知道，什么时候可以知道，要由她心情决定。

那次打架之后，胡姬对海长春也产生了浓厚的兴趣。过去，她是懒得多看海长春一眼的。在伯颜府邸里，海长春的身份迥别，但除了这一点，这个孩子几乎没有什么好说的。一只呆鸟，在偌大的园子里，多他不多，少他不少。幸亏他生了个鸟的模样，不然就凭他的木讷和迟钝，怎么在园子里混啊。

但那次打架，让胡姬看到了一个半大孩子争强好胜之外的东西，看到了他的身手和心思的缜密。幼鸟在褪毛的时候是最丑陋的，但你怎知它有一日不会一鸣惊人，一飞冲天呢？

胡姬开始私下里留意这个孩子。随之她发现除了这个孩子，该留意的还有另外一个人，一个站在那孩子后面的人。

在伯颜的府邸里，海长春被人称为"大少爷"。这个称呼因为有伯颜的暗许，所以很有分量，海长春在伯颜的照应下，成为一个有来历的人，他是海都元帅的长孙，海东青将军的骨肉，伯颜将军的亲侄。但是，府邸里很少有人提及"大少爷"的母亲是谁。久而久之，海长春的母亲仿佛不存在的。或者说，她尽管存在，但对于其他人来说，是个鬼魂一般，不显血肉的人。

海长春住在东书房。

海长春的母亲住在如意斋。

东书房到如意斋的距离说近不近，说远不远。每日早晨，海长春都会去如意斋向母亲请安。他出东书房，穿过玉音阁的梅花小径，过了东花厅，沿着左手边的游廊拐个小弯，就能见到如意斋的绿竹了。每日傍晚，海长春还会沿着同一路径走一遍。早晚两次母子相见成了规矩。日头东升西落伴着海长春的脚步，是他的母亲是否能够将这一天算作一天的依据。

海长春的母亲长年住在如意斋里修身养性。除了绿竹，陪伴她的就是几个贴身侍女。

海东青过世，伯颜将他们母子接到自己的府邸赡养。进门就明说，要海长春与他的母亲分开起居。这对母子相依为命，自然不肯。海东青未亡人带着儿子在西花厅里长跪不起。旁边人看了心软，也有帮着说情的。

伯颜脸冷得像冰，说：男儿要有男儿的养法儿。没了父亲的孩子容易被母亲过分溺爱而变成软蛋。这么做也是为了不负死去的兄长。

说情的人退一步：即使分开起居，可否将他们母子住的地方挨得更近些，比方说，可以让海长春住在东花厅附近，便于孝敬母亲。

伯颜嘿嘿两声：莫非这园子里有深沟险壑？想尽孝心，没人拦着；要请安，每日自行走着去就行了。

于是，再也无人替西花厅里的那对母子说话了。

海东青的遗孀住进了如意斋。当初为了与儿子同住而闹了一场，府邸里的人都觉得她或许是个难相处的。但后来，人们渐渐地发现，她眼里除了儿子，别无他求。将军府里自然吃穿优裕，但她的心思从不在吃穿上，所以，在那些把锦衣玉食搬到她住处去的下人们看来，这些好东西真是有点浪费。慢慢地，府里的人对如意斋那边懈怠起来。幸好海长春日日会去，这才提醒众人，在将军府邸里还有个如意斋，如意斋中还住着个沉默寡言的女人，那个女人从来不走出如意斋一步，而她的如意斋也少有人能够踏入。

将军府邸里养了各种闲人，谁不图个肥甘轻暖？这让胡姬对如意斋的那个女人产生了些许敬意。她甚至觉得，海长春身上隐藏的一些外人不见的心机，一定是与那个女人有关的。

胡姬也曾试图接近那个女人。她不走出来，为什么不可以我走进去？胡姬有了这个念头之后，忍不住把踏入如意斋看作是个有趣的挑战了。

那次将军府得了些金黄的榴梿果。榴梿在大城是稀罕玩意儿，本是朱罗国千里迢迢用特制的冰车装载进贡给尊贵的大汗的，但大汗嫌它气味不好闻，转手赏给了宠臣们。榴梿果被送到了将军府，大家看了看热闹，却有不少人捂着鼻子敬而远之，说，这东西果然有种胡人的味道。

胡姬听了，跳出来用刀抢先破开，挑了几块金色蜜肉放到嘴里，大喊爱死了。

后来，侍从们禀报了伯颜，那些榴梿果也在众人的白眼当中被运到胡姬的住处去。

伯颜说：大汗赏的，你要珍惜。

胡姬说：知道了。

胡姬说完了，却又加了一句：大汗赏的，整个将军府里好像只有我一个人珍惜哦。

伯颜听了，目光刀锋一般从胡姬的脸上刮过。

第二天，将军府里出现了很多没有鼻子的人。那些人都是曾经在榴梿面前放肆地捂过鼻子的家伙。胡姬的一句话让这些人生不如死，府里的人从此对胡姬多了几分忌讳。

事后，胡姬让人抱了个最大的榴梿果，去见海长春的母亲。

胡姬和榴梿果到了如意斋，如意斋的侍女没有让胡姬进去。

胡姬说：我是给夫人送东西的。

侍女说：夫人有话，东西交给我们就行了。

胡姬说：这东西要珍惜……

侍女说：胡姬姑娘珍惜，我们自然也懂得珍惜。

胡姬听了，转身走了。原来如意斋里的人知道外面的所有事情。

胡姬慢慢地吃完了点心，对那个在客栈里送茶水的黑孩子说：告诉老板娘，这点心好极了。让她包一打随我带回家慢慢享用。

说着，胡姬递给了孩子一个小小的元宝。

孩子转身跑了。这孩子真是长得太黑了，站的地方又有点暗，刚才他接过元宝的时候，对着胡姬笑了笑。胡姬恍惚间觉得只看见了他的眼白和他的牙齿。不知他与老板和老板娘是什么关系？显然他们没有血缘和亲戚关系，但老板和老板娘很信任他。

很快，点心被仔细地装在了蒲草包里，送到了胡姬面前。

胡姬站起身，打算回将军府了。她向外看了看，在这里盘桓了这么久，自己的随从的影子一个都没有。从好处想，自己摘铃铛的本事越来越高，往坏处想，自己的随从们已经破罐子破摔，彻底放弃了对自己主人穷追不舍的尝试了。

胡姬笑盈盈地拿着点心走出去。这点心是她给海长春的母亲带的。她已经不那么急于走进那个女人的住处了。她相信那个女人并不像旁人想的那样不食人间烟火，饭是要吃的，水是要喝的，好点心也该懂得欣赏。既然如此，胡姬有的是耐心，她不进去，她等待看这些点心如何走进那个女人的住处。

第三十四章
繁花似锦

周大刚刚从吴铁牛的铁匠铺回来。吴铁牛的铁匠铺在大城名头很大。都说大城的姑娘媳妇们惦记孙木匠造的箱笼桌椅木器，大城的汉子后生们惦记吴师傅铸的锅釜刀镰斧杖。但对于练武之人，他们梦寐以求的是一柄吴师傅亲手打造的好兵器。

周大与吴师傅是老朋友。照理说，吴师傅这些年已经给周大打造过数把刀剑，对吴师傅的手艺，周大没有什么不放心。但为了这把新剑，周大却忍不住往吴铁牛的铺子去了好几次。弄得吴师傅不由得沉下脸说：知道吗？铸剑就像妇人家生孩子，有时辰的。你老来催，这小孩子不该生，还是生不下来。

周大忙解释：不是催啊，是觉得你这个老东西辛苦，过来陪陪你！

吴师傅啐了一口：呸，骗鬼去吧。

周大不由得也笑了。他自己都闹不明白，为了这把剑，心思能重成这样。再过几日……是啊，再过几日，卡拉夫就该满十五岁了，这把剑是周大送给卡拉夫十五岁的生日礼物。他想到这个，百感交集。

十年了。周大想，自己的好兄弟走了快十年了。这十年眨眼过去，自己做了些什么？在马尔维亚王朝的废墟下，好兄弟的尸骨已经寒冷如冰，他为自己的好兄弟又做了些什么？蹉跎岁月，光阴虚度，大约唯一令人安慰的，就是马尔维亚国的小王子快成年了。

卡拉夫渐渐长大了。他像一个世俗而寻常的孩子一点点长大。小时候，他最喜欢把自己的小手放在周大的大手掌中，他呼唤着"师父"，稚嫩的声音像一只幼雏在呼唤母鸟；但近两年，他依旧在周大的左右，他给周大递火石点柴草，捶背温酒，但他却很少再牵周大的手。他呼唤"师父"的声音也变得有些厚重低哑，那是一只雏鸟翅膀渐渐长硬的征兆。

在大城，人们说蓝色是长生天的颜色，认为那是一种极高贵的颜色。

卡拉夫从小被人叫作蓝眼睛，熟悉卡拉夫的人都知道，卡拉夫眼睛的颜色会随着光线和他的情绪发生变化。当他思索的时候，那蓝色会闪出宝石样的光彩，当他忧伤时，那蓝色会显得灰冷黯淡。但当他心情格外好的时候，他的眼睛仿佛吸收了全部蓝色的精华，蓝得让人神魂颠倒，那是世间最美的勿忘我的颜色。

柳儿曾淘气地盯着卡拉夫说，听说深山里有种猫头鹰，眼睛的颜色会随着季节变化，说不定你前生前世就是只猫头鹰。

卡拉夫笑了，心里却有些忧伤。自己是谁，自己的父母是何人，自己从哪里来都不知道，哪里还有什么前生前世。

周大从那双湛蓝的眼睛里望到的是昔日和来日，周大从那双眼睛里望到许多他从未留意过的美好。一开始，周大只觉得这孩子的心太干净了，如同他那双干净的眼睛，完完全全来自美丽的母亲，王后的眼睛就是这样温雅纯真的蓝；但随着卡拉夫长大，周大又从孩子蓝色眼睛的深处望见了一丝丝高贵的铁灰，这使得孩子的眼睛增加了几分深邃。这应当来自父亲，周大想，那是果敢和坚定的色调。

孩子的父母亲曾对这个孩子有过许多期许，这让周大感觉自己肩头格外沉重。有一天，总有一天，命运会召唤卡拉夫的，他会击水三千，直挂云帆。周大知道必须在这之前，帮助卡拉夫准备好。一旦需要，万无一失。但周大心中又有一种隐隐的担忧，他无法解释这么好的孩子为什么有时也会如坠烟海迷失方向。比如说，近来，他越来越迷恋做焰火。尽管他竭力对周大隐瞒自己的行迹，但他周身的硫黄火药味道和他手指上的焦煳是瞒不了周大的鼻子和眼睛的。这一条让周大无法释怀。虽然，毛头小子难免会有误入歧途的时候，不然，要长者在旁边做什么。但卡拉夫的心却被焰火占据得太多太久，简直有些销魂夺魄了。修身必先立志。做焰火是雕虫小技，玩物丧志，贻误大事。更何况丧志倒也罢了，焰火绝不是常人能玩的物件，皇室私密，要过多少人的命，玩它就是玩命。

但对柳儿来说，那双勿忘我颜色的眼睛就是她的全部快乐。柳儿对蓝眼睛做的一切都钦佩无比，蓝眼睛说的话，就是她想说的话，蓝眼睛做的事情，就是她想做的，若不能在蓝眼睛做的事情里插一脚，柳儿会痛心疾首。

这两年，街头的那群孩子都被柳儿指使得怕了。柳儿只要听说她的蓝眼睛缺什么，就向她身边的小伙伴儿们纠缠讨要什么。弄到了，自然好声好气一团欢喜；弄不到，杏眼圆睁翻脸无情。小伙伴们被纠缠无奈，大都也尽力去做了，但柳儿讨要的物件基本绝非女孩子家的寻常物件，那些东西过于异想天开，乃至让人哭笑不得，真是透着一个"难"字。

前一阵子柳儿突然提出要大家去帮她找寻"老土"。她说她要的那种老土必须是那些很老很老的。孩子们问，有多老？她说，老得都烂了。孩子们又问，烂成啥样？她说，大约很臊很臭的，闻了就会头疼的。

孩子们听了都挺纠结，女孩子家怎么会有这么怪僻的嗜好，但又不敢对柳儿直言道出，只好竭力去挖掘他们记忆中味道最不堪的东西。于是送到柳儿手边的既有和了猫尿的灶灰，也有掺了狗屎的沙子，当然更多的是孩子们从茅厕边、猪牛栏旁采集的渣土。结果，送去灶灰和沙子的天狗被柳儿骂个狗血淋头，送去茅厕和猪栏边渣土的铁头被柳儿直接用擀面杖撵了出去。

因为这时，柳儿已经得知卡拉夫真正要的老土不过就是一些老宅墙外刮下来的白色粉末，送到她眼前的那些臭烘烘的粪土都太败兴了。

柳儿不仅打听到了老土的来源，还打听来了老土的用途。原来，蓝眼睛要的并非那脏兮兮的老土，而是藏在老土中的一种东西。于是，柳儿有了新的打算，她鼓动小伙伴们跟她一起熬老土。如何熬？有人问。会熬粥吗？柳儿说，就跟熬粥那样。

于是，小伙伴们起灶的起灶，抱柴火的抱柴火，小骆驼自告奋勇地将家里做豆腐脑的大锅给提来了。大家将土铲进大锅里加了水，开始耐心地熬制。几个时辰过去了，半天过去了，一日过去了，锅里的水熬干了一次又一次，老土熬了一堆又一堆，小伙伴们眼睛熬红了，累得东倒西歪，也没见那锅里出现了什么不寻常的东西。

那东西在哪儿？有人终于沉不住气追问。

快了快了。柳儿安慰大家。

你确定这土里有那个东西？

怎会没有，蓝眼睛说了那个东西很奸诈的，捉住它不容易呢。

是个妖怪吗？

柳儿想想：没见过。但既然大汗要让那么多人去把守皇家焰火作坊，摆明那东西定是个法力很大的家伙。

于是，大家一鼓作气地又熬了两天，眼见山似的柴火烧光了，几大簸箩的老土都熬干净。铁锅熬红了，锅边隐隐约约出现了一些白色的颗粒。

有了，有了。看到没有，有了呀！

随着柳儿话音刚落，众人还未来得及探头，就听得"砰"的一声巨响，灶前腾起一股浓烟。

众人吓得忙不迭地各找地方藏身，恨不得有条地缝钻进去。不好了，果真如柳儿说的，熬出了妖怪了。这样想着，大家都战战兢兢地等着妖怪更厉害的手段，半晌过去却再没有动静。于是一个个灰头土脸地爬起来。仔细打量，发现灶上的锅不见了，原来刚才那声吓人的山崩地裂是铁锅炸了。

当小骆驼在李婶儿两口子合力围攻下到处抱头鼠窜的时候，柳儿已经忘却了那场惊险，带领着伙伴们将破锅边沿上的白色颗粒刮下来，放到舂米的石臼或乳钵里捣来捣去，一直捣到小手上打满血疱。

小骆驼为了那口铁锅，被爹娘教训一顿，屁股红肿了三天，才能拐着腿出门。与柳儿刚一照面，就被她揪住。柳儿说：去，将你家磨豆子的小石磨给我背出来。

小骆驼愣愣地瞪着眼睛，想了想，说：你还要啥，一块儿说了吧。

柳儿说：为什么？

小骆驼说：只有这一次了。我若再挨一顿板子，这屁股笃定就废了。

柳儿说：蓝眼睛还等着要木炭呢。二蛋子已经答应下来，那个就不麻烦你了。

小骆驼乖乖地转回去，将维持家里生计的那个金贵的小石磨抱给了柳儿。柳儿指使着大家将石臼里捣碎了的白渣渣倒入石磨里碾碎。大家都争着来推，人人伸手，往石磨上使劲。

柳儿阻拦，说：当心当心，慢点推，这点宝贝经不起你们折腾。

小骆驼更是心惊胆战，说：留神留神，轻点推，这个石磨经不起你们折腾。

柳儿见小骆驼怪可怜的，一转念头，道：让小骆驼磨吧，他打小用惯了石磨，知道轻重。

于是，倒霉的小骆驼眼看着柳儿带着小伙伴们撒欢儿似的跑出去，自己成了推磨苦工。

这会儿，卡拉夫的心思全在石头上，他走路总是低着头，生怕错过了一块有用的石头。柳儿听说了，要石头还不容易？大城就建在重重叠叠的大山上，大城缺什么就不会缺石头。于是柳儿和小伙伴们天天都给卡拉夫带回来各色石头。卡拉夫对柳儿找到的那种棕黄相间亮晶晶的石头最为喜欢。他知道北山顶有个被人称为老龙口的地方，那地方曾经喷过神火。这种棕黄的石头就是神火喷出后留下的"龙宝"。龙宝是皇家焰火作坊最看重的东西，老龙口长年有怯薛兵把守，他不明白柳儿怎会有法子搞到这种珍稀的石头。

他问过柳儿，柳儿不说。他说自己因百般无奈，几乎生了去老龙口抢龙宝的念头。柳儿笑了，说你好笨。没听说这东西也是药材吗，大城的药铺里就有。卡拉夫愣怔，他想起什么，告诉柳儿最近隐约听说大城里好几家药铺都遭了盗贼了。

柳儿说：那些盗贼很仁义哦，除了这龙宝，没拿别的。

柳儿热情洋溢地帮卡拉夫做所有的事情，卡拉夫已经觉得自己无以报答了。

我怎么谢你？卡拉夫问。

是啊，你怎么谢我呢？柳儿的神态却十分得意。

卡拉夫抓着脑袋想了想：告诉你一个秘密吧……

柳儿立刻把耳朵伸了过去，她对秘密的好奇远远大于对报答的渴求。

卡拉夫谨慎地低声说：我在磨盘山发现了一个可以与皇家焰火作坊相通的进口。

柳儿听了，眼睛睁得比酒盅还大：你——真的？

卡拉夫肯定地点点头：我已经试过了，一定可以进去。

柳儿好一会儿没说话。她满腔的激动已经让她把话都哽在了嗓子眼儿里，憋得她差点喘不上气来。

自从那年喜鹊大战，遇见了海长春之后，皇家焰火作坊成了卡拉夫心头挥之不去的一个魔影，他见到了金灿灿的磨盘山，他见到了磨盘山上那条金灿灿的小径，他甚至见到了通往焰火作坊的那个金灿灿的怪兽的大口，只差一步，他就可以走进金灿灿的梦里去了。

海长春在焰火作坊入口处说了那番冰冷的话。或许他以为那是击碎卡拉夫梦境的一记重锤，谁料，那不过让卡拉夫对自己的梦多了些曲折的想象，那记重锤砸到了梦的脚上，让梦在疼痛中蹦得更高。

为了这个梦，卡拉夫魔怔了。

卡拉夫一次又一次偷偷地重返磨盘山，一年又一年地在磨盘山的石头间爬东爬西，在茂密的荆棘中钻来钻去。渐渐地，他熟悉磨盘山如同熟悉自己的手指，他比任何人都更亲近磨盘山。他深信，假若磨盘山是只巨兽，那巨兽的大嘴是皇家焰火作坊的入口，那么，巨兽必然有它的耳朵，它的眼睛。眼睛和耳朵是生灵们最聪慧的部分，巨兽小心地藏匿起自己的耳朵和眼睛，必是有打算有用途的，那巨兽必是在等待那些配得上自己的主人，等待那些不肯轻易放弃的人们。

柳儿从未怀疑过卡拉夫的执拗。卡拉夫说这件事情是对的，说这事情不对的人就成了柳儿的冤家。为此她没少顶撞父亲。

周大气结，说：这丫头是我亲生的吗？

柳儿笑眯眯地答：那谁知道？你是我爹，你告诉我啊！

柳儿一心想向世人证明自己的眼光，卡拉夫的发现自然让柳儿摩拳擦掌。

果真如此，快带我去看看！

柳儿迫不及待地做出决定。

那天早上，卡拉夫和柳儿出发了。出发前，他们做好了一切准备，带了绳索、火石和蘸满了松脂的松明。他们从野牛坪的集市走过。集市刚刚开张，熙熙攘攘，人头攒动。卖鞋帽的、铁器的、鸭鹅的，卖米面的、菜肉的、吃食的，卖蛐蛐罐儿，卖泥人儿的……集市尽头是百坊巷，金银首饰店、皮毛店、绸缎店、纸墨店、漆革店、茶馆、酒肆、唱戏的戏坊，都是柳儿看也看不够的地方。柳儿说：蓝眼睛，若天天能与你出来开心，有多好。

卡拉夫说：天天出来，如何与师父交代？

柳儿问：今日你又如何交代？

卡拉夫回了一笑：柳儿自然有交代？

柳儿嘻嘻笑：我实话实说，告诉他我们去看焰火，如何？

卡拉夫没有马上作声。柳儿的话却让他内疚。他知道师父的心愿是将自己周身的本事都传给他。自从他的心思越来越多地放在了焰火上，师父的脸色渐渐变得不大好看。

卡拉夫嘟囔：这几日我不到五更就起来练武了。

柳儿道：你看这集市上有卖萝卜、卖蒜的，有人喜欢纸墨，有人喜欢针线。练武和焰火，你到底更喜好哪个？

卡拉夫闷头不语。

柳儿说：挑一个。

卡拉夫说：不能挑。

柳儿说：我说吧，前一个是你的命，后一个是要你的命！

柳儿说完，嘻嘻哈哈跑了。

当他们沿着磨盘山的小径走到距石窟的进口不远处的山坡上，看到那边停着几辆马车。焰火作坊外的怯薛兵们挎着刀，正指挥着苦役们卸下大包小包的货物。

柳儿踮起脚眺望，卡拉夫扯了她一把：走吧，我也曾试着想溜进去，可他们真的把守得很紧。

卡拉夫带柳儿离开小径，开始爬山。石头山上没有路的地方只剩下石头，石头滑滑的，很少能有荆棘让你抓手。柳儿说，好难爬啊。卡拉夫说，是啊，上去就好了。柳儿问，上面就有路了？卡拉夫答，到了上面你就知道这一段路真不算什么。走了约莫小半里远，他们已经远远地站在磨盘山的顶部了。卡拉夫把腰间的绳子解下来，拴在了一个枯树根上，对柳儿说，我先下去，你跟着我。

　　他们是从悬崖下的一个石头缝里钻进去的。柳儿打量这石缝间的杂草和曲折，怀疑卡拉夫是不是曾经变成了一只地老鼠，把这里的每一道石缝都钻了一遍，才找到了这条直达石窟作坊的通路。

　　他们爬进了石缝之后，摸索着走了一段很狭窄的路。随后天地突然宽了，也见到了星星点点的光亮和起起伏伏的轰鸣声。又前行了不多远，他们发现自己已经到了通道的尽头。这里是陷入石壁中的不大的石室，大约一丈见深，五六尺宽窄，再往前去，就是一个空旷无比、巨大无比的空间，放眼环视，峭壁凌霄，低头望下，万丈深谷。

　　柳儿不由向后倒退一步：好吓人，头晕。

　　卡拉夫说：上次到这儿，第一眼也如此，腿脚软得很。

　　待两人都站定了，细细观望，叠叠重重，上下崎岖，凸凹有致。它像个怪兽的巨腹，高高低低处有许多个大小作坊，无数能工巧匠蝼蚁一般在里面进进出出。

　　他们在干吗？

　　做焰火。

　　所以说，我们是钻进了一个会吐焰火的妖怪的肚子里？

　　确实是这样。

下去看看如何？

好哇，乘轿子。

哪里有轿子？

卡拉夫指指悬在半空中的粗大的索道，那些索道都是被固定住用来搬运各类大箱子的工具。

卡拉夫说：那些"轿子"又快又稳，很妥当的。

柳儿想了想说：听着不错，看起来还是有点头晕。

片刻后，柳儿和卡拉夫都已经爬上了一个被吊车高高悬吊在半空中的巨大的运送焰火的木头箱子，那宽大的木头箱子的缝隙间坐两个人竟然很宽敞。索道悠悠，他们东张西望，眼睛里写着硕大的好奇。

石窟里搭建着各种石台，台子上摆放着各式罐子和器皿。沿着石壁远去，有暗河和溪水长流。石窟中的人们个个鬼斧神工，技艺绝伦。只见在左手边石室里一个面貌和善的胖子轻挥手，将一把青色的豆子抛向暗河，青色的豆子跳跃着，化成了晶莹的浪花和透明的水珠，河面上出现了一片鲜艳欲滴的荷花和嬉闹的鲤鱼。右侧石台上站着一个仙风道骨的男人，他将手里的一个木槌往地上的大罐子口上轻轻敲了敲，即刻，从罐子里爬出柔曼的枝叶花朵，花叶中飞出一串五彩缤纷的蝴蝶。

柳儿看傻了，卡拉夫看傻了。他们在半空中咯咯地笑着，到处都是让他们心痒难耐的奇异景致。轰隆一声，木头箱子已经随着吊车搁落在地，卡拉夫和柳儿爬出箱子。两个人悄悄贴着石壁走动，

柳儿舔着舌头感叹：难怪你总盼着来，若是能住在这里

天天看，真是美死了。

卡拉夫说：还有更好的，你还没看见。

柳儿问：在哪里看？

卡拉夫说：就在这儿，是不是看得见凭运气……

正说着，卡拉夫突然望到了什么，他咧嘴笑着：有了，有了，你的印堂放光了。

柳儿娇嗔：谁信啊！

卡拉夫指着远处：你看，皇家焰火大师来了，是不是有得看了？

柳儿顿时半信半疑。大城的人就算没见过那个皇家焰火大师，又有谁没听说过那个大师？说起他，大城的人三分敬畏五分猜疑，都说他不是凡人。敬畏他的人说他通鬼神，转眼的繁花似锦，瞬间的五谷丰登；猜疑他的人说他使的是邪魔外道，不然，哪有这么多招之即来的风景。在他手中，只有变幻不尽的风花雪月，大汗若想要别致的星星月亮，他也能给造出来。论根基，他家也是祖传的手艺，只是一代比一代更好。连大汗都说，朕有金山银山，朕有良将贤臣，但朕最稀罕的还是自己的焰火师傅。大汗已经把他造出的焰火全都赐给图兰朵公主做日后的嫁妆，造焰火的配方也由公主亲自保管。

两人贴着石壁张望，工夫不大，那个五大三粗的焰火大师在人们的簇拥下已经走到了大厅的中央。大师神色倨傲，但他走路的时候身上哗啦啦作响，细看过去，这人的腰间竟缠着一条粗粗的链子。

柳儿耳语：据说，这个人有灵蛇护身。每次施放新焰火要作法，还要用小孩子的血喂养灵蛇。那条链子就是灵蛇的化身。

卡拉夫疑惑：灵蛇护身的说法只怕是讹传。但他的确走到哪里都必须戴着这条链子……

柳儿问：为什么？

卡拉夫还来不及作答，众工匠已经将一个巨大的盘龙金球抬到了那个焰火师傅面前。只见焰火大师从工匠手中接过香烛，对着石窟前前后后深拜了四拜，然后，用香烛点燃了他面前的金球顶端的那个黑捻。只见轰的一声，霓裳祥云四起，一对绚丽的金龙随云而出，徘徊升空。双龙摇头摆尾，翻转腾跃，眨眼间又重新钻回到云雾中去。众人惊呼不断。

柳儿倒着吸凉气：不管你信不信……这人肯定是有灵蛇护身。

卡拉夫说：刚才你问他为何戴这条链子？因为这人掌管皇家焰火的全部秘密，据说他上茅厕都有人盯着，谁想偷艺那是要被戳瞎眼睛的。那条链子是金的，大汗亲赐的，日夜都有怯薛亲兵牵着另一头，没有大汉下令，无人敢与他解开。

柳儿似不信：谁告诉你的？

卡拉夫瞥了柳儿一眼：师父。

柳儿沉默了。她明白父亲无所不知，而父亲的话从来都有着实出处。如果真是周大说的，那便是板上钉钉了。但一个被众人奉为神灵、傲视大城芸芸众生的人，竟整日被一条链子束缚，这太违和了。即使链子是金的，即使是大汗亲赐，也显得可怜。

仿佛大师冥冥中感觉到自己的尊严正被人挑衅，这两个孩子的耳语竟引起了他的注意。他的神色突然一变，犀利目光向两个孩子躲藏的地方射过去：谁在那儿？谁！

卡拉夫和柳儿身子瞬时都僵了，一动不敢动。大师周围的人们如同听到号令的鬣狗，齐刷刷地将耳朵直直地立起来，并跟着犬吠：谁啊，出来！

两个孩子不由得慌了。这些人可不是吃斋念佛的，被他们逮住了，绝不是用链子拴起来那么好的待遇，若不戳瞎眼睛，也要割断脚筋了。卡拉夫拉着柳儿的手，倒退两步，扭头就跑。

只听到后面传来追逐的脚步一片。

柳儿吓慌了：怎么办？

卡拉夫说：顺着暗河跑。

柳儿气喘吁吁：你怎么能……能肯定？

卡拉夫喘得与柳儿一样凶：上次师父喝酒，曾说起这洞穴里有一条通往外面的密道。他提到了暗河……

两个孩子跑了一阵，暗河在前面有了左右两个分岔口，一边宽敞平坦，一边狭窄湍急，往湍急的那个方向是石窟中的另一个洞口。暗河流入洞里，洞口垂下几根粗粗的藤子，似乎无路可走。

柳儿指着平坦一侧：这边有路。

柳儿刚要拐过去，却被卡拉夫一把拽回来。卡拉夫伸手抓住洞口的藤子朝柳儿的腰间一缠，打了个结。

柳儿愕然：干吗？

卡拉夫命令：抓紧我。

卡拉夫搂着柳儿向洞里荡了进去。柳儿脚下一下子空了，吓得紧闭双目。刹那间，他们已经落到洞里一块平坦的巨石上。耳边听着哗哗的声响，暗河从巨石边流过。柳儿心惊，抓着卡拉夫不放。卡拉夫掏出火石，点燃自己手中的松明，向洞穴深处照了照，里面显得阴森恐怖。

柳儿战战兢兢：这儿……能去哪儿？

卡拉夫用松明四下照着，左上方沿着石壁，隐隐约约可见一条通路。

卡拉夫希冀地说：如果能走出去，就知道了。

第三十五章
图兰朵公主

一颗珍珠的形成，是要依赖母体的滋润，等待日月的推转的。

一个孩子的长大是由成人们用细碎的记忆垫在他或她的脚下，将他们一点点地托起的。

当阿西和阿东看着图兰朵公主长到十二岁的时候，他们觉得自己已经活过了好几生了。这对姐弟一直不肯长高，或许他们永远不可能长高了。他们的皮肤依旧水嫩，他们的面容依旧丰润如初，除了心细的人可以在他们的鬓边发现星星点点的白发，他们与十几年前随着蚌女进大城相比，几乎没有什么不同。但他们知道他们真的不是过去的阿西和阿东了。他们站在图兰朵公主面前，用爱慕的眼神端详这个女孩子的时候，他们经常喉咙哽咽。"天啊！"他们说。他们只能说出"天啊"这两个字。他们想说更多的话，但找不出可以使用的词汇。

这是他们的图兰朵公主，图兰朵公主渐渐长大了。在阿西和阿东眼中，若没有图兰朵公主，他们的生活将不是这个样子，很可能，他们早回冰川之地去了。曾有一段时间，他们想家想得厉害，他们觉得在大城住得腻烦了，这地方太闹，人太多，混在里面，几乎一下子会忘记自己是谁，真是太没有意思了。他们开始念叨家乡晶莹剔透的清静和安宁。但只要见到了图兰朵公主，他们知道他们的所谓想家，也不过就是说说而已。图兰朵公主在哪里，他们的家就在哪里，家是什么？家是有亲人的地方，他们在这个世上最亲的人就是图兰朵公主。他们要照顾她，呵护她，哪怕他们老了，他们动不了了，他们也要守在图兰朵公主身边，那是他们感觉自己之所以是阿西和阿东的意义。

他们发现公主是这样长起来的，是随着他们与公主说话的视线一点点长起的。后来有一天，当他们意识到自己需要仰着头与公主说话的时候，他们开始有些担心，日子是不是过得太快了。

图兰朵公主已经十二岁了。这十年来，阿西和阿东念念不忘那个可怕的抓周之夜。他们为小公主遭受的灾难而忧心忡忡。他们知道那个三色镯笃定是个妖怪，但他们拿不准的是，它到底打算做什么？它正在悄悄地啃噬图兰朵公主的骨肉？它正在一点点地把小公主吃掉？他们忧心忡忡猜疑着小公主身上的每一点变化。小公主虽然不再开心，不再欢笑，但她对阿西和阿东依旧是亲近的；小公主虽然与外界格格不入，但她还是正常地吃喝，依然在长大。特别让人瞩目的是图兰朵公主的外貌随着年龄而变化，那仿佛是一棵抽枝展叶的树，在暴雪中初现花蕾，美得让人魂飞魄散。那是种极其稀少的，颜色之外的美，让看者头晕目眩几乎失去了心跳。这一树花叶的美，与小公主淡泊的性情很相称，如果不是小公主，这美就无处搁放了。阿西和阿东看着小公主时喜时忧，但真正让他们苦恼的仍然是那些个月圆之夜，瞧着平日好好的小公主会被那几只镯子折磨得死去活来。难道这三色镯本是月亮上的妖怪？但又是谁指使它们来残害这个世上最可怜的好孩子？他们恨啊，他们想起狗咬月亮的说法，恨不得自己当即变成一只狗，一口把圆圆的月亮咬下来。假若天上没有月亮那就更好。不是说很久很久以前，曾有个很厉害的人一箭射下太阳吗？他们很想去鼓动大汗寻个拔山举鼎的壮士，一箭将月亮射下来。

这间敞亮的大殿空旷寂静。

这间敞亮的大殿里摆放着一台织花机。

图兰朵公主一个人站在大殿里，用纤细的手指拨动着织花机上错综复杂的经纬，经纬交织，随着花楼的摆动重重叠叠，缓缓变成纹路变化万千的锦缎。

大汗已经将这座大殿赐给图兰朵公主，这里的每一根梁柱、每一堵墙都是按照图兰朵公主的心思打理。每年立夏那日，许多人从司彩殿里将成匹的丝绸搬到这里，先把从寒地进贡的极金贵的冰蚕丝铺陈在梁柱和石墙上，再用丝绸将这些梁柱和石墙包裹得严严实实。大殿四面靠墙石板下的石沟里铺满晶莹的冰块，石板上搁置鲜花，花香入骨，清凉沁脾。

图兰朵公主问：当年是这个样子吗？

阿西和阿东点头，说：当年就是这个样子。

图兰朵公主说：就这样，不要变了。

于是年年如此，已成规矩。

于是，这个大殿永远都收拾得如此雅致安逸，默默等待着图兰朵。无论图兰朵公主来不来，它都等待着她。

图兰朵公主不记得自己第一次走进这里的情景。那时她还很小，阿西和阿东引她到这里来大约是有些原因的，但他们后来从没有再提起，她也没有对他们询问。她小的时候，每次走进来，身边都有阿西和阿东。她长大了，阿西和阿东往往会走到这个大殿门口，就在殿门前的石头台阶上坐下。他们愣愣地想心事，随她愣愣地在这个大殿中徘徊。

这个大殿有个好听的名字，叫"花楼"。

这名字对她来说，有种说不出的亲近的气息。阿西和阿东说，这里曾经是她出生的地方。阿西和阿东说，这里是她的母亲消失的地方。

所以说，这里有很多事情是图兰朵公主不知道的，但或许有一天会知道。

每次图兰朵公主走进这个大殿，都会对着大殿中的那台织花机凝望许久。据说当年她出生的时候，这大殿里就摆放着这台织花机，她的母亲在这台织花机前坐了很久，然后，她就消失了。所以说，母亲的消失是与这台织花机紧密相关。所以每当图兰朵公主注视这台织花机的时候，她想象中的母亲似乎隐藏在织花机里，她每每尝试着轻轻推动织花机，那花楼便对她发出温柔的吱呀呀的声响，她想象着这是母亲对她的应答。

她对她两岁之前的日子是没有记忆的。两岁后的日子让她渐渐明白自己是与常人有所不同的。开始，她常常听不懂别人在说什么，后来她渐渐觉出她听不懂的原因是因为她所看到的一切与周围其他人看到的不同。比方说，她拿起一个果子放到嘴边，会被乳娘阻拦。乳娘说：公主殿下，这个果子还有些青涩，没有熟透。

她愣愣地看着果子，在她眼中这个果子与其他的果子除了个子大小和手感软硬，没有太大区别，但如何就成了"青涩"？

她的疑惑令阿西和阿东看了心疼，下令凡送入公主宫中的果子都必须是鲜嫩水灵十分熟透。于是后来她随便拿起每一个果子都不再会听到"青涩"两字。

她站到庭院中，看着侍女们剪下墙边的蔷薇。侍女们说：公主殿下，你是喜欢这紫色的，粉红的，还是那些白色的？

她不解地端详着眼前的花朵，它们明明有着相似的气味，相似的形状，却被侍女说出这么多的这个那个。

她问：它们不同吗？

侍女说：它们自然是不同的。

阿西和阿东看出了公主的难堪，挡在了图兰朵公主面前。阿西对那侍女说：不明事理，这点小事也来麻烦公主殿下。

阿东说：你个猪头猪脑！公主的本意是，它们都很好。

于是侍女臊眉耷眼地走开了。但她望着侍女的背影，仍然知道了不仅仅这些花朵的不同，更重要的是她与她们的不同。

她的不同使得她童年极其孤单和寂寞，她只有常常走到这栋花楼殿里来，才感到慰藉和安心。当她第一次伸手推动那织机的时候，织机竟然亲切地回应了她。人们诧异她小小的年纪个头刚刚比织机高出半尺，怎就能推动织机，那织机是沉重的，织机上的每一个机关都复杂而烦琐，但她的那只戴着三色镯的手，仿佛是早已识得这巨兽似的机器，只要她的手指略略触到织机，那上面的每个机关便自动欢快地摇摆起来，顺从地为公主效力。

片刻后，她不仅仅满足于可以轻巧地推动织机，她还试图隔空操纵花楼。她把梭子随意般地抛出去，撞到了花楼的机关，花楼和织机应和着，一经一纬地开始循环，花楼缓缓吐出灿烂的织锦。大家都看愣了，猜测着那些经纬是如何懂得小公主的心思，精巧地编织出这些好看的纹路的。大家的视线沿着五彩丝线左右徘徊，上下游走，那些丝线一股股地交汇，送进花楼宽宽的大嘴里，然后又缓缓吐出雅致的锦缎。小公主探究地望着织机和花楼，她慢慢伸出右手，抚摸着花楼，抚摸花楼上的锦缎。当她的手指尖刚刚接触到锦缎的边沿，那些经纬上的缤纷的丝线开始褪色，而花楼吐出的锦缎"唰"的一下失去了鲜艳的色彩，只剩一片素银煞白。

周围的人们不由得惊呼：哎呀，那些锦缎……

图兰朵公主不明就里地望向她们，她们的神色告诉她眼前的锦缎出现了差池，但她并没有看出这差池在哪儿。她凝望锦缎，困惑地皱起眉头。

阿西和阿东站在一旁，若不是亲眼看见了刚刚所发生的一幕，他们不会相信那是真的。阿西和阿东不由自主地捂住嘴巴，他们若不捂得紧些，喊出的声音会比那些侍女还响亮。那些锦缎上的颜色到哪儿去了，难道是顺着图兰朵公主的手指钻到小公主的身体里去了？他们大眼瞪小眼地看着小公主，以为很快会在小公主的身上看到赤、橙、黄、绿、青、蓝、紫的各种颜色。他们看了又看，小公主的皮肤依然苍白如雪，小公主没有变化，但那些银白的锦缎却再也变不回去了。他们愣怔在那儿，愣愣地看到图兰朵公主神色迷离的样子，一下子阿西和阿东的五脏六腑软得稀里哗啦。无论小公主怎么做，她都一定有她的道理。阿西、阿东想了又想，终于想出了最合宜的解释。

阿西镇定地说：这种锦缎的样子好雅致哟，公主殿下喜欢，阿西也喜欢。

阿东点头说：若是能用这种锦缎做出衣衫，不知道有多好看哪。

侍女们听了阿西和阿东的话，面面相觑。

有人战战兢兢地说：可是，那颜色……

阿西呵斥：什么颜色！哪里的颜色？这锦缎的颜色不好吗？

听了阿西的话，竟有那愚笨的人争辩：那些锦缎的颜色原先不是这样的。

阿东说：闭嘴，你们都出去！难道你们比公主殿下还高明？公主殿下就是喜欢这种颜色。

于是，侍女们全被阿西和阿东从花楼殿赶了出去。从此只要图兰朵公主走进花楼殿，这里不再准许任何人进来。

再后来，人们难免还有一些疑问和惊讶，但她们已经渐渐学会识大体，她们很难真的理解他们所看到的一切。为什么小公主的手碰上了织花机，上面的五彩丝线就会颜色尽失？小公主的手不也经常碰上皇宫大殿里的其他东西吗，那些华丽的帷幔啊，绣着花朵的卧具啊，侍女们漂亮的裙衫啊，为何它们的颜色没有变呢？她们想到脑袋疼也想不出里面的道理。最后，她们释怀了，这是图兰朵公主啊，这还需要别的什么原因吗？图兰朵公主就是这样的，龙血凤髓，特立独行，举世无双。若不是这样，就一定出了差错，定是不对的。

整个皇城里的人都知道了尊贵的图兰朵公主有她自己最喜欢的颜色，那颜色是花楼里的织花机里吐出的银白夹杂着钻石般的炫目光彩的颜色。此后，图兰朵公主出现在众人的眼中时，都是那样的银装素裹，那装束衬着她那幽深漆黑的眉眼，果然有冰雪般的典雅华美。

大城的人们开始崇拜图兰朵公主。过去人们敬畏大汗，因为大汗使得大城至高无上；如今人们崇拜图兰朵公主，因为公主使得大城神秘而高贵。

图兰朵公主是谁？即使是生活在她身边的人们，也无法清晰地描述出她的究竟，图兰朵公主是不可知晓的，是无解的谜。甚至就连阿西和阿东也常迷惑着，他们牵着公主的手，他们看着公主在他们的怀抱中一天天长大，尽管近在咫尺，尽管可触可摸，他们仍无法穿透那种看不见的壁障和深深的隔膜，他们感觉公主就在眼前，但公主仿佛过着与众人不同的日子。

得知公主与她娘亲一样爱上了花楼殿，大汗沉默许久，说了一句：朕明白，那是图兰朵娘亲的心思。

这话传到阿西和阿东耳朵里，让他们热泪盈眶。接着，大汗传话，为了让公主方便去花楼，令人在花楼殿附近选一好地给小公主重建寝宫。大汗说了，在花楼殿和公主的寝宫里，要抬眼望得到青山，低头看得到白水。大城的人们好羡慕图兰朵公主。这是一个多有福气的小公主啊。

图兰朵公主到底过着什么样的日子？她有着与别人一样的光阴——白昼和黑夜，但她过着与别人不同的日子。除了她自己，几乎无人知晓她的日子并不属于她，她的白昼和黑夜是被可怖的三色镯主宰着。从她记事起，三色镯就成了她身体的一部分，若不是旁人经常的提醒，她以为那三色镯就是与生俱来的。她感受着寄生在她身躯里的三色镯无可比拟的控制力和强大，她的一切，包括眼中看到的、耳中听到的，都不属于她，而是属于三色镯的。她的感受只有一种，就是白昼和黑夜带给她的有差异的苦楚。她无法述说这种苦楚，但她能清晰知道那痛苦是一种寒冷，是白昼的寒冷和黑夜更加强烈的寒冷。

三色镯似乎是不喜欢白昼的。所以白昼对于小公主来说要相对好过些，她隐隐觉得天上的明亮让三色镯的力量衰损了一些。她能觉得自己身体里的血液一点点地在缓缓流动；但到了黑夜降临之时，三色镯渐渐在夜色中强大起来，呼唤着阴森的冰冷从四面八方滚滚而来。那一股股寒冽顺着她的毛孔、皮肤、指尖爬入她的身体，让她无处躲避和逃匿。

开始时，她曾想那三个镯子一定是喜欢寒冷的。但后来，她渐渐明白了那三个镯子所爱的恰恰是相反的东西，它们渴望的是公主身体里的鲜血，是那种与无色透明的冰冷相反的热腾腾的猩红。它们冷冷地匍匐在公主的手腕上，望着天上那枚月亮，它们贪婪的目光将月亮一日渐一日地舔得圆润起来。它们在月圆之前精心筹备着对她的攻击，用寒冷来驯服她的肢体，用寒冷一点点地冻僵她的肢体。到了月圆之日她周身的血液不再流动之时，她的肌体被它们完全强占，它们肆意地掠夺践踏，扭曲撕裂她动弹不得的四肢，吞噬她的骨血，吸吮她的精髓。在那些日子里，她眼中所看到的一切都将与平日截然不同，她见到的是各种各样的鬼魅横行，人世间所有的丑恶污秽，那些日子，图兰朵公主生不如死。

月圆之夜，三色镯晶莹剔透，熠熠耀目。月圆之夜，图兰朵公主的凄苦苍白造就了与世无双的绝美。

月圆之夜过后，还有下一个月圆之夜。图兰朵公主没有明天，她的日子是绵绵无尽的寒冷。

随着图兰朵公主慢慢长大，皇宫中开始流传一些与月圆之夜有关的吓人的说法。说月圆之夜，花楼殿那边的花园里会出现一些邪恶的精魅，这些精魅匿伏在腐烂的草丛中、浑浊的泥水里和粗粝的沙石间，待圆月升起时变为缭绕雾气，随风飘移。它们悄悄地窥视着每一个进入它们视野的人，悄悄地选择着捕猎的对象。假如宫中某日突然有一人神态失常，最方便的解释就是她或他去了不该去的地方，见了不该见的脏东西，魂魄被摄走了，成了行尸走肉。这说法的真假很难印证，也无人敢公开里说，但大家都信，信了便心悸，所以，那里渐渐成了禁地。

月圆之夜，本来就幽深偏僻的花楼殿难见人迹。

今天虽不是月圆之夜，但花楼殿的大门与往日一般紧闭着。

阿西和阿东坐在花楼殿外的台阶上。他们知道此时的公主不需要他们，此时的公主在另外的一个世界里。那个世界与他们无关，那个世界不需要他们中间的任何一个人。

一个侍女悄无声息地走过来。侍女对阿西和阿东说：伯颜将军和海长春少将军来了。

三色镯 3

THE THREE BRACELETS

THE CURSE OF TURANDOT

王小平　著

作家出版社

目录
CONTENTS

I

第六十六章
变戏法儿

阿里在会同馆里接到了父亲派人送来的密信。那密信是装在蜂蜡里的，阿里用指尖破开蜡丸，里面是一张小小的绵纸。阿里将雪白的绵纸放到熏香上烤了烤，绵纸上显现出一个字：等。

阿里将父亲的信放入口中，这是大模国特制的入口即化的绵纸，带着一种奶香。

阿里已经让人通报了汗国礼部，明日将正式去皇城向图兰朵公主求亲。一旦大汗接受了他的求亲，他就将带着哑巴住入皇城的天宝阁，等待答谜。父亲却在这个时候让人送来密信，说要他等。等什么？这么说，父亲有了新的打算，所以要他等？但无论是谁，无论什么样的打算也改变不了阿里的计划。

阿里猜想父亲还是没有绝望，他仍希望在阿里走入皇城的最后一刻，能用这个蜡丸拦住儿子的脚步。于是阿里觉得自己明日走入皇城的抉择是恰当而正确的。

阿里要来大城求亲之前，曾与父亲闹得几乎情分全无。大模国的国王这辈子姬妾无数，但只有两个儿子。一个前几年来大城求亲，带回去了一具只有木头脑袋的尸首。一个眼下又要去求亲，让大模国的国王听了暴跳如雷，即刻下令将阿里王子囚禁在他的宫中。

阿里没有多话，他躺在重兵把守的寝宫中开始拒绝进食。一日日地过去，大模国的国王看到各种珍馐美味端进儿子的寝宫，又原封不动地被端出来，心如刀绞。他去了阿里的寝宫，望着气息微弱的儿子说：你到底要我怎么样？

阿里慢慢睁开眼睛望着父亲不语。

儿子这是在求死，或躺在他自己的寝宫中死，或不远万里地到大城去，让做父亲的如何选择？他还记得不多年前那个扑在他怀里，淘气地在头上戴着一顶纸做的王冠的儿子，如今他双手将大模国的王冠和财富都要交给儿子，儿子却视之如草芥，决意要去那个腥风血雨的大城。他们都怎么了？他们都是他的骨肉，他们痛他也痛。但他们只顾自己，看不到他的痛。

大模国的国王泪眼模糊，仿佛听到一个声音对自己说，让儿子随心吧。

阿里临行前交给大祭司一封信，嘱咐十日后交给父亲看。他在信中隐约告知了自己的计划，他要父亲有所准备。若是事情发作出来，惊天动地。他会竭力承担一切，但不该把父亲蒙在黑咕隆咚的鼓里不知所措。

父亲定是看了信，生了别的想法。但无论父亲生了什么想法，都晚了一步。箭在弦上，不得不发了。

阿里犹豫自己是不是该再到那个朱罗国人开的胡人酒肆去见一次摩诃。他不能保证摩诃在那儿，但酒肆里的人能够给他找到摩诃。

哑巴昨天对着阿里比画，说有人找他。哑巴的手把两个嘴角向上提着，眼睛却很凶狠。

阿里知道他说的人是摩诃。哑巴不会说话，但哑巴善于捕捉别人与众不同的地方，比方说那个叫摩诃的生意人，他就是笑的时候，眼睛里一丝笑意都没有。

阿里对这个即使在人群中笑弯了腰，眼睛都不会笑的汉子充满疑问。这个人是大城里著名的生意人，来到大城的异乡人都知道只要你的钱财够多，就可以从摩诃那里拿到任何你想要的东西。上次夜晚进皇城就是靠摩诃的手下帮的忙，但进了皇城后的遭际却让阿里疑惑重重。他知道有人出卖了他。在皇城里张机设阱，明明就是打定主意要捉谁的。但说出卖似乎又出卖得不够彻底，不然，对手会对他进宫的时辰和路线清清楚楚，哪里用得着那么铺张，一小队人马就能手拿把掐地将他擒住。

想着心事，阿里走出了房门。他没有要哑巴跟着，哑巴撇嘴皱眉很不开心。但他没有心软。既然父王在路上了，那么他就应当尽快行动了。明日早晨，他就要进皇城。这是生命即将走到终结的最后的光阴，这光阴中有千变万化的可能性。他想，他还是要跟摩诃见一面才好。

他不能保证摩诃是否可靠。其实，除了自己和自己那个不会说话的哑巴，他不相信任何人。摩诃是生意人，不管是什么原因找他，肯定跟生意有干系。所以不妨再到那个胡人酒肆去一次，看他向他推销的是什么货色。至于会不会跟他交易，到时候再说。

另外，就是自己的父亲。或许他还能从那儿得知一些有关父亲的打算。哪怕一无所获，将来父亲会从那里知道，他的儿子在生命结束之前曾经惦念过自己的父亲，惦念过给予儿子生命的那个人。

嘿，你去哪儿？

阿里刚刚走到会同馆的前院，迎面遇上了柳儿。柳儿笑盈盈地看着他，脸颊粉红，额头上的毛发湿润润的，让人觉得她的脸蛋儿像个刚刚摘下地带着露水的桃子。阿里望着这张面孔，阴霾的心里瞬间透进一丝光亮。

你看什么呢？柳儿问。

阿里的目光转到柳儿的头上：这珠花好看。

柳儿小心翼翼地摸了摸自己的鬓发，得意地说：蓝眼睛给买的。

那珠花是硬纱做的花瓣，手艺还算精良，但花蕊嵌的那两粒珠子只有绿豆大小，值不了几个钱。可听柳儿的语气，仿佛那是绝无仅有的稀世珍宝。

柳儿说：怎么啦？

阿里没有答。

柳儿说：问你话呢，你去哪儿？

阿里说：不去哪儿，随便走走。

阿里把这个话说得很正经。于是，惹得柳儿将指头冲着阿里点了一点。柳儿说：眼睛直不棱登的，你丢魂儿啦。

阿里平日伶牙俐齿，不知怎的，见了柳儿，突然觉得自己果然有点像丢了魂，便说：正想去看看你们。

柳儿说：我们？

阿里说：对，蓝眼睛和你。

柳儿说：瞎话吧。

柳儿与阿里的眼睛对视了一下。

柳儿的眼睛里仿佛有两头顽皮的小鹿在蹦蹦跳跳，猝不及防地将阿里的心碰撞得怦怦的，他的眼睛避开了。

柳儿哈哈地笑起来：看出来了，果然是瞎话。

阿里说：我是真心的。

柳儿说：算啦，信你一回……

柳儿将空着两手一拍，拍出一个手巾包来：拿着。

阿里知道柳儿喜欢搞名堂，不由得迟疑：什么？

柳儿说：鼻子不好使？

说着，她将手巾捧到阿里的面前：闻闻。

一股香甜由鼻腔冲入阿里的脑中。阿里笑了：我知道了，玉兰糕。

阿里飞快地打开手巾包，里面装着好几块糕，但与几年前曾吃过的那种糕似乎有些不同。

柳儿说：前几日你不是提起玉兰糕吗？蓝眼睛一直催着我做。可天气暖了，玉兰都开败了。想起槐树刚刚开花，我选了点最新鲜的槐花给你做了槐花糕。

阿里听着柳儿碎碎念叨着，拿一块糕，慢慢放进嘴里。

糕还温热着。他想象着柳儿站在树上摘槐花的俊俏模样，不禁暗暗叹息，一个眼睛里装着快活的小鹿、说话叽叽喳喳的女孩儿给自己送来鲜花做成的甜糕，就算明日去死，也算死得其所。

柳儿问：好吃吗？

阿里点头。

柳儿说：家里白面不多了，加了点黄米面。蓝眼睛说加了黄米面，有点黏劲儿，比光是白面的还好吃。

阿里说：他说得不错。

柳儿道：知道你一定爱吃，留了两块给爹，剩下的都是你的。

阿里说：谢啦。

柳儿说：别谢我，你是沾了蓝眼睛的光。如今大城里能吃上花糕的人不多了。

阿里哦了一声：为什么？

柳儿说：闹妖闹的呗……这些年总是闹灾，有的地方颗粒无收。你没听说吧，上月罗裂国进贡给大汗的好几十棵的铁梨木，都是千年古木，每棵两人多抱粗，自己就着了，差点儿没把皇城烧了。还有每月十五大城里刮妖风，丢孩子，人心惶惶的……

柳儿叹口气：算了，太扫兴，不说了。蓝眼睛今日当值，午后才回来。他让我带你出去转转，省得你无聊。咦——，你这个，从哪儿来的？

阿里低头，望到柳儿手指的地方，那里挂着卡拉夫给他的玉璧，晶莹通透，温润光滑。

阿里小心地摸着玉璧说：蓝眼睛给的，说能辟邪，让我一定带在身上。

柳儿脸上闪过的神情说不清哪里有些不对头。

阿里猜测说：你也喜欢？

柳儿说：我喜欢？明明就是我给他的！

阿里愣了，这块玉璧来自一个姑娘，中间不知道埋了多少心思，但这心思只对一个人，那个人应该不是他。

阿里觉出不妥：既然这样，这块玉璧我不要了，物归原主。

柳儿马上不高兴了：为什么？我给他了就是他的。他愿意给谁给谁。还给我，你什么意思，嫌弃东西不好啊。

阿里说：那……

柳儿说：那就当是我和蓝眼睛两人给你的，仔细爱惜着。知道什么叫投桃报李吗？

阿里拿着玉璧有些尴尬。他当然知道投桃报李，但他的确想不出如何报答这个姑娘。

柳儿亲热地抓住阿里的手：吃了我的东西，还我个人情，跟我去个地方。

阿里半推半就，终于被柳儿拉出了会同馆。

阿里想到哪怕这个姑娘心里真有一点地方能搁自己，他能够给对方的只有这一点光阴了。

做一件自己心底情愿做的事情，其他事情可以等一等。他知道见摩诃是必须的。既然是必须的，就不怕晚一些做。

阿里和柳儿走在大城街头。暖风习习，带着一丝芽嫩草青的潮气。

阿里的眼睛扫过店家的生意，店主们大都很闲，神色茫然地望着街头过往的行人，景象远不及他当年第一次来到大城时的热闹和繁华。外国的商客也少了许多，到处可见缺胳膊少腿的残疾人和面黄肌瘦的孩子们。

十字路口边，一个白发苍苍的老妇人背着婴儿在向路人乞讨，老妇人脸上的沧桑，如同槁木的树皮。

柳儿对阿里说：嘿，有零钱吗？

阿里将自己怀里的钱袋拿出来，柳儿从里面抓了一把，转身便跑。只见她到那个老妇人面前，将银子放到那个老妇人的破碗里。

阿里看着柳儿匆匆走回来。

柳儿说：她儿子死了，媳妇跟别人跑了，她得养活自己的孙子。

阿里说：可怜。怎么没有亲戚帮她。

柳儿说：帮不过来。大城里的穷人越来越多了。

阿里说：大城变了。

柳儿说：当然变了。你不知道去年打仗死了多少人。田都荒了，就算打仗没死的，也快饿死了。

阿里看到柳儿的眼中有了泪光。阿里说：你们大汗怎么说？

柳儿说：大汗？大汗能怎么说？大汗的心思都在图兰朵公主身上。可有人说，只有打仗，百姓才有好日子过。

阿里冷笑：不是百姓吧，你刚才不是说，大城里快饿死人了吗？

柳儿说：是啊，到底是什么人喜欢打仗？

阿里说：你见过羊群主动进攻狼群的吗？不过，的确有些人是靠杀人才有好日子过。

柳儿沉默了。过了一会儿，她突然抬起头，盯着阿里问：你为什么要来向图兰朵公主求婚？

阿里说：就是为了百姓有好日子过。

柳儿说：可你会死的。

阿里说：不一定。

柳儿说：没看到城楼上点的那些长明灯吗？别做傻事儿，白白送命。

阿里看着柳儿心中感喟，如果我成了其中的一盏灯，你会为我难过的吧？但仅仅是这样想着，他换了话题：咱们现在去哪儿？

柳儿说：给你看点儿新鲜玩意儿。

阿里说：去东市？

柳儿说：不去，还有比那儿更好玩儿的地方。

阿里说：哪儿？

柳儿说：到瓦市去看彩立子。不懂啊？彩立子是行话，就是变戏法儿。

阿里说：变戏法我见过，你不是也会吗？

柳儿说：我那算什么，小把戏，给你看个大的。

阿里说：这还分大小？

柳儿说：我带你到石头街去看看，你就明白了。

阿里跟着柳儿在大城里左拐右拐，见了无数说卦的、兜售狗皮膏药的、卖茶汤的、捏面人的，转得不知东南西北的时候，终于到了那个叫石头街的地方。一条巷子进去，里面是大片高高矮矮的屋舍。那些房舍宽窄不一，前后至少二三十家。

柳儿得意，怎么样？开开眼，见过这么些"看棚"吗？

为什么叫"看棚"？

嗨，就是看热闹的棚子呗。

阿里打量这些被柳儿称作看棚的房舍，无论矮房简棚还是高屋大厦，男男女女出出进进，很是热闹。

柳儿又指给阿里看各个看棚的不同。各个看棚都有名字，有的很雅：秋月棚，春晖棚，烟柳棚；也有俗的：牡丹棚，芍药棚，莲花棚；更有挺吓人的：夜叉棚，无常棚，奈何棚。

柳儿讲给阿里听，大城的市场里，你有钱，能买到吃的，穿的，用的，五花八门很全也很杂；但在看棚里，花钱只能买到眼睛看的和耳朵听的。有说书、有歌舞、有皮影、有杂耍、有鼓子词、诸宫调、傀儡戏的。每个看棚都有戏台子，被栏杆拦着，所以也叫勾栏。这些勾栏从清晨到晚上，从早春到冬日，全年不歇，戏码月月更新。

柳儿有些得意地说：演戏的是疯子，看戏的是傻子。能在这里演戏的都得有绝活儿。进来看戏，不分贵贱，但不能白看，得给钱。咱们有钱……

柳儿想了想，又把话改了：你有钱。

阿里马上将手摸向胸口的钱袋。

柳儿拦住他：不用着急给，进到里头，演到艮节儿上，会管咱们要的。

走到一栋硕大的屋舍门口，柳儿指着门前花花绿绿的招子上画着的一个人形说：这是冯家班的班主，"冯大魔王"，眼下在大城的彩立子里边最厉害的。

阿里打量招子，上面那个班主龇牙咧嘴，像个红毛绿眼的妖怪。

阿里说：看着果然厉害。

两人走进屋舍，棚顶很高，分出一楼二楼，楼下长条板凳，已经几乎坐满了人，楼上则是舒服的座椅，却空着。柳儿说：我们去楼上？

两人刚要往楼上去，却被一个大汉拦住了。那汉子横眉立目说：抱歉，楼上已经被贵人包了。

柳儿抬头望望：哪里有人？

汉子说：已经给了银子。有没有人，座儿都有主了。

柳儿气不忿，刚要争辩，却被另一个人拦住。那个人殷勤地说：阿里王子，里面坐，离台子更近，看得清楚。

阿里抬眼，看到一对黄褐色的冷冰冰的眼珠子。那是摩诃。

阿里诧异：你怎么会在这里等我？

摩诃说：瞧您说的，只是碰巧了。

阿里不再问，但他知道天下不会有这样巧的事情。

柳儿看看阿里，又看看摩诃：朋友？

阿里有些尴尬，摩诃却点点头。

柳儿说：既然如此，一起坐也好。

摩诃说：在青龙头那边，多包涵。

摩诃指了指紧挨着坐满了人的下场门的地方。远远看过去，有两条长凳摆放在那里。

柳儿跟着一边往里走，一边喜笑颜开地对阿里说：左青龙、右白虎。"青龙头"就是这儿，戏台子的下场门左右，"白虎头"在戏台子的上场门附近，都是好位置。

台边的乐床上闲坐着一帮子乐师，有端着茶壶喝茶的，有闭目养神的，很闲散。

戏台上站着个勾着三花脸的人拿把扇子在说说唱唱，只见他扇子一挥，手头便出现了几朵鲜花、一个手镯子和一对毛茸茸的小鸡仔来。再挥扇子，一条长虫盘在了他的手腕子上。

那条长虫鳞片青绿，背部尾处焦红，嘶嘶地吐着毒芯子，是条极凶恶的竹叶青。

柳儿低声说：这是小戏法，我也会变，变得不比他差。这一屋子人都是冲着冯班主来的。他一日就演一场，好多人上这来，只是为了给他叫个好。

柳儿和阿里在前面刚刚坐下，门口又有人进来了。那人披着个宽宽大大的黑大氅，半掩着脸，进来后径直往楼上去。柳儿的眼睛不由得随着那人走，心说不知道这家伙是什么来路，竟然早早地把整个二楼包下了。

那人在二楼落座。站在场门边上的伙计见了，马上钻了进去。乐床上的乐师们也全都忙活起来，纷纷抱琵琶，拿三弦，捧笙箫，握笛子。看客们顿时添了精神，正主儿要上场了。

柳儿和阿里对视一眼，连冯大魔王都要等这个披斗篷的家伙坐稳后才上台，这个"黑大氅"好大的排场。他们环顾四下，突然发现身边的摩诃不见了。

阿西和阿东来到冯大魔王的勾栏前，听到里面乐声大作。阿东连喊，晚了，晚了！阿西说，还没有进去，怎知道晚了？

今日出宫前，两个人争执了好久，是该今日出门祝贺一下，还是该明日出门去祝贺一下呢？他们各有各的道理。

阿西说：今日需要祝贺一下。明日，那个新来求婚的王子就要进皇城了。

阿东说：应当明日祝贺一下，因为明日那个新来的求婚王子才进皇城。

阿西说：进皇城的排场是很好看的。

阿东说：当然好看。

阿西说：所以说，我们应当今日出门去祝贺一下。

阿东说：为什么？

阿西说：若是明日出门，就看不到王子进皇城了。

阿西的话终于说服了阿东。尽管争论耽搁了时辰，他们仍做出决定，就是今日，他们要出皇城去庆贺一下。

这一阵子，阿西和阿东都在宫里头待得闷死了。他们一天天地守着公主，天天都是一样的日子。他们生性好动贪玩，闷会把他们闷出病来。他们好闷，但公主应当比他们还闷。他们一心一意等待公主的召唤。尽管公主一日都不会跟谁说上一句话，但公主若想说话，除了他们，还有谁？看到公主孤冷寂寞的样子，他们玩的兴致不由得变得寡淡。他们难道比公主还愁苦吗？

前些日子有一天，大汗来到花楼殿。大汗有一阵子没来花楼殿了。大汗不来花楼殿的理由很多，但他们知道大汗其实最惦记的是花楼殿，大汗如果来了，一定是有大事情的。

大汗兴致勃勃地告诉公主说，又有一个王子来向公主求亲了。

公主听了无动于衷。这些年来，公主已经习惯了听"求亲"这两个字，就像是个久病的人习惯了别人告诉她又要换个新医生一般。

阿西和阿东听见大城又来了一个王子，心里有些意外的高兴。这是今年春天到大城来的第一个王子。这个王子似乎带来些好兆头。

从去年秋天到今年春天，阿西和阿东听到的坏消息太多了。先是南疆秋季罕见的大洪水，那水一直淹到冬天都没退，人禽畜兽都扑腾在片片水洼子间，唯一快乐的就是青蛙了；接下来是开春的大旱、粮食以及各种物价飞涨。百姓们为了糊口，把四野里能吃的草挖得干干净净，弄得牲口们只得争先恐后地啃树皮。后来，大城里又出现了丢小娃娃的怪事情，总有人报官，说是自己家的小娃娃在屋里好好坐着就丢了。爹娘们呼天喊地，说朝廷若不管，他们就只好弃大城而去，远走他乡了。

再这么下去，这大城就真不能待了。

宫里也有人悄悄念叨，说这些都是图兰朵公主身上的那个该死的三色镯带来的诅咒。

阿西和阿东对这说法很不爽却又无法反驳。三色镯自然是个邪恶的东西，三色镯的确是戴在图兰朵公主的手腕上，但那不是公主情愿的事情。三色镯让公主吃了多少苦头，外人不知道，宫里人也不知道吗？他们说三色镯的坏话，好像这一切要怪图兰朵公主似的。这让阿西和阿东很不开心。

公主今年秋天要满十八岁了。

从两岁起，公主再没过庆过生辰。大家都知道"生辰"二字是大汗心头永不愈合的一道伤口。但后来，"十八"这个数字也成了大汗的忌讳，其原委无人知晓，更无人敢向大汗询问。有传言说，前国师临终前曾与大汗有过一番对话，此后，大汗就将这个"数字"看成是凶患。这个说法更是真伪难辨。

好了，大模国的王子来了。这下子，总算有了新的希望。

那天，大汗向图兰朵公主提起大模国王子来求婚的事情时，自我打气地说：这个王子的运气一定比他哥哥好。

阿西和阿东是在门外偷听到这番对话的，两个人眉开眼笑。

多少日子了，阿西和阿东苦闷，觉得气都透不过来。那个大模国王子的出现，让他们看到宫里头的天一下子晴朗了。他们决定要做一件事情，庆祝一下。

他们要做的事情就是到大城最出名的瓦市去，看冯大魔王的戏法。

阿西和阿东早就听说过冯大魔王的名字。他们对那种一伸手就能将东西从看不见的地方掏出来的本事是有自己见识的。

他们觉得那些变戏法的人并不是真正的人。他们觉得那些家伙像是母鸡，当着众人从自己的下半身掏出一个一个的蛋。当然，蛋是椭圆形的，而变戏法的人手中的毯子是方的，但仍不妨碍它们一样的作用。一旦把方毯揭开（将壳破开），里面的东西可以千奇百怪。

阿西和阿东的快乐就是猜测出每个蛋壳里藏着的是臭虫还是小鸡。在他们眼中，那些变把戏的人尽管穿着常人的衣服，实际上都是花式下蛋的动物，阿西和阿东迫不及待地想将他们下的蛋打破，看看里面的秘密。

阿西和阿东来到勾栏前，找到冯大魔王的招子。他们念叨着晚了晚了，直接往里面走，没有人拦他们，也没有人招呼他们。既然他们的目的是来打破蛋的，蛋的主人对这样的家伙一般都充满了警惕，甚至准备随时将他们提着衣领子扔出去，他们觉得还是不张扬惹事的好，所以隐身了。他们不被人觉察地进了场子，就算有人听到他们说话，也无法真正看到他们。他们跟戏台子边上的雕花勾栏一个模样，或者说，他们变成了雕花勾栏的一部分。

阿西和阿东围着戏台子前前后后走了一圈，他们仔细窥探着台上站着的那个人的一举一动。那个冯大魔王从头到脚都像是个斯文的教书先生模样。他一伸胳膊，手里多了支墨笔，再一伸胳膊，掌中托着文房四宝。接着，两个半大的少年走上台，捧着一卷白绢。

阿东说：这两个人肯定不是他变出来的。

阿西说：当然不是，你以为只有你的眼睛看得见？

第六十七章
冯大魔王

　　为了等待那个"黑大氅"，摩诃在冯家班的勾栏里已经坐了两个时辰。这个瓦市是大城里生意最好的，摩诃则是这瓦市中几家最兴隆的勾栏的东家，当然，包括冯大魔王的场子。

　　从做瓷器到经营勾栏，似乎有些跳跃，但从另外一个角度看，钱来得快和消息来得快都是摩诃做生意的根本，所以，他的取舍绝对是睿智的。

　　冯大魔王模样儒雅，一身素衣地上场，鼓乐齐鸣声中，几乎没有人注意到这个黄眼褐发的汉子正悄悄地端着一碗茶水走向二楼。

　　勾栏伙计的差事由东家亲自操办，这碗茶水的分量实在沉甸甸的。

　　他一步步地往上走着，每一个台阶都映照这几日的事变。他看到了倒在他怀中的胡姬，看到了玉勒狰狞的面孔，看到了将他围在当中的那些走犬们。最后，他听到了胡姬微弱的声音。

　　胡姬说：把刀放下……

　　他的刀是他手臂的延伸，放下刀便是束手就擒。

　　但他还是违心地照着胡姬的嘱咐做了，他不得不这么做，刀从他手中跌落在地面上。他呆站在那里，看着玉勒的人将胡姬抬走，看着胡姬离开他怀抱时嘴唇悄悄嚅动。在场的人只有他看懂了胡姬的意思。但他无法按照胡姬的意思去做。胡姬说，不要再来找我。这对摩诃来说，万万不可能。

摩诃是守着胡姬看着她长大的那些人当中的一个。她是他们的主心骨，是他们在这个世界上唯一的主人。他们虽然比胡姬年长，但像孩子一般依赖着她，从没有想象过有一日会失去她的可能性。他们的公主自小就是宫中最有主见的，她的雄才大略超过黑骆驼国的任何一个人。他们信任她。当她执意要与豺狼共舞的时候，他们总是相信她能赢它们。

这么多年，他已经习惯依照主人的吩咐去做。她让他放弃手中的刀。他做了，因为他知道自己的刀既会伤及他的敌人，也会伤到他的主人。但她让他放弃她。他绝不会做。他看出主人的意图。胡姬不让他去找她，是因为她打算将他们挡在身后，一个人独自面对险恶。

摩诃愣愣地回家后，坐想了片刻，有了自己的筹划。这一次，摩诃要按照自己的筹划做事。

摩诃费了些周折，花了比往常多得多的钱财，很快知道了胡姬与那个叫圣楠的女人的瓜葛，并知道了有关那个女人不多的信息。这个叫圣楠的女人被摩诃死死地记住了。疮里的脓血，粪里的蛆虫。这个在胡姬脚下当一个虫子都不配的下贱东西，她将会为自己的所做付出惨痛的代价。但眼下，能利用的也正是这个女人。

摩诃打听到曾经有人给那个女人传过话。于是他使钱让那句话再次传到那女人耳中：牛牛要见她。

牛牛是谁，摩诃不知道。既然这个女人日日唠叨得最多的是牛牛，摩诃相信，牛牛对这个女人是有特殊意义的。

台上戏法已经变到了高潮处，看客们面前的冯大魔王先是寥寥几笔，在一款白绢上画出清水，数支碧绿荷叶，随后又添上几条活蹦乱跳的鲤鱼，笔笔都清风入怀，涟漪荡漾，自成格局，俊秀逼人。

阿里惦记着摩诃，左右盼顾。柳儿说：看啊，看啊，好看！

阿里没有看出好来，说：这个大魔王不过是个画师……

话音刚落，那两个少年人同时跟跄，几乎跌倒。白绢落地，人们眼前竟出现了一缸参差莲叶和活生生的鱼儿戏水。

阿里嘴张着，一时闭不拢了。

接下来，那冯大魔王画鹅，鹅叫；画鸟，鸟飞；画螃蟹，螃蟹乱爬。两个少年人忙不迭地在台上抓鹅，抓鸟，抓螃蟹，台上台下笑声迭起。随着笙管齐奏，鼓乐高亢，兴奋的看客们不由得更添精神，他们知道，最好看的那一刻来了。那是冯大魔王的看家本事——在众目睽睽之下，画出一对金童玉女来。据说，那金童玉女，都是水灵灵的模样，各捧一朵莲花。金童玉女会将莲花掷向台下，那莲花消灾消病，落到谁的手中，谁就会有好运气。

二楼上的黑大氅将帽子向后扯扯，露出额头来。他炯炯的目光盯在台子上。因为他的兴趣全在台子上，所以竟没有留意有个人正端着茶盘向他走来。

他今日就是为了这对金童玉女而来的。大城人已经把这对金童玉女传得神乎其神，连他都不由得信了几分。他在大城寻觅了很久了，试过了许多小娃娃。那些小娃娃在被他送入火炉前都长得粉白鲜嫩，一掐一包水，但烤成血精饼后，成色却不尽如人意。中看不中用这句话很伤他的心。

那些小娃娃都是挑了又挑的，他们辜负了他。

他是个苛刻的人，对自己对别人都苛刻。做事力求完美，苛刻是必不可少的美德。他喜欢极致，喜欢做别人不可能做的事，这能让他享受到征服和挑衅的魅力。眼下他做的事情并非伯颜将军要他做，而是他想要做。关键是契机，是从一个人身上找到做此事的充分理由。

很多时候，他盯着那些偷来的小娃娃们看了又看，他们小脸通红哭得声嘶力竭，他企图从那些沾满鼻涕眼泪的小脸上看出他的时运。这些小娃娃决定他的成败。当他们被他强行推入特制的火炉里时，他的动作粗鲁，但心情很温柔。他在小娃娃们慢慢被烤成一块块黑亮的血精饼的等待中，暗暗揣度，如果他们有慧根，当明白他选中他们的意义，他们应当感激他。

他深信血精饼点石成金的效用，虽说尚无人成功，这更激发他的野心。他一点点地寻找着路径。他若成功了，将成为集天下之大成者。可是，当他一次次小心翼翼地将那些血精饼从火炉中取出的时候，发现它们的成色个个不行。它们都滞暗浑浊，缺乏黑亮带赤的血光色。简直是笑话。大城物华天宝，人杰地灵，这些娃娃们却一个比一个不中用。他们就是这样报答他的。他郁闷，又无可奈何。或许这是天意，老天不肯让他一蹴而就。

他不会放弃，他耐心地等待和寻找着。他等待这对金童玉女的出现，等待他们成就他，成就天人合一的杰作。

乐声落了，偌大的场子里一片寂静。冯大魔王的画笔落在白绢上，先是画了个胖胖的男娃娃，藕节似的胳膊腿，憨态可掬。

黑大氅暗叹这个人画工真的不错。这样的水墨功底，在勾栏里靠变彩立了讨生活，有点可惜了。

冯大魔王再画那个女娃娃。菱角般的红唇，汪汪的眸子，一眼清澈到心底。看客们屏住呼吸，脖子一个个伸得老长，绢子上的金童玉女已经如此之好，若现真身，还不神仙姿容！

先生喝水。

一碗褐色汤水端到黑大氅的面前。

黑大氅很不耐烦地摆摆手。若不是因为他的心思都系在那即将出现的时刻，他会留意到这个端茶人异样的神态打扮。

先生还是尝尝吧，上好的神仙水。

"神仙水"三个字让他眸子一顿，精光掠过那个端茶人，落到茶碗上。

果然是上好的神仙水。

黑大氅抓起茶碗，一字一句地吐出话来：此水在大城是独一份，怎到你手里？

黑大氅声音阴柔微弱，仿佛对人附耳低语，但在摩诃听来，锥子般尖锐锋利，穿过他的耳郭，直刺腑脏。

摩诃往日刀搁在脖子上都不眨眼，此时却大骇。这是在用声刀的龌龊手段伤他内脏，而这混元声刀一定要阴阳同体才能练就。难道堂堂汗国国师竟是个不男不女的角色？摩诃按捺住心乱，但衣衫背后已经汗水津津。

摩诃说：那要去问你的人。

黑大氅一笑，笑得斯文，手指头却在茶碗边紧了一紧：原来如此。

摩诃瞬时觉得那把锥子又在自己心肺间狠狠捅了一把，

一股腥热涌到他的喉咙上。

黑大氅放下茶碗，说：这么讲，我的人在你手里。

摩诃说：是。

黑大氅说：她在哪儿？

摩诃气息艰难但目光依旧坚定，说：拿解药来再说别的。

黑大氅烦恼地眯起眼睛。哪儿钻出来了这么个色目人，功夫虽说不上深厚，但也不好对付。自己已经用了八成的混元声刀的功力，对方血都要呕出来了，却拼命站直了与自己说话，这证明对方上来就是要拼命的。这不是他喜欢的方式。他被人要挟了。这个色目人手里攥着他的软肋，不仅要跟他讨价还价，还想跟他拼命。

场子里乐声突然大作，看客们亢奋的情绪使得他们再坐不住而半抬起屁股来。

黑大氅被分心了。这个家伙来得太不是时候，黑大氅的目光瞥到台上的冯大魔王，只见他笑眯眯从白绢上抬起头，这将是他完成大作前的最后一刻，但他却迟迟不肯下笔。

两个清秀的半大小子托着个木头盘子走向众人，看客们心痒难挨，钱乒乒乓乓地扔到了盘子里……

阿西和阿东是从戏房的暗门走入这个黑洞洞的空间的。

走入这个暗门，完全因为他们误打误撞。他们先是在戏台子的勾栏边看冯大魔王变鹅，变鸟，变螃蟹。眼睁睁地瞧着这些鹅啊鸟啊螃蟹啊从白绢上掉下来，他们的眼珠子差点也都跟着掉下来了。

阿西说：这些鹅不是真的。

阿东说：怎么不真，还嘎嘎地叫唤呢。

阿西说：叫唤也不一定真。

阿东问：为什么？

阿西说：咱们宫里头的八哥也会学鹅嘎嘎地叫唤，它是鹅吗？

阿东说：这只鹅长得像鹅。

阿西说：宫里的虎斑猫长得跟老虎一个模样，可它还是猫。

阿西的话似是而非，让阿东蒙了：你说那是什么？

阿西说：不知道。得进戏房看看。

他们争论的声音虽然有点大，但戏台子前的看客们上下左右乱打量一番，却看不到说话的人，最后猜测这新添的旁白大约也是冯大魔王厉害手法的一部分。

于是，阿西和阿东就大摇大摆地进了戏房。戏房里乱糟糟的，到处堆着箱笼，人在箱笼的空隙当中或站或坐，有老有小，有丑有俊。有正对着铜镜往脸上扑白粉的，也有正用手巾洗脸卸妆的。

阿东一眼望到了那两只鹅。它们安详地卧在角落中，慢慢梳理自己的羽毛。

阿东说：它们的确像真的。

阿西说：摸摸才知道。

阿西和阿东向两只鹅走过去。

两只鹅仿佛听懂了阿西和阿东的对话，突然抬起了脖子，警觉地站了起来。

阿西说：别怕，别怕，不是要吃你们的肉……

阿东说：眼下你们的肉清淡寡口。就算你们真的是鹅，也不好吃。阿东喜欢吃葱蒜油爆的红烧鹅肉……

那两只鹅对阿西和阿东的解释却有自己的看法，掉头扑扇着翅膀向另外一个角落跑去。

别跑，别跑！

阿西和阿东追到角落里，只见两只鹅扑刺刺一下子钻进墙里隐身不见了。这让他们吃惊。原以为那隐身的手段是阿西、阿东独有，怎么转眼连鸡鸭鹅都会了。他们心慌慌的，打量那两只鹅不见了的地方，伸手推去，才发现原来那墙明明是一道不起眼的暗门。

说起来，戏房和戏台是相连的。戏台是个架高起来的台子，比戏房高出三个台阶，那个暗门恰好对着戏台子的底部。阿西、阿东想都没想就顺着暗门钻进去。那门寻常人进去是要爬行的，他们两个进去只是略一低头，宽宽松松。他们没有想可不可以进去和当不当进去，在他们看来，鹅进得，阿西阿东当然也进得。

里面空间不大，两个人左右前后地看看，发现侧面几处都有光透进来，所以并不那样黑。其实，即使真的很黑，对他们来说算不了什么，他们的目力比寻常人好很多。阿西和阿东就这样看了一看，看到了那两只"鹅"。

那两只"鹅"坐在两个圆圆的类似筐一样的东西里，正仰着脑袋，眨巴着眼睛望着他们。

这两只"鹅"个子比先前大了许多，样子也变了许多。虽然依旧白白胖胖，但浑身的白毛都没了，脖子短了，肚子上套了个红兜兜，头顶还冒出了冲天锥。

所以，当阿西和阿东看到那两只"鹅"的时候，他们糊涂了。

是它们吗？阿东问。

应当是吧。阿西答道，但有点不太肯定。

它们变得好厉害，几乎认不出来了。阿东说。

一点也认不出来了。阿西说。

两个人左看右看，那两只"鹅"也对着他们看，并发出轻轻的笑声。

阿西突然说：他们为什么像两个小孩子，一个女娃娃，一个男娃娃。

阿东说：会不会是因为那两只鹅，是一只公鹅，是一只母鹅？

阿西咋舌：这个冯大魔王好厉害。

阿东说：厉害得吓人啊。

阿西说：冯大魔王用这两个筐子就能把它们变成小娃娃，我们要是坐上去，会变成什么？

阿东说：会变成鹅吗？

阿西说：更有趣一点吧。比方说，变成熊？

阿东说：也许是一只豹子。

阿东一直坚信豹子比熊更凶猛也更漂亮。他说着，就将自己眼前的小娃娃抱了下来，自己坐了上去。

阿西问：不要隐身吗？

阿东说：隐身做什么？隐身就什么都看不见了。

阿西也赶忙将另一个娃娃抱下来，自己蹦到筐里，说：最好是把我变成大汗，坐在大殿的宝座上。

阿西的话让阿东又嫉妒又羡慕，要是有这可能，他也愿意变成大汗，那样，大殿的宝座上就会出现不止一个大汗，很热闹，但坐上去是不是有点挤？

阿东喊着：我也要变大汗！

阿东的话音刚落，那两个筐子就突然活动起来，阿西和阿东一起向上弹去……

冯大魔王放下画笔，双手伸向那幅白绢子。白绢被哗地抖了一下，台下"哦"了一声。但台子上并没有出现人们期待的那个画面，白绢子上依旧清水盈盈，那两个嫩藕似的小娃娃还在白绢子上面坐着。

冯大魔王盯着那白绢子，遗憾地摇摇头。

台下的人们都心领神会地笑了起来，这不是冯大魔王失手，这叫先抑后扬。

冯大魔王搓搓双掌，准备真正露一手了。

这已是千钧一发，黑大氅顾不上与摩诃啰唆，一挥袖子，手中的茶盘茶碗都跳起来，向摩诃砸去。

摩诃躲闪，但还是被溅了一身汤水。他马上还手，向黑大氅坐着的椅子踢去。黑大氅跳了起来，人在半空中，眼睛却还是忙不迭地扫向戏台子。

此刻屋里沸腾，台子上砰砰地变出两个人。论高矮，这两个人是孩子的身量，但看面孔，看打扮，却是一男一女两个成年人。今日的金童玉女，太别出心裁，让众人看蒙了。

台下寂静，人们面面相觑，这是冯大魔王给大家的意外惊喜吗？虽然也是一男一女，但明明是两个神头鬼脸的小侏儒。

冯大魔王也一时找不到北了。他盯着眼前这两个侏儒，皮肉白净，肥头大耳，相貌陌生，这两个人蹿到自己的台上来干什么？难道是自己什么时候得罪了道中高手，送他们来砸场子的？

阿西和阿东互相望望，望到的样子非常意外。应该不是这个样子，即使没有变成大汗，也应当长出绒毛和爪子，生出犄角或者尾巴，变成猫啊，狗啊，猪啊，羊啊！结果自己还是自己，这太令人失望了。

二楼乒乒乓乓打成一团，黑大氅和摩诃掌来腿往，瞬间斗了好几个回合。黑大氅功夫不弱，却仿佛有忌惮，且战且退；那个色目人掌风很急，死命纠缠着不肯让对方离去，所以暂时看不出谁占了便宜。

场子里突然有人脆脆地叫了一声"好"，众人听到，也跟着稀稀拉拉地喊起来。喝彩声渐大，此起彼落，但许多喝彩的人并不清楚自己到底是在为冯大魔王的别出心裁叫好，还是在为二楼上的那两个人的功夫叫好。

第六十八章
治大国如烹小鲜

当天下午，瓦市里发生的事情就传到大汗耳朵里去了。

照常理，这种市井闲篇是爬不进皇宫大殿，够不上大汗的耳朵的。但这次有点不同，这次闲篇的主角都是大汗的身边熟人，所以瞒也瞒不住。

首先让大汗疑惑不解的就是国师怎么会跑到戏子们的瓦市勾栏里，跟人家打了一架，这简直是个笑话。

大汗问身边的侍从官：跟国师过不去的是个什么人物？

侍从官说：一个做生意的色目人，是勾栏的东家。

大汗说：一个做生意的色目人，也敢动朕的国师。

侍从官说：国师独自前往，不事声张，或许色目人并不知晓国师的真实身份。

大汗听了还是弄不懂。国师这是图什么呀？想看戏，无论什么样的戏，花钱把戏班子喊到家里去便是，何苦混到那种乌烟瘴气的地方去，且不说在瓦市勾栏那种地方看戏是降抑尊贵，还在那儿跟人动手，真真丢皇家的脸面。

大汗的困惑并非到此为止。国师莫名其妙地去了勾栏，已经蹊跷得很，同一个时辰出现在那里的还有阿西和阿东这对活宝。据人说，国师在二楼刚跟人交手，阿西和阿东就从那个变戏法儿的人画的绢子上跳了出来。阿西和阿东好好地在皇城里待着，让那个叫冯大魔王的家伙用画笔勾魂儿，一下子就站到了勾栏的戏台子上。两个人天真无邪地面对看官们，接受众人的喝彩，将瓦市勾栏里的热闹提高了一个档次。

素日里，大城的平头百姓哪里会有这样的眼缘儿，既看了汗国的国师打架，又看了汗国公主身边人的献艺。今天这个日子简直，简直就是匪夷所思。

大汗问：阿西和阿东现在在哪儿？

大汗的侍从官说：在公主的宫里头喊脚疼呢。

大汗说：脚怎么啦？

大汗的侍从官说：脚被路上的石子儿硌破了，他们是光脚回来的。

大汗猜测：被人追打，鞋都跑丢了？

大汗的侍从官答：他们说勾栏里很多人都跑过来摸他们的脚，七手八脚把他们的鞋子都给抓没了。

大汗诧异：为什么要摸他们的脚？

大汗的侍从官说：求"金童玉女"赐福。看客们以为阿西和阿东是长生天送来的"金童玉女"。

大汗听了，眼珠子差点掉出来。竟有人相信长生天会将这样两个宝贝送给大城百姓顶礼膜拜？若真如此，长生天做事情也太马虎了，送人情该选两个顺眼的。但又转念，让图兰朵公主的身边人充当众人仰慕的"金童玉女"，除了不够漂亮，大体还说得过去。

大汗问伯颜是否听说了那桩笑话。

伯颜说：听说了，大胆刁民装神弄鬼聚众滋事，对大汗不敬不逊。

大汗"哦"了一声：如何不敬？

伯颜揣摩着大汗的面孔，说：他们把公主的身边人变到了戏台子上，这是天大的冒犯。

大汗说：你也相信那阿西和阿东是被什么"大魔王"变到戏台子上去的？

伯颜迟疑：这个……卖艺人的障眼法骗得了别人，骗不了大汗。但那金童玉女之说，诡辞欺世，妖言惑众。

大汗摆摆手：阿西和阿东喜欢淘气，自带隐身术，想去哪儿，就能去哪儿，想干什么就能干什么。这一点皇城里不少人吃过他们的苦头，朕也早就领教过他们的本事。一定是他们自己溜出去寻开心，捅了娄子，不好收拾了，编出什么"金童玉女"的谎话诓人，还有……

大汗说到这儿，停下来，向伯颜看了一眼。他没有提到国师。国师是伯颜引荐来的，他们一直走得很近。勾栏瓦市里发生的事情伯颜应当比自己清楚。他想要看看伯颜会不会自己提出来。

然而，伯颜并没有。伯颜只是说：大汗睿智。

大汗笑笑。大汗是什么人？谁在他面前装神弄鬼他都有数，只是有时候戳破了往往没什么意思。

大汗说：依朕猜想，那地界如此红火，一定还有什么蹊跷的地方。

见到大汗意味深长的笑容，伯颜忙又说道：大汗说得极是，微臣正打算让人去查抄那个勾栏，弄个清楚。

大汗说：算了，本来就是个笑话，说说罢了。你大动干戈去查抄，岂不是火上浇油，把小事搞成大事情。

伯颜低下眼睛，说：还是陛下想得周全。

大汗从伯颜避开他的眼神里看到一种他不想看到的东西，对方口不对心。

这是他的大将军，他眼见他一点点强大，羽翼一点点丰满。他一直信任他，几乎视为己出，除了自己的王位，能给他的都给他了。但现在他却对他口不对心了。这让大汗不开心。

近些日子，大汗不开心的事情很多，耳边听到的尽是坏消息。大模国的王子来求婚，似乎是唯一一件能够让他开心的事情。但他的直觉告诉他，这种时候往往更加危机四伏。

于是大汗对伯颜说：不是我周全，眼下有更要紧的事情要办。

伯颜猜测到那更要紧的事情指的是什么。大汗说的更要紧的事情与自己眼下忙碌的事情是有关联的。

查抄那家勾栏，自然并不在伯颜的打算中。只是此事惊动了大汗，这让他有些意外。

无论抄不抄那家勾栏，伯颜都能猜出对手是什么来路。他早就听说过那个叫摩诃的色目人。世上还有几人记得起黑骆驼国这个名字？但摩诃和一群浑人竟然对胡姬这个亡国公主俯首帖耳唯命是从。为了给主子追讨解药，挑衅汗国国师，眼中一点王法没有。

说起来这些人在大城吃喝不愁，家业丰厚，过着舒坦到骨头里的好日子，但有朝一日想造反，身家性命都不要了，典型的亡命之徒。

汗国亏待过他们吗？本将军亏待过他们吗？他们的一举一动都在自己的眼皮子底下，想捏死他们，动动手指，轻而易举。也不琢磨一下是谁给了他们好日子。这些喂不熟的狗，只认一个主人。

想到这些，伯颜觉得胡姬值得另眼相看。忠诚并非金钱可以买到的。胡姬降服男人和降服属下的本事似乎都是天生的。

十多年过去了。伯颜依旧记得那个曾以男孩儿面目示人的清秀的小脸，一个从开始就隐藏起自己的真实面目的女子，心思不知多深。好在伯颜并不以貌取人，他知道平日看着最乖巧的面孔，攻击你时最凶猛。

其实伯颜喜欢与有锋利牙齿的对手打交道，能够驯化猛兽，才是高手。胡姬手中有摩诃这样的死士，这更让他看出她的价值所在。眼下他在布一盘大局，他对她和他都另有打算。

于是，伯颜对大汗说：大汗计出万全，但有一事臣还是如鲠在喉。

大汗道：说吧。

伯颜说：想来大汗也有耳闻，近来大城里不大太平。刁民如朝蝇暮蚊，朝廷宽大为怀，刁民得寸进尺。加之各国王族当中有不少子侄兄弟因曾向公主求婚失败而丧命，难免心怀叵测。这些势力游走在大城各处，白日里青鞋布袜，匹夫匹妇；夜晚形迹诡秘，鸡鸣狗盗。恰巧大模国的王子来求亲，鱼龙混杂，恳请大汗早有防范才好。

听到这些话，大汗望着伯颜的目光渐渐变得柔和。也许自己是多心了。眼前这人无论有多少城府，但说出来的话还是很对大汗的心思。能被人看出城府，说明他城府还不够深。治大国如烹小鲜，无为而无不为。不要过于纠缠细枝末节。

大汗点点头：此话有理，伯颜将军，全城怯薛军的防务调动之事，就交给你处理。

伯颜应答：是，陛下。

内侍们连夜重新布置花楼殿里的陈设，从上至下都用了宫中巧匠们新制的款式。悬挂在梁柱上的垂幔纱帘换成了浅藕和淡黄的新鲜颜色。金色的挂灯上盛开着淡粉色的芙蓉花，水蓝绣屏上漂浮着银色的并蒂莲。这给素净的大殿平添了几分喜气。

图兰朵公主走进大殿，阿西和阿东特意将这些东西一样样地指给她看。她只是瞥了一眼，便转过脸，没有说一个字。

图兰朵不知道这些人忙碌的意义。

下面人都说，这是秉承大汗的旨意。大汗对大模国来的阿里王子充满好感和期许。

这两年大汗难得走入这大殿。那日，大汗突然来了，兴致勃勃地告诉她，又有一个王子进大城求亲了。

大汗说：这回一定不一样了，这回这个王子一定能行。

在过去，她或许还会问一句"为什么"，但这一次，她已经没有兴致问，因为问是怀有希望的，她并不以为自己还有希望。她一声不响地望着父亲的脸，发现父亲老了许多，不知什么时候父汗已经变得白发苍苍。

父汗的话既是在安慰她，又是在安慰自己。

花楼殿有一个正门，两个侧门。一扇侧门通向答谜的祭坛，一扇侧门通往出皇城的甬道。

这几年，一个个的王子从正门走入这个花楼殿来觐见自己。这是答谜前必有的步骤。觐见后他们要做选择，走哪个侧门将有不同的生命旅程。但他们毫无例外地选择了那扇走向祭坛的门，仿佛进入这座大殿后，他们的命运便被决定了。他们眼中只有一扇门，他们是心甘情愿来向公主奉献自己的头颅的。

血泊凝固后被新的血泊覆盖，图兰朵公主再没有期待。既然每一次过程和结果都是一样的，这重复的意义在哪里呢？

园子里的树木枯了又荣，图兰朵公主知道，这是自己生命的第十八个年头了。在宫里，几乎所有人都假装忘记了这个公主的年龄，但她知道这个数字意味着什么。

你还好吗？

她恍惚听到了他的声音。这问候来自那个叫蓝眼睛的年轻人。他身着皇家侍卫的打扮，曾隔着关闭的窗棂对公主说：你还好吗？

她不能回答她。对她来说，好与不好有什么区别吗？

我做了皇家侍卫了。

他的声音让她想起仿佛极其遥远的过去，想起那些年月里自己曾经还有过的一点点的快乐。她记得她与他在园子里说的话。那时候她和他都还稚嫩青葱，她真的相信他们有将来，有明天，所以她对他说，我这里只有皇家侍卫才可以来。

他兴致勃勃地说：我以后要做皇家侍卫。

他真的成了皇家侍卫了。他把她和他当年的话当作一种承诺。

她却不能回答他，也不能面对他。他不懂，如今她这里皇家侍卫也不能来。

蓝眼睛是个守信的人，也是一个执拗的人。无论她如何拒绝他，他总是要来，一次又一次偷偷地来。她知道她绝不能够应答他。自己没有希望，也不该给他任何希望。她想，这一切不会长久的。有一日他终会醒悟，那时候他就不再会来了。或许，那一天就在不远的将来。

我知道你在那儿，能够听到我的声音。

他的话语里有一种不屈不挠的孩子气。这时，她诧异地看到自己的三个镯子诡异地亮了起来，仿佛忍不住要回应他。她知道它们的奸诈。它们要害人时，呈现出的却是罕见的美丽。她用手紧紧捂住了它们。

她和他隔着窗棂，一动不动地那样站着。微风中有他的叹息，光阴随着他的叹息倒退，将她打算忘却的东西哗啦一下子都送到眼前。

那时他傻傻地望着她说：你知道你有多好看？

她依稀还记得自己听到这句话时的心跳，胸口突然泛起的浪花。那浪花漫过她的喉咙，直扑她的面颊，那是无法比拟的亲密，爱不释手的快乐。在那些冰冷的长夜里，她一次次地回忆他曾说过的话语，依靠着他的声音，她的心才没有完全被冻僵。

我走了，我还会来的。

大殿外的他久久没有等到她的应答，只得离去了。他说完这句话，慢慢地走开，她听到他离去的脚步声，那脚步里满是不甘和伤感。她悄悄打开窗扇，在窗棂的缝隙中看到了他的背影。黑色盔甲，暗红色的披风，皇家侍卫的衣着很合身。

她反身靠在窗扇上，只见大殿里一片黯然。

她永远从这里走不出去了，都是因为它们。她松开了手，目光落在自己的腕子上，那三只镯子此时无声无息，与大殿一般黯然无光。她盯着它们，突然举起手臂，狠狠地将手腕向墙壁上砸去，三个镯子碰撞在墙上，发出惊愕的金石之声。她疯狂地砸着，手腕被砸得钻心地痛。她的痛，就是它们的疼。她想要伤害它们，她知道伤害它们的艰难，所以她只能用伤害自己来伤害它们。

　　片刻，她的手臂血肉模糊，一股股赤红的温热滴滴答答地落在地上。她喘息着，憎恶地望着那三个镯子，只见它们渐渐红润起来，仿佛被唤醒。它们嗅到了自己最爱的气味，忍不住发出激越的色彩。它们像水蛭般蠕动着，召唤着赤红的温热向它们涌去。它们贪婪地吞噬吸吮着，一丝一毫不容错过。

　　当那鲜血被吸吮的同时，她的伤口在平复愈合。再下一刻，她的手臂光滑润泽，洁白如初。

　　它们珍爱她的鲜血，它们不容她随意挥洒浪费。

第六十九章
月朗星稀

这几日，玉勒很忙碌。大城原本就是个多事的城，但这一年春天，棘手的事情多得让人伤神。

大城里出了精怪。先是义侠妖精横行，让有钱人的粮仓钱袋都空瘪下去；后又是丢孩子的事件此起彼伏，弄得做父母的夜夜不敢入眠。城里的富人们捶胸顿足，牢骚连天；城里的穷鬼们瞋目切齿，站在大街上骂人。这是一堆堆茅草干柴，只差火星子点燃。

玉勒对伯颜说：将军，那些刁民要不要抓几个，杀几个，以儆效尤？

伯颜问：抓谁？

玉勒迟疑一下：不管抓谁，安个罪名抓了就行了，让百姓知道朝廷没白吃饭。

伯颜不语。

玉勒又说：那个周大最近也活络得很。要不要从他那儿下手？

伯颜看了玉勒一眼，没有说话。伯颜将军不表态，玉勒知道自己的话白说了。

私下里，玉勒一直觉得自己是个有能力的人。这么多年，能将伯颜大将军的心思揣摩得八九不离十，这不是最大的能力吗？但近来玉勒做事却屡屡摸不准伯颜的脉了，他为此而焦虑。

伯颜将军变了，变得比过去心思更深了。他说话经常嘴上一个意思，肚子里还有一个意思，让你猜得好辛苦。更让玉勒不安的是，他不知道伯颜将军变了的原因，不知这是专门对付他玉勒的，还是对付所有人的。玉勒只觉得对方不再把玉勒当一条身边的汗巾子，随意抹擦了。这让他伤心。

伯颜将军有心提拔少将军海长春，对此玉勒无话可说。少将军是这个家里的正根儿，长子长孙，这个府邸里一直生闺女不生儿子，到头来偌大的家业准定要有个人继承，少将军名正言顺。

可伯颜将军还提拔了那个叫那木罕的家伙。那木罕算什么东西，一个普通百户的儿子，长得獐头鼠目，在怯薛军中混了几年，没混出什么大模样儿，却被伯颜弄到豹军中当了首领，又被派在玉勒身边成了副将，连鹰隼军都想插一脚。玉勒每每想到这儿，胸口便堵得慌。

扒心扒肺的，祖宗都卖了，末了却不如一个外来的小人。

喝大了酒，玉勒气恼地对着自己的小妾嘟囔。

谁啊？小妾不解，问。

谁啊，那木罕呀。瞧人家这两年腰杆硬的，说话一副通天模样。少将军厚道，不与他计较，可我玉勒给伯颜做了多年的上马石，凭什么被这个小人一脚踢翻到阴沟里。

小妾说：你赶紧做几件漂亮事情，讨伯颜将军欢心。

玉勒摆摆手：没用，做什么都有人撬行。

那年大汗让伯颜将军指点公主练剑，结果竟被公主灰头土脸地驱赶出宫，伯颜将军失了面子。尽管皇城内外无人敢说一字，但众人越是忌讳，越说明干系重大，特别从海长春那里隐约得知此事仿佛牵连到周大，更增添了其中的分量。

玉勒不动声色地派人去打听了很久，终于找到了周大的下落，并从此一直关注着周大的行踪。伯颜将军跟周大有梁子，他玉勒和周大也有过节，这梁子和过节有多大，只有当事人自己清楚。

周大不是一盏省油的灯。他和伯颜将军不盯着周大，周大也会盯他们。若能找个碴儿将周大办了，既讨了伯颜将军的好，又让自己落个安心，这一好换两好，很值得做的。

当然，周大是个谨慎的家伙。但人不是神仙，总会出错的。只要周大有错，他随时可以露一手，替伯颜将军出气。

他喜欢一个词，叫锱铢必较；他也喜欢做一种人，叫睚眦必报。

可惜，伯颜似乎并未留意他的忠诚和努力。

伯颜说：这事儿不用你劳神了。

玉勒说：不劳神，为将军办事，义不容辞。

伯颜说：我已交给那木罕了。

那木罕？玉勒愕然，他清楚周大是伯颜将军心中绝不肯让人触碰的一块隐秘，这隐秘竟然交给了那木罕去触摸。那他玉勒呢？什么时候那木罕越俎代庖了？

玉勒心里酸酸的。他看见那木罕跑在了他的前头，而伯颜对跑在后面的人是厌恶的。

大约伯颜看出了玉勒的不爽，说：除了眼皮子底下那点儿事儿，你还能看到什么？

玉勒含糊了：将军让我看什么？

伯颜说：你不觉得这两日大城里的陌生面孔太多了？

玉勒愣了一下，大城是万国之首，日日来大城的陌生面孔都很多，当然，伯颜指的肯定不是这个。于是，他小心翼翼地说：将军说得是，我马上增加人手，在城内盘查那些形迹可疑的商客和旅人。

伯颜问：你也看到了蛛丝马迹？

玉勒说：近来大模国来的商队特别多，当然，他们的王子来大城求亲，商人重利，趁机多做些生意，多挣点银两也在情理之中。但自从去年西域之战，大模国一直做骑墙之势，首鼠两端，对这样的人还是多留点心好。

伯颜嗯了一声：不错。

玉勒得到鼓励，立刻添了精神：那求亲的阿里王子被大模国国王视为掌上明珠。此人的哥哥几年前死在了大城，此番再来求亲，凶吉难测，末将不敢疏忽懈怠。

伯颜微微点头，说：大城鱼龙混杂，那些色目人近来都不大安生，今儿早上的事儿你没听说吗？

玉勒立刻想到了褐发金眼的摩诃在瓦市里挑衅国师的事情。

玉勒说：我已经打听过了，据说是因为摩诃把胡姬身边的那个扁脸傻女人弄走了，国师才急眼了。

伯颜叹息：那女人若真是个傻女人，只怕国师也不会真的动怒。

玉勒说：难道是我们看走眼了？

伯颜哼了一声，说：你想想，她的招数让你我都看不破，不是凡人。

玉勒忙说：我即刻带人查访，一定想办法把那扁脸女人弄回来。

伯颜却说：干吗那么急，等着国师打赏？

玉勒蒙了：那，按将军的意思……

伯颜说：那个摩诃要用那扁脸女人换更要紧的东西。既然她的性命无忧，不妨让她在胡姬的人手里吃点儿苦头。

当晚，伯颜在那个小小的香料店里见到了国师。

春暖花开，店的门窗却紧闭着，浓重的香料气味特别冲鼻。伯颜走进屋里，只见光线昏暗，木桌上放着一盏白釉油灯，国师的脸色很不好看。

国师见到伯颜，劈头便说：将军为何现在才来？

伯颜说：你我都吃着朝廷的俸禄，总得以国事为重。我此刻过来，也是百忙中抽身。

国师问：少讲废话，我的人呢？

伯颜说：你的人？好像不是我的人弄走了你的人。

国师嗓门尖厉起来：当初是将军要我给你一个靠得住的人。我给了，她没了，我当然要向你要人。

伯颜笑笑，他能看出国师上午刚跟人打过架，心里还揣着余火。那声音那态势毫无往日的镇定和优雅，却有些像个刚跟邻里婆娘打过架的泼妇。

伯颜说：你给我的是一个人，又不是一个坛子。她有脚，要乱跑，跑到不该去的地方去。你找我要人，也是无理。

国师说：我一直在帮将军，将军不该过河抽板，忘恩负义。

伯颜说：你帮我，难道不是帮你自己？再说了，身为汗国国师，法力无边，人丢了，该马上想办法去向那个摩诃讨要，何苦在这儿跟我浪费口舌。

国师"嗨"了一声：那摩诃早有防备。我和我的人找了一个下午，查抄了摩诃的老窝和他常去的地方，人去楼空，去向谁讨要啊？

伯颜说：你也去拿住他们的一个要紧的人，投桃报李嘛。

国师说：他们是豁出命了，除了解药，他们什么都不在乎。

伯颜说：那你就答应他们解药好了。

国师气馁地说：这些人比猴子还精，哪里是那么好骗的。在将军府中说不定就有他们的耳目，胡姬的毒是否能解，将军心里清楚。

伯颜不由得说：这倒也是。

伯颜低着头思索，心里却是隐隐的欢喜。看来国师是真的牵挂那个扁脸女人。谁承想无所不能的国师也有命门要害？奇怪的是那个让人看一眼，隔夜饭都会吐出来的丑八怪，在国师那儿却是个宝贝。

国师在一旁突然说：听说大汗将警卫皇宫的差事赏给了海长春？

伯颜道：确实如此。

国师说：海将军少年有为，可喜可贺。

伯颜说：多谢。

国师接着又说：大汗并非不知晓将军巴望这份差事已多年，为何赏给了将军的亲侄，而不将这好处直接赐给你呢？

伯颜说：大汗刚刚将全城怯薛军的防务调动之事交给我了。

国师说：将军心知肚明，掌管京城防务，与掌管皇城宿卫，是大汗手里的两把刀，出不出手，不在刀，而在手。大汗这是要让将军与您的亲侄遇事掣肘，互为羁绊。换句话说，大汗信得过海长春，却不一定信得过将军您。

伯颜心中的隐痛不禁被国师点中。

伯颜强回嘴说：我是看着长春长大的，毕竟血浓于水。

国师说：是否血浓于水，将军该有数。天下熙熙，皆为利来；天下攘攘，皆为利往。说到底还是你帮我，我便帮你。

伯颜想了一下，说：你要我如何帮你？

国师道：将军运筹帷幄，用不着别人指点。

伯颜说：你要我全城搜找那个女人，只怕不易。大汗已经耳闻今日瓦市里的纠纷，大张旗鼓肯定不行。

国师说：这大城既是大汗的，也是将军的，将军说行就行。

伯颜瞥了国师一眼：国师过分了，当心有人要修理你的舌头。

国师冷笑：难道将军心里不是这样想的？

香料店里一阵沉默。两个人对视，眼中过招，如同兵戈相见，但掂量过对方的兵器后，觉得还是鸣金收兵为好。于是，彼此神情都变得和缓。

国师说：我是关己则乱。如今将军与我一荣俱荣，一损俱损。这一点你我心里该有数。

说着，国师伸手，点燃了炉中的一炷檀香。烟雾袅袅，奇香弥漫。

伯颜望着那炷香，缓缓道：大汗近来心情不好。据说前国师曾对大汗预言，公主十八岁，若还不能解开那三个镯子，公主就没救了。这种时候，我们只能因利乘便。

国师说：什么没救有救，顶多是疯癫而已。一个拥有三色镯的疯癫公主，依旧是万人仰慕。只道那三色镯是个嗜血的怪物，说那三个谜是对汗国的诅咒。怎不提那三个镯子是稀世珍宝，神力无穷。我若能有那三个镯子一星半点的残屑碎片，早成就了将军的金刚不坏之身了。

伯颜说：此言当真？

国师说：我骗将军作何？可惜那三色镯对将军只是水中月，镜中花。也是无奈，我才拿那些小孩儿血精饼试一试，图个侥幸。

伯颜被国师的话挠得心头痒痒的，他在屋子里来回走了几步，抬头说：国师撒出去的那些眼线是不是也该回来了？

国师说：刚刚回来了几个。这回他们去了世界上最偏远的地方，见的都是最有见识的人，收获也有一些。那个从巴萨罗那回来的家伙就打听到了马尔维亚国历代王孙们的特征。他们的心都长在右边……

伯颜哼一声：这消息有什么用，那些王孙还有一个活着的吗？

国师说：至少与三色镯有关吧。

伯颜叹息道：好，只要你能成全我的金刚不坏之身，你的人我会妥妥帖帖地给你找回来。

那天晚上，柳儿做了菜粥和贴饼子。饭桌上只听她一个人唧呱唧呱地将上午瓦市里的那一幕对着周大和卡拉夫学说了一遍。

柳儿说：好看，忒好看。准是因为楼上有人打架，冯大魔王一走神儿，手那么一抖，把那对"金童玉女"画得歪瓜裂枣，结果，台上冒出了两个矮子。你知道他们是谁吗？

周大没应答，柳儿已经接过自己的话茬儿：我一眼就认出来了，他们是皇城里边的人，是图兰朵公主的身边人。

听到这话，周大不由得抬起头，盯住柳儿。

柳儿更加得意：别人都蒙了，连冯大魔王自己都蒙了。

那两个矮子站在那儿大眼儿瞪小眼儿，还一个劲儿地说，你还是阿东啊！我还是阿西啊……

柳儿笑得前仰后合。

周大冷着脸说：别哈哈哈，你以为热闹都是好看的？

柳儿不服气：不光看热闹，我们也……

柳儿"也"字刚出口，被卡拉夫抢着截断。

卡拉夫说：柳儿他们只是看热闹，没动手。

周大瞪了卡拉夫一眼：替她遮掩也没用，这种时候，她比谁都手痒。

卡拉夫被噎住。柳儿对着卡拉夫咧着嘴笑。

周大不再理睬两个孩子，呼噜呼噜将海碗里的菜粥喝光，抹一把嘴，说：我有事，出去一趟，你们老老实实在家里待着，不许再出去闯祸。

周大走了。

柳儿七手八脚地收拾碗筷，嘴里说：爹干吗去呢？

卡拉夫说：师父不是说有事吗？

柳儿自言自语道：干吗不明说是什么事呢……

闷了片刻，她又突然说：你说李婶儿的妹子好不好？

卡拉夫不明白，问：什么好不好？

柳儿翻了卡拉夫一个白眼儿。

卡拉夫突然明白了柳儿的意思。这两年他们渐渐成人，李婶儿的妹子对周大的心思也风言风语传到了他们耳中。卡拉夫倒不觉得什么，柳儿却更介意些。为此，她去李婶儿家都不那么勤了。

卡拉夫说：师父又不是去看李婶儿的妹子……

柳儿撇嘴：我没说，是你说的啊。

卡拉夫笑笑，没吱声。

于是，柳儿换了个话题，又对卡拉夫说：刚才你替我说谎，被爹骂，冤不？

卡拉夫说：冤啊，所以你打算谢我啦？

柳儿道：明明是该你谢我，怎反过来了？

卡拉夫说：为何该谢你？

柳儿说：阿里是你的兄弟，对不？那个色目人摩诃又是阿里的兄弟，对不？摩诃跟那个黑大氅的家伙打架，我应当帮兄弟的兄弟，对不？谢我吧！

卡拉夫知道柳儿强词夺理的本事，他说：别绕了。我碰到阿里了。他告诉我，在瓦市一见打架，还没弄清谁跟谁，你就先跳着脚叫好了。那个黑大氅是有来头的人。当时有人看到那些赶到瓦市去的怯薛兵见了他，都毕恭毕敬，叫他"国师"。要不是阿里拉你走，你打算跟那个黑大氅单挑呢。

柳儿听了不服气，柳儿说：管他是谁，我只是想试试他的功夫。那个摩诃人高马大的，竟然打不过他。再说啦，是你让我带阿里逛街的，要不是你，我哪儿能碰上那个黑大氅。

今日柳儿带着阿里逛街，的确是卡拉夫提起的。一般说来，凡是卡拉夫说的事情，柳儿都会觉得好，当然，柳儿仍然可以随时倒打一耙。

早上，卡拉夫打算去焰火作坊执勤。他想到自己的好兄弟阿里很快要进皇城了，这一去凶多吉少，难免心里纠结，出门时竟忘了与柳儿打招呼。

柳儿见状，从灶屋里喊着"蓝眼睛"，追到门口拦住他：

你等等！

卡拉夫看着柳儿火急火燎的样子，抱歉地笑笑说：我去执勤，傍晚回来。

柳儿说：我知道，张嘴——！

柳儿不由分说，往卡拉夫嘴里强硬地塞进去了一块糕。柳儿道：刚出锅的槐花糕，好吃吗？

卡拉夫的嘴被烫得火辣辣的，不得不一边点头，一边拼命倒吸凉气。见卡拉夫要走，柳儿又一次扯住他的衣袖：等等。

卡拉夫嘴里呜噜呜噜地说：还有什么事？

柳儿扯着卡拉夫盈盈地笑，不知为什么，这几日对他特别依恋，但毕竟不能就这么傻傻地揪住他袖子不放，于是说：去帮我问问焰火大师，什么时候他得空？

卡拉夫知道柳儿的打算，他说：已经试过七八次了。这次行吗？

柳儿说：行不行试了才知道……

说着，柳儿想了想，又添一句：要不你带过去，先试试？

柳儿从怀里掏出一串奇形怪状的东西，有细有粗，有长有短。

卡拉夫不接。卡拉夫说：算了吧。

这是一串钥匙。这串钥匙是柳儿打算用来开启焰火大师身上的那把双龙戏珠纹镏金锁的。那锁有八道簧，在柳儿眼中八道簧就是对手给她摆出的五行九宫八卦阵，她弄出的钥匙则是破阵的天罡北斗大法，先插哪把，后插哪把，在哪个方位上插，都有复杂的说头。卡拉夫不想让自己头疼。

为了弄出这些长长短短的钥匙，柳儿食不知味，夜不能寐。在卡拉夫看来，她已经有些走火入魔。

卡拉夫对柳儿说：我会去问他。不过，能打开锁，自然好。若打不开，大师也不会怪你。

柳儿说：谁说我打不开这锁。打赌不？

卡拉夫笑着摇头。他不能跟这个倔丫头打赌。柳儿认死理，赌性大，他可不想火上浇油。她一急眼，会干出捅破天的祸事，比方说，钻进皇城里去摸大汗怀里的那串钥匙。

卡拉夫哄她说：你当然行，天下没有谁能比我们柳儿更行。

这话让柳儿听了舒服。这才是她的蓝眼睛哥哥，最懂她的。她为什么要对焰火大师好？是因为焰火大师对蓝眼睛好。焰火大师对卡拉夫点点滴滴的好都被柳儿看在眼里，凡是对卡拉夫好的人她都要倾心相报。

卡拉夫说：我走了。

柳儿说：我也走，我去给阿里送糕。

卡拉夫说：那就一同走。

柳儿又添一句：阿里为什么要去求亲？世上那么多公主，他干吗非要娶图兰朵公主呢？

卡拉夫说：大汗许给求婚王子们的除了公主，还有半壁江山。

柳儿未被说服：这么说，那些掉脑袋的王子，都是死在贪心上。可阿里不像是个贪心的人。

卡拉夫曾经对那些求亲的王子是充满嫉妒的。但如今那些王子却是解救图兰朵的唯一希冀。于是，他继续替阿里辩解说：他是王子，身份不同，要做的事情咱们百姓不一定懂。

柳儿执拗地说：我是说，如果阿里既不贪图江山，又不喜欢图兰朵公主，他为什么要去求亲呢？

柳儿的话让卡拉夫心中一动。他想起了那个晚上，阿里提及柳儿时的眼神。柳儿说的是实情，男人对女人，女人对男人心思不用说，看眼神就能看得出来。阿里提及图兰朵公主，除了些许好奇，没有更多，远不及他提及柳儿时那明显的温情。但阿里说了，他是大模国来求亲的王子，再不能喜欢其他任何姑娘了。

卡拉夫一阵难过。他说：你要是有空，陪他出去散散心吧。

柳儿好像自问，去哪儿呢？想了想又自答，去石头街看冯大魔王吧！

于是，有了柳儿带阿里逛瓦市的那一出。

对柳儿来说，无论蓝眼睛说什么，她都往心里去，并觉得那些话接在手里，个个字都有分量。

对柳儿来说，能凑热闹和看热闹是人生一大快事。今日在瓦市看热闹，只是让她这一日过得比前一日更开心些，而凑热闹却使得她很有成就感。

在黑大氅与摩诃交手的时候，柳儿是怀着与在场的其他人同样的看乐子的心思围观起哄的。台子上冯大魔王的金童玉女现身，楼上的二人拳脚相向，买一送一，他们觉得值了。

但打着打着，略微懂行的就看出门道了。那个色目人虽然来势汹汹，但并没有占到便宜。那个黑大氅左挡右抵，游刃有余，不动声色地掌握着主动。此刻色目人想脱身都不易了。

阿里低声说：摩诃不是那家伙的对手。

柳儿一旁却说：别急，偷嘴的不一定先吃饱……

话音刚落，只见那黑大氅突然表情变得怪异。他连续倒退了几步，缩着脖子，拱腰耸背，手臂在大氅里乱抓，样子惊悚不已。

黑大氅的表情让看客们和色目人一时摸不到头脑。

柳儿喊着：黑大氅，打不过认输算了。想破财消灾？赶快把银子掏出来啊！

众人也以为黑大氅被色目人某种莫名的功夫拿住降伏，不由得跟着起哄。

瞎掏什么，到底带银子没有？

没带银子？叫一声爷爷也可以！

黑大氅顾不上辩解，两只手从前胸后背摸到了裤裆里，样子十分不雅。众人哄笑声一片。

这时，色目人说了一句：恕不奉陪，拿解药换人吧！

话音未落，嗖的一声，色目人已经跳下底楼，转眼不见踪影。

再看那个黑大氅，脸色煞白地从裤裆里面拎出一条硕大的长虫。长虫鳞片青翠碧绿，尾部焦红鲜艳，十分眼熟。

黑大氅尖厉地吼了一声，怒挥臂膀，将那长虫一巴掌拍得稀烂，向看热闹的人群扔去。

看客们惊叫四逃。

阿里瞥看柳儿，只见柳儿扭着脸，咪咪地笑。

阿里顿时心里猜到几分，低声道：我们走吧。

柳儿走得有些不甘：算他运气好，那黑大氅不是弄香料的，就是制药的，身上的气味竟让竹叶青都不肯咬他。

阿里说：长虫是怎么上他身的？

柳儿转着眼珠子说：我怎么知道？

柳儿不讲，阿里也猜到了是身边的这个鬼丫头做的手脚。尽管他很愿意知道柳儿是怎样将戏法班子里的长虫弄到黑大氄的身上的，但他还有更重要的事情要做。他要去见摩诃。这是他进皇城前一定要做的事。

当晚，阿里终于见到了摩诃。

在瓦市打架后，摩诃趁着混乱消失了，他的朋友和他的敌手们都在寻找他。他们在暗中各撒各的网，罗网纠缠在一起，使得寻找摩诃变为一件难事。

阿里知道通过原来的渠道寻找摩诃已经不可能，但他仍记着摩诃曾传话想见自己。于是阿里怀着唯一的希冀，从傍黑起便一动不动地守在会同馆里。他让哑巴早早去睡了，自己则闭目养神似的坐等。

转眼已过二更，阿里忽听到窗外一阵树叶窸窣。

阿里说：你来了。

那人未答，但已经从窗户轻捷地进了房间，站定在阿里眼前。

摩诃说：我来谢你。

阿里说：谢我作何？帮你的人不是我。

摩诃说：当然是你。即使现在不是，但很快便是了。

阿里看着摩诃的眼睛，从那里看见了许多言语之外的东西。

阿里说：那我们得好好谈谈。

摩诃说：确实，你该知道你父王的人很快就到大城了。

阿里看着摩诃不作声。父亲让他"等"的大概就是父亲派来的那些人，说不定自己最亲近的哈桑叔叔也会来。但摩诃怎么知道父亲那边的事情。

摩诃说：你难道不打算见他们一面？

阿里说：不用见了。不过，你可以将一句话转告他们。

摩诃定定地等待着。

阿里说：我带来的求亲人马超过千人，无论马夫、侍卫、舞娘、乐师，个个都是一流好手。那些人是容易闯祸的。既然父亲派人来了，让他们管束吧。

第七十章
故人之子

天还未亮，周大就醒了。

昨晚上他回到家时已过三更。略略靠在床边打了个瞌睡，但突然被一阵心悸惊醒。他睁开眼睛，发现窗户纸开始发灰。凝望着草屋千疮百孔的顶棚，他想起前两天还与孙木匠和李大骆驼提起自己打算在雨季前请他们过来，帮着将这两间草房好好拾掇一下，这下子也许来不及了。

有些事情该做的时候就不能拖延。

这话是李大骆驼说的。李大骆驼说这话时对着周大直眨眼睛，他是在暗示周大什么，但周大装作没看见。周大心里明白，自己给不了人家什么承诺，还是装聋作哑的好。

李婶儿的爹娘这两年先后过世了，大约是担心妹子孤独，李婶儿做主将她接到身边同住。在李大骆驼两口子的眼里，周大早晚会是他们的妹夫，将妹子接过来，也是为了时时提醒周大，别忘了世上还有个好女子在等他。

周大是个正常的男人，凡是男人谁不巴望屋里有个白日做饭、晚上暖被窝的女人。他们将周大不肯即刻允诺的原因全落在柳儿身上。

李婶儿说：我知道柳儿那丫头的心性，你是不愿意给她找个后妈。没关系，眼瞅着柳儿大了，将来总要有婆家，那时候再说也不迟……

周大苦笑。李婶儿善解人意，但周大的心思不是李婶儿能读懂的。周大不肯续弦，自然是不想委屈柳儿，但更因为卡拉夫那不可泄露的身世。这个家里的秘密太多太满，装不下任何一个外来人了。

昨晚上他出门去，的确是有要紧的事情。那个下午，他在东市遇上了"油茶张"。油茶张是一家小吃店的老板，姓张，大城人，继承祖业，夫妻店的小本经营，专做点心。他家的点心名目不少，有桂花糕、青团子、油酥饼、炸馓子、灌藕、笋泼肉面，但做得最出名的却是"油茶"。油茶来自油炒面，本是汗国大军出征的军粮，不外乎就是将米面磨碎炒熟带在身边充饥，但油茶张家的炒面是将上好的麦子磨成面，至少要过三遍罗，取牛大棒骨骨髓油炒熟，加之碾碎的核桃仁、瓜子、芝麻，爱甜的，添红糖；喜咸的，撒些盐，价钱实惠，香气袭人，妙不可言。油茶成了这家铺子的招牌点心，所以店名也挂上了"油茶张"的字号。

油茶张与周大关系一直挺好。周大到东市，只要遇上油茶张，对方一定要请他喝一碗油茶。如今大城里闹饥荒，油茶张的生意不那么好做了，但见了周大，那碗油茶还是一定要请的。

油茶张对周大说：到我店里去坐坐？

周大说：下次吧，今日忙不过来。魏老三家的母牛病了，请我去看一眼。

魏老三是大城里扎纸鹞做风筝的好手，手艺虽好也难供家中一大堆的孩子的嘴，那头母牛是他活命的靠山。魏老三请周大给牛看病是实情，但周大心里还装着许多别的要紧的事情，只是那些事情说不出口罢了。

油茶张低声说：有人托话，要见你。

周大问：谁？

油茶张说：话也是别人传的，真身没露面。

周大想了想说：晚上吧，晚上我去你店里。

晚上油茶张的店里客人稀少。周大走进去，向四下望望，并没有发现任何人将视线投向自己，估计约他的人尚未到。

周大在靠墙角的那张桌子前坐下。周大每次来这儿都选这张桌子。

油茶张端着茶壶上来，一面掭茶，一面说：一碗油茶，再来碗肉面？

周大说：我吃过了，油茶就好。

油茶张说：这些日子家家都缺油水，新鲜的春笋，上好的猪臀尖儿肉，笋泼肉面，算我的。

油茶张说完，转身去厨房了。

周大心事重重。下午，他替魏老三家的母牛诊了病，留下草药正要离去，却被魏老三一把抓住。魏老三将一个碎银子塞在周大手中，周大死活不肯接。

周大说：还是留给孩子们用吧。

魏老三说：过去我是真的手头紧，想给也没有。这几日我这儿的生意好得不行，赶工都来不及睡觉吃饭。再不给你钱，我就不是人了。

周大奇怪地说：春日倒也是放风筝的季节，但不至于都凑到这几日吧？

魏老三说：可不是，我也觉得怪呢。

听到魏老三这么说，周大不再言语，转身闷闷地走了。

周大早就隐约觉出这两日大城有些不对头，果然大城要出事了。周大是山林长大的人，出门看蚁巢、看树杈、看石头便知下一刻的翻云覆雨，别人眼中的平常景象，在他眼中却藏着不寻常的蛛丝马迹。更何况山雨欲来，不一定总是风满楼的。

他刚刚端起茶杯，就听旁边桌子有人说话。那人背着身，说了声：周先生。

"先生"两个字，让周大的背脊上唰地拂过一阵凉气。这辈子周大被人称作先生的次数不多，最后一次也已久远，这两个字的确陌生得很。

周大说：有话请说，别叫我先生，叫我周大即可。

那人对着周大转过脸：不可，周先生大隐隐于市，还是叫您先生好。

那是个瘦嶙嶙的大个子，一张狭长的脸，鼻子尖而长，肩膀向下溜着。周大目瞪口呆，恍惚退回了十几年的光阴。

周大说：你是海……

周先生，我是海长春。

海长春木愣愣地望着周大说：我父亲，海东青。

周大没有任何疑惑，便知这个年轻人说的是实话。他笑了起来，说：可不是，你爹当然是海东青。

周大尽管这样说着，眼睛里的神情却是警觉的。他意识到这个年轻人便是那个托人带话要见他的"真身"，而这个真身应当早就窥探过自己的行迹，不然不会选择坐在这张桌旁。

海长春片刻没有说话。周大知道，对方正耷拉着眼皮打量自己，这种无精打采的看人的方式，很容易给人错觉，以为对方瞌睡了。刚才周大进来，竟忽略了他的存在。一是因为他气息松弛平缓，功夫深藏不露；二是因为他一举一动并未带有敌意。

不然，无论这个年轻人手段多高明，周大也会察觉到异象。

海东青的骨血，与海东青几乎一个模子翻造的，只是比当年的海东青更年轻。可惜，肉身可以翻造，人心却不可翻造。

周大离开鹰隼军多年，那里发生的事情仍然零零星星传到他的耳朵里。他知晓鹰隼军和豹军都早被伯颜收于囊中，上上下下都是他的人。他也知晓海东青的独子出息了，成了鹰隼军的首领。他没有对这个年轻人有过多的期待，被伯颜收养并悉心培育，如同狼窝里长大的孩子，与寻常人并非同类。

周大说：你找我有事？

海长春说：有事。

周大说：什么事？

周大不动声色，让海长春有些踌躇，这个汉子只有一只眼睛，但他对他说话的时候，仿佛已经将自己看得透明。

海长春努力地咧了咧嘴，道：我刚被大汗任命为守护宫廷的禁军首领。

他跟他爹一样，笑起来笨拙，不太好看。这让周大的心里微微泛起涟漪。

周大说：平步青云，恭喜了。

海长春说：周先生，我有几句话不得不说……

周大等待着下文，这才是这只大鸟来见自己的关键。

海长春说：您可有一个徒弟，叫蓝眼睛？

周大心中微微一凛，说：不错。

海长春说：请您告诉他，别做那些他不该做的事。

周大说：劳你费心，我的徒弟绝不会做他不该做的事情。

海长春说：周先生管教徒弟自然有方。虽然当年您曾与我父亲是兄弟，但为国效力，法不容情。下一次他若犯到我手里，不得不说声抱歉了。

周大说：秉公办事，理所应当。

海长春说：有周先生这句话就好。

两人一时好像又没有话了。油茶张捧着两个碗出来。油茶张将碗放下，又将一双筷子在围裙上擦了擦，说：快，周师傅，趁热吃。

海长春那边说：周先生的账，我付了。

油茶张转头，却见海长春坐着的那张桌子前已经没有人影。油茶张诧异：哎，人哪？

桌子上是喝剩下的半碗油茶和一块碎银子。

天刚亮透，周大起身，用缸里的水洗把脸，去灶屋抱柴火，打算点火烧水。家里还有点玉米糁子可以熬粥，若嫌寡淡，可以再加把晒干的红薯丝。如今在大城，这样的饭食已经算是好饭食。

锅里的水还没开，柳儿打着呵欠走到周大面前。柳儿说：爹，您咋起得这么早？

周大说：人上年纪了，睡不着。

柳儿说：爹哪上年纪了，爹在街头走着，小伙子们都不敢跟您比。

周大一笑，道：丫头嘴再甜，爹该老也得老。

柳儿撒娇地抱住周大的胳膊，说：我不许爹老。

周大望着靠在自己肩头的柳儿，当初的稚气小儿如今眉目如画，心头一软说：爹不敢老，爹要等你出嫁了，才敢老。

柳儿撒开周大的胳膊，嘟起嘴：我才不嫁人呢。

说着，柳儿利落地走到灶台前，点着灶台，弯腰烧火。柳儿相貌出众，冰雪聪明，这两年已经有人开始张罗着给柳儿提亲。周大说，不急。周大说不急是假话，他是想挑个让闺女称心的好姑爷。多少年轻人都乐意围着柳儿打转转，周大悉心观察，却发现自己的闺女似乎从未对谁特别留意，除了……

哪儿来的油酥饼。

柳儿欢喜的叫声打断了周大的思绪。她手里托着一个碗，碗里是包在麻纸里的两张油酥饼。

周大说：昨日油茶张让我带回来的。我怕老鼠偷嘴，所以扣在碗里。

柳儿喜笑颜开地说：蓝眼睛一早上要去焰火作坊执勤，正好给他当早饭。

柳儿抬起头，撞上父亲的目光。她不禁改口：要不，爹吃一个，蓝眼睛吃一个？

周大说：我不吃，都留给他吧。

周大低着头走出灶屋。柳儿对爹好，但柳儿对她那个蓝眼睛哥哥更好。柳儿心里那个哥哥比她爹的分量重许多。柳儿的心思并非周大今日才见，打小柳儿就对卡拉夫好。在周大看来，那是理所应当的，不对自己的哥哥好，对谁好啊。周大瞧着闺女小尾巴般地跟在卡拉夫的后面，觉着这才像是一家人。

然而李婶儿说笑。李婶儿说：这俩孩子，整天黏在一块儿，跟小两口似的。

李婶儿的话让周大心里动了一动，但随即又宽心。小孩子心思最无常，如同六月里天气，说变就会变的。谁料柳儿变来变去，对卡拉夫的好只见增添，未见削减，眼下的境况让周大觉得有点棘手了。

两个孩子都成人了，柳儿的心思只在卡拉夫身上。周大并非不通达事理的人，但这里不仅仅是儿女之情，还有着自己的兄弟夫妇对自己的嘱托，有着一个王室和族人的期许。自己的徒弟有一日是要做大事情的，他的身世使得周大对徒弟的情感格外留心。若是柳儿与徒弟能有个结果，当然让周大最为称心。

闺女心里有蓝眼睛哥哥，卡拉夫的确鳌里夺尊，但男女之间的事情却在缘分。毋庸置疑，卡拉夫对柳儿是极好的。但那好分明是左手对右手的好，是兄长对妹妹的好。两边的热度是不等的。眼下闺女对卡拉夫情有独钟，卡拉夫却因自小习惯了这个"好"，反而泰然处之，将来如何，无人知晓。

要是柳儿她娘在就好了。周大心里嘀咕：有些事情，当爹的不好开口。

周大走到院子里，见卡拉夫正埋头打理几个捕兽夹子。因春天是万物孕育儿女的时节，多年前周大就给卡拉夫立下春日不捕兽的规矩。即使今年饥荒，师徒两人也是顶多抓一只野鸡来打打牙祭。卡拉夫此时修整捕兽夹子，让周大有些诧异。

周大说：干什么呢?

卡拉夫说：这两日总有黄鼠狼拖焦婶儿家的鸡，我帮她治治那害人的货。

焦寡妇家里老的老，小的小，养几只鸡的确不易。

周大说：你去吃饭，我来弄。

卡拉夫道：已经差不多了。今日天儿好，待会儿早点走，替焦姊儿装上。

周大抬头望望，霞光明艳，碧空如洗。

周大说：是啊，是个好天儿。

他没再多语，走回堂屋去。这个清晨，周大感觉到自己的焦虑。直觉告诉他时间不多了。自己有两个好孩子。自己必须确保他们的安全。

但他还是将想说的话吞了下去。阻止他说出来的是那两个孩子的脸庞，那脸庞上的单纯和快乐。今天是个好天儿，再迫切的事情也等到晚上说吧。

白天，他会一声不响地把家中该拾掇的东西拾掇好。

晚上，他要跟卡拉夫和柳儿好好聊聊。当然，他不会将自己的心事对孩子们和盘托出，那会吓着他们。他会聊聊海长春的警告。他从海长春成竹在胸的神态里看出端倪，海长春定是抓到了卡拉夫什么把柄。

周大甚至猜测，对方暗指的并非卡拉夫偷学焰火的事情。作为皇家焰火作坊的守卫，卡拉夫给众焰火师打下手，行走在规矩的边沿上，这职责之内和职责之外要分清实在很难，罪名是容易开脱的。查询起来顶多说，卡拉夫勤于办事，乐于帮人，过于热心肠反而招了嫌疑。

周大担心的是，卡拉夫和柳儿另有一些秘密瞒着自己。

周大豁达，一向以为孩子大了，该有些天地，有自己的秘密。但这些秘密如若落到敌家手里，便是伤害他们的命门要害。

目前，还看不出海长春警告自己的目的所在。这一点周大会弄清楚的，他此刻最先要做的事情是确认孩子们不会落到敌手设置的陷阱里。

海长春是故人的骨血，故人的骨血成了皇家侍卫的首领，这就是说，海长春并非平庸之辈，周大该为自己当年的至交欢喜。但海长春又是伯颜亲侄，统率鹰隼大军，警卫京畿与皇宫，成为伯颜的左膀右臂。这让周大觉察到自己和卡拉夫身边的危险。

那些善于寻踪觅迹的鹰犬只要盯上你，就有可能在你的脚下刨出埋藏多年的秘密，唯一的选择就是不要与鹰犬们纠缠，尽早离开这里，离开这座大城。

第七十一章
莲雾公主

　　蒙眬中胡姬看到了摩诃带着一群人向她走来。胡姬仔细看那些人，都是熟悉的面孔。父亲和大弟弟牵着那几条他们最心爱的牧羊犬，母亲怀里抱着小弟弟。

　　胡姬有些诧异，过了这么些年，母亲和父亲依旧风度翩翩，神采飞扬，他们边走边仰着脸开心地笑着，小弟弟倚在母亲的肩头，脸蛋儿像一朵沾着露水的花蕾。他们没有一丝一毫的变化，他们仿佛与岁月光阴无关。

　　胡姬打算站起来，迎接他们，但她觉得自己膝盖发软，全身无力。

　　莲雾，你怎么啦？

　　胡姬听到了父亲的声音。她抬起头，望向父亲，父亲棕黑色的发须，眼睛亮亮的，父亲从来就是个令人心酥的美男子。

　　父亲，请你扶我一把。

　　父亲上前，攥住胡姬的手。但无论父亲怎样用力，胡姬还是站不起来。

　　摩诃在一旁说：公主病了。

　　胡姬摇头，泪水禁不住地流下来：我没有病，我只是思念你们。这些年你们都到哪儿去了。

　　父亲和母亲听了胡姬的话，有些诧异。他们对视一下，仿佛没有听懂胡姬的话。母亲说：我们哪里都没有去，我们一直在这里。

胡姬奇怪地四下望望，发现自己正坐在一个陌生的地方，父亲母亲看着自己的眼神十分古怪，连弟弟们都转开视线，仿佛在躲避自己。

我怎么啦，我究竟怎么啦？

胡姬企图知道他们的眼睛看到了什么。

摩诃在一旁又说：公主病了。

胡姬有些疑惑了：我真的病了吗？

摩诃说：的确如此，公主应当吃药。

胡姬只好说：那好，把我的药端来。

瞬间，胡姬见到了一碗汤药，那腥恶冲鼻的气味像一只手，紧紧捏住了胡姬的五脏六腑。

这是什么？

汤药，喝了它，病就全好了。

不，我要知道，这是什么？

这是……神仙汤啊！

胡姬对着那碗褐黑色的汤药望了望。

摩诃催促她：喝吧，药快凉了。

胡姬突然一伸手，将那碗汤打翻了。周围一片惊叫声。

胡姬睁开眼睛，看到地上扣着一只碗，厚厚的白色羊毛地毯上洒满褐色汤水。

父亲母亲和弟弟们都不见了。摩诃也不见了。围在自己身边的是几个侍女。其中的一个正用汗巾擦拭自己被汤水弄湿的衣襟。

胡姬看着这几个惊慌失措的侍女的面孔，想着刚才见到的家人。他们为什么要来见她？她早已经不是莲雾公主，黑骆驼国早就不复存在，黑骆驼国的国民早已经变成了他国的黎民。黑骆驼国的国王和王后早就化成晨雾和晚风。他们来见她，是为什么？

还有这些人，这些围在她身边的侍女们。她不认识她们。过去伺候她的那些人都在这些日子里消失了。身边的人都换了陌生面孔。假若眼前的这些才是梦，该有多好！

胡姬，你又在使性子了。

胡姬听到有人在对她说话。那个人站在侍女们的身后，声音却像一柄剑，将她眼前的这些陌生人全部挑开。

胡姬想，他终于出现了。她猜他会来的。他已经好几天没有露面了。

你这是何苦呢？我也是为你好。

没有人做事出于为他人好。每个人做的事情首先是为了自己好。

那个人像是听到了胡姬心里的话，又对周围人说：你们都出去。

顿时屋子里的人一下子都不见了。

胡姬对走过来的那个人视而不见。她已经丝毫不惧怕他。

过去她对他还是有些惧怕的，她要确保自己的安全，她的安全是族人的安全，她不可让族人的心血付之东流。如今她已经不在乎这些了。他企图用慢慢掰断她的每一根骨头来让她屈服，通过她的屈服，让她的族人跪在他的脚下。她不会让他如意的，如今她渴求死。她的死是对他的轻蔑和报复。

当然，他不会猜不到她的心思，他知道他们之间在较力。表面上看，他占着上风，但实质上他开始有些惧怕她，惧怕她的死。于是这些天，他的人把她看得很牢，不给她任何寻死的机会。

于是她不寻死了。既然寻死很麻烦，她采取守株待兔的方法，她绝食了，几乎不吃不喝。

伯颜打量着四下，眼睛落到矮柜前的一排团扁上。那些团扁是用精细的竹篾编织，里面坐卧着无数条蝶虫。此刻那些蝶虫都高昂着头，丑恶地张着大嘴。伯颜知道它们在向人讨食。由于它们讨食的时候身子一多半都是嘴，所以看过去那些团扁里面除了赤橙黄绿青蓝紫的嘴，什么都没有了。

伯颜猜测从胡姬绝食开始，那些蝶虫也被主人断了吃食。胡姬对它们爱意深厚，她若死，她要它们陪伴她死。

伯颜走到胡姬面前，凝视了胡姬片刻，随即把袍子撩起，坐在了胡姬的睡榻边上。

你以为死是一件容易的事情？

她不答。

我从未想伤害你，你却恨我？

她还是不答。

我对你不薄，你为何要恨我？

她差一点笑了。问得如此愚蠢，简直侮辱她的心智。

伯颜说：我帮过你，是我把你那个白骆驼国的叔父交到你手中的，此事你该谢我。

伯颜努力让自己很真诚，实际上，他已经相信自己的确是难得地真诚的。

她终于说话了：你忘记了，是你先帮他灭了黑骆驼国。

伯颜只好微微叹气：好吧，我们做个交易，怎样？

胡姬感觉到伯颜的一只手落到自己的肩上，那只手抚摸着她裸露的肩膀和颈子，让她恶心得想呕吐。她用尽力气将那只手挣脱。

她说：不可能。

伯颜说：你未听我说，怎知道不可能？

她说：除了害人，你不擅长别的。

伯颜说：你贵为公主，屈尊就卑，不就是为了一个目的，为了你的黑骆驼国。我再帮你一次，帮你的黑骆驼国一次……

伯颜的手再次伸过来。胡姬依旧挣扎。她气喘吁吁企图用自己的手摆脱伯颜的手，但她的两只手轻易地被伯颜捉住。伯颜贴在胡姬的耳边说：我帮你的黑骆驼国复国。

胡姬不知道伯颜是什么时候离去的。她只记得自己听到伯颜的那句话时，放弃了挣扎。她放弃挣扎并非因为伯颜说出的话打动了她，而是因为她当时已经精疲力竭，伯颜的那句话在她听来像是猛兽在吞噬自己爪下猎物前的嬉戏。

她能感觉伯颜的气息在她耳边留下的温热。她说：这可能吗？

当然可能。伯颜说：只要你按照我说的去做。

你要我做什么？

做你们一直在做的事情。

我们没有做什么。

你们已经做了不少。打探消息，散布流言，联络那些对汗国不满的乌合之众和国家，在大城的内外制造各种各样的麻烦。当然，你们可以做得更好。假如，我们能合作……

伯颜的话将胡姬一点点浸泡到冰冷的雪水当中，她浑身僵硬，动弹不得。

我并不急，不过你的人已经快没有耐心了。他们已经来大城十几年，他们在这里有了儿女，他们总告诉儿女们他们并不是大城人，他们说他们要在自己昏老之前回到故国，死时要埋进故土当中。当然，那个前提是他们的故国还能死灰复燃。

伯颜的话如同无数芒针扎进胡姬冻僵了的心。

伯颜说：你不妨将我的话告知你的人。我愿意帮你，帮你的人。只要你们按照我的话去做。

胡姬依旧双目紧闭，躺在那里沉默不语。

伯颜站起身，向门口走了几步：把那个扁脸女人放了吧，免得平添误会。你不必即刻答复我。但我相信，你没有什么选择。

一头狼说要帮助绵羊，绵羊会相信狼的话吗？

当然不会相信。但绵羊也许会想一想，自己是否可以借助这种话获得一星半点的好处。

当一头狼说要帮绵羊时，是存在诸多的可能性的。

狼想通过羊群对它的信任，来吃更多的羊。

狼受到了其他狼的威胁，所以，要用羊群做它抵御的屏障。

狼吃羊吃腻了，打算"帮助"羊改变肉的味道。

或者，这头狼疯了。

这些都对羊没有任何实质性的好处。狼不可能为了羊而牺牲自己。狼"帮助"羊，都是为了自己打算。即使狼疯了，也不可能对羊生出一丝一毫的关爱。

胡姬这样想着，但那句"我帮你的黑骆驼国复国"的话却在她的耳边挥之不去。那句话如同清凉的风吹入她黑沉沉的头脑，让她隐隐约约看到些许光亮。

她是谁？她是莲雾公主。为什么她从莲雾公主变为胡姬？就是因为这句话。让黑骆驼国复国是这十几年来支撑她生存下去的唯一信念，也是摩诃他们追随她不离不弃的唯一原因。

伯颜何止是一头狼。在这个汗国里，大汗被人描绘成是一头雄狮，伯颜则是一头敢于掠夺狮子的食物，侵占狮子的领地的鬣狗。它尖利的牙齿可以像咬油炸馓子一般轻易地咬碎敌手的头盖骨，它的贪婪和凶残远不是狮子可以比拟的。这些年，胡姬清楚地看到了鬣狗的影子正不知不觉遮住狮子魁伟的身体，鬣狗的势力正渐渐控制住这座大城。

当年吞噬黑骆驼国是一场猛兽们的盛宴。自己的叔父像一头秃鹫，最先撕开黑骆驼国的喉管，扯出黑骆驼国的五脏六腑，那些土狼、猎豹、雕鸮随之一拥而上，分食黑骆驼国的骨肉，随后它们又因抢夺残食和新猎物而互相攻击，当这场混战结束的时候，猛兽们纷纷倒在对手的利爪和锐齿下，最后，只剩下那只凶恶的鬣狗微笑着傲视脚下成堆的白骨。

赢家不在于开场的嚣张，而在于结束时的微笑。在这个漫长的过程中，保存实力，借力打力是十分必要的。

黑骆驼国族人的血浸透黑骆驼国的每一寸土地。黑骆驼国国人对伯颜的仇恨如同荒原的野草绵延不尽。鬣狗之所以能够无往不利是因为它的暴虐和无情，伯颜绝不会给自己的敌人卷土重来的机会。让胡姬做梦也想不到的是，"帮黑骆驼国复国"这句话会从这头鬣狗的嘴里说出。

有没有可能借助这头鬣狗的力量，达到自己和自己的族人努力多年而无法实现的梦想呢？胡姬不知道。假如尚存一分可能，是不是应当去争取呢？

胡姬企图从床榻上挣扎起来，但她略微一动，浑身的骨头竟钻心刺肺地痛。她不由得一阵战栗，扑倒在榻上。

胡姬姑娘！旁边有人走上来说话。

胡姬颤颤巍巍地抬起头，说：给我……

那人说：姑娘要什么？

胡姬合上了眼睛，汗水和泪水纵横在她的脸上。片刻沉默后，她咬牙切齿地说：给我神仙水。

第七十二章
大模国国君派来的人

那些人纵马狂奔入大城。

见到那座高耸入云的大城的时候，如同干渴难耐的人见到了水源，他们希望自己一头扎进去，将自己淹死。

经过千山万壑，他们终于来到这里。他们带来了大模国国君要跟阿里王子说的那番话，那些话像团火烧着他们的胸口，让他们片刻都不能拖延。一路上他们当中陆陆续续有不少人已经被拖垮了。剩下的人尽管消瘦，眼窝深陷，但却被那团火烧得五内俱焦，只有把那番话与阿里王子说了，他们才能解脱。

这就是大城，这就是他们最终的目的地，那团火冲到了他们的嗓子眼儿。抵达了这个万国之国的都城，他们的一切都会在这里找到归宿。

路边已经有人迎候，那些人对抵达者们的首领毕恭毕敬。

他是大模国的哈桑将军，国君身边最亲信的人，被阿里王子称为哈桑叔叔。哈桑将军拉住缰绳，从马上跳下，急匆匆地问：口信带到了吗？

那人说：带到了。

他说：太好了。

那人说：可是……

他的目光刺到那个人的脸上，仿佛要捅个血窟窿。他绝不允许那个"可是"。

那人负罪地低下头，说：阿里王子今天一早已经进入皇城了。

他愣在那里。还是晚了一步，还是晚了最后一步。他下意识地向自己的随从们望去，众人都沉默，唯有一个须发花白身材微胖的老者看了他一眼。好吧，胸中的那番话无法让阿里王子亲耳听到了。但哈桑将军有办法让阿里王子看到。他会让阿里王子看到他们做的事情。大模国国君对他们说，如果不能与阿里王子一起生，那就一起死吧！

那个人踌躇地低声说：将军，有人在等你们。

他心不在焉：谁？

他听到那个人说：那个黑骆驼国的旧臣摩诃，正在等待你们的召见。

哈桑想了想说：好，不过你要先帮我想办法找到一个人。

哈桑在那人耳边低语。

那人神色愕然。

哈桑说：你告诉他，我到大城了。

面对这个焦黄的胡须、焦黄的眼珠子、叫摩诃的汉子，哈桑将军记不起曾与这个人有过任何交往，但对方显然已经认出了他。

对方上前行礼，说：将军大概记不得我，但我记得将军。当年我们国王迎娶新娘，将军曾在喜宴上喝得酩酊大醉，躺在园子中的银莲花花丛里呼呼大睡，是我将将军背回卧房的。

摩诃的话将那些陈年旧事一下子呼唤到哈桑的眼前。可不是，他应该是见过摩诃的。对方说的细节过于私密，外人是编不出来的。他一生中只去过一次黑骆驼国，那时他的身份是大模国王储的贴身保镖，护送王子去吃喜酒。大模国王后与黑骆驼国国王即将迎娶的新娘的母亲是亲姐妹，大模国未来的国君与黑骆驼国王迎娶的新娘是表亲，王后让他们给新人带去贺礼和祝福。那一次还是少年郎的他们的确很开心，满眼鲜花如锦，美女如云，那就是人间极乐；那一次他陪着王子喝得放纵，黑骆驼国的骆驼奶酿出的美酒甘醇无比，让他们欲罢不能。

他望着摩诃说：那是多少年前的事情了？

摩诃说：快三十年了。那一年，我十六岁，与我们的王后，大模国国君的表妹同岁。

他听了不由得沉默。这么说黑骆驼国的王后，国君的表妹也已经离世十六七年了。他还隐约记得大模国国君听说黑骆驼国被其兄弟白骆驼国血洗吞并时的愕然，猜测其中定有种种曲折，感叹世事无常。觉得那时国君虽有感触，但毕竟不是肉连肉骨连骨的疼，三五日后，也就心安理得地过去了。

看人家的事情，总觉得祸福有命，又能怎样；看自己的事情，却想着认命便是绝路，若不拼一拼，争一争，是不甘心的。

摩诃说：阿里王子进皇城之前，我们曾见过面。

哈桑将军说：他竟不愿意等我。

摩诃说：他有他的打算。

哈桑将军说：他甚至不肯见我们最后一面，不愿意听听他父亲的打算。

摩诃说：他虽然没有见将军，但他给将军留了话。

哈桑将军问：什么话？

摩诃答：他说他要做的事情正是从小父亲教他做的事情。你们会懂他的。

哈桑将军好像被击中了，他艰难地说：可是，他懂我们吗？

摩诃说：他一定是懂的。

哈桑将军摇头：他并不真的懂。不然，他不会不等我。

摩诃说：阿里王子在大城中给将军留下了一批可用的人马。将军想做什么，莲雾公主心知肚明，我们都会帮你。

哈桑将军迟缓地望向摩诃：谁是莲雾公主？

摩诃答：黑骆驼国国王唯一的女儿，我们大家跟随的人。

这一日是阿里王子觐见图兰朵公主、解谜求亲的日子。

这是大城里的大日子、皇城里的好日子。

这是阿里王子在皇城里度过的第三个清晨，也将是他在这里度过的最后一日。昨晚上，已有皇家侍臣恭恭敬敬地将求亲解谜的时辰奉上给阿里：明日晨，巳时三刻。

他被告知，这时辰是国师亲自掐算的。

当国师在家中掐算出这个宝贵的时辰后，马上披上黑大氅赶到皇城禀报大汗。

大汗问：你可算准了？

国师说：公主的大事，怎敢疏忽。微臣已经看过公主和阿里王子的生辰八字。公主属"木"命，春季里万木复苏，木为"旺"，所属干支为甲、乙、寅、卯、辰等。而阿里王子为火命，与木相生相旺。定此时辰解谜求亲，实在好得不能再好。

大汗望着黑大氅里面的国师，他觉得国师的黑大氅里好像总藏着掖着什么，但听了这些吉祥话，还是有些开心：你再说详细些。

国师说：若是平民百姓，此时辰宜见贵，求财，嫁娶，求嗣。公主金枝玉叶，此生辰则将天德、宝光、福星、帝旺都凑齐了。

大汗点头：嗯，听起来运开时泰，朕放心了。

阿里坐在皇城福缘阁前的梨树下，紧闭双目。皇城是大城的最高处，若从这里望出去，风景应该不错。但阿里不想望风景，他只想望见自己的心。

照理讲，若不是皇亲国戚，是绝不可以在皇城内过夜的，但向公主求亲的王子们却是例外。既然他们来自万里之外，向图兰朵公主表达百年好合之意，这层关系便不同于以往。若解谜求亲成功了，做了大汗的佳婿，自然是万人之上，这皇城就是他们的家了；若解谜失败了，命丧黄泉，解谜前给予适当的安抚体贴也是必要的。所以解谜前将王子们请进皇城来住，一来，呈显尊贵；二来，显示亲近；三来，也让王子们不好意思临阵脱逃。

阿里王子在福缘阁中已经住了两日。他是皇城的贵客，皇城中招待贵人下榻的地方有好几处，都以"福"字开头，讨个好兆头。福缘阁是阿里王子自己挑选的，因为当年他的哥哥也曾在这里住过。这两日他大多时候都坐在福缘阁外的梨树下闭目养神。他想起当年哥哥也曾在这里坐过，他还记得那时哥哥的情形，落英缤纷中那种安宁闲适的风姿无人可比。哥哥已经走了四年了，在那边，不知哥哥是否惦记自己。如今自己也坐在了这里，他感到哥哥与自己并不遥远，或许他们很快就能相会了。

想到这些，阿里的心境风和日丽。他突然能够理解那个春日中自己见到梨树下哥哥的神情，哥哥那是心无外物，轻松如膏沐的淡然，是悟悦心足后的闲散。人在望到归宿时的这一刻，心境能如此，真的很美好。

白日渐渐升高，巳时三刻正向阿里走来。他站起身，他已经准备妥当。这时候一阵风来，青枝扯着嫩叶扑打在他的脸颊上。他突然想起了柳儿，那个笑在春风中的女孩子。他从没见过哪个女孩子笑得这样好看。

他想起自己与柳儿告别时说：祝我好运。

第七十三章
求　亲

巳时到了，两排捧着衣物和饰物的侍女们低眉顺眼地站在台阶下等待。

阿西和阿东托着腮帮子坐在台阶上面，扫视着这些侍女手中的衣物。

阿西说：她们来干吗？她们碰过的衣服，公主不会穿的。

阿东说：公主自然不会穿。公主爱干净，被那么多人的手摸过的衣服，我都不会穿。

阿西说：所以啊，她们应该拿回去。

阿东说：她们要是这样做了，大汗会发脾气，要杀人的。

听到"杀人"两个字，阿西闭嘴了。

今天是解谜求亲的日子。大汗下令将公主的那些贵重的衣品和饰物在黎明之前奉送到皇家祭坛上，请大祭司们跳神，求长生天赐福。大汗希望公主穿戴上这些沾染祥光的衣物后会有好运。

大汗下令的事情，哪有人敢说"不"字。大家都说长生天一定会看见大汗的虔诚，并为他的虔诚而感动。

但公主是有脾气的。公主的东西不喜欢别人碰，公主即使嘴上不说，她心里不愿意的事情，大汗也做不了主。这些衣品和饰物被拿出寝宫的那一刻，阿西和阿东就认为公主已经放弃这些东西了。

图兰朵公主在寝宫中的温泉里沐浴，侍女们不得不站在宫外等待。

公主沐浴的时候，外人自然是不可以进入寝宫的。但即使公主不在沐浴，她也不允许外人进入她的寝宫。

当年，大汗说要给图兰朵公主重建寝宫，命人在花楼殿的附近勘察地点。大汗说：朕要图兰朵公主见到这个新寝宫第一眼便喜欢。

大汗这句话把许多跃跃欲试的人吓跑了。谁不想讨图兰朵公主的欢心啊，但那得是被雷劈的运气，有几人能碰上？图兰朵公主的心思神仙也猜不透。

新寝宫快开工了，大汗不得不请重病中的老国师出山。老国师被人抬着到花楼殿前，他精神不济地靠在暖轿上，望着花楼殿叹了口气，然后仿佛随意地指着花楼殿左边的一座山岩说：就在那里吧。

在场的人顺着国师的手望去，那是一座突起在后花园里的山崖，虽不太高，但尽是光秃秃的石头，寸草不生，极是难看。

于是有人问：将寝宫建在这山崖上面？

老国师摇摇头：凿掉上面三分之二的石头，用下面三分之一处做寝宫地基。记着，定要三分之一才好，不可多一分，不可少一分。公主的寝宫要有个清爽的地方沐浴洗尘。

在场的人听了，都觉得老国师病昏了头，说痴话。

但老国师的话怎可隐瞒不报。大汗听到禀报，说：就照国师说的办。

一百个石匠小心翼翼地凿了一百天，到了一百零一天的清晨，山崖间的一块巨石的颜色开始变了，变得晶莹剔透，从石缝中沁出汨汨温泉，清澈见底，水汽氤氲。石匠们见此都愣了，国师果然是神人。

　　寝宫在山崖基座上建成了。那块巨大的水晶石恰好处于寝宫的正中央位置，被用来建造成一个舒适的浴池。

　　那日，图兰朵公主一个人走进刚落成的寝宫。外面一群人站在那儿，腿簌簌地抖。

　　公主环顾四下，轻轻说了声：很好。

　　人们狂奔到大汗那里去报喜：托大汗的福，公主第一眼就喜欢了。

　　这是个皆大欢喜的结局，但再无人提及选地址时的那个老国师。当寝宫建好时，此国师已不是当日彼国师，老国师已成为往事。国师巫人鱼的出身，说出来满满都是尴尬，大家将这段往事埋藏在心底。

　　温泉水从岩石中流下，溢出浴池的边沿，顺着池下的凹槽缓缓流走。图兰朵走出水池，将长发慢慢绾起。长发绕着她的手臂，绕着三色镯，仿佛它们与她的长发一般，都是从她的身体里生长出来的。经过了这么多年，她已经不能想见若有一日自己的手臂上没有它们会如何。从有记忆起，它们就长在她的身体里，它们不是她的一部分，但它们又无法从她的身体里分割出去。它们与她是侵蚀和被侵蚀的关系。它们不停歇地一点点地在侵蚀她，平日不动声色，月圆时疯狂无比。总有一天，它们会将她完全吞噬。

　　十八岁。她听到周围人悄悄地私语，十八岁是她和它们的终结点。在十八岁之前，她还在与它们对峙，十八岁之后，她将完全属于它们。

每当夜深人静的时候，她单独地与它们在一起。她打量着它们，怀着深深的厌恶。就像一个人长了丑陋的尾巴，长了怪异的犄角，长了青紫的胎记，对着镜子悲哀叹息。因为无法摆脱它们，不得不认命。她是它们的寄生体，它们是她的宿敌。她总将它们藏匿在衣裳里，袖子中，尽量让它们不见天日。从世俗的角度看，它们并不难看，相反，它们很特别，很神秘，它们嵌在她肌肤之中，色彩诡谲，熠熠闪光。

她曾经试图摆脱它们。她曾企图用锋利的刀剑伤害它们。她砍它们，砸它们，甚至用火烧过它们。她试图伤害它们，结果对它们毫发无损，却伤害了自己。当然，其实她并未真正伤害到自己，无论刀伤还是火燎，那些伤口都在她的身上愈合得奇快，眨眼之间肌如凝脂、肤如莹雪，不留痕迹。它们可以随意做它们想做的事情，却不允许她做任何她想做的事情。它们用迅速愈合的伤口告诉她，她的一切，包括她的身体，完全在它们的掌控之下，她属于它们，而不属于她自己。

寝宫窗外传来了音色悠长的宫廷大乐。

阿西和阿东在寝宫门口探头探脑地向里望着。这大乐之声是在告知众人解谜求亲庆典马上就要开始。

阿西说：要不要打赌，公主不会让她们进去的。

阿东说：自然不会，这个赌没有意思。

阿西说：那就赌点别的。

阿东问：赌什么？

阿西说：赌公主赶她们回去后，大汗会不会发脾气……

阿西的话音未落，只听到寝宫的幽深处传来了公主的声音。

公主说：让她们进来。

阿东看着阿西说：不用赌了，赌什么你都输了。

这是一件冰雪般洁净的衣衫。

图兰朵公主从众多的服饰中只选了这件银色的缂丝长衫，裙裾迤逦。公主的云鬓间只插着一支莹莹闪亮的发簪，簪头上那颗鸽子蛋大小的宝珠将公主秀发映照得乌亮可鉴。

连阿西和阿东都看出公主今日的心境有所不同，公主竟然让侍女们走入了寝宫，竟然从侍女们捧来的物品中挑选了一件衣服。

当然，在阿西和阿东眼里，公主挑选的那件衣服的确很好，穿在身上说不出的好，配上公主头上的那支镶嵌宝珠的发簪，简直走遍世间，找不出更好的了。

其实公主无论做什么，阿西和阿东都会说好。一年又一年，公主召见求亲者时，衣服会变，头上的饰物从未变过。一年又一年，公主都会将那支簪子戴在头上。

公主身边人知道，发簪上的宝珠是公主的娘亲留下的遗物。

那年，大汗打算要给公主招亲了，让宫中的首饰匠精心打造了一批首饰，琳琅满目地送到公主的寝宫中。

公主的视线落在一支晶莹淡黄的发簪上。公主捡起簪子，放在一只黑檀木匣子边上。公主说：它，嵌上它。

大汗站在一旁微微蹙眉，说：这支簪子倒是好东西，金石之王，俗称金刚石。可割金断铁，无坚不摧。通常其状粗短如珠，这支簪子细长尖锐，也不知是怎么打磨出来的。但求亲是大事。一支簪子是不是太俭朴……

大汗边说边随手将木匣子打开，只见蚌女留下的那颗宝珠正默默地注视着自己。

大汗眼眶不由得湿润，说了一半的话堵在了嗓子里。

于是宝珠被嵌在了簪子上，这支簪子成为公主最心爱的首饰。

图兰朵公主就是这样一身素银地来到花楼殿。

众人都知道花楼殿是公主召见求亲者的地方，在这里，各国王子们对自己的命运做了最后的抉择。大汗仁慈，要让每一个答谜人无怨无悔，进退自便。怪的是这些年下来，竟无人做放弃答谜的选择。

阿西和阿东总是在花楼殿外见到那些装扮华丽的王子，个子高的，个子矮的；皮肤黑的，皮肤白的。见得多了，觉得他们没有什么大的不同，进皇城的时候都是有脑袋的，立着走进去的；出皇城的时候，都是没有脑袋，躺着运出来的。

阿西和阿东看多了，巴望有点什么新鲜的。如何新鲜？两个人也说不清，你总不能巴望来求亲的人是没脑袋躺着运进皇城，有脑袋立着走出皇城吧？

此刻阿西和阿东站在花楼殿外，听着宫廷大乐再次奏起，见到皇家侍卫在通往花楼殿的路径上整齐列队，如打在土里的木头桩子一般。

大汗的宫廷礼仪官来了。大汗的宫廷礼仪官印堂发亮，五官周正，身材魁伟，嗓音洪亮。大汗的礼仪官是汗国的面子，所以万里挑一，连鹅口疮和鸡眼都不可以有，浑身上下找不出一点毛病。

阿西和阿东望到大汗的礼仪官面带微笑漂漂亮亮地站在那儿，远远走来的是大模国的阿里王子和他那高塔一般的哑巴侍从。

阿里王子顶着黄金的头冠，穿着洁白的亚麻长袍，显得十分高贵。他的袍子上用金线绣满了奇异的图案，只有近处的人才能看清楚那些图案并非花朵，而是许许多多眼镜蛇扭曲的蛇头。在大模国，太阳般的金色是权力的象征，金色的眼镜蛇则代表着王室的神秘。

阿西和阿东眼睛都亮了。他们期盼的"新鲜"终于来了。他们已经顾不上打量阿里王子的模样和身上的服饰。在阿西和阿东的眼睛里，那个走在阿里身后的家伙比阿里王子有趣得多——他简直是一棵移动的参天大树，在他的映衬下，求婚的阿里王子顶多是大树下一根长得还算好看的藤萝，四周的人们则是一片灌木草丛。让阿西和阿东更觉得有趣的是他手中的家伙，那是根比胳膊还粗的玄铁棍子，丈高的顶端上结着个金灿灿的大瓜，比阿西和阿东见过的最大的西瓜还大出许多。那棵移动的参天大树拎着个家伙走过来，地面仿佛都在颤抖。

阿东说：哇，那是几个人在叠罗汉吗？

阿东和阿西都见过叠罗汉，上面一个人踩在下面一个人的肩膀上耍把戏。但叠罗汉是看得出几个人的人形的。各有各的脑袋身子胳膊腿，各穿各的衣服。眼前走来的这个人只有一个脑袋、两只胳膊、两条腿，并且，比几个人叠罗汉还要高出许多。

阿西说：或许是踩高跷哦！

阿东想了想，觉得阿西说得对：是啊，一定是踩高跷，他的裤子里藏着两根棍子。

但刚刚说完，阿东又怀疑起来：不过，大汗会让踩高跷的人来向公主求亲吗？

阿西说：走在前面的那个"小家伙"才是王子，他是跟"小家伙"一起进宫的人。

听到阿西叫王子"小家伙"，阿东也跟着学话开始叫哑巴"大家伙"。

阿东说：我是说，过去答谜都是王子自己一个人来，这次带来一个踩高跷的"大家伙"，难道踩高跷的可以给王子帮一点点忙？

阿西说：不是帮忙，这个王子脑筋比较灵，为了让公主开心，要玩儿个新花样。

阿东说：打赌啊。

阿西说：一个踩高跷的，有什么好赌。

阿东说：我赌他是来帮忙的。让公主开心了，那个谜就很容易答出来。这就是帮忙。你赌输了。

在阿西和阿东还在为哑巴斗嘴的时候，阿里已经走到宫廷礼仪官的面前。

今日哑巴在众人瞩目下跟随阿里王子进花楼殿答谜，是在阿里王子的情愿之外。哑巴是他的随从，每个求亲的王子都可以带一个随从进宫伺候，但答谜却是王子们个人的事情，随从们只是在王子们答谜后尽报喜或报丧的义务。

阿里在进宫前，已经与哑巴解释过此事。阿里反复打着手势，向哑巴说了又说。哑巴尽管耳力不灵，也早就听懂了阿里的意思。但哑巴只是摇头，"啊啊"地抓住阿里的衣服不放。

哑巴说他要去。哑巴说既然主子答谜，他只是站在一边伺候，为何不能去？阿里解释，答谜不需要伺候；哑巴还是摇头，那是别的主子宽厚，侍从趁机怠惰。他哑巴不是那样的人。

阿里企图挣开哑巴的手。哑巴开始犯浑，眼睛瞪得铃铛大，一把将阿里扛在肩上。这一扛几乎将阿里扛下眼泪来。

哑巴与阿里情分特殊。哑巴本是大模国宫中某粗使仆役的孩子。自小个子奇大，力可拔山，饭量更大得吓死人。因为性情憨笨，身有残疾，常在街头受众人的戏弄和欺辱。阿里听说了，将他讨去做自己的随从。阿里为哑巴做的第一件事情，就是找人传授哑巴武艺。他给哑巴特制了一柄金瓜大锤，那锤分量极重，三五个寻常人搬不动，锤砸在哪里，哪里就是一个大坑。

阿里说：以后谁惹你，你就揍谁！

哑巴嘿嘿地笑，从此认定阿里是天底下对他最好的人。他把自己所有的好也都给了阿里。

阿里少年淘气，每每招猫斗狗有了危险，哑巴一手拎锤，一手将阿里扛在肩上便走，无论恶狗还是恶人都不敢追逐；后来阿里大了，做事稳重了，有了主人的样子，哑巴与阿里更加寸步不离，他将自己看作是主人的战犬，时时警惕四下的危险，将自己看作是主人的盔甲，刻刻准备抗击仇家的袭击。

这一次，他陪伴主人跋山涉水来大城求亲解谜，到了最后一刻，主人竟然说出不要他跟随的话，在他听来不是不要他跟随，而是不要他了。听到这话，他只好犯浑，将主人扛在肩上，摆出了不要我不行的姿态。

阿里横在哑巴的肩膀上，喊道：你放我下来，让我想想。

阿里大声喊话，哑巴听见了。哑巴相信阿里不会骗他，于是他把阿里从自己的肩头撂到了地面上。

阿里仰起头，望到哑巴盯着他的面孔。此刻，哑巴的下巴耷拉着，脸颊边出现了许多皱褶，让人想起猎犬忠诚而固执的脸。哑巴的心思直白，他的脸就是他喜怒哀愁的镜子。哑巴闹了这些日子，要说的话都堆在了额头和嘴角边的皱褶里，让阿里看得一清二楚。

哑巴是个执拗的人，这次执拗到不可理喻的地步。

阿里说：不是我不想让你去。

哑巴使劲点头，表示相信的确不是主人的过错。

两个人面对面说的都不是心里话，两个人的心里话说不出口。

于是阿里叹了口气，说：你能不能跟我去答谜，要问问大汗的意思。

哑巴连连点头，马上伸出蒲扇似的大手，将阿里的手攥住，他要阿里立刻去问。

对大汗来说，答谜人身后跟不跟人，跟几个人，跟什么人都不重要，重要的是能够解开三个镯子上的谜。于是哑巴跟着阿里觐见公主成了定局。

阿里右手放在胸前，向礼仪官行礼。

宫廷礼仪官嗓音悠扬，唱歌一般说：客自远方，敢问来意？

阿里王子答：求与图兰朵公主结千秋良缘，百年好合。

宫廷礼仪官又唱说：贵人可知一念天堂，一念地狱？

阿里王子答道：止恶扬善，方证智慧之祖。

阿西和阿东对视一眼，这个王子很会说话，穿戴模样看起来也挺顺眼的，特别是他身后的那棵参天大树新鲜无比。他们开始盘算如何冷不丁地钻到那棵大树旁去窥视一下裤筒里的木头高跷到底有多长。

宫廷礼仪官接过酒壶，将手中的酒杯斟满，高举。手指头蘸上酒水，向着天空连弹三下。

宫廷礼仪官道：赫赫太阳，福泽大地。黄道之日，大吉——！

说着，他将杯中剩下的酒水洒在阿里王子的脚下。宫廷礼仪官说：请！

第七十四章
花楼殿

　　走进过花楼殿的人都知道，花楼殿有一处正门和两个侧门。

　　然而，当初的花楼殿只有一处正门。十几年前，蚌女从那里走进去后，再也没有出来。

　　花楼殿是图兰朵公主出生之地、蚌女的消失之地，它在宫中变得非同寻常。自从大汗将这座大殿赐予图兰朵公主后，自己很少再来这里，但从不忘记让工匠们年年修缮粉刷花楼殿。糟心的是工程每每都进行得不太顺畅，不是有人重病不起，便是有人摔断胳膊跌断腿。工匠们私下里悄悄议论，说这地方不干净，闹鬼。

　　大汗得知后，有些生气：胡说！

　　众人哪敢多语，只得诺诺闭嘴。

　　不久后的一日，大汗路过后花园，抬眼望去，绿荫中露出一角碧蓝瓦楞，那是花楼殿的屋脊。大汗突然想起宫中的流言，沉思一下，沿着小径向那碧蓝走去。进入花楼大殿，雪白的墙壁，栋梁上雕花精细，环顾四下，空空荡荡，只有那台蚌女当日留下的织机孤单地立在大殿当中。大汗的心情顿时抑郁了。他转身离去，清风过耳，隐隐传来女人的哀叹声。

　　当晚，大汗睡得很不好。

　　第二日，老国师来到宫里。国师宽额大嘴，圆圆的耳朵支棱着，一副老实好人的样子。

大汗突兀地说：告诉我，蚌女是不是还在宫中？

老国师说：陛下说她在，她便在。

大汗泄气了，说：朕知道她去了，为何朕在花楼殿听到了她的声音？

老国师说：陛下英雄，曾经沧海，蚌女与大汗心有灵犀。

大汗说：所以，她人走了，魂魄还会回来看看？

老国师用那双鱼一般的隔得很远的眼睛望了望大汗，说：蚌女牵挂陛下和公主，人之常情。

大汗说：难怪朕听到了她的叹息声，只是不知她想说什么。

老国师沉默片刻，说：思念伤神，大约告诉陛下她很辛苦。

大汗说：朕不要她那么辛苦。

老国师想了想，说：明白了。此事交给老臣去做吧。

老国师出大汗的侧殿，慢慢走下台阶。蚌女回来过了吗？他不知道，甚至他不知道大汗是否真的听到了什么哀叹声。但他要做的事情与蚌女留下的那个小姑娘有点关系。

他曾后悔当初帮蚌女的举动。当初决定帮蚌女实现心愿的时候，他就是忐忑的。他预感这个愿望的曲折和苦涩。但既然答应帮她，他不得不尽力。他终生都是个信守承诺的人。

眼下他要做的事情很简单，其实做与不做，结果都在那里了，做了仅仅是举手之劳，说不上帮谁不帮谁。天地间早有高人画了棋盘，他和他们都是棋子。唯一不同的是他看得见棋路在哪里，他们看不见。

老国师叫来宫中的明白人，告诉他们如此这般地在花楼殿的东西两面墙上另开出侧门，并修上回廊。他把门的位置和尺寸精准地告诉对方。

拿到尺寸的人有些迟疑，说：按规制，侧门不该做得这么大。

老国师垂着眼皮让传话过去：这不该你们操心，大有大的用处。

很快，花楼殿改了模样，东西两边有了豁大的侧门。进去的人都说，多了两扇门，花楼殿变得更敞亮，更气派了。

大汗听了很高兴。他想门是气口，犹如人的咽喉之地。花楼殿多了两扇门，通风去秽，蚌女来往顺畅，定是喜欢的。

自从花楼殿有了东西侧门后，各种飞短流长也都云消雾散。

这两扇门真正的功效直到公主开始招亲才显现出来。

各国王子川流不息地进入大城。大汗传话，问远方来客有何需求。

王子们都谦逊有礼，他们请求答谜前觐见公主，一睹芳容。

这怎么行？众臣们听说了，纷纷摇头，质疑王子们的品行轻佻，大不敬。他们以为他们是谁？一睹芳容？公主也是他们可以随便见的！

大汗却笑一声：既然赌上性命，不见兔子不撒鹰也有道理。姻缘讲究你情我愿，强扭的瓜不甜。

求亲是好事，做大汗的贤婿也是好事，但掉脑袋却不是好事。这样好坏参半的事情的确不该强人所难。所以，大汗传话说：答应他们觐见公主；再签个生死状吧，生死有命，富贵在天。

大汗宽厚，大汗要世人知道求亲后无论结果如何，都是心仪所在。

这样，王子们答谜前都有了觐见公主的机会，地点就放在公主最爱的花楼殿。花楼求亲，听着就喜庆。

老国师在病床上知道了，却说出"何必麻烦"四个字。

老国师那时候已经病重，"何必麻烦"四个字话音虽轻，分量却重。大汗马上着人去问究竟。

老国师说：花楼殿里已有两扇侧门，一扇朝东，通往解谜的祭坛；一扇朝西，去往出皇城的大门。命里有时终须有，让求亲者自选一扇吧。

大汗听了连连点头，说：国师睿智，行事风雅。

这是老国师去世前最后一次为大汗出谋献策，当然这件事如今也无人提起了。

阿里王子带着哑巴随从走上大殿的台阶。花楼殿大门洞开，十几台高矮相间的织机静立在大殿当中。图兰朵公主端坐在大殿的尽头，静静凝视他们。

阿里和哑巴在门槛前放慢脚步。他们刚刚抬腿要过门槛，就听到地面上有叽叽喳喳的议论声。

不像是两根木头棍子。

不像，是两根长了刺的肉棍子。

哪里有这种东西？

你没有听说过仙人球吗？

你摸摸，不是刺，也不是草，像是很硬的毛呢？

什么毛？骆驼毛？

骆驼腿上没有这么多的肉，也没有这么硬的毛。

哑巴神情古怪地朝地面上看去，地面上除了自己的大脚，看不到别的东西。但他发现了不对头的地方，不知什么时候自己扎裤脚的绑腿被人解开，有人正撩着自己肥大的裤腿，在打量自己的毛森森的腿肚子。

阿里的视线跟着转了过来，显然，他也听到了这些窃窃私语。

就在阿里用目光询问自己随从的这一刻，哑巴突然"啊"地咧开嘴，有人生生地在薅他的腿毛，痛得他差一点跳起来。

哑巴莫名其妙地被人招惹，气恼地弯下腰，抡起巴掌向自己小腿附近胡乱拍打去，只听哇哇一阵乱叫，在大门的门槛前滚出了两个极矮小的人儿。

阿西喊：有人行凶！

阿东喊：杀人喽，杀人喽！

哑巴举着金瓜大锤对着这两个小人儿就要砸下去，却被背后的礼仪官和几个女侍卫慌忙拦住。

礼仪官说：使不得，使不得，他们是图兰朵公主的身边人。

哑巴在阿里阻止的目光下，气哼哼地收住大锤。

阿里说：公主身边的人应该懂规矩。

礼仪官连连点头，说：是，是。

阿里瞥了阿西和阿东一眼，走过了门槛。

阿西和阿东互看一眼。

阿西说：那个"小家伙"在说谁？

阿东说：自然不是咱们。

阿西说：那是说谁？

阿东皱着眉头想了想，见到哑巴跟在阿里王子的后面正打算跨过门槛，便砰地蹦上门槛，拦住了哑巴：来人啊，这个"大家伙"不懂规矩。

阿东一喊，众人都愣住。

阿东说：这些个人来求婚，怎带着凶器。

阿西马上跟着说：他不仅带凶器，还打人！

哑巴被阿西、阿东挡住去路，脸涨得通红。阿东和阿西的嚣张，让他又将金瓜大锤举了起来。

阿西、阿东一溜烟地逃到一边，几个女侍卫挥剑直指哑巴的喉咙。

阿东得意地说：想打架？

阿西说：谁怕谁啊！

阿里王子瞥了一眼众女侍卫们，冷笑说：这就是你们公主待客的礼数？

礼仪官急得跺脚：打不得，打不得！他们是大汗请来的贵人。

大家面面相觑，不知道此刻是该打还是不该打。

门口的喧闹早已传到了公主的耳中。她的眼睛远远凝视了这里片刻，说：不得无理。

阿西对阿东说：公主说了不得无理。

阿西指着哑巴说：听到没有，你这个"大家伙"不得无理……

阿西的话音未落，图兰朵公主的声音清清楚楚地传出来。图兰朵公主说：请他们进来。

眨眼银剑撤尽，众人退到一边。阿里带着哑巴大摇大摆走进大殿。

阿西和阿东望着哑巴的背影翻了数个白眼，他们只好认栽。公主说话了，公主的话总是对的。求亲解谜是大事情，他们不能因小失大，阿西和阿东是懂规矩的。

阿里在大殿里站定，大殿里比外头清凉许多。他环顾四下，高高低低错落摆放的织机，织机上那些粗粗细细的木头，以及长长短短的绳索丝线，使得这个大殿变得诡秘，像是一个捕捉猎物的罗网陷阱。

阿里又将目光投向不远处的那个女子，白纱遮面，银装素裹。许多人为她而来，他是他们中间的一个。

阿里对着图兰朵公主鞠了一躬，说：扎拉丁·阿里，向尊贵无比的图兰朵公主殿下呈上我的无限敬意。

图兰朵公主说：远道而来，辛苦了。

阿里王子说：为了解开公主三色镯上的谜，不敢妄言辛苦。

阿里王子的目光在图兰朵公主的面纱上徘徊。面纱轻薄，如雾如烟，面纱后面的人亦真亦幻。

图兰朵开口说话了。她说：好了。现在该是你选择。你若要答谜，从左手的侧门出去，那是祭坛的方向。当然，你也可以选择右手的侧门，沿着来路回去。

阿里王子说：我要答谜。

图兰朵说：请。

阿里王子说：既拿性命做赌，我还有一个不情之请。

图兰朵说：可以。

阿里王子说：世人都知道公主的美貌倾城倾国。我能否走得离殿下更近一点儿。看清楚了公主的容颜，死而无憾。

图兰朵沉默片刻，点点头。

阿里往前走去。哑巴刚想跟随，被阿里一个手势拦在了原地。阿里王子一步步走着，他的脚步有些不稳。那些张牙舞爪的织花机好像在抻拽他的肘袖，撕扯他的衣襟。他感觉自己与面纱后面的那个女子的距离正一点点缩短，扑面而来的清凉已变为沁入毛孔的股股寒风，而他脸上的肌肉因心中的悸动而微微抽搐。当阿里王子走到离图兰朵只有三五尺距离，图兰朵默默地站起来，摘下了脸上的面纱。这一刻映入阿里眼中的不是一张女子的面孔，而是一颗划过眼前的雪亮的彗星。阿里头晕目眩，不得不闭上眼睛，以免瞬间失明。

图兰朵看到了阿里的失常，对她而言这种情景早已司空见惯。

图兰朵说：殿下……

阿里被图兰朵的声音突然唤醒。他愕然地看着这个女子，这女子刺眼的明亮中有一种极诡异的冷，像深不见底的寒潭，优雅地冻僵了你的魂魄。难怪世人甘愿为她舍弃自己的性命。

阿里王子说：你还记得我的哥哥吗？

图兰朵无声地望着他。

阿里王子说：他就是死在你屠刀下的冤鬼之一。

阿里王子的手突然拔出腰间的弯刀来，动作之快犹如闪电。阿里这个拔刀的动作已经演练过上万次，他能随手砍杀掠过头顶的雀鸟，刺中飞过身边的蚊蝇。他的身手已经与他的目光一般快，这半年来，几乎无人能躲过他手中的利器。

阿里预料眼前的这个女子会躲闪。他不怕她的躲闪，他甚至算计过她躲闪的路径。他的刀尖直抵图兰朵公主的胸口，她依然站在那儿从容淡定。就在刀刃刮到公主银色裙袍的刹那，仿佛有一片白雾无声腾起，抚着刀锋轻轻飘过。阿里手中的刀并未砍中任何人，而是突然失去了目标，劈了个虚空。

图兰朵公主不见了。阿里面前空荡荡的，图兰朵公主突然化作白雾消失了。

阿里目瞪口呆地站在那里。他见过世间各种各样不可思议的事情，但他知道图兰朵公主刚才的举动不是鬼怪之作，而是真正的身手,是难以描述的快。之所以看不到身形,只看到那片白雾,是因为自己的目力慢于图兰朵公主的身法,所以,恍惚间只剩下衣衫飘过的影子。

阿里转过头,望到图兰朵公主站在离哑巴不远处的一台织机前,冷冷地与自己对视。

未等阿里再次腾跳起身,哑巴已经"啊啊"大叫着,举起巨大的金瓜向图兰朵冲去。哑巴打架从不用主人招呼,自小到大,主人的敌人便是他的敌人。只见图兰朵公主挥挥衣袖,哑巴仿佛被狠狠推了一掌,踉跄地撞到图兰朵身边那台巨大的织机上。织机的线综牵动着织机嘎嘎地上下动作起来。这时,阿里王子已经到了图兰朵公主面前,挥刀再攻,图兰朵没有躲闪,一个转身跃到空中,从袖子里摸出几个银梭,对着阿里打去。阿里王子忙不迭地用刀将梭子一一拨打开,梭子们仿佛早就寻了自己的路途,正好借力飞弹到大殿中那些静止的织机上。在梭子的牵引下,高高矮矮的织机纷纷吱呀呀地制作起来。整个大殿变得热闹非凡。哑巴恼了,恼了的哑巴神来杀神、佛来杀佛。哑巴抡起大锤恶狠狠向图兰朵扑来,大锤没有打中图兰朵,却轰隆一声,打折了花楼殿里一根单人抱不过来的楠木圆柱。顿时,抱柱的石雕底座四溅崩裂,尘土飞扬。

图兰朵侧脸抬头,望了望圆柱顶上晃动的栋梁,伸手拈起一缕织机花楼上的丝线对着哑巴轻轻一弹,丝线打在哑巴的脑门上,竟把哑巴打了个跟斗。

阿里举刀砍向图兰朵,却被图兰朵轻巧地闪过;再砍,哑巴刚好翻滚过来,挡住阿里王子的去路。阿里王子略一迟疑,图兰朵手指一捻,那缕回弹过来的丝线在空中打了个结,顺势紧紧地束住阿里的右手。阿里想要挣脱，图兰朵将另一缕丝线抛过来，捆住了他的左手。阿里拼命挣扎，转眼他已经被纵横交错的丝线五花大绑。

哑巴急跳起来，上前救主。图兰朵拂开两袖，飞身一抓，将十几台织机上的丝线都攥到掌心。她掌心相对，两手一搓，四下的丝线变成了一张大大的丝网。哑巴一头撞来，正好被网住。图兰朵手一松，哑巴"咂"地被吊起来，手中的大锤滚落到一边。哑巴在空中拼命挣扎，梭子前后左右飞得风快，转眼，哑巴被无数金银丝线紧紧缠住，高悬在空中，像个巨大的蚕茧。哑巴再不能动弹，只能在蚕茧中可怜地对着自己的主人"啊啊"地叫唤。

图兰朵慢慢落地。她两臂一挥，梭子们仿佛听到了召唤，都掉转头，向图兰朵的袖口飞去。

阿里目睹这一切，难过地闭上了双目，手中的刀"啪"地落到地上。

这一切都发生和结束得好快。阿西和阿东看得眼花缭乱。他们欢喜得手舞足蹈，无以言表。

阿西、阿东几乎是打着滚奔到图兰朵的脚下。

公主好厉害！动动一个小拇指就把"大家伙"和"小家伙"都打败了。阿西骄傲地说。

公主哪里动了小拇指？我看得清楚，公主动的是大拇指。阿东觉得阿西夸得不准确，马上纠正。

阿西嫌弃地看了自己的弟弟一眼，这孩子笨死，没救了。

图兰朵好像没听到他们的恭维。公主沉着脸，显然没有阿西、阿东那样开心。阿西看出来了，公主一贯爱整洁，花楼殿被他们弄得乌烟瘴气，所以不开心了。

阿西小声对阿东说：然后该让他们做什么？

阿东说：他们哪里有然后。

阿西说：自然有然后，公主总不能将他们一直吊在这里。

阿东说：让他们答谜去！

阿西说：难道不该要他们先打扫清洁吗？

阿东觉得有道理，看向公主：是啊，公主。

图兰朵冷冷地瞥了一眼阿里和哑巴，说：唤人来，把他们抬出去。

第七十五章
将门之女

正午时分，钟楼的钟声和鼓楼的鼓声突然同时震耳欲聋地响起来。大城里自从有了钟鼓楼，向来都是先击鼓，后击钟。鼓声给人提醒，该敲钟报时了，而钟声则告知众人，时辰到了。今日的敲法乖张暴戾，把大城里的人们吓了一跳。

人们惊愕地望着钟鼓楼的方向，他们听到的不是鼓声和钟声，他们恍惚听到了天音和地声。

她听到钟声和鼓声同时响起，警觉地走到窗前。她知道出事情了。

她是海东青的妻子，她是海长春的母亲。但她不仅仅是个普通的妻子和母亲，她还是将门之女，她的父兄都曾是沙场的战将，汗国的元勋。她的见识远在普通女子之上。她少女时的名字叫"托娅"，那是"光辉"的意思。

她骨骼消瘦，身材在女子当中属于奇高的，这让她的眼界自然开阔很多。她享得了福，也吃得了苦，对危境有天生的预感和判断力。

记得海东青迎娶她入门的那日，她的公爹海都元帅曾对长子海东青说：从小看你木讷，谁料想识女子你却是好眼力。

公爹的话虽是打趣，却是真心对她的褒奖。公爹看重她，她心里欢喜，但她觉得公爹的话并不全对。都说知子莫如父，知夫莫如妻。但若将"父"眼中的子，与"妻"眼中的夫进行比较，结果仿若是比较了两个完全不同的人。

天下的父亲都是在远处审视儿子，自然尽看到是儿子不及自己的高大；为妻与夫婿同起同卧，当然眼中全是有冷有热的血肉。

她和海东青的亲事是双方父母促成的。八九岁时提的娃娃亲，长到十四岁时，她才与他第一次相见。她记得自己红着脸，低着头，给海东青端过去一碗热茶。海东青站起身想接茶碗，她却将茶放在桌上，低声提醒：茶烫手。

海东青不由得慌乱，说：那岂不烫了你的手。

她说：我不怕烫。

海东青看着她，她也看他，让他的目光从她的眼睛一直望到她的心里去。他望到了她心里的光辉。

海东青回到家中，对家中二老说：就是她了。

然而，她的母亲却对她说，海都元帅的长子样样都好，只是相貌差了些。她对母亲笑说：你女儿样样都好，也只是相貌差了些。

于是，大家都觉得他和她的确是般配的。嫁给海东青很对她的心思。她虽不曾美艳动人，但她的聪慧和胆识得到了海东青敬重。他们的恩爱或许是世人看不懂的，但他们各自都很懂。

海东青在外面话不多，与她话也不多。凡他说的话都是他想说的，字字有分量，言而有信。海东青并不木讷，明察秋毫的能力无人能及，只是不喜油嘴滑舌，不爱聒噪，反而被人看轻了。在她眼里，天下最好的男子莫过自己的夫婿，得海东青是她一生的大幸。

海东青的噩耗传来之时，她没有昏厥，没有惊惶，更没有大放悲声，只是忍住泪水说：我不信，天下无人能害我夫君。

报信人说：害死海东青和海都元帅的不是人，是巫人鱼。

她依然不信，说：巫人鱼既是水中之物，海东青的鹰隼大军该是它们的克星。

报信人说：夫人说得不错，巫人鱼重创汗国大军，伤海都元帅，幸好鹰隼军援救及时，才免遭灭顶之灾。

她说：既然已经成功击退了巫人鱼的进犯，海将军怎会再陷敌手。

报信人说：夫人该知明枪易躲、暗箭难防这句老话。当日夜里巫人鱼偷袭，海将军不幸中了它们的埋伏。

这话让她更为不信。海东青是个极警觉的人。已有前车之鉴，他不会让任何巫人鱼的偷袭诡计得手的。更何况他有超乎寻常人的耳力和目力，想骗过他的耳目接近他并且伤害他，几乎是痴心妄想。除非那个人他无法提防。换句话说，他对那人从没有起过提防的念头……想到这个，她不由得心头一悸。

她问：海将军过世之时，谁在现场？

报信人说：您的小叔子，海将军的兄弟，伯颜将军。

她闭嘴了，再也不说一个字。

海东青的骨骸被封装在淡青色的瓷坛子里带回了家。她关起门来，不吃不喝，默默坐了好几天，一直到玉勒带人敲门进来。玉勒嘘寒问暖，说伯颜将军惦念寡嫂弱侄，要接他们到家中去好生奉养。

玉勒曾是公爹的心腹，但她望着这个人的脸，觉出种种不对头，他笑得夸张，声音空洞，眼睛里藏着活物。细看，恍惚是两只探头探脑的老鼠。他仿佛已经脱胎换骨，此玉勒不是彼玉勒了。

没有商量的余地，甚至没有人打算与她商量，她和海长春被强行送进了小叔子的府邸。那园子并不生疏，本是公爹的家，但她走进去，遇见的都是生面孔，各个角落里都散发着异常的气息。此宅也不是彼宅了。

大城人死后喜欢被葬在青翠之地。她在如意斋的竹园里葬下了那只青色坛子，并在坛子下面埋放了一绺自己从鬓间剪下的青丝。她告知夫婿，你和我一起等，等儿子长大。

海东青的牌位与海都元帅牌位都供奉在大城的万安寺里，那里香火很盛。因为她从不走出如意斋，自然也没有去万安寺祭奠过自己的亡夫。但无人知晓每逢亡夫的忌日，她都将一碗热茶倒在长满青竹的小院地面上。她对着那片土地默念：快了，儿子正在长大。

儿子一点点在长大，儿子长大的每个时辰都让她悬着心。她是被迫进入这个地方的，她没有指望这里的人真的善待她。她唯一向宅院的主人提出过的请求是要与儿子同住一处。但这个请求被伯颜断然拒绝了。

她明白那个人为什么拒绝他。那个人的拒绝反而使得她坚定了自己的一些猜测和想法。她开始担心，不是为了自己，而是为了儿子。那个人不惧天谴，什么坏事都干得出。为了儿子的平安，她必须忍了，她要逆来顺受，忍气吞声。

为了儿子，她把自己活成了死人。只有她"死"了，儿子才能活。她把自己当作睡在一副棺材里的僵尸，每一日儿子来向她请安是她唯一苏醒的片刻，这片刻尤为珍惜，也让她心满意足。

住在如意斋里，她与外面的人，包括宅院的主人几乎从无来往。她守着记忆，不言不语。她知道他的记性比她还好，他也没有忘记她。

她不出如意斋，但她的耳目并不聋瞎。周围人的言语让她看到了别人以为她看不到的东西。

她一直在与那个人交战，十几年如一日地无声地进行着。他们争夺的是海长春，她的儿子。

她看到了那个人的野心，看到了那个人的飞黄腾达。她看到了老天对那个人的报应，让他的女人只给他生了一群丫头，没有儿子；也看到了那个人对海长春意外的关注，那个人不仅仅夺走了她的丈夫，还要打算泯灭她活下来的唯一希冀。

她一直在棺材里躺着，那个人巴望将她深埋，了无痕迹。她不会让他如意，但也不敢让他猜到她的心思。他若知道她的打算，会即刻碾杀她，并殃及海长春的性命。所以她使得这场争夺战一直进行，无声无息。

她在这个宅院里孤立无援。不能相信任何人，不期待任何人相助。但有一日，她突然意识到，或许自己并不孤立，她发现了一个人，那个叫胡姬的姑娘。

从那个姑娘出现在这个宅院里开始，名头就足够响亮，人们议论她像议论一条无头的鱼，一棵倒长的树；她的相貌也足够好看，所以在众人，特别是女人们的嘴里，她简直是一个吃人心肝掏人眼珠子的鬼魅妖孽。

胡姬是伯颜带回大城的一个卑微的生命。伯颜对她另眼相待。众人虽不敢当面践踏，但嫉妒胡姬的人们常常在背后嘲笑她的做派，说她粗鄙，低贱，没见过世面。而她对胡姬的留意也是从这些讥讽嘲弄中开始的。

也不知道咱们伯颜将军为什么看上了这个色目丫头，一个好赖不知的东西。

那天，几个打理园子里花草的粗使女婢凑在一起说长道短，她们提到胡姬，语气里盛满了不屑和轻蔑。当然，在她们眼中那个胡姬的身份与她们并无二致，只是运气格外好些，得到了将军的恩宠。

她听她们七嘴八舌地谈论外夷商人们刚刚孝敬将军的厚礼，伯颜的女人们都有机会在其中随意挑选几件宝物。

外夷商人们为讨好伯颜将军，出手的自然全是稀罕玩意儿，有吃有穿还有珠宝。伯颜府邸里的女婢们也算是见多识广，提起那些礼物来仍纷纷咋舌。她们说那些珍珠个个有拇指大，金绿猫眼儿和祖母绿一颗颗晃得人睁不开眼，另外还有著名的波斯锦，成匹地放在那儿金光闪闪。而那个叫胡姬的女子挑了半天，却拿了一堆菜不是菜，果不是果，叫"胡萝卜"的东西走了。

她说，她就喜欢这个，这是难得的好东西。

胡萝卜配胡姬，听起来很相称。

女婢们在院子里哧哧地笑，笑声惊起了数只鸦雀。

她慢慢转身从窗前走开，记住了"胡姬"这个名字。

她猜胡姬是个率性女子，率性的好处在于真实。胡姬之所以看中那菜不是菜、果不是果的外夷萝卜，当然是因为她与那东西有情分——不是对家乡的念想，便是儿时的口味。

但当世人笑胡姬有眼无珠，将琼楼玉酒看得与菜蔬水果一般微贱时，她却从这真实的率性里察觉出了别样。

并非人人都可以率性，率性是要本钱的。众人眼里只有金银珠宝，对胡姬而言，最合她心意的偏偏是水果菜蔬，这说明她早就见识过锦衣玉食，享用过一掷千金的日子。金玉满堂令别人心旷神怡，对她只是稀松平常。胡姬绝非寻常之女子。她不是没见识，而是见识远超凡俗。能够在伯颜府中做出如此惊世骇俗举动的女人，大约只有胡姬一个。一个容颜出众，曾经大富大贵过的女孩子，在家中定被爹娘千宠万爱，怎会自轻自贱，沦落到伯颜府里半奴半妾？

她警觉起来，觉得有必要知道那个胡姬的底细。如果她不是一个出身卑微的人，她进入伯颜的府邸一定有不可告人的秘密。

她开始好奇胡姬究竟是谁？

然而在过后不久的一天，那个胡姬就自己主动来到了如意斋的院门前。胡姬送来了一个浑身带刺狼牙棒般的果子，个头硕大如枕头，臭烘烘的气味让如意斋的许多人都捂住鼻子不敢撒手，但又不能把胡姬直接打出去。

胡姬太不是东西，肯定是借此物来害夫人的。婢女们因为气恼，因为屏住呼吸，一个个脸涨得通红。

她问：为何是来害我？

婢女们低声说：夫人或许不知，那个胡姬用这个"狼牙棒"，已经害得府里好几个人被割掉了鼻子。

她叹口气说：那些人被割鼻子怪不得胡姬。

那怪谁？婢女们不服气。

她说：怪他们没见识。你们可知世上有"佳肴"，也有"臭肴"？

婢女们迟疑地互相看看，纷纷摇头。

她摆手说：好了，出去传话，告诉胡姬说我领情。

婢女们用难以置信的目光看着她，极不情愿地走了出去。

她知道婢女们宁可相信胡姬是来割她的鼻子的，也不愿相信世上有闻着臭、吃着香的东西。所以，她多说无用。

她并不是一个轻信的人，但她相信胡姬没有要割她的鼻子的理由。如果胡姬想害她，应该也有更好的办法。所以，胡姬送她这个巨大的"狼牙棒"，不过是以此来拉近彼此的距离。胡姬用不着讨好谁。行事喜欢独辟蹊径，难免会吓着一些人。

面对胡姬送来的这个又丑又臭的外域水果，勾起她儿时的一段记忆。

她曾是家中最受宠的女儿。那年爹爹带领大军出征外域，归家也曾带回来过这样一个东西。那东西奇臭无比，隔着数丈就被母亲喊人扔了出去。爹爹忙将那东西藏到了家中的冰窖里去。几日后，爹爹偷偷带她去了后院，用刀破开那枚果子，露出黄澄澄的果肉。她吃了一口，那一口竟然是一生中极大的惊喜。

她问爹爹这气味浓郁、冰凉甘甜的东西到底是什么。

爹爹说：当地人叫它"徒良"，据说吃上一口这东西会让人流连忘返。

爹爹还告诉她说，做人做事不可以貌取物。譬如，在产徒良的那个地方，有种花，叫阿芙蓉，极美，但结出的果子却有毒。那是摄人魂魄的毒，所以又被有些人称为"神仙花"。爹爹让她记住了"流连忘返"与这闻起来臭、吃起来香的果子的关系，并记住了一种毒物，名为"神仙花"。

因为府里有人被割掉鼻子，众人都在传这割鼻子的利器的名字，说这东西的真名叫"榴梿"。她猜测"榴梿"或许来自"流连忘返"。

不知为什么，她觉得胡姬与这个"狼牙棒"似的水果有很多相似处。若有一日破开胡姬的"果皮"，也会获得同样的惊喜。

在伯颜的府邸里住着，她的如意斋与胡姬那后花园角落中的院落相隔很远的距离。她小心地保持着这种距离，绝不主动寻找机会接近胡姬，更不鼓励胡姬来接近自己。

这是一个遍地荆棘和陷阱的府邸，她对胡姬的好奇从没有超越如意斋这个棺材似的小院院门。她不想让棺材外的任何人得知她对她的好奇，更不想因为这份好奇招来祸事。

海长春渐渐长大，大约因为自小丧父，他比同龄的少年人稳重、懂事。他长得酷似父亲，从背影上看，几乎毫无二致；他继承了父亲的天赋，耳力目力绝佳，身手敏捷，连大汗都说，汗国有了另一个海东青。但她知道，儿子并不真的似父亲，儿子缺乏海东青那种与生俱来的笃定和自信。

没有父母亲呵护的孩子，眼睛是迷茫的，自小海长春就对许多事情满腹疑问。作为母亲，她不能回答他，也不能提供任何暗示，她对他不能多说一个字，唯恐隔墙有耳，唯恐他错会了她的意思。她只能心疼地看着他彷徨，仿佛看着一个迷路的孩子，四下张望，跌跌绊绊地前行。

儿子是她的心肝。外人看到的是儿子的相貌，她看到的是儿子的秉性。她最担心的不是儿子长得像谁，而是儿子骨子里头像谁。这么多年过去了，人们已经逐渐忘却海都、海东青。提及这个家族的荣耀，仿佛从过去到现在，只有一个叫伯颜的人。儿子是被笼罩在那个人的影子之中长大的。都说儿子幸运，叔叔将他视如己出。但她怕的就是视如己出。

儿子是她的，那个人把她的心肝视如己出，岂不是在挖她的五脏六腑？

在与那个人的战争中，她绝不能输。她孤立无援，需要帮手。而在这个宅子里能找到援手的几率微乎其微。这时候，她发现儿子身边有了女人。

突然一日，她在儿子身上嗅到一种很浓重的气味。那气味冲撞脑子，直抵心肺。她突然警醒，小心地打量儿子，问：你有何不妥？

儿子答：不当心被鹰隼伤了。

她忙寻找伤处：是否要紧？找郎中看了吗？

儿子抬起手臂说：郎中看过，无甚大用。幸好得了一种稀罕药，搽上很灵……

她细看那伤处果然长出新肌，开始愈合。她立刻知道浓重气味的来源。那稀罕药里面有分量很重的麝香和龙脑香。药是好药，但儿子含糊的语言中有种躲闪，这说明儿子不愿意她得知药的真实主人。

她没有再多问。儿子想告诉她的事情，一定会告诉她。儿子不打算告诉她的事情，她不追究，但会从此留心。她有种直觉，那药物来自一个女人，很可能是一个年轻女人。

儿子手臂上的伤好利落了。尽管伤口平复了，但那伤口在儿子心里留下了痕迹。儿子有些变了，不是相貌，而是气味，儿子身上出现了一种让她心神不安的气息，那气息如同轻雾若隐若无，但若专注，总能看到鸿爪雪泥。

她是母亲，最熟悉儿子的气味。从襁褓中的奶味，孩童时混杂着青草味道的甜甜的汗气，到成年后渐显雄性动物的粗犷气味，她都是熟悉的，都知道它们的来历。但这个不同，这个气味与前一次在儿子身上嗅到药物气味有关，没有那么浓烈刺鼻，而是更加雅致考究，其间除了混杂着麝香和龙脑，还有檀香、丁香和甘草的气息。这绵绵入骨的气息明明是女子特制的熏香气味。

儿子的身边真的有女人了。一个敢用麝香的女子。

世人皆知麝香是宝物。但在大城，伯颜家的富贵是平常人家想象不出的。凡世上有的，伯颜家里传出一声"要"，眨眼都可以到手，所以麝香这东西在伯颜的宅子里并没有常人想象的那么稀罕。不过，它的确是人们心中的禁忌之物，只有万不得已，才会有人动用。这与它的金贵无关，与它的药性有关。

医家都说麝香是治疗血瘀经闭跌打损伤的至尊神药，而这活血通经下胎避孕的特性却让盼望子嗣的人避之唯恐不及。伯颜已到中年，子嗣凋零，有女无男；伯颜许愿，谁生男丁谁扶正。这句话如同一块肉骨头吊在饿狗们面前，令府里的女人们垂涎三尺。她们拜神的拜神，求仙的求仙，庭前院后广种石榴、葡萄、葫芦、萱草，屋里床下贴满各色神符，只求肚子给自己争口气。而那些红花、水蛭、王不留、穿山甲、当归之类活血化瘀芬芳开窍之类的药材都被她们打入另册，更不要说"麝香"这个至尊神药，光是听到这两个字，就足够吓得她们狂奔逃出三里之外。

那个唯一在伯颜府中敢亲近麝香的女子的确太出挑了。她想到的第一个人便是胡姬。在这个府邸里，胡姬是唯一一个不按常理做事的女人。她喜欢怎样便怎样，即使是伯颜，也对她无奈。

儿子早到了该有女人的年龄。别人家的男子到了这个岁数，大都已经说亲娶妻，但儿子却一副不慌不急的样子。儿子开窍晚，是因为没有遇上心仪的女子，当年自己与海东青见面，海东青也是懵懵懂懂的，但那一眼就让两个人从此知道了情为何物。别人只知道她和海东青是娃娃亲，但她和丈夫却明白他们真的是一见钟情。

儿子是在等一个懂他的人，是在等一个机会，好将自己的眼睛看到那个女子的心里去。她巴望儿子娶亲能娶上心上人。所以儿子不提，她也不催。这么好的儿子，谁家闺女不想抢呢，她不急。

然而一日，提亲人当中出现了小叔子伯颜的身影，她突然意识到一种危险。伯颜一直是有盘算的，这十几年他就是那只看不见的手在与她争抢海长春。此刻，女人将成为把儿子从自己身边夺走的一个诱饵。儿子是她的，他想下蛆，她不能容他得逞。

但她也有些束手无策。儿子需要一个女人了。儿子没有心上人，并不等于他的身体不需要女人。儿子不接近女子，不等于他的床上不需要女人。她知道那个女人早晚会出现，但她没有想到那个女人会是胡姬。

怎么会是胡姬？她愕然，这完全超出自己的预料。她相信一定是胡姬选择了自己的儿子，而不是自己的儿子选择了胡姬。胡姬绝不会随意选择一个人。在人们嘲笑她选择怪异的萝卜、臭烘烘的果子的时候，却不知她选择了对她来说最好的东西。

这一次胡姬选择了儿子。儿子是好，那是母亲眼中的儿子的好，对胡姬来说，她应当是另有所图的。难道胡姬是想通过儿子的床来与自己结盟的吗？她猜不透胡姬的心思，可能儿子也猜不透，更可能儿子根本没有猜测过。

转念又想，如果儿子的身边换了另外一个女人，会更好吗？她摇头否认了。既然如此，为什么不可以是胡姬呢？儿子的床上睡着胡姬，总比睡着任何一个伯颜送来的其他女子要好些。她这样安慰自己，但并没有真的说服自己。胡姬为什么选择了儿子？因为儿子好。但母亲眼中的"好"和胡姬眼中的"好"或许全然不同。她想想就不安起来，想多了，心扑腾扑腾地跳。胡姬的性情似火，那火可暖人，也可烧死人。她要当心那团火伤了自己的儿子。

有了这份忐忑，她打量儿子的目光变得更加小心翼翼。然而，无论有多少猜疑，她仍继续保持缄口无言。有些事情不说，比说要妥当。

直到那一日，母亲病逝，她打算出府奔丧，意外地遇上了胡姬和那大片奇异的花朵，花朵艳丽和胡姬的病容相互照映，看着有些惊心动魄。胡姬仍是美艳的，但那是涂了水粉和胭脂的美艳，水粉和胭脂掩饰不住胡姬正在悄悄失去的容颜。更让她不安的是胡姬身后的花海。她不认识那花，但那花刺眼，让她有种似曾相识的感觉。

胡姬对她提及了那花的名字——"神仙花"。

她记起了这个名字，她想起了爹爹的话。极美的花，摄人魂魄。

这些毒花不会是从天而降的，她知道，府里出事情了。

胡姬的病容和这花的艳丽背后肯定是有人的。在这姹紫嫣红的花海中她看到了张牙舞爪的凶恶。

前日，又出了另外一件事情，她意外地在府里遇上了玉勒。真的是意外，自从守寡后，她难得走出如意斋；而自从玉勒眼中藏了活物，他也在躲避她。所以这十多年他们几乎没有交集。

玉勒老了，胖了。但玉勒依旧是海都元帅调教出的好身手，行走如风，杀人无声。所以当玉勒从角落中突然冒出来，她的确惊了一惊。

玉勒躬身说：夫人安好。

她不想答他。于是她忽略了他的身影，沿着路径继续走下去。

玉勒站在那儿，神色黯淡。

她的心突然沉了一沉。她意识到，她与他的相见也许不是意外，也许是他煞费苦心的结果。他一直在寻机会，他与她有话说。

她的脚步略略慢了那么一点。

玉勒说：海将军的忌日快到了，替我向将军敬杯热茶。

她愣住，十几年了，这是他第一次提起海东青，诧异的是他竟然知道她祭奠亡夫不是酒，而是热茶。

她没有回他的话，甚至没有向他侧过脸，继续步履平稳地从他身边走过去。她知道在这个府邸里，到处都有耳目，但从这一刻，她对这个人留意了。

她在府中是一个被遗弃在黑暗中等待慢慢僵死的人。因为人在暗处，哪怕僵死，也能感知许多明亮处看不到的东西。

此刻，窗外的钟鼓声冲撞着她的胸口。大城向来井然有序，先鼓后钟绝不容错乱。这般异样说明皇城中有事了。她即刻想到的只有海长春。大汗将守卫皇城的重任交给了儿子，此刻儿子在哪儿？

她有预感，这次大城将凶多吉少。

第七十六章
钟声鼓声

乖戾的钟鼓声传到磨盘山的焰火作坊大门口的时候，卡拉夫恰好不在哨位上，所以他并没有听到远处传来的异常动静。

卡拉夫今日当值。从清晨起，他就有些魂不守舍。其实已经好几日了，自阿里入了皇城，他每一夜都睡得很不安稳。梦境中频繁地出现重重叠叠的刀光剑影、鲜血横流和坍塌在火光中的废墟，那些情景每一幕都像是故地重游，有一种古怪的熟悉。半夜噩梦醒来，他发现自己浑身冷汗津津，死里逃生一般。

这些噩梦曾经跟随了他许多年，常在不经意中来拜访他，但从未像这几日这样密不透风地纠缠他。他想，定是与阿里王子进皇城答谜有关系的。

他想象这些梦境与阿里的关系。众人都说，那个大模国来的王子来大城是为了求亲的，但在他眼里求不求亲不重要，要紧的是答谜。阿里来大城是为了帮助图兰朵公主打开手腕上的三个镯子的桎梏。大城里的人都知道只有当求亲者正确地答出三个谜底，求亲才成功；卡拉夫想的是，当谜底和谜面吻合时，图兰朵公主手上的镯子才能解开。那三个谜是使得公主摆脱苦难的要害。

无数求亲者中，只有一个人是幸运的，那个人会不会就是阿里呢？

想到这儿，卡拉夫是有些妒忌阿里的。因为阿里出身高贵，使得他有资格去答谜。但他对阿里的妒忌中包含着敬意。来大城求亲的哪一个不是因为痴迷公主的容颜，哪一个不是贪恋大汗许下的荣华富贵？阿里不是的，他知道阿里真的不是。阿里的确是带着浩浩荡荡的人马和金山银山来到大城，但阿里的话里话外都对求亲充满揶揄。阿里为什么来大城？那求亲可不是一场木偶戏，飞飞鸽子，撒撒糖果就了事的。那是一场赌博，那是与那三个镯子赌命。阿里是用自己的性命拯救图兰朵公主的。

卡拉夫数年前初见阿里时，就觉察到这个眼珠漆黑的大孩子对他有一种致命的吸引力。他们好像前生前世就认得，他与他不用言语就成了朋友，那是惺惺相惜的投合。尽管后来，卡拉夫知道了阿里与他身份的差异，但阿里失去长兄的经历，更让他怜惜自己朋友的不幸。

这一次阿里又来了大城，阿里长了年纪，是那个阿里，好像又不是那个阿里了。阿里漆黑的眼珠中燃烧着一种狂热的火焰，阿里的脸庞因那火焰而显得更加潇洒飘逸。

卡拉夫将那火焰解释为阿里对冒险的痴迷。他也有过这种痴迷，这是一种激动人心的好东西。阿里来到大城，不为了求亲，而是为了答谜。他是在用性命进行一次冒险的游戏。

从阿里走入皇城的那一日开始，卡拉夫的心就随同他去了。昨日皇城里传出消息，今日午时，是阿里答谜的时辰。他必须在那里，为了自己的兄弟，为了图兰朵公主，他必须去。

早上他与柳儿约好，要在皇城下的市场里见面。柳儿说助阵去，铁头、小骆驼他们一帮兄弟都会去。

卡拉夫从柳儿的眼睛里看到了诡秘，没多问，却说了声好。只要能帮阿里，做什么他都是愿意的。

临走时，柳儿跟到门口，突然说：你的心思我知道。

卡拉夫不解地：什么心思？

柳儿说：那块玉璧啊，我给你的。那可是神物，灵光得很，说不定阿里靠它能赌一把。

卡拉夫愣了愣觉得柳儿说得不错，所以没有多解释，准备要走，又被柳儿抓住。

柳儿说：等等，还有呢。

卡拉夫无奈：还有什么？

柳儿依依不舍地看着他的脸，竭力找出个话头来：那个，焰火大师试过了？

卡拉夫说：焰火大师？

柳儿瞪了卡拉夫一眼：钥匙啊！

卡拉夫这才想起前日柳儿给自己的钥匙依旧在怀里揣着，不由得抱歉：坏了，昨日一忙，忘了。

柳儿瘪瘪嘴：今日我刚才跟你说的话，也快忘了吧？

卡拉夫赶忙应承：不会，今天一定不会忘。

柳儿说：我在醉霄楼等你。

柳儿的话把卡拉夫说得一愣。他说：那好像是个酒肆？

柳儿说：酒肆怎么啦？不约地方你怎么找我。

柳儿伶牙俐齿，卡拉夫永远说不过她。

卡拉夫一到焰火作坊，就找伍长告假。但伍长说，众人都知那个大模国的阿里王子已经住皇城好几日，今天午时答谜，谁不想去看热闹？准你半日吧。

卡拉夫知道伍长说的是实情，准他半日假已经是很照顾了。

快到午时，换岗的士兵来了，卡拉夫正想脱下盔甲，却在胸口摸到了那串叮叮当当的钥匙。这也是柳儿托付的，他竟然差一点忘记了。受人之托，忠人之事，他若真忘了，柳儿绝不肯与他罢休，于是他慌忙走进作坊去寻焰火大师。

穿过作坊中一间间大小不一的操作台，在靠近蓄水池的那间凹进去的大石洞里，他见到了正在忙碌的焰火大师。他站住脚，远远地和焰火大师打了个招呼。一般来说，焰火大师正在操作台上忙碌时，最忌讳有人走入那个空间。

焰火大师放下手中的东西，说：来了？

卡拉夫说：来了。

焰火大师说：进来坐坐。

卡拉夫走了进去。

那两个侍卫见到卡拉夫，像见到久别的亲人，恨不得立刻将他拉扯到怀里。他们满脸堆笑，一个说口干，要去喝水；另一个说，内急，要去茅厕。两个人冲着卡拉夫作揖再作揖道：好兄弟，你总算来了。对不起，让你受会儿累，替我们盯着，就一小会儿。

话音未落，两个人的影子就不见了。卡拉夫无可奈何地笑笑，他知道这两个家伙一定是跑到作坊出口的阴凉处喝茶了。他们早已厌倦作坊中乌烟瘴气的火药味，更厌倦整日提着沉重的金链子跟随在焰火大师后面寸步不离的差事，但他们却不敢说"厌倦"二字，免得脖子上的脑袋立不稳。平日，他们对卡拉夫十分客气，巴不得有卡拉夫替他们受累。

焰火大师见到他，点点头：他们最想见你，我也一样。

卡拉夫说：大师近日辛苦，眼睛都熬红了。我带了些莲心，解肝火最灵。

卡拉夫将一个黄麻纸小包递给焰火大师。

焰火大师说：凤凰浴火重生的焰火已试了数年，也就这几日，快成了。

卡拉夫说：恭喜大师。

焰火大师说：你没少跟着辛苦，你也有份。

于是，卡拉夫又笑了。他看四下无人，从怀里掏出那串钥匙，递给焰火大师：柳儿又弄了一套新钥匙。

大师打量着钥匙说：成，再试试。

红线绳上一共穿了四把钥匙，每一把钥匙的粗细长短都各有差别。卡拉夫知道这些钥匙都是柳儿花心思画图让人打造的，它们按照金锁的"寿"样的钥匙口设计，一把把都有特殊的排列顺序。

卡拉夫解开红线绳，将钥匙按次序递给焰火大师。从第一把、第二把，到第三把，插进钥匙口都很顺当，但金锁还是牢牢地锁着。当他们准备插入最后一把短小的钥匙时，却没有空当了。难道说柳儿多做了一把钥匙？

卡拉夫和大师面面相觑。

大师微微叹口气，说：没关系，这回不行，下回再试，不急。

卡拉夫却疑惑地将金锁头拿到手中看，他将已经插入锁头的钥匙各推了一下，没有动静。再将几把钥匙一起推了推，锁头没有开，但锁壳里传出轻微的声响。卡拉夫细看，"寿"字中竟出现了空隙。他忙将最后一把钥匙插入空隙间，只听得"嘎巴"一声，金锁竟然打开了。

焰火大师瞪圆两眼：开了？

卡拉夫一样愣怔，说：开了！

两个人看着那把大汗钦赐的双龙戏珠纹镏金锁，那锁可是有四排双簧片的八簧锁，竟然让柳儿的这串钥匙打开了。他们觉得脖子后面正吹过飕飕的凉风。

卡拉夫自言自语：今天是什么日子？

焰火大师说：肯定是个好日子，以后夜晚可以睡个好觉了。

焰火大师长年累月戴着金锁链睡觉，骨头被硌得生疼。能踏踏实实睡个好觉，成为他唯一的心愿。

卡拉夫笑了，抬头想说什么，却见那两个侍卫正向这边走来。

卡拉夫慌忙伸手将金锁重新锁上，低声说：大师收好钥匙。

转眼钥匙消失在焰火大师的手心中。

两个侍卫来到卡拉夫面前：蓝眼睛，你有事情就快走吧，外头肯定出乱子了。

卡拉夫说：什么乱子？

侍卫道：不清楚，今天钟鼓楼那边的钟声鼓声是一起响起来的，劲头特别大，不会是小事。

卡拉夫愣了愣，扭头便跑。

卡拉夫来到焰火作坊的大门口，那钟声鼓声已经清晰可辨。他的太阳穴被这不同寻常的钟鼓声击打，浑身寒毛都竖了起来。这时辰的确是午时，但这钟鼓声中回荡着杀气，绝非为午时敲响的。两个侍卫说得不错，大城里肯定出乱子了。是什么样的乱子，才能让这报平安的钟声鼓声变得让人毛骨悚然？

瞬间他想到许多，想到去年初春，木丁国和绿衣国裹挟西域十几个小国围攻汗国，边陲军事吃急，大城里都没有听到这样的钟声；想起从去年年底起，汗国万里疆土频繁遭遇天灾，大城数次地动，一夜间城外东北方崩裂出一个数里长、十多丈宽的壕沟，致使一段城墙倒塌，城门歪斜。城里的人们发现自己巷子口的水井竟有多一半都干枯了。恐慌如同瘟疫弥漫，但大城里仍没有出现过这样的鼓声。先鼓后钟的规矩是大汗定下的，大汗是大城里的神，什么事情能破了这个大汗亲自立下的规矩，并把钟鼓敲击出这样的声响呢？

卡拉夫小心翼翼地从通往图兰朵公主后花园的紫藤暗道里钻出来，只见四下脚步纷乱，一队队面色惶惑的皇家侍卫从他面前持矛而过。卡拉夫东张西望，但又不敢随便打听。幸好他一身皇家侍卫的打扮，暂时无人理会他。

卡拉夫嗅出空气中不寻常的紧张，猜测出事情的地方或许就在皇城里面。皇城里面出事当然都是大事。皇城里面掉了一个芝麻，在皇城外就是鸡飞狗跳的动静。然而，此时此刻再大的事情能大过阿里王子走上皇家祭坛答那三个镯子的谜吗？他猜来猜去想不出头绪，好奇心延迟了他迅速出皇城，到市场里去与柳儿会面的脚步。

就在卡拉夫迟疑不决的关口，只见一队卤簿仪仗浩浩荡荡正向这边走来。鲜艳的龙头幡，华丽的孔雀氅，野雉扇，彩旗上绘着苍狼和白鹿。金瓜，宝顶，九龙华盖。这是大汗的銮驾卤簿。

大汗来了。卡拉夫迟疑一下，打算避一避。宫里这些路他都熟，选了一条僻静的小路走到皇城门口那边去，应该没事的。但他还没来得及转身，却在那仪仗中见到了两个熟悉的影子，那是两个蹦蹦跳跳的白胖矮子在队列中跑前跑后，他走不动了，血呼啦地往脸上涌，心慌慌地跳起来。

大汗来了，阿西和阿东也来了，那事情会不会与图兰朵公主有关？

第七十七章
伯颜将军的好心情

今日是伯颜心情最好的一天。

昨晚上直到后半夜他才上床，没有女人伺候，但仍睡得死黑，突然睁眼，发现天色大亮了。起身后，他从侍从小厮手中接过来湿汗巾，擦了擦脸。接着小厮给他端上来早膳。有羊杂碎汤、烤嫩羊腿、奶茶、奶饽饽，以及鲜石榴去籽取汁煮沸加蜂蜜后在冰窖里结成的"石榴冻"。

他喝了一口奶茶，茶香奶甜，拿起羊腿咬了一口，外焦里嫩。他觉得神清气爽，想着昨晚的情景，难免有些踌躇满志。

昨晚上，他又一次见到了国师，国师仍然在向他讨要那个叫圣楠的女人。虽然因为胡姬，他知道将那个扁脸女人还给国师是早晚的事情，但他决意不忙着去做。他想让那个阴阳怪气的国师再急一急。他不清楚那家伙为什么这么在乎那个女人。那女人拿着国师的短处？那女人跟国师之间有什么特别的交情？或许那女人的法力比国师还高……他很快将这个念头否定了，若真如此，那女人早就无人能敌，还用得着国师一旁跳脚吗？

这个女人一定是国师的软肋，也是国师的秘密。他坦然地告诉国师，他已经努力了，很快就有结果了。他要看国师是不是也在努力，他要国师也拿出一个结果给他。

国师说：我愿倾尽所有，换取圣楠的平安。

他看出国师说的是掏心窝子话。但他说：谁要你倾尽所有，我只要你帮我成就大业。

国师说：将军的大业不就在那儿，咫尺之遥吗？

他问：别说大话了，你答应我的"金刚不坏"呢？至今仍是水中月，镜中花。

国师说：那要凭机缘巧合。或许有比练就"金刚不坏"更便捷的路。

他说：在哪儿？

国师说：将军该知道在哪里，把握它们就是了。

他还是没有明白。

国师说：大城要出乱子了。

他对这话不屑，他早就知道大城要出乱子。

国师说：将军是希望大城乱，还是不乱？

他看着国师狡诈的面孔，笑笑，不答。

国师说：乱，对有些人来说不是好事，对将军来说，不是坏事。

他说：大城一直在乱，只可惜都是阴沟里的泥鳅，掀不起太大的浪。

国师说：我说的不是胡姬和她的那些黑骆驼国的残渣余孽。

他说：不是他们？

国师说：不是，虽然将军对胡姬他们有期许，但不是他们。

他心沉了沉，不知国师知晓多少他对胡姬等人的打算。

国师说：大城里有比他们大得多的鱼。

他"哦"了一声。他看出国师手里有一些他不曾有的货色。于是他沉思片刻，态度诚实地说：愿听国师指教。

国师说：我早说过，大汗老了，汗国权柄更替朝夕可待，将军是不二之人。

他说：大汗有图兰朵公主，若不属意于我，也不好强求。

国师说：事在人为。眼下的局面只需有人轻推一把，大汗就没有别的选择。

他说：那人是谁?

国师说：将军不妨猜一猜。

他不耐烦了，黑下脸：别跟我兜圈子。

国师说：大城近日多了不少生面孔。

他说：我已经让玉勒好生留意。

国师说：据说，那大模国国君悄悄派人来大城了。

他看着国师：据说?

国师又道：将军有将军的耳目，我有我的耳目。将军不会忘记，明日是大模国阿里王子答谜求亲的大日子。

他说：那是当然。

他等待国师说下去，国师却不肯多说了：天晚了，你我都乏了。将军还是回去早些歇息。圣楠若是能平安归来，我定会给将军一个交代。将军踏踏实实等好吧。

这个阴阳人在与他博弈呢。他想拿住他，他也想拿住他。好吧，下棋下的是心性。谁露了猴急样儿，谁就输了。于是，他将嘴边的话咽了回去。

他笑着说：一言为定。

国师说：那圣楠……

他说：你的事，就是我的事。

看国师似乎还不放心，他说：你我在一条船上，本该同舟共济。

他和国师分手后，立刻叫人去唤玉勒。玉勒是他的左膀右臂，竟然对大模国国君派人来到大城的消息一无所知，这不等于他伯颜耳聋眼瞎了吗？

月上中天，漏尽更阑，玉勒才气喘吁吁赶来。

他没有斥责玉勒，反而话语体恤地问玉勒：怎么这样喘？

玉勒听了，有些惶惑，说他正带着人巡城，因为将军唤得急，所以跑慌了。

他点头说：难为你了。

玉勒说：将军找我，是有要紧军务？

他说：明日是大模国的王子答谜求亲的日子，城里不会有什么闪失吧？

玉勒说：末将也是担心此事，所以不敢大意。

他问：有什么风吹草动吗？

玉勒说：那些商行、客栈、市井泼皮和外来人常聚集的地方，都被我派人盯上了。出不了大事。

他说：那就好。

玉勒问：将军还有何嘱咐？

他说：那个叫圣楠的女人怎么样了？

玉勒说：抓了胡姬常去的那家客栈的老板夫妇来拷问，上了"舞刑"，女的熬不过，跌在炭火里死了，男的两脚都焦煳了，仍不吐口。或许他们真不知道那个圣楠的藏身之处。

他知道玉勒嘴里的"舞刑"其实是炮烙刑。

玉勒爱吃羊肉，更喜在炭烧的铜格板上烤羊肉吃，玉勒坦言，那嗞嗞的声响和油烟刺激他的食欲。所以，每当玉勒要向犯人讨口供时，用到的第一刑法就是炮烙刑。那刑法的步骤是先将铜板子上涂抹羊油，然后点火烤红，再把犯人推到铜板上。人在上面惨叫狂跳，玉勒为此而异常兴奋。大约是兴奋过度，想入非非，他竟雅兴大发，给炮烙刑另起了个名字，叫"舞刑"。

他说：把那个男的放了吧。

玉勒半张着嘴没吭声，他在等伯颜的下文。

他说：放了。盯着他那个客栈就行了。

玉勒等待下文，他却没有下文。玉勒将信将疑：那就照将军说的办？

他说：辛苦了，去吧。

他脸上的笑容难以捉摸，见玉勒还站在那儿，挥挥手。

玉勒立马走了。

玉勒来得惴惴不安，走得莫名其妙。玉勒有心思，他看到玉勒脸上的疑问，但那心思比脸上的疑问还要重些。

在等待玉勒这小半个时辰中他突然变了主意。他想，如果坐实自己耳目的确不如国师的耳目，会怎样？可以亡羊补牢，但补了牢，羊跑不出去，狼也钻不进来，守着那一圈羊，对自己有什么益处？眼下只有群狼起舞，大汗怕了，才会想到伯颜将军的好，自己犯得上去补这个牢吗？再者说，前几日大汗刚将大城的防务交到自己手里。知晓大模国国君悄悄派人到了大城，这等大事绝不可按兵不动，更不可知情不报：不动不报是罪；报了则是作茧自缚。明日大模国的王子要上祭坛答谜。难道自己准备三熏三沐，礼遇有加地将大模国国君派来的人送进宫里，去与大汗攀亲家？

与人方便，自己方便。大模国国君派人来了，大城要乱，这正是他喜见的。干脆就让国师的耳目比自己的耳目灵光一次，自己装聋作哑。耳聪目明有耳聪目明的短处，装聋作哑有装聋作哑的长处。更何况有时需要装聋作哑。要不，什么叫"事成于密而败于泄"。

都知道玉勒是他的亲信。但在伯颜的心里没有这个词语。"亲"和"信"明明是两个字，分开可以说得很清楚。世上没有好处，谁会跟你"亲"；而你给了他好处，他又报答了这些好处，于是彼此便"信"了。所以反过来想，能够出卖你的都是摸到了底细，能拿住你要害的。有些事玉勒不知，也许更好。伯颜想通了这个道理，和颜悦色地让玉勒走了。

坐在桌旁，伯颜慢慢享受着可口的早膳。尽管这个清晨有许多事情等待自己去做，但不急这一刻。多少人都比他急。大汗急于有人能够答出公主三个镯上的谜底，国师急于要把那个傻女人要回去，胡姬急于复国做黑骆驼国的君主。

胡姬已经重新开始喝"神仙汤"，他知道自己与胡姬达成了交易。这个女子宁可性命不要，却要她那个早已不存在的"黑骆驼国"，痴心可畏。从胡姬重新开始喝"神仙汤"之日起，他就秘密传令下去，对胡姬要好生伺候，出入自由；随她想做什么，不得有人过问，更不得有人故意为难。

许多事情都撞在一起了，机会从来是撞出来的。

当别人都急的时候，伯颜将军是最稳妥的。

胡姬是个意外。他曾经被胡姬那个丫头哄骗了多年，后来，察觉了，却故意睁一只眼闭一只眼地任那个丫头继续胡闹了几年。也亏得自己当年识货，将胡姬收于囊中。看来长生天很公平的，既没有埋没胡姬这个丫头，也成全了自己。而今，那些西域乱民虽然狡诈顽劣，但他们对胡姬俯首帖耳，自己攥住了胡姬，就攥住了那些色目人的命根子。他看出了胡姬是个宝贝，这么多年，他没亏待她，可她桀骜不驯的脾气，逼得他不得不上些手段。他是真心珍惜这个丫头，她该报答他了。她肝脑涂地来报答他都不过分。

今日是大模国来的王子答谜求亲的日子。他深信那个大模国的王子的命运不会与他人有异，那个王子的头正与他的颈项渐行渐远。

大城要出乱子了，让乱子出得越大越好。

伯颜用完早膳，迈着稳健的步子出门了。他要出城一趟，亲自做些布置。

伯颜在那木罕的陪同下花了一个时辰巡视了豹军大营和鹰隼军大营。他最近去那儿去得有点勤。心里有事情，不踏实。到了大营，见了欢蹦乱跳的豹军和鹰隼军，他才觉得稳妥了。

伯颜是这两年才开始往鹰隼军走动的。他的记性很好。当年他从鹰隼们的眼中看出记性好的并非只有他一个。幸亏汗国战事频繁，鹰隼们自然减员得厉害，老的老，死的死，十几年前的事情已经无人提起，对新一代天军们来说更是个空白。伯颜等来等去终于等到这一天，他可以毫无忌讳地走进鹰隼大营，巡视自己的实力了。

伯颜不是个心胸狭窄的人。如今豹军和鹰隼军被玉勒、那木罕和海长春打理得井井有条。名义上，玉勒是豹军和鹰隼军的总首领。但那木罕是玉勒的副手，同时主管豹军，所以权力并不比玉勒小。海长春统领鹰隼军，又担着卫戍皇城的重任，职务上却要受到玉勒和那木罕的约束。三个人形成相互牵制的态势。

他期望豹军和鹰隼军能成为自己身上的护心镜。能否成就大业，它们的分量举足轻重。前者是护他胸口的子弟军。伯颜从小在豹军中长大，豹子们天生与他亲近。那些豹娃娃的父母都曾是他手把手攥调教出来的，龙生龙凤生凤，他对这些豹娃娃心里十分有数。鹰隼天军不同，那不是伯颜的地盘。先前有海东青，后又归了海长春。后背比前胸还要紧，摸得着，瞧不见，这让人更加不敢懈怠。都知道这些鹰隼崽子是海长春亲手训出来的，他对海长春一直看得很牢。在海长春的身边有他的人，但这仍不能保证什么。他不能确信海长春是否对这些鹰隼们看得也很牢，他更不能确信它们没有被别的什么人调教坏了。

十八九年过去，当年扑向他的那些鹰隼的尸骨都风化得不见踪影，但伯颜仍记得曾有的暴戾的眼神和不可抑制的仇恨。他要提防在自己的营帐里藏着一些忘恩负义的畜生。

好在他遇到了那木罕，那木罕想要的东西他有。他让对方清清楚楚明白这一点。所以，自从遇到了那木罕，伯颜才觉得自己的手臂实实在在延长到了鹰隼军中。

那木罕，你是个人才。伯颜语气真诚地夸赞那木罕。

那木罕说：全靠将军栽培。

伯颜笑笑。这小子出身不高，所以往上爬的劲头特别大。苦孩子，知道好歹，有股子狠劲儿。

伯颜说：半年没打仗了，这些豹娃娃和鹰隼崽子们养得油光水亮。那木罕，你功劳不小。

那木罕说：养兵千日，用兵一时，那木罕不会让将军失望。

伯颜说：玉勒是豹军和鹰隼军的老人儿，但毕竟年纪大了。该有更出色的把他替下来了。

伯颜话中有话，那木罕听得出来。眼前那些张牙舞爪的豹子和戾气十足的鹰隼的确给那木罕提气，他的那张油脸因兴奋憋得紫里透红。

从城外大营回来，伯颜快马直奔皇城。快到午时了，大模国王子答谜就要开始。朝廷重臣们都会陪大汗到祭坛去等待答谜结果，他不该缺席这出大戏。

就在他隐约望到皇城城墙那浅灰色的大石砖的时候，突兀的声响从天而降，震得大地乱颤，将迎面而来的风都击碎了。身下的马匹猛地惊悚收蹄，几乎将伯颜从马上摔下来。这是钟鼓楼的声响，但从建成钟鼓楼以来，钟鼓楼从没有弄出过这样大的动静。

伯颜勒住马缰绳，在马背上回望钟鼓楼的方向，这是说，大城的乱子开始了吗？

第七十八章
刺　客

　　大汗是在去往祭坛的路上听说了大模国王子打算刺杀图兰朵公主的消息的。他当时站在那儿，像没有听懂报信人的话。

　　他皱着眉头说：把刚才的话再说一遍。

　　报信人本是公主身边的一个普通侍女，平日里大汗到公主寝宫来，她和其他侍女们站在那儿，光看大汗的影子都腿软；此时，跪在离大汗不到五尺的地方说话，早已额头汗津津的，舌头打上死结，解也解不开了。

　　阿西和阿东急了。

　　阿西说：大汗不要轻饶了那两个家伙。是那个"小家伙"先动的手，"大家伙"也跟着动手，公主根本没想跟他们打架。

　　阿东说：是啊，是啊。公主好好的花楼殿被那个"大家伙"打出两个那么大的坑。要让他们赔银子。

　　大汗说：什么"大家伙""小家伙"？

　　阿东说：跟着"小家伙"来的那个哑巴是"大家伙"，那个来求亲的大模国的王子是"小家伙"。

　　这绕嘴的话让大汗更糊涂了。

　　阿西补充道：大汗见过踩高跷，也见过叠罗汉对不对？

128

大汗一定没见过那么高的怪物。大汗可以让他脱掉裤子看看，他的腿比骆驼腿还长。

阿东说：我们进去过了，两条腿上尽是毛。碰不得，碰了像摸了仙人球。

大汗懵懂地看着这两个姐弟。

但大汗身边的侍从官却从阿西和阿东东拉西扯的话里头猜出了事情原委。他拦住阿西和阿东，说：大模国王子图谋不轨，企图行刺公主。幸好长生天保佑，公主毫发未损，并轻而易举地拿下了刺客。我的话可对？

阿西说：不错。

阿东也说：一点不错。

大汗听了，脸色哗地沉下来，掉头就走，整齐排列的卤簿仪仗顿时大乱。

侍从官慌神，在一旁追着问：陛下要去哪儿？

大汗脸色铁青地站住了。显然，他也不知道自己要到哪里去。

侍从官转向阿西和阿东：那两个刺客还在花楼殿吗？

阿西答：他们不在花楼殿了，他们被扔到花楼殿外面去了。花楼殿被他们搞得一塌糊涂，公主不开心，正让人打扫呢。

阿东补充说：也许公主本该罚他们两个打扫花楼殿，但他们被捆得粽子一般，只好算了。

大汗说：公主说什么？

阿东看看阿西说：公主说了什么？

阿西说：公主说把他们抬出去，把这里打扫干净。

阿东又想起了更多：公主还说，打扫干净后才可以答谜。

侍从官看大汗：这……都动手了，还答谜？

阿东和阿西回答不出，因为公主没有交代其他。

大汗说话了。大汗说：去，直接把刺客押到城楼上去。

侍从官问：砍头吗？

大汗说：此时你以为朕有心情请他看风景？

侍从官吓得把头低到膝盖上，说：陛下恕罪，微臣即刻就去传话……

侍从官的话刚说到半截，突然从空中晴天霹雳般地送来了鼓声和钟声，那声响让每个在场的人汩汩热血从胸口往上冲，大家忍不住捂住两耳，闭上双眼，以免血流从七窍向外喷射出去。

钟鼓声持续了好久，以至于大家以为这声响不会再停歇的时候，它们却停止了。半晌后，众人依旧捂着耳朵弯着腰，觉得四下里嗡嗡回声不断，脚底下软得厉害。

大汗跟别人不一样，他一动不动。他仿佛看到半空中有一把利斧劈开了他的脑袋和身躯，斧刃一直落到地面。

钟鼓之音渐消，风掠过大汗的身体，他终于能动弹了，觉得浑身冷冰冰的。大汗说：这是我们大城的鼓声和钟声？

众人都看向侍从官。侍从官哆哆嗦嗦地说：应当是。

大汗又说：通常，每个时辰这钟鼓各打多少下？

侍从官晕得厉害，脑袋里跟开锅一样，怎么都算不清：八下……十八下？哦，好像是一百零八下。

大汗的脸色已由铁青变成煞白：好，传朕的旨意，每个人赐杖一百零八下，把那击鼓的和敲钟的都给我杖毙了。

这大概是汗国史册里对钟鼓楼记载的最悲壮的一页。

那日午后，大城钟鼓楼击鼓手三十六人、撞钟手八人均被杖毙而死，罪名是"大逆不道，欺君罔上"。

那事多少年后仍被人窃窃私语。那天，钟鼓楼发生的事情的确蹊跷，这是一次绝不该出的差错。按照规矩，鼓楼击鼓有铜壶滴漏报时。那铜壶滴漏由数条金龙交错盘绕，上下分出"天池""平水""万分"三级，各级下端中心处是龙嘴，将上一级漏壶中的水流向下一级漏壶输送。壶顶部设双龙抱扶箭尺，随壶中水位缓升。顶要紧的，是漏壶前站立的那个滴铙神，铜铸的笑嘻嘻的粗壮胖子，张臂双手执铙做欲击状，只待至壶水尽，双铙立时击响八下。鼓手们听到铙响后，立刻击鼓定更，而钟楼的撞钟手听到鼓声打击后才开始撞钟报时。

但这一日，当笑嘻嘻的滴铙神将双铙击响八下后，撞钟手竟然没有等待击鼓手的鼓声，就当当地开始狠命撞钟，照他们的说法，他们明明是听到鼓楼那边已经传出了击鼓声，并待第一遍鼓声完毕后，才塞上耳塞，开始撞钟的；可鼓手们说，撞钟手开始撞钟的那一刻，明明是鼓手们塞上耳塞，拿起鼓槌开始击鼓的时刻。若说是撞钟手们的妄想，八个人一起做白日梦，听上去可笑；若不是妄想，他们八个人又何苦用自己性命去说谎？

总之，这是大城人嘴里的一桩奇案，由于当事人都已睡在黄土之下，真实细节无法还原。而既然那些人是死在大汗恩赐的棍杖下，小民们有话也只能黑了灯，藏在被窝里说说。

皇城城楼，猎猎风声。

城楼边上整整齐齐竖着数十个粗大的木桩，每根木桩前都点着一盏巨大的长明灯，阴森森的火舌舔着天际，据说那火舌每日要吞噬几百斤的菜籽油。自从那一夜大城妖风吹走了王子们的人头，曾有人问大汗，长明灯是否还要点下去。

大汗说：妖风为何没有吹灭长明灯？

那人答不上来：长明灯有特别神力吧。

大汗又说：既然长明灯有神力，你也敢灭？

那人脖子一软，退了下去。从此再也无人提及长明灯的事情。

大汗站在城楼上，皇城城墙的风穿透了他汗津津的衣服，直往心窝里去。皇城的基础是从坚硬的岩石上开凿出来的，皇城城墙又由一块块青条石垒成，糯米浆灌注，牢固无比。皇城建在高峰之巅，往日鸟瞰总是能让大汗平添豪迈，今日望出去，却觉得种种悲愤。

城墙下便是那个硕大的空场，此刻已经人头攒动。大汗望他们，他们望大汗。大汗看到的那一张张脸都显得急不可待。那是众人看戏的神情。只要有热闹可看，他们不邀而来。

大汗叹息：这么多人。

侍从官说：陛下，今日本是答谜求亲的日子，大城人都想为公主祈福。

祈福？大汗苦笑，低头看向脚下的地面，青石上斑迹重重，一条条缝隙中有格外深重的酱紫色，那是血水浸泡过的印痕。青石叠青石，死人叠加死人。雨水都冲刷不掉渍进青石当中的浓稠猩红，它们成为皇城城墙记忆的一部分。

大汗说：他们……明明都是来看杀人的。

侍从官一下子找不到应答的措辞：这，大汗说得极是。

大汗说什么？阿西喊着问阿东。他们刚才被钟鼓楼的声响震聋了耳朵，半天没缓过劲来，此刻小脸还是煞白。所以阿西以为自己压低了嗓门儿，实际上她在对着弟弟喊。

阿东喊回去，语气有些拿不准：像是说，好多人都是来看杀人的。

好多人在哪里？阿西嘟囔着伸长脖子。

阿东也要看看。阿东不甘落后地挤上去。

姐弟两个人自说自话地从人群当中钻出来，爬到了城墙边上。大汗的随从们虽然见惯了这对姐弟的张狂，但仍然偷窥大汗的脸色，为阿西和阿东捏把汗。这是什么光景，大汗明明打算大开杀戒，就不怕捎带着把他们两个小东西收拾了。

幸好大汗的目光依旧沾粘在脚下的青石上，忽略了阿西和阿东的放肆。

阿西和阿东拼命扒住城墙向外望，他们腿短胳膊短，这城墙对他们来说实在太高了。努力将肉乎乎的下巴吊在城墙的墙砖上，他们仰起的视线注意到了一些别人没有注意的东西。

阿西说：哇，那里有白色的狼噢！

阿东说：哪里有白色的狼？

阿西说：天上，还有好看的白鹿和莲花！

阿东看到了：果然有莲花。

众人听了这话，不由得跟着望过去，只见天空中飞着一些漂亮的风筝，那些风筝做成花鸟鱼虫的模样，精美而灵动，随风飘舞，活物一般。

大汗眯缝起眼睛。

大汗不说话，众人便不敢出声，一起用眼睛瞟侍从官。

侍从官只好凑上前，语气含糊地说：这些都是吉祥物，兴许是百姓们想求个好彩头。

大汗冷笑：可惜，他们选错了日子。

众人顿时庆幸自己没多嘴，侍从官则一缩脖子又退了回去。

这时，旁边有侍从禀报：公主殿下到了。

大汗转头看去，公主款款而来，身着银色长衫，冰雪颜容，云淡风轻。

公主见了大汗施常礼：父汗。

女儿安之若素的神情，却让大汗心里很苦。

大汗说：没事吧？

图兰朵公主说：女儿没事。

怎可能没事，只是多大的事情全由图兰朵这女儿身自己担了。从三个镯子开始在皇宫中兴妖作怪，一拨拨的灾祸压得人喘不过气。女儿独自承受着一切，做父汗的掌握天下人的命运，却改变不了自己骨肉的命运，天下女儿数图兰朵可怜。大汗心戚，目光避开图兰朵公主，转向侍从官：把刺客带上来。

侍从官挥手，几个皇家侍卫将五花大绑的阿里王子和哑巴推搡着向这边走过来。

大汗望着踉跄走近的阿里王子，怎么会是这个人？记得前几日他站在自己面前，明明是一副丰神俊朗的样子，很懂规矩。怎么好好的，翻脸无情，说变就变，难道他疯了？

再者说，大模国的王子，龙血凤髓，自己看他第一眼就入了眼缘，将拯救自己女儿的希望全都搁在了他身上，转眼他竟成为要谋害自己掌上明珠的凶手。是人心过于叵测，还是自己真的老了，眼神不行了？

行刺！为什么？他不是来求亲的吗？汗国与大模国渊源

134

深厚，历来交好。当年大汗西征，路过大模国邻近疆土，赶上一场罕见的沙漠风暴，大军几近覆没，是大模国国君亲自带着人马引汗军脱离险境。事后两个汉子在篝火旁把酒对盏，惺惺相惜，从此两国遥遥相望，和睦相处。

尽管年前的西域之战，伯颜等人因大模国骑墙两顾颇有微词，但大汗公开与私下都没有一句责难。他看重大模国为富强之国，西域翘楚，若登高一呼，有相当的影响力，能不撕破脸，绝不撕破。二是多年彼此礼遇，大模国一直对汗国恭顺谨慎，知雄守雌。大模国的王子不远万里来求亲，也证实了这种交好。上千人的马队骆驼队歌舞乐人，加之几十辆大车的聘礼，浩浩荡荡进了大城。不然，弄这排场做什么？

从给图兰朵公主招亲开始，各国王族先是蜂拥而至，后断断续续，人数渐少，眼看过了这个夏日就是秋日，公主十八岁的生辰正站在寒气逼人的秋末望着大汗，大汗心中对每一个来求亲的人都抱着救命稻草般的期许。

但这个人把大汗的希望打翻在泥沼里了。

大汗开口说话：阿里王子，你以求亲之名，行刺公主，罪大恶极……

海长春是得到了属下禀报后赶到皇城城楼的。尽管属下说，图兰朵公主不费吹灰之力便降伏了刺客，但海长春还是心如火焚。这当然与他守护宫廷的禁军首领的身份有关，但更是与他对图兰朵公主的牵挂有关。就算是公主没有受伤，那个猪狗不如的家伙打搅了公主的清幽，坏了公主心情。凭这个罪过，他就该死一千次。

刺客是求亲的王子。海长春对那些求亲的王子从没有一点好感，他见不得那些从四面八方来的穿金戴银的人，他们不过是匍匐在尘埃中的俗物。他们哪里配向公主求亲？他们向公主求亲简直是自取其辱。当然，因为他们亵渎了海长春心中的珍贵，报应来得很快，一个接一个地掉了脑袋，而后，一夜风暴，那些悬在城楼上的脑袋又全没了。看到这个结果，即便海长春曾对那些求亲者耿耿于怀，却也释然了。

就在海长春往皇城城楼边赶的时候，发梢边突然掠过一阵疾风，风声里夹杂着隐隐的暴戾之气。海长春不由得站住脚。从小辨听八面来风，此刻从西北方向刮来的风尘带着鹰隼们扇动翅膀的喧嚣。海长春意识到有人正在调动鹰隼军。

怎会有人调动鹰隼军不告知海长春？又有谁能越过海长春随意调动皇家鹰隼大军？在这大城之中能做到这两点的大约只有一人。想到这个，海长春有些意外。虽说叔父奉大汗之命统领汗国大军，地位显贵无比，但帝王之师自有节度，上行下达井然有序。鹰隼军调动是大事情，却避开了鹰隼军的首领海长春，难免显得突兀……不过，话说回来，今日有人行刺公主，险象环生，事态紧急，若不及时应对，谁知会有怎样的后患。千钧一发，相机行事，或许叔父调动鹰隼军是不得已而为之。

海长春虽然心头疑惑，但还是尽力为叔父找出了开脱的理由。

海长春想着，脚步加快。他上了皇城城楼，迎面遇见了伯颜带着玉勒将军走过来。伯颜面容平静，步伐稳健。

海长春上前行礼，说：长春来晚了，万望将军恕罪。

伯颜说：天又没塌，刺客不是已经被降伏了吗？

海长春说：公主有惊无险，的确是大幸。但身为禁军头

136

领，本人责有攸归。

伯颜哼了一声：行了，你已经恪尽职守。招亲的事是大汗定的，即便有什么差池，也怪不到你头上。

海长春说：我是说，有关鹰隼军的调动，将军只管吩咐……

伯颜打断海长春的话：什么调动？少操那些不该操的闲心。

海长春不由得蒙了，看着伯颜若无其事的神情心里嘀咕。难道叔父并不知晓调动鹰隼军的事情？这不可能，但叔父为何要装糊涂？

海长春不知所措地跟在伯颜后面。调动鹰隼军的事情只能是叔父所为，既然是叔父所为，为什么要刻意掩饰呢？叔父的话中有深意，仿佛举重若轻，但自己愚笨，一时体会不了叔父话中的深意。

海长春片刻失落，目光下意识地扫过龙旗阵仗下的皇家侍卫。那些都是他自己的下属，那些人与他一样不知道眼前到底发生了什么。突然海长春的视线撞到了一样东西，瞬间让他恢复了惯有的警觉。那是一双碧蓝的眼睛，因为这双眼睛过于不寻常，他无法将它混同于一般而忽略过去。他认识这双眼睛。大汗爱才，广招天下英雄，皇家侍卫中有几个色目人并不奇怪，无奈这双眼睛是扎在海长春心里的一根刺，即便混在色目人当中也藏不住它的尖锐。

为什么会在这里遇上他？海长春找不出任何遇上这双蓝眼睛的理由。皇家侍卫各司其职，这个人尽管一身皇家侍卫的打扮，但此时此刻绝对不该出现在这个地方。

海长春不由自主地向卡拉夫走去，在距对方一步之遥站住。显然，卡拉夫根本没注意到他，卡拉夫的目光紧紧追随着刚刚押解上来的阿里王子和站在大汗身边的图兰朵公主，神情只能用"古怪"二字形容。

见到卡拉夫的目光徘徊在刺客和公主之间，海长春心头不由得燃起恼意。求婚王子企图行刺公主的事，已经传遍皇城，大小官吏乱成一团。此刻一个皇家焰火作坊的守门卫兵，竟然光天化日之下混进皇城，大摇大摆地出现在大汗的随从当中，这不是一般的过错，这是天大的冒犯，是向海长春的挑衅。

为什么总是这个人，这个人十多年前还是个毛孩子的时候就处处与自己过不去，无论输赢都不知退后的人。他已经用各种方式警告过他了，但他从来对他的警告只当耳边过风，他把他的善意当成了软弱。海长春走到卡拉夫面前，他是禁军首领，他只得公事公办。

海长春说：你，谁让你到这儿来的？

卡拉夫一动不动，没有应答。不仅没有应答，甚至没有用眼珠瞥海长春一下。若是别人，大约会因为对方的麻木不仁而疑惑自己会不会认错了人。但海长春不会，海长春的记忆是刻在石头上的，即使这个人换一身皮囊，他也知道他是谁。

他在跟海长春耍花招，以为假作不认识海长春，海长春就会放过他。海长春冷笑，敬酒不吃吃罚酒，须让他吃些苦头才行。

海长春说：来人！

海长春话音刚落，就有两个海长春的手下向这边跑过来。

海长春看着卡拉夫说：这个人……

海长春还没有说出"这个人"如何，伯颜那边却说话了。

伯颜上前对大汗躬身说：大汗，此人冒犯公主，狂妄悖逆，当杀一儆百。交给微臣处置吧。

谁料大汗摆摆手：朕还有话要说，你先退下。

伯颜只好尴尬地站到一边。

海长春那边也不由得将嘴里的唾沫咽到嗓子眼儿里，此刻，大汗要说的话更要紧。

大汗瞪着站在他面前的阿里王子，大半生独尊天下，有过敌人，但几乎没有过真正的对手。战胜自己的敌人的秘诀并非仅靠杀戮，他要让自己的敌人死得心悦诚服，让匍匐在胜者脚下的败者感到自己的卑微无力。

大汗说：阿里王子，你做的事情死有余辜，朕不得不惩办你。

阿里王子将大汗的话怼了回去：我做的事，不过是天下人都想做的事。要杀要剐，随便。

天下人？大汗将目光转向城楼下，大声说：朕倒是想知道，天下哪个人跟他一样，打算做同样的事情！

大汗的话音传到了城楼之下，像在广场中扔了一个石头，泛起了一阵骚动。

大汗看着皇城城墙下的民众们，这当中大都是他的子民，但中间也不乏各国的商贩和异族游民。大汗望着这些人，觉得从他们的脸上透出隐隐的敌意来。

大汗说：你们不说，朕也知道，你们当中定有朕的宿敌。但只敢在背后使刀子的人，是奸人，小人，你们不配做朕的对手。

那些骚动的人凡被大汗的目光瞭到，顿时从头冷到脚底；

如同涟漪的水面被凌厉的寒风拂过，瞬间冻结成冰。

这时，城楼下突然有人喊：世人皆知，公主有神力护体，无人能伤害她一根头发，陛下可否告知王子如何行刺的？

另外有人接话：是啊，公主并未受伤，只怕这行刺的罪名难以坐实。

大汗向下望去，第一个挑头的，黄须黄眼，口舌特别流利，丝毫没有外域腔调，这是个久居大城却生着异心的色目人。而其他接茬儿说话的也都是高鼻梁、深眼窝的同类。

大汗一贯善待色目人，西域的色目人在大城只要老老实实，大汗都对他们客客气气。对客人，大城有自己一套周全的礼节，客人也明白自己该守的规矩。敢在这种场合放肆，说明他绝非平常角色。放眼再看，城楼下尽管许多色目人的穿戴已与大城人差别不大，但他们中间仍有不少人身着长衫，首裹头巾，大模国以及西域那边的许多人都是这种打扮，他们有他们的坚持。

大模国在西域举足轻重，阿里王子来大城求亲，成为色目人街头巷尾议论的话题之一，仿佛是自己家的亲戚好友来求亲一般，大有一荣俱荣休戚与共的味道。此刻听话语，看神情，这些色目人全是有备而来的。

应和着色目人的话音，城楼下的薄冰碎了，涟漪又在人们中间泛开，从小心翼翼的议论，到大声的嘈杂，只是眨眨眼的工夫。

大汗凝视着那些色目人，对手终于出现了。藏在暗处的敌人比站在日头下的敌人要难搞得多，公开挑战不见得是坏事。

大汗说：色目人，你说公主未受伤，所以不能坐实阿里王子行刺之罪名。可惜的是，阿里王子对行刺一事供认不讳，在大城，王子犯法与民同罪。

那个人迎着大汗的目光毫无惧色，继续大声说道：即便阿里王子有谋害公主之心，罪不容诛，但也不该即刻便死。

大汗笑而不语，他要看对手的底牌。

那个人说：阿里王子是以王族身份进京向公主求婚的，未答求婚者必答的三个谜之前，他便身首异处，难以令世人心服。再者，既然冒犯的是公主，为何公主自己不出来说话。

有人跟着说：你们泱泱大国，一贯唯我独尊，恃强凌弱，草菅人命，毫无公理可言。

更有人跟着喊起来：这叫欺人太甚！

玉勒急切地附在伯颜耳旁说：将军，挑头闹事的家伙正是摩诃。寻了他多日，今日总算按捺不住跳出来，待我下去将他拿下。

伯颜却拦住玉勒，说：不急，我倒是要看看他们如何作怪。

玉勒发急：将军，先发制人，后发制于人。

伯颜说：你怎知大汗没有对付他们的手段？

玉勒只得勉强退到一边。

伯颜走到大汗的身边，低声说：陛下，即刻行刑吧。

大汗道：急什么，长生天若想让他死，不在乎这一时半刻。

伯颜说：陛下说得是。不过那些人借着他浑闹，还想跟公主说话，他们也配！

大汗当然可以不理睬城楼下的喧闹，这些人再叫唤也不过是夏日蚊蝇的嗡嗡、田间蝲蝲蛄的烦扰。汗国是天威赫赫的万国之国，大汗是睥睨万物的众国之首领，听蝲蝲蛄叫唤，就不种地啦？因为有几只苍蝇嗡嗡就不出门了？但大汗偏不，他要让他们跳一跳，跳得精疲力竭时才明白自己白跳了。

大汗将伯颜撇到一边，转身向女儿说：图兰朵，你过来。

图兰朵公主一声不响地走到大汗的身边。

大汗说：朕就要你来定夺。

当卡拉夫被海长春拦截在皇家侍卫的队列中，他的思绪混乱到颠三倒四的程度，以至于完全没有听懂海长春对他的斥责。谁让你到这里来的？阿里王子要死了，阿里王子没有答谜却要死了！他们是兄弟啊，自己的兄弟要赴死了，他不该来吗？但阿里王子不是因为没有答对谜底而赴死，而是因为做了凶手，要谋害图兰朵公主，谋害自己未来的新娘，这叫人难以置信！他不是来求亲的吗？他不是来解救公主解救众生的吗？现在他却成了凶手，他的好兄弟要谋杀图兰朵，谋杀卡拉夫在这个世界上最珍爱的那个人。

卡拉夫的脑袋里翻腾着各种各样乱七八糟的念头，像有无数条大鱼跳出水面，跃到空中，敲打得他的太阳穴嘣嘣响。

这时候大汗说话了，大汗说，朕要图兰朵公主定夺。

卡拉夫目光从阿里王子身上挪到图兰朵戴着面纱的脸上，众人的目光也都看向公主。那是一束明媚的光亮，将四下的人们隐去。卡拉夫眼巴巴地盯着图兰朵的面纱，他影影绰绰看到了她秀美的轮廓，在他看到她的轮廓的瞬间，那些蹦跳的大鱼好像都在他脑袋中僵化，成了一块块弯曲的石片。

那是片刻的寂静，图兰朵沉默不语。一阵风刮来，掀起了图兰朵公主面纱的一个角。她抬手，压住面纱。衣袂飘飘，皓腕如雪，三个镯子从袖中滑出，碰撞在一起，叮当盈耳，瞬间放出刺眼光芒。卡拉夫只觉得万箭袭心，眼前一阵晕眩，那些锋利刺入脑海，将悬浮在空中的弯曲的石片击打得粉末纷飞。在朦胧中他看到了许多曾在一次次噩梦中看到的情形和既熟悉又陌生的人们。他看到了熊熊的火光，穿透火光，是一个王室服饰的孩子，手腕上戴着晶莹剔透的镯子在学剑，那传授剑法的人竟然是自己的师父周大……他看到了鲜血和废墟瓦砾上一群群士兵金戈相交，转眼尸首遍地……他不由得一阵晕眩，几乎栽倒在海长春的身上。

海长春愕然：你——你怎么啦？

卡拉夫勉强稳住自己的身体，瞪视海长春，他的愕然超过海长春的愕然。

图兰朵公主望了阿里王子一眼，缓缓对大汗道：既然他是来求亲的，让他答谜吧！

伯颜听了，不由得疾上两步：大汗，这个家伙作乱犯上，若不严惩，只怕坏了规矩。

大汗说：规矩是朕定的。

伯颜只好悻悻地闭上嘴。

显然城楼下面的那些色目人正竖起耳朵倾听城楼上面的对话。大汗话音刚落，下面便一阵沸腾。大汗在这沸腾的声音中点了点头。

大汗说：阿里王子，公主的话你也听到了，朕就给你一次活命的机会。

阿里王子笑道：大汗这是要放我走？

大汗说：你若能答出三个谜语，朕就法外开恩；若答不出，数罪并罚……

侍从官忙接茬说：陛下说得极是，砍头太轻了。我们为这个家伙准备了柴火和油锅。

阿里王子说：原来大汗喜欢慢刀子杀人，本王子却喜欢痛快。

大汗说：你要如何痛快？

阿里王子说：你的人不是准备了柴火，油锅？点火吧，本王子正想洗个澡，解解乏。

大汗难以置信：给你一线生机，你不肯？

阿里王子道：少啰唆，沐浴伺候。

大汗叹息：这是他自己的选择，怪不得别人。

伯颜当即接下话茬：大汗，北山的神龙又在闹性子了。此人怙恶不改，不妨将刑场设在北山的"老龙口"，以儆效尤。

大汗挥挥手。

见伯颜带人要将阿里王子押下城楼，卡拉夫的双脚不由自主地跟着向前。这时他的去路被海长春阴郁的面孔死死挡住。

卡拉夫说：让我过去！

海长春说：你疯了，这不可能！

卡拉夫说：我必须过去！

海长春说：你想干什么？

卡拉夫说：我要答谜。

海长春以为听错：什么？

卡拉夫大声说：我要答谜！

第七十九章
苍狼白鹿

　　城楼下大多数人们被城楼上的情景惊傻，站在那儿半天回不过神来。

　　他们到这儿来之前是没有那么多期待的。虽然那种戏码儿已经演了好多回，新鲜劲儿已经没有了，但对于这些日出而作日落而息的人来说，有个特殊的日子惦记着，如同过年过节，总比没有好。

　　今日大城里的人往这里来的特别多。他们不辞辛苦地赶过来，也是受了大城的钟鼓楼那不同寻常的召唤，那钟声鼓声中激荡的戾气提醒人们到时辰了，宰杀羔羊的刀磨亮了。

　　太阳当头，皇城下的人越聚越多。但钟鼓声停歇后，皇城城楼上既没有号角吹响，皇城里也没有传来音色粗犷的宫廷"大乐"，更没有见到礼仪官走上城楼，宣布"答谜开始"。就像戏台子演戏，开场锣鼓敲得震天，人们踮着脚盼了又盼，但后台不见一点动静。有人猜测，难道是那个大模国的王子觐见公主后临阵逃脱，改主意从另外一个门出了皇城了？这可是四年来从未有过的事情，求亲者们见了图兰朵公主后，个个都义无反顾地选择了通往祭坛的那个出口，花楼殿中的另外一个门几乎成为虚设。

　　就在众人议论纷纷的当口，皇城上出现了五色仪仗，有点见识的说，看阵势是大汗亲临城楼了。

于是众人开始齐刷刷地伸着脖子朝皇城城墙上望了又望。这可是出了大事了，能把大汗请到皇城城楼之上，不是出了大事，是不可能的。有多少人在大城里待了一辈子都没见过大汗的真身。大汗是大城的天神，几乎与长生天并驾齐驱。只是长生天要照管的事情太多，比不上大汗对他们的照应，所以，他们对大汗的敬畏超过对长生天的崇拜。

幸亏来了，真没有白来，今日是个好日子啊。

他们快乐地远眺着皇城城楼，觉得能看到大汗一眼，如同在混沌昏暗中望到一丝天光，至于异国来的王子答不答谜，好像也无所谓了。片刻后，他们不仅望到了大汗，还望到了图兰朵公主。公主戴着面纱，他们为公主的面纱而骄傲，那才是他们的公主，那是无与伦比的高贵。他们一个个喜笑颜开，这真是个好日子。

这当口不少人都情不自禁地望向正午的太阳，他们说，正午了，大汗和公主都来了，该开始了。

柳儿、小骆驼、铁头他们几个已经在醉霄楼的阁楼上呆坐了好久了。

醉霄楼是大城里最挣钱的一家酒肆。飞檐斗拱雕梁画栋，凤阁龙楼层层叠叠，更有歌姬顾盼生辉，婀娜多姿，客人们抢着将银子往这里撒。

这种地方当然是柳儿等人不该来，不可能来，也来不起的地方。

但昨日柳儿对小骆驼等人说：明日阿里王子答谜，咱们去助阵。

146

听到柳儿的话，几个人都有点蒙。打架有助阵的，答谜如何助阵？那么些王子们答谜，带着无数智者贤能，哪个不是神机妙算，足智多谋，结果王子们还是脑袋和脖子分了家。小骆驼他们有自知之明，阿里王子答谜，他们几个人是心有余而力不足啊。再者说助阵就是当帮手，帮骂帮打，帮不上动脑子的时候帮力气，可阿里王子在皇城里面答谜，他们皇城外面张望，如何助阵呢？

小骆驼踌躇：要我说，想办法去劝劝阿里王子，这谜就不要答了。答上谜也不过是做个驸马爷，答不上连吃饭的脑袋都没了，不划算。

柳儿说：我劝过了，他不听。既然都是好兄弟，不能见他一个孤零零地上阵，就算进不去皇城，好歹也要鼓鼓劲。

大家听柳儿这么一说，再没有别的话，这助阵的事情肯定是要做的。可助阵的手段真让他们煞费心机。

大虎闷声闷气地说：要是知道谜面就好了。

无人搭茬儿。他们不可能知道谜面，整个大城没有人知道谜面。有人说，那谜面藏在三个镯子里，次次答谜谜面都有变换。连大汗都不知道谜面，所以不可能有寻找谜底的线索。

小虎皱着眉头说：其实，就算知道了谜面，咱们也猜不出谜底。

还是无人应声。这是很没有意思的话，听着让人泄气。大虎和小虎是天狗的弟弟。天狗死了后，他们成了铁头的小尾巴。周围人都感叹他们只能做尾巴，因为他们真没有天狗当年的灵气。

柳儿说：谜底肯定是有人知道的。

铁头问：谁？

柳儿说：长生天该是知道的。

柳儿的话获得了众人的赞同，但长生天知道了又如何？长生天要操心的事情太多了，哪里顾得上照看每个人。

柳儿说：我们可以给长生天传个信儿。

小骆驼说：如何传，你请得起大巫祝？

柳儿说：我有办法。让苍狼、白鹿传话。

小骆驼等人听愣了，不知柳儿说的什么。苍狼、白鹿都是神物，谁能让它们传话？能让它们传话的只怕也是神仙了。柳儿一贯古怪精灵，但看到她此刻认真的口吻，小骆驼等人也不敢多问，他们猜测她说的话该是有些出处的。

你当真想帮阿里王子？

当真。

那好，明日你多找些人来，我有安排。

当摩诃突然出现在柳儿面前的时候，柳儿还有些惊讶。但听到摩诃的提议，柳儿马上觉得摩诃来得太是时候。摩诃是阿里的朋友，帮阿里的心气定与她一般迫切。至于摩诃说到的苍狼、白鹿，她听着有点玄奥。

记住，听到醉霄楼上的锣声，便把风筝放了。

为什么？

苍狼、白鹿上天，让长生天看到你们的虔诚。

柳儿点头应承，她信心诚则灵。

柳儿带着小骆驼、铁头他们午时前来到摩诃说的醉霄楼。这种气派的地方她和小伙伴们难得进一回，走进去的时候难免怯生生的。然而酒楼的伙计见了他们都殷勤得很，像是已经有人打过招呼。柳儿猜那个摩诃财大气粗，定是早早将这个酒楼包下了。想到这里，柳儿立刻脊背挺直，小脸仰得高高的。

一个身材微胖须发花白的色目人站在醉霄楼的二楼俯视他们。明明是个毫无干系的陌生人，柳儿却忍不住对他多瞥一眼。色目人手腕上有一串样式特别的念珠。柳儿识货，那是个难得的稀罕玩意儿，很值些钱的。尽管柳儿眼馋，但知道这会子不是动这种心思的时候。算了，顾不上了。

几个少年人被引进了酒楼二层的贵客房。这房间雕花门窗带有回廊，面向皇城，满眼都是景色。桌上摆设茶水点心，那个伙计说声"各位客官自便"，退了出去。

小骆驼等人相互对望一眼，几乎同时将手伸向了桌子上红红绿绿的茶点。

柳儿环顾四下，没见到摩诃的人影，却见到了窗下的几个巨大的风筝。拿起风筝一个个端详，都是吉祥动物的模样，惟妙惟肖轻盈欲飞，仿佛松手就能腾空而起。

她记得摩诃说过，午时整，要将苍狼、白鹿放出去。

铁头伸着脖子看，一边将点心塞进嘴里，一边呜噜呜噜地说：这就是你说的苍狼、白鹿？

柳儿说：是啊，好不好看？

小骆驼等人听到铁头与柳儿的对话，才发觉柳儿手中的风筝十分特殊。

大虎上前摸了摸，哑嘴说：像是魏老三的活计，瞧这贵竹的骨架多精巧。

小虎用角线提起风筝掂了掂，说：还有这细麻引线，除了魏老三，有谁舍得用这么好的东西。

大虎、小虎虽没学到家传的细木嵌螺钿的手艺，但游戏别的零七八碎却很在行。柳儿信他们的眼力。魏老三的风筝在大城是一绝，每个风筝都下足了血汗功夫，价钱也不便宜。由此可见摩诃对今日的事情有多上心。

几个人吃点心，喝茶水。柳儿走到窗口顾盼，望到太阳已经走到当头。柳儿心中突然一悸，觉得今日的太阳很红，很刺眼，像是个吓人的血盆大口。

柳儿皱起眉头抱怨道：都什么时候了，还不来。

小骆驼知道柳儿抱怨的是谁，说：蓝眼睛吃的是官饭，弄不好焰火作坊那边没请下假来。

柳儿听了这话，却不高兴了：我可没提蓝眼睛，是你说的啊！

小骆驼挠了挠头，赶忙改嘴说：我弄错了，那……你说的是谁？

柳儿说：管我说的谁。

小骆驼话噎在嗓子眼儿里。

柳儿使性子了，让一帮子傻小子摸不着头脑。平日柳儿是个性情挺好的姑娘，欢愉时如妩媚春风，让大伙儿从里到外暖洋洋的；但千万别赶上她不开心的时候，那是夏日突兀而来的冰雹，砸到谁谁倒霉。小骆驼和铁头几个人面面相觑，不知是谁得罪了她。

柳儿知道不该对小骆驼发无名火，但自己也弄不清这股子烦躁从哪儿来的。

打今早上的太阳一点点升高，她的心就一点点地跟着吊上去，慌悠悠的。眼见着蓝眼睛和爹爹都离开家，她一边收拾着屋子，一边想着是先洗衣服，还是先到后园子里摘点儿豆角，一失手，竟将灶台边盛水的瓦罐打翻在地，捡起查看，瓦罐已经破成好几块。柳儿捧着瓦罐的碎片，一阵心疼。

这瓦罐有年头了，磕磕碰碰裂了缝隙，但柳儿却一直舍不得丢。年前，蓝眼睛把瓦罐细心修补了一回，将铆钉做成一片片细巧的柳叶片铆在瓦罐上，望过去，那瓦罐上浮飘着一根清秀的柳枝，漂亮得让人爱不释手。连爹爹都说，鲁班爷再世也不过如此。柳儿对这个瓦罐格外珍惜，谁料今日一失手竟碎成八块，眼泪差点下来。

柳儿小心地将破碎的瓦罐片捡起，放在桌上，叹着气想等爹爹和蓝眼睛回来，看是不是还能救。她沮丧地抱着衣服走到院子里，跨过门槛，一抬头，却发现晾在屋檐下的咸鱼丢了一条。春荒，大家都少油腥，这几条咸鱼是她当宝贝留着，打算手头实在窘迫的时候，也有东西给爹爹和蓝眼睛下饭。柳儿气得扔了衣服，找了根手腕子粗的柴火棍子，拎着在屋里屋外转了小半个时辰，这盗贼不是园子里的黄鼠狼，就是柴屋后面的野猫，但此刻一根毛都见不到了。她气得把偷嘴的祖宗八辈骂尽，诅咒谁吃了那条咸鱼谁烂嘴烂喉咙烂肚肠。被懊恼的心情搅扰着，柳儿没心思再洗衣服，直接跑到皇城城墙下的醉霄楼来和伙伴们相聚。

不吉利，事事都不吉利。"不吉利"三个字让她心里乱乱的。她想要是这会子蓝眼睛能站在自己身边，自己的心就会有了个落脚的地方；当然，如果阿里王子不来大城蹚这趟浑水，那是最好的。都是因为那个图兰朵公主。追究祸根，还不是因为她？她也太害人了。

几个人正尴尬着，外面突然响起惊天动地的钟鼓声，尽管都知道这是午时报时的动静，还是把他们吓了一跳。

铁头说：时辰到了？

小骆驼赶快也说：时辰到了！

柳儿说：快，快走，答谜要开始了，赶紧把苍狼、白鹿放出去。

大家应声上前，七手八脚拿着风筝往屋外走。走到门口，铁头忍不住说：蓝眼睛还没有到，得有个人等他。

柳儿不语，脚步却迟疑着。小骆驼看出了她的心思，说：要不我们先去，柳儿在这儿等。

柳儿有些不好意思，说：那……

小骆驼说：那就这么定了。

柳儿嘴硬地说：可是你们要我等的。

那是当然，劳驾柳儿姑娘了。

这个蓝眼睛，又让柳儿姑娘操心。待会儿他来了，咱们把他捶瘪了，当风筝放。

几个人看出这是个让柳儿恢复妩媚春风的机会，于是想方设法把每句戏谑的话都说得顺耳。

柳儿的嘴角微微翘起起来：行了，哪儿那么多话，快走吧。

转眼伙伴们都走了，外面的钟鼓声渐息。从酒楼的窗口望出去，远远近近飘起了零星的风筝，皇城城楼前的天空变得多姿多彩。在大汗的家门前放风筝，这是个难得的景象。看来大城人胆子既大，心也很齐。这一刻他们都在等待奇迹，等待长生天因为大城人的虔诚而网开一面。

柳儿站在窗前左顾右盼，想着下一刻礼仪官就会走上城楼，向众人宣布答谜开始，更想着下一刻蓝眼睛就会笑盈盈地走进酒楼，出现在自己的眼帘中。但看了再看，既没有看到礼仪官，也没有看到蓝眼睛，却看到城楼上呼啦啦来了许多人，摆开了很大的阵仗，这阵仗让皇城下面的人像开锅的水翻腾起来。

人们惊惊乍乍地喊着"大汗来了""图兰朵公主来了"。柳儿踮着脚细望，但第一眼却在人群中望到高塔般挪动的哑巴。哑巴走得跌跌撞撞，有人用绳子套着他的脖子拉扯他，所以，那塔好像歪歪斜斜要倒。在哑巴边上是衣衫不整的阿里王子，他双手被捆着出现在城楼上。

城楼上大汗的声音比大城报时的钟还要惊心动魄，他说：阿里王子，你以求亲之名，行刺公主，罪大恶极……

这一幕触目惊心，让柳儿手脚冰凉，头皮发麻。

这时，柳儿听到外面回廊中有人说话。

一个人说：都布置妥当了?

另外一个人答：妥当了，只等将军一声号令。

先前那个人又问：摩诃和风筝呢?

还是那个人答：摩诃那边早有准备，万无一失。

柳儿原本没有在意，但"摩诃"和"风筝"这几个字眼儿像小虫子一下子钻进了她的耳朵孔。摩诃和风筝，这应该跟她有些关系。她小心侧身，循着声音看过去，说话的是几个色目人。他们穿着打扮都很像大城里的商人，但这些人肯定不是。柳儿熟知大城里各国商人的底细和模样，他们有钱，穿得好，衣料子光鲜，但没有这么簇新，因为做生意谈价格，全凭彼此将手藏在宽大的袖口中摸索对方的指头，这摸来摸去让他们袖口的磨损度远远超过衣服其他的地方；他们的确有钱，但钱财是可来也可走的，他们的钱是用早起晚睡的辛苦挣来的，所以需要小心算计和呵护，他们的眼神难免会透露出那份小心。

柳儿看到的色目人身上处处是养尊处优的显贵和富有，

他们即使尽量收敛着，可那锋芒依旧从衣裳里头透了出来。

那些人围着一个人，那人个子不是最高，身量不是最粗壮，但别人在他面前仿佛矮三分，开口都不由自主地垂下视线。既然别人叫他"将军"，显然他是他们的首领。柳儿见那人脸色阴沉沉的，眺望城楼的眼睛像两柄锋利的刀子。

"将军"终于说话了：铜锣在哪儿？

立刻见一个锣架推上来，横梁上躺着锣槌，锣架中央悬着面硕大的铜锣。跟随铜锣走过来的还有那个胡须花白的人。原来，那个人跟他们是一伙的。

被称为"将军"的人对着铜锣自言自语：该开始了。

胡须花白的人仿佛同意地点点头。

接下来，城楼上面和城楼下面突然对峙起来。柳儿望到人群中有人质疑阿里王子行刺的罪名，那个人竟然是摩诃。摩诃指名道姓要图兰朵公主出来说话。于是，公主真的说话了。显然，公主并不想一刀就取了阿里的性命，如果要取，她早轻而易举地做了。她说要阿里王子答谜。可阿里王子偏偏不让图兰朵公主遂意，一口拒绝了她。

城楼上戏码一出又一出的，城楼下的人都看傻了。站在回廊中的那个将军几次都将目光转向铜锣。但他并没有伸手拿，他是首领，自然等待他的随从将锣槌递给他。可惜花白胡子的人反应有些迟钝，手臂伸得很慢，好一会儿才将锣槌攥到手里，然后迟疑地把锣槌递给那个将军。

柳儿急得想跺脚。阿里的脑子被棍子敲傻了？要是她就先答应下来，不就是答谜吗，多活一会儿是一会儿，脑袋掉了再安不回去。

就在众人为这个不知好歹的阿里惋惜，回廊上的将军终于将锣槌举到半空中，即将砸下的时候，突然有一个人从皇家侍卫的阵列中冲了出来，那个人疯了一般地嚷嚷着什么。城楼下的人大眼瞪小眼，全没看明白，怎么会莫名其妙从大汗的人马中跳出一个搅局的。

那个花白胡须的低声说了句"等等"，将军的手一僵，锣槌在离铜锣两寸的地方收住。

将军问：这人是我们的人吗？

围绕在他身边的人面面相觑，但柳儿却差点失声叫起来。她识得那个突兀跳出来的人，从头到脚她都熟悉，她谙习那个人的一颦一笑、一举一动，那是她的蓝眼睛哥哥。

柳儿吓得蒙住自己的眼睛。难道自己癔症了，自己眼花了？她想起了今日的太阳，那是个很吓人的血盆大口，殷红当中藏着隐隐的黑色。

她清晰地听到蓝眼睛正大声喊着：我要答谜！

第八十章
我要答谜

卡拉夫企图推开海长春和另外两个皇家侍卫的阻挡，向着大汗高声喊叫：我要答谜！

众人愕然，只有大汗的神色依旧不变，他有意无意地向伯颜望了一眼，这一眼让伯颜突然不自然。伯颜勃然大怒地指着卡拉夫吼道：大胆狂徒，给我拿下，推出去砍了。

其实不用伯颜下令，海长春和他的两个手下已经死死抓住了卡拉夫的身躯。卡拉夫被人撕扯着像头疯了的困兽，拼命高喊：我要答谜啊！让我答谜！

人们面面相觑，尽管今日出乎意料的事情已经太多，但眼前这个家伙的举动出乎众人的想象。就在海长春带着侍卫生拉硬拽将卡拉夫拖出去三五丈外的时候，大汗蓦地开口了。

大汗说：慢！

大汗出口一个字，瞬间将海长春和那两个侍卫钉在地上，其他人更是不敢动弹，都成了城楼上的木头桩子，愣愣地立在那儿。大汗不慌不忙地走到卡拉夫的面前，眯起眼睛，打量着这个闹事的人。

大汗说：你为什么要答谜？

卡拉夫仿佛被大汗问蒙了：因为……

阿里王子那边却打断了他们的对话：啰唆什么，赶紧伺候老子洗澡去。

听了这话，大汗的目光徘徊到阿里的身上：这么急着去归天？有人想要你多活一刻呢。

阿里说：既然是死，何不痛痛快快！

大汗说：你们认识？

阿里王子摇头。

大汗又望向卡拉夫：你们一定认识。

卡拉夫定定地说：何止认识，我与阿里王子曾结拜兄弟，同舟共济，生死与共。

卡拉夫的话让在场的人一下子静如止水。

阿里王子急煞白脸：蓝眼睛，这不关你的事，别来蹚这浑水，白白送命！

大汗笑了：果然是有交情的。

一直站在边上的伯颜从卡拉夫脸上看到依稀的熟悉，他恍然大悟地走上一步：我说怎么有点眼熟……原来是你！

大汗的眼珠微微转动：难道你们也认识？

伯颜随即改口：陛下，微臣是说，这个色目人与凶手同谋，应当一并严惩。

城楼上的话语声传到城楼下，广场上人群开始躁动。

回廊上的那个眼睛生得比刀子还厉害的人突然率先喊道：既然是兄弟，为什么不让他解谜啊！

他的话立刻有人接应：对啊，死也该让他死个明白！让他答谜！

阿里王子对着城楼下喊：不行，就算曾结拜兄弟，也不行！他不是王族，他没有这个资格！

大汗对伯颜说：你看呢？

伯颜低下头说：这，还是陛下说了算。

醉霄楼上，柳儿的小脸白得像纸片，她自言自语：不可以！蓝眼睛，不可以！

仿佛在回答柳儿的话，窗外围廊中有人遽然大声道：有什么不可以？既然是兄弟，让他解谜！

围廊中的其余人都跟着乱喊：结拜兄弟，休戚与共，让他答谜！

是啊，当兄弟的拔刀相助！情理之中！

砍头就是咔嚓一下，有什么意思，让色目人答题！

他们喊得声嘶力竭，带起了城楼下无数人的遥相呼应。

混账！你们想干什么，想让蓝眼睛送死吗？

几个茶壶茶碗连带点心碟子从窗户中飞出来，劈头盖脸地砸向围廊上的色目人。随着叫骂，柳儿一头撞进那些人当中。她是从窗户跃出去的，像是从天际扑下来的一只大鸟，带着凌厉风声要与那些人拼个死活。柳儿对着回廊上的人们一阵挥拳乱打：你们自己怎么不去答谜？一个个那么大的脑袋，装的都是泔水？那么粗的脖子，砍下去不疼，是不是啊？你们去答谜啊！去啊！

回廊上的人阵脚有些慌乱，这个猝然冒出来的女孩子暴跳如雷，瞋目切齿，句句恶语相向，却打得骂得没头没脑，让他们一时不知道如何应付，只得纷纷躲闪。

他们中间唯有那个首领模样的人没有逃，见柳儿的拳头抢过来，他伸手便挡。柳儿从小并不曾认真习武，周大觉得姑娘家本分些好，从不逼她，但柳儿跟着卡拉夫后面蹦蹦跳跳，凭着天赋和身子灵巧，竟也学了几招，与人打架随便动动拳脚，就叫一般人吃不消。柳儿反肘去击打对方，谁料那个人身手好快，一转腕子，捏住了柳儿的胳膊。

柳儿飞脚踹他：混账！

旁边的人见到，仿佛踹到的不是那人，而是自己的心窝子，呼啦一下子围上来，边呼着"大胆"边将柳儿按住，差一点将她撕成八块。

你竟然在将军面前撒野！

柳儿仍旧挣扎叫骂：什么狗屁将军！

那个被称作将军的人却呵斥：住手，你们让开，人家是个小姑娘，我等总不能以多欺少、以大欺小吧。

那些人听了，立马诺诺地退站出三步之外。

柳儿并不买账，说：将军怎么了？将军就可以欺负人？

将军说：小姑娘，你能否不动手，好好说话。

柳儿反嘴：是你先动手的。

将军说：你飞过来打人，我若不动手，你便打到我了。

柳儿说：我打你了吗，明明是你攥着我胳膊呢！

将军一听，顿时松开了手，说：得罪，不过的确是你先打人的。

柳儿活动了一下被攥疼的胳膊，恶狠狠地：打你们活该，蓝眼睛跟你们有什么过节，要让他答谜？

将军又说：你弄清楚，没人逼着那个蓝眼睛答谜，是他自己要做的。

将军又往城楼下的人群指去：你往那边看看，想要他答谜的不只是我们。

柳儿愣站在那儿，此刻城楼下面已如同烧开的一锅水，各色人种各色穿戴，争先恐后地蹿起冒泡，"让他答谜"的喊叫声此起彼伏。

柳儿神色凄然，嗓子眼儿一紧，泪珠噼噼啪啪滚落下来。

将军见到，问：那个蓝眼睛，是你的什么人？

柳儿不言语，任由着泪水洗过她的脸颊。

刚才凶悍无比的小丫头哭了，围廊中的人们知道事情可以了结了。他们再顾不上柳儿，转头跟着城楼下的人们一起呐喊助威，只有那个胡须花白的人正若有所思地看着她。

柳儿站在那儿，望着下面沸腾的人群，陷入了绝望。她抹了一把眼泪，倏地想起什么，转身疾跑，眨眼没了踪影。

四下的喊声将城楼上的人推入不安的浪涛里。唯有图兰朵公主静静地立在那里，如同巨浪中的一朵独处的白色芙蕖。

卡拉夫热切地眺望公主，但那刺亮亮的白光模糊了他的视线。

大汗脸上隐约浮现出一丝捉摸不透的笑意。大汗说：色目人，你可知后果？

卡拉夫说：倘若失败，甘愿受罚。

阿里王子不由得暴跳如雷。阿里王子说：我用不着别人替我答谜。谁都不行。

大汗对侍从官说：看看，往日答谜只有一个，今日一下子出来了两个。若是真答对了，还难办了。

侍从官说：可不是。

伯颜徘徊到卡拉夫的面前，贴近卡拉夫脸低语：癞蛤蟆想吃天鹅肉，可惜不够资格。不过冲着你师父的面子，我成全你。

随即，伯颜转向大汗：大汗，此人狂妄悖逆，恣意妄为，若解不开谜，就与阿里王子一并油烹了吧。

大汗望着广场上的人群微微叹气，大汗说：众口铄金，给他一个机会。

皇家祭坛高耸入云，两曜昏暗，长生天垂听荒蛮。

一条岩石凿刻的巨龙盘立在祭坛前方，龙头向天，龙爪下面嵌着个五彩琉璃铸成的绣球。那是个龙形沙漏，皇城中计时最精准的器具。

祭坛的正北是祈天殿。皇庭重臣们随着大汗走进祈天殿，等待答谜结果。

只见祭坛上燃起九堆熊熊篝火。大巫祝来接神了，他的脸扮得狰狞，发冠插满绚烂的羽毛，如同一只雄起起走路的松鸡。几个神士捧着大盘的牛羊肉紧跟其后走到篝火边。大巫祝手中拿着羊脂白玉瓶念念有词，一边把盘中带着骨头的红肉扔进篝火里，一边将瓶里的酒水泼洒在篝火上。篝火熊熊，腾空而起，长生天的脚已经踩到了火焰之端。

两个皇家侍卫将卡拉夫押到祭坛前。

大汗的侍从官走过来，指着那岩石凿就的巨龙说：知道那是什么？

卡拉夫茫然地看了一眼。

侍从官说：祭坛沙漏，你的性命长短全凭它计算。公主提问后，这个沙漏会开始计时。答对了，会有焰火报喜，若时间到了还答不出的话，你会即刻被送上刑场。

侍从官转身离开。卡拉夫独自往祭坛上行去。这时，他隐约听到一个声音在他耳边呢喃：蓝眼睛，你不该来。

卡拉夫说：我要来。

那个声音说：你会后悔。

卡拉夫说：你怎知道？

那个声音说：那是命，你我命中注定。

卡拉夫诧异地抬起头，望到图兰朵公主正站在祭坛之顶，翩若浮云。她透过脸上的轻纱凝视着卡拉夫说：你若后悔还来得及，我去与父汗说。

卡拉夫说：不用，我不信命。这是我唯一的机会，也是你十八岁前唯一的机会。

图兰朵公主抬起自己的手腕，说：你见过它们吗？你知道它们是谁？我的命在它们手里，你的命同是。

随着图兰朵公主的话音，罗纱衣袖从她的手腕缓缓褪到小臂，豁然露出了那三个镯子。

这是卡拉夫第一次如此近距离地端详三个镯子，通体莹澈，满眼是月光般的温润。让人无法相信就在半个时辰前，它们曾用千根金光牛毛刺入卡拉夫的眸子。

卡拉夫知道它们波谲云诡的性情，当你在打量它们的时候，它们也在偷窥你，这月光般温润之下是狂悖与狰狞。

卡拉夫点点头，说：开始吧，祝我走运。

卡拉夫端端正正地在祭坛上盘腿坐下。图兰朵公主的叹息声拂过耳旁，卡拉夫合上眼睛。

图兰朵公主迟疑地将手触摸着自己的腕间，那三个镯子霎时灵动起来。它们在皓腕间缓缓发出异彩，扭曲着膨胀伸展，像吸吮了露水的蓓蕾含苞欲放。粗细盘结的根须从冰肌玉肤中凸起，如同从蓓蕾中爬出的藤蔓，泛出隐隐红光，紧紧勒住公主的手臂。片刻，三个镯子化为妖艳的一体，在绚烂中闪现出烟花似的一串串极耀眼的奇异文字。那是刺骨入髓的痛，图兰朵公主身躯微微颤抖，嘴唇缓缓嚅动。

世间万物，什么生于黑暗逝于黎明？

卡拉夫将自己封闭在一片黑暗之中。图兰朵公主的声音如同一柄雪亮的利剑插入他漆黑的脑海，摩擦敲击出无数金色的甲虫。那些甲虫扇动着翅膀，相互碰撞着，叮当铿锵，发出大军驰骋马蹄疾奔的声响。金戈铁马踏碎连角号声，斜阳草树，风中传来无穷的呼唤和哭泣。卡拉夫脑海中飘忽浮动出一群群模糊的鬼魂。

图兰朵的声音正渐渐变得遥远：什么生于黑暗逝于黎明……

大汗定定地坐在祈天殿中央的蟠龙椅座上，在他身边站立着图兰朵公主。

按照惯例，每每答谜开始，图兰朵公主在祭坛上对答谜者说出谜面后便会转身离去。这并非大汗的旨意，而是公主自己的选择。这一回，图兰朵公主从祭坛下来，竟径直走入大殿，站到了大汗的面前。大汗望向女儿，图兰朵望向大汗。彼此并无多话，但要说的都在这对望当中。

众目睽睽，这不寻常的对望让大殿中的人们觉得气氛格外凝重。

大殿中死静，人们目光都在祭坛和巨龙沙漏间徘徊。

细沙沿着龙体的利爪落入琉璃球体，只见沙子渐渐堆成小丘，一旦利爪中的细沙漏尽，答谜便结束了。

祭坛上卡拉夫依旧紧闭双眼，汗水如浅色的蚯蚓在他脸上徐徐爬满。他感觉身边许多鬼魂在亲昵抚弄他的头发和脸颊。他们围绕着他游荡，述说着思念。他看那些鬼魂，前生前世的亲切，仿佛似曾相知。

阵阵风铃声响，鬼魂们纷纷闪开，一个美丽的女人正向他走来。那女人的身躯颀长，面容高贵，盘在头顶的金发如同一顶灿烂的王冠，在她的短披肩上绣着玫瑰与利剑的图案。

那个美丽的女人对着卡拉夫伸出手，说：来，孩子，跟我走。

卡拉夫问：你是谁？

那个美丽的女人说：你会知道的，跟我走吧……

卡拉夫不知不觉站了起来，他的身体像薄雾轻悠悠朝天空飘去。卡拉夫望见自己正飘离祭坛和祈天殿，脚下流动着蓝色的琉璃屋顶和浓荫的皇家林园，他跟着那个女人飘离了皇城。

我们要去哪儿？

美丽的女人没有答话，回眸看他的眼神中满是慈爱的温情。

卡拉夫说：我好像知道你，但忘记了你的姓名。

美丽的女人听了这句话，目光中溢出悲哀，面容黯然惨淡。她转过头蓦然化成一股悲愤绝尘的疾风，漫卷的流沙，浩瀚的荒漠和汹涌的河流在他们脚下转瞬即逝。

卡拉夫拼命追赶着疾风，呼叫：你走得太快，我跟不上了。

疾风说：没时间了，他们正在等着你。

卡拉夫问：他们？他们是谁？

疾风没有回应，却消失在茫茫的雾障之中。

卡拉夫待那雾障过去，只见眼前连绵晶莹的雪山，雪山脚下是大片郁郁森林，森林边环绕着清澈河流，河流环抱着一座静美的小城。

白色岩石筑成的城墙，纵横交错的街道上走着运果蔬的壮汉、贩卖鲜花的姑娘和吹着竖笛赶着羊群的少年人。王宫大殿外的湖水映着天上的白云，一个满头灿烂金发的女子正在向湖边走来，她手搭在额头，眺望着草地上一对练剑的师徒。小男孩眼睛碧蓝如湖水，手中拿着一把木剑，指点他身法技艺的是个面容熟悉的独眼的剑师。

卡拉夫自语：这是哪儿，他们是谁？

话语间一大块阴云移到小城之上，在小城的上空搅动翻腾，黑色渐浓，遮天蔽日，小城顿时变得晦暗。

无数道黑色闪电从阴云中飞出，带着尖厉的鸣叫，扑向小城的街市。

城中火光大起，狮豹噬咬，鹰隼扑杀，刀戳斧砍，尸首遍地。妇孺老少的号叫和哭泣不绝于耳。

卡拉夫望见那个金发的女子面色死灰，裙袍上沾着血迹，慌乱地站在王宫大殿的门口。她将小男孩推向独眼人，并嘶喊：剑侠师父，快带他走。

小男孩大声哭叫：妈妈——！

金发女子悲哀地说：走啊，孩子！你不能死，你是我们唯一的希望……

卡拉夫心悸。金发女子的喊声穿透他的胸口，让他痛彻心扉，几乎透不过气来。

有答案了吗？一个声音问。

卡拉夫说：走开，别挡着我。

那声音说：醒醒吧，时间到了。

卡拉夫终于看清楚，站在他面前的那个人正是大汗的侍从官。

卡拉夫神色迷茫，说：他们到底是谁？

侍从官说：哪里有他们？快说，谜底呢？

卡拉夫愣愣地望着侍从官，心头一片空白。侍从官微微摇头，反身朝向祈天殿，大声宣道：答谜失败。

殿中的大汗挥掌捶打椅座的扶手，扶手上的龙头顿时粉碎。这一动静让祈天殿里的人都恨不得将自己的脑袋缩到肩膀里。

图兰朵公主依旧傲立在大汗的身边，处之泰然。然而，无人察觉到在公主的面纱之后一滴清泪正缓缓涌出眼眶，挂在了她的睫毛边。

伯颜的嘴角浮上笑意。他对着旁边的海长春示意地扬了扬下巴。海长春愣站在那儿，竟呆若木鸡。

玉勒见状，忙抢先说：油锅伺候吧！

卡拉夫被几个皇家侍卫架了起来。他没有挣扎，只不停地自语：我见到他们了，那地方我好像去过……

第八十一章
生于黑暗

北山的"老龙口"在北山顶，大城人都知道那是皇家圣地，山中关着一条神龙。大多时候，那条神龙安分守己，恹恹欲睡；但每隔几年，神龙会突然烦躁起来，因在山腹里憋闷久了，开始闹脾气。于是北山山腹轰轰乱响，一股股神火带着岩浆从老龙口喷吐而出。待神火停息后，山口留下许多黄色的石头，内行人知道那是做焰火的重要材料，所以说，皇家焰火作坊的兴旺，全靠神龙相助。

往日里北山的"老龙口"总有皇家侍卫把守，可望而不可即，一般人绝无机会靠近。今日处置犯人刑场竟设在了北山，大城人都可以去那里看一眼热闹，这也算得上是大汗的额外恩宠。

去往北山的小道上熙熙攘攘，周大和柳儿夹杂在人群当中疾步走着。两个人都不说话。柳儿要说的话已经说过了。当她找到父亲，一头扑进周大怀中，慌得话不成句：爹呀，他要没命了，救救他，救救蓝眼睛。

望着泪如雨下的女儿，周大只说了一个字："走。"

海长春被伯颜派到了北山。伯颜对海长春说：你带人去老龙口监刑，行事要小心。

玉勒提议跟海长春一起去北山，伯颜不允。伯颜说：该让年轻人历练历练了。

玉勒说：末将担心摩诃那些人作怪。

伯颜说：你留下跟着我，大事情在后面。

伯颜的话使得海长春忐忑。今日皇城城楼上惊心动魄，让他领悟到什么都是可能的。有人狗胆包天挑战大汗，有人明明可以有一线生机却宁可赴死，更有人失心疯般跳出来要替所谓兄弟答谜，所有一切都不能用意外来解释。

海长春带着随从来到北山脚下，快马经过一片密林。陡然心头震惶，他下意识地扯住了缰绳，四处张望。随从不由得跟着张望，但午后黄昏，百鸟归林，在一片啾喳声中没有任何异样。随从们的视线转到海长春身上。

海长春沉思片刻，说：走吧。

于是随从们跟着海长春继续纵马而行。

海长春疾驰间，忍不住回头瞭了一眼那片渐行渐远的林子。只有海长春清楚刚才发生了什么。就在前一刻，他听到了自己熟谙的声响，那是只有他才能够感受到的动静——鹰隼们隐在颈项中的咕咕鸣唤和羽翼不安的扇动。他的鹰隼孩儿们，他的鹰隼军应该就在附近，就在这片林子的深处。

今晨，他曾猜疑自己的鹰隼军被调动，看来这一切都已经由叔父妥当打理。但叔父为何行事诡秘绕过自己，而在这一刻又突然将自己推到了真相面前，海长春困惑，想到叔父谋略过人，这些只好以后有机会再问。

北山山顶浓烟滚滚，太阳带着余晖逃到山后，敞开的山口如同一个巨兽的大嘴，用红色的火焰舐着残留着一线晚霞的天空。皇家侍卫已经用粗粗的铁索吊起一口大锅，锅的两边各立着带轱辘的高架，架子由一个用铁链子结成的大铁网连接。

刑场外人头攒动，有人雀跃，也有人交头接耳。很多人没有弄清今日皇城城楼上究竟发生了什么事情，所以相互打听着，既然看热闹，这些打听都显得兴高采烈。

这么大的排场，到底是要炸谁啊？

说是跟公主求婚的王子和一个没名没姓的穷小子。

为什么啊？

据说两个人是兄弟，非得摽在一起死。

说什么兄弟，活着才能吃香喝辣，其他全是瞎掰。

能死在龙口上，也是有福气。只可惜了这锅油，能炸多少蜜糖馓子。

柳儿和周大拼命往人前面挤去，听到这些闲言碎语，柳儿不由暗中切齿。只是眼下顾不上跟他们理论，柳儿脑子好，她会记下那些说过蓝眼睛坏话的家伙，闲下来一个一个收拾。

这时，她看到了曾在醉霄楼遇上的那伙色目人。那些人都面色凝重，定定地看着山口上的那口油锅。柳儿不由得恨从心底起，扯住周大的胳膊：爹，就是那伙人，他们起哄要蓝眼睛答谜的。

周大没有讲话。父亲不说话，柳儿不能独自上前再去与那些人打一架。她只好暂时先忍了这口气，此刻更重要的是救蓝眼睛。

行刑的队伍来了，刑场由一片喧闹，渐渐变得鸦雀无声。卡拉夫和阿里王子被几个皇家侍卫推到山口的边沿上。

阿里王子说：好兄弟，是我牵连了你。

卡拉夫说：既是兄弟，说这话见外。

阿里王子点点头：无论先后，到了那边，你我依旧还是兄弟。

海长春一旁见到，竟有些戚然。那个蓝眼睛就要死了，他在与他所谓的兄弟告别。说起来海长春与蓝眼睛的渊源也不算浅，喜鹊大战和焰火作坊结下的恩怨到此了账，一切就这样结束了。这并非海长春所愿，这是那个色目人自己的选择，尽管海长春觉得有些可惜，但他救不了这个色目人，他送他一程，也算一份情义。

海长春记着叔父的叮嘱，要那个蓝眼睛先下油锅。叔父说，他想找死，成全他。于是海长春走向卡拉夫，说：请吧。

卡拉夫在皇家侍卫的推搡下率先走向悬在山口油锅上的铁网子。从山口中飘来的灼热烧烤着卡拉夫的面颊，疼痛钻入他的皮肉。卡拉夫站在那儿，抬头望向山口上的滚滚浓烟结成的云朵，那些云朵恍惚间又变成了遥远的白色小城上空的乌云。那宁静的小城正被无数黑色的闪电击毁，街巷哭声震天，尸首遍地，厮杀之声不绝于耳。

卡拉夫被皇家侍卫推倒在铁网里，手脚用棕绳一道道绑紧。

站在人群前面的柳儿，望到卡拉夫被人捆得像只粽子，急得跺脚：爹爹，快救蓝眼睛，救他啊！

周大脸黑沉沉的，他的拳头攥得如同两块石头。

海长春走上前，对着那些怯薛兵慢慢抬起了手，高架旁的铁链子被摇轳辘的士兵用力卷了起来，铁网子越悬越高，直至油锅的顶端。

铁网里的卡拉夫仰面躺着，山口的烟雾在天空中弥漫，黑云当中出现了一个女人的面孔，那个女人的金发散落，纠缠在乌云之中，神情凄凉。

卡拉夫情不自禁地说：我好像认识你，但我想不起你到底是谁。

海长春举起手臂，说：准备行刑。

周大脸上的肌肉痉挛起来。

柳儿不禁放声大哭：蓝眼睛！你不能死！

那个金发女人跟着流泪了，泪水噼噼啪啪滴落在卡拉夫的脸上。

孩子，你不能死，你是我们的希望——！

仰面朝天的卡拉夫清晰地听到了她的声音，那个美丽的金发女人流着泪说，他是他们的希望。这个女人用这句话在与他诀别，这是卡拉夫第二次听到这句话，这句话如利箭穿心，让他痛苦万分。

卡拉夫喃喃：是希望……

卡拉夫看到那个美丽的面容微微点头，悲切的脸庞带着对他的不舍，一点点在天空退去，被乌云吞没。

卡拉夫说：我知道了，那是希望，是希望！

卡拉夫越说声音越大。海长春愣住了，准备行刑的皇家侍卫们也都愣住了。随着卡拉夫的声音，北山山口卷起一阵强风。风声尖锐，仿佛龙吟，将卡拉夫的喊声送到大城的云端，送到皇城的龙楼凤池之中。

阿西和阿东垂头丧气地坐在花楼殿的台阶上，这是他们最悲哀的日子。目睹大汗发了脾气，一巴掌将座椅扶手拍碎，卡拉夫被拖下祭坛，他们知道从此不会有比今天更悲哀的日子了。

他们跟随图兰朵公主沉默地走回花楼殿，公主双袖一挥，大殿中的门窗齐刷刷地全部关闭，将他们二人挡在门外。他们只好愁眉苦脸地在台阶上坐下。他们已经习惯公主的不近人情，但他们觉得那种日子会有尽头，有终结的。一直到今天，此时此刻，他们不再这么想，他们甚至不敢想"往后"两个字，没有往后了，因为他们看到那两个字里的一切都将比今天更黑暗。

他们伤心得小脸上都是深深的皱纹，在这一刻他们老了好几十岁。不仅仅为了那个蓝眼睛，为了公主，也为了他们自己，他们委顿成了干瘪的老人。

忽然，从远处传来了尖锐的风声，风声旋转着扑杀皇城里的草木，掀翻瓦砾，捶打城墙。转眼风声到了阿西和阿东的身边。姐弟两人还来不及躲闪，就被狂风凶蛮地推倒，一个跟头接着一个跟头骨碌到了台阶下面。

阿西和阿东抱着头喘息了好一会儿，才渐渐爬起，抬头看去，只见花楼殿的门窗四面洞开。那妖风刮进了大殿后，喧嚣声变成了野兽的咆哮，听起来毛骨悚然。阿西和阿东跌跌撞撞地往台阶上爬，唯恐那风已经伤了图兰朵公主。

他们跑到大殿门口，却都愣住。只见公主扶着大殿中的柱子站立着，浑身颤抖，面如死灰。三个镯子正发出红色精光，蛇蚓般盘绕公主的手臂，凸凹蠕动，诡秘可怖。狂风围着公主回旋，她的衣裙长发风帆般高高卷扬。灯烛和挂饰们叮叮当当摔落在地板上，高大的织机在风中摇摇欲坠。

阿西和阿东吓坏了，这妖风要做什么，难道要杀人？他们声声喊着公主，向大殿里扑去。

然而，狂风中图兰朵根本没有听见也没有看到阿西和阿东，她的视线一直停留在自己的手腕之上，神色由疑惑渐渐变得吃惊。只见公主手腕上的那只黄色的镯子从她的手腕上一点点地龟裂开，猛地脱落下来，跌在地上，摔得粉碎。

图兰朵看看自己的手腕，又看看地上的镯子的碎片，似梦似醒。

阿西惊呼：公主，镯子碎了！

图兰朵公主抬头望向阿西阿东：镯子碎了。

阿西突然醒悟过来：镯子碎了，焰火报喜?!

公主点头。

阿西阿东立刻反身，拔腿狂奔：镯子碎了，焰火报喜啦——!

狂风过去后的瞬间，北山山口一片死静。众人都抬头遥望着皇城宫殿的方向，等待着那里有何动静。

这时，海长春的一个随从低声说：少将军，时辰到了。

海长春说：再等等。

那个随从说：伯颜将军不会喜欢这种拖延。

海长春回眸盯看那人，却将嘴里的话忍住。此人是上两个月叔父派到自己身边的，每每张嘴语气虽恭敬，但字字都是提点。海长春憋闷，感觉此人的存在便是叔父的影子。

海长春不得不下令：时辰到，准备行刑！

那人三步并作两步向行刑的士兵跑去。

柳儿听见，哇地哭了起来。周大顿时往前腾挪两步，却被几个拿着刀剑和长矛的士兵拦住。四下看热闹的女人们纷纷扭转开头，并用手捂住孩子们的眼睛。

卡拉夫不死心地大声疾呼：谜底是希望，是希望啊！

仿佛是这疾呼的呼应，砰砰砰，从皇城传来隐约的轰鸣，三束姹紫嫣红的焰火在天空中竞相怒放。

焰火！

他答对了！

答对了，他答对了！

柳儿在喊，小骆驼在喊，摩诃在喊，阿里王子在喊，在场的人们几乎疯癫，惊喜若狂的喊声不绝于耳，震撼北山山巅。

海长春声嘶力竭地喊：停止行刑！

但那个伯颜的亲信却将控制轳辘摇把的士兵一把推开，伸手去松摇把，这时，一把利剑飞入他的前胸。那人愕然抬头，捂着胸口扑通掉进油锅，荡起老高的油浪。

随着那人身体的坠落，带动了松动的摇把，碗粗的铁链子当啷啷地抻着铁网子往下坠，眼看卡拉夫直直地跌向油锅。在人们一片尖叫声中几支锋利的铁矛同时飞向摇把，斜刺刺地扎入轳辘的木架子上，将轳辘摇把的把手死死卡住。

众人纷纷拥到山口边沿，伸着脖子向油锅里望去。只见躺在铁网子里的卡拉夫离锅中的沸油只有半尺之遥，再细看油锅里的热油如刀锋般高矗四立，那锅沸油在瞬间凝固，变成琥珀色透明晶莹的冰冻。而那个伯颜的亲信已被沸油炸成了一团焦黄，蜷曲在刀锋之中。

周大健步抢先将轳辘把上的铁链子收起，一个人上来帮他，斜睨看去，是那个被柳儿指认的叫"将军"的人。

周大说：将军的铁矛好准。

那人说：周师父左手飞剑右手夺矛，左右开弓，叫人佩服。

小骆驼等人将铁网子里的卡拉夫拉出了铁网子，解开了

174

绳索。

铁头说：你命好大！

卡拉夫茫然地向周围的人们望着。

你怎么没死？你怎么没死！

柳儿边抹眼泪边狠狠捶打卡拉夫。

卡拉夫闷声说：别打了。

柳儿嘴硬：就打，就要打！

小骆驼说：对，对，不过千万打得轻一点，蓝眼睛好不容易捡回一条命，待会儿被你打死了。

柳儿扑哧笑了，回瞪小骆驼：我下手有数。

海长春亲自上前解开了阿里王子的绳索。

海长春：见焰火解绳索，前嫌尽弃，皇家说话一言九鼎。

人群中哈桑将军带着他那个胡须花白的随从向阿里王子走来。阿里王子一时还没有从变故中找回魂来，他神色难免近乎惊骇。

哈桑将军说：殿下，难道你不打算给哈桑叔叔一个拥抱吗？

第八十二章
贵　人

三枚焰火映红大城的天际，轰鸣声响彻市井街巷。

人们交头接耳传递着许多真实中夹杂着的不真实，貌似沾边却被演绎得骨骼清奇甚至风马牛不相及的消息。

有人说：好了好了，大模国王子在大城里找到了他的兄弟。兄弟俩争着要娶图兰朵公主，比胆量跳油锅，结果那个蓝眼睛抢到先机。进了油锅，人竟没死，却在油锅里找到了谜底。

还有人说：不是那样的，明明是老龙口的神龙显灵，保护贵人。你看那答谜的色目人浑身上下带着王者贵气，掉到油锅里不死，不是真命天子是什么？

有人马上捂他的嘴说：你们都活腻味了？真命天子只能是大汗，那个色目人算什么，充其量就是运气好罢了。

无论怎样众说纷纭，有一个事实没有错：手镯上的三个谜被答出来了一个，公主手上的镯子只剩下了两个。

风声渐息中，皇城大殿的晃动停止了。

一队侍卫点着火把护送着阿西和阿东接力着飞跑。两个人腿脚短而快，恍惚间只见两个圆球轮流顶着个白玉盘在滚动，从图兰朵手腕跌落下来的那只镯子的残骸稳稳地在盘子当中摆放。

大汗在偏殿里兴奋地走来走去，身影被烛火映照在墙壁上，时长时短。伯颜跟随在大汗的身边，神情阴晴莫测。

　　阿西和阿东气喘吁吁的话语声随着脚步动静传入偏殿：来了，来了！

　　两个"球"大呼小叫托着白玉盘子进了大殿。

　　大汗急迎上去：让朕看看！

　　白玉盘子被侍从官接过去，端到大汗的眼前。

　　大汗小心翼翼地打量着盘内的碎片，大大小小形态各异。他挑了个月牙儿样的凑到烛火前看了看，这妖孽骨肉碎了，依旧晶莹剔透。大汗瞧不透它们曾有的诡谲凶恶是从何处而来。

　　大汗自语：朕向长生天祈福了这么多年，总算有了回应。这个人是个奇才，要重重赏他。嗯，还有几月就是公主的生日，这是好兆头。只要他答出三个谜，驸马爷的身份，汗国的江山都是他的。

　　伯颜死死地盯着残骸，腮旁的肌肉紧绷如铁：只是……他的来历有些古怪。

　　大汗说：英雄不问出处。

　　伯颜说：我是说他没有出处。

　　大汗将手中的碎片扔进盘子里，笑道：这更好。我封他为"一字王"，位列诸王之首。看谁还有闲话！

　　伯颜低下头，强忍住心中的不甘，说：大汗……说得极是。臣告退了。

　　伯颜拱手，倒退两步，竟撞到托着白玉盘的侍从官身上。

　　侍从官忙躲闪：将军小心。

　　伯颜瞪了侍从官一眼，转身出去。

偏殿门前的侍卫高高挑亮灯火为伯颜照明。伯颜下了台阶，站住脚，凝望着黑暗处的小径。这是谁的错？他明明已经用尽心思，大网张好，圈舍筑牢，只等着起网捉鱼，关栅栏逮羊，谁料却撞出了这么个小子，坏了他全盘打算。

镯子碎了的消息传到伯颜的耳朵时，他正斜躺在西花厅，喝着马奶子酒，吃着酥酪蝉，等待丰盛的晚膳。厨子那边已经传话，今晚上给将军做的是红烧野驼蹄、扒鹿唇和鹌鹑脑子做的黄金白玉羹。他决意要将这顿晚饭吃舒坦了，不管外头有多闹腾，天塌了，地陷了，都挡不住他的胃口。

玉勒灰头土脸地跑进来，话都说不利落，嘴里只是念叨"坏了坏了"。这一幕被伯颜早料到，坏到何等程度都在他的手掌心中攥着，只是没有向别人交底，所以玉勒的咋呼样子让他不屑一顾。

伯颜抬起眼皮说：有多坏啊？

玉勒说：答出来了。

伯颜问：什么答出了？

玉勒说：谜底，谜底破了！

谜底破了！伯颜听到这几个字，半天没有反应，因为这几个字早已经从他的心头抹去，变成一片空白。所以伯颜迷惑了半晌，突然从榻间跳起，大喊了一声：不可能！

但事情的确是从不可能中发生的。花楼殿里公主的镯子碎了，掉进老龙口油锅炸成酥肉的是自己派到海长春身边的亲信，那三枚焰火已经将这个消息告知全城，并以日行千里的速度告示四海八荒。

伯颜感觉自己脚下坚实的地面正在坍塌。十几年来耗尽心血财力一无所得，就在深信那是个死局，不会再有出路的时候，却被个没名没姓的穷小子一伸手破了。这个意外几乎把伯颜的脑浆子都炸出来了。他头一个念头就是如何赶快把破了的渔网补牢，以免鱼虾都跑光了。

在偏殿的黑影中，伯颜慢慢展开自己的手心，一个小小的三色镯的残片在他手掌心熠熠闪烁，微微跳跃，仿佛要从他的掌心飞走。三个镯子是稀世珍宝，神力无穷。我若能有那三个镯子一星半点的残屑碎片，早成就了将军的金刚不坏之身了……

那个阴阳人的话徘徊在伯颜的耳边。伯颜即刻攥紧了拳头。镯子碎了，细想想也许都不是坏消息。

他抬头望了望黑暗深处，在大城，那个阴阳人比谁消息都灵通，此刻他一定正在伸手不见五指的地方等待自己。

让开，快让开，给我们的大英雄——蓝眼睛让路啦！

铁头敲锣开道，柳儿和小骆驼他们走在一匹高头大马前。白马是皇家御赐的，牵马的人是大汗的殿前侍卫，两旁是皇家侍卫，排场风光极了。看热闹的百姓蜂拥而追，街头满满都是叫好的人群。

当当的锣声在大城中央那条最繁华的夜市街头回荡。商家和主顾们无论买卖都喜笑颜开。这是个天大的好日子，谁还在乎那仨瓜俩枣。大家凑到一起仿佛不为了生意，而为了讨个彩头。

柳儿时不时地仰头看向卡拉夫。那个披红挂彩骑着白马的年轻人好威风啊，他不仅仅是大城人的骄傲，而且是柳儿的骄傲。人们都说，快看，大城的贵人，那个骑在白马上的人是我们大城的贵人!

柳儿得意扬扬地抿着嘴。当官的,有钱的,黑道白道的,都恭恭敬敬地给他们让路,柳儿觉着太有面子。谁的面子能有这么大,简直赶得上大汗出巡了。她真想对他们喊一声,看清楚没有,那个威风凛凛的贵人是我的家人,是我柳儿的亲哥哥。柳儿憋着笑,尖着耳朵抓听街头人们东一句西一句的议论。

贵人的长相仪表堂堂,真是好品貌。

柳儿美美的,她的蓝眼睛哥哥当然是一表人才。

这个色目人印堂发亮,福分不小呢。

柳儿更开心了,蓝眼睛的福分就是她柳儿的福分。

小骆驼望着卡拉夫,艳羡地咂巴嘴:柳儿你说,要是我答谜,是不是也能混个披红挂绿?

柳儿哼一声。

小骆驼不甘心地说:我记得你爹说过的,天将降大任于什么什么来着?先将下油锅,砍脑袋……

柳儿说:胡扯,我爹是那么说的吗?还降大任什么什么呢。幸好你没试……不然,你早成了炸骆驼腿了。

小骆驼没有在意柳儿的挖苦,反而自我解嘲:那也是,我爹我娘靠我养老送终,不能跟蓝眼睛比。不过柳儿,想过没有,蓝眼睛要是答出了三个谜,他就成了驸马爷。等娶了图兰朵公主,那时候你也是皇亲国戚了……

柳儿听着听着脸耷拉下来,脚步也慢了。

小骆驼咂巴着嘴说:到那个时候,柳儿跟着蓝眼睛穿金戴银,吃香喝辣的,可别忘了咱兄弟几个。

铁头接茬儿:对啊,有福同享,有难同当。别的不图,接哥儿几个进皇城逛逛，把大汗的吃食端几碗给咱尝尝，小骆驼你说呢？

小骆驼说：还有酒，要顶好的黄米酒……

铁头说：你以为大汗跟你一样，还什么顶好的黄米酒。

小骆驼说：那大汗喝什么酒，咱就喝什么酒，再睡睡大汗的象牙白玉床。

几个人乐得直捂肚子，大虎一回头：哎，柳儿人呢？

铁头和小骆驼忙着四下乱看，刚才明明走在自己身边的柳儿，一眨眼找不见了。

大汗的侍从官带人连夜来到会同馆，会同馆大使打着灯笼忙到前院相迎。

侍从官对着大使瞄了一眼：大模国国君派哈桑将军来到大城，你怎敢不通报。

那个大使吓得扑通一声跪下：大人说笑，那个哈桑将军隐迹藏名来到大城，小的也是刚听说此事。已经备了上等馆舍，静候嘉宾入门。

侍从官说：谁与你说笑？大模国在西域举足轻重，与汗国的关系更是非同一般。大汗有旨，除了哈桑将军及其随从，即刻将其他闲杂人等迁出会同馆。

会同馆大使愣了。会同馆占了北城玉河坊整整三条街，东西前后九照厢房，高厦矮屋连廊花园四百余间。自他当上这皇家会同馆的大使，见过各种场面上的事情，也伺候过各地来的王公贵胄。那年给大汗祝五十大寿，四海齐贺，八方同喜，十多个藩属国的皇亲显贵都带着贴身随从住进了会同馆里，虽说有点挤，但透着热闹，更显出了大汗同施仁爱，不分厚薄。再者说，这个哈桑将军是大模国国君的亲信，曾多次来往于汗国和大模国之间，算不得生客，用不着这般大动干戈。更何况在大使的记忆里，从未有过为了哪个人将大城的会同馆清空的先例，这让大使一时不知如何回复。

大使发呆，这边侍从官却等不及，连声催促：没工夫琢磨了，麻利儿去办吧！万一大汗怪罪起来，你我谁都担待不起。

大使连连点头，飞跑着去招呼人手。将客人全部撵出会同馆，是个鸡飞狗跳的活计，就算他束手无策，也得做出奋不顾身的样子。

侍从官看着会同馆大使消失的方向，心头有些恻隐。在宫里，人们都说大汗的侍从官是大汗肚子里的蛔虫，但作为蛔虫，他也弄不明白大汗为何下这样的旨意。

一开始官中还有人将大模国的哈桑将军出现在大城的消息当作谣传，但核实结果却是许多人用他们的眼睛印证了那个将军的存在。汗国皇庭曾与哈桑将军打过交道的人并非一个两个，辨认他的面目并不难。

大汗听了臣子们的禀报，沉吟片刻，说：尔等有何见解?

几个重臣面面相觑。

礼部的人先开口，他们认为事情棘手了。身为天朝上国，对友好外邦向来怀柔。大模国国君派心腹来访，朝廷竟毫不知晓。何况其子到大城向公主求婚，两国都有心结秦晋之好。如此疏忽怠慢，让外人知道，闲话会很难听。

兵部的人却说，什么秦晋之好，那个王子明明是来杀人的，若不是他的结拜兄弟救了他的命，他早就下了油锅了。近来，西域诸国蠢蠢欲动，有再次谋反的征兆，王朝京畿也不太平。大模国国君派他身边亲信微服潜入大城，定是心怀叵测，不如抓起来审审再说。

大汗沉吟，沉吟之后没有下文，只是说：你们退下吧。

于是，大家都心怀鬼胎地退下了。

大汗对侍从官说：你还听说了什么？

侍从官说：微臣听说今日城中有好几起闹事的。本来阿里王子求婚，就带来了千把人的跟班随从。这些天城内又来了许多生面孔的异族人，看打扮也都是西域的。他们个个举止跋扈，动不动就与人闹口角。今晨有几拨相互斗狠，烧了城东的大染坊和西市的酿酒作坊。肇事的跑了，但在他们寄宿的客栈搜到了不少长短兵器。

大汗说：这是大模国人有意而为之吗？

侍从官说：小的不敢乱猜。

大汗说：朕要你猜。

侍从官说：大模国国君在西域唯我独尊。派人来大城，一不让使臣通告，二无骑驾仪仗，行为诡秘蹊跷，让人不能不生疑。

大汗冷笑道：他儿子要上刑场，想让心腹人去送送，这种事情如何声张？你们都劝朕抓人，舐犊之情，朕以何罪名来抓？这是逼着朕与大模国开战？

侍从官马上改嘴：陛下睿智。我朝一贯广布恩信，怀德维宁，对大模国更是优遇有加。大模国国君若有丁点儿良心，便不该与大汗为敌。他派人微服私访，或许也是不得已而为之。再说，他儿子还在我们手中。

侍从官是在提醒大汗，那阿里王子又给送回到皇城的福缘阁去了。理由是为了两下安心，等他的结拜兄弟答完谜底，才能离去。

大汗哼一声：什么良心，天下熙熙，皆为利来，天下攘攘，皆为利往。哪个人不权衡得失。你拿着大模国国君的心肝儿子，明明是投鼠忌器。换做朕，只怕为敌也是难免。

侍从官听了，脸仿佛被迎面打耳光，不敢再多言。

大汗问：知道那个哈桑眼下身在何处？

侍从官偷窥大汗的神色，说：小的马上着耳目灵通的人手去打听。大城虽大，既然他已现身，找到该不是难事。

大汗说：若打听到下落，多带些人去。

侍从官说：是。

侍从官犹犹豫豫地说：请大汗明示，是带礼部的人？还是兵部的人？

大汗看侍从官：你说呢？

侍从官说：微臣愚钝。

大汗说：都带上吧。

侍从官说：懂了。

侍从官嘴上说着"懂了"，其实心里依旧糊涂着。兵部的人明摆着是去打架的，礼部的人毫无疑问是示好的。两方都带去有点非驴非马，不三不四。

好在今日的每件事都属意料之外，无论怎样，又能差多少呢。

幸亏他脑筋转得快，想出了一个清空会同馆的主意。无论是示好还是开打，首先把场子找好，练文练武都稳妥。

皓月当空，两个时辰前的喧闹已经散尽，通往磨盘山的那条石子路恢复了往日的冷清。只见几个人影从山脚下拐上这条石子路。

磨盘山山路边零零散散的工坊此刻都歇息了，参差错落的工坊像阴郁的野兽蹲在黑暗中打盹儿。那几个夜行人沉默地走着，远近只听得夜猫子的怪叫和夜行人靴子皮底与石子的摩擦声。

穿过一个浅沟，前面是一串串长如龙脊的陶瓷工坊。大城的瓷器闻名四海，磨盘山的瓷窑大都是前人依山而建，通体数十丈长，所以被称为龙窑。磨盘山的龙窑上上下下有好几个，白日远看如数龙盘柱，风水上是很吉利的。

几个人在一个废弃的龙窑前停住脚步。两个影子从暗处钻出来。

其中一个影子问：可带来骆驼刺？

摩诃回答：是骆驼刺花，不是骆驼刺。

影子们让开身。

摩诃回头对跟在他身后的哈桑将军说：我们到了。

作为大城最富有的瓷器商人，摩诃对这一带的龙窑了如指掌。摩诃用火石打着松明火把，低身引着哈桑将军和他的两个随从走入龙窑深处。一段暗路后，有了光亮，只见窑壁上烛光摇曳，人影憧憧，简陋的石桌前坐着一个带着病容的美丽女子，在她身后是十几个色目人。这些人一声不响，目光投向刚刚进来的哈桑将军。

哈桑将军对着胡姬微微点了点头：让莲雾公主久等。

胡姬消瘦露骨，弱不胜衣，但眉间的傲然让人不得不心生敬畏。胡姬说：莲雾偶染微恙，不能远迎，望将军海涵。

有人即刻给哈桑将军搬来椅子，但哈桑将军没有坐。他说：你我都是痛快人。今日的事情，我该给你个交代。

胡姬说：不是给我，是给这西域十二国的仁人志士。我们本已经说好，响锣放风筝，我的人射杀无良暴君佞臣，你的人在南北四城放火。起事箭在弦上，却因为将军功亏一篑。

哈桑将军道：人算不如天算，那时城楼上的情形公主该也听说了。

胡姬说：身为王者，意气自若。不该让一个无来历的皇家侍卫搅了我们已经定下的大局。

哈桑将军说：我等初衷难道不是为了救人吗。那个无来历的皇家侍卫答出了谜底，救了阿里王子。

胡姬说：我等初衷是为诸国讨回公道。再说，那个蓝眼睛只是个意外，他的运气不可能总那么好。

哈桑将军说：万一他的运气真的比天下人都好呢？

胡姬说：这不可能。将军虽心慈好善，希望兵不血刃，但这个世道以强凌弱，先发制人，机不可失。

哈桑将军反问：强，如何是强？再强能强过那三个妖镯吗？不破它们的咒语，世间杀戮不止。

胡姬说：那个蓝眼睛绝不可能破解第二个谜，到那时只怕阿里王子也要跟着赴死，将军不如先想想如何对付明日的局面。

哈桑将军说：公主有何打算？

胡姬说：明日死人是一定的，与其引颈受戮，不如玉石俱焚。只是将军若依旧瞻前顾后，恐怕我的人就要按我的规矩行事了。

哈桑将军道：当初公主与我商约起事，说你助我救下阿里王子，我助你报家仇国恨。听公主这话不是要分道扬镳吧？

胡姬嘴唇绷紧。两人的目光交错，无声地碰撞出一些更刺耳的话语。窖中的其他人不知所措。在大城，莲雾公主自然是众人的主心骨，但在遥远的西域，他们的国君都是以大模国国君马首是瞻。

幸好摩诃打破尴尬的气氛。摩诃对胡姬说：殿下，无论怎样，蓝眼睛已经答谜成功，救下了阿里王子，该是件天大的喜事，对吗？

胡姬缓了口气，说：那是当然。

摩诃又对哈桑将军说：既然阿里王子被救，下一步该是将军实现诺言的时候。

哈桑将军说：我若反悔，也不会到这里来见你们。只是有一事，如鲠在喉，说出来公主不要怪罪。五分天下，汗国有其三四，八荒群雄大汗独揽多半，仅凭你我这些人，即使能闹得大城动乱，撑不过三五日去。

胡姬说：汗国暴内陵外，诸国早有不满。大模国国君为西域霸主，只要振臂高挥，必有万众响应。其实你的主人敢派你微服独闯大城，定是有稳妥安排的。我这边也不是铤而走险，有人给我们做内应。

哈桑将军摇头说：不过是十万蚍蜉撼一棵参天大树。

胡姬说：参天大树也怕从根烂。

哈桑将军顿一顿，说：即便真有内应，即便西域诸国对汗国群起而攻，战事劳命劳财，公主又能得到几许好处？

胡姬苦笑道：十几年过去，黑骆驼国和白骆驼国早不复存在，莲雾公主成了贱女胡姬。但骆驼国臣民的子孙们没有死绝，他们吃天下最大的苦，白日匍匐在大汗的脚下做牛做马，梦中依旧说着我们骆驼国自己的语言。让他们活下去的指盼是我。我渺不足道，却绝不能辜负他们……

胡姬说得气急，不由得咳嗽起来。

哈桑将军叹息：巾帼不输须眉，是我错看了你。

胡姬待喘息微微平定，又说：起事一鼓作气，再而衰，三而竭。我担心风声一旦走漏……

哈桑将军说：只怕风声已经走漏。

胡姬说：此话怎讲？

哈桑将军说：我们虽比不上公主手眼通天，但豹军和鹰隼军中也有我们自己人。从今日午时起，鹰隼军就埋伏在离这儿不到两里地的林子里。

胡姬心头微微一动，片刻才说：蛇鳝睡觉都睁着眼睛，他们有所提防也在情理之中。既然明日那个蓝眼睛要解答图兰朵公主手镯上的第二个谜，眼下还是好好筹划一下，以防不测。

海长春被唤到西花厅时，已近半夜。见到叔父一个人站在花厅中望着月亮出神，他心中难免有些忐忑，于是说：今日之事……

伯颜说：今日怪我大意了。那个蓝眼睛横生枝节出来搅局，我以为他不会成什么大事，谁料瞎猫碰死耗子，他竟将谜底破解。

听到这话，海长春更不知说什么好：今日之事的确始料未及。好在公主的镯子碎了，大汗欢喜，民众雀跃，这也算是万幸吧。

伯颜依旧背着身，从鼻中哼出的气息仿佛并不认同海长春的话。

沉默片刻，伯颜蓦然说：你与那个蓝眼睛早就相识，对吧？

海长春觉得叔父的后脑勺上突然生出一双眼睛，正在窥视自己，不由支吾：叔父应当记得，数年前，那个蓝眼睛在图兰朵公主的后花园中就与长春和叔父有过龃龉，如果这也算相识的话⋯⋯

伯颜哦了一声。海长春从伯颜的语调中无法判定对方是信了，还是不信。

于是海长春又说：他也算命大，差一点成了油炸果子。

伯颜转过身来，说：丧命的是我的人，利剑穿胸，又在油锅里炸了个酥透。你可看到攻击他的是何人？

海长春迎着伯颜的视线：当时皇城那边报喜的焰火起来了，人声沸动，利剑和长矛从暗处掷出，猝不及防，长春没有看真切。

伯颜说：都说你的目力明察秋毫，是汗国最好的眼睛。能用那把利剑数十丈隔空取人性命的，在大城该不多。你却疏忽了，真是可惜。

海长春说：据说，大模国国君派人秘密进了大城，这事很可能是他们所为。容我明日去查查，那些剑和矛是从咱们人手中抢来的，定能寻到些蛛丝马迹。

伯颜说：不用了，我已经着玉勒去办了。

海长春本想说众人皆知焰火报喜如同大汗旨意，那个人却犯了失心疯，众目睽睽下打算谋害有功之臣，自然会成众矢之的。仅有一支利剑穿心，已是运气。但想那人与伯颜的关系，以及伯颜话中明明都是袒护，只好将话又咽进肚子里。伯颜片刻无语，海长春刚想告辞，却被叫住。

伯颜说：听说前两日你去看过胡姬？

乍然听到"胡姬"二字，海长春怔了一怔，这两个字似乎与刚才的话题毫无关系。无奈府中处处都有叔父的耳目，此事不能说瞎话。

海长春答道：是，长春一直忙于公务，难得回府。那日进园子，恰好听到侍婢提及胡姬，说她病得厉害。想她向来孤傲，不喜与人来往，病了只怕无人照料，一时动了恻隐。打算顺路看望，谁料她竟不容我进门，所以也就罢了。

伯颜说：你与胡姬相处多年，在府中她与你最合得来，有所牵挂也是应当的。放心，她的病已经好多了。

海长春想辩说自己并没有不放心，但觉得辩解反而让叔父多了猜疑，于是只说了句：那就好。

伯颜说：长春，你已成人，对你的终身大事我早有打算，当然定要门第相当。你是龙髓凤骨，该有个耀祖荣宗的好姻缘。不像那个蓝眼睛，水中捞月，不自量力。行了，今日太晚，明日还有太多的事要做，改天与你细说，先回去歇了吧。

海长春痴痴地走出西花厅，耳朵里一直回绕着伯颜的话语，"你是龙髓凤骨，该有个耀祖荣宗的好姻缘"。叔父挑明了他对海长春婚配的想法，怎样才能"耀祖荣宗"？海长春不敢往下多想，身上的血一阵冷一阵热的。他用自己的耳朵仔细过滤着每句话，唯恐自己听差了，多听了一个字或漏掉了一个字。这番话在他心头过了几遍之后，遍遍都有不同的滋味。毕竟伯颜是自己的叔父，同宗同祖同血脉，海长春早就向伯颜透露过自己的心思，叔父终于打算成全他了。

他知道这是个难事。图兰朵公主是天上的骄阳，望一眼已是殊荣。自己何德何能去攀附，若没有叔父帮他搭起上天的梯子，他是够不着太阳的。但这一切真实吗？阿里王子在前，那个蓝眼睛在后，叔父公开暗示，只有他们都败了，海长春才有机会。这让海长春有些含糊。都说过了十八岁，公主就会被妖镯彻底摄走魂魄，自己当然巴望阿里王子和蓝眼睛能够解救公主；但镯子上的咒语若被别人破解，自己只是个无用的旁观者，剩下的只有痴心了。

想来想去，没有出路，那是一个彷徨无依的迷途。

海长春一夜乱梦，满眼都是纠结的藤蔓将自己网住，藤蔓密密匝匝越捆越紧，无论如何挣扎都弄不脱，直裹得动弹不得。突然一把利刀砍入，藤蔓折断松动了，显露出缝隙，海长春终于可以透气。这时他在藤蔓的缝隙中见到了一双眼睛，蓝得如同碧色晴天。

已是夜半，大都城内的商家都早已打烊。

披红挂彩游街后，皇家侍卫散去，铁头和小骆驼等人说饿了，要吃点心，于是就近进了油茶张的小吃店。几人就座，老板上前问吃什么。

小骆驼因为经常给油茶张送豆腐，所以彼此相熟。小骆驼有些局促地说：张叔，你的油茶好，自然是油茶。别的不用了。

老板说：几碗？

小骆驼扫了扫桌前的几个人说：给他们一人一碗，我不饿。

老板哼了一声：五张油酥饼，五碗油茶。

小骆驼忙说：多了，多了！

老板仿佛没有听见，转身就走，说：外加两碟桂花糕、两碟栗子糕。

小骆驼说：那什么，今日没带银两……要不，明日用豆腐钱抵？

老板说：我请客。

几个人齐声说：多谢张叔！

老板背影消失在厨房油腻腻的门帘里：不是请你们，是请咱大城的贵人！

油茶张的话让大家将眼睛都投向卡拉夫，卡拉夫被伙伴看得有些脸热。

铁头嘻嘻笑说：有你在，以后不愁吃喝了。

半个时辰后，大家肚皮圆圆的。出门各自散去，卡拉夫一个人沿着漆黑的巷子往家里走，心头依旧滚烫的。走着走着，忽然颊边清风掠过，一个黑影如风中飘叶无声落下，拦住了卡拉夫的去路。

卡拉夫定睛看去，那黑影背着个包袱，虎背猿腰，形稳如松，不由得失声：师父！

周大看了卡拉夫一眼，说：跟我走。

周大默不作声前面疾走，卡拉夫只得紧紧跟随。他辨识着方向，发现并非回家的路径。两个人不声不响走了好一会儿，四处越见荒凉。卡拉夫终于忍不住问：师父，我们到底要去哪儿？

周大站住了，说：知道翻过眼前这座山是哪儿？

卡拉夫说：城外。

周大又说：城外有什么？

卡拉夫说：草原，牛羊。

周大说：看清楚了这条出城的小路，背着太阳升起的方向一直走，不管走多远，都不要上那四通八达的汗国驿道。这条小路能把你带到西北边关。

周大将包裹递给卡拉夫：盘缠在里面，走吧。

卡拉夫不肯接：师父？

周大说：我不想看你明日掉脑袋。

卡拉夫说：我运气没那么坏。

周大说：这跟运气没关系。你不知道那三个镯子有多邪恶，我不能眼睁睁看你被它祸害了。

卡拉夫说：可我为什么从第一次见到图兰朵公主手上的三个镯子，就有一种奇怪的感觉？好像似曾相识……

周大打断卡拉夫的话：闭嘴，就算你真能答对那三个谜，你也不可以娶她！

卡拉夫问：为什么？

周大说：你知道你是谁？

卡拉夫问：我是谁？

周大说：你是——

周大迟疑一下，声音变得无力。他挥挥手说：你不明白！

卡拉夫愣愣地看着周大：师父，我是不明白，你要让我走，我能去哪儿？大城是我的家，你和柳儿是我唯一的亲人。

周大说：好，我们走，一起走，带上柳儿，离开大城……

卡拉夫迟疑一下，摇了摇头。

周大气急败坏：鬼迷心窍！可惜，你没这个命。

说着，周大从包袱里扯出一个东西，狠狠地扔到卡拉夫的手里。

卡拉夫迟疑地抖开打量，这是一个女人的短披肩，上面绣着玫瑰与利剑的王徽。

卡拉夫不解地说：这东西眼熟，好像在哪儿见过，是谁的？

周大说：你当然见过它，这是你的至亲留下的信物！一句话，走，还是不走？

卡拉夫将那条短披肩凝视了片刻，慢慢交还给周大，说：

我要去救她。哪怕死，我也要去救她。

周大僵僵地站在那儿。卡拉夫望着周大无言地跪了下来，含着泪水，重重地给周大磕了一个头。

卡拉夫站起身一个人转身，缓缓地向城中的方向走去。周大望着卡拉夫远去的背影，神情由恼怒变为悲哀。

周大说：你会后悔的！

第八十三章

热 血

　　龙窑中的人散尽后，胡姬的目光看向摩诃。摩诃说：货
已送过来了，殿下是否要验一验？

　　胡姬点头。片刻，从龙窑的另外一个入口走进来两个壮
实的大汉，一条扁担挑着个大筐。大汉将筐撂在地上，揭开
遮在筐上的竹盖，筐里露出一个人形。

　　胡姬上前一步，只见筐里的人正向自己慢慢抬起脸，头
发蓬乱的那张扁脸上青一块紫一块，水泡眼一大一小肿着，
望过去像个被冰雹砸烂的茄子蛋。摩诃等人已将扁脸女人恨
之入骨，若不是胡姬嘱咐留下这个女人的狗命有用，他们早
就将她碎尸万段了。

　　胡姬不禁想起几年前这个女人倒在众人拳脚下的情景。
胡姬说：当初你就是用这副模样哄骗了我。

　　扁脸女人丝毫没有窘态，反而嘻嘻笑了：圣楠好有福
气，又见到了贵人了。

　　胡姬说：难为你装疯卖傻这么多日子。现在有人要讨你
回去，你说我是答应，还是不答应呢？

　　扁脸女人仿佛没有听懂，懵懂地看着胡姬不出声。

　　摩诃对胡姬说过，这个叫圣楠的女人深不可测，关了这么
久，手段使尽，她却始终如一地痴言痴语，掏不出一句实话。

胡姬说：你不说话，我怎么知道你的心思。

扁脸女人说：贵人做什么都是对的。

胡姬说：你早知道我是谁。我现在也大约知道了你是谁。你我不用打哑谜了。

扁脸女人又说：贵人说怎样就怎样。

胡姬突然说：找到你的牛牛了吗？

扁脸女人眸子里一亮，如同电光石火一闪而过。扁脸女人说：是啊，天都黑了，牛牛呢？

胡姬看着她缓缓说：别急，我会帮你找到你的牛牛的……

夜已深了，皇城的花楼殿中依旧闪着幽幽的灯光。

阿西和阿东守在花楼殿的台阶上。公主没有去寝宫歇息，他们自然也不会去歇息。他们望望东方，东方依旧黑着；他们又望望大殿，殿中的微光明暗不定。他们觉得夜好长，天好黑啊，他们在盼天亮，盼蓝眼睛开始答第二个谜。阿西和阿东心里焦急，那个害人的镯子明明已经碎了一个，公主为何并没有见大好？不仅未见大好，反而有些更不好了。

阿西和阿东还记得镯子碎时的情景，那情景美似春光、妙如落霞，那些碎开的镯子带着霓虹向四方炸去，看得阿西和阿东心花怒放。镯子碎了之后，阿西和阿东大喊着"焰火报喜"冲出花楼殿，然而守在殿外的那三个持焰火的侍女木头一般站在那儿，对阿西和阿东的狂喊，听而不闻。

这些年来，花楼殿的侍女们见惯了阿西和阿东装神弄鬼大惊小怪，见惯了求亲答谜者们次次的落空。今日两个求亲的都去老龙口下油锅了，在她们看来阿西和阿东的大喊大叫不过是这对姐弟又一次佯风诈冒罢了。

阿西和阿东急了，又打又抓，拳脚齐上地去抢焰火箭筒，嘴里喊着：死人啊，镯子都碎了，还不快放焰火！

阿西和阿东闹得这么凶，让侍女们招架不住，难免有些将信将疑，跑入大殿张望，瞬间也乱叫起来。焰火在一片狂呼乱叫中点燃，飞向夜空。

阿西和阿东在花楼殿前雀跃不已，上蹿下跳，仿佛那镯子碎了的功劳全在他们两个身上了。闹腾一阵子，突然想起他们的图兰朵公主，他们最心爱的公主从小到大吃了这么多苦，镯子碎了，怎么没像他们一样开心呢？

阿西和阿东回到花楼殿，只见公主背对着他们，独自站在花楼织机前。

阿西喊：公主！

阿东也喊：公主！

图兰朵公主不理睬他们，她的姿态有些古怪，头低着，背脊僵硬，好像硬撑在那里很辛苦。

阿西说：镯子碎了，阿西还没来得及祝贺公主。

阿东也说：阿东也要祝贺公主。

图兰朵公主慢慢抬起脸，她的额上满是细汗，嘴唇发青，气息微弱，手腕上的那两个镯子奇形怪状地凸鼓出来，树根般伸展盘绕，诡异地扭曲着，像两条毒蛇在咬噬公主的手臂。

图兰朵公主说：走开。

阿西说：公主……

图兰朵说：走开！

阿西和阿东不由得退后两步。

只见图兰朵公主的手颤抖着拿起梭子，但迟迟没有投出，镯子的颜色鲜亮起来，梭子被公主越攥越紧，直到粉碎在手

心里，淡黄色的木片落到公主的衣裙和织机上，

图兰朵公主不由得用手掌去抹那织机，指尖下意识地划过锦缎，竟然将织机上的锦缎一截截割出利刀划过似的断痕。

阿西和阿东吓得捂住嘴，镯子碎了，公主怎会更不好了呢？

这时，殿外传大汗圣旨，要人将镯子碎片送到大汗的殿里去。残破的镯子碎片被人仔细收拢放在了玉石盘中，阿西端起盘子撒腿就跑。阿东在后面追，喊问阿西为什么跑这么快。

阿西说：去给大汗说，公主不好了。

阿东听了，跑得跟阿西一样快。

大汗看见盘子里的东西，如同一个孩子遇到新奇的玩意儿，一边把玩，一边嘴里将蓝眼睛翻过来覆过去地夸赞。

看见大汗高兴，阿西凑上去。阿西说：大汗，这东西可害人了。

大汗说：它现在害不了人了。

阿西说：可它还有两个兄弟，在替它害人呢。

大汗没有听懂：什么兄弟？

阿西说：它死了，还有两个镯子活着呢。

大汗说：将话讲清楚。

阿东说：自从傍晚这个镯子碎了，剩下的两个镯子就疯了，它们好像长了牙齿，咬得公主好痛。

大汗神色变了，说：怎会这样？

阿西补充：大汗没有见到，那镯子是吃人的。我们都担心这样下去，公主会熬不住。

大汗意兴阑珊地将镯子的碎片扔到盘子里，对侍从官说：传那个色目人。让他明日天亮就开始答谜，不得有误。

侍从官应声：是，陛下。

轰轰的雷声从天尽头传过来。

已是辰时，但天色一直没有大亮。祭坛上阴霾密布，狂风渐起，远处隐隐约约传来了涛声般的呼啸。

祭坛上的九堆篝火在昏暗中愈加显得白而亮，它们鬼魅般地跳跃着，随着阵阵雷鸣和风声，怒气冲冲地追打着浮过的云雾，互相拉扯成一个漩涡似的火墙，将祭坛上的卡拉夫紧紧围在其中。

卡拉夫坐在祭坛当中，心中有一种莫名的期待。这一刻不是他预料中的，但这一刻却是他生命路途中的必然。他已经完全不在意四下的风声雷声，一心等待着即将来临的命运之手牵着他走向终点。

图兰朵公主的声音从空中飘来：女人因为它而美丽，男人因为它而躁动；女人和男人一起死去，它凝结成寒冷的冰……

仿佛听到了图兰朵公主的召唤，滚滚响雷炸裂了祭坛顶端的乌云，铜钱大的雨点噼噼啪啪掉下来。雨滴击打着卡拉夫的身体，水珠沿着他的下颌流淌，那些雨水接触到卡拉夫的身体，像桐油接触到火星，燃起幽幽的蓝色火苗。一道吓人的闪电划破天空，随即，一记震天动地的雷鸣击打在卡拉夫的头顶。卡拉夫眼前一黑，身体仿佛被劈穿，魂魄坠入万丈深渊。

卡拉夫砰的一声重重坠落到地面上，他在尘土中打了两个滚，慢慢抬起头。这里是他昨日见过的那个雪山下美丽的小城，此刻却似人间地狱，到处是火光和哭喊声。

卡拉夫慢慢爬起来，一步步地走进这个似曾相识的地方。

他望到王宫城堡外的湖水变得一片浑浊，草地被践踏得泥泞不堪，王座大厅的圆拱上镶嵌的五彩玻璃支离破碎，大厅外十二根雕着神兽的神柱摇摇欲坠。

这里究竟发生了什么，这一切为什么看着如此熟悉？卡拉夫想着，穿过外庭的橡木大门走进王宫内。

此刻，原本金碧辉煌的王宫已是废墟，残垣断壁中间燃着火苗。卡拉夫疾步向前，满眼横七竖八的尸首，到处是黑紫色的血泊，那个美丽的金发女子与一个侍女搂着先前见过的那个男孩子，躲藏在大厅王座的背后。只见大厅内一个头顶王冠身着王袍的巨人挥动利剑杀得兴起，剑锋的锐气"唰唰"削断了大厅中的粗大石柱，剑光中不仅敌方的将士纷纷倒地而死，巨人的随从们也无处逃生。转眼，大厅中的人几乎都被杀尽，那个巨人环顾四下，看到了王座后面藏匿的女人和孩子。

侍女对金发女子说了声，你们快走，冲了出去。然而，侍女的嘴还没有闭拢，她的头颅已经被巨人的大手拧到了背脊的方向，望向金发女子的五官满是惊愕和痛苦。面对凶神恶煞的巨人，金发女子两腿酥软，瑟瑟发抖。

这时，独眼人杀得一身是血，从后门闯进大殿。

金发女子把怀中的男孩子推向独眼人，呼喊：剑侠师父，快带卡拉夫走。

巨人看到有人逃向出口，追杀过去，小男孩儿脚下一绊，跌倒在地。金发女子不顾一切地冲出去，挡在巨人的面前。

巨人的剑刺向阻拦自己的障碍，金发女子胸前鲜血横流。

金发女子惊叫：米海尔，是我。

这呼喊让巨人的脚步略略有些迟疑，将目光投向眼前的女子。

金发女子抓住巨人的手，气息奄奄：陛下——！

巨人黑暗深渊般的眸子里满是陌生。金发女子哀婉地望着自己的丈夫，慢慢倒下，胸口喷洒的血水溅到巨人的手臂上，三个攀牵紧绕在巨人手腕上的镯子遭到袭击似的松了一松，巨人的眸子猛然亮了，光从外面扑进来，将巨人从噩梦中唤醒。他手撑着自己的利剑，有些茫然地环顾四下，一眼望到了王厅墙壁上的镜子。镜子里的怪物浑身是血，面目狰狞。巨人用自己的手摸了摸脸，镜子里的那个怪物也摸了摸脸，原来，那个怪物竟是他自己。巨人突然意识到了什么，眼睛里闪出惶遽。他低头看见自己手中的剑，以及剑下金发女子的身体。

巨人跪下，一把抱起自己妻子的身体，哭嚎：伊莎贝拉——！

巨人凝视着双眼紧闭的妻子，脸上肌肉抽搐，喃喃：你拥有了毁灭世界的力量，你就选择了灵魂的死亡……

巨人捧起利剑，那柄剑是高贵和荣誉的象征。他将手中的利剑横抹在自己的脖子上。巨人倒下，像一座顶天巨塔坍塌。巨人颈间鲜红的血流淌到他的手腕上，冲刷着那三个镯子。三个镯子黯然失色，一个接一个地从巨人的手臂上脱落，滚落到地板上。

雨停了，雷声依旧闷闷地响着。祭坛前巨龙沙漏里的沙子已经漏尽，卡拉夫一动不动地坐在祭坛上。侍从官向他走来。

侍从官问：有答案了吗？

卡拉夫紧闭着眼睛，恍若未闻。

侍从官转向祈天殿：答谜失败。

祈天殿里一阵沉默，众人的视线都投在大汗的身上。大汗无声地从龙椅前站起，向殿外走去，走下台阶时，脚步恍惚，侍从官忙伸手去扶，却被大汗狠狠甩开。

这一瞬间众人看到了一头苍老的狮子的失望。

望着大汗远去的身影，伯颜对玉勒说：让大巫祝按规矩办事。

玉勒应了一声，快步离去。

伯颜转头又望向海长春：你去请阿里王子吧。

海长春迟疑：昨日大汗已经赦免了阿里王子。

伯颜说：那是昨日的事情。今日蓝眼睛答谜失败，他们可是结拜兄弟，说好了要同生共死呢。

海长春依旧为难，说：大模国国君派来的人也被大汗当贵客迎进会同馆，只怕大汗……

伯颜打断海长春的话，说：那又如何？贵客是贵客，死囚是死囚。阿里王子与这个蓝眼睛是同案要犯，总不好因为他的身份法外开恩吧。

大巫祝站在祈天殿前，望着火堆念念有词。昨日那个答谜的小子运气特别好，竟能从油锅里爬出来，这让他深信这个人命很硬。好在汗国皇家独具匠心，杀人的手段有十八般，下油锅只是其中一般，还有车裂、剥皮、炮烙、剖腹、沉河、绞杀、蛋盆……无论命多硬的人，轮番试过只怕也软了。

尽管有时长生天会对某些人眷顾，但长生天的脾气多变，昨日呵护，不等于今日的垂怜。

一个神士端着个盘子走上来。大巫祝从祈天殿前的火堆中取出一个烧红的铁锥。他小心翼翼地将铁锥的尖端刺透一个放在盘子里的羊肩胛骨。肩胛骨上渐渐出现了蛛网似的裂痕。大巫祝凑近肩胛骨端详了一会儿，郑重其事地抬起了头。

大巫祝宣布：凌迟刑。

伯颜站在祈天殿中，大巫祝的话使他脸上露出满意的笑容。

伯颜对玉勒说：这是天意，别慢待了他们，让汗国最好的刽子手伺候他们一回。

玉勒说：将军，可否将刑场设在城楼之上？

伯颜说：他也配？城楼之上是王室贵族赴死的地方。一个布衣小子，依我看，皇城下广场才是送他去黄泉的绝佳之地。众人山高路远地跑来，也得让他们看过瘾了不是？

玉勒显出担心：下面那地方太热闹，昨日老龙口已经露了苗头，只怕会有麻烦。

伯颜说：有我亲自监刑，你和长春按照事前说好的去做就行。

玉勒说：万一那小子又像昨日那样……

万一？伯颜嗤笑说：你听说过一个人让雷劈中两次吗？没有万一。

伯颜看到玉勒依旧心事重重，轻描淡写地说：就算他真的中了狗屎运，今日也不会再有焰火报喜。

第八十四章

凌　迟

　　色目人答谜失败的消息瞬间传遍大城，大城人从未有过这样的失落和挫败感。他们已经把那个色目人当作自己的英雄，他的成就便是大城人的成就，他的挫折便是大城人的挫折。昨日的欢喜变成惋惜，无论如何，他曾是众人心里的英雄，村哥里妇和黄冠草服都说要去刑场送他一程。

　　天依旧阴沉沉的，皇城城楼下的广场已经人山人海，周边市场里的商家都早早打烊，这种日子，谁也没有做生意的兴致。施刑台立在广场边上，那里本来有棵数丈的老槐树，皇家侍卫就着槐树搭起一个宽大的台子，比戏台子窄，比戏台子高，这里是行刑者施展技艺的地方。

　　在大城杀人也是有技艺的。行刑者入行要先拜师学艺，从砍冬瓜、砍西瓜，到砍香瓜，砍瓜砍得干净利落，分毫不差，汁水不溅，才能出师成才。而且技艺优良的行刑者是有银两可赚的，砍头一刀是死，百刀剐肉也是死，凡受刑者亲人有几个钱，不管怎样都要找机会将银两塞给行刑者，恳求给个一刀痛快。绞刑更是讲究三收三放，前两收是故意要让受刑人受尽苦楚，最后一收才要命；若塞了银两，行刑者开恩，能在第一收就让人走了，便是死者的福气。

　　今日的行刑者是"老刀"。老刀被大城人视为第一字号行刑者，砍头有讲究，一刀下去，头断了，但颈子还连着一层皮。行刑后家人收尸，找懂行的将头与颈项重新缝好，这叫落个囫囵全尸。凌迟刑更有绝招。凌迟在大城是汗国之刑，不是常人能受的，凌迟的刀数也是大汗赐予，老刀可以让你无论剐多少刀都无比清醒，直到最后夺命刀刺入心肺而断气；也可以第一刀便叫你昏厥，虽仍有些微喘息，但已经没有疼痛之感，免了受苦的过程。所以这当中天差地别，到底用哪种手法施刑，要看给多少银子和谁给银子了。因为绝艺在身，价码水涨船高，往日里架子摆得很大，不是杀要紧的角色，请他出山是绝不可能的。此人本是牢头出身，杀人杀得好，后来牢头也不做了，只在家里坐着喝酒，等人将重金送上门来。

伯颜站在皇城城楼上，趣味盎然地看着广场的人群。今日他主动监刑，为此早想好了绝佳的地点。这里风轻云淡，广场下面的动静可以一览无余。他看到了他想看到的。他们都在那儿。那些鱼儿又游回来了，因为那两个小小的诱饵，他们迫不及待地游进网里；那些羊也都动起来了，因为一两只头羊的莽撞，其他的羊也争先恐后地入圈，他们的胆大包天既让伯颜好笑，又有些窃喜。

看热闹的人已经把刑场围得密不透风。卡拉夫和阿里王子半裸着被押解到高台前。有人端来一大碗参汤。

玉勒叹息说：你们运气真好。这可是千年老参熬的汤，喝下去支持个三五天没问题。送你们上路的则是赫赫有名的老刀，可见你们身份的确贵重。

玉勒仰起脸，望向城楼。他等着伯颜给他指令，因为老刀刀法再好，也只能一个一个地剐。而第一个喝参汤的就是第一个受刑的人。

伯颜的目光在卡拉夫和阿里身上游移片刻，最后落到卡拉夫的脸上。这两个人都是麻烦，但这个人给他带来的麻烦更多。先收拾了这个祸害，对那些痴心妄想的家伙是杀一儆百，同时也给了那些还没有游进来的鱼儿更多的时间。就算不能一网打尽，起码让深处的鱼儿露出水面。

卡拉夫被灌了参汤，推上高台，捆在老槐树的树干上。他的双眼依旧半合半闭，样子半睡半醒，从祭坛上下来，他的魂魄好像走失在某个地方，没有回来。人们沉默地望着他，全无过去看行刑的兴奋。

老刀走上来。他是个精瘦的汉子，两颊塌陷，眼皮大多时候都耷拉着，说话语气和缓，只有偶尔瞥人时才能察觉他心头的凌厉。行刑台前站着一个皇家侍卫，手里托着个长方的盘子，里面排满长短不一、数十把式样各异的刃器，刀都磨得雪亮，抹着黄油。老刀用手指挑起一把薄薄的小刀，抬眼看着卡拉夫。

老刀说：色目人，今儿你要给我帮个忙。大汗赏你凌迟而死，共一千零一刀。你若挺不住，死早了，我就犯了欺君之罪。你还是慢慢地走，别拉扯上别人。完事儿后，我给你烧高香。

老刀说完，熟练地拍了拍卡拉夫的胸口，这是下刀前的惯例。一刀下去，斜片在卡拉夫的左胸上。老刀手腕一旋，卡拉夫胸口的肉被剃下一小片。

老刀用刀托起血淋淋的肉片说：这第一刀是祭天。

老刀对着天深深拜了一拜。鲜血沿着卡拉夫的胸口缓缓流下，他猛地一挣，脸上出现痛苦的神色，眼前闪过那巨人自戕的情景。鲜血冲刷过巨人的手臂，巨人与那金发女子相拥而倒，最后便是滚落在血泊中的三个镯子。

老刀的第二刀又插上去，插在卡拉夫的右胸上，鲜血缓缓流出。

卡拉夫突然睁开眼睛，说：血。

老刀慢条斯理回应：别急，第二刀是祭大地，你马上会看到更多的血。

卡拉夫大声呼叫：我知道了，是鲜血！

刑场上围观的人们面面相觑。有人说：他说什么？

高台下的阿里王子回应：他说了"血"！

人们猜疑：什么血，他为什么说血？

人群中的周大眉头紧皱，突然说：不，他说的是鲜血！

站在周大身边的柳儿跟着大喊：蓝眼睛刚才说了，是鲜血！

小骆驼等人也都跟着高声喊叫着"鲜血"，"是鲜血"。老刀停下手，不知所措地看向玉勒。

玉勒也有些慌张，仰起脸询问似的看向城楼上的伯颜。

阿西和阿东在花楼殿前踮着脚张望，从祈天殿回来之后，他们就一直在那里张望。蓝眼睛答谜失败了，大汗拂袖而去，公主面色黯然地将自己关在了花楼殿里，阿西和阿东除了张望，已经没有什么事情好做。

他们知道蓝眼睛即将要被处凌迟刑，那是一刀刀地割肉，不要说亲眼看见，想想都吓死了。在皇城下的广场上已经搭起了行刑台，他们觉得那个蓝眼睛因为答不出谜而被人割肉好可怜，公主因为蓝眼睛答不出谜而沮丧好可怜，阿西和阿东因为他们的可怜而好可怜。

图兰朵一直徘徊在花楼殿里。从祈天殿回来后，她眼睛不眨地打量着自己手上的两个镯子，它们也在看她，显出不同寻常的安闲自得。

外面传来消息，说蓝眼睛已经被送往行刑台。这两个镯子在安闲自得地期盼着新鲜血液的滋润，等待着又一个年轻的生命的消亡。图兰朵心中的悲凉变成怒火，她要杀死它们，碾碎它们，哪怕与它们同归于尽呢。她曾经用火烧过它们，用利剑砍过它们，用石头砸过它们，都不能伤害它们分毫。不仅伤害不了它们，甚至伤害不了图兰朵自己。它们早把她看作是囊中之物，当然不允许她自作主张。图兰朵四处搜寻着，遽然想起什么。她从头上摘下了那枚发簪。父汗不是说过，这支簪是金石之王，割金断铁，无坚不摧。

图兰朵拿起发簪，狠命地撬向镯子。这簪子果真不同寻常，往日哪怕是最锋利的匕首也撬不开这镯子些许缝隙，但这支簪子竟被图兰朵一点点地刺入镯子和手腕之间。她气息变得急促，心里有了一分侥幸，然而砰的一声，簪子从她手中飞出去，生生碎成几截，母亲留给她的那颗宝珠也从簪头崩剥，滚落在地。镯子依旧神闲气定地伏在她的手腕上。它们冷眼观望着她，暗暗地嘲笑。十几年来，它们一直支配着她的世界，它们不会输，它们将永远占有她。

图兰朵无力地靠在花楼殿的窗口上，绝望地合上眼睛，泪水潸潸而下。花楼殿外闷沉的雷声远远传过来，像哀鸣的丧鼓敲击着大地。这时，窗外蓦地雪亮，一声霹雳打到了图兰朵的脚下。图兰朵一惊，抬起了头，只见宫殿的大梁哗哗地落下尘土，砖瓦噼噼啪啪地掉落了下来。这时，她发现那两个镯子也在霹雳落下的瞬间蹦跳了一下，仿佛受了惊吓，颜色变得灰白，恐慌地抓紧图兰朵的手臂。

图兰朵从这雷鸣中感到了诱惑，她迫不及待地将手伸向窗外的天空。炸雷巨响，一个闪电正好击在了图兰朵的镯子上，霹雳震天动地，第二个镯子喳啷一声，从图兰朵的手腕上崩裂，脆脆地跌落下去。

阿西和阿东跳进花楼殿，显然，他们被天塌般的雷声吓坏了，所以逃进来，但进来后，花楼殿中的情景更吓了他们一跳。

阿西惊呼：镯子——?

图兰朵看着他们，眼中泪光带着笑意。

阿西和阿东"啊"了一声，扭头就跑，镯子碎了！

阿西、阿东大喊着跑到殿外，发现刚才还手持焰火守在花楼殿外的几个侍女，此刻一个都不见了。

一道道闪电将刑场照得通明，紧接着是从皇宫方向滚滚而来的雷声。刑场上的人们都感受到了那雷声正从自己的脚下滚过，大地传导着一阵阵越来越强烈的震撼。

答对了，一定是答对了！

议论之声越来越大，人们都将目光投向皇城。然而，那里并没有出现任何动静。

伯颜站在城楼上对着玉勒冷笑。

玉勒回转身说：没答对，继续行刑！

老刀自语：我说哪有那么巧的事情。今儿你是躲不过去了，好好走吧。瞧刚才那雷打得，刚说第二刀祭大地，土地神就显灵了。

老刀的手伸向托盘，捡起一个细长的刀片：这第三刀是祭祖先，要取你左膝盖上的肉。

周大在人群中大喊：等等，今日雷雨，焰火报喜或许出了差池！

柳儿跟着喊：一定是出了差池！

阿里在行刑台下喊：不准再伤我兄弟！

老刀的手迟疑在空中。

玉勒说：答没答对，宫里头自有规矩，轮不到你们说三道四。

周大说：蓝眼睛是我的徒弟，你们不可滥杀无辜。

玉勒道：老子就要杀他，你们又能如何？

玉勒说着，对着行刑台上的老刀挥手：快动手！

周大跃入刑场：要杀要剐，先过我这关。

玉勒对着周大哈哈大笑：伯颜将军早就知道你会来闹法场，让我在这儿恭候半天了。

众皇家侍卫们随着玉勒蜂拥而上。这时人群中又有喊声：色目人是阿里王子的兄弟，要杀要剐，先过我们这关。

人们望去，只见哈桑将军带着自己的人全副武装地闯入刑场。

玉勒说：哈桑将军也要跟着蹚浑水，本将军只好冒犯了。

玉勒抽刀，喊了一声"将他们都给我拿下"。于是，皇家侍卫们兵分两路杀了过去。

玉勒的刀虽指向哈桑将军，人却避开哈桑将军，奔向周大。玉勒是汗国声名赫赫的擒拿高手，兵器中善用凌厉的八卦刀，可柔可刚，人随刀转。他与周大在鹰隼军中曾有交集，知道周大功夫深不可测，所以心怀忌惮，出刀谨慎，腾挪多，劈砍少，一心想找周大的破绽。跟随玉勒的皇家侍卫们尽管左右下刀，上下出剑，将周大身形网在剑林刀树之间，但每一剑每一刀都伤不到他的皮肉。

玉勒突然以海底捞月式向周大出刀，接着又是一招缠头劈刀，他已经预估出周大躲闪步伐的间距，八卦刀比常人用的单刀长出一半，这一刀至少可以撩到周大的肩膀。谁料周大并未真的躲避，他身影一晃，竟向玉勒扑来。玉勒忙退一步，然而周大只是做了个样子，猿臂展过，将玉勒身边那个皇家侍卫的长柄刀夺到手里。一下子他手中的兵器比玉勒的八卦刀还要长出一截，兵器上本来就有一寸长一寸强之说，围住周大的那些人不由得有了几分怯意。

刑场外，柳儿、铁头、小骆驼等人带着一帮子江湖好汉也都闹将起来，甩霸王鞭的甩霸王鞭，抛飞刀的抛飞刀，使流星锤的使流星锤，与刑场中的皇家侍卫打成一团。

哈桑将军带着随从首先冲到行刑台前，割断绳索，将阿里王子开释。

伯颜冷冷望向城楼之下，只见刑场上已经鸡飞狗跳，乱成一团，眺望远处，中城和下城的方向都有动静。伯颜微笑，一切全在自己的预料之中。

此刻，一大队弓弩手在海长春的带领下持着弓弩跑上城墙。俯视广场上的混乱，海长春有些不知所措，询问地看向伯颜。伯颜却不动声色。年轻人该懂得什么是从容，更要让手下学会耐心。他还在等待一个重要的角色出场。

这时，有人凑到伯颜耳边低语，说：陛下来了。

伯颜抬眼，只见大汗正带着人向这边赶来，脸色很不好看。

伯颜大步迎上去：陛下。

大汗气喘吁吁，不知是走得太急，还是太愤怒。大汗说：昨日朕已经赦免了那个大模国的王子，听说你的人将他又捆到刑场上去了？

伯颜说：微臣岂敢僭越，只是事穷势迫，不得已而为之。

大汗说：把话说清楚。

伯颜将手指向城墙之下：大汗明鉴，微臣得到密报，说哈桑将军胆大包天，竟然勾结城中不法之徒，打算劫持法场。微臣拿住阿里王子，也是不得已而为之，让反贼投鼠忌器。

大汗道：大模国向来与我交好，大模国国君更是深明大义，不信他的人敢在朕面前作乱。让朕下去与他们当面锣对面鼓地说清楚。

伯颜道：这个蓝眼睛有不少同党潜伏在大城，此刻城内已乱，陛下还是不要贸然涉险为好。

大汗说：朕什么样大江大海没见过……

话音未落，一支鸣镝尖叫着飞来，大汗的侍从官"哎哟"一声，那支三叉响箭竟插在了侍从官的臂膀上。

伯颜喊道：快来人，护驾。

眨眼间大汗面前出现了由海长春带领的皇家侍卫组成的铁壁铜墙，侍从官也被人搀到一边。

有人喊：看，大城那边像是起火了。

众人眺望，发现远近果然都有浓烟冒起，不由得气氛更加慌乱。

大汗说：即刻派人去查清缘由。

有人应声退下，又有人气喘吁吁奔过来报：大汗，兵部接到飞鹰报信，说百里之外，出现了多股不明身份的人马。

大汗道：让兵部核实详情，再报。

伯颜说：事已至此，大汗不可迟疑，速做决断为好。

大汗神色难免有些凝重，说：朕还是不信，这些人为何一日之间联起手来，要与朕作对？

伯颜说：贼人造反哪需道理，我等不可坐以待毙。

大汗被伯颜说得半信半疑：这——！

伯颜说：事态迫在眉睫，陛下无须多虑，将这些贼子交与伯颜处置。哪怕肝脑涂地，微臣也要保陛下和汗国的平安。

伯颜说罢此话，众将士瞬间排开，将神臂弓齐齐地瞄准了城墙之下。这些皇家侍卫使用的弓弩，弓身长三尺五，弦长二尺七，射程远达四百四十尺外；威力强大，矢可入榆木半杆。操持弓弩的都是军中百里挑一的壮士男儿。

皇城下周大和柳儿等人不顾玉勒及其随从的阻拦，三步并成两步，冲向行刑台。明眼人看出他们是要解救台子上的蓝眼睛。

伯颜瞥了海长春一眼。

海长春对着皇家侍卫们抬起手臂：弓弩准备——！

大汗却道：将军看清楚，龙蛇混杂，箭矢无眼，下面可大都是朕的人。

大汗的这句话让海长春的手臂倏地僵在那里。

伯颜恨恨说句"擒贼先擒王"，抢过兵士手中的连珠弩，对着捆绑在大槐树上的卡拉夫射出一箭。

尽管这一箭猝不及防，却被周大觉察，瞬间抛出手中的长柄刀，将箭打在地上。

伯颜难堪，骂道：区区小贼，竟想翻天。

呵斥声落地，伯颜持弩从城楼之上纵身跳下。他三下两下闪过铁头和小骆驼的阻挡，举起连珠弩向高台上的卡拉夫连连射去。

连珠弩，一弩十矢，是怯薛军战场杀敌的神器。无论对手武功多高，能躲一箭，却不可能躲十箭。冲在前面的柳儿，扑将过去，想要挡箭，却还差了几尺。

就在箭矢几乎贴近卡拉夫的胸口之际，一把银亮的梭子从天际飞来，生将已经挨到卡拉夫皮肉的箭头打偏。箭矢划过老槐树的树干，将树皮蹭出一道白花花的印记，并将一段捆绑卡拉夫的绳子割断。打掉第一支箭矢后，那银梭并未减速，迎着更多的箭矢撞过来，哪些利箭仿佛被魔力指引着绕着树干乱飞，把捆绑卡拉夫的绳子一截截切散，撒落在行刑台上。

银梭打尽箭矢后，斜刺飞下来。老刀"哎呀"一声，银梭已割破手腕。老刀手一抖，竟将行刑的刀片硬生生地送入自己的毡靴。

这一刀剁掉了老刀的三个脚指头，把深谙杀人之术的老刀痛坏了。杀人多年，从未有过闪失，今日却莫名其妙地被自己的刃器伤了脚。他哇哇叫着，一个跟头栽到台子下面，搂着脚丫子，对着苍天连连哭喊：长生天饶命，长生天饶命！

眼见那支银梭为所欲为，众人目瞪口呆，只有伯颜明白其中玄机。他慌忙拔剑跃起，刺向卡拉夫。可惜他仍慢了一步。一团白光从伯颜的剑边掠过，伯颜手中的剑被那人用纱衫衣袖撩飞几丈远。人影在空中翻妍落下，只见图兰朵公主傲然站在行刑台上，长剑直指伯颜。

伯颜仓皇：公主？

图兰朵公主说：他答对了。

蓦然死静，随后一刻是开锅般的沸腾。

他答对了！

蓝眼睛答对了！

在众人一片欢呼声中，卡拉夫瞪视着图兰朵，慢慢倒在行刑台上。

第八十五章

福兮祸兮

那日，大城的喧嚣和骚乱因为图兰朵公主意外地出现在行刑台上骤然而止。

开始，刑场上的人们纠结得很，他们正打得酣畅，有些停不下来。他们听到周围的人们都在欢呼"答对了"，边打边不知所措地四下张望，不知该收，还是继续打下去。

有人提醒他们不要打了。打什么打，公主说了，蓝眼睛答对了。再打，是对公主的大不敬。

可他打破了我的头。

你打伤了他的眼，两下平手，互不相欠。

于是，大家都收了家伙，不情不愿地查看伤口。

大汗亲自带着人走下城楼，上前抓住哈桑将军的手臂。

大汗说：朕来晚了，难为将军不远万里来到大城，还要亲自披挂上阵。

哈桑将军大约并不想被人抓住手臂，但既已经被人抓住，想挣脱就很不易，只得尴尬地笑道：陛下宽厚，犯而不校，在下惭愧了。

大汗说：幸亏你们高义薄云，不然朕差点做错了事情。这位义士是……

大汗的目光从哈桑将军脸上转到周大身上。刚才那一幕虽乱得惊心动魄，但大汗看出来这个平民衣着的人，却是战场上真正的将军。

周大不得不勉强上去，对大汗抱拳道：鄙人周大，拜见陛下。

大汗说：你的本事独步天下。朕若没走眼，你该曾是海都将军的旧部。

周大说：那是十几年前的事情，鄙人早已解甲归田，如今不过是大城市井一布衣小民。

大汗不由得点头：原来如此，朕的大城真是藏龙卧虎。义士振臂一呼，这大城乱了一半。

哈桑将军插话：周师父本为蓝眼睛的恩师。振臂一呼，既救了徒弟，也救了公主，算得上两全其美吧。

大汗点头道：朕甚喜欢这个两全其美。也该叫一箭双雕，对不？

周大拱拱手，却不肯多语。

见周大不接茬，大汗并不怪罪，扭头说：今日难得英雄们聚会一堂，大家若不计前嫌，随朕进皇城坐坐，痛饮一杯如何？

铁头、小骆驼等人站在一边听到大汗的话，难免抓耳挠腮跃跃欲试，但还没轮得上他们说话，就被哈桑将军一口拒绝了。

哈桑将军说：今日出了这么些事，还要善后，改日吧。

大汗说：那也好，既然将军来到大城，若有需求尽管直言，让朕尽一份地主之谊。

哈桑将军说：阿里王子住在皇城中多有叨扰，外臣想将他接到会同馆去，彼此方便，我们也好对他尽心伺候。

大汗说：那是自然，你们与王子妥妥地在会同馆住下。朕就是爱热闹，客人来得越多越好。你带来了多少人马随从？

这话说得随意，却让哈桑将军脸颊上的肌肉微微一僵，他说：轻装简从，没有几个。

大汗说：多少人马不在话下，无论远近，都请过来。大城的会同馆虽不宽敞，但住个三五千人，绰绰有余。

哈桑将军说：陛下好客，但就算我等有心叨扰陛下，人马皆留在千里之外的大模国，赶来只怕也要数月半载，还是算了。

大汗哈哈笑着：其他朋友也无妨，大模国为西域诸国之首，一呼百应。荟萃一堂，朕也有面子。

哈桑将军说：这次仓促了，咱们下次？

大汗说：好，说话算数，那就下次。

大汗放了手，哈桑将军带着人准备离去。

这时，大汗好像又想起什么，说：对了，那个蓝眼睛呢？

海长春答：已经送进皇城，请御医疗伤。

大汗说：传我的话，把蓝眼睛安置在万安阁，他是公主的救星，朕的恩人。

海长春听到，神色不由得有变，万安阁可是安置皇室至亲住宿的地方，大汗这道谕旨等于向世人宣布了色目人的特殊身份。

伯颜站在皇城城墙下，目光阴郁地扫视着渐散的人群。千算万算，不如天算。今日的事，让他开始怀疑老天在与他作对。回忆当时的光景，只能用"心想事成"四个字。胡姬那边的人和大模国的人联手造反，周大与他手下的那些毛贼也都赤膊上阵，伯颜看他们如同看待宰的羔羊入圈。他们能够欢蹦乱跳，是因为伯颜将军想让他们欢蹦乱跳。伯颜将军喜见羊羔从欢蹦乱跳到刀下鬼的过程。他要它跳，它就得跳；他要它死，它就得死。除了长生天，谁能够做到？伯颜将军能做到。

当然，在大城的中城和外围，伯颜也布了人马，等收拾了刑场上的祸首罪魁之后，再慢慢收拾那些虾兵蟹将。

但就在伯颜踌躇满志准备举刀开宰的那一刻，圈竟被一头羊撞破了。

羊被关在圈中，难免挣扎，但无论跳还是叫，面对牢固无比的羊圈，它们的命数是一定的。即使那个带头羊是周大，即便带头羊神通广大，羊只能是羊，不可能逃避被吃的命运。伯颜不是没有设想过对手的抗争，哪怕周大等人斗败了皇家侍卫的众将士，伯颜懊恼的只是自己选错了刀，海长春这把宰羊刀刀刃口太钝，不中用。懊恼归懊恼，但伯颜心里是笃定的。周大这头羊再蹦跶顶多撞下些许圈墙上的土，困兽犹斗，在圈中跳得越凶，死得越难看。

结果，羊圈竟然被撞破了。在破圈的那一瞬间，伯颜目瞪口呆。撞破羊圈的羊，竟是那头在行刑台上引颈受戮的羊，那头已经心甘情愿接受汗国第一刽子手"伺候"的羊，那个被恩赐享用一千零一刀礼遇的色目人。一个将被宰割得千疮百孔的羊是必死无疑的，怎会在宰割过程中被利刀点悟了心性，灵光一闪，勘破了公主手镯上的第二个谜底。而那一刻，尽管伯颜筑成的羊圈铜墙铁壁无懈可击，也会烟消灰灭，化为泡影。

这不是人力能够企及的，是老天助力，是老天要与伯颜作对。

伯颜知道眼下自己的麻烦大了。今日的事情不会那么容易收场，大汗没有说一句责难的话，没有处罚一个人，和颜悦色，但这不等于他心里没有诘责，不等于他不想惩处，倾盆大雨总是在无声无息的闷热中渐渐酝酿的，谈笑风生中杀人才是境界。

伯颜想着，不由冷汗津津。大汗白发染鬓，心思也随着皱纹的渐深而越来越深。都说盛年时的大汗让人望而生畏，渐入暮年的大汗变得慈眉善目，但让人望而生畏的大汗是隐约能摸到脾气的，慈眉善目的大汗的心思却变得不可捉摸。大汗如何想的，你可以猜，却很难知道猜得是否正确。只要汗国还稳稳地握在大汗手中，你就不得不按着大汗的心思过日子。

大汗若有疑忌，加之老天作对，伯颜的日子就难了。今日的事若细细查起来，破绽还是有的。譬如，手持焰火等待在公主殿外的那几个侍女，都被打晕后扔进了后花园的林子里，这工夫人早该醒过来了。她们会有一番说法，与此事有关的其他人虽跟自己没有直接瓜葛，但经手人都是活口，很难保证风声一丝不漏。他需要尽快想出对策，将破绽补上。

胡姬走入会同馆时，风采让许多人看直了眼。不仅有摩诃等人前面开道，还有一群仪表堂堂的人跟随在她身后。站在那些人当中，她的光影孤身玉立，仿佛将那些人的身形都遮盖了。这架势让人看了难免气短一口，自惭形秽，不由得想到"绝世雍容"四个字。她是谁？见到她的人交头接耳，悄悄询问。人们对她的靓丽风貌似曾相识，但绝不敢往熟悉的人堆里想。

自从老龙口那场风波后，伯颜对府邸里的管事交代，从今日起，府里没有了旧日里的那个胡姬，多了一位贵客，她是黑骆驼国王室的唯一继承人莲雾公主。府里的人听知此事，一下子变得束手无策，那个十多年来一直在府邸里独来独往被人讥笑的刁蛮女子，突然成了府里的贵客，这让他们转不过脑筋来。但既然主子有吩咐，他们不能不按着交代去做。他们只好恭恭敬敬地向胡姬弓腰低头，称她为"殿下"。

然而最咽不下这口气的是府中的女人们。一夜之间那个在她们眼中不屑一顾的女子突然乌鸦变凤凰，变成稀世宝贝，变成将军的座上宾了。伯颜将军为何这样看中她？就算她真的曾经高贵，也是十几年前的光景，如今破家亡国的，拔了毛的凤凰不如鸡。

将军这样抬举她，是有什么打算？女人们忙碌地穿梭在各个院落中，捕风捉影。

难道有意立这个女人为正室？胡姬是有几分姿色的。但女人再漂亮，也会被岁月褪色。何况胡姬在府里伺候将军多年，肚皮一直平平，毫无动静。连个一男半女都没有的人，就凭那狐媚子手段当上正室难以服人。说到这些，府里的女人们心中都生出刀来，恨不得将那个一夜飞上枝头的胡姬活吞了。

胡姬已经不用再向任何人隐瞒自己的身份，但她出入府邸依旧神色平淡，丝毫没有大张旗鼓。府中人尽管对她改了称呼，但那口吻中的鄙夷是改不掉的。胡姬是何等聪慧之人，除非有一日骆驼国真的复国，并在西域重振辉煌，不然，任何大张旗鼓都是对她的羞辱。

伯颜曾对她说：你可以说不，但最好还是住在我这里。

胡姬说：为什么？

伯颜道：有了麻烦，避风头，这里更安全些。

胡姬说：胡姬若惹下塌天麻烦，落下杀头的罪名，没有人能护我。

伯颜说：本将军就能。

胡姬看着伯颜，嘴边似笑非笑：将军向来精明，下这般血本莫非是为了将胡姬卖个更好价钱？

伯颜说：我器重你，自然是有道理的。

胡姬说：胡姬复国，这对将军有何好处。万一国复不成，连累将军，不如此刻就拿胡姬的人头去向大汗邀功。

伯颜伸手去握胡姬的下巴，笑说：这么标致的头，本将军还真有些舍不得。

胡姬冷冰冰地说：将军自重。

伯颜死盯了胡姬一眼，慢慢放开手。她还真的摆出玉叶金柯的架子，要不是眼下她确实有用，他很想用匕首在她的脸上画个"卍"字花。

伯颜按捺下心中的欲望，对胡姬说：这两日要紧得很，记住你该做的。

胡姬当然记得伯颜要她做的，但做不做，如何做，她有她的想法。

胡姬是在赌。她并不指望伯颜真的能帮她，更不相信伯颜的承诺。就像不指望鬣狗对羊群有丁点仁慈，但当鬣狗与狮子争斗，加之花豹插足，或许那就是羊群的机会。在缝隙里生存了这么多年，胡姬知道只要锲而不舍，就一定能找到栖身的空间。

胡姬沿着会同馆的后罩楼走进去，抬眼是一片碧绿的荷花池和一座碧瓦朱甍的花厅。前日，他们一众还猫着腰钻在龙窑中密谋，今日他们却可以潇洒自如地坐在皇家的宾客馆中谈天论地了。

哈桑将军从花厅中出来，客气地说：阿里王子正在里面等殿下。

胡姬带着摩诃走进花厅，只见阿里王子带着笑意望向她，在他身后站着几个随从模样的人。

阿里王子说：我该如何称呼殿下，莲雾公主，还是胡姬？

胡姬说：你认识我时，我是胡姬，不妨叫我胡姬。

阿里王子说：其实我们也没有那么熟，还是叫公主殿下吧。

胡姬说：阿里王子万死一生，用不着与我斤斤计较。何况我曾以为我们不会再见面了。

阿里王子说：我也这么以为。

胡姬说：既然有缘分，我们的确应当共谋大计。

阿里王子说：那要看你的大计和我的大计是否一样。

胡姬说：王子不妨先说说看。

阿里王子刚要张口说什么，就听到哈桑将军说：殿下，请莲雾公主落座喝茶吧。

只见一个须发花白的随从端着茶盘走到他们跟前。不知怎的，那个人的出现触动了胡姬的一些记忆。

阿里王子顿了一下，将未出口的话含在嘴里。胡姬等待阿里王子的下文，谁料阿里王子接过一个茶碗，放在桌上，又指了一个座椅说：公主请坐。

胡姬一边坐下，一边忍不住朝那个须发花白的随从的手腕上多看了一眼。那个随从的衣袖盖到手背，以致她没能见到她以为能见到的东西。

阿里王子对胡姬说：蓝眼睛已经答出两个谜。第三个镯子是否能解，很快便见分晓。我是想，不妨等一等。

胡姬怅然收回目光，说：后发制人，以逸待劳，倒也是个办法。

半个时辰后，胡姬带着摩诃从会同馆中出来。

两个人有些沉默。片刻，摩诃低声说：殿下，为何没有将我们的打算对大模国的人和盘托出？

胡姬没有答，却说：你喜欢喝茶吗？

摩诃有些茫然：有时会喝。我们黑骆驼国的人原本是不喝茶的。茶叶是大城的特产，喝茶是大城人有钱人的喜好。当然，色目人在大城住久了，也会入乡随俗地学着喝茶。渐渐喝出好来。

胡姬说：所以，大模国的人通常待客也是不喝茶的。适才阿里王子刚要说话，那个哈桑将军突然要我们喝茶，你不觉得有些突兀？

摩诃仍有些摸不着头脑：突兀？

胡姬说：是啊，阿里王子的话就是被那杯茶堵回去的。对方如此见外，我们何苦要掏心窝子呢？

摩诃听着微微点头。

胡姬突然又说：奇怪的是那个端茶的随从。

摩诃说：他不是大城人。

胡姬沉吟：我知道。明明是生人，但眼神为何有些熟悉。我还以为是⋯⋯

摩诃问：是何人？

胡姬一笑：算了，可能是我想多了。

伯颜在那间卖香料的铺子里坐了许久，快天黑时，才见到国师披着黑大氅走进来。

伯颜哼一声：国师好清闲，到何处快活了一天？

国师并未理睬伯颜，进门后先将香料店里的蜡烛点燃，回身四顾着小店中的各个角落。

伯颜说：不用找，就我一个人。

国师说：我是在找屋里的老鼠。这两日我这个小店不干净。

伯颜翻了国师一个白眼，这个阴阳人做事说话永远一副讨嫌的样子。

在屋里寻寻觅觅了一圈，国师将黑大氅的帽子向后一撩，露出脸来，说：你来干什么。

伯颜说：我答应你的事情都办到了，你答应我的呢？

国师说：你答应我何事？

伯颜说：你要的人给你送回来了。

国师说：你给我送回来一个昏睡不醒的人。

伯颜说：你要人，我给了你人。睡不睡不关我的事。再者说，国师法术高明，自有法子唤醒她。

国师说：既然将军这样讲，我无话可说。不过，我好像也没答应过你什么。

伯颜被国师的无赖弄得蹿火，他强忍住气说：今日的事你该听说了。两个镯子上的谜都被那小子破了。那个蓝眼睛到底什么来路？

国师说：将军问错人。多年前大汗就昭告天下，谁能够破解三个镯子，谁就可以白日升天，子孙万代钟鸣鼎食，我要知道那个色目人的底细，早去领赏了。

伯颜说：那你说，第三个镯子会被破解吗？

国师没好气地说：去问长生天，我说了不作数。

伯颜说：那三个镯子若是真的碎了，大汗定会将蓝眼睛当作汗国至宝，哪还有你我的立足之地。

国师说：在下微不足道，将军是在担心自己吧。

伯颜被国师怼得忍无可忍，一拍桌子站起来：我将你当作一条船上的自家人。你若想跳船，尽管跳。

国师也火了，尖细着嗓门说：将军用不着吓唬谁，船早漏了。我的人被下了蛊，你若想补船，给我找出下蛊之人。

伯颜说：下蛊？这是国师的生意，也有人敢抢？

国师的脸色顿时更加难看。

伯颜改口道：好，若找到了，你要如何？

国师说：那是我的事。

伯颜说：我答应你，但你要先帮我。

国师说：你帮我，我自然帮你。

伯颜说：你如何帮我？

国师斜睨伯颜说：将军一直想练就金刚不坏之身。东西应该已经到手了吧。

国师的话提醒了伯颜，他忙从怀里掏出东西：到手了。

只见伯颜小心翼翼地展开一块黄缎子，里面有两块三色镯的碎片像甲虫般不安地扇动着翅膀。

国师仿佛受到那碎片的诱惑，忍不住伸手捉住了碎片，细细打量说：这东西果然神奇。

伯颜说：那金刚不坏之身……

国师道：这里只有两个镯子的碎片。我说的是要收齐三个镯子。

伯颜说：哪里去弄第三个镯子的碎片？

国师说：三个谜都破了，不就有了。

伯颜迟疑着说：这就是说，那个蓝眼睛若真的破解了第三个镯子，并不全是坏事。

国师放下镯子的碎片，说：福兮祸兮，焉知所依。剩下的事，全看将军的造化。

第八十六章
点燃寒冰

夜深了，万安阁里一片寂静。突然重檐歇山顶的屋脊上出现了几个人影，当他们瞭到树荫深处一队巡夜的皇家侍卫正朝这里渐渐走近，身子一低，又伏在了屋脊上。

万安阁向来是安置皇室至亲住宿的地方。名为万安阁，实为一组水榭楼台花木幽深的建筑。据说大汗唯一的妹妹在世的时候，每次回大城省亲，都是住在这里。能住进万安阁的人，一定是被大汗看作自己人。

一栋二层小楼立在池塘边。一楼堂屋里静悄无声。两个守夜的侍从靠在桌前，头一点一点地打瞌睡。

二楼房中烛火摇红，楠木雕花床前帏帐低垂，半碗汤药放在床前的螺钿镶嵌案几上。

卡拉夫躺在帐中，额头沁着汗，脸颊烧得通红。他紧闭双眼，低声呻吟着，被噩梦纠缠不休。

他看到了稚童模样的自己——一个仓皇的孩子，脚下是一摊摊鲜血，那三只镯子浸泡在血泊中闪着诡异的光彩。孩子想挪动自己的双腿，却动弹不得，靴子已经被鲜血浸透，牢牢粘在地砖上。

他看到幼小无助的孩子身上裹着的那件短披肩，披肩上绣着玫瑰和利剑的王徽。用利剑保护玫瑰，这是王室辈辈相传的祖诫，这个孩子无能为力地站在那儿，陪伴着已经死去的父母。他们是他的亲人，是为他遮风挡雨的参天大树，是庇护他的神。如今他们先后倒在他的眼前，他却束手无策。

他看到一双大手将孩子抱了起来，那是剑侠师父周大。

周师父说：孩子，快跟我走。

孩子没有回答周大，他已经没有能力回答，软软地瘫倒在周师父的怀里。

周大抱着孩子跳入王宫中的喷泉水池。这是宫中很少有人知道的一个秘密，推开水池里那座优雅的喷泉雕像，有一条暗渠，可以直通皇城外的护城河。

那是一条漫长的记忆长河，浪涛滚滚，激流裹着黄沙扑面而来，他在那长河中漂流了许久，直到望见一座铜墙铁壁样的大城耸立在云端。

他隐约见到在大城的宫掖里，一个玉润珠圆的小姑娘正徜徉在奇珍异玩间，她嬉笑着将三个镯子一个个捡起，套在自己的手腕上。

随后，他听到一个雄狮般的声音发出怒吼，炸破云端：传我的谕旨，谁能够解开图兰朵公主的三个镯子，谁就能分享我大汗国的半壁江山！

卡拉夫腾地坐起来，浑身湿淋淋的。他刚刚从那条漫长的记忆长河中游上岸来，气息喘喘，双目圆睁。我是谁？他喃喃地自问，我究竟是谁？

他摸索自己的肩头，那块绣着王徽的披肩不见了。他记起了师父的话，师父说：你当然见过它，这是你的至亲留给你的信物。

卡拉夫抓起床头盛汤药的瓷碗，狠狠地朝墙上砸去。

就在卡拉夫从床头坐起的瞬间，几个蒙面人闪入万安阁。

他们蹑脚向前，挥掌将堂屋中守夜的两个侍从砍晕，转身刚要起步上楼，却听到楼上有人砸东西，不由愣怔。这空当，又有几个黑衣人从门外跳了进来。两拨人见面，瞬间面面相觑。只听黑衣人头领说了声"上"，他的手下便提着刀劈头盖脸杀上来。

蒙面人有些蒙，架住刀问道：来者何人？

黑衣人说：你们什么人？

蒙面人说：你们先说。

黑衣人怒怼：凭什么我们先说！

话语未落，黑衣人们再次提刀向蒙面者们劈去。

蒙面人和黑衣人打成一团。双方武艺都不弱，一时旗鼓相当，难分输赢。

卡拉夫砸了药碗，起身上前摘下墙上的龙泉宝剑，正要下楼，却听到楼下兵器碰撞白刃相交，并夹杂着零星的说话声。他霎时迟疑，抽出长剑，还未动作，二楼的窗子突然开了，有人脚钩屋脊，倒挂金钟，鸟一般轻盈飞进房中。

卡拉夫见了不速之客，立刻挥剑连劈带挑。来者见卡拉夫拼命似的架势，退一步沉声道：且慢动手。

卡拉夫听而不闻，依旧狠命出杀手。那人再躲：你误会了。

卡拉夫打量那人，虽一身夜行衣，但身形颀长，两臂似鸟翼，声音听起来也有些熟悉。但此刻的卡拉夫无论见谁，只是想杀，咬牙切齿说：破窗入室，非贼即盗。

于是那人无奈，只得边打边退，退到窗边，纵身跳了出去。

卡拉夫跟着跳出二楼窗口，追落到地面。

那人说：我是来帮你的。

卡拉夫说：帮我什么？

那人说：今夜想要你性命的人太多。

卡拉夫说：你也算一个。

那人苦笑：跟你纠缠不清。

卡拉夫说：那就少说废话。

见卡拉夫一副纠缠不清的样子，那人只得认栽，说：城外柳树窝那儿有马，你若信我，去看看。

那人说罢，飞身走了，转眼无影无踪。

卡拉夫凝望无尽黑夜，突然感到胸口剧痛，如被万箭穿心。

万安阁楼下的人打得难分难解，但目光都朝楼上瞟着。蒙面人首先摆脱对手的纠缠，一个箭步蹿上楼梯，黑衣人头领见势不妙，大喝一声扑向蒙面人的后身，两人一先一后跃到二楼。黑衣人出刀，蒙面人挥剑荡开，黑衣人再砍，那蒙面人已经闪到雕花床前。只听他"咦"了一声，人僵住。

黑衣人顺着蒙面人的视线看去，床头尽是砸碎的碗碴子，床上空无一人。

蒙面人说：人呢？

黑衣人接话说：人呢？

两个人面面相觑。蒙面人首先扯下脸上的手巾，露出摩诃那张黄须黄眼珠子的脸。黑衣人也摘下头巾，显出高额头，黑眼睛，满脸胡须，分明是大模国的哈桑将军。

摩诃恨恨地说：夜黑风高，将军何故到万安阁来弄刀舞枪？

哈桑将军说：三更半夜，先生带人蹑潜皇城，令人费解。

摩诃说：莲雾公主放心不下蓝眼睛的安危，让我们前来查看。

哈桑将军说：王子殿下更是担忧有人偷偷做手脚，命我护佑。

摩诃说：这是大水冲了龙王庙了。

哈桑将军说：可不是。

摩诃说：看来我们都晚了一步。

哈桑将军说：不算晚，咱们在楼下闹出这等动静，哪怕聋子都会躲了。

摩诃说：这皇城三步一岗五步一哨，他能去哪儿？

听到此话，哈桑将军一顿，随后缓缓道：我正是疑惑此事。据说这皇城平日被人看守得铁桶一般，今日我等进入如履平地，不觉得蹊跷吗？

摩诃听了，不觉惊警：不好，会不会有诈？

哈桑将军看着摩诃，话语中带着刺：或许我们早都在别人的圈套里了。

马在黑夜中缓缓行走。主人没有催促，它迈着碎步，不疾不徐地前行，仿佛怕惊扰了背上主人的思绪。马是一匹墨黑色的铁蹄马，这种马行走时耐力超凡，奔跑时速度如风，是皇家侍卫的专用宝马。因为血统高贵，一般平民百姓看一眼已经是福分。

卡拉夫在城外柳树窝的一个枯树桩子前找到的这匹马。马站在四周荆棘灌木的低洼处，毛色混在夜幕中，不到近前，很难察觉它的存在。当卡拉夫解下它的缰绳时，它好像知道来者是它的新主人，所以只是低低嘶鸣了两声，便顺从地随着卡拉夫走了。

夜色在马蹄下不知不觉地消退，延绵起伏的山丘间已经出现了鱼肚白。卡拉夫骑在马上，思绪茫然，并不在意自己已经走出去多远，更不在意自己究竟身在何处。

铁蹄马穿过白桦林，跨过林前的小溪，渐渐爬上东边的小丘。卡拉夫直直地望着那鱼肚白正在被染上浅浅的绯色，眼中有一种黑沉沉的怒怨。

突然，远处急速的马蹄声踏破黎明的寂静，一队全副武装的马队疾奔而来。频频扬鞭催马跑在最前面的人，是全副铠甲的玉勒将军。他伸着脖子，双目瞪圆，尽管已经望到了卡拉夫的身影，但愈加心急火燎起来。好像是看到了屋檐上站着一只珍奇小鸟，垂涎三尺，却怕手还没有摸到鸟羽，鸟儿便扇扇翅膀飞走了。

卡拉夫依旧徐徐慢行。他人在马上坐着，魂魄却在身外游荡，罔顾马蹄声中追兵渐近。

玉勒大喝一声：哪里走！

卡拉夫依旧笃定地面朝前方，毫不理会向他扑来的敌手。

玉勒被卡拉夫的神情惹恼，提刀风驰电掣般地向卡拉夫砍来。当啷一声，玉勒的刀被卡拉夫突然挥起的剑磕开。

卡拉夫稳稳地坐在马上，斜睨了玉勒和追兵们一眼。他不屑一顾的神情让敌手们瞬间踟蹰，几个人勒马不前。

玉勒对手下呵斥：给我一起上。

于是，众人刀剑齐下，卡拉夫和追兵们杀成一团。此刻卡拉夫手中之剑已成嗜血的怪物，剑气暴戾，半仞之外触者皆伤。追兵们不由得心虚，先失了气势。玉勒想到卡拉夫本是周大的嫡传弟子，功夫远在常人之上，只怕不能正面取胜，便偷偷绕到身后,银刀对准卡拉夫的背后准备偷袭。突然,远处微光闪耀,玉勒心中一寒,沙场老将的本能让他仰面急躲。一束银色射来,飞过玉勒的鼻尖,正中一个玉勒手下的喉咙。

玉勒凝神看去,倒下之人的脖子上插着一支银梭。自从前日刑场上风云突变,大城无人不知"银梭响,公主到"这句话了。玉勒回转身,瞥见山顶的情景,更是大惊失色。在早霞灿烂的东边小山丘的顶部,出现了一队严阵以待的宫廷女侍卫。

玉勒说了声"不好"。话音未落,又有两个手下接连从马上跌了下来。

玉勒勒住缰绳,不管不顾地掉转马头,连声呼叫:快,快走。

玉勒拍马抢先跑了,丢下一众随从。他那些手下变成无头的蝇子仓皇不已,恨不得将自己手腿都加到马腿上逃命,一时间遁走得比追风还快。眨眼工夫,卡拉夫面前只剩空茫茫大地。

卡拉夫抬起头,晨光刺眼,只见山顶宫廷女侍卫们簇拥着一匹雪白的骏马。那匹马本是西域乌兹国进贡给汗国的千里马,名为雪龙。此马银鞍银掌银脚镫,敲骨铮铮,性情极其孤傲,大汗特将它赐给爱女,作为图兰朵的坐骑。

图兰朵骑着灵驹,白衣飘飘,迎风伫立,身旁是两人同坐在一匹枣红马上的阿西、阿东。

卡拉夫与图兰朵遥遥眺望对视,忽然拨马向山脚驰去。

阿西对阿东说:他好笨,公主的银梭笃定比马腿快得多。

阿东对阿西说:公主的银梭又不是射马腿,公主的银梭要射马身子。所以,银梭笃定比马身子快得多。

阿西和阿东斗嘴，让众人的目光充满好奇，猜测下一刻公主衣袖中发出的银梭究竟是射向正在奔跑中的铁蹄马的哪个部位。

　　图兰朵却说：拿弓来。

　　一个女侍卫忙将公主的骨灵长弓和银箭递了过去。骨灵长弓为皇室射雕之弓，弓弦用蛟龙背筋所制，不畏冰火，不畏刀枪，被大城人称为神弓。

　　图兰朵接过长弓，并未拿箭，起腕端肘，弓开满月，对着卡拉夫的马匹拉了一记空弦。只听砰的一声，卡拉夫的马匹突然前腿酥软，翻倒在地。

　　卡拉夫从马背上跌落，宝剑脱手。他打了几个滚，挣扎地站起来，依旧向前狂奔。

　　几个女侍卫纷纷驰马而来，将卡拉夫团团围住。一个女侍卫纵马直冲过来，把卡拉夫撞了个跟跄。卡拉夫刚刚爬起来，另一匹马又冲过来，把卡拉夫再次狠狠撞倒。

　　不要伤了他。

　　图兰朵公主娇叱，女侍卫们四散而去。

　　卡拉夫艰难地从地上爬起，只见图兰朵公主跳下骏马，向自己走来。

　　卡拉夫默默地拔出阿里王子送他的匕首说：你拦不住我。

　　女侍卫们唰地抽出腰刀。

　　阿东有点兴奋：要打架了。

　　阿西说：一群打一个，有点不妥。

　　果然，女侍卫们被图兰朵挥手阻止。

　　图兰朵说：蓝眼睛，你要去哪儿?

　　卡拉夫说：跟你无关。

图兰朵说：你偷偷逃离大城，违背了自己的诺言。

卡拉夫道：诺言是对朋友的。你我不是。

图兰朵说：既然如此，你为何要来答谜？

卡拉夫说：这正是我最后悔的事情，出剑吧！

图兰朵说：匕首对剑，这不公允。

卡拉夫说：对手之间，哪来的公允。

图兰朵无奈地望着卡拉夫，拔出剑来：好，你若赢我，我放你走。

卡拉夫冷笑：无论死活，你都留不住我。

说着，卡拉夫紧握匕首对着图兰朵刺去。图兰朵闪身躲开，反手一剑劈来，被卡拉夫的匕首挡住。图兰朵再出一剑，又被卡拉夫转腕借势化解。图兰朵的剑锋忽然加力，三五个回合之后，卡拉夫的匕首被图兰朵的长剑压制。卡拉夫抗争，却无法摆脱，只得撤步，匕首一滑，竟蹭到图兰朵公主的衣袖。只见公主手腕上最后一只镯子突然通体明亮耀眼，艳如收敛漫天朱霞，红色要从镯子里喷射而出。

图兰朵喃喃道：它可以给你自由，也可以让你为奴。你点燃寒冰，回报你的是更多的寒冷！

随着话音艰涩，镯子开始膨胀，蛇盘蚓绕，凸凹扭曲，重重叠叠，接着，从变形的镯子中钻出一个个狰狞的鬼怪面孔。卡拉夫不由得一愣，长剑又追到胸前。他忙用匕首接招。当的一声，匕首挑开长剑，随即长剑又按住匕首。镯子里冒出的那些丑陋面孔凶相毕露，长剑和匕首开始渐渐发红发亮。卡拉夫感觉手中的兵器越来越烫，一股股搅扰心肺的魔力顺着自己的手臂源源不断地侵入。

图兰朵说：告诉我，谜底！

卡拉夫用尽全身力量猛然一震，将图兰朵的长剑荡开。长剑导出的力度被撞回到镯子上，那些红色的鬼怪们突然散了形，"呼啦"一下钻回图兰朵的身体里。图兰朵一个踉跄，几乎跌倒。卡拉夫借机抽身，从她剑锋下逃出。两个人都已气喘吁吁。

图兰朵眼前时明时暗，不觉惶恐，知道自己马上将不是自己，镯子中的妖魔又在向她索命。下一刻她不杀人，镯子也会杀人。她猝然出剑，将卡拉夫的匕首打掉。图兰朵的剑抖颤着直指卡拉夫的胸脯，眼中晶莹。

图兰朵说：我不想杀你，我只要答案。帮帮我！

"帮帮我"这三个字声声碰击在卡拉夫的心口。这三个字过于熟悉，娇俏的声音在他耳边萦绕不绝。他眼前倏地闪过数年前两人在皇城后花园蝶飞燕舞双双练剑的情景。

她对他说：帮帮我。

他问：帮你什么？

她娇嗔道：帮我用剑赢你……

卡拉夫心口刀剜，说：可惜，这一次我帮不了你。

注视着图兰朵清冽的面孔，卡拉夫微微一笑，突然向图兰朵的利剑撞来。

图兰朵愕然：你——！

鲜血打湿卡拉夫的衣襟。卡拉夫捂住胸口，猩红色从他的指缝中溢出。

图兰朵问：为什么？

卡拉夫说：这是命运给你的诅咒。图——兰——朵，一个比寒冰还冷的女人！

卡拉夫言罢，慢慢倒下。他的身躯扑进地母的怀抱，厚土发出呜咽似的轰隆拱动。紧接着天边传来了可怖的声响，嗡嗡的哀泣由远及近。那哀泣来自山崖根部，地面被声响一点点顶起，渐渐开裂，绵绵绿草纷纷倒伏。那哀泣来自河流的深处，河水像开锅的水打着漩涡，掀起巨浪，浪涛直向山崖拍打过来。

那哀泣来自四面八方，在群山丛林中回荡，撕心裂肺，无穷无尽，绵绵不绝。随着哀泣，众人脚下的地面塌陷，山歪峪裂。阿西、阿东像两个白生生的汤圆滴溜溜地从马鞍子上滚下，众侍从则跌得七零八落。

图兰朵公主立不住脚，趔趄跪倒，手上的那个镯子撞击在地上，霎时间噼噼啪啪闪出炫目的火花。火花点燃镯子，将镯子烧出龟裂，缝隙中流淌着滚滚熔岩。镯子在熔化，截截折断，带着火星向四方迸散。炽热的火烬坠落的地方，燃起一团团蓝色的火苗，诡秘的火苗跳跃着延伸，像一张蓝色火毯裹住图兰朵公主。

火毯掀动图兰朵公主的衣衫，抚摸着她僵硬的身体，舐舐着她冰冷的肌肤，褪去那层层雪霜似的皎洁，褪去肌骨间那冰痂似的晶莹。在火舌的安抚下，公主的身躯发生了难以置信的蜕化，仿佛是一座冰川在火光中慢慢融化，变得光亮通透，流云滴彩，变为剔透的五彩琉璃。

图兰朵公主浑身的血脉开始缓缓流动，血脉将温煦之气一点点地送到公主的胸口，温暖着公主的心。火势渐弱下来，余烬中蹦跳着小小的炭星。远近崩裂的千峰万壑被山风拂过，如同一道道伤口在不声不响中迅速愈合。

草原和河流的气息随之渐渐平和，大地在朝曦的映照中恢复了惯常的恬然。图兰朵公主四周的火焰终于熄灭了，阿西和阿东首先从地上爬起，跑向自己的公主。

公主，醒醒！

图兰朵公主一动不动，静躺在那里毫无反应。

阿西吓得泪水飞溅，抱住公主：公主，不要死啊！

阿东哭得鼻涕横流，拼命摇晃公主：你死掉阿东也要死啦。

阿西、阿东的泪水泼洒在图兰朵公主的脸颊上，图兰朵被阿西、阿东唤醒。她慢慢睁开眼睛，环顾着四周，眼睛里有说不尽的好奇，仿佛是一个婴儿，第一次睁开眼睛看到这个世界。

阿西擦了把泪水：好了好了，没有死。

阿东抹着鼻涕：吓死阿东了。

图兰朵茫然地看着阿西和阿东，抬手摸了摸自己的脸颊。

阿西忙问：公主哪里不妥？

图兰朵说：下雨了吗？

众人笑了，笑得前仰后合。图兰朵公主目光温柔似水，颊边映着晨曦的绯红。

突然，阿西惊呼：公主，瞧，你的手！

图兰朵转头凝视自己的手腕，手腕平滑如玉，镯子消失了，没有留下任何痕迹。图兰朵公主笑了，笑容绽放出一片灿烂春意。公主站立起来，举目四望，满眼是从未见到过的郁郁青山，是鲜亮得晃眼的花红柳黛。她仰看天空，碧蓝如洗，再望远处山脊，一片片深浅不一的蓝色，像是苍天将自己的衣袖撕碎，撒在茸茸草地上。

图兰朵说：好蓝的小花。

阿西说：那种花叫勿忘我。

阿东忙插嘴：那种花很好看哦。

图兰朵思索：对，叫勿忘我……

说着，她突然想起什么：蓝眼睛，蓝眼睛在哪儿？

第八十七章

否极泰来

公主的人马回到大城，即将成为驸马爷的蓝眼睛是被皇家侍卫们用马车载回来的。这消息长了翅膀，很快传遍大城。众人都说真是喜事连连，三个镯子碎了，公主得救了，那个蓝眼睛功劳比天高。当然，最后一件喜事就是公主的亲事了，全城的人都等着喝一顿这辈子最开心的喜酒。

大汗也开心，哈哈的笑声将额头上的皱纹全都抚平。

公主带着蓝眼睛回到皇城的消息，是侍从官飞跑进殿呈报的。

大汗听了，抬头向大殿的顶部凝视，说：你不要哄我。

侍从官说：小的打死也不敢啊。

大汗眼圈红了，半晌才说：好，太好了。

侍从官说：那个蓝眼睛也送回了万安阁。

大汗即刻转身往外走，说：朕去万安阁看看他。

侍从官说：万安阁的那些人都还绑着呢。

大汗说：为何事捆人？

侍从官提醒大汗，说他半夜曾经下旨，将皇城里巡夜的皇家侍卫和在万安阁守夜的侍从们捆成一堆堆粽子。并放话，若不把蓝眼睛出走的事说个一清二楚，就挖他们的眼睛和拔他们的舌头。

大汗摆摆手，说：算他们运气好，还没有挖眼睛拔舌头，公主的人马就回城了。

侍从官说：那对他们该如何惩戒？

大汗说：惩什么惩，放了放了，都放了。让他们好生伺候蓝眼睛。

侍从官点头应承。大汗说捆人如同捆鸡鸭，说放人如同河中放生鱼虾，都快意洒脱得很。他踌躇了一下，又低声道：御医已经去了。那个蓝眼睛能不能活，两说着。

大汗没有作声，一边向外走，一边寻思。这听起来不好。蓝眼睛救了图兰朵，却就此丧命，这可不是大汗想见的结果。据说还是公主的剑伤了他。伤就伤了，牙齿还会跟舌头打架呢，谁没有个失手，但死了就麻烦了。他想起今晨司天台的人禀报，说昨夜天象出现百年不遇的金、木、水、火、土，五星连珠。大汗听了气不打一处来：你想告诉朕，五星连珠是祸不单行，对吗？

司天台的人吓得砰砰磕头：那可是祥瑞之兆。五谷丰，兵戈息，是大汗顺应天意的结果。

大汗翻了翻白眼，觉得司天台的人句句都是讥讽，骂了句"滚"，将司天台的人赶了出去。然而一个时辰后事情果然应验了天象，喜讯不停报来，镯子碎了，公主病好了，大汗心头的死结全都解了。长生天降眷汗国，国运大盛的时候终于到了。蓝眼睛是那个带来运道的人。蓝眼睛明明是汗国的祥瑞之星，死了，不就变成扫帚星了。

大汗决意此刻不再追究蓝眼睛是如何从万安阁消失，又如何在大城外的郊道上与公主相遇的。这里面的周折一定不少，他心里有数。蓝眼睛身上本来有旧伤，绝不会无缘无故睡梦中从皇城游荡出去，还骑着马一路游荡到了数十里外的荒郊僻野。但大汗向来拎得清轻重缓急，再多的周折也要放在后面讲。公主好了，这是长生天赐给汗国的福气，要知道感恩，要把这喜庆端给汗国的百姓和四海的诸国来看，要让他们知道，长生天是永远站在他大汗一边的。

这些都是最要紧的。当然，办完了要紧的事情，他会回头再收拾那些该收拾的杂碎。

临近中午，海长春回到家中。

他已经听说了一切变故，一时沮丧，一时高兴。想来想去，高兴还是占了更重的分量。公主好了，这么多年的磨难终于结束了。那座压在心头的山被搬走，他为公主高兴，也为自己高兴，抬头深深吐了口气，本该心清气爽的，但心口依旧沉甸甸的。

万安阁中的事情闹得皇城沸沸扬扬人人自危，作为禁军首领的海长春自然不可能置身事外。在万安阁巡夜的人，该捆的都捆了。海长春特意去查看，被捆的全是不知情的人。至于谁知情，海长春心里有猜疑却是不敢言说的。

昨夜，叔父伯颜曾对他说：这两日辛苦，让玉勒替你多操份心，晚上你歇了吧。

海长春奇怪叔父突然对他的体恤，嘴里是应了，但还留宿在皇城中。半夜万安阁出事，有贼人打斗的痕迹，蓝眼睛消失得无影无踪，床前一地碗碴子。巡夜的侍卫都一问三不知。据说，两队侍卫在前半夜就开始闹肚子，往返茅房跑得跟织布机上的梭子一样，疏忽了对万安阁的警敕。海长春差人查了厨房送的夜宵，花椒面饼和羊汤。吃的人都说那顿面饼和羊汤很香，看不出异常。厨子被打肿了屁股，只好全招了。原来那羊不是新宰的，肉在厨房搁得有点久，不够新鲜，所以做了汤。于是被认准是羊汤吃坏了一众侍卫的肚子。

海长春什么都没有说。果然是有内应的，但他不信羊汤的事那么简单。更可能那羊汤和厨子全是时运不济，吃了挂落儿。那个内应是谁？海长春不能再想，后脊背冷风乍起。在大城，谁能轻易搞定这固若金汤的皇城，数数超不过一个巴掌，但最有可能的是"他"，自己的叔父。为什么是他？海长春说不出道理，但有直觉。海长春前辈子做鸟，这辈子做人，直觉很少辜负他。然而今日的直觉却让海长春惶恐得很。叔父伯颜是汗国的第一重臣，向来对大汗忠心耿耿，绝对不可能与那些贼人为伍。但若不是叔父的照应，那些人又怎能在皇城中进退无阻呢？

那些贼人是谁，海长春有猜测，叔父与那些人什么关系，他拿不准。有人想让蓝眼睛死，也有人不想让他死。叔父是在帮谁？

想到这儿，海长春心里乱乱的。昨晚上的事情他也有份，说不定叔父的耳目一直在那里，虽然乔装夜行，能瞒过别人，但瞒不过叔父伯颜的耳目。他有些忐忑，自己半生从不莽撞，竟做出了那种蠢事。其实他不是要救蓝眼睛，只是觉得蓝眼睛不该死。可他并不真的后悔，幸亏蓝眼睛活下来，活到解开公主手上的第三个镯子。据说，他受了伤，伤势还很重，所以剩下的事情，要看他的命数。

海长春一边思量一边往如意斋走，他打算去看看自己的母亲。这些日子乱糟糟的，不能经常回府，破了向母亲定时请安的规矩。每次匆匆见到母亲，只觉得她比往日更加寡言少语。母亲有心事。母亲年纪大了，一定是孤独，但又逮不着空去安抚她，这让海长春歉疚。

让海长春忐忑的还有另外一人。那是胡姬。他与胡姬多日不见，但有关胡姬的音信不绝于耳。胡姬古怪地病了，胡姬的病又莫名其妙地好了，这已经够让他诧异的。接下来的消息更加惊人。胡姬竟然不是胡姬了，她竟然脱胎换骨，竟然破茧化蝶，露出了真正身份，成了出身高贵的公主，是多年前已消亡的黑骆驼国王室唯一的继承人了。

海长春懵懂，他无法想明白这一切，更无法将这些消息与那个和自己相处了十几年的女子放到一起去。那个女子是一缕烟雾，曾给过海长春温暖，但又捉不住，摸不着，与海长春若即若离。那个女人是一只诡秘的灵猫，不要指望驯服她，也不要指望她对你坦诚。好在她长年隐伏在府邸的角落中，无论妩媚还是乖戾，都不用对她过分介意。如今她变了，变成了一个高高在上，让海长春几乎无法辨认的女人。他见了她手脚该往哪里搁，对她称殿下？对她鞠躬致意？他难以想象如何再与她交谈，更不要讲同床共榻了。想到这些，海长春有些汗津津的，突然觉得他与她的过去好像是一块难看的伤疤，是桌上一面照出种种不堪的镜子。他心情真的不好，没有心情细想这些。他希望暂时忘却她，忘却那些可能让他难堪的事情。

穿过回廊，已经看见如意斋的竹林，海长春一抬头却瞥到有个人站在路径边上定定地望着自己。刹那间海长春的身子动不得了。

伯颜说：长春，你来，我有话说。

出事的那个晚上，伯颜在府里几乎一直警醒着。该安排的都安排了，他的思绪清凉如水。缜密谨慎，这是成大事者的天性。他在等消息，等着一切来验证自己的推断。已经没有任何事情是意外。尽管不可能将种种不测都算计到，但此刻他却也泰然了。谁都靠不住，只有靠自己。他让玉勒替下海长春，并不是临时起意。他不得不这么做，这么做是有道理的。

果然消息来了，先是万安阁乱了。夜闯皇城的贼子一个没抓到，那个蓝眼睛却跑了。再来消息，玉勒追捕蓝眼睛，半路杀出图兰朵公主的人马，玉勒被教训得灰头土脸逃了回来。最后的消息便是镯子碎了，公主否极泰来，涅槃重生了。

玉勒将军战战兢兢来请罪，伯颜竟没有一个字的责备。伯颜说，天意难违，怨不得你。让玉勒走了。

果然这些人都靠不住，伯颜感叹。幸好他还留着一手，伯颜起身往皇城赶去。进了皇城，还没到大殿，马上有大汗的身边人迎上来。伯颜看了那人一眼，放慢脚步。那人悄悄说，大汗往万安阁去了。伯颜哦了一声，转身要走，那人又说，大汗不让声张。伯颜问，为什么？答说，来打听的人不少，那个蓝眼睛好像伤得不轻。伯颜问，都是什么人？答，有礼部的，兵部的，甚至还有刑部的。伯颜冷笑一声，快步离去。此刻这个蓝眼睛在汗国举足轻重，一下子跳出这么多关心他能不能活的人。

万安阁门外站着大汗的侍从们，跟来的人只能到这里。大汗带着侍从官独自上楼了。有人小跑着进去通报，伯颜推开门口的闲人，径直跟过去。

楼上很静，说话的声音都悄悄的。

远远看去，那个蓝眼睛正在卧室中的床上躺着。床前一排站着四五个太医院的御医。给蓝眼睛查看伤口的是个白须老者。

大汗坐在外面套间的交椅上，大汗的侍从官站在一旁侍奉。

伯颜笑容满面对着大汗施礼：大汗，微臣给陛下和公主道喜了。

大汗瞥伯颜一眼，说：你刚知道？

伯颜说：得到消息就赶过来了。公主否极泰来，是大汗的福气。

大汗说：也是大家的福气。这福气是屋里头那个蓝眼睛带来的。

伯颜乘机向卧室中瞟了一眼，床上躺着的人依旧动也不动，床下面盆里都是血，惨不忍睹，看样子剑伤很重。除非有人真能旋转乾坤。福气再大，拗不过长生天。伯颜这样想着，悬着的心微微松弛了一些。

伯颜回过脸，假做四顾说：公主殿下不在吗？

大汗说：她在这儿守了一个早上。我刚让她回去换下戎装。三个镯子都碎了，天下该太平了。从此我们汗国的公主用不着披坚执锐，只要美貌如花就好了。

伯颜说：大汗说得是。

大汗侧目问侍从官：蓝眼睛不是在大城有家人吗？

侍从官说：已经叫人去报信了。应该在路上。

大汗说：好好善待蓝眼睛的家人。朕看他那个师父很不错，过去也曾为朕立下过汗马功劳，当对他班功行赏。

侍从官说：那是陛下知人善用。

伯颜不言语，见侍从官与大汗这样你言我语，弄不好大汗已经知道自己与这个蓝眼睛是有些瓜葛的。

屋里的白须老者终于为卡拉夫诊断完伤口，面色凝重，摇着头连连叹息着走出来。他是太医院的提点，在太医院执牛耳。

大汗问：伤势如何？

御医答：致命伤是在左胸口上。

大汗是沙场老将，听到这话，沉默了。

欢喜如同乒乓乱跳的小兔撞着伯颜的胸口，伯颜说：那——必死无疑了？

御医说：人各有命。幸运的是这个人五脏颠倒，心竟长在右边，所以，只是失血过多，暂无大碍。若换了别人，早就命赴黄泉了。这种事情，也是千古奇闻啊。

听到此话，满屋子的人先是懵懂地眨眼，神情半信半疑。

大汗突然站起，哈哈大笑：好，太好了，蓝眼睛死不了。

御医说：陛下放心，老夫已经给他上了御制的金疮药，过不了几日，他就会壮得像头牛。

大汗说：赏，重赏太医院的每个御医。给朕照顾好这个蓝眼睛，等他痊愈了，朕另有嘉奖！

太医院提点马上趴在地上磕头谢恩。

侍从官也在一边添油加醋，说：这才是喜事，公主好啦，蓝眼睛也好啦，好事成双啊。

伯颜半晌说不出话来。这个意外如同迎面糊过来一把烂泥，把他闷得气血上涌，脸红脖子粗。

屋里笑声未落，只听得有人在门外叽叽哇哇乱叫。

一个声音在说：阿东要讨赏！

另外一个说：大汗为何不赏阿东和阿西！

大汗回头看，却不见人，笑说：阿东阿西，你们两个滚出来，在朕面前也敢闹鬼。

转眼阿东和阿西从外面蹦进屋里：大汗，公主来了！

大汗还没说话，就见图兰朵带着侍女出现在门前。只见她发髻上插着那枚莹莹的宝珠，鬓边一枝露水未干的海棠花，缂丝幽兰低垂在豆青色的罗衫上，衣袂飘飘，不沾俗尘。

众人不禁看愣。

图兰朵盈盈下拜：女儿拜见父汗。

大汗忙说：好好，快起来。

图兰朵起身，大汗望着女儿目不转睛：你们快看，朕的女儿，沉鱼落雁，这是上苍赐给我的福气。

图兰朵娇嗔：父汗。

大汗说：给公主设坐啊。

图兰朵没有坐，却向里屋关切地瞥视一眼：他……好些了吗？

大汗一愣，随即说：好些了，好些了，你来了，自然好多了。

图兰朵羞赧脸红。大汗看着女儿笑着，突然想起什么，转身对周围人挥手呵斥：你们这些人，都站在这儿干什么，走，走，随朕出去转转，朕的园子里花儿都开了。

众人忍住笑，随着大汗走了出去。

伯颜的目光追随着图兰朵的身影。看着眼前这个女子，他不觉喉头发紧。亲眼见她从粉雕玉琢的婴儿长成冰雪少女，但此刻的这个女子却让人欲念狂奔，血脉偾张。他有种要将她攥在手心里捏得粉碎的渴望。

伯颜跟在大汗的后面，艰难地挪动脚步，眼神藕断丝连，像是正在将自己身上的一部分割舍出去。

如果他得不到这个绝色女子，任何人也别妄想。他蓦地意识到这是他多少年来一直的念想。这个女子和这个女子身边的一切都是被他的视线关照的，打算染指的人便是在戳伯颜的眼睛。

伯颜的气息粗重起来。此刻对躺着里屋床上的那个心长在右边的穷小子已经不是憎恶，食肉寝皮都不能解心头之恨。明明命在旦夕，竟然摸了摸冥王的脚指头，又爬了回来。心肺颠倒，什么叫作心肺颠倒，伯颜这辈子南北征战见多识广，从未听说过这个词，这家伙简直就是个孽障。等等！伯颜蓦地站住了，不，这并不是他第一次听到这个词。可不是，记得当年那个阴阳人提到那三个镯子的来历时，曾提到过心肺颠倒。阴阳人说，马尔维亚国王室的子孙们有一个特征，他们的心都长在了右边。

自己一直诧异那小子为何运气这般好，答案原来在这里。伯颜大梦初醒后的窃喜，让他悬空着的心有了着落。不，跌下悬崖的不会是他，他已经在悬崖边上抓住了一根结实的树干。接下来他要攻其不备地出招了。

伯颜默不作声地离开了皇城。他要马上见几个最重要的人，马上做几件最重要的事情。

第八十八章
金枝玉叶

午时已过，海长春才浑浑噩噩地走进了如意斋。如意斋的侍女们纷纷向他躬身，他却恍若未见。事情就这么定了。伯颜的话还在他的脑中嗡嗡地鸣响。事情怎么会就这样定了？

伯颜说：这事就这么定了。你将娶一个公主，这算不上高攀，门当户对。你若不好开口，我去跟你母亲说。

伯颜的话敲打着海长春的额头，让海长春眼前发黑。他的喉咙堵得死死的，找不出字眼儿来回答伯颜的话。与其说那是喜悦，倒不如说是苦涩。

其实当伯颜要与海长春说话的时候，海长春心就怦地一下。他唯恐对方提到昨晚上的事情。当然，他会矢口否认，但否认有用吗？幸好，伯颜对他说的是三个镯子碎了。提到三色镯，海长春的心又怦地一下。他已知道镯子碎了，真心为公主高兴，甚至觉得这里面有自己的功劳，若没有自己，蓝眼睛怎能活下来，并解开了三个谜。但他也无法欺骗自己。镯子碎了，接下来大汗会做什么？如果蓝眼睛没有死，大汗会按照承诺给蓝眼睛赐婚吗？他束手无策，只有依赖于叔父。他期待伯颜帮他，事情才能有些余地。叔父是他的骨肉至亲。自从伯颜知道了他的心事，已经与他数次提到过亲事。不是骨肉至亲，谁会这样？可万一伯颜知道了昨晚海长春做了背叛他的事，还会替海长春出头吗？

所以，海长春与伯颜说话，心跳得乱七八糟。

伯颜说：公主的三个镯子都碎了，这你知道。

海长春说是。

伯颜说：我知道你喜欢公主。但你与她已然没有可能。

伯颜的话让海长春一下子站在了冰水中。他的腿有些僵硬，但还是竭力保持着应有的尊严站稳。他说：长春明白。

伯颜打量着海长春，又说：男大当婚，你是海东青的长子，海都将军的长孙，我虽为叔父，但也一直替你打算着。人生大事，不可草率……

海长春不知道伯颜在说什么。既然他与图兰朵公主之间的结果摆在那里了，他只想调头出去，寻个没人的地方好好静静心。

伯颜说：这两日变故太多，我想来想去，还是这样安排最好。回去跟你娘亲打个招呼。剩下的事情，叔父会替你张罗。

海长春愣愣地问：什么安排？

伯颜说：你的亲事啊。

海长春依旧没有懂。

伯颜说：乍听上去有点意外，但细想想，她也算金枝玉叶。虽说黑骆驼国亡了，但她若运气好，说不定还有复国的机会。说到底你娶了一个公主，这算不上高攀，是门当户对。

海长春渐渐听明白了，觉得脚下的冰水正漫上来，齐到胸口。他企图抓住救命稻草，艰难地说：婚姻大事，父母之命，媒妁之言……

伯颜打断海长春的话：这事就这么定了。叔父从小看你长大，视你为己出，替你做这个主还是做得的。回去跟你娘亲报喜吧，我的意思是，婚事就在府里头办，人手和花销我早有准备，三日后是吉日，你和她成亲。

海长春失魂落魄地走出西花厅，这大概是他一生中最黯然的日子。

海长春低着头来到如意斋的偏院，这里竹影婆娑。正午的太阳极其刺眼，母亲却顶着太阳站在一簇新冒出的竹芽前用锄头松土。竹子连石头都顶得起，自然不用松土的。但只要天和日暖，母亲就喜欢一个人到这里来，这里埋着父亲海东青的尸骨。

海长春对着母亲鞠身：孩儿给母亲请安。

他听到母亲说：你来得正好。

他没有反应。他在等待母亲说出那个"正好"是什么。

母亲又说：你们早就认识，好歹打个招呼。

他这才意识到原来这里还有别人。抬头看过去，那人穿着一件藕色轻纱衫子，孔雀羽的云肩，俏立在竹影中，对着海长春巧笑倩兮。

海长春呆若木鸡。那个人说：几日不见，少将军与我生分了。

今日伯颜从皇城回来，径直去了后花园。伯颜要见胡姬，总知道在哪儿能找到她。自从胡姬重新打起精神后，他再不要人追寻胡姬在大城的行踪。手下的人担心胡姬会在某日一去不返。他笑了说，多野的猫狗肚子饿了，也会乖乖地回家。肚子是牵着猫狗的那根绳索，挣不断的。手下明白了。胡姬虽贵为公主了，但神仙汤是牵着她的命的那根绳索，挣不断的。

伯颜走进胡姬的住处，见胡姬盘坐在雕着四个骆驼头的木床上，捧着一碗刚刚熬制好的神仙汤，视线落在碗里，对走进来的伯颜不理不睬。

伯颜说：殿下的复国大业如何了？

胡姬说：三个镯子都碎了，那么大的喜事，哪还顾得上什么复国大业。

伯颜说：那是大汗的喜事，对你我并无好处。

胡姬说：对你自然无好处，对我却也无坏处。

伯颜说：别撇得那么干净。昨晚万安阁那边闹事的是谁？你的人太不中用，连个病羊都杀不死。

胡姬说：你不是也想让他死，可惜他命中不该死。

伯颜说：他不死，别人便无活路。大汗说从此天下太平，大模国的人欣然应和，你们那些乌合之众也该四散吧。

胡姬不再说什么，将褐色的神仙汤一口口喝下去，默默地将碗放在桌上。

伯颜说：我答应你的事情一定会成全你，但你也要成全我。

胡姬盯着那只碗，说：你早已成全我了。

伯颜说：依我看，我们最好做成一家人，免得各自生二心。

胡姬说：我听着像是借刀杀人。

伯颜说：喜欢的就是你这种直来直去。两件事情你必须做。一、你该嫁人了；二、既然你能给那个疯女人下蛊，你也一定能解蛊。

胡姬说：我若不呢？

伯颜说：大城已经被你们闹得天翻地覆，大汗眼里不揉沙子。他要彻查，我拦不住。没有国师帮我们，过不了这关。

胡姬说：闹，是你要我闹的。你打什么主意与我无关，我只要我的骆驼国。

伯颜头探过来，盯着胡姬说：三天之内我若赢了，定会让你如愿。怕只怕我们过不了这三天。眼下事已至此，宁为刀俎，不为鱼肉。

胡姬不答，伯颜却看出这句话在胡姬心里打了楔子。

胡姬来到如意斋前，想好了要有一番话与如意斋的主人说。她走进去，海长春的母亲正在竹林前侍弄嫩竹。对方望着她，脸上毫无诧异之色，仿佛胡姬是个常来之客。

她明白那番话不用说了。

海长春母亲的目光拂过胡姬的面孔，这张脸依旧明艳，但那是精心粉饰后的明艳，眼圈有被邪气蹂躏的暗青痕迹，脸上的胭脂盖得住两颊的苍白，却盖不住额头和脖颈上的青筋。她对这个女子既有怜悯，又有痛惜。

海长春的母亲开口：我这儿忙着，不能请你进屋喝茶了。

胡姬说：既然夫人喜欢竹，能在这里站着说话就很好。

海长春的母亲说：竹子清冷，我怕热闹。只能算是两看不相厌吧。

胡姬说：身边没有投缘的，倒不如清冷些。

海长春的母亲用锄头将嫩竹边上的土块一点点敲碎，说：你可知道这竹子是怎么长出来的?

胡姬摇摇头说：胡姬的家乡没有竹子。

海长春的母亲说：竹子的茎是横长在地下的，我们叫它竹鞭，上面有节，节上长着须根和芽。竹芽在地下忍着黑暗和饥渴，等待春天的到来。一旦春雨渗透大地，竹芽破土而出，长成竹子。这一片片的竹林就是这样出来的。

胡姬说：所以，现在正是春天好时机。

海长春的母亲说：你看到没有，这片竹子要开花了。竹子百年才开一次花。花开芬芳，远胜幽兰，稀罕得很。

胡姬说：所以说，这个春天千载难逢。

海长春的母亲叹息：是啊，竹子开过花，会结出竹米，竹米又叫竹实，古人云，凤凰"非梧桐不栖，非竹实不食"，这竹米可是神物。

胡姬微喜：夫人的意思是，竹子开花该是应天授命？

海长春的母亲只沿着自己的思绪接着说：可惜，竹子开过花，结出竹米后，会成片地死亡。所以，竹花是竹子走到尽头的征兆。

胡姬愣怔：怎会这样？

海长春的母亲说：万物皆有法吧。对竹子来说，唯一的机会是等到一颗竹米落地，发了芽，它才有再一次重生的机会。

胡姬说：机会多大？

海长春的母亲说：微乎其微。

胡姬沉思片刻，抬起头说：既然百年开一次花，何不轰轰烈烈搏一回。

海长春的母亲说：百年开花，等待它的却是一死。

胡姬说：胡姬宁可将死当成生的开始。夫人设想这里曾经因为一粒竹米，意外地长成了竹林，竹林已活了百年，如今要开花结果了，这是一次多完美的轮回。

海长春的母亲说：你果然比我豁达。我能为这片竹林做的事情很少，不过是松一松土，能否轮回，一切随缘。

听到这话，胡姬对着海长春的母亲款款跪下。

海长春的母亲慌忙去扶：你贵为公主，怎好跪我。

胡姬说：伯颜已要少将军娶我为妻。胡姬明白这并非夫人和少将军所愿，但望夫人成全。

海长春的母亲盯着胡姬一声不响。

胡姬低声说：夫人不必多虑，胡姬只要三天的名分。

海长春的母亲正要说话，外面有人通报，少将军来了。胡姬乖巧地起身走到竹林的阴影中。

海长春走了进来。做母亲的持着锄头，望见儿子垂头耷脑，如霜打的菜苗一般。他是来向母亲请安的，但他魂不守舍的样子怎能让母亲心安。这不是一个少将军该有的样子，更不是海东青的儿子该有的样子。乍一看，海长春的确酷似父亲，众人都说有一日海长春会比当年的海东青更有出息，但只有她知道真相，因为只有母亲能看到儿子的心。这些年来，那个人一直悄悄地企图改变儿子，他捂住儿子的双眼，堵住儿子的双耳。虽然他改变不了儿子的相貌，却让儿子活得懵懵懂懂。那个人最怕的是海长春有一日真的像了目达耳通的海东青。眼下是帮着儿子找回来他该有的样子的时候了。

海长春的母亲对着海长春说：你终于要娶亲了，母亲为你高兴。

第八十九章
共生共死

万安阁内静悄悄的。柳儿坐在床边，眼一眨不眨地盯着床上昏睡的卡拉夫。

昨晚上，柳儿一直没睡。半夜，她听到父亲出了一趟门，大约一个时辰后才回来。父亲走到柳儿住的厢房窗前，低声说：睡吧，他走了。

柳儿腾地跳起来，掀起窗扇，瞪看着父亲。

父女两人对视了片刻。柳儿说：爹——?

周大却转头，径自回屋去了。他没有告诉女儿蓝眼睛是如何走的，也没有告诉女儿他是如何知道的。

柳儿一直没有合眼。父亲的话对她既是慰藉，也是触痛。蓝眼睛走了，但柳儿怎么可以没有蓝眼睛哥哥，这个家怎么可以没有蓝眼睛?

清晨，柳儿眼圈红红地在灶前做饭。周大走过去，抚了抚女儿的头。柳儿眼中的泪水哗地流淌下来。她假作被灶火熏了眼睛，用手捂住。她不能让爹看到她的眼泪。爹也是伤心的。但她的眼睛无论往院子的哪个角落放，都是蓝眼睛的痕迹，蓝眼睛劈的柴火，蓝眼睛挑的水，蓝眼睛补过的篱笆，蓝眼睛修过的竹筐，但蓝眼睛却不在了。

父女两人一声不响地吃过早饭。周大说：我出去打探一下消息。

柳儿知道父亲说的"消息"是什么，所以，点点头。

周大走了。柳儿坐在院子当中发愣，望到篱笆边星星点点开出一些蓝色的小花。那是两月前柳儿从后山坡移来的勿忘我。记得那日将花芽担回家后，还是蓝眼睛替她刨的土，两个人说笑着把一株株嫩绿的枝茎沿着篱笆栽下。这些日子忙乱乱的，竟没有在意它们是何时孕育了花苞，何时绽放出这些娇嫩的小花。她望着那些让人心痛的蓝色，视线开始模糊，泪水又涌上来。这时候，有人走进院子。那个人一声不吭地走到柳儿近处，在她对面坐下。

柳儿不由得怒怼：看什么看，没见过人哭啊！

那人递过来一方手帕，柳儿不接，却用袖子抹了一把脸。

阿里说：见过别人哭，没见过柳儿哭。

柳儿气哼哼地瞪着对方精煤似的眸子，说：要你管啊！

阿里笑了：别哭了，他回来了。

柳儿将头扭到一边。

阿里说：我说的是真话，蓝眼睛回来了。

柳儿说：看你舌头长大疮。

阿里说：刚得到的消息，图兰朵公主最后的那个镯子碎了，蓝眼睛回大城了。

柳儿腾地站起来：他在哪儿？

阿里说：已经送进皇城里。蓝眼睛好像受了重伤。

柳儿拔腿就往外跑，在院子门口看到哑巴正"啊啊"地指着柳儿笑。

哑巴穿着簇新的衣服，脸上都是阳光。柳儿却顾不上跟他纠缠，推了他一把说：去去，一边儿笑去！

阿里急忙喊她：等等，你一个人怎么进皇城啊！

阿里话音未落，柳儿已经一溜烟，连影子都没了。柳儿哪里顾得上等阿里和哑巴，她只巴望即刻见到蓝眼睛，即便面前是铜墙铁壁，她也要一头撞上去。柳儿疾跑着，迎面却撞上了大汗派来接她的人。那些人阵仗好大，赶着漂亮的马车吆三喝四的，街坊邻里都知道是来接蓝眼睛的家人。柳儿被恭恭敬敬地拦住，请入马车中。柳儿坐在车里喘着粗气，看来大汗还行，竟然想到柳儿的前面了。

进了万安阁，柳儿直扑到蓝眼睛的床前。见到蓝眼睛面色死灰，双目紧闭，她连呼带喊泪飞如雨。

屋里有人安慰她说：柳儿姑娘，别担心，御医说了，他会好起来的。

柳儿抬头看那说话的人，肌肤似雪的面孔，两颊令百花黯然的芙蓉色，讲话的声音温柔如水。这是一张让天下万物自愧弗如的脸，是一张被柳儿刻在心头的脸。她认出来，这正是那个鼎鼎大名的图兰朵公主。

柳儿说：你在这儿做什么！

图兰朵不由得窘迫，踟蹰道：跟你一样，希望他好起来。

柳儿此刻才想起眼前这个金碧辉煌的地方是皇宫，这个叫图兰朵公主的女子是这个地方的主人。这不是自己的家，也不是蓝眼睛的家。在这里，自己和蓝眼睛都只是外人。柳儿气噎，但又无奈。刚才在路上她已经打听过了，都说是蓝眼睛自己将身体撞到公主的剑上，才伤了自己。柳儿偏不信。蓝眼睛的功夫好到不行，高手想伤他都伤不到，哪有自己撞剑的可能。即便真的误伤，那把剑总不会无缘无故地对着蓝眼睛，而那把剑的主人正是图兰朵公主。

柳儿想到这些，怨气冲到头顶。这些年来，因为图兰朵，因为图兰朵手上那三个镯子，大城人吃了多少苦头；现如今，连蓝眼睛哥哥都差一点丢了性命。图兰朵公主何德何能？除了出生在皇家，有公主的名分，长得比别人好看，还有什么好。柳儿想不通。说出大天，柳儿也无法宽恕图兰朵公主，她是个祸害。

柳儿不能跟图兰朵动手打架，但她可以用舌头打架，尽管图兰朵对着她满是歉疚，柳儿的脸冰冷，毫无半分笑意。

柳儿说：既然御医说蓝眼睛无碍，那就用不着烦劳公主了。请移步回宫，我也好照看他。

图兰朵公主说：没关系，我可以跟你一起照看他。

听了这话，柳儿更气。柳儿说：公主金贵，这种伺候人的事情，还是让柳儿一个人做。

图兰朵公主却说：多一个人，多一双手。

柳儿干生气，她没法子把图兰朵公主赶出去。这里不是她的家，她说了不算。柳儿一边生气，一边找碴儿。她看了看卡拉夫的胸口，眼睛睥睨着图兰朵说：宫里的人也太懒怠，蓝眼睛这么重的伤，怎么也没个下人和大夫在一边伺候着。

图兰朵说：我怕下人手糙眼拙伺候得不周到，所以赶她们楼下去了。给蓝眼睛把脉下方的是徐提点，这会子他正带人给蓝眼睛煎药，若需要，随时可唤他上来。

柳儿说：伤得这么重，怎么这会子才煎药？

图兰朵说：现开方子现抓的药是慢些，好在一个时辰前就给蓝眼睛服过丹药。徐提点祖传秘制的九死还魂丹，还上了御制的金疮膏。

柳儿听说过江湖上对九死还魂丹和皇家御制的金疮膏的

赞誉，知道是难得的东西，于是瘪瘪嘴，伸手去摸卡拉夫的额头，又扯扯卡拉夫身上的被子，说：谁这么不长眼，没瞧见蓝眼睛在出汗呢，给他盖这么厚的被子……

图兰朵说：御医有吩咐，那丹药活血化瘀，蓝眼睛身子虚，免不了出汗，千万不可着凉。

柳儿被堵嘴，仍不服气：发了汗，被褥潮乎乎的，让蓝眼睛睡着多受罪。

图兰朵微笑着伸手打开床头的红木雕花立柜，只见里面满满都是各类皮毛和绫罗绸缎的被褥。

图兰朵说：这里有一套金丝猴的缂丝被褥，两套吐蕃羚羊绒的被褥，两套乌银雪做的被褥……

柳儿打断图兰朵的话：我爹爹跟飞鸟走兽打了一辈子交道，哪有乌银雪这种东西？就算柳儿短见薄识，但也只听说过乌银，见过雪，从没人提过什么"乌银雪"。

图兰朵说："乌银雪"说的不是走兽。指的是银狐颔下的那块皮子，毛深细软、银光耀眼，轻软如雪，所以得此名头。除此之外，还有四套丝绵被褥。无论薄厚，柳儿姑娘尽管挑。

柳儿瞪着琳琅满目的立柜，悻悻地哼了一声：柳儿今日算是开眼。这里随便一套给了平常百姓家，够他们吃一辈子。还是公主留着自用，免得折杀了蓝眼睛。

说着，柳儿转身走开。

图兰朵被顶撞得半晌说不出话来。

走进那个洞穴，见到黑大氅已经立在里面等他。伯颜有一阵子没有来这里，只觉得这一次比往日更加阴森。

伯颜说：国师为何约我来这里？

国师说：这里更方便些。

伯颜说：那个镯子的碎片已经在我手里，国师要看，随时可看。何苦要跑这么远。

国师说：因为我也要给你看个东西。那个东西却不是随时可看。

伯颜知道这个黑大氅说话永远都阴阳怪气，所以并没有追问，只是从怀里掏出一个手巾包，摊开来，里面躺着三枚晶莹剔透形状各异的镯子碎片。

国师的手还没有触到碎片，伯颜已经将手巾包攥紧。谈买卖的当口，这东西还是不让这个家伙碰到为好，谁知道他会不会调包。

伯颜说：既然三个镯子的碎片都全了，国师打算何时动手？

国师瞥看伯颜，说：不忙，这里还有一样我要给你看的东西。

说着国师转身往洞穴深处走去。

伯颜只得跟在后面。伯颜说：国师可知那个蓝眼睛心肺颠倒，定是马尔维亚王族的后裔。他能解开三个镯子的谜也在情理之中。

国师说：大汗正在招贤婿的兴头上，哪会信你这些。再者，我若是大汗，便会问你，难道世间凡五脏颠倒的，都是马尔维亚王室的后裔？那个蓝眼睛若与汗国真的有血仇，又何苦来解开谜，救公主于水火之中？

伯颜说：这事该反过来思量，别人对三色镯束手无策，偏偏蓝眼睛这么幸运，这中间难道没有蹊跷？

国师说：除了心肺颠倒，你手中没有其他证据。说什么大汗都不会信你。

伯颜哼了一声：大汗老糊涂了，他已经从草原上的狮子变成一只绵羊。我不能眼看汗国的社稷江山落到那个蓝眼睛手里。

国师轻描淡写地说：将军放心，汗国的社稷江山自然会有人来打理的。

听了这话，伯颜心头的火忽地蹿起来。他的眼角瞥着四下里摆放的稀奇古怪的法器和微微摆动的招幡，还有那一排排各国求婚王子们的骷髅头骨，想着行伍之人杀人见血，这个阴阳人却杀人不见血，更有一套高明，觉得后脑勺传来阵阵寒风。这是个比自己还要狠的角色。

国师在一个大铁锅样的容器前站住。那铁锅底下生着红亮的炭火，冉冉热气从锅盖里冒出。

国师说：你知道这里面是什么？

伯颜说：莫不是你炖了一锅羊肉要款待我。

国师将手边的锅盖掀起，只见雾气缭绕，但锅里水已经不多，有个人湿漉漉地蜷躺在中间。

伯颜不由得愕然：国师，你这是——！

国师说：我要你帮的就是这个忙。

伯颜说：这个疯婆娘被你煮了？

国师狠狠盯了伯颜一眼：她中了蛊毒，胡姬做的好事。若不用这锅烫水煮她，那蛊虫早就要了她的命。

伯颜说：胡姬这个丫头也是难办。你知道她的心性，既不怕死，又不贪财。一心只想要她那个骆驼国复国。

国师说：那是你和她的事，与我无关。你若想要金刚不坏之身，就把胡姬交给我。

伯颜忖量片刻，说：我有一事不明，望国师解惑。在世人眼中，国师博大精深，无所不能。放蛊手段虽阴损，但毕竟是雕虫小技，怎会将国师难住？

国师惨笑：将军说得不错。世上蛊虫我见多了，但这种蛊虫却独一无二，因为蛊虫是与放蛊人和中蛊人共生共死的。

伯颜说：共生共死？这怎可能。难道说胡姬给这个疯婆娘放蛊，自己也不打算活了？

国师叹息：敢于两败俱伤，也算她有些胆魄。只是她想寻死，别人并不想寻死。

伯颜说：胡姬是个弱女子，无缚鸡之力。国师有呼风唤雨的本事，怎会对她如此忌惮？

国师说：胡姬麾下尽是亡命之徒，将军对胡姬又有打算。何况解蛊要她情愿才好，不然适得其反。还请将军出手相助，那些蛊虫是食人心肺的毒虫，只有听到自己主人的召唤才会出来。

伯颜说：国师若能成就我金刚不坏之身，我自然会劝说胡姬遵命而行。

国师说：伯颜将军要的东西近在咫尺。明日晚，子时前，你把那个胡姬带到这里来。子者为阳生之初，是练就金刚不坏之身的绝佳时辰。

第九十章
我是谁

柳儿被大城的晨钟悠长的鸣响惊醒，发现天已大亮。自己明明只想合个眼，打个小瞌睡，怎么睡沉了，趴在床头一觉到天亮。她内疚地跳起来忙向卡拉夫看去，卡拉夫依旧昏睡着，但呼吸较昨日平缓了些，再摸卡拉夫的额头似乎也不那么烧了。柳儿松了口气，这是第二日了。柳儿想，那个白胡子老头儿果然厉害，他担保蓝眼睛不会有事，而且会一日比一日好。此刻看来，蓝眼睛真的好了许多。那个白胡子老头说话管用，值得交个朋友。

昨日，柳儿和图兰朵公主守在卡拉夫的床前一直到后半夜。御医和侍女不时地端茶端水端汤端药往楼上来，直耗到大家都精疲力竭。白胡子老头最后一次给卡拉夫号完脉，对图兰朵公主说：老夫担保蓝眼睛无事了，并且一日比一日好。殿下还是回去歇息吧。

图兰朵看了柳儿一眼说：柳儿姑娘也去歇一歇，我已经让人为姑娘在万安阁的楼下安排了妥当住处。

柳儿马上说：千万别费心，我不困。熬夜算什么，三五天小事一桩，十天八天也熬不倒我。

见公主还要劝，柳儿立马又说：我这人刁钻，嫌弃生人味儿，让我住生人住过的房间，还不如让我死；再说了，万一蓝眼睛醒了，瞧见跟前一个亲人没有，多寒心。蓝眼睛是我哥，我得守着他。

柳儿伶牙俐齿滴水不漏，于是无人再多嘴，由她留在了卡拉夫的房间里。

此刻侍女们看见柳儿起身，殷勤地端上来梳妆盒、镜子、水和手巾，请柳儿梳洗。柳儿略略擦了一把脸，扔了手巾。瞄见眼前摆放着大大小小的一堆盒子，于是一个个掀开看，有膏，有粉，还有水油。深红浅绯鹅黄雪白，滑润细腻，芬芳袭人。她猜盒子里的东西大约都与口脂胭脂水粉头油之类有关，但一时又分不清如何用，于是皱眉说，什么劳什子，用不惯，都端走。

侍女们诺诺地刚退下，图兰朵公主就上楼来了。柳儿看公主换了一身很好看的珊瑚色衣裙，衣襟和裙摆上是银线珠绣蝶恋花。掐指不过两个时辰，公主回宫小憩了这么一会儿，就眉眼盈盈，光彩照人。柳儿后悔自己刚才没拿脂粉涂涂脸。

图兰朵对着柳儿：柳儿姑娘辛苦了。

柳儿耷拉着眼皮说：还是公主辛苦，一眨眼工夫就又过来了。

图兰朵说：蓝眼睛可好些?

柳儿说：有我在，你尽管放心。

图兰朵没有在意柳儿的语气，走到卡拉夫床前，端详着说：看起来果然好了许多。

柳儿不理睬她，却从角落捡起一件衣服，那是昨晚柳儿帮卡拉夫换下的。柳儿嗅了嗅，上面既有血迹汗味，还有泥土的味道。

柳儿说：公主请自便，柳儿去洗衣服了。

图兰朵忙阻拦：这事不用有劳姑娘，宫里有专门的浣衣局。

柳儿撇嘴：蓝眼睛的衣服从来都是我亲手洗，交给外人，怕是洗不干净的。

图兰朵看着柳儿径自下楼去了。图兰朵讪讪地站在那儿，四下无人，反而让她有些不知如何是好。她慢慢在卡拉夫身边坐下，看到对方衣襟微敞，胸部包扎的白布沁出血褐色，不由得心痛。她怯生生地伸出手，掀起被子角，试着想将卡拉夫半裸露的胳膊放进被子里。谁料，卡拉夫的手一紧，竟将图兰朵细嫩的指头紧紧抓住。

公主怦然心动，面红耳赤。她试图将自己的手从卡拉夫的掌心挣脱，但那手掌执着得很，硬是挣不脱。图兰朵惶恐地向身后看了看，唯恐有人进来，又不能让对方总那样攥着。她悄悄地附在卡拉夫的耳边喃喃：蓝眼睛，蓝眼睛！

卡拉夫微微动了动，没有松开手掌，却蒙蒙眬眬睁开了眼睛。

图兰朵又喜又羞，看着卡拉夫笑靥如花。

卡拉夫陌生地望着图兰朵，对方容颜令他目眩。他刚要张口说话，却被图兰朵用食指轻轻压住了嘴唇。

图兰朵嘘了一声，说：蓝眼睛，你的眼睛果然如天空一般蓝。告诉我，你是长生天派来的吗？

图兰朵的呢喃钻入卡拉夫的雾蒙蒙的头脑，在那重叠的云层中炸出轰隆隆的闷雷声。卡拉夫的意识突然变得清晰。他抬起头，瞪大眼睛，向图兰朵望去，表情瞬间被冰封。

卡拉夫丢开自己紧握着的图兰朵的手，气息变粗。

图兰朵看出异样，但无法解释这异样从何而来的：蓝眼睛，你怎么啦？

卡拉夫脸扭向一边，不理睬图兰朵，企图撑着胳膊肘坐起，不料却触动了伤口，呻吟一声，跌倒在枕头上。图兰朵忙扶他，却被他生生甩开。图兰朵只得将一床被子抱过来，垫在了他腰间。

卡拉夫眼神黑沉沉地看向前方，仿佛要戳透眼前的墙壁。

图兰朵有些不知所措地说：告诉我，难道我做错了什么？

卡拉夫说：你先告诉我，我是谁？

图兰朵踌躇：你，你是蓝眼睛，我未来的夫君。

卡拉夫冷笑：我的姓名呢？我曾经也有过父母和家庭，对吗？

图兰朵说：你的过去重要吗？父汗和我看中的是现今的你。父王已经下诏，大赦天下，与民同乐。百姓免赋税，外藩免进贡。朝野上下都说你是举国第一功臣。

卡拉夫说：这些跟我有什么关系？

图兰朵说：两日后父汗将大宴宾客，要为我们举办订婚庆典。

卡拉夫说：既然你要嫁人了，为何不先弄清自己究竟要嫁给一个什么人？

图兰朵泪目，无奈地望着卡拉夫。

卡拉夫说：我已经答了你的三个谜，你只需回答我一个。我是谁？

图兰朵微微点头：好，我答应你，但要给我一点时间。

卡拉夫扭过脸，望着窗外灿烂的太阳说：既然后天大汗要为你举办庆典。不妨在那天日落西山之前，你给我个答案，说出我是谁！

图兰朵说：我会尽力。

卡拉夫冷冷地问：如果你食言了？

图兰朵说：婚事作罢，绝不为难你。但我若找到了答案……

卡拉夫说：随你宰割。

图兰朵坚定地说：不，蓝眼睛，我要你……要你心甘情愿地娶我为妻。

两人不再言语，屋中一片静寂。

这时楼下传来笑语欢声，有人进了万安阁并带来了喧闹。

片刻，大汗的侍从官笑吟吟地出现在寝室门口，嘴里碎叨叨地说：好好好，原来公主也在这儿，微臣就用不着去花楼殿给殿下道喜了。

图兰朵强打起精神说：你有何事？

侍从官笑眯眯地说：大汗传旨，要封蓝眼睛"一字王"，已命礼部去拟封号，金册金印随后就会送到。微臣过来是想看看蓝眼睛的伤势，也好回禀陛下，让他安心。

侍从官说完，嘴角扯到耳朵上，等着公主和卡拉夫的反应。然而两个人都板着脸默然。侍从官忐忑，不明白自己说错了什么，但嘴角又放不下来，只好尴尬地挂在那儿，扯得脸疼。

柳儿恰好此刻回来了。哟，洗件衣服的工夫，来了这么多人！她自言自语地环顾屋内的人们，一眼望到了床上撑着身子半坐起的卡拉夫，顿时欢天喜地，哎呀，蓝眼睛醒了！

说着，柳儿奔到床前，笑盈盈地打量卡拉夫：怎么坐起来了？伤口疼吗？饿不？想吃东西，喝水吗？

卡拉夫见到柳儿，挣扎着要下地。吓得柳儿一把抱住他：蓝眼睛，你想干什么！

卡拉夫说：咱们离开这儿，回家。

当侍从官把卡拉夫私自离开皇城的消息带回到大汗面前时，大汗目瞪口呆。

大汗说：什么？走了，连朕赐给他的金册金印都看不上。他是谁？都是汗国的驸马爷了，他是谁还重要吗？

侍从官低着头嘟囔：他说了，要是公主答不出，他就不做驸马爷。还不能以任何理由为难他。

大汗被气笑了：这能由他说了算吗？

侍从官应声：是啊，由了他，陛下的脸面往哪儿放？

大汗说：朕要看看他有多大的本事。去，给我出告示，出重赏，全国上下都给我查。一定要在两天两夜里查出他的底细。

第九十一章
水落石出

大汗是大城的神，神开口说话，要雨必有雨，要风必有风。

只是眨眼的工夫，大城的大街小巷贴满了画着卡拉夫面容的告示。贴告示的都是朝廷里的人，个个小跑着往墙上刷糨糊，上面说了，以贴告示数量的多少论功行赏，所以他们很努力。

柳儿到街上买东西回来，迎面碰上了小骆驼和红秀。

小骆驼说：柳儿，你看到没有，满街都是蓝眼睛。

红秀也说：蓝眼睛已成了汗国的大功臣，为何还要追查他的底细？

柳儿答不出。看到这些告示，柳儿比谁都不开心。告示把蓝眼睛画丑了。当然，衙门里混饭的居多，蓝眼睛又长得是那种一般人画不出来的英俊，他们想将蓝眼睛画得真切，有点难。但再难也不能糊弄，连小骆驼和红秀都说，随便在街头抓个色目人，长相也比这耐看。更不开心的是街头出现了许多獐头鼠目的家伙，他们在告示下面转悠，一万两白银的悬赏让他们眼睛闪出绿光，跟狼见了肉一样，口水流到下巴上。为了钱，这些人说不定会干出什么龌龊事情来。

小骆驼将手里的篮子递给柳儿，说：我爹刚做好的豆腐，还热着，拿回去给蓝眼睛吃。这些鸡蛋和鸭蛋，是红秀的。

柳儿看着沉甸甸的篮子说：你们也不宽裕。

小骆驼说：我们家不差这一点儿。

柳儿说：红秀家里人口多……

红秀打断柳儿的话，说：给蓝眼睛补身子的。天狗若在，他也会这么做。

提到天狗，柳儿眼圈儿一热，只好点点头，看着小骆驼和红秀走了。

近来小骆驼往天狗家去得挺勤。自从天狗走了后，孙木匠两口子年纪大了，经常闹病，大虎、小虎不成器，家里只靠着红秀一人支撑。伙伴们知道孙木匠家里难，常去帮一把，但去得最多的是小骆驼。日子久了，大家瞧出小骆驼的心思，反而纷纷去得少了，有事情就指使小骆驼去办，说小骆驼身大力不亏，手脚又利索，是最妥当的。

如果小骆驼真的能跟红秀有缘分，那就好了。柳儿想着，正要回身，却远远看到阿里带着几个色目人走过来。想起昨日匆匆一别，更知道他与蓝眼睛的情分不一般，所以柳儿满面笑容地站在那儿，等待阿里走近。

阿里看到了柳儿，眼睛里放出光彩。

柳儿对着阿里招招手，"嗨"了一声。

阿里边走边说：怎么这么巧，又是刚出门，就碰到柳儿姑娘了。

柳儿说：瞎话，会同馆在上城，这里是下城。

阿里自嘲道：看我，见了柳儿姑娘都不会说话了。

阿里离开自己的几个随从，走到柳儿的近前说：听说蓝眼睛好些了，已经回家了。

柳儿说：什么好些，只不过是捡了条命。帮公主解了谜，还挨了一剑。明明是恩将仇报，干吗还住在那儿。

阿里疑惑着：不会吧，既然镯子碎了，公主又要与蓝眼睛定亲，无论这一剑的仇有多大，都该化解了。

柳儿说：谁说蓝眼睛要跟公主定亲的？

阿里说：我等原本打算过几日就要回大模国了。刚才哈桑将军与我进宫，向大汗辞行，却被大汗挽留，说既然我和蓝眼睛已结拜兄弟，总不能喜酒都不喝，就走人了。

柳儿说：不会那么快吧，难道不该等蓝眼睛的伤势痊愈？

阿里说：是没有那么快，后天只是订婚庆典。婚事在半月后举行。周边诸国很快都会得到消息，派使臣往这边赶。

柳儿一声不响站在那儿，面色惨白。

阿里看着柳儿，目光怜惜，忍不住将手轻轻放到她的肩上。

柳儿愣站了一会儿，默默将阿里的手拿下，扭头想走，却差点撞到一个须发花白的色目人身上。

那个色目人和善地对着柳儿笑了笑，柳儿恍惚记起自己见过这个人。前几日在醉霄楼，这个人站在哈桑将军身边，还给他递过锣槌。

柳儿勉强对着那个色目人说，得罪。随后绕开那个色目人，匆匆走了。

阿里目送柳儿身影渐远，须发花白的色目人对阿里说：孩子，看得出你喜欢她。

阿里说：她是我在大城见到的最好的女孩子。

须发花白的色目人说：你眼光不错。可惜，她的心已经给了别人。

今晚，你同我一起去。

伯颜对胡姬说出这话的时候，他其实已经知道胡姬不会真的拒绝他，但胡姬也不会随意被他一两句话说服。

胡姬说：将军可否明示，国师究竟能帮你我什么？

伯颜说：他法术高明，可移星换斗，点石成金。

胡姬说：既然他要风有风，要雨有雨，为何还帮你我？

胡姬的话让伯颜心中微微一动。其实这也是他一直在等而没有等来的疑问。国师有算计，不会随意帮人。若帮了，必是早算计出有大利可图。想到自己必须回报国师的东西将比自己拿到的多，伯颜心中是不快的。这不仅仅是将胡姬交给他们那么轻巧，胡姬对伯颜来说还有用途，好在国师说了，他不要胡姬的性命；自然也不是仅仅给那个疯婆娘解蛊那么简单，国师将那个丑八怪看得比眼珠子还金贵，执意要救她，这提醒伯颜必须睁开头顶上的一只眼睛看看，粗粝的石头当中或许就隐藏着宝藏。

万一胡姬给那个疯婆娘解了蛊，但国师临阵变卦，不肯帮自己练金刚不坏之身了，怎么办？万一国师在帮自己练金刚不坏之前，开出天价，怎么办？万一国师要的东西也是自己想要的，怎么办？

伯颜没有道出心头的话，却说：眼下顾不得那么多。他帮你我有他的道理。我只要知晓，究竟你给那个疯婆娘下了什么蛊？

胡姬说：不要问我，你该比我清楚。

伯颜说：什么？

胡姬一笑，再不作答。

天早就黑透了，柳儿强打起精神将那个白胡子老头的御医和他的属下送出了院门外。

柳儿说：徐提点辛苦。

白胡子老头说：给大汗办差事，不敢言辛苦。有长生天庇护，过不了几日，蓝眼睛就能欢蹦乱跳地满地跑了。

柳儿说：这么快？

白胡子老头说：老臣已经用脑袋打了包票，说话得算数的。何况，老臣也急着要喝公主的喜酒呢。

白胡子老头喜气洋洋地走了。柳儿心灰意懒地走到卡拉夫住屋前，扒着窗户向里望了望，只见卡拉夫合着眼一动不动地在床上躺着。这些人闹腾了一天，准把蓝眼睛累坏了。柳儿慢慢走回到灶房，灶台上锅里的水咕噜咕噜地滚着，柳儿望着案板上已经扯好的面片儿发愣。

上午，柳儿和卡拉夫前脚到家，后脚白胡子老头就带着太医院的人赶来了。他们说是秉承大汗的旨意来伺候蓝眼睛，这话无人敢相悖。他们在卡拉夫的院子外摆开阵势，熬汤煎药，一直折腾到日落西山。看病也能有这种声势，让远近的邻里们都伸着脖子，手搭在眉上，朝这边瞭望。

最后还是周大忍不住上前，对他们说：我这里小门小户，只怕没有地方让你们留宿。

白胡子老头摆摆手，说：不用了，我等回皇城，明日一早再来叨扰。

于是这些人又提着砂锅瓦罐抱着红泥火炉全都走掉了。他们给蓝眼睛疗伤，蓝眼睛的伤势或许真能好得快些。但蓝眼睛的伤势好得快些，蓝眼睛要与公主成亲的日子也来得快些了。

那些人走了，柳儿打算扯点儿面片，卧两个鸡蛋，再放些葱花儿进去。鸡蛋面片汤是蓝眼睛最爱吃的。刚刚看蓝眼睛的样子，似乎睡着了。蓝眼睛好不容易睡了，即刻叫醒她，柳儿心疼，所以她守着开了锅的水和案板上的面片发愣。面片汤下锅的工夫要不早不晚，免得蓝眼睛吃的时候糊了。

柳儿就着灶火的光亮，用了约莫小半个时辰将周大的两件旧衫子补平整，然后起身，把面片儿下锅，鸡蛋卧熟，撕了几片青菜嫩叶丢在汤里，放了盐，撒匀葱花，又点了几滴极香的芝麻油，小心翼翼地盛进海碗里，端出灶房。她走近卡拉夫的住屋前，烛光将父亲周大的影子投在窗扇上。屋里隐隐约约传出低沉的声音。

师父，那次你给我看过一件披肩，那是我母亲留下来的。我的父母亲就是三个镯子的主人。他们是国王和王后，对吗？

周大没有作答。

他们都死了，是你救了我，对吗？

屋里依旧沉默。

我的真实名字叫卡拉夫？

周大的身影动了动，向门口移去。

师父——！

周大终于站住。半晌，周大缓缓说道：早知道会有这一日的。既然你都知道了，师父不再瞒你。你是马尔维亚国王族唯一的后人。伯颜屠城时，汗军到处搜寻你的下落，我只好让宫中一个受了重伤与你相貌相近的小侍童穿上了你的衣服，将他抛在死人堆中。不久便听到了马尔维亚王室唯一的继承人死于兵乱之中的流言。知道灯下黑这个说法吗？当初把你带回大城，就是因为这里最安全，能让你活命。

柳儿一震，手中的碗差一点掉在地上。

第九十二章
解蛊炼巫

胡姬对海长春说：今夜我要去一处地方。

海长春闷闷地说：哦。

胡姬说：你也不问问我要去哪儿？

海长春说：你独来独往惯了，从不要别人过问。

胡姬说：还有两日，你我就要成亲。快成亲人了，总该挂心问一声。

海长春坐在廊子前，望着眼前红嫣嫣的芍药花无动于衷。

自从母亲站在竹林前与他说了胡姬的亲事，他就没有再主动跟胡姬说一句话。他已经回答了母亲话，他说：此事母亲做主。

这话是当着胡姬的面说的，也算是给了胡姬一个交代。

胡姬微微一笑，走到芍药花前，将那朵绽开得最娇艳的芍药摘了下来，回身递给海长春：帮我戴上。

海长春茫然地接过花，看了胡姬一眼。

胡姬指指鬓角：戴这儿。

海长春将花插进胡姬的鬓间。

胡姬抬手摸了摸头上的花朵：花开堪折直须折，莫待无花空折枝。府里的歌姬常唱的小调，对不？好像还有两句，记不得了。

海长春说：劝君莫惜金缕衣，劝君惜取少年时。

胡姬说：对，就是这两句。多好的词儿啊。嗯，让你说句话真难。怕不是你娶了我，从此就变成哑巴？

胡姬说完，脸颊映着彤彤的明艳，娉婷离去。

临近子时，万籁俱静。伯颜带着胡姬走到一座峻峭的山壁前。

在离开府邸前，伯颜已经对胡姬有所叮嘱：他定会要你先给疯婆娘解蛊。不用与他争执，按他说的做便是。

胡姬说：这不像将军行事的气派，国师用何手段把将军吃定了？

伯颜伸手去摸胡姬鬓边那朵夺目的芍药花，说：除了你，何人能将我吃定？

胡姬打开伯颜的手，说：将军自重。

伯颜冷笑：殿下还是多想想自己的复国大业，别的不劳你费神。

伯颜打着火石，引着松明，两个人沿着石壁中一个深深的裂缝走进去。尽管伯颜对路径熟悉，但几步之外黢黑一片，阴气入骨，这让他不得不将脚步走得谨慎。胡姬平静地一旁跟随，既无畏惧，也无迟疑，让伯颜暗暗惊诧这个女子的胆量。

走了约莫数十丈，前面霍亮起来，里面有隐隐火光。只见国师背着手站在石室的门口。

伯颜说：抱歉，让国师久等。

国师转过身来，目光越过伯颜，落在胡姬的身上。

国师说：莲雾公主能大驾光临，等多久都不敢有怨言。

胡姬说：国师取笑，天下哪里有你不敢做的事。

国师说：殿下更是胆识过人，令我刮目相看。

伯颜说：听起来这是惺惺相惜了。

国师说：既然都是自己人，用不着客套。

国师把伯颜和胡姬引进石室，石门在他们身后无声无息地关闭。国师率先走到角落中那口大锅前，锅下面的炭火依旧星星点点地燃着。他将锅盖掀开，露出疯女子半个扁脸。在松明的照映下，那脸被蒸煮浸泡得半透明，异常肿胀，大得吓人，像个要爆炸的牛尿泡。

胡姬望着那个疯女子的脸挖苦：国师易容术高明，这女子看起来面生得很。

国师被人奚落却又发作不得，只好忍住气说：个中缘由殿下心中有数。不须赘述，还是烦请殿下妙手回春吧。

伯颜插嘴：且慢，将丑话说在前头好。若是莲雾公主给这个疯婆娘解了蛊，国师却言而无信，我等又能将国师如何？

国师说：你我有约在先，将军该早权衡过利弊。你若不信我，我也无奈。

伯颜只好向胡姬望了一眼，不再多语。

胡姬找了一块平整的石头坐下，默默地从怀里掏出一个锦盒，那锦盒五彩丝线绣成，花团锦簇，十分绚烂。伯颜觉得似曾相识，但又想不起来是何时何地见过。

胡姬说：解蛊还需几碗神仙汤。

国师说：已经备妥。

只见国师身后出现一个瓦罐和两个粗瓷土碗。国师从瓦罐里倒出一碗褐色的汤水。国师说：还温热着，刚好饮用。

胡姬端起汤水一饮而尽。她放下碗，用手背抹了抹嘴。

转眼国师手上又多了一个碗。伯颜以为这个碗也要递给胡姬，谁料国师说：这一碗有点难，劳驾将军出手。

伯颜莫名其妙地跟着国师走到大锅前，国师将锅里婆娘的脸扳起，示意伯颜把碗里的神仙水对着那肿胀的嘴灌下去，伯颜眼看那褐色的汤水顺着青紫色的嘴角流淌。神仙水全都灌完，疯婆娘那里并没有动静。

国师又将一碗汤水递给了胡姬，这次胡姬并没有马上喝下去。国师转身，端着另外一碗神仙水再次走到疯婆娘面前。伯颜明白这是要按照先前的做法，一个人扳着脸，一个人往里灌。国师却说：不忙，等一等殿下。

伯颜这才明白，这第二碗是一定要胡姬与那婆娘一同喝的。

胡姬不理睬他们，只是看着那碗里的汤水，目光凝滞。伯颜心里有数，这神仙汤的凶狠在于它毒力柔缓而绵长，无声无息地侵入你的五脏六腑。喝一碗超尘出世，羽化升仙；喝两碗却可能夺你的性命。

胡姬慢慢将碗放在嘴边，一口口地咽下去。她的脸颊边浮上浅浅的笑靥，这笑靥让她的面容格外俏丽。看来第一碗的神仙汤已经引着她的魂魄腾云驾雾了。

伯颜转过头，瞄了瞄扁脸上比较大的那个窟窿，开始将汤水往里灌。他暗中感慨这个疯婆子何德何能，竟然让汗国赫斯之威的大将军和无所不能的国师伺候她解蛊。汤水顺着婆娘的喉咙滚落，瞬间从她的腹部传来一阵古怪的咕噜噜的声音。

伯颜和国师都松开了手，只见锅里的人重新匍匐到锅沿上。头上和身上的水珠顺着那蓬乱的头发和肮脏的衣衫流下来，滑过锅沿，滴滴答答地掉在隐隐泛红的炭火上，噼噼啪啪爆开。伯颜看看国师，不知道是不是还需要第三碗。国师一动不动地站在那里，仿佛在等待什么。

片刻之后，锅沿上那个庞大如斗的头部发出嘶嘶的声响，既不像人的喘息，也不像牲畜，而像一个烤在火堆上的瓦罐要炸裂。接着，那婆娘一梗脖子，坐了起来，她的脊背僵硬如板，双眼紧闭，身子晃了晃，喉头抽动着仿佛要打嗝。倏然，她哇地张开嘴，一股黑水汹涌而出，顿时石室中弥漫着恶臭。

国师即刻低头在秽物当中寻找着什么。伯颜也好奇地看去，黑褐色的黏稠物喷得到处都是，还没有看出究竟，那个女人猝不及防又张开大嘴，一阵急风暴雨般的呕吐。

伯颜忙倒退两步，厌恶地查看自己身上是否沾染了秽物。国师脸上却露出狂喜，连声说：有了，有了！

伯颜顺着国师的眼神看去，见到在那龌龊当中爬出了一条小拇指长短、色彩鲜艳的肉虫子。伯颜曾在胡姬的住处见过许多类似的虫子，它们都是被胡姬精心饲养的宠物，与胡姬同卧同眠。但随着胡姬的魂魄被神仙汤勾走之后，那些虫子疏于喂养关照，变得渐渐稀少，后来都不知去向。

五彩斑斓的虫子一扭一扭蠕动着迅速爬向坐在一旁的胡姬，如老马识途、倦鸟归窝似的爬进了锦盒。胡姬爱怜地伸手将锦盒拿在掌心，端详里面的肉虫子，像是个母亲在端详自己的婴儿。

国师上前一把将那个刚刚吐完的疯婆子抱着，尖着嗓门呼唤：圣楠，圣楠！

疯女子已经吐得气息奄奄，对国师的呼唤无动于衷。国师伸手撩开挂在疯婆娘脸上的湿漉漉的头发，拼命摇晃着说：圣楠，是我，看看我！

疯婆子的头被国师摇得拨浪鼓一般，终于渐渐有了些意识。她努力将肿胀的双眼睁开一条缝隙，蒙蒙眬眬地看向国师，好一会儿她似乎辨认出眼前的国师，嘴中嘟嘟囔囔：牛牛，你让我好找……

国师不禁热泪盈眶。

胡姬仔细地将锦盒盖好，自言自语道：恭喜国师，一家骨肉终于团圆。

国师对这婆娘如此情深意切，这婆娘则对国师一声声地叫着"牛牛"，伯颜看得云山雾罩。

伯颜说：国师，这疯婆子到底是何来头？

胡姬说：将军难道没听说过有人既是姐弟，又是母子？

伯颜愕然。

国师放开了疯婆娘，没有理睬伯颜，而是向胡姬走来。

国师弯腰拱手，说：谢莲雾公主慷慨解蛊之恩。

胡姬冷笑：国师何苦心口不一。

国师突然手掌一翻，将胡姬击晕，并将那个锦盒抢在手里。

伯颜惊跳起来：国师不可言而无信。

国师说：我说过不要她的性命，这一击离死还远得很。圣楠虽被解蛊，但胡姬养的这蛊虫诡秘，还是放在我这里安心些。子时已到，没时间纠缠那些旁枝末节，该心无旁骛才是。将军，把那三个镯子的碎片拿出来吧！

伯颜脱得半裸，披着斗篷来在石室的泉眼边上。

他看见国师已经对这泉水念念有词了好久，泉眼里正翻腾出白花花的浪涛。国师一挥袖子，石室中的彩石密集地飞起，如同一片黑云飞到泉眼。国师再将袖子抖了抖，大大小小的彩石哗啦啦地掉落到泉水之中。泉眼下呼地冒出蓝色的火焰，泉水沿着边缘涌起尺高，变成一只透明的大锅，锅中腾腾冒出热气。眼看五色石在锅里渐渐熔化，泉水逐渐变得清澈无比。

国师回身，来到一个沉重的石匣子前。他略略用了些力气，将石匣子的盖子搬开。眨眼间镯子的三枚残片像三只金色的甲虫嗖地飞到了石室的上空。它们彼此召唤追逐着，发出嗡嗡的鸣叫。随着这嗡鸣，泉眼下蓝色火焰妖姬般轻盈妩媚地跳跃到泉水之上，水火时而交融，时而若即若离。

接着，从地面卷起一阵狂风。石室四周悬挂的那些神符在狂风的席卷下纷纷飞向三个镯子的残骸，它们围绕着金光闪闪的残骸起舞翻跹；与镯子的残骸碰撞着，发出金戈之声。

渐渐地，泉眼中的浪花在蓝色火焰的挑逗下沸腾，如开锅似的嘟嘟冒出气泡。

国师说：这也是机缘巧合。想当年女娲将它们三个分别抛在东南、正北和偏西的天涯海角，为的是不让它们聚齐。都说它们若真的聚在一起，将出现白昼颠倒、星辰错位的大事。

伯颜说：人生若无大事，岂不白活。

国师望着在空中徘徊的三个镯子的残骸似笑非笑：将军说得极是。你们三个若能助将军练就金刚不坏之身，也是你们的福分。好了，机不可失，时不再来。

国师尖厉的话音一直随着空中被那些奇异的神符裹挟着的金色甲虫起起伏伏。当"时不再来"几个字脱口而出，撞到石室的墙壁之时，那三只甲虫像打斗嬉闹的孩子突然听到了家人的召唤，一下都怔了怔。

国师说：去吧。

金色甲虫们骤降到泉眼上方。它们低头俯视了泉水片刻，直直坠入其中。

泉水表面的波纹消失后，那口透明的大锅中的水虽热气氤氲，但变得平滑如镜。

国师看向伯颜，说：将军请——！

半裸着的伯颜一抖肩膀，身上的斗篷掉落在地。他用腿试探了一下，缓缓走入晶莹的液体之中。

国师继续念出咒语，泉水锅下蓝色的火焰变得狰狞，液体在锅中显得厚重起来，仿佛在凝固成一块巨大的水晶。

神符继续飞舞旋转，冉冉热气中出现了霓彩般的天空和女娲高大颀长的身影。女娲伫立在那里，默默地看向自己的脚下，脸上似有悲楚。

国师低语如同鬼魅：它们融在一起，将具有世上不可战胜的魔力。天是永生的，三个镯子也是永生的。

三个闪着琉璃般幻彩的镯子一个一个从天而降，跌落进晶莹的液体中。浓稠的液体涌动着化成一只长着无数触角的水母怪物，它柔软而透明，蠕蠕而行，循着伯颜的身躯爬上来。它用自己的触角覆盖了伯颜的大腿、腹部、背部，直至他的脸部和头颅，伯颜变为一尊晶莹剔透的水晶人形。

国师如痴如狂。液体覆盖着的那个人形正从里至外呈现出暗红，渐渐地那暗红中又有了金色。

石室的上空中回荡起一个尖厉的声音：除了她的鲜血，除了三个镯子的主人的鲜血，你是无敌的……无敌的……

声音越来越刺耳，人形中的金色越来越浓重，金光闪烁耀眼，令国师几乎无法正视。

国师恐惧地抬起头，这声音出自他的嘴，他企图噤声，却不能自已。谁在那儿？何人将他心中的秘密直接告白出去。他瞪着空荡荡的石室上方，力量从那儿而来，穿透了他的耳朵，他的脑骨，又从他的嘴里泄出。国师承受不住地捂住了自己的嘴。

突然一声巨响，泉眼上那个透明的锅体炸开了，国师被狼狈地炸翻在地上。石室中烟雾缭绕，地面上出现一个大坑。

烟雾渐散，伯颜直挺挺地站在坑里，浑身泛着金色，如同一尊金刚。

国师爬了起来，战战兢兢地打量坑里的人。只见金色正渗入伯颜的肌体，水迹渐渐变干，从他的肌肤上消退。片刻后，伯颜低头看了看自己的身体，神色游移，好似梦中惊醒。

国师说：将军该无大碍吧？

伯颜没有理睬国师，走出大坑，拿起石桌上的一把匕首。他望着锋利的刀尖迟疑了一下，轻轻划向自己的腹部。刀尖过处，肌肤只是留下浅浅的白痕。他又加大了气力。刀锋捅在他的胸口，如同刺在铜墙铁壁上，顿时锋口崩裂。

伯颜哈哈大笑起来。

国师一边击掌：将军成功了。

伯颜说：国师恩同再生，该如何谢你？

国师说：我与将军休戚与共，说谢生分了。

伯颜说：但总不能让国师白白辛苦。

国师说：你我各得其所。

伯颜说：国师不妨明示。

国师道：江山社稷自然要归将军。

伯颜走近国师，说：但不知何等宝物能被国师看中？

国师说：世间又有哪一件神奇宝物比得上将军本人。

伯颜说：国师过誉。只是不知国师有何本事能将我手拿把攥？

国师说：我既然能帮将军练就金刚不坏，自然也有破金刚不坏之法。将军只可与我有同心，不可与我有异议。

突然，伯颜手中的那把残破的匕首插入了国师的腰间。伯颜说：你个妖孽，归天后再去打本将军的主意吧。

国师低头，看着自己侧腹部微笑起来。

伯颜拔出匕首，然而并无鲜血流出，里面的五脏隐隐可见。外翻的伤口如同一张小孩子的豁嘴在隐隐嚅动，伤口在嚅动的过程里渐渐变小。伯颜要再刺，国师却忽地倒退飞出了丈远。

国师道：甚好，甚好。将军人品果然不堪，这正是鄙人求之而不得的。

伯颜神色大骇。

国师说：将军练就金刚不坏，靠的是贪欲心魔，人品越龌龊，心魔越强大。时至今日，将军可谓世间无敌。

伯颜的脸上白一阵，红一阵，他突然将手中的匕首向国师掷去。国师跳开，匕首掷空。

伯颜狞笑：你不妨继续在这里猴跳，恕不奉陪。

伯颜调头就走，生生往石门上撞去，竟然将石门撞出一个大洞。国师看着伯颜的背影哼了一声，并不追赶，手往腰间摸了摸，伤口还在那里蠕动。国师用衣襟盖住伤口，快步向那口炭火已熄灭的大锅走去。他走到锅前，突然发现锅中空空如也，再向一旁搜寻，本来卧在地面上的胡姬没了踪影。

国师环视四周：圣楠——！

石室内无人应答，这情形让国师顿时面色如土。

第九十三章

破茧成蝶

海长春也是沿着石壁上的沟壑裂缝进入通往石室中的路径的。三更不到他就徘徊在附近,此刻已快四更了。

天黑后,海长春回到了府邸。本来是应该留在皇城值夜,但他随意找了个借口走了。都知道了少将军要娶亲了,倒也无人难为他。

海长春坐在东书房里发愣,胡姬的话一直在他心头翻腾。胡姬说她要半夜出去一趟。胡姬告诉他这句话时,语气显得意味深长。他才不在乎胡姬出不出门。她算他的什么人?还有两日才成亲,无论胡姬做什么都与他无关。

夜渐渐深了,本打算入寝的海长春却披着衣服坐了起来。胡姬为何要告诉他这句话呢?她是黑骆驼国的公主,若不想出门,谁能强迫?她与他说这话是暗示什么,难道她在向他求助?明明有那么些狐朋狗党可以任意驱使,更何况她的高傲使她绝不轻易向任何人求助。

海长春悄悄走出东书房,沿着回廊拐了几个弯,经过一道垂花门,在靠近马厩的地方坐下。这里离府邸的大门很近,也与平日下人行走和牵马出入的侧门不远。无论是步行还是用马都逃不过他的耳朵。

大约坐了小半个时辰,侧门处有了动静。海长春起身跟

287

过去，侧门开了又关上。从门缝中看去，一男一女骑上快马，窈窕身材自然是胡姬，那魁梧身材的男子竟然是叔父伯颜。

待那两匹马隐在黑夜中之后，海长春越墙而出。他不打算骑马，那是有动静的。他深信自己的脚力远比马匹好使。

海长春追着夜风来到一片荒郊。这里是中城与上城的交界处，由于是在皇城后山的山脚下，有几处庙宇，但住家并不多。马蹄声消失在一面高耸的石壁前，海长春知道这里是今夜的终点。

海长春眺望远处的石壁，不再前行。他在夜风中听出了异样，尽管是涓埃之微，但在海长春的耳中惊涛骇浪。这里有埋伏。这让海长春想起上一次去老龙口刑场，觉察到林子里的鹰隼军的事。这些日子种种诡秘，海长春不敢莽撞行事，决定先留在此处摸清楚底细再说。

于是，海长春在离石壁约莫半里多的地方慢慢向前迂回靠近。石壁左侧是一个山洼地，海长春在这里看到了大堆的柴草和拉着柴草的大车。守在柴草周围的兵士穿着怯薛军的衣服，领头人是伯颜的亲信那木罕。

海长春不由得松了口气。原来都是叔父的布置。叔父与胡姬一同进入石壁，又留了后手，想来并无大凶险。海长春退到一边的灌木丛中，只等待胡姬和伯颜出来。

一个时辰过去，石壁那边杳无音信。怯薛军们围着柴草哈欠连天，有的抱着长矛打起了瞌睡。

海长春有些心焦，想不出何事能将叔父和胡姬绊住这么久，不由得起了进去探看的念头。他屏声敛息摸到石壁前的那个沟壑，里面黑黢黢的伸手不见五指。他凭着听觉走了一小段路，双眼渐渐能看得清晰。伸出手，冷风往上流动，这说明前面快到尽头。

又走了一段路，果然来到了一座石门前。海长春上下摸了摸，推不开，是有机关的。他将耳朵附在石门上，听出里面有人话语，嗓音尖细，难辨雄雌。正当他迟疑要不要原路退回去，里面突然一声轰鸣，石门撼动，几乎要飞起来。海长春倒退一步，不知如何是好。片刻后，轰鸣消失，海长春却听到了叔父伯颜说话的声音。叔父先是大笑，随后又怒了，对话一来一往，说得让人摸不着头脑。接着，里面动手了。

海长春更加惶恐，想着要到外面去喊人，刚刚转身，却觉得里面有股极大的气流冲过来。海长春忙贴墙闪一边，石门崩开，一个几乎全裸着的人形破门而出，力量之凶悍，令人目瞪口呆。海长春用鹰隼之目瞥到那个人的面容五官，发现那个人竟然是叔父伯颜。

海长春还来不及开口，只见伯颜如同鬼魅，冲出海长春的视野，冲向沟壑出口，冲向黑暗。海长春要追出去，转念想到胡姬应当还在里面，于是沿着破损的石门闯进去。

石室内乌烟瘴气，海长春茫然四顾，不见人影，却听到右边石柱的一侧有挣扎打斗的动静。海长春循着声音绕过狼牙似的石柱，见到一人正抓住胡姬的脖子死命地掐挠，嘶嘶之声如同毒蛇吐芯。

圣楠在哪儿?

胡姬已经被掐得上气不接下气，但她依旧倔强地说：伯颜将军不是已经将她带走了吗!

那人将两根瘦骨伶仃的手指对准胡姬的眼珠：胡扯，快说她在哪儿，不然抠瞎你的眼睛。

胡姬答：瞎了我更看不见她在哪儿。

那人正要下手，被海长春急推掌风掀了个大跟头。尽管那人神情疯癫，但凭着那件黑色大氅和没有胡须的面孔，海长春认出此人正是汗国赫赫有名的国师。这个黑大氅平素与海长春无甚来往。海长春不善言辞，处人处事只凭本能好恶，每每看到国师半遮半盖着的阴柔面目，如同鹰隼隔着老远嗅到了不新鲜的肉，敬而远之。

国师抬头望见海长春，二话不说，回了一掌，被海长春化解。国师立刻从石桌上摸起一把宝剑向海长春刺来。海长春也抽出身边的佩刀相迎。白刃相接，刀光剑影，你死我活。两人刚打了不多的几个回合，便从石室门口飘来烟气。海长春和国师不禁咳嗽起来。

胡姬挣扎着爬起：少将军不好，外面有人放火。

海长春一怔，想起那些大车上的柴草，既然伯颜早有准备，必是要将里面的人赶尽杀绝的，这里不可久留。他刚打算扶着胡姬出去，国师却因对手倏然踌躇，乘机偷袭。海长春急躲，仍被国师的剑气划破了衣服。

海长春不由得大怒。自小被人捧戴，耳目灵奇，身子迅捷，吃这样的亏不啻奇耻大辱。瞬间海长春戾气暴涨。海长春学的是父亲海东青独创的鹰隼刀法，形态迅猛，快而犀利。海东青在世时，此刀法也在鹰隼军中流传过。众人皆知鹰隼刀法要与鹰隼心法同时修炼，因心法来自心领神会鹰隼的意念，若无天助，少有成功。海长春天赋异禀，自小与鹰隼同声同气，这让他的刀法接近出神入化，所以海长春杀心一起，便将国师死死封在刀网里，国师冲了几次都没有冲出去。

胡姬说：少将军，他是人妖，用刀扒他的衣服，让他现原形！

海长春的刀尖立刻挑开国师的大氅，在国师的腰间上哗啦扯开一个口子。国师先前小孩子嘴般的伤口露了出来。国师弯腰，将身子下意识地缩成一团，企图用大氅护住身体。海长春的刀刚好又到，正正划到了他的脸上。

国师的脸被割破，白生生的肉翻着，白骨显露，样子可怖，但与腰部的伤口一般，不见有血流出。

海长春惊骇：这是何等妖术？

胡姬说：少将军，你伤不了他性命。他与那个丑婆娘圣楠是阴阳连体的双生子，练的是彼此护体的混沌妖术。挑破他衣裳看，背后定有个硕大的疤痕。

国师气得青筋暴出：背后没有……

胡姬说：背后没有，必在前胸。难怪丑婆子把你当儿子。当年和丑婆子两人亲亲热热，你背我抱的，儿子娘亲地乱叫，却被人硬切开，各自身上都留下个抹不掉的疤痕！

胡姬的话未说完，国师已经一个纵身拼出海长春的刀网，扑向胡姬。海长春见状，即刻用刀去拦。国师翻腾越过，锦盒从国师的怀中掉落到地面上。

胡姬本已逃开，但地上的锦盒一下子将她的脚步拉住。胡姬奋不顾身地冲过去，锦盒到手，胸口却被国师的剑尖刺中。

海长春双目充血，一脚飞起踹翻了国师，将胡姬拦腰抱住，只见胡姬的前襟已染红一片。

国师跟跄两步，脚碰到了一个软绵的东西，低头望去，一个人形蜷缩在石桌下。国师立时顾不上胡姬和海长春，跪倒在石桌前：圣楠！

国师将婆娘从石桌下拖出来，那婆娘慢慢抬起头。她对着国师的脸看了看，心痛地抹了一把嘴角流出的口涎，涂在国师的脸上，说：牛牛淘气，弄得这般难看。

国师指指腰部：还有这里。

那婆娘马上照旧又来了一把，国师脸上的伤口和腰部的伤口在那婆娘的抚弄下竟然迅速平复。

此刻石室外向里面涌来的烟气越来越浓重，海长春几乎喘不上气来。他企图抱起胡姬向外走。

胡姬一把推开海长春说：不要管我，自己活命要紧。

海长春说：你是我未婚的妻子，不能丢下你不管。

胡姬说：有你这话，我死而无憾。可惜我来这里，原本就没打算活着出去。

海长春说：这点伤算什么，出去后我替你疗伤。

胡姬说：我被人算计，中毒已深，无药可医。

海长春说：谁这般狠毒？

胡姬说：毒是这婆娘下的，背后指使却是你的好叔父。他们都是大恶之人，我却因一己之私曾对这些恶人有过妄念。

海长春听了，难以置信地瞪着胡姬。

胡姬颤颤巍巍打开锦盒，那个肉虫不见了，里面只有一个五彩斑斓的茧子。胡姬脸上浮出笑意，道：看见没有，这是我的蝶虫。它就要化蝶了，我会与它一同去的。我已经算好，那个疯婆子虽被解了蛊，但一个时辰内，它还是能派用场。

烟雾中突然冒出来了国师的手，要抢夺那蝶虫。国师喊道：给我蛊虫——！

胡姬立即将茧子放入嘴中。

海长春大惊，国师更是不知所措。国师说：你要做什么！

胡姬将茧子缓缓咽下，对国师说：你们给我下毒，我给疯婆子下蛊，你我公平。

国师说：你杀不死我们，没有人能做到。

胡姬一笑：国师说得对。难道国师不知蝶虫化蝶后为新生。你们也去重新投胎吧。

显然，国师被胡姬的话吓到，张牙舞爪地扑过来：吐出来，把它吐出来！

海长春抱起胡姬就向外跑出：我不让你死，不让你死。

石室中的烟雾已经越来越浓，疯婆子在地上爬动，嘴里呼喊：牛牛，我好难受，我们出去。

于是，国帅只好拖起疯婆子也跟着往外跑。

胡姬伏在海长春的肩头微喘：我去了，记住，替我报仇。

海长春泪目：我会。

胡姬又说：你的叔父恶贯满盈，他已练就金刚不坏之身，唯有三个镯子的主人才能……

胡姬没有说完最后一句话，便剧烈地咳嗽起来，一大口鲜血从嘴中喷出，洒向前面的烟火。顿时，浓烟向后退去，只见在火焰中飞舞出一只绚丽的蝴蝶，它羽翅翩跹地冲向火光最炙热的地方，在火舌上舞姿妙曼，轻盈无比，为海长春开出一条路径，让海长春大踏步地从火焰当中穿梭而过。

当那只蝴蝶飞到石壁沟壑的缝隙前，停滞下来。它回过头向着海长春缓缓扇动翅膀，仿佛依依惜别。突然那只蝴蝶燃烧起来，变成烈焰中最明亮的一团光芒。

同一刻，追在海长春身后的国师和圣楠的身躯上也忽地燃起熊熊火苗，瞬间，他们被周边的火舌吞没。

第九十四章
欲说还休

太阳刚过了屋檐，周大就提着几只山鸡走回到自己家的小院落。远远望到院子里外都站着太医院里的人，他不由得感慨，再不搬家，御医们就会将这里办成第二个太医院了。

周大走进院子，发现了古怪。这些人一个个都像刚挨过打的狗，垂头丧气十分慌乱。

那个白胡子的太医院提点见到周大进来，气喘吁吁地疾跑过来：不好了，蓝，蓝……

周大心一紧，问：蓝眼睛怎么了？

提点说：你快去看看！

周大三步两步走到卡拉夫的寝室窗前，发现屋里空空如也。周大说：他去哪儿了？

提点说：我等若知道，也不会四处寻他。

周大冷静地站在那儿思索。昨日夜晚面对面将那十几年的疮疤揭开后，周大知道卡拉夫心中的痛楚远超胸部真正的伤口。他记得卡拉夫那毫无血色的面孔变得苍老，双眼一片晦暗，他本想劝慰几句，却被卡拉夫打断。卡拉夫说：师父，我累了。

卡拉夫吹灭了油灯，用被子裹住了头。

于是，他不得不转身出来，带上了房门。

他走到堂屋门口的台阶上坐下，望着西方天边稀疏的星星出神。那中间最明亮的该是他的兄弟米海尔和他的兄弟媳妇。他们都是高贵的王族，从未将他看作外人。他们将自己唯一的希冀托付给他，他又做了什么？除了将卡拉夫抚养成人，什么都没有做好，什么事情都被自己耽误了。眼下全城在询查卡拉夫的底细。他知道再没有其他选择，必须即刻有所打算。

天蒙蒙亮时，周大出了门。出门前他到卡拉夫的屋子去看过，孩子依旧用被子蒙着头，听呼吸声大约是睡着了。孩子的心事总不会有大人沉重。他要打些新鲜野味回来给卡拉夫补身子。清晨正是山鸡出来觅食的时候，再过片刻，柳儿就该起了。在他的盘算中要做的头一条是尽快给卡拉夫养好身子，再一条是尽快离开这里。时间不等人，两件事很难分先后。

周大问：你们来时，他就不见了？

提点支吾：我等来的时候他还在床上，人不见了是在给他查看了伤口，换了药之后的事情。

周大放下手中的野味：这么说，他是在你们眼皮子底下不见的？

提点有些不好意思：我们一直守在院子里，他身子有伤，出入不便，总不会突然隐身了吧？

周大好笑，凭卡拉夫的功夫，要走还不是随时可走。

这时，柳儿气哼哼地从灶房里出来。柳儿说：别听他们的。整日里这么多老鸦在眼前聒噪，蓝眼睛准是受不了，出去躲清净。

照理讲，蓝眼睛不见，第一个着急上火的定是女儿。但柳儿的镇定让周大猜测她大约知晓蓝眼睛的去向。

周大说：蓝眼睛今日如何？

柳儿转向白胡子老头，说：你说如何？

提点迟疑：身子是好了些。但这两日鄙人给蓝眼睛诊病，他舌象瘀血，脉象端直而长，是肝郁气滞的症状。常言道悲伤肺，怒伤肝，怕是有什么事情令他难以释怀……

柳儿打断：当大夫的都知道养病先养心，这满院子的人将蓝眼睛盯得死死的，如同看守犯人，让他怎么释怀？

提点说：让鄙人照应蓝眼睛是大汗的旨意。

柳儿说：吓唬谁啊，人都被你们照应丢了，怎不怕大汗治你们的罪？

白胡子老头顿时语噎。

周大说：恕我直言，这里庙小供不起大神，既然蓝眼睛已能走动，又有我们照应，就不劳太医院的御医兴师动众了。提点若不放心，派人一日探望一次足矣。

白胡子老头看看周大，又看看柳儿，说：周师傅说得在理，但此事还要禀报大汗才好。

周大说：辛苦提点。

白胡子老头与周大拱了拱手，回身招呼他的手下取道回皇城。

周大望着院子中忙乱的人沉思不语。

柳儿低声说：我已经将该拿的东西都打了包袱。

周大扭头看向女儿。

柳儿说：爹——！

周大说：你说什么？

柳儿没有答，头也不回地向外走，边走边说：我这就去找蓝眼睛！

周大说：你知道他在哪儿？

柳儿说：他不会丢下我们自己走的。无论在哪儿我都把他找回来。

这日上午，油茶张的生意特别好。还未开张，门口就来了一堆闲人，站在墙边对着告示指手画脚，说个不停。

油茶张知道这些人都是奔着告示上的银子来的。他们从告示上的悬赏银两看到了楼台亭阁美女香车，看得人迈不开步子。

油茶张自诩是个笨人，过日子只懂下真功夫流死汗，不懂偷奸取巧那套。所以门外的告示对他是纸上画酥饼，填不了肚子的。

油茶张的媳妇在厨房捅开炉火，先烧了开水，然后将火调小，上了炒面大锅。夫妇俩要为一天的油茶备料了。他们在锅内放入的面粉是从万家米店买回来的。虽说是上一年的陈粮，但万家米店是大城最有名的粮食商。万家存粮食的法子是祖上秘传。他们在山地建石头窖，周壁用席子裹住夹草夹糠，上面封存黄泥，使粮食隔湿保温。下一年开春拿出来卖，跟新麦子成色差不多。花的本钱高，所以价钱也比旁人高一些。油茶张两口子会算细账，肯吃小亏的人才能赚大钱，所以面粉只买万家的。

油茶张将锅里的面粉搅炒片刻，见已呈现浅黄色，端到一旁，让媳妇用细筛子过了一遍，那面粉纷纷扬扬，带着入心入肺的香甜。油茶张再另用精细小铁锅化开了牛骨髓油，将碾碎的花生仁、核桃仁、黑白芝麻在热油中翻炒，熟了后一股脑倒入过了筛的熟面粉中搅匀。顿时，入心入肺的香甜变成入脑入髓的醉人气息，并弥漫了半个大城。

人们身不由己地被香气引到这里来。嗓子眼里伸出一只手，抓着挠着要喝油茶张的油茶。上午跑到油茶张的店里喝油茶的人都是这么说的。这时候的油茶端上来，色香味齐全，是满足口腹之欲的最美时分。随着日头的推移，油茶张的油茶依旧好喝，但与上午那会子比，总是差了那么一点点。差的就是炒面和各种果仁刚出锅时那诱人至死的香气。

油茶张两口子将油茶备料准备齐全，又开始炸馓子和油酥饼。喝油茶的人都喜好这几样东西。就在这时，店里的门被推开，卡拉夫走了进来。

卡拉夫走进来的时候，油茶张的店里只坐了不多的三五个客人。待卡拉夫坐定后，油茶张小店里的桌子呼啦全坐满了，几乎连一条空板凳都没有。

油茶张的媳妇首先见到卡拉夫进来，她捅了一把丈夫的腰眼，低声道：赏银来了。

油茶张抬头，望到卡拉夫，不由得呵斥媳妇：明明是未来的驸马爷，你怎跟着那些食亲财黑的家伙一样浑说。

油茶张端起一碗刚冲好的油茶，拿起一盘炸馓子走到卡拉夫的面前，将碗碟放下，说：今儿个早上喜鹊喳喳不停，果然有贵人上门。喝碗油茶，热乎着呢。待会子我再给你下碗笋肉面。

卡拉夫说：有酒吗？

油茶张愣了，他的店里向来只卖点心，不卖酒。但卡拉夫说要喝酒，他绝不能说没有，说没有太没面子了。

油茶张想了想不好意思地说：店里只有两坛子自己酿的黄米酒，不过若用白斩鸡和花生米下酒，也还将就了。

柳儿走进油茶张的小店的时候，见到店里的人们都在交头接耳，目光像夏日里纷飞的苍蝇，绕着小店角落中的一张桌子徘徊。坐在那张桌子前的卡拉夫对四下的苍蝇无动于衷，他已经酩酊大醉了。

柳儿能够找到这儿，靠的是伙伴们的功劳。她一早上去了铁头的杂耍班子；又去了焰火作坊，都没有打听到卡拉夫的音信。然而蓝眼睛带着伤一个人出门的消息一下子在小伙伴中传开了。

于是当柳儿在去往李婶儿家的路上碰见了气喘吁吁跑过来的红秀，红秀告诉她，太阳一竿高的时候，大虎跟着孙木匠去给人送货，好像在东市那边见到蓝眼睛的身影，只是当时走得急，没有看顶真。

太医院的人走后，柳儿来到东市，果然在油茶张的小店里找到了神色迷蒙的卡拉夫。

柳儿来到卡拉夫一人独坐的桌边，望到桌上的一个酒坛子躺倒着放着，另外一个也空一半。柳儿伸手抢下了卡拉夫手中的酒杯，说：行了，蓝眼睛，别喝了。

卡拉夫抬起头，模模糊糊看到一个女孩儿秀丽的脸蛋儿，那女孩儿的面孔一会儿熟悉，一会儿陌生。

卡拉夫摇摇头说：我不叫蓝眼睛，我叫卡拉……

卡拉夫的嘴猛地被柳儿的手捂住。

柳儿朝四下看看，看到店里的每一个人都冲着他们将耳朵竖得老高，眼睛瞪得老大。

柳儿恨得只想跺脚，她松开手，对着周围的人嚷起来：看什么看，不认识？

坐得最近的两个人本是在大城做牲口买卖牙侩的，讪讪地扭过头，彼此尴笑：认识，都认识。

柳儿说：那说说，我是谁，他是谁啊？

牙侩中胖一些的那个说：您是柳儿姑娘，他是蓝眼睛，柳儿姑娘的哥。

柳儿说：还有呢？

牙侩中瘦一些的那个说：您是周师傅的闺女，他是周师傅的徒弟。

这时候，油茶张的媳妇插话了，她叉着腰对着屋里的闲人发威：知道了还不快滚，一碗油茶打算在我这店里坐到太阳落山啊！不走，老娘要收板凳钱了。净耽误我生意。

油茶张的媳妇是个有名的泼辣货，惹毛了她，她敢将炉灶上滚烫的汤水浇到你头上。于是有怕事的站起身，结了点心钱，出了小店。

柳儿见店里的人渐少，松了口气，摇着卡拉夫的肩膀说：蓝眼睛，醒醒酒，看看我是谁。

卡拉夫懵懂地抬起头，向柳儿望去，不由得笑了：果然是你，柳儿妹妹。

柳儿扯住卡拉夫的手说：走，跟我走。

卡拉夫问：去哪儿？

柳儿说：离开这儿，到一个没有人在乎你是谁的地方。

卡拉夫嘟囔说：我不走，他们应当知道自己对我做了些什么。他们更应当知道我是谁。

柳儿嗔怪：身上带着伤，又明明不会喝酒，还逞能，看爹怎么收拾你。

边说，柳儿边伏在了卡拉夫的肩头上，低声：他们若是知道你是谁，会杀了你。

卡拉夫说：不会，我救了她，她不会对我恩将仇报。

柳儿无可奈何，只好慢慢地在卡拉夫身边坐下。柳儿给自己斟了一碗酒，大口喝下去，热辣辣的刀子从嗓子眼儿划过胸口。柳儿说：你就是放不下她，对吗？

卡拉夫说：是，我也不知道为什么。

刀子继续在柳儿的胸口搅动，泪水不由得夺眶而出。柳儿说：她有那么好？你真的很爱她？

卡拉夫思索着，摇摇头：爱？那明明是恨啊，那是扎在心头的刺，让我好痛……

柳儿不再说话，热泪滚滚而下，直落到柳儿手中的酒碗里。

卡拉夫不由得伸出手，用手指在柳儿脸上抹了抹。卡拉夫说：你哭了？你怎么哭了？我不喜欢看见你哭，你笑起来最好看……

柳儿竭力忍住泪水，别过脸说：我没哭，没有。

卡拉夫说：别哭，你的心思我都知道。

柳儿说：你的心思我也知道。

卡拉夫叹息了一声，头渐渐垂下，抵住了桌面。柳儿不再说话，看着卡拉夫一直那样待着，呼吸渐沉。卡拉夫睡着了。

周大在家中收拾细碎物件，等待柳儿归来，听到屋外传来纷乱的脚步声。那些脚步停滞在院中，不再动弹。

周大将手中的东西放下，冷笑：既然来了，就进来吧。

伯颜一挑门帘儿走进来，说：周师傅，我们又见面了。

周大说：这阵子我家门前热闹得很，早就知道你会来的。

伯颜说：有人触犯王法，养奸遗患，那个蓝眼睛究竟是什么来历？

周大说：与你无关。

伯颜说：周师傅敬酒不吃吃罚酒。即便是老相识，也不好徇私情。

周大说：当年在鹰隼军中，我与海东青将军算得上莫逆之交，但与你绝无私情可言。

伯颜脸色一黑，随即险恶地歪了歪嘴角：此言差矣。即便没有我哥哥海东青，我们之间也还有些老账要算。记得昔日在我师父余老白面前，有位少年泼皮曾与我打了个平手，后来屡屡见面，都没有机会再向他请教。据说他已练成了天下第一剑。周师傅，亮两招出来，也让本帅开开眼。

说着，伯颜唰地拔出刀，向周大砍来。

周大一拍桌子，利剑飞到手中，两人你来我往对打起来。

伯颜的刀重而狠，周大的剑飘忽不定，矫若飞龙。

一番数十个回合过招，渐渐可见伯颜刀术的破绽。

终于周大寒光一闪，利剑削向伯颜的颈部。伯颜不躲不避，挺着让剑刃从颈边划过，未见皮开肉绽，只是一道寒光闪过而已。

周大流星转身再次出剑，直指伯颜的胸口。令人诧异的是剑锋划破伯颜的紧身盔甲后，竟发出了金属撞击的声响，砰地弹了回来。

伯颜完好无损，那利剑的剑锋却变得残破不堪。

周大愕然道：你……练就了金刚不坏之身！

伯颜说：周师傅好眼力。

话音刚落，伯颜的长刀雨泼似的砍杀来，根本不再躲避周大的剑锋。

周大招架不及，数处中招，只得一个退步，纵身从后窗跳了出去。

伯颜将刀上的血迹在衣襟上一抹，冷笑：天下第一的剑术，也不过如此。

第九十五章

绝不原谅

已是未时，阿东和阿西看见侍女们将午膳端进了公主的花楼殿，又将午膳端出了花楼殿。午膳的食盒摆开后一长溜，饼有两种：鸡蛋煎饼、牛肉馅饼。包子四种：水晶包子、笋肉包子、虾肉包子、蟹肉包子。水果六种：枣、梨子、葡萄、龙眼、荔枝、甜瓜。阿西、阿东围着食盒喜笑颜开。然而最最让阿西和阿东心动的是那一大盘热腾腾的"柳蒸羊"，那是选最嫩的羊羔子，架在石头围做的炉子中烤出来的，外脆里嫩，想想都要流口水。这些阿西和阿东眼中的好东西，端到公主面前，公主无动于衷。不仅没怎么动，甚至没怎么看。

图兰朵公主说：我不饿，你们拿去吃吧。

阿西和阿东听不明白。怎么会不饿呢？任谁见了这些吃食，都该饿了。从昨日起，公主就一直在花楼殿里忙碌。这让阿西和阿东太看不懂了。本以为那三个害人的镯子碎掉了，公主的好日子就该来了。什么是好日子呢？阿西和阿东有说法，那就是晒晒太阳，看看美景，尝尝佳肴，逗逗闷子；想做什么就做什么，不想做就什么都不做。

公主不就该这样吗？公主出嫁前该开开心心无忧无虑，出嫁后有驸马爷陪着，除了开开心心，还要美美满满的。

阿西说：就像当初蚌女和大汗那样。

阿东说：比当初蚌女和大汗在一起还要好。

阿西和阿东说这话时，觉得无比温馨，他们想起了很久很久以前的好日子，想起了一切值得留恋的甜蜜，想得热泪盈眶。蚌女是他们前生前世最依恋的人，图兰朵公主是他们今生今世最爱的人。

自从三个镯子碎掉后，图兰朵公主的病好了。阿西和阿东见证了公主的生气勃勃和快乐。他们从早到晚地盯着公主看都觉得看不够，公主身上散发着温煦和妩媚，她将大城的阳光比得黯然失色。

大汗对阿西和阿东说：好了，朕终于可以放心了。

大汗喜笑颜开，但眼眶子里明明湿润起来。阿西和阿东也跟着开始伤感。

阿西对阿东说：记得公主小的时候咱们抱着她的样子吗？

阿东说：当然记得，那时候公主多爱笑啊，天天笑个不停。

阿西说：我们带着小公主在园子里摘果子，捉蚂蚁，抓蜻蜓。小公主跑得比我们还快。

于是，两个人都开始擦眼睛。

可惜的是图兰朵公主的病好了没太久，就遇到了麻烦，原因出在蓝眼睛身上。蓝眼睛大难不死，活过来了。活过来是福气，但他活过来后做的第一件事情却很古怪，他要公主猜谜。他说自己先前猜出镯子上的三个谜，如今要公主也猜一个。这话阿西和阿东听起来很公平。阿西和阿东喜欢猜谜，三个谜对一个谜，公主没吃亏。但猜谜不是容易事情，所以公主被难住了。阿西和阿东想，公主做事情未免过于认真。其实说容易也容易，猜谜猜不出耍赖便是，阿西和阿东都是这么做的。

阿西和阿东一边叹气，一边坐在花楼殿的台阶上对着食盒狼吞虎咽。公主有心事，不肯吃东西。他们帮不了大忙，将午膳吃掉，这点小忙还是可以帮的。

就在他们已经将肚子吃圆的时候，看见一个女孩子一声不响地朝他们走来。这个女孩子阴着脸，噘着嘴，好像是来找谁打架的。他们仔细看这女孩子，想起来了，这是那个喜怒哀乐都挂在脸上的柳儿姑娘。

看见柳儿阴沉的面孔，阿西和阿东踌躇地从台阶上站了起来。他们没打算跟她打架，她是蓝眼睛的妹妹，与她打架图兰朵公主会不开心的。但她若真的要打架，他们不会怕她。

阿西说：嘿，上哪儿去？

柳儿不理睬他们，继续朝台阶上面走。

阿东眼睛往两边瞄了瞄，看打架有没有顺手的家伙什儿：你找谁？

柳儿站住，说：告诉你们公主，我要见她。

花楼织机的梭子从图兰朵的眼前飞过，望见锦缎上寸寸凸显的绚烂，她的心情变得平和而安详。在她的记忆中，无论岁月多么冰冷绝望，只要靠近织机，她的心头就会有异样，仿佛空中有一只看不见的手在安抚和慰藉她。她是在花楼的织机里诞生的，在花楼的织机前长大的。在织机的光影交错中那只看不见的手一直与她相伴。都说她长得很像母亲，母亲给了她生命后便消失了。可她觉得自己是见过母亲的，母亲离她并不远。

图兰朵用手抚摸着刚织好的那段丝锦，上面的文字和花色都是她精心设计的。大汗唯一的公主出嫁，嫁妆必定丰厚无比，但自己亲手准备的嫁妆总是有些不一样。

忽然门前出现了两个圆乎乎的人影。图兰朵望过去，是阿西和阿东捧着肚子站在那儿。

图兰朵说：有什么事？

阿西、阿东是很懂事的，通常只要她在织机前，他们就不会惊扰她。

阿西说：公主，他的妹妹来了。

图兰朵没有听明白：谁的妹妹？

阿东说：蓝眼睛，就是那个柳儿姑娘。

图兰朵忙从织机前站起身：快请她进来。

片刻，柳儿一声不响地走进花楼殿。这是她第一次走进这个被外人描述得诡秘离奇的地方。她看到柔曼的丝绸从天花板一直垂到金砖地面，梁上雕花和柱子的彩绘在日光下闪着斑斓的光泽，数丈高的花楼织机交错排列，静静地守护着它们高贵的主人。

图兰朵公主站在那儿，投向柳儿的眼神中有期待也有好奇。

柳儿说：关于蓝眼睛的事情，我想你该知道了。

卡拉夫跌跌撞撞地走上了回家的那条路。

他在油茶张的小店里睡了大约有一个多时辰，被油茶张的媳妇摇醒。油茶张本不赞成媳妇的做法。油茶张说：人家看得起咱，借张桌子打个盹儿，又没耽误咱的生意。

媳妇说：蓝眼睛带着伤，在咱们店里待了大半天儿。太阳都偏西了，你怎么知道周师傅不着急呢。

媳妇说得在理，油茶张不再作声。媳妇给卡拉夫端去一壶热茶，叫了一声蓝眼睛。卡拉夫没醒。看他脸红通通的，油茶张的媳妇忍不住伸手试了试，对丈夫低声说：这孩子发烧呢。

油茶张说：他伤势未好，发烧难免。

媳妇说：他有伤，还喝酒。会不会出事？

油茶张说：出什么事，我那黄酒是活血化瘀的好东西。

油茶张说着，包了十多个刚蒸好的烧卖，塞给了迷迷瞪瞪的卡拉夫说：回家去吧，记着，给你柳儿妹妹赔个不是。

油茶张是周到人。刚才看到柳儿抹着眼泪走了，心说小孩子吵嘴打架虽是常事，但男孩子跟女孩子吵嘴打架要主动赔罪才好。在家里，他对他媳妇儿都是这么做的。卡拉夫带着这包烧卖回家，多少可以免掉些尴尬。

夕阳中，卡拉夫半睡半醒地走着。望到那一大片娇黄的油菜花，知道离家不远了。他有些记不起自己今日为何出门；低头看到了手上提着的烧卖，想到了油茶张的话，但依旧记不起为何要给柳儿赔不是。他想起来好像没有给油茶张付点心钱。不仅没付钱，手中这吃食好像也是白拿的。

卡拉夫走进院子，见四下空荡荡的。于是他走上堂屋的台阶，嘟囔着说：师父，我回来了。

屋里没人应声。

卡拉夫有些奇怪，怎会一个人都不在，师父不在，柳儿也不在，但院门却没有闩上。

卡拉夫推开堂屋的门，蒙眬地向屋里看了一眼，突然一只手带着阴风袭来。眼看那只手几乎撞到卡拉夫的胸口，卡拉夫本能地将手中的烧卖掷了出去，身子向后弹跳，空中鹞子翻身，但他双脚尚未落地，几支长矛对准了卡拉夫的喉咙。

伯颜一撩门帘，得意扬扬地从堂屋中走了出来：已经等了你好久。笼中之鸟，看你能往哪儿飞。

一群士兵上去，瞬间将卡拉夫绑了个结结实实。

伯颜说：带走。

花楼殿里柳儿和图兰朵面对面站着。

柳儿不再说什么，只觉得自己两腿虚软，仿佛腔子里的东西都给掏空。她将她想说的说完了，那是挖心挖肺的过程。亲手将自己十几年来最珍贵的东西掏出来，捧给对方，而眼前这个金枝玉叶，从小要星星众人给她摘星星，要月亮众人给她摘月亮，她哪里懂得什么是珍惜。

柳儿说：好了，这是你父汗要悬赏的东西，满意了吧。

图兰朵低下头，泪水汩汩而下。

柳儿愤愤地说：你哭什么！

说这话的时候，柳儿心里苦楚至极，她觉得此刻最该哭的是自己。但她不得不忍着，这是柳儿的脾气。柳儿的身份不金贵，但柳儿的眼泪金贵。只流给亲人，绝不能流给外人。

图兰朵还是在哭，让柳儿生气的是，对方连哭的样子都那么好看。

图兰朵说：蓝眼睛背负着这么深的冤屈和仇恨。我欠他今生来世……

柳儿打断她的话：今生来世，太少了吧。死一千次，也偿还不了你们对他造下的孽。

图兰朵说：我明白。

柳儿冷笑道：你明白什么？到现在他心里都还放不下你。

图兰朵愣了愣，半晌说：是我对不起他。幸好，他还有你。

柳儿被对方说愣了：我？

图兰朵说：我知道他在你心里的分量。

柳儿说：你知道什么？我们虽然一起长大，天天在一起，但我和他却相隔着世间最远的距离。

说完，柳儿狠狠地剜了图兰朵一眼，掉头就走。

图兰朵追上去，说：柳儿姑娘等等。

柳儿站住。

图兰朵说：原谅我好吗？

柳儿说：为了蓝眼睛，为了我自己，我绝不原谅你。

柳儿快步奔跑出去，以便不让对方看到自己倾盆而出的泪水。

第九十六章
十面埋伏

注定又是一个绝不可能平静的大城的夜晚。

整个白天，伯颜将军府邸里死寂一片，下人们走路都踮着脚，憋着气息，尽量绕开东书房那块地界。

少将军是清晨回来的，他面如死灰地抱着一个女子走进了府邸大门。走过门房、廊房，过了承运门、望亲楼，走进东书房，将门关死，再无动静。

很快，府邸里的人都知道胡姬死了。有人惊诧，更有人摇头叹息，这就叫有福没命享，运气太好也害死人。不懂的问，你怎知是被运气害死的？那人答，一个下贱胡姬突然变成了公主，又被抬举要嫁给少将军当夫人，果不其然，死了。不是被运气害死了吗？

总之，胡姬死了，让许多人有了话说。

府中那些本来在张罗婚事布置洞房的人一下子成了无头苍蝇。新娘都死了，这红彤彤的喜帐和洞房留给谁？婚事变丧事了，该怎么操持？

中午时分，海长春的母亲头发梳得一丝不苟，衣裳穿戴得整整齐齐独身来到东书房。海长春的母亲上前，轻轻叩了叩门。

屋里没有动静。

海长春的母亲说：孩子，是我。

屋里依旧死静。

海长春的母亲叹息一声说：开门吧，让我看看我的儿媳。

这句话如同一根锋利的细针，挑破了岑寂，屋里传出了呜咽声。门在母亲的面前慢慢打开，她走了进去。

半个时辰后，海长春的母亲神情镇定地从东书房里走了出来。

伯颜府里的管事早已得知此事，一直不露头是因为他的确做不了主。听说海长春的母亲出面了，想这是个机会，无论出了大多的差池，总有个人担待。

管事在东书房的外面徘徊了片刻，见到海长春的母亲出来，小心翼翼地走上前说：胡姬姑娘死了，少将军伤心那是自然的。但伯颜将军尚未回府，胡姬姑娘又没有真正过门儿，说身份，再高也不过是个丧国的公主，这丧事……

海长春的母亲说：谁说办丧事？明日的花轿和吹打班子照旧，客人照请，天地照拜，洞房照进。凤袍霞帔鸳鸯袄，一件不可少。

管事傻了：啊？要不要与伯颜将军商议一下？

海长春的母亲说：莲雾公主是海都元帅的长孙媳，海东青将军的长子妻，我是她的婆婆。我们家娶媳妇，一切都按照我说的办。

管事被海长春母亲的话砸得晕头转向。在管事眼中，这个瘦长奇高的老女人素来委曲求全，闷葫芦一个，比死人也就多了口气，怎会瞬间由里向外脱胎换骨，嘴里的这番话字字杀伐决断，英气逼人。管事忙连连说是，连抬头看她的勇气都没有。

但管事还是偷偷派人给伯颜将军送去口信。日落之时，伯颜将军回了口信，一字未提海长春的母亲，却说：按少将军说的办。

管事想，既然少将军什么都没有说，那就只好按照那个老女人的说法办了。

夜幕降临后，府里的人又都重新忙碌起来。将一个死了的公主娶进门，这可是前无古人，后无来者。没有先例，哪来的章法，只好走一步看一步。

喜事叠加丧事，肯定是要更隆重，更热闹。钱要多花，排场要铺张，一定是没有错的。

夜幕降临后，大城南监里的气氛异常诡秘。大城共有两座监狱，分别在城南和城北，城南的叫南监，城北的叫北监。北监很大，在下城，数十间的房子，关押的大都是偷奸骗盗的小贼；南监在上城，靠在皇城边不远的山崖下面，地势极险，是关押朝廷重犯的地方。因为囚禁的都是大奸大恶，所以牢房建得格外牢固。工匠们在岩石边的地上开掘出数丈深的大坑，四面砌墙，里面修出间间牢房，上面青石板为顶，大城人都把南监称为"虎穴"。

下午，伯颜将军亲自出马，往虎穴里送进一个蒙面的男犯人。

随行的部下向牢头们传话，今夜兄弟们将眼目放亮了，千万不可出差错。

于是，天没黑，虎穴里的牢头们就给犯人们送去了八十斤的重枷。他们说，这可是上面的交代。而犯人们知道，牢头们的勒索敲诈又来了。这重枷被犯人称为夺命枷，戴上它

313

后只能跪，不能躺，不能坐，更不能进食和如厕。犯人数日内被那重枷活活熬死的不在少数。所以家境殷实些的，会赶紧通知家人给牢头打点银子。

天黑透了，牢头们开始给没有钱财关照的犯人们戴重枷。

在一片哭嚎和叫骂声中，牢头对那个蒙面人恶言恶语：你个色目贱骨头，都说你受了大汗不少赏赐，怎会铁公鸡一个，宁肯死，也不肯出血。

蒙面人倒也骨气硬，怎样骂都不吭声。

一直折腾到下半夜，虎穴里才渐渐静下来。牢头们困了，犯人们都被折腾垮了，戴着重枷的犯人们在瞌睡中呻吟。

约莫四更的时候，虎穴中的一间牢房的天花板突然开始微微松动，石头缝隙中往下掉落尘土。片刻后，牢房上的青石板被一点点挪开，缝隙渐大，黑沉沉中露出点点星光。随后，上方悬下一根粗绳，几个夜行人顺着绳子轻巧地跳入牢房当中。

阿里领头径直朝着跪在角落中的蒙面人跑去：快，快解下蓝眼睛身上的重枷。

摩诃挥掌劈去，但那重枷仿佛焊死，纹丝不动。

让开！

阿里大喊一声，挥刀劈向重枷上的楔子，咔嚓一声，重枷裂开。

阿里伸手去扯蒙面人脸上的布巾：蓝眼睛，快跟我走。

不好！摩诃突然扑过来，将阿里推开。两道白光随着蒙面人的双手与阿里擦身而过。

阿里踉跄两步站稳。只见那人脸上没了布巾，手中多了两把雪亮的尖刀。细看那人五官虽是色目人的模样，但面目

314

并非卡拉夫。

阿里愕然：你是谁？

那人哈哈大笑：末将为伯颜将军的豹军偏将阿斯兰，已在此处等候你们多时。话音未落，牢房外火光一片，一群怯薛兵杀到牢房外。阿里和摩诃知道中了奸人的圈套，不敢恋战，带着手下纵身飞上绳索，跃向青石板屋顶。当他们站到"虎穴"上方，却见四下里已经火光一片。

有人在远处喊叫：阿里王子，你们自投罗网，还是赶快束手就擒，免得血溅五步。

摩诃说：这是伯颜的心腹玉勒。他们早有准备，怎么办？

阿里不语，冷笑一声，向玉勒冲去。其他人也都跟随而去。

阿里杀到玉勒面前，两人目光先于兵器撞上，打斗不过三两个回合，又有一队人马从斜刺里杀来。哈桑将军高呼：有种的与我交手，不要伤了殿下。

玉勒见了哈桑，即刻丢下阿里等人，向哈桑扑去。

哈桑将军横刀与玉勒交战，白刃相接，铮铮之声不绝于耳。哈桑将军带来的随从个个决命争首，瞬间在怯薛兵当中杀出一个豁口，阿里和摩诃趁机向外奔去。眼看阿里等人就要脱离险境，崖头之上嗖地飞出一支贼亮的烟花鸣镝，崖下的野地里突然涌出了无数兵马，阿里和摩诃等人顿时又被刀枪剑戟团团围住。火把摇曳中走出了遍身盔甲的伯颜和豹军首领那木罕。

伯颜呵呵笑道：诸位机关用尽，好戏连台。本帅若是再晚些到，就看不到这番热闹了。

哈桑将军道：伯颜，你想做什么！

伯颜说：你们本是大汗的座上宾，却偏要行钻穴逾墙之事，欺罔大逆，只好得罪了！

崖头唰地落下来一张大网，将阿里和摩诃等人牢牢网住。哈桑将军见此景，不由得急了，扑上去用刀和匕首砍割。

伯颜说：尽管慢慢砍，此网是由马来进贡的金缕蚕丝所制，刀砍不断，火烧不熔。让你白费力气了。

哈桑将军用尽平生之力，毫无结果，两眼充血地看向伯颜：你若伤阿里王子一根毫毛，我大模国和西域友邦决不会善罢甘休。

那木罕挥挥手：也不看看自己几钱几两，还要聒噪，拿下！

怯薛兵们将哈桑将军和他的手下纷纷拿住，并将阿里王子和摩诃从网中扯了出来，一个个五花大绑。

玉勒说：幸亏将军及时赶来，贼人人多势众，小的险些让他们跑了。

伯颜瞥了玉勒一眼：他们跑不掉，谁都跑不掉。

玉勒说：将军神威。

伯颜笑笑转向阿里王子：我只是放了只小小诱饵，你就乖乖上钩。若要怨，该怨那个与你穿针引线通风报信的，对不对？

阿里说：我做的事与他人无关。

伯颜说：他人，那个他人是谁？

阿里扭过头去。

伯颜说：玉勒，你来。你说说到底是哪个贼骨头干了这吃里爬外的事？

玉勒尴尬地说：这……小的不敢猜，也猜不到。

伯颜说：我来告诉你。那个人必定是我的心腹，跟随我多年，对我行踪了如指掌，得了我无数好处，却干着出卖主子的勾当。像这样的混账东西，若是被我逮住了，该如何处置？

玉勒说：卖主求荣者，死无葬身之地。

伯颜道：说得好！

伯颜漫步走到摩诃面前，说：你是胡姬的旧部，我待胡姬不薄，你竟帮着外贼作乱，这不是恩将仇报吗？

摩诃说：莲雾公主是如何死的，你要给个交代！

伯颜哼了一声：胡姬命薄，我会厚葬她；而你却要陪着乱臣贼子们准备受死了。

伯颜说着，又走到了哈桑面前：哈桑将军，我冥思苦想都想不明白这个贼骨头是如何与你勾搭上的。事事替你着想，时时为你通报，你到底许给他多大的好处，让他做下这偷天换日之事。

哈桑说：你十恶不赦，罪不容诛。但凡有些良心的人，都会弃你而去。

伯颜说：照你的说法，我身边的贼骨头还不是一个两个。啊，你们当中哪个有这打算？

伯颜的视线扫到那木罕，又扫到玉勒。

那木罕目光放低说：将军待我恩同再造，若有此心，断子绝孙。

玉勒双手抱拳说：我等对将军竭智尽忠。

伯颜说：谁能保证做人心口如一？那木罕，玉勒，还是烦劳你们替我将那逆贼找出来，杀一儆百。

那木罕偷瞥了伯颜一眼：这……

玉勒说：容小的一两日工夫，定查个水落石出。

伯颜说：一两日工夫？本将军性子急，只好亲自动手了。

伯颜说着，拔出佩刀来，凌厉的目光在人群中搜索，众人不由得心生寒意，纷纷垂头避让。

伯颜说：果然都是精忠之士。

伯颜说着，猝然手起刀落，污血四溅，一个人头滚在地上。接着，玉勒应声倒下。怯薛兵们哗地退后一片。这些人当中有不少是跟着玉勒出生入死数十年的老兵，双腿禁不住地哆嗦。

伯颜说：好一个玉勒，身在汗国，心在大模国。我这里一举一动，他那里了然于目。打野食儿，背主求荣，这就是下场。来人，尸首拖下去喂狗。

那木罕应了一声，带着人上来，拖起玉勒的尸首。

一个怯薛兵想捧起地上的玉勒的头颅，却被那木罕飞起一脚，将那头颅踢进低洼的水坑，说：狗都不吃的东西！

伯颜笑笑，说：那木罕，心肝是好东西，千万别糟蹋了。

那木罕阿谀地说：卑职明白，明儿一早，把这畜生的心肝当众喂鹰隼。

哈桑破口大骂：伯颜，你滥杀无辜，人面兽心，终不得好死！

伯颜说：心疼了？让你们心疼的日子在后边呢。众人听好，今日，大模国王子阿里及属下联合西域贼人，勾结朝廷命官，持械劫狱，反逆乱常，人赃俱获，明日押往东市示众，午时处死，乱箭穿心！

突然，东南方向的怯薛队伍开始大乱，夜幕中出现了个巨人，一柄金瓜大锤被他挥舞得如捣蒜棒一般，挡在他面前的兵器不堪一击，被打得七零八落。在那巨人身后是一支黑衣女子马队，领头的女子戴着一袭面纱。她们边纵马边拉弓，边挥剑砍杀，围在阿里王子和摩诃等人身边的兵士纷纷倒下，怯薛兵们以骁勇著称，竟无一人敢上前阻拦。

顷刻间，那巨人和马队已经杀到包围圈的当中，有人惊呼：是图兰朵公主，图兰朵公主来了！

伯颜眼见哑巴的金瓜锤离自己只剩丈余远，突然将手中的刀逼到阿里王子的颈上：傻大个儿，你敢再进一步，我就杀了你的主子。

哑巴"啊啊"狂叫着，终是罢手，但他身后的图兰朵却继续搭箭射向伯颜和伯颜身旁的士兵。

伯颜用刀急拨箭雨，喊道：公主若不顾你未来夫婿的性命，只管杀过来好了！

图兰朵收住弓，怒气冲冲说：蓝眼睛在哪儿？

伯颜说：我早料到这一手，自然不会将那个祸害留在此处。

图兰朵说：马上放了蓝眼睛，放了这些人！

伯颜说：这不可能。我有证据，那个色目人与你我有亡国灭族之恨。放了他，只怕大汗绝不答应。

图兰朵说：他于我有救命之恩，我去与父汗说。

伯颜道：你说也无用。今晚这些人目无王法，行凶劫狱，被我当场抓获。按照汗国刑律，当就地正法。蓝眼睛为肇事祸首，罪责难逃。看到没有，崖头上有我的人，只要一个手势，鸣镝上天，那边就会开刀问斩。

阿里说：你杀了我们，天下自有人替我们报仇。

摩诃说：我们的人遍布汗国山川，明日大城会变为血海刀山。

伯颜大笑：借诸位吉言，天下大乱，正是我求之不得的。既然你们求死，本将军即刻让你们遂愿。

伯颜下令：弓箭手准备——！

图兰朵惊呼：住手！

伯颜说：公主已经失去了三个镯子的神力，还有何本钱拯救他人？

图兰朵跳下马背，走到伯颜面前，一把扯下面纱：说，你要什么条件？

伯颜踌躇：条件……

图兰朵说：无论什么我都答应你。

伯颜上下打量图兰朵公主：此话当真？

图兰朵说：一言九鼎。

伯颜说：那好，既然公主已经无法与色目人成亲，不妨另觅佳人。

伯颜的目光如蛇蝮从图兰朵洁净的脸颊上爬过。

图兰朵打个寒战。

伯颜说：我这也是举亲不避嫌。如果明日订婚大典能够照旧，也算是给大汗一个惊喜。

图兰朵泥塑般站在那里。

伯颜说：终身大事，殿下不必即刻应承。明日只要你出现在喜宴上。我一定说话算数，放了色目人和他的同伙。

阿里王子喊了起来：图兰朵公主，这畜生禽兽不如，千万不要上了他的圈套。

伯颜说：闭嘴，你等能活到明日，全仰仗公主的大恩大德。

图兰朵望着阿里一众，目中隐隐泪光。

伯颜说：公主意下如何？

图兰朵说：你非君子，怎能让我信你？

伯颜说：公主不妨赌一把，色目人是我的筹码，我会爱惜。

图兰朵咬牙切齿道：你若是伤了蓝眼睛和他朋友一根头发——

伯颜说：今晚我将让人不眨眼地看住他们。不过殿下也最好别跟我玩什么花招。

第九十七章
进退维谷

这个夜晚，是大汗人生中最煎熬的一个夜晚。

戎马生涯大半辈子，凶险无数，君王之刀，斩关夺隘。即便在战事岌岌可危的时刻，他也不过是横下心豁出去性命，剩下的就看长生天的意思。但今日不同，今日的事情风谲云诡，比豁出性命要难做决断得多，他终于知道了什么叫作进退维谷。

在大汗的面前摆着一个披肩，旧的，褪了颜色，但仍能看出当年做工的精细。披肩上有图案，用金线绣着半开的玫瑰花蕾与利剑。大汗博闻强识，知道这是西域某国王族的王徽。

傍晚时分，伯颜将这个披肩呈上，说：大汗请看，微臣找到了那个色目人的来历，他是马尔维亚王族的子孙。

大汗略有惊喜地打量那件披肩，说：这么讲，他出身也算显赫？

伯颜冷蔑的神情显然与这个结论不符。

那么马尔维亚王族究竟属于哪国？西域国家太多，王族不胜枚举，王徽五花八门，如果不是伯颜特别提到马尔维亚，大汗几乎想不起世上还有这么个小国，更记不起与这小国有过什么交集。

大汗不得不将视线转向自己的侍从官。侍从官是大汗身边记性最好的人。他的记性是一把扫帚，随时随地将鸡毛蒜皮扫到一堆，分类收藏起来。他的脑袋如同中药店的药匣子，千叠万摞无论装了多少东西，只要说个名称，随时可以给你拿出来，分毫不差。

侍从官小心翼翼地提示：陛下还记得那张羊皮地图吗？

大汗眼前恍惚看到了那片白皙柔软的羊皮地图，那张地图从自己的脚下蔓延出去，覆盖了一多半大殿的地面。

侍从官说：那羊皮地图上有个洞，就是绊倒公主的那个洞。

大汗看到了地图上那个巴掌大小不规则的洞。就是那个洞绊倒了小公主，于是有了一次远征，于是有了远征后的生日抓周，于是有了那三个该死的镯子。

伯颜说：微臣不仅查出那个色目人的来历，还得知那三个镯子是马尔维亚国对我大汗国的诅咒。

大汗说：难怪……

大汗说完"难怪"，脸上愤恨交加，不知他是想说难怪色目人能解出三个谜来，还是难怪汗国受到了三个镯子的诅咒。

伯颜说：经年累月，汗国遭受的灾难和图兰朵公主承受的苦难，总算找到了始作俑者。

大汗悻悻地将那件披肩丢开。用不着更多的解释，大汗已经知道自己手里捧的不是一件披肩，而是一把烈焰灼心的炭火。

伯颜说：臣已将色目人逮捕归案。大城还有不少他的同党，不日也会一一落网。

大汗诧异地看了伯颜一眼。此事非同小可，自己刚刚粗知大略，那边早已逮捕归案了。看来，人家一直在张机设陷，为了怕走漏风声，竟然将自己这个当大汗的也瞒了个涓滴不漏。

大汗忍住喉头的话，说：哪些人是他的同党？

伯颜道：陛下不必忧心，是同党的，总要冒出来。一切都在微臣的掌握之中。

大汗迟疑片刻，点点头：将军为朕的股肱耳目。朕不忧心，君臣知遇，肝胆一体。

伯颜谢恩，随后得意扬扬地走了。

大汗心烦意乱。他看着那件被扔到一边的披肩，觉得自己被人戏弄。被谁呢？当然是那个色目人，既然他身为马尔维亚的王子王孙，马尔维亚与汗国有血仇，这样的人该钻到荒山野岭天涯海角躲着，永世不再露面。但这个色目人却偏不这么做。他不仅不躲，反而跑到老虎身边蹭痒痒，还差一点蹭成了公主的乘龙快婿，这不是对大汗恶谑吗！

尽管这样想着，大汗心底却还有另一层恨意，那是被伯颜在他面前掩饰不住的轻慢招惹出来的。当年海都元帅战功彪炳，都未曾有过这般傲睨一世的神情。这几日发生了什么，让伯颜突然忘乎所以，在大汗面前骨头轻飘飘了。

伯颜将抓色目人一事说得不痛不痒，如同抓了一只蚊蝇。但那色目人毕竟不是蚊蝇。他是公主的恩人，大汗钦定的驸马爷。打狗还要看主人呢。伯颜抓人事前消息密不透风，事后蜻蜓点水地通告一声。他将大汗置于何处？当作庙里的菩萨，仅是个摆设吗！

更让大汗烦恼的是自己本想借着女儿的婚事与西域诸国尽释前嫌，这样一闹，局面笃定大变，与西域诸国间的梁子只怕也难以化解了。

尽管大汗纠结，但他发现除了拿那个色目人问罪，自己并无更多的选择。不问罪怎样？伯颜已经将那个色目人拿下，罪名堂堂正正。局势如同激流中一只小舟，舵在别人手里，转头是很难的。既然伯颜成了掌舵人，汗国的安危只能倚重伯颜。

数十年来，从海都元帅海东青到伯颜与海长春，师出屡屡有功，朝廷上下尽是他们的党羽，树大根深，盘根错节，其势力已不可撼动。即便世人称大汗为现世的主宰，万王之王，但今日大汗面对伯颜，竟然言不由衷。他隐约尝到"倚重"二字开始变味。

天黑透了，大汗晚膳都没有用。他在偏殿中踱步，一时懊恼，一时悔恨，终于困乏袭来，依在椅位上混混沌沌地打了个盹儿。梦中他见到了幼年的图兰朵，小丫头粉妆玉琢，花骨朵般的脸蛋上尽是泪水。他伸手想为女儿拭泪，却摸了个空。他不由得一惊，醒了过来，听到了钟鼓楼报时的动静。张望天色，估计已经过了四更，用不了多一会儿，天就要亮了。这时，他看到侍从官正在门缝里探头探脑。

大汗叹气：又怎么啦？

侍从官碎步进来，低声说：陛下，有人求见。

大汗说：何人？

侍从官说：大模国国君。

大汗难以置信地说：大模国国君！

侍从官说：他说他是大模国的国君。

大汗说：他说？怎会这般糊涂，假若真是大模国国君来访，理应由礼部通报。

侍从官说：国君微服私行也是有的，更何况他与陛下私交甚好。

大汗想了想，说：此事过于蹊跷，不合礼仪规制，还是不见为好。你就说我早歇息了……

只听得门外叹息：我说我是谁并不要紧，要紧的是陛下向来高世之度，不会真的将已经到了门口的客人赶走吧！

天微明，一队怯薛士兵赶着两辆马车来到磨盘山的皇家焰火作坊。

领队的将虎头牌递给守门的皇家侍卫。

皇家侍卫验过，将虎头牌还回去，说：等在这儿。

领队说：为何要等？我已经拿到了库房的钥匙。

皇家侍卫说：有钥匙也要等，我去知会焰火大师。

领队诧异：这么早，焰火大师已经在了？

皇家侍卫道：今日公主订婚，要放庆典焰火。为了花样奇巧，大师多个昼夜未歇息了。

领队露出无奈的神情。这焰火作坊外面的天地伯颜将军可以说了算，这焰火作坊里的天地一定是焰火大师说了算的。

领队只得说：快点儿，耽误了伯颜将军的差事，你我都担待不起。

守门的皇家侍卫进去了。看见领队被挡驾，那些怯薛兵们都是懂规矩的，他们一声不响地站在了作坊外面。

众人皆知，在焰火作坊洞窟的尽头，是焰火作坊堆放制作焰火的原料和储存火药的地方。通常，库房的钥匙一把在焰火大师的身边，另一把放在枢密院。无论何人要去库房，都要事先获准得到其中一把钥匙，并且，两头都要做必要备案。当然如果焰火大师在作坊里，皇家侍卫还会告知大师。因为天色未亮，所以那领队本是没有这个打算的。

守门的皇家侍卫沿着焰火作坊的通道往里走，寂静中传来那条地下河哗哗的流淌声。在靠近中间的空场地，地下河分开两汊，一条往左，一条向右。皇家侍卫顺着往左去的方向拐弯。远远地望去，一片黑黢黢中只有角落上一个较大的石窟里透出隐隐光亮。他再四下搜索，见那两个平日尾随焰火大师寸步不离的看守正缩在石壁的缝隙里打瞌睡。于是，他走过去踢了其中一个人一脚，问：大师呢？

那个家伙迷迷糊糊地抬起头看了他一眼，指指石壁上的铃铛。

焰火大师有规矩，他在琢磨新的焰火配方的时候，任何闲人，包括这两个看守都要离他五十步之外。他若喊人，扯一扯里面的麻线，外面的铃铛响，人可进入；人若喊他，扯一扯外面的麻线，里面的铃铛响，他会出来。焰火大师立的规矩没人敢破。大师是焰火作坊里的神仙，变夜为昼，撒豆成兵。众人深信，谁不知好歹惹了大师，他能随意用把戏来修理你。

那个皇家侍卫迟迟疑疑地向铃铛旁的麻线伸出手去。里面的不好惹，可大门外面的也不好惹。片刻，焰火大师戴着身上的金锁链步伐蹒跚地从里面走出来。

焰火大师脸上有怒意：我说过，没有要紧事情，不要打搅我。

皇家侍卫双手抱拳告罪：大师莫恼，有人要进库房取火药。

焰火大师说：这个时候？

皇家侍卫说：他们奉伯颜将军之命，来得很急。

焰火大师说：好生古怪。

皇家侍卫说：是有些古怪。

焰火大师说：我去看看。

天刚刚亮透，伯颜将军的府邸中有了动静。厨房里冒出袅袅炊烟，婢女小厮们打着哈欠走出下人们的住处，马夫提着上好的燕麦和黑豆精料走入马厩，要给马匹们开早饭了。

海长春从外面回来。他衣裳带着露水，悄然无声地穿过楼台亭阁，走进如意斋，一声不响地推开正房的屋门。

母亲坐在中堂的椅子上，供案上香烛袅袅，横放着一把腰刀。

海长春将手里的包袱恭恭敬敬摆放在中堂的供案上。

母亲说：你去了万安寺了？

海长青说：是，我已将祖父和父亲迎回来。

母亲站起身，包袱打开，里面躺着海都和海东青的牌位。几近二十年，他们终于回家了。母亲将牌位端端正正放到了香烛的后面。

凝望牌位，母亲心跳泪盈。眼前晃过少男少女时的面孔，洞房时的娇羞，幼儿出生时的喜悦，随后便是长久别离，继而天人永隔。这么多年不曾相见，再见面，恐怕夫君和公公已认不出这个两鬓斑白的儿媳。

母亲持着香杆，在火烛上点燃，回头对海长春说：孩儿，你来上香。

海长春上前来。

母亲说：告诉你父亲和你祖父，他们回家了。

海长春捧着星火点点的香杆，对着海都和海东青的牌位拜了三拜，将香插入香炉。

母亲眼中，此刻的海长春真正长大了，十足汉子，雄姿英发。母亲恍惚见到了夫君的模样，那年海东青正是这般年纪一去不返。

母亲拿起香案上的刀说：这把镔铁神刀是你父亲留下的，该传到你手里了。

海长春接过腰刀，将刀拔出刀鞘，只见刀面上彩云流溢，刃如秋霜，锋芒逼人。

海长春说：好刀。

母亲说：喜堂我去看过了，张灯结彩倒也吉庆。喜帖也发出去了，都是自家人，他们定会鼎力相助。

海长春说：孩儿明白。

母亲说：午后迎亲，花轿一定要抬出府外，在上城的大街小巷里热热闹闹走一遭再回来。记住，不到皇城城楼下不准回头，要让大城百姓都知道黑骆驼国的莲雾公主出嫁了。海都元帅家里多了一个好媳妇。

第九十八章
良辰吉日

这注定是一个令大城人永世难忘的日子。

大城人都知道，今日是图兰朵公主订婚吉日，普天同庆，九州共贺。

还不到正午，东市一带便人山人海。为了给大汗道喜，冯大魔王破天荒地将戏法台子从瓦市搬到了东市旁的广场上。这消息一个清晨传遍大城，于是，大城艺人们众虎同心地奔向广场，大城的市民们众川赴海地涌到皇城城楼之下。

铁头家的杂耍班子自然不甘人后，铁头亲自上场献技，久不露身手，功夫并未生疏，站在方桌上，他将椅子一张张慢慢摞上去，随后两臂撑在椅子顶端倒立起来，衣裳在丈高处被风吹得呼啦啦的，如同一面旗帜。

一群装扮奇特的异族卖艺人走过街头，那些人带着山羊、小狗、小猴，敲着鼓乐闹闹哄哄，在他们身后跟随着红秀等一群标致的少妇和伶俐的孩子。

卖艺人们在另外一个岔路口，碰上了焰火大师的焰火班子。有推车的，也有肩挑背扛的。卖艺人们恭恭敬敬地让路。今日是个大日子，焰火大师的队伍要唱主角。那两个牵着焰火大师的金锁链的看守满脸都是不可一世。

广场上一片欢跃。远处有壮汉们在比试摔跤、射箭和投掷；近处则是密不透风的看客们在为耍马戏猴骑羊、走绳拿大顶、爬竿儿抢彩球和舞刀弄枪的杂剧班子叫好。周大戴着斗笠站在一角，看着冯大魔王从一个木箱子里变出了欢蹦乱跳的柳儿。

小骆驼提着豆腐混杂在人群中，他的目光却穿过那一层层的人群，与三五丈外的大虎、小虎和麦娃的外甥彼此暗暗招呼。该来的都来了，大家心里有数了。

突然，皇城大门缓缓敞开，从内跑出了一队队持刀拿枪的皇家侍卫。这些全副武装的兵士在广场周边站定，冷眼望向广场上的人群。

大汗要与民同乐，可惜这些皇家侍卫来到皇城广场上一副僵尸面孔。好在大城人见多识广，以怪为常，对身边的皇家侍卫们视而不见，只当立起了一些木桩子。

午时已过，伯颜将军的府邸里喜庆的响器震天动地。大门洞开，海长春骑在高头白马上，后面跟着是抬新嫁娘的花轿。花轿沿着大城的中枢大路直向着皇城而去。

谁家箫鼓，谁家新娘？

海长春将军娶亲了。

海都元帅家娶长孙媳妇了。

妇幼老少们大呼小叫地追着喜轿，黑骆驼国来的公主嫁给了海将军，屏中金凤凰，枕上玉鸳鸯，再好不过的姻缘了。新郎官一表人才，新娇娘朱颜巧妆，真是天造地设的姻缘了。

也有人说新郎官虽是一表人才，但望着面色有些晦暗呢。

哪里是晦暗，明明是累的。又有人笑说，操办这等婚事，新郎官当然累啊，等进了洞房，春宵一刻值千金，还更有得累呢。

于是众人笑成一团。

皇城城楼上旌旗飘飘，一席珍馐。

酒宴的中央堆着红色喜幛盖住的小山般的贺礼。

酒宴上左手边都是汗国重臣，右手边则是各国使节。众人面前摆着黑马奶子酒、葡萄酒、蜂蜜酒、烤驼峰、炙羊心羊腰子和刚出锅的嫩羊羔肉。还有一盘盘肉馅儿的剪花馒头和水晶馒头。剪花馒头都是巧手将馒头剪成花朵，涂着深深浅浅的胭脂；水晶馒头则是豆粉掺了南瓜汁或者青豆汁做成果子样儿，蒸熟后金碧灿烂，红粉诱人。

为今日这订婚宴，皇城御膳房里的厨子已经忙活了好几天，眼睛都被灶火熏红了。

对厨子们来说，这是他们盼望了多年的大事。眼看小公主从花骨朵长成天仙模样，终于要出嫁了，他们知道自己已老朽，心中未了的大事情只剩这一桩。再不把手艺当众施展出来，就没机会了。他们红着眼睛，精神抖擞，办完了这次订婚宴，就再没有其他的念想。

出席酒宴的使节们有两类，一类是马不停蹄地从周边邻国赶来的。汗国疆土辽阔，哪怕是近邻，骑千里宝马能赶到也实属运气。所以他们走上城楼时竟带着一脸风尘。而另外一类则是常驻大城的权贵富商，他们都是各国的皇亲国戚，常驻大城，在大汗酒宴上已混得脸熟。名义上经商，实质上是各国国君的耳目，一有变故，都闻风而动。今日大汗的掌上明珠订婚，在这个节点上出场，姿态当然是很重要的。

酒宴上首大汗和公主的位置仍然空缺着，席间却站着两个小人儿，六七岁孩子的高矮，红袄绿裤，粉团白嫩，十分喜庆。两个小人儿笑嘻嘻地环顾四下，时不时从身边走过的内侍盘子里抓起个花朵肉馒头和水晶肉馒头塞进嘴里，一点没有该有的礼仪和拘束。

　　内侍们脚步轻轻地穿梭在席间，将美酒佳肴端送到宾客面前，但宾客都面色凝重，正襟危坐。酒宴的主人还没有来，酒宴上除了那两个永远不谙世事的阿西和阿东，谁又敢喧哗放肆。

　　伯颜一人悠然坐在那儿，目光漫不经心地在席间扫过，如同鹰隼在众人头顶上盘旋。

　　终于号角声起，仪仗出现，黄罗盖伞下走来了大汗。满席宾客恭恭敬敬站立起来。

　　大汗走到宴席首位，环顾四下，仿佛自言自语道：难得大家都来了。

　　宾客一起向大汗行礼：恭喜大汗。

　　大汗还了一句"同喜同贺"，径自坐下。

　　众人一见，也都坐了。一双双眼睛瞥着大汗身边空位，图兰朵公主没有现身。

　　伯颜说：大汗，众宾客已经到齐，只差公主一人。

　　大汗说：别急，还有一位要紧的贵客未到。

　　众人环顾，果然在各国来宾的首席位置上留了一个空缺。何人如此不懂规矩，竟敢比大汗到得还迟。

　　这时，宫廷礼仪官快步上前通报：大汗，到了，大模国国君到了。

　　大汗说：请。

大汗起身，众人也都稀里糊涂地站起来。谁来了？大模国国君。不会是传错了？众人面面相觑，只怕自己没有听真。引颈相望，城楼上一时鸦雀无声。酒宴上站的哪个不是见过世面的，但曾与大模国国君谋面的人却不多。众人皆知他是西域之王，多年来称雄一方，从不涉足中原。今日从天而降，也算得上是惊人之举了。

　　众人翘首，见远处走来一个穿着白色真丝长袍的汉子，须发花白，身材微胖，既不彪悍，也不高大，但目光炯炯如燃烧的乌金。他身边是两个随从，模样极其平常。

　　这就是大模国国君，西域之王，如此大人物亲临公主的订婚宴，大汗真是太有面子了。

　　礼仪官将大模国国君引到来宾首席，大模国国君对着大汗抚胸致意。

　　大汗微笑点头还礼。这一来一往没有更多的应酬，却让在场的人看清楚彼此分量之重。

　　大汗坐了。大模国国君坐了。众人也都坐了。

　　伯颜笑了，脸上的肌肉忍不住抽动。酒宴到这会子，终于见到真章了。难怪对手常有惊人之举，原来背后一直有高手指点。这个花白胡子老头儿名头响彻四海八荒，这些天竟然藏匿在伯颜大将军的眼皮子底下玩把戏，现在该是看谁玩得过谁。

　　伯颜清清嗓子，说：大模国国君亲临盛宴，是汗国的风光。高朋满座，怎能无歌舞相伴。

　　话音落下，城楼尽头鼓声响起，笛管笙箫，顿挫抑扬，高山流水，婉约动人。但余音缭绕间并不见柔曼舞娘上场，倒是有一队怯薛兵押解着几个人走了过来。

只见押在最前面的是卡拉夫。他衣衫不整，发髻凌乱。身后跟着同样被五花大绑的阿里王子、哈桑将军和摩诃等人。

城楼上顿时有些乱了。识得卡拉夫的人几乎不能相信自己的双眼，乘龙快婿突然成了阶下囚，这变故称得上山崩地裂了。

有人怯生生地偷问：这是怎回事？

伯颜大声说：好戏开场了，慢慢看吧。

听了这话，再无人敢言声。只有阿西和阿东没有看明白。

阿西说：昨天还是猜名字，今天变作演戏了。

阿东说：演戏也罢，为何要捆人？

阿西说：是啊，将蓝眼睛和他的朋友一起捆了，我想公主不会欢喜。

阿东认真地想了想：我也不太欢喜。

卡拉夫等人在距大汗不过丈尺远的地方站住。阿里王子双目与坐在嘉宾首席的大模国国君碰上，嘴似乎张了张，却被对方眼神阻止。

伯颜说：这些谋反贼子里外勾结，铁证如山，大汗不妨亲自审一审，免得众说纷纭。

大汗盯着站定在不远处的卡拉夫感叹：色目人，今日朕杀牛宰羊，大宴群臣，本想庆贺公主与你订婚的，谁料有人告发你竟是仇国后嗣……好啦，即便如此，毕竟你对公主有恩，给他松绑。

两个怯薛兵上前打算给卡拉夫松绑。卡拉夫涨红着脸怒气冲冲说：用不着虚情假意。落到你们手里，要杀要剐，随便！

伯颜冷笑：这叫作自作孽不可活。大汗对你宽容大度，你却不识抬举。

伯颜走到卡拉夫身边低语：你要想死，我可以让你不得好死。

大汗说：虽说是仇家，朕仍有话要问。为何你要救朕的女儿？

伯颜接过话茬儿：这正是色目人的诡计，他想骗取大汗对他的信任，好达到他复仇的目的。

大汗指指哈桑将军和阿里王子，说：那么，此事与他们又有何相干？

伯颜说：这两位都是大模国来的宾客，还有这个在大城赫赫有名的富商摩诃，表面仁人君子，背后却是蓝眼睛的羽翼同党。前些日子大城里妖孽四起，正是他们里应外合作祟。幸好被我及时识破，不然，汗国的江山还不知会落到何人手里。

哈桑将军说：蓝眼睛是遭恶人构陷，忠义之士都不会袖手旁观。

阿里王子接话说：退一万步，即便蓝眼睛是汗国仇家后嗣，他救公主于水火，也该算得上以德报怨，难道这也有错？

伯颜说：贼贼相护，照你们讲，这个蓝眼睛竟是菩萨心肠。

伯颜挥挥手，一个怯薛兵托着个盘子走上前，里面摆着一把雪亮的尖刀。

伯颜哗地撕开了卡拉夫的衣襟：众所周知，马尔维亚王国与我汗国有灭国之仇，有人告诉我说，马尔维亚王族的子孙都长着五脏颠倒的黑心，是真是假还得当众验证一下才好。

卡拉夫往伯颜脸上呸了一口：想取我的性命，只管来拿，不用找什么借口。

伯颜说：汗国律例赏罚分明，怎会随意杀人。这颗心掏出来，若是红的，冤枉了好人，甘愿受罚。倘若是黑的，这些同案贼子……

伯颜瞟了阿里王子和哈桑将军等人一眼，说：也当格杀勿论。

阿西哇哇叫起来：使不得，无论红黑，心掏出来，人就死了！

阿东也叫：对啊，蓝眼睛若死了，罚你又有何用处。莫非你也把心掏出来？

伯颜对阿西和阿东的喊叫置若罔闻。他刚要伸手拿刀，却被一个人影挡住去路。

那人说：将军且慢，该不该验证，如何验证，大汗说了算，还轮不到将军做主。

众人忍不住揉揉眼睛，适才还坐在嘉宾首席的大模国国君，此刻正立在伯颜面前。没人知道他是如何做到的。

伯颜一愣，这清风过柳的身影恍惚哪里见过，但他来不及多想，说：那是我和大汗之间的事，与你无关。

伯颜手上瞬间多了那把尖刀。众人大骇，没有人见到伯颜如何绕开了大模国国君，伸手将尖刀攞到自己手里的。

这一个回合疾如雷电，大汗坐在席首，一时竟有些变色。伯颜功夫深浅，他是心中有数的，今日施展的本事全然在他意料之外。

大汗呵斥：伯颜，大模国国君身份尊贵，不得无礼！

伯颜和颜悦色地看向大汗：陛下，微臣哪里敢造次，只是想当众弄个是非曲直。这刀子下去，一清二楚。无论是您亲自动手，还是微臣替陛下效劳，只管发话便是。

阿西说：不公平，要掏心两个人都掏。

阿东说：谁先掏，谁就吃亏了。

城楼上突然传来一个清脆悦耳的声音：是非曲直当然要弄清，怕就怕贼喊捉贼。

阿西、阿东首先跳了起来：公主来了！

众人顺着两个矮人的视线望去，图兰朵公主一身雪银般的戎装，英姿飘逸；哑巴大锤在握，顶天立地；他们两人中间站着一个老妇，高硕清瘦，头发花白，素缟麻衣，手里抱着个坛子样的东西。

城楼上不识她的人一头雾水，知道她的人都不禁"啊"了一声。

伯颜的脸上却浮出阴霾。

大汗愕然问：她是何人？

侍从官低声道：海都元帅的长媳，海东青将军的妻子。那年海东青将军办喜事，大汗还去讨过一杯喜酒。

大汗恍惚想起红盖头下一个迷迷糊糊的影子。

大汗说：她怎会来了？

伯颜丢下卡拉夫等人，抱拳说：陛下恕罪，寡嫂独居多年，神志不大灵清，今日小侄大婚，她大约是欢喜过头，走错地方了。这也怪微臣照应不周，我马上着人将夫人妥妥送回府里去。

图兰朵说：且慢，父汗明鉴，夫人一身素缟，凶丧之服，该是与喜事无关吧。

大汗微微点头：英烈遗孀，当竭诚相待，给夫人赐座。

那两个侍卫忙去搬椅子，海长春的母亲却扑通一声双膝跪地：恳请大汗替老妇申冤。

大汗吓得站了起来：快快起身，有何冤情但说无妨。

海长春的母亲说：请陛下捉拿谋害海东青将军的凶徒。

大汗说：那凶徒是何人？

海长春的母亲：正是海将军的一母同胞兄弟……

海长春母亲的手向伯颜指去：汗国赫赫有名的伯颜大将军。

城楼上一时死静，众人的视线都不由自主地看向伯颜。

只见伯颜脸色由酱紫变得铁青，随即哈哈大笑起来。

伯颜叹息：众所周知，兄长英年早逝，我将寡嫂与亲侄接到府中供养多年，就算有所照应不周，但也不该背上这谋害手足的罪名。不知何人如此歹毒，怂恿一个糊涂妇人来向我泼污水。

海长春母亲说：做没做，你我心知肚明。

伯颜说：胡编乱扯，说我弑兄，可有证据证人？

海长春母亲说：自然有。

伯颜说：证据在何处？

海长春母亲将手中的坛子缓缓放下，说：就在这个坛子里。

第九十九章
枕戈饮血

城楼上，海长春母亲将包着青瓷坛子的绢子解开，并揭去封口，说：这是亡夫海东青的骨骸。陛下请看。

大汗打量坛子，汗国将领战死在外，路途遥远，尸骨火化后装入坛子带回是惯例。外表上看，这坛子与其他坛子相比没有什么差别。他疑惑地摇摇头。

海长春母亲不说话，将绢子铺在一个硕大的盘子上，捧起坛子倒扣，丝绢上隆起一堆灰白相间的骨骸。

众人凝神看去，仍看不出所以然。

伯颜不由得叫骂：你个疯妇，竟敢用亡夫的尸骨戏弄大汗，罪不容诛。还不来人拖她下去。

随即，他又转身对大汗抱拳说：长嫂过度思念亡夫，浑噩无知，胡言乱语，万望大汗海涵。

海长春母亲说：伯颜将军不用急，何不再等一刻，见真相大白，水落石出。

说着，海长春母亲轻轻拨开骨灰，从中间小心地捡起了一根寸多长的没有焚化过的骨头。那骨头漆黑，更将骨头上带着的一个和田玉扳指衬得洁白温润。

海长春母亲将那骨头托在手心，泪水盈盈说：这是海将军的右手拇指，这个玉扳指是海将军从不离身的心爱之物。

大汗疑惑地看向自己的侍从官。

侍从官点点头：微臣记得海东青右手拇指上是有这么个扳指。

伯颜说：当年海将军遭巫人鱼偷袭而亡，千里之外不得不将兄长尸骨火化，运回大城，哪里还有什么左手右手的扳指。

海长春母亲说：当年海将军死后的确是伯颜将军力主把他火化的。但因为有人对海将军之死心存疑惑，所以火化前偷偷砍下这个拇指，并在火化后将它与其他灰烬一起封入坛子。

大汗说：那人是谁？夫人又是如何知晓的？

海长春母亲说：大将军玉勒，曾是海都元帅的心腹，协助管辖豹军和鹰隼军。他做这件事，或许是因为良心未泯，或许为了留一手，遇上风险时能够自保。昨日我收到他托人带来的东西，就是这个，上面画了一个坛子。

海长春母亲从怀里掏出一块布片，上面果然只用潦草笔画勾勒了一个坛子。

大汗说：传玉勒，朕要问话。

海长春母亲说：可惜昨晚他被伯颜砍杀在荒野。

哈桑将军说：这块布是昨日他托我手下给夫人送去的，布片上的内容除了夫人，无人能解。

伯颜说：大汗明鉴，那个玉勒因为勾结叛逆，已被我军法处置。这些人的话明明是勾结一气，联手陷害微臣。海将军死时玉勒并不在其身边，他能证明什么？而既然他都死了，所谓坛子和坛子里的手骨更是这些歹人信口雌黄。

大模国国君突然说话：是啊，不在身边的人不能证明什么，那么，海将军过世时，在他身边总还有别人。

众人一阵缄默。

海长春母亲说：有人证明，海将军过世时只有伯颜将军孤身在场。

大汗道：此言当真？

伯颜只得回答：兄长被巫人鱼偷袭后我才赶到，此事让我抱憾终生。

大汗说：巫人鱼刁恶狡诈，怪不得你。

大模国国君说：死人不能说话，但死人骨骸可以说话。世人皆知蜀山绝壁上有种罕见的魔头草，被人称作万毒之冠。当年伯颜将军有一把魔头剑，那剑曾被浸泡在魔头草的汁液中七七四十九天，中剑者三步之内夺命。众所周知，中魔头剑毒而死的人骨头有两点，一是颜色漆黑，二是刀劈起火。既然这块遗骨来自海将军……

大模国国君指指伯颜手中的尖刀，对大汗说：是否冤枉了伯颜将军，当众借用这把利刀试一试便水落石出。只是得罪夫人和海将军的遗骸了。

大汗点头说好。

伯颜的脸色阴森可怖。

大模国国君伸手去拿海长春母亲捧在掌心的那段拇指骨。谁料，伯颜突然推出一掌，将大模国国君掀了个趔趄，随后纵身跃起，抢先将那截黑色拇指骨夺走。

大模国国君喊道：不得对忠烈遗骨无礼。

大汗神色大变：忤逆伯颜，你竟敢——！

伯颜牙关咬紧，猛一攥拳，再将手掌打开，那一截拇指骨与那扳指都变成齑粉，随风而去。

全场瞠目结舌，竟无人说得出话来。

突然，大模国国君哈哈大笑起来：伯颜啊伯颜，做贼心虚，果然露出马脚。当初玉勒只是心存疑惑，并没有留下任何物证。你图穷匕见，不打自招了。

伯颜说：不可能，我明明捏碎的是人骨。

大模国国君把手腕上的念珠托了一托，说：那是一截被我用柴草熏黑了的人骨念珠。好在真相大白，亡者超度，生者得安。这人骨念珠也算物尽其用。

伯颜瞪着对方：我认得你了，尽管你易了容，但你那身形和嗓音骗得了别人，骗不了我。什么大模国国君，你明明是那个西域游僧。

游僧笑道：伯颜将军好记性。

说着游僧将手一撩，大模国国君的脸变为一张人皮面具，轻飘飘地飞在空中。白袍之上露出游僧那张胖乎乎的脸庞。

伯颜说：你是如何将玉勒收服的？

游僧说：那不是我的功劳。玉勒嗜酒，酒后曾提起对海将军之死的疑惑和愧疚。恰好他的宠妾是哈桑将军安插的耳目。多年助纣为虐，经人点拨苦劝，总算迷而知返，这是玉勒的造化。

伯颜骂道：该死的妖僧。将手中的尖刀向大模国国君抛去。

游僧甩起手中的念珠将刀子轻轻拨开，说：你已成魔，无可救药。

图兰朵和哑巴借机疾步上前，挥刀卸去卡拉夫等人身上的绳索。

蓝眼睛！

图兰朵一声哽咽，仿佛穿透了曾经过往的无数风雨。

两人默默对视，刹那石火撞到电光。

伯颜冷笑：原来你们有备而来，本将军也用不着跟你们周旋了。来人——！

转眼之间脚步纷乱，刀枪剑戟密不透风，只见城墙之上布满了伯颜的人。

大汗气得跳了起来：朕这么多年，竟瞎了眼。

伯颜说：大汗目光如炬，只是欠我的，今日也该给我了。

大汗说：你到底想要什么？

伯颜说：陛下年事已高，就不用操心那么多政务了。汗国，还有那图兰朵公主该由我来照应更为妥当。

说罢，他一挥手，墙头上的兵士将旌旗用力舞动，顿时，远方传来回应的号角。这是伯颜的豹军和鹰隼军进攻的信号。

城楼下的广场人山人海。

海长春将军娶媳妇的队伍被阻挡在广场的边缘。

抬喜轿的轿夫手在眉间搭着瞭一瞭，说：少将军，还要往前去吗？

海长春说：母亲有话，不到皇城城楼下不准回头。

无须再多商量，娶亲的人们将响器吹打得惊天动地，广场上的人不由自主闪到两旁，皇家侍卫见到纵马而来的男子是自己的上司，纷纷让路。

海长春的目光扫过广场，紧靠着皇城城楼的爬竿表演吸引了他的视线。只见一个大汉将长竿举得耸入云天，爬竿人轻盈爬在竿头，做出各种惊心动魄的动作，使得长竿摇摇欲坠。就当那长竿与城墙几乎触手可及之时，皇城城楼上忽然出现了大批的怯薛兵士，弓箭手们排成一字，将弓弩对准城楼下的民众。千钧一发，刻不容缓，爬竿人怒吼一声，白鹤展翅，用力将那支长竿向皇城城楼斜歪去。随着竿头砸到了城墙上，爬竿人从白鹤展翅变为白鹤升天，再接一个鹞子翻身上了城楼，瞬间出手把城墙上的弓弩打得七零八落。

正在走绳的另外一个汉子和他的伙伴们也抽下腰间缠绕的绳子，向上猛甩，绳子一头上的钩子牢牢钩住城楼垛。杂耍班的伙计们猴子般跳跃上了城楼。与城楼上的怯薛兵厮杀起来。

广场上顿时大乱。有的从杂剧班子的担子里抽出长枪和利刀，有的从柴草车上拿出弓弩。人们挥着武器向皇城城门冲杀而去。

焰火大师带领的班子恰好走到皇城大门前，见到看守皇城大门的兵士正慌手慌脚关闭大门。

焰火大师呵斥：不准关门！

焰火班子的汉子们随着大师的呵斥声向前奔去，奋力将大门重新推开。见到焰火大师领头闹事，两个皇家侍卫突然想起自己的职责，赶忙扯住大师身上的金链子。

焰火大师说：放手！

那两个家伙瞪圆双眼，只是紧扯着金链子不放。

焰火大师又说：放手！

两个家伙死硬不放。

焰火大师不由得吼了一声，只听哗啦啦，那金链子从焰火大师身上飞脱而出，眼见焰火大师飞跑冲进了皇城。

两个皇家侍卫目瞪口呆地看向掉落在地上的金锁链，不知何时大汗御赐的那把八道簧的双龙戏珠纹镏金锁已经被人打开。

两个皇家侍卫扑通一声跪倒在地，活不成了，活不成了。大汗曾对看守焰火大师的兵士们有话，你等性命与此锁并存，锁在人在，锁开人亡。

海长春锐目辨出那带头跃上城楼的虎背猿腰的身影。血一下子冲到他的脸上。那是个独眼人，他知道他是谁，他与他见过面，交谈过，虽然他只有一只眼睛，但他对他说话的时候，仿佛已经将海长春看得透明。他从那个背影上看到了父亲的影子，看到了父辈对海长春的呼唤。现在，该是他海长春证明自己的时候了。

海长春哗地抽出镔铁神刀，大喊一声跟我来，一抖缰绳，冲向广场中央。轿夫和鼓手乐手们扔下花轿，跟随着海长春向前冲去。广场四周的皇家侍卫们一下子不知该如何是好。

这时，从远处传来震破天际的号叫和撕心裂肺的号角长鸣，日头昏暗了，风刮来了血腥气。转眼间大片黑压压的乌云向皇城压来，时快时慢，裹挟着阴森森的鹰唳；东市那边的路径扬起丈高的尘土，时浓时淡，夹带着不绝于耳的豹啸。

这是皇家鹰隼天军和猎豹大军协同进攻的阵势。

城楼下的人群听到惊空遏云的鹰唳豹啸，不由得开始慌乱。

不好了，豹军和鹰隼军来了！世人皆知鹰隼天军摧枯拉朽，猎豹大军无敌于世，任何功夫都抵挡不过它们用利爪和锐喙织就的天罗地网。随着骤起的喊声，人们如同看到阴间地府的门在脚下打开，听到了黑白无常的脚步。

人群还来不及散去，鹰隼天军们已经率先出现在广场上空，黑色的影子风驰电掣地掠过大地，在人们的头顶俯冲盘旋，等待捉拿猎物。

依照伯颜的命令，鹰隼们从昨日起就停止给它们喂食，它们已经饥肠辘辘，双眼血红，一旦首领发出号令，它们将风扫残云。那些鹰隼曾经过严格的训练，每一个与皇室为敌的人，都会成鹰隼们果腹的美食。

海长春胯下的白马鬃毛直立，因身经百战，嗅出眼前的局面的凶险，它左顾右盼，四蹄交错着在原地打转。海长春一把勒住缰绳，将手指放在唇边，深深吸足一口气，吹出悠长而明亮的口哨。鹰隼们听到海长春熟悉的召唤，遽然失去了进攻的方向，它们错乱地扑打翅膀，开始在空中徘徊。

只是眨眼间，另一个短促而尖厉的口哨声从东方传来，这口哨顶撞着海长春的哨音，如同一支雪亮的矛和一块坚固的盾牌冲杀在一起。

两个哨声高高低低碰击搅扰，鹰隼们晕了。鹰隼们从幼雏开始接受严格训导。主人的哨音不分白昼地萦绕它们，吃喝动睡百变不离其宗。哨音的不同表达了主人不同的号令，或警示训斥，或抚慰呼唤，明确无误。对鹰隼们来说，它们是训练有素的战士，哨出惟行，哨行禁止，它们对哨音的反应已化为羽翅肌肉的本能。

这是它们出生以来从未遇到过的情形，两个哨声指示着全然不同的内容。一个是集结待命的召唤，一个是攻击杀戮的命令，但发出指令的都是鹰隼军的主人。鹰隼们失了主意，胡乱扑打着翅膀，不知道是该将自己的利喙化为矛，还是将自己的双翅变为盾，左顾右盼，无所适从。

在片刻混乱之后，一只白隼冲天而起，发出了"咯喝咯喝"的鸣叫。它是海长春亲手养大的领头白隼，俗称"海东青"。要知汗国天军来自四海八荒，十万神鹰中才出得一只海东青。这只白隼是鹰隼天军的主心骨，生而神俊，品格贵重。当这只白隼用自己不同凡俗的判断力做出了选择之后，鹰隼大军突然有了方向，旋风般直冲云霄，在那里"咯喝咯喝"

地彼此召唤，重新排列队伍。

海长春觉得自己的毛发正随着鹰隼们的羽翅飞舞，自己的身躯追随着那些鹰隼翱翔在晴空当中。他看到了自己本来的样子，没有人能够改变他，他与它们原本就是兄弟，他的性命与它们的性命绑在一起。它们要为昨天的屈辱和今日的尊严讨个公道。

海长春勒紧缰绳，猎豹的吼声已让白马的腿骨微微战栗。那些跟着海长春冲到皇城城楼的随从们都退到墙根下。

那木罕骑着领头猎豹冲进了广场。自从前晚玉勒身首异处，那木罕已被伯颜提升为豹军和鹰隼军的总首领。当他看到海长春执锐披坚杀气腾腾地站在广场中央，脸不由得煞白。

那木罕说：海长春，你要做什么？

海长春说：杀逆贼！

那木罕说：你可是伯颜将军的亲侄！

海长春说：不要跟我提那个畜生。

那木罕说：想想你的父亲和祖父……

听提到父亲和祖父，如同有人在海长春的肺腑中点燃火药。他大喝一声，抖动缰绳，想拍马前行，谁料白马面对杀气腾腾的豹军两目瞪圆，鬃毛直立，不肯再挪一步。海长春两腿用力一夹，白马竟嘶鸣着站立起来。海长春放弃坐骑，从马背上纵身飞起，扑向豹军。眨眼间，海长春落到那木罕面前，把对方和胯下畜生惊了一惊。那头猎豹被激怒，发出骨寒毛竖的嗷嚎，众豹们蜂拥而来，将海长春团团围在中央。

鹰隼天军的领头白隼见海长春被困，护主心切，呼啸着袭向那木罕，其他鹰隼跟随白隼铺天盖地，如同闪电击向大地。

豹军与鹰隼天军本为汗国怯薛军的左膀右臂，后者霸天，前者霸地，一天一地，所向披靡，万夫不当。但从无人想象过有一日霸天与霸地翻脸的情形，左臂搏右膀对峙厮杀起来，天昏地暗，日月倒转，惨不忍睹。

鹰隼军与豹军的编制和应战方式大相径庭。鹰隼军的将士们是以调教喂养鹰隼为职责，临战以哨音指挥天军进攻的方向，队列和位置。领头鹰隼的判断成为全体鹰隼们的行动准则依据。将士们则在地面根据鹰隼军进攻的情况随机应变。

豹军中的将士除了喂养调教猎豹，还要在战场上骑着豹子披甲横刀拼杀。他们个个善使弓弩，穿杨贯虱，百步射人。豹军有严格的编制，分豹卒和豹长。一豹卒带十豹，十豹为一组，十组为一队，每队正副两豹长，组组相连，队队相应，整个豹军的行动都被豹军首领制约。

豹军的严格编制使得豹军步步为营，互为援助；鹰隼军的灵活机动使得它们星驰电走，权时制宜。

此刻，豹军步步为营遭遇到鹰隼军的星驰电走，两者间的长短便暴露无遗。猎豹们的尖齿锐爪固然比鹰隼们的利喙凶猛，但鹰隼们在把握进攻时机上却远胜对手。鹰隼们有巨大的腾挪躲避的空间，地面上猎豹们暴跳如雷，却对头顶上的敌人鞭长莫及。豹卒和豹长们丧失了猎豹的庇护援助，只得靠手中弓弩勉强支应空中强敌的进攻。

鹰隼和猎豹们本来就是性情最悍戾的飞禽和走兽，山川撞日月，以死相拼。进攻若不能将对手一击毙命，绝无生还可能。于是乎皇城城楼下血肉横飞，狼哭鬼嚎。豹卒和豹长们更成为鹰隼军们攻击的首要目标，

那木罕是刀尖上滚出来的本事，个子矮小，却使着一支丈长的利槊，利槊的前部是把短剑样的端头，舞动起来可挑，

可削，可扫，可劈，气势凌厉，带领豹军冲锋陷阵，每每势如破竹。

但今日那木罕遭遇到海长春，与猎豹遭遇鹰隼的情形相同。海长春身形轻灵如燕，手中镔铁神刀快捷如风，无论那木罕的长槊怎样舞动，都占不到对方的一分便宜。只能眼睁睁地看着海长春在豹军中穿梭腾跃如入无人之地，连斩了两个豹卒，伤了十来头猎豹。加之领头白隼带着其他鹰隼盘旋在海长春的前后，驱赶猎豹的围攻，若不是那木罕胯下的领头猎豹凶猛善战，他早已倒在海长春的镔铁神刀之下。

那木罕看出论单打独斗，豹军中的哪一个都不是海长春的对手，而海长春的气势便是鹰隼军的气势，不由得大吼一声"众星捧月"。那些被海长春的鹰隼们攻击得七零八落的豹长和豹卒顿时振作精神齐刷刷地将手中的弓弩指向海长春。广场空旷，无遮无挡，弓弩齐发，利箭雨般地泼过来。海长春把镔铁神刀舞成一道铁墙，滴水不进，箭矢乒乓落地。

那木罕冷笑一声，突然又喊"后羿射日"，豹卒们的弓弩都抬向天际，箭雨泼向众鹰隼。那木罕用的是擒敌先擒王的招数。他熟识鹰隼天军的习性。论海长春的身手，那把神刀便是屏障，伤他很难。但鹰隼们向来把主人看得比自己性命要紧，发现主人被围攻，本能地一拥而上，增加了空中的密度。当箭雨改变方向，鹰隼们想要四散已来不及。只见鹰隼们三三两两中箭跌落，被猎豹们撕咬得粉身碎骨。

在这番箭雨中，领头的白隼先后被两个豹卒射中。它凄厉长鸣，毛羽纷飞，从空中落向尘埃。海长春顿觉五脏六腑炸痛，挥刀向那两个豹卒砍去。那木罕趁机偷袭，持长槊侧面刺来。海长春刚刚砍倒一个豹卒，余光瞥到白光，跃身躲避，却被另一个豹卒的箭矢射中胸口。

就在那木罕手腕翻转、长槊刺向海长春颈项的千钧之际，广场的人们突然听到一声惨烈的嚎叫。原来，领头白隼在跌落瞬间，翅膀在地面一震，蓦地飞起，扑向那木罕的后脑勺。只见那木罕的眼珠子带着脑浆从眼眶中喷出，人和垂死的白隼一起跌出丈远。

海长春手中的刀当啷落地，一口鲜血吐了出来。他只觉得广场上的厮打喧嚣突然变得遥远，人轻了，飘飘地倒在地上。

海长春跌倒的瞬间，从东北角和西北角的两个路口各杀出一队人马。一队是海长春姥姥家舅舅家的亲眷们带领的兵卒，小子后生，虎门无犬子；皓首苍颜，男女皆英豪。另一队则是五花八门的色目人，领头的是大模国阿里王子带来的那支千人求亲队伍。两队人马刀枪剑戟斧钺钩叉，金刚怒目，直取豹军。

众豹失了首领的统率，领头豹被鹰隼们攻击得体无完肤，加之援兵赶到，豹军倏然曳兵弃甲。

海长春的两个手下冲了过来，从血泊中搂起海长春的身体，连呼"少将军"。

海长春昏沉沉中从牙缝中迸出几个字：快去杀逆贼……

海长春的手下说：少将军，逆贼已经败退了。

第一〇〇章
三色镯主人的鲜血

豹军溃退后，最先撤出混乱的广场的是空中的鹰隼们。它们带着伤痛在空中舒吭鸣叫，随后海水样一波波俯冲式地掠过皇城城楼，仿佛在向城楼上的大汗问候，瞬间又滑向天际，翩然追击溃败的豹军而去。

皇城城楼下风雨骤变。当喜轿闯入皇城城楼下广场的时候，城楼上的海长春的母亲头一个望到了儿子的身影。她不由得面露微笑，低语：好孩子。

伯颜本期待着豹军和鹰隼军会成为自己的撒手锏，谁料海长春带着迎亲的队伍抢先出现，心知不妙。听到海长春母亲此话，他咬牙切齿给了身边随从一个眼色，道：都是养不熟的白眼狼。

伯颜话音将落，他身边的两个怯薛兵猝然举刀向海长春的母亲的后心戳去。海长春的母亲"啊"的一声，西域游僧挥掌将怯薛兵劈开，海长春的母亲已经颓然倒下。

游僧抱住海长春母亲的身体，呵斥：无良畜生，老弱妇孺，你们也下得去手。

这时，周大的身影出现在城墙之上。伯颜说了一声给我上，怯薛兵们一拥而上，与攀上城楼的周大、铁头等人混战成一团。

参加喜宴的文官武臣与各国嘉宾们纷纷四逃，桌椅板凳酒壶乱飞，阿西和阿东则将各种果蔬和肉馒头当作武器扔得漫天流星一般。

大汗面色铁青，从侍从官手中抽出那把曾征服了大半个世界的宝刀，猛然对着城楼的墙垛劈过去，坚硬的墙石大块崩裂坍塌，腾起漫天尘土。

大汗说：朕在这儿，看谁敢反！

人们被惊吓住，蓦然立在那里，连那些怯薛兵们也都犹犹豫豫地罢手。

图兰朵说：如今忠奸一目了然，浊者自浊，清者自清。愿剿杀逆贼的站到这边来。

话音落地，阿里、摩诃、哈桑将军等人纷纷站到了图兰朵和卡拉夫的身边。

周大带着柳儿、小骆驼、铁头等人与众多皇城侍卫也都退到了大汗这一边。

伯颜方只剩下那些手持兵器的怯薛兵。

伯颜微微点头，说道：好，很好，看来你们早有准备。既然是办喜事，本将军也为你们备了一份大礼。

说着，伯颜伸手指向大汗面前那堆红色喜幛遮盖的小山。伯颜身边的十几个怯薛兵从烤全羊的火堆上各抽出一根染着火苗的柴火，搭在弓上，向喜幛遮着的贺礼射去。

火箭扎在贺礼堆上，喜幛燃烧起来，红色火苗下露出了大箱小笼，以及箱笼间一些巨大的木桶。识得的人不由得双目瞪圆，那些木桶明明是怯薛军用来攻城略地用的火药桶。

火药！火药！

惊呼声中人群忙不迭地往后退去，皇家侍卫们霎时在大汗面前筑起一道人墙。

伯颜大笑：慢走，本帅送你们上西天。

木桶外的火药捻迸着火星，随着伯颜的狂笑钻入木桶。轰隆隆巨响，木桶炸开，木屑横飞，箱笼堆成的小山崩塌，当空升起几团金色的火球，火球由橙金变得赤红，烈焰冲天，飞出两只五彩斑斓的大鸟。那鸟吉光熠熠，交颈比翼，鸣叫悠扬，洋洋盈耳，羽翼在炙热的烈火中发出耀眼的光泽。

城楼上的人们都愣怔住。

阿里王子惊叹：汗国的焰火果然是神物。

卡拉夫说：这是焰火大师的凤凰重生！

图兰朵喜不自胜地说：真想不到……

卡拉夫问：想不到什么？

图兰朵说：原来焰火这么好看。

卡拉夫的视线徘徊在图兰朵如花的面孔上，那笑容明媚入骨，晃得他头晕目眩。

卡拉夫情不自禁地低语：真的很好看。

图兰朵瞥了对方一眼，羞赧莞尔。

大汗隐约听到了这对痴情儿女的对话，嘴角含笑，扭头对焰火大师说：大师去了身上的枷锁，匠心愈加奇妙，朕要重重赏你。

焰火大师说：陛下开恩，还是打赏柳儿姑娘吧。

大汗看向柳儿。

柳儿翻翻眼皮，说：大汗，这可是砍脑袋的罪名，赏罚抵消了吧。

说话间，两只凤凰一抖彩羽，向怯薛兵们飞来，只见金光爆裂，无数雀鸟从凤凰的翅翼中飞出，向着怯薛兵们扑将过去，在他们脸上身上砰砰开炸。怯薛兵们被炸得五荤六素，抱头鼠窜。

伯颜怒吼：火药呢？我的火药呢！

那个曾到焰火作坊取火药的怯薛将领吓得腿酥脚软，扑通跪下说：将军恕罪，火药不知何时被人给换了！

伯颜骂道"笨蛋"，一巴掌将那家伙打翻在地，随即拔出刀来，指向大汗：这汗国江山本就是我家父子打下的，今日，到了交还给我的时候了。

大汗说：既然你贪图社稷。不妨试试，看能否从朕手里拿走。

伯颜说：大汗有话，我就不客气了。

说着，伯颜持刀向大汗走去。

大汗分开身前的皇家侍卫，迎向伯颜，却被周大一把拦住。

周大说：陛下当心，此贼已练就了金刚不坏。

大汗道：什么金刚不坏？朕的刀是南天陨星所铸，斩杀贼子无数，专门对付这种畜生。

说着，大汗坦然向前。伯颜和大汗相隔几尺之外各自站住。伯颜斜睨大汗，将手中的兵器哐地扔在地上。

伯颜说：陛下身份贵重，微臣怎敢犯上。不如你我赌一把，我让你三刀。你若杀不死我，这汗国江山和图兰朵公主就归我了。

大汗听到此话，七窍生烟，对准伯颜挥刀便砍，刀刃直向伯颜的脖颈。众人只等看血光四溅，人头落地。谁料，陨铁刀砍在伯颜的脖子上，只激起一道寒光，伯颜的颈子如同一只藏在暗处的蚌，微张开一条细缝，然后顷刻合拢，落刀之处，了无痕迹。

再看大汗手中的宝刀，刀刃已残。

大汗愕然，挥刀刺向伯颜的腹部。只见宝刀戳进伯颜的盔甲后仿佛碰上铜墙铁壁，无法更进一分。大汗怒吼，猛然发力，宝刀寸寸断裂。

大汗难以置信地扔下刀柄，低头看了看自己的手掌。大汗这双手掌被世人称为风云铁掌，隔空击物，无坚不摧。大汗用尽全力，将自己的独门功夫击向伯颜。掌风凌厉，伯颜却纹丝不动；再击一掌，大汗自己却踉跄倒退了两步。

伯颜狞笑着说：不自量力的老东西，你早该让位了。

话音未落，伯颜狠狠打出一掌，大汗飞起丈远，在空中一口鲜血喷出。被侍从官和两个皇家侍卫纵身上前，一把抱住。

图兰朵惊叫着扑向伯颜，卡拉夫紧随其后。

周大、阿里王子与哈桑将军带人一拥而上，将伯颜及其手下逼住。

伯颜傲视诸人说：输赢已定。若想死，尔等一起来吧。

大家正要动手，只听图兰朵说了声慢。

图兰朵说：江山之事是我与他的纠葛，和你们无关，你们走吧。

听到这话，大家愣怔住。图兰朵话是对诸人说的，但视线明明向着卡拉夫。于是众多目光都落在卡拉夫身上。

卡拉夫定睛望着图兰朵：我不走。

图兰朵泪目：太阳已经偏西。我曾有诺言，日落前若答不出你的姓名，婚事作罢，绝不为难你。你该走了。

卡拉夫说：我与伯颜有旧账要算，无关你的承诺。

阿里王子接下说：西域诸国与伯颜都有过节，我等也不走。

哑巴和哈桑将军一声不响地站到阿里身边。小骆驼和铁头等人看向周大。

周大说：我是蓝眼睛的师父，情同父子。

柳儿说：爹不走，蓝眼睛不走，柳儿更不能走。

摩诃说：莲雾公主冤死，我为她讨个公道。

西域游僧说：天作孽犹可恕，自作孽不可活。

阿西说：一个不走！

阿东说：都留下。

图兰朵对着卡拉夫深深望了一眼，说道：甚好。

人群中伯颜的面孔扭曲，他突然夺过一个怯薛兵的弓弩举起，对准卡拉夫射出。

图兰朵从卡拉夫肩头瞥见这一幕，大喊一声当心，向卡拉夫扑去。卡拉夫仓皇抱住图兰朵的身体，只见图兰朵软软地倒下，她的胸前绽开鲜红的花朵，手中那柄银剑被湿润的花朵染红。

周大、阿里王子、西域游僧和摩诃等人纷纷冲向伯颜。哑巴、哈桑和铁头等人与怯薛兵短兵相接。城楼上刀枪剑雨，杀成一片血海。

众人对伯颜群起攻之，人人使出浑身解数，知其不可为而为之，十八般兵器都是拼性命的打法。无奈伯颜金石之身刀杀不进，枪刺不死，转眼伤者无数。就连西域游僧和周大等功夫极高者也只是勉强护身而已。

伯颜逼退众人的围攻，傲然道：以卵击石，蚍蜉撼树。尔等无一人是我的对手。

怯薛副将首先跪倒高呼：大汗威武！我等心悦诚服。

伯颜手下的人马也跟着哗啦啦地跪倒一片，喊着：跪者生，站者死！

图兰朵身边的银剑突然开始抖动。它仿佛是一条发怒的银蛇，想从地面上跳跃起来。这时，银剑被一只大手攥住，人群中有人放声大笑。

卡拉夫说：长生天有眼，这种畜生也配做大汗？

只见卡拉夫放下怀中的图兰朵公主，手里握着那把沾着图兰朵鲜血的银剑，一步一步向伯颜走来。

伯颜望着向自己逼近的卡拉夫狞笑：甚合我意。我杀人，尤为喜欢成双成对。

伯颜蓦地举起剑，向卡拉夫刺去。卡拉夫接招，他与伯颜对打，兵刃交接，火花四溅，将士们纷纷躲避散开。

自小卡拉夫与周大学功夫，练剑初始，师父讲要人剑合一，心剑相连。后来有了些建树，师父又说会用剑不算什么，要手中无剑，心中有剑。这一两年，卡拉夫的剑术更上一层，有些沾沾自喜。周大却说，看山跑死马。草木飞石皆可为剑才是高明，你还差得远。

此刻的伯颜恨不得一刀砍杀了卡拉夫，而卡拉夫心头则是"草木飞石皆可为剑"这几个字。他仿佛在逗弄对手，劈刺点撩，边打边退，并不急于一蹴而就。十几个回合后，卡拉夫突然转身疾步跃下台阶，向皇城内跑去。

伯颜提剑追去。

这里是数年前伯颜与卡拉夫第一次相遇过招的地方，那棵斜歪的枯树上依旧爬满密密匝匝的紫藤。卡拉夫站在花园里，望着远远追来的伯颜，哗地一把扯开了树干上的紫藤枝蔓，露出了那个通道的出口。

卡拉夫看着伯颜越追越近，突然反身，钻进通道。他听到背后沉重的脚步和喘息声，那是野兽追逐猎物的步伐和气息。

焰火作坊中空空旷旷，一片死静。石壁上星星点点的灯盏，照着四处的冷清，没有持刀巡视的皇家侍卫，也没有走动操作的工匠。

伯颜左右环顾，吼道：出来吧，这没有用！你的父王母后死了，你的师父也活不过今日，现在轮到你了！

倏地，伯颜的眼前闪过一道金光，一条蟒蛇带着火光，张着血盆大口向伯颜扑来，毒燎虐焰杀气腾腾。伯颜慌忙挥剑砍去，蟒蛇消失在一片烟雾之中。

伯颜惊魂未定，搜索着巨大的石窟。这时从石壁上狂啸着扑下来一只猛虎，狰牙舞爪奋跃生风。伯颜几乎被猛虎扑倒，狼狈举剑与猛虎厮杀，猛虎却噼噼啪啪闪着火星不见了。

伯颜气得几乎发狂，他叫骂着四处搜寻。突然，一道精光沿着伯颜的面孔削下来，剑刃划过脸皮热辣辣的。尽管自诩金刚不坏，他还是下意识慌了一慌，闪身定神后挥刀回斩过去，两个人沿着作坊石窟旋风般拼杀起来。

霜锋雪刃恶斗数十回合，伯颜渐渐占了上风。卡拉夫伤势未愈，体力不支，加之手中兵器无法真正伤及伯颜躯体，所以不得不攻少守多。伯颜则纵跳翻腾，连砍带挑，刀气四溅，芒刃织出一张让对手难以冲破的刀网。卡拉夫气息急促，汗水淋漓，被逼得连连后退，终于不得不用剑架住伯颜的刀身。

伯颜迫近卡拉夫，邪恶低语：野种，我得不到的东西，你也休想得到。虽然，她愿意为你死，可惜这事我说了算……

伯颜的话直刺卡拉夫的五脏六腑，血从胸口冲到前额，卡拉夫雷霆炸裂地吼了起来：图——兰——朵！

伯颜的刀被卡拉夫奋力顶开，银剑泼水般地向伯颜刺来。伯颜嘴角带着戏谑，他乐于看掌中的猎物在垂死之际做的那些无谓的挣扎。卡拉夫一个蛟龙出海，剑锋抵到伯颜的胸膛，但锋刃被伯颜磐石般的肌体顶住。

伯颜轻蔑地瞥了自己胸前的利剑一眼：困兽犹斗。

这时，剑刃上图兰朵那一缕已干枯的血迹骤然丰润膨胀起来，鲜血像受到巨大的引力，顺着剑身流淌向剑尖，直直流向伯颜的胸口。片刻间，只见伯颜的前胸如同烤干糙裂的瓷片，出现隐隐裂缝；涌在剑尖上的鲜血忽地钻入伯颜身体。随之，伯颜身上那层无形的盔甲一点点塌陷，卡拉夫手中的银剑深深刺入伯颜的胸口。

伯颜愕然，用手抓住剑身。

伯颜说：这……不可能！

卡拉夫咬牙切齿道：长生天的意愿。

说着，卡拉夫的银剑将伯颜的身体刺穿。

伯颜倒了下去。

第一○一章
浪迹天涯

在卡拉夫的记忆里，那日的晚霞像块丝绵，湿漉漉地浸泡在红得让人心碎的血泊中。

他记得大城被霞色渍染得惊心动魄，房屋的每一块瓦片，街道的每一块青石板都沁出斑斑殷红。

他记得图兰朵躺在自己的怀里微微喘息着抬起手，仿佛要抚摸他的双眼。

卡拉夫。

卡拉夫三个字，让他如遭雷击。他一把攥住图兰朵的手：你知道我叫卡拉夫！

图兰朵微笑说：但我更愿意叫你蓝眼睛。

卡拉夫说：你知道我的名字，你明明知道我叫卡拉夫。

图兰朵说：可惜太晚了，太阳已经落山。

卡拉夫抱住图兰朵泪噎：不晚，我们还有时日，我们才刚刚开始。

图兰朵浅笑说：有些事情，开始便是结局。走吧，大英雄，去远方帮我做件事。阿西和阿东那里有一个东西，是我对长生天许的愿。你带着它上路，它会替我陪伴你……

图兰朵说罢，倦困极了似的慢慢合上眼睑，淡淡的笑意溶浸在晚霞的余晖之中。

大城人都知道，公主去了，大城的天从此黯然。

卡拉夫看到它的时候，它正静静地躺放在花楼殿的织机旁。它的外面包着一块素银吉祥纹样的织锦，方正工整，一丝不苟。看得出主人对它格外看重和珍惜。

当着阿西和阿东的面，卡拉夫将素银织锦打开，里面是一件簇新的斗篷，青色缎面缝就，里子上织着流光溢彩的云霞。捧起斗篷细细端详，却望见云霞中排列着密密匝匝细小如粟的文辞。文辞字字天机，那是汗国给公主最贵重的陪嫁，是皇室焰火制作的全部秘密……

小骆驼和铁头等人听说卡拉夫要离开大城了。他们不信。大城是卡拉夫的家，他们是与卡拉夫从小一起长大的兄弟，家和兄弟都在大城，卡拉夫怎么可能要走，于是他们去周大家弄个究竟。

小骆驼和铁头来周大家，看见院子里孤零零地坐着周大一个人。

小骆驼小心翼翼地说：周师傅。

周大慢慢抬起头望着他们。

小骆驼说：我就是想知道……

小骆驼觉得嘴里的唾沫干了，想说的话竟说不出口。几日不见，周师傅突然老了，额头的皱纹一堆堆的，两鬓白了许多，背好像也有些驼了。

周大的面容已经告诉了他们想知道的一切。

磨盘山的山顶上，风刮得很凶。

站在磨盘山的山顶，可以望到北山的老龙口，那里已经好多天不咕嘟嘟地冒白烟了。北山的寂静带来了大城人的不安。老龙口肚子里的火熄了。他们长吁短叹说，保佑大城人的那条神龙已经悄悄归天了。

　　柳儿天天都在磨盘山的山顶上站着。她望着那条通往焰火作坊的小路，望见那上面有许多脚印，深深浅浅的；她望见小路上跑着两个孩子，手牵手，无忧无虑；随后孩子的身影变成了两个少年，肩并肩，玉立亭亭。

　　山风把柳儿的发丝吹起，飘拂过她的脸颊，模糊了她的视线。她用手去抹，手背竟是湿漉漉的。

　　磨盘山远远地走来阿里王子。

　　阿里王子和哑巴也要跟着哈桑将军回大模国了。驿站里的人们都忙着收拾行装，回家路还很长，但思念让他们觉得与亲人团聚的阻碍只剩下大城的那座城门。四下里乱糟糟的，阿里王子心里也是乱糟糟的。他的手抚摸着卡拉夫送给他的那块玉璧，虽然阿里王子已经与大城里的朋友们喝过了好几番酒，告辞话也说过好几遍了，但他心里依旧有一事未了，于是这个清晨他独自去了磨盘山。

　　山风里柳儿的身影格外单薄，阿里的胸口隐隐有些痛。随即，他望到柳儿发鬓边插着的那枝粉白相间的珠花。

　　阿里王子走到柳儿身边，说：柳儿姑娘，回去吧，这里风大。

　　柳儿摇摇头。她的视线对着阿里，却没有真正看到阿里。

　　阿里说：还是想开些，每次相见亦是离别。

　　柳儿说：照这样讲，我们从未相见过是不是更好些？

　　阿里一时窘迫，不明白她说的我们是谁。是说他和她，

363

还是说她和他？

但阿里没有问，而是将本想说的话重新咽进肚子里。无论说什么都无用了，这个姑娘的心已经满了。这个笑声比银铃还好听的姑娘把她的心满满地装进了一个人，再不肯留丁点缝隙给世间任何男子。

说不清卡拉夫是哪一日离开大城的。大城人只知道那个叫蓝眼睛的青年男子走了，没有人知道他去了何方。

有人说，他是一个人走的，孤身仗剑走天涯了；也有人说他走的时候身边还有一人，看容貌打扮也是异族。于是关于那人是谁的说法多了起来。

那个人是摩诃，那个莲雾公主忠心耿耿的随从。说的人把握十足，依据是大汗怜惜莲雾公主的身世，下旨要帮骆驼国人复国。摩诃带人返乡，正好与卡拉夫同路。

又有人说，那个人明明是那个假扮大模国国君的西域神僧。说的人也有根据，神僧是周师傅的老友，与卡拉夫也颇有渊源。周师傅不放心自己的徒儿独自上路，所以拜托神僧老友送一程。

总之，卡拉夫走了。说法再多，也不能确证真伪。

过后的许多年中，大城的人再没有见过卡拉夫，尽管如此，有关他的消息仍断断续续地传入他们耳中。那些消息如雨如风，来自四海八荒，大都与那美丽的焰火有关。

一个沙漠牵驼人说，他带领的商队曾在茫茫大漠中迷失方向，人们饥渴难耐，濒临死亡。几乎绝望之际，空中突然腾起了一束亮丽的焰火，将商队引到一个绿洲水湾前。当人们跌跌撞撞扑倒在水源边大口饮水并感激神灵的指引时，这个牵驼人却蒙眬看到一个披着斗篷的男子骑着骆驼悄悄离去，他深信那救命的焰火正是那个男子的恩惠。

另一个来自君士坦丁堡的老兵说，当年奥斯曼国的军队进攻东罗马国，经年战事，君士坦丁堡内外残尸败蜕满目疮痍。无论守方还是攻方都已经精疲力竭，但又没有任何借口可以停战。直到那日傍晚，君士坦丁堡的城头上意外地爆开了美丽的焰火，暮色中满是金灿灿的小麦大麦、水灵灵的葡萄和甜瓜。城里城外的人望着空中庄稼和瓜果仿佛嗅到了故乡厚土的气息。第二日，城里的兵卒发现围城的军队消失殆尽。据说那个奥斯曼国的首领撤兵的理由是，麦子都熟了，该回家去看看老婆孩子了。

更有一个满面沧桑的流浪者提起他在威尼斯的经历。那是个狂欢节的夜晚，他孤零零地踯躅在熙攘的街头。面对那些兴高采烈的人，他觉得自己是一个根本看不见的幽魂。这时威尼斯的夜幕中冉冉升起了耀眼的焰火，漫天飞舞的勿忘我撒向曲曲弯弯的河道，撒向贡多拉上的游人。蔚蓝色的明净浸没了全城，人们开始互相拥抱，祝福。当那些陌生的老翁、姑娘和孩子们纷纷转身来拥抱这个流浪汉时，他突然泪流满面，心口荡漾着暖意。那一夜是他经历过的最温馨的夜晚。

随着卡拉夫流浪的足迹，西方有了越来越多的有关焰火的故事。与此同时，人们并没有忘记那三个奇异的镯子。它们真的会摄人魂灵，像传说的那样神力通天吗？

时不时会有人好奇地询问它们的来由和下落。与那三个镯子有关的人都将嘴闭得紧紧的，仿佛它们是禁忌和某种不祥。但它们破碎之后，毕竟是有去处的。大城内没有人再见过它们，人们猜测它们正悄悄地聚合，悄悄地隐匿在某个角落里，等待五百年后的重生。

THE
THREE BRACELETS
THE CURSE OF TURANDOT

王小平　著

作家出版社

目 录
CONTENTS

I

第三十六章
进 宫

今日是大汗特准伯颜带着海长春进宫的日子。

皇城内外都知道了，大汗指定伯颜将军进宫教导图兰朵公主的剑术，海长春少将军是图兰朵公主的陪练。大汗对伯颜的恩宠无人可及。

那日大汗在汗国比武场，看伯颜指挥将士们你来我往，刃如秋霜，突然若有所思，说道：朕自幼上马定天下，挥剑斩浮云。你们都说公主的剑术无师自通。此话当真？

旁边一时无人说话。公主的剑术究竟如何，这在宫中竟然是个谜。

返回七八个春秋前，公主头顶冒过桌子高了，那是女孩子的始龀之年，按照大汗的心思，是公主启蒙习武的时候了。那时大汗就曾说过：图兰朵公主是朕唯一的子嗣，是汗国的来日。她已经到了该教导的年纪。

大汗说的话众人诺诺，这"教导"二字实在令人受宠若惊，酬金又是如此丰厚，所以，企图"教导"公主的人还是很踊跃的。

于是，高高矮矮、胖胖瘦瘦的都来宫中角逐。这些先生们来自四海八荒，神态飘逸，举止儒雅，武功拔萃。但古怪的是，明明全是踔绝之能的高手，无论谁去"教导"公主，在不多的日子里，公主都能把他们变成霜打的茄子，让他们丧失了自信。短者三五天，长者不过半月一旬，先生们一个个臊眉耷眼地回禀大汗，话是一样的：天才端的是祥麟，公主禀赋极高，通音律、晓诗文，上知天文、下知地理，至于武功，无师自通，真不需我等庸人担忧。

这些先生们找了一样的借口，坚决地辞去了这份让人眼热的挣银子的机会。

公主身边没了授业解惑的人，急的不是公主，而是大汗。为了让大汗宽心，大家众口一词说公主的天资如此聪颖，恐怕非绝世之智，真没人担得起"先生"二字。

可是绝世之智到哪里去找呢？

大汗无奈，公主虽为金枝玉叶，但任其散漫，总是不妥。派人去问国师。国师说：天命有归，岂是人为？还是顺从其美，水到渠成吧。

大汗当然是信国师的话。更何况他对图兰朵公主怀有集天下父亲之怜爱，如何呵护都觉得不够，于是他睁一只眼闭一只眼地遂了公主的心愿。

此刻的比武场让大汗莫名地勾起了自己旧日心思。尽管众人沉默，大汗还是想让众人开口。

大汗说：剑是杀器，需炉火才可纯青。若无对手，怎知山外有山，天外有天。公主毕竟年幼，还是有人去指点一下为好。

大汗的话音落下好久，依旧无人应答。七八岁时的孩子都无人能"教导"，如今已是金钗之年的少女，谁敢去"指点"？再说，那是图兰朵公主啊，你若不是龙骨凤髓，怎承受得起"指点"二字？做公主的"对手"，想与图兰朵公主齐肩？仰望汗国峰端，那里除了大汗，便是图兰朵公主，如有第三人，或许就是公主未来的夫君了，你若真以为能成为公主的对手，一定是自取其辱。

但大汗旧事重提，也是因为近来的情形有些不同了。

近来天下似乎有些不太平。先是有朝臣禀报，说有些荒蛮比丘之国暗暗对汗国怀有犯上之心，譬如那罗姆苏丹国前后两代君主，竟敢鸡鸣狗盗，一而再再而三地派人到大城，图谋窃取汗国焰火的秘密。虽然这些年打汗国焰火主意的人不是一个两个，每年大城都会抓到各种面目的盗贼，无奈的是尽管这些贼人被剜了眼睛剁了手脚，但并没有阻挡贼人们前赴后继的勇气。

开始，大汗并未太放在心上。然而时间长了，臣子们却有另一种说法。臣子们说：不怕贼偷，就怕贼惦记。大汗仁心仁术，但像罗姆苏丹国这样的逆贼，真要杀一儆百才好。汗国历来赏罚严明，那些梁上君子纵然该死，更该惩办的是那些始作俑者，顺藤摸瓜，才能有长久安宁。更有臣子说：偷东西也该有规矩，罗姆苏丹国已经派了好几拨人马来大城行盗，难道他们不懂事不过三吗？

大汗有些踌躇。虽说贼人来自罗姆苏丹国，虽说他们的口供也直指罗姆苏丹国王室，但盗贼都已伏法，这背后主使者的罪过到底有多大？

最后，还是伯颜的话让大汗一眼看到痈疽中的脓血。

伯颜说：大汗切不可小觑了这些贼人们，贼人们偷的是皇家焰火作坊的焰火，但动摇的却是汗国的根基。外面都传，焰火是上天神火，有助社稷昌盛之神力。连小儿们都唱，焰火旺，汗国强。依微臣看，那些贼人背后之人不可小觑……

伯颜呈上了罗姆苏丹国勾结白骆驼国谋反的罪证。原来，罗姆苏丹国的国王早已把自己的长女许配给了白骆驼国的长子，在长女的陪嫁礼单上竟堂而皇之地写着"焰火"的字样。

大汗皱起眉头，盯着礼单上的字样，沉思着：这个白骆驼国有些耳熟啊。

大汗的侍从官贴近大汗耳语说：十多年前，白骆驼国旁还有个黑骆驼国。两个国君是亲兄弟。后来白骆驼国的国王，向大汗出首自己的兄弟对大汗有谋反之心。于是，大汗下令伯颜将军率兵出征讨伐……

大汗想起了那个白骆驼国，想起了那个把自己的亲兄弟抽了脚筋，放在鸟笼子中的国王。大汗冷笑，连自己的亲兄弟都下得去手的人，定是个阴损恶毒的家伙。

大汗说：当年他出首自己的兄弟，有什么真凭实据吗？

侍从官迟疑：这个……世间亲情，没有超过骨肉兄弟的。他既然出首，谁能不信。

大汗哼了一声：骨肉兄弟？朕这些年看到的都是兔子专吃窝边草。后来那黑骆驼国不就是被白骆驼国一口吃下去了吗？

侍从官不再作声。

伯颜顺着大汗的话说：大汗英明。据微臣手下得到的可靠消息，白骆驼国侵吞了周边几个小国之后，气焰渐渐嚣张。那白骆驼国国王臂力过人，据说能够徒手捉狮，所以被手下吹嘘为"西域之王"。而罗姆苏丹对大汗阳奉阴违，对白骆驼国却一直有依附之心。

徒手捉狮的西域之王?！大汗瞥了卧在脚下的狮皮一眼，笑了。什么猥琐龌龊小人，也配叫这个名字？真是人心不足蛇吞象啊！当年借刀杀人残害手足，如今与罗姆苏丹等国勾勾搭搭，扮猪吃虎。就算那焰火之事与他无关，朕也不能饶他了。

大汗对伯颜说：既然罗姆苏丹国与白骆驼国已经结亲，你不妨替朕上门去讨杯喜酒。

伯颜率兵出征，三个月后捷报传来。在罗姆苏丹国和白骆驼国结亲的喜宴上，汗国大军成为不速之客。喜宴之后，在西域的版图上再也找不到这两个国名。

伯颜凯旋，朝臣纷纷庆贺汗国威武。大汗望着金戈铁马，想这天下还是刀剑说了算数。但一转念，自己膝下只有图兰朵公主一个骨肉。尽管都说公主胜过须眉，但公主使刀弄剑的本事到底如何，大汗心里有些没底。

所以那日在练武场上，大汗的目光落到伯颜的身上：伯颜将军，这些年你调教三军有方，朕要你去指点一下小女，该不会太为难你。

伯颜谦逊地说："指点"二字实在不敢当，但陛下若还记得微臣的亲侄海长春，剑术也还尚可，不如让他陪着公主练练套路。

于是，海长春名正言顺地成了图兰朵公主的陪练。

这一日的到来是伯颜预料之中的，这一日的到来也是伯颜等待了很久的。这些年，他东征西讨，大汗的疆土已经远到天涯海角，四海之内提起伯颜将军的铁血大军，无人不知，无人不晓。有人说，即使是海都元帅在世，其战功也不过如此了。大城内，大汗依旧是大汗；大城外，大汗的声威正悄悄地被伯颜的名字取代。伯颜知道，是时候了。

汗国越来越依赖于伯颜，汗国的依赖便是大汗的依赖。到底是汗国躺在自己的身上，还是自己躺在汗国的身上，对伯颜来说已经很难区分。他只是看到自己从青年走向中年，汗国与他融为一体的感觉越来越强烈。

伯颜带着海长春在皇城长长的回廊里走着，后边跟着四个贴身侍卫。

伯颜瞥视了一眼身旁的海长春，这孩子已经二十岁了。伯颜心中有些感慨，自己竟然养育了海东青的儿子十多年了。他觉得自己对海东青是有恩的。这个孩子若没有自己，哪有今天。可惜，海东青没有看到这一日。不然，他会对伯颜感激涕零，会觉得实在亏欠了伯颜。若喂养一条狗、一只猫，这么多年的，也该懂得感恩的。更何况凭良心讲，伯颜对海长春已经尽其所能。他对他是有期许的，因此，他对他的好是掺有私心的，说到底，是自己对自己的好，但这直接受益者毕竟是海长春。有几次，伯颜生出了将鹰隼军的大权交与海长春的念头。只是临到张口之时，他又改了主意。

为什么？因为他隐隐听到了一个声音，这声音说，等一等，再等一等。自己是信不过这个孩子，还是信不过自己的这双眼睛？他以为他是知道海长春的，这个年轻人外表的愚钝骗了许多人，但骗不了伯颜。那大鸟似的身躯里藏有不甘之心，凡有这样心思的人都要留神。当然，这孩子该懂得，在长久的未来中，他亲切的叔父就是他的一切。

有人羡慕海长春的遭际。父亲过早去世反而成就了他，二十岁的年纪都已经在军中万人瞩目了。伯颜听到此话，微笑着回忆起自己二十岁时的情景，那才真是风光无限，无人可比。一个海长春没有什么好嫉妒的，他顶多就是他父亲海东青的影子。想到这些，伯颜竟有些纠结，虽然眼前这个人是自己的亲侄子，虽然自己将这个人当真骨肉对待，但他既不希望他成为另外一个海东青，也不希望他成为另一个伯颜。

千万不能做错事情。伯颜告诉自己，人一生的机会只有不多的几次。而大多时候，不是因为没有机会，而是因为人们面对机会做错了事情。

伯颜反思自己，三色镯似乎是他得意人生中唯一懊恼的一件事情。他一直在想，这事情仿佛被谁早早安排了，冥冥中自己仿佛被什么人戏弄了。

伯颜怀疑过那个僧人的话，他说那三个镯子既有碍亦无妨，他说那三个镯子到了时辰，便会自行从图兰朵公主的手腕上走下来。他的话的确给人指望和慰藉，但骗得了大汗，骗不了经验老到的伯颜。后来，伯颜面对那个佛僧，仅仅将他看了一眼，就知道众人皆着了他的道。那个佛僧跪在伯颜面前，胆小怯懦清清楚楚写在脸上，这种人的谎话往往与真话混杂在一起，听上去最难断真假。

他用的是火刑，不慌不忙地把那个僧人骨头里的油一滴滴地烤出来。那佛僧在十八般手艺的炙烤下，号叫着说，自己是一时急智，想出来应付大汗的。

为何说及笄之年，婚配之时？

真人面前不说假，虽为应急，但句句是真话。

胡扯！

伯颜吼了一声，手下立刻将那几乎烧焦的人形又架到了火上去，那僧人已无人声，仍不改嘴。

玉勒对伯颜说：这小子的话或许也有几分道理。想那公主婚配之际，解开三个镯子是大汗的心愿，能解开者必是大汗的乘龙快婿。

伯颜沉吟不语。他知道玉勒说得在理。若无大灾大难，图兰朵公主无论如何是会长到及笄之年的，到了那时，求婚者必定如过江之鲫。解开三色镯的人自然就将汗国和王位一起拥在怀里。

伯颜想想，不由得心中一动：去问问他，此话是否有人教他说的？

玉勒走到僧人面前，用手试了试鼻息，不由得摇了摇头。

伯颜知道这话问晚了，那僧人想答也要等下辈子投胎了。

僧人在痛苦难熬之际，曾看到国师那张扁扁的脸，这个扁脸是来超度他的。难行能行，难忍能忍，就是真正的修行。国师的脸渐渐模糊起来，僧人想，我成佛了。

伯颜与海长春进宫的那天，海长春一早去见母亲。母亲见了他问了一句：你要出门？

海长春并没有与母亲提起他出门的事情，但母亲一眼就看出他的异样。

海长春说：是，进宫。

母亲问：与何人？

海长春答：叔父。

母亲片刻不语，随后说：当心。

海长春叩拜母亲后，退出了母亲的如意斋。

每日他与母亲见面，话都不多。母子总是寥寥几句，把该说的都说了。旁人看起来，仿佛这对母子并不亲热。但说不亲热，母子两人日日见面，时辰一刻不变，风雨无阻。

海长春母亲的娘家曾在大城赫赫有名，他的两个舅舅都是军中功臣。他的外公铁木尔早年更是随海都元帅开疆拓土，所以两家早早定下娃娃亲。铁木尔战死在沙场的那年，海东青迎娶了自己的小新娘，海都元帅将婚事办得极其隆重。他说从此在他家里，这个儿媳比女儿还金贵。

海东青自小与父亲相处的日子不多，他记得父亲是个不善言辞的人，但母亲却说父亲是天下最懂女人的人。

什么是最懂女人？他曾问母亲。

你是你父亲的儿子，你以后会明白的。母亲这样答他。母亲一边答，一边扭开脸，他看到母亲的眼中有泪水。

他一直不太明白母亲的话。后来他想，大城中的高官，家中多有美姜。父亲生前只有母亲一个女人，或许这是母亲永远感激父亲的原因之一？

自从海长春和母亲被接到叔父伯颜的府中，他就再不能与母亲相守。他知道母亲心里苦，但母亲再苦也不流泪了。母亲眼泪和她的话语一样，都化成了干枯的井中的石头，默默望着井口的蓝天。

母亲身边曾有两个伺候她的心腹丫头，是从娘家带过来的，自小一起长大，姐妹一般。进了伯颜府后不久，两个丫头都先后得了奇怪的病症，先是口干心热，抓着胸口拼命喝水，肚子胀成个水鼓，最后就死了。

两个在军中的舅舅也先后意外身亡。一个是跟随伯颜前往西域帮助白骆驼国剿灭黑骆驼国，行军时从马上跌下来摔死了；另外一个身为大汗身边的宿卫首领，夜巡大城时遇到两个酒醉违纪的怯薛兵，上前询问竟被对方出刀捅死了。照理说，男儿从军，舍生忘死，马革裹尸本在意料之中，但两个舅舅的死说出来，仿佛是两个饱经风雨的水手，却先后在小沟渠里淹死了，听着都是笑话。

从此母亲就更不愿与人说话。如意斋的主人罕言寡语安分守拙，弄得如意斋里的下人们也都不敢高声大气，如意斋整日静悄悄的，如同无人居住一般。

儿时的海长春曾想，自己与母亲寄人篱下，母亲憋屈有憋屈的道理。于是有一日，他突然对母亲说：母亲，等我长大就好了，等我长大……

这句话尚未说完，他的嘴就被母亲紧紧捂住。他愕然地望着母亲，只见母亲眼中尽是惊骇。母亲环视着周围，四下恰好无人。母亲摇了摇头。母亲的神情与其说慌张不如说决绝。海长春眨眨眼睛，他不明白为什么不可以说长大，每个人不都是从小到大到老的吗？但他明白，如果母亲告诉他不能说，他就不会再说，他不要让母亲为他而担心。

海长春渐渐长大，叔父伯颜的目光落在他身上的次数越来越多，因此，海长春在府里的位置也渐渐变得重要起来。海长春曾因为叔父的目光而忐忑，那目光犀利，刺得他隐隐疼痛，像一只鸟，在被人一根根地拔毛。叔父的目光是如此令人不安，海长春开始好奇别人的感受。当他知道叔父的目光对许多人来说，不仅仅是拔毛，而是割肉，他心中的忐忑减轻了些，毕竟割肉要比拔毛痛楚许多。

叔父对海长春并不亲昵，但海长春不能说叔父对他不好。这些年，叔父为他聘请了大城里最高明的师父授业，这是要花大笔金银的。叔父供养了他和母亲。叔父完全没有义务花额外金银。所以，海长春很努力。这是他唯一能够回报叔父的地方。叔父对他是有期许的。但叔父的期许究竟是什么，他并不清楚。

叔父对他说：明日早上随我进宫。

他听到这句话时，正在给几只幼年鹰隼喂新鲜的鸽子肉。如今他是鹰隼军的副将之一，军中的许多鹰隼都是他亲手喂大的。像父亲海东青一样，海长春和鹰隼之间有一种超乎常人想象的信任和亲情，与鹰隼们在一起，他从不孤单，每日除了惦念母亲，他的心都被这些鹰隼装得满满的。

去觐见大汗吗？他问。他已经随着叔父和玉勒将军多次入宫觐见大汗。大汗对待海长春的态度如春天和煦，总不时与他提起在海长春记忆中已经十分模糊的祖父与父亲。

不，去觐见公主。叔父说：明日进宫，去陪公主练剑。

海长春一怔，手中那块带着软骨的鸽子肉掉在了地上。鹰隼棚里的雏鹰们扑棱着翅膀呱呱乱叫起来。

是图兰朵公主？他唯恐自己听错了。

不错。叔父说，这次该看看你的真功夫了。

海长春盯着地上那块血红的肉，觉得脸上突然热热的，仿佛心头一股热血扑到了他的脸上。

第三十七章
紫藤架下

那个侍女走过来，对坐在台阶上的阿西和阿东说：伯颜将军和海长春少将军来了。

阿西和阿东对着侍女愣愣地看了好久。然后，阿西说：谁？来干什么？

侍女说：伯颜将军和将军的侄子。他们奉大汗的旨意，来陪公主练剑。

阿西和阿东互相看看，恍惚想起今天早上大汗曾派人跟他们传话，说要让什么人进宫，指点图兰朵公主剑术。阿西和阿东都未将这话放在心里。

阿东说：让他们等着。公主还在花楼殿里。

对阿东和阿西来说。就算是大汗指派的人，该等也是要等的。更何况他们根本弄不清伯颜将军和伯颜将军的侄子是什么人。朝廷里的那些当官的人，阿西和阿东一概没兴趣。既然公主没有开口，既然连阿西和阿东都在台阶上等着，那几个家伙凭什么要坏了规矩。

阿东的话刚刚落地，就见两个大汉带着一群侍卫一阵风刮到他的面前。

贴身侍卫中的一个对阿西和阿东吆喝一声：你等快去通报一声，伯颜将军和海长春少将军奉命拜见公主殿下。

阿西和阿东抬头看了看那个将军和少将军，两个人都长着一副阿西、阿东不喜欢的面孔。

阿西说：这不可能。

侍卫说：难道公主殿下不在里面？

阿东说：在里面，但还是不可能。

用不着与他们啰唆。年长的那个叫伯颜的将军对侍卫说：我们自行进去。

说着，那群人就往里面闯，阿西和阿东立刻跳起来。这些人不仅面相丑恶，而且胆大泼天，敢找公主的麻烦。

阿西喊：来人啊，把这几个不懂规矩的家伙打出去！

阿东喊：来人啊，有人要闯公主的花楼殿！

阿西、阿东喊着，发现周围竟然一个帮手没有，那些侍女随从们眨眼间仿佛都消失在石头墙缝中和紫藤花架下的蚂蚁洞里。于是他们蹦跳着去抓那些人的衣襟和袖子。但那几个人只是抖抖胳膊，阿西和阿东就咕噜噜地滚下了台阶。

阿西和阿东的手腿和屁股都摔得很疼，于是纷纷叫骂起来。

当阿西和阿东被侍卫推下台阶的片刻，海长春不由自主地想扶他们一把。但海长春刚刚抬起手臂，伯颜的视线就扫了过来。海长春感觉自己的手臂如坠上千斤重负，再也动弹不得。

他有点生自己的气，觉得自己正在做一件蠢事。他随叔父来这里是做什么的？叔父说，是大汗的意思，要他随叔父进宫陪公主练剑的。可他觉得好像不是这样。他耳边响起了多年前大汗说过的话：图兰朵没有兄弟，让这孩子常进宫来玩耍。他有一份按捺不住的激动，他甚至觉得召他进宫是图兰朵公主的意思。可眼下的情形都不太对，他觉得既无奈又沮丧。

海长春抱歉地望了望摔得七荤八素的阿西和阿东。他一直对他们暗暗怀着某种在乎，虽然他们像前些年一样，依旧没有认出他来，他并不责怪他们。他想跟他们友善地打招呼，他希望他们记住他对他们的善意。他甚至忍不住摸了摸自己的腰带，他希望那块鹅卵石能够勾连起他们的某些记忆。他们是公主身边最亲近的人，凡是与公主亲近的人，海长春都愿意亲近。但侍卫和他们三言两语，使得这种可能性完全消失了。接着眼见到他们在大殿前咕噜噜地滚出老远，又听到他们跳着脚诅咒眼前的每一个人都是园子里的苍蝇癞蛤蟆，来世也只能做沟渠里的孑孓和蛆虫，他明白，他们没有认出他是谁应该是件好事。

花楼殿的大门被侍卫推开。海长春不得不跟着叔父走进大殿。

这时，他看到了大殿的织花机前站着一个肤色如冰、一身素银的少女。

海长春的脚步再挪不动。这个少女与他记忆中的那个孩子已有千里之遥，但眼前的少女比记忆中的那个人更加独一无二。他深信，只有图兰朵公主才能这样地不染纤尘和罕见地美丽，就连她的额头上那个小小的月牙似的瘢痕，都成为她面容高贵的一部分。

海长春发呆的片刻，伯颜已经向图兰朵公主走去。

公主仿佛没有意识到他们的出现，甚至没有向他们瞥一眼。她正侧着脸,全神贯注地打量这织花机中新织出的锦缎。

伯颜注视着公主,突然伸出一只手去抚摸锦缎,那只手几乎碰到了图兰朵公主的脸颊。图兰朵惊异地抬起头,她瞪视伯颜的目光寒冷如冰。面对图兰朵凛然的面孔,伯颜微微有些尴尬地捻了捻手指,放下了举着的手臂,他行了个颔首礼:公主殿下。

这时,阿西和阿东跌跌撞撞地出现在大殿门口。

图兰朵公主对站在门口的阿西和阿东说:让这两人出去。

阿西立刻大喊:公主说了,你们出去!

阿东也喊:快滚出去!

海长春进退两难地两边看看,他突然明白从一开始,事情就不是自己想的那样,这是一个极大的舛误。

伯颜举起一只手,傲然笑道:怕是下人没有通报公主,本将和海长春少将军是大汗派来指点公主的剑术的。

公主望向阿西和阿东。阿西和阿东相互望望。阿西说:这个家伙上来就打人,将我打得好痛,着实记不得别的了。

阿东也说:这个家伙将我打得也好痛,记不得别的了。

伯颜冷笑着向阿西和阿东逼近两步:大汗看出公主手下的人偷闲躲静,需要有人替公主好好管教了……

阿西以为伯颜又要动手,刺溜一下不见了,只听到柱子后面有人嚷嚷:大汗只让人传话说有人来陪公主殿下练剑!没交代其他差事!

阿东也顿时没了踪影,有声音在大殿的门背后:他撒谎,公主殿下不要信他!

图兰朵公主没有说话,而是将伯颜和海长春扫了一眼,转向站在殿门前的伯颜的贴身侍卫：拿剑来。

伯颜的贴身侍卫捧着一把银剑走向图兰朵公主。伯颜睨视着海长春腰间的长剑。海长春忙摘下腰间的长剑。

伯颜鼻子里发出"嗯——"的一声。

海长春嗓子紧得说不出话来：叔父……

伯颜说：按照大汗的吩咐做！

海长春的眼睛沉重地垂下，他听到了自己心里一声悲哀的叹息。

伯颜手指向殿外：请殿下殿外练剑。

图兰朵公主慢慢伸手接过侍卫手中那把宝剑：不用了，这里很好。

说着，公主站在了海长春的对面。

海长春竭力稳住狂跳的胸口，握剑抱拳：海长春冒犯了，望公主殿下海涵。

图兰朵不语。她沉静松弛地站在那儿，剑拿在手中仿佛是个生疏的棍子，丝毫看不出练武之人的警觉和煞气，浑身尽是破绽。

海长春凭着观察图兰朵公主的体态，明白对方是个生手，自己既年长公主许多，又常年习武，这种对抗几乎既羞辱对方，又羞辱自己。他必须等待公主先出剑，图兰朵公主如果不出剑，两人只好僵持在那儿。

海长春求救地望了一眼伯颜。伯颜却是一派若无其事的样子。

正在这时，图兰朵一转身，胳膊肘仿佛无意地往织花机上一靠，织花机突然摇摆起来。随着织花机的晃动，一只银亮的梭子突然向海长春打去。

海长春的心思都在公主身上，丝毫没有提防，梭子瞬间到了距他只有两尺之远的地方。幸亏耳力过人的海长春听到一丝类似禽鸟俯冲的风动，他不由自主地向旁一歪，那只梭子擦着他的头皮飞了过去。海长春还没有反应过来，又一只梭子对着他的肩窝射过来，海长春忙用手中长剑挽了一个八字，才将梭子拨到了一边。随后，只见接二连三的梭子向海长春打来，海长春左遮右挡，只有招架之功并无还手之力，狼狈不堪。

图兰朵公主不慌不忙地推着织花机，梭子前后左右地飞向海长春。随着织机摇摆，丝线交接和海长春的躲闪，织花机竟然吐出一段纹路奇妙的锦缎来。

阿西和阿东都不知从哪里冒了出来，笑得前仰后合，花枝乱颤。

伯颜站在一边看着，脸色愈见阴沉。

伯颜身旁的一个贴身侍卫突然开口说道：伯颜将军，公主殿下一定是错会了大汗的意思了。尽管殿下织花的技艺无人可比，但织花和练剑毕竟是两回事。

另一个侍卫帮腔：对啊，织绣女红本为公主所长，若是公主殿下真的与少将军练剑，只怕……

阿西立刻回嘴：只怕什么？真练剑，你们也不是公主的对手。

那个伯颜的侍卫嗤笑：好嘴，说的比织的还漂亮……

话音刚落，只见最后一个梭子斜刺里飞了出去，明明奔着海长春而去，半途却倏地拐了个弯儿，直插那个侍卫的门面。伯颜站在那儿，眼见梭子几乎钻进侍卫的嘴里，他一抬手，在那个人的唇边用食指和中指将那个梭子夹住。

那个侍卫嘴张得老大，眼珠子差点儿从眼眶里蹦出来。

图兰朵公主悠悠地收住了织花机的摇摆，一言不发地看着伯颜。

海长春收了剑，沮丧地低头站到一边。

伯颜把梭子细细端详一阵，冷笑道：我以为是何等神器，原来不过是一截朽木。

说着，他用两指将梭子齐齐剪成两段。

图兰朵公主的眉间瞬间微蹙，随即展开：将军好指力。

伯颜道：本帅以指力对付公主利剑，不会得罪公主吧！

图兰朵公主不语，持剑伸臂，挽了一个不太熟练的剑花。剑还未收回，伯颜忽然出手，用指尖弹在图兰朵的剑锋上，把宝剑弹落在地。图兰朵公主一动不动地站在那儿，盯着地上的长剑。

伯颜弯腰将宝剑拾起，狎昵地慢慢贴近图兰朵的耳边：公主织术娴熟，剑术却是不行……

图兰朵神色无异地接过宝剑。突然，剑锋一闪，伯颜的胡子被削落一缕。伯颜勃然大怒。

他狞笑着：原来公主的无招无式，却也能断蛟刺虎呢。

说着，伯颜拔出剑来，大殿瞬时起风，并传来隐隐雷鸣。伯颜一招落花流水，将图兰朵手中的剑打飞，只见银剑腾空，直插在门柱上。

伯颜再次出剑，图兰朵闪身躲在了柱子后面。伯颜大步流星追赶过去，频繁出招，白蛇吐芯，剑气几乎封闭图兰朵公主的去路，但图兰朵身形巧捷，竟让伯颜次次扑空。几番回合，逐风追电，图兰朵闪身跳到织花机后。她刚伸手打算推动花楼，伯颜当即看出图兰朵的意图，不由兴起，纵身一跃，将高大的织机从中劈倒。剑影纵横交错，霎时间织机上的锦缎被割得支离破碎。图兰朵一愣，雷击一般，站立不动了。

大殿里外的人个个不知所措。今日这里发生的每一幕都出乎人们的意料，无论哪一方，都有些笑不出来。

图兰朵望着地上残破的织机和锦缎，目光渐渐抬起，像冰凌凝结在伯颜的身上。

图兰朵说：这是娘亲留给我的织机。

伯颜说：那又如何？

图兰朵没有答话。

伯颜见图兰朵突然缄默，以为对方终于被威慑住。他得意地对着剑尖吹了一口气，把剑尖上的一块锦缎吹到空中。

那块锦缎飘拂着，高高低低起伏着仿佛不肯落下，大殿中一时好静。图兰朵伸出雪莲般的手掌，那块锦缎打了个旋，转向公主。当那片锦缎落入图兰朵公主的掌心时，那紧勒住她手腕的三个镯子各自发出隐隐寒光，红的鲜明耀眼，黄的驰魂夺魄，蓝的惊心动魄。锦缎残片在图兰朵的掌心突然变硬。图兰朵手腕一抖，锦缎残片如同锋利刀片飞了出去。伯颜见状，嗖地避开，在一丈多远处站定，但他的衣袖仍被残片划出一个大口子。

伯颜脸上的肌肉抽搐，眼中露出煞气：你竟敢——！

图兰朵若无其事，轻盈一跳，拔出插在门柱上的剑，站在宫殿门口。

图兰朵说：那又如何？

没有人说得出这个园子有多大，放眼都是突兀峻拔的山石，汩汩溪水，鬼斧神工。没有人说得出这个花园里有多少草木，到处都是参天古树，遮天蔽日，郁郁葱葱。

一棵斜歪的枯树上下爬满紫藤。密密叠叠的紫藤花间露出卡拉夫和柳儿两个人的身影。两个孩子爬出树洞。

柳儿环顾四下，喊了起来：哇，好漂亮。

两个孩子望着远远近近巍峨高耸的宫殿，金碧辉煌的装饰，四下奇异缤纷的花草，突然望见远远走过的一队皇家卫兵。

柳儿问：这是哪儿啊？

卡拉夫突然一把抓住柳儿的胳膊，低声说：坏了，我们定是进了皇城了。

半个时辰前，卡拉夫和柳儿还在焰火作坊里狂奔。他们钻进石窟中那个深不可测的洞穴，也只怀着寻一条通往外面的出路的想法，只要能出去，无论谷底沟涧还是山巅悬崖，都是好去处。

卡拉夫和柳儿从磨盘山的石窟中摸索着走了许久许久，他们开始怀疑那条路是否能够走到头。他们曾经犹豫，如果走不到头，他们将不得不重新回到焰火作坊里去。这种可能让他们觉得还是应当尽量往前走，无论走到哪里，都比回到焰火作坊被人逮住的结果要强许多。于是，他们忐忐忑忑地走了又走，直到松明几乎要熄灭的时候，他们感到了一股清风向脸上扑来。

卡拉夫不由松了口气，对柳儿说：好了，我们可以出去了。

然而，他们出去了并非真的"出去"了。卡拉夫和柳儿站在缠满紫藤花的树洞前，四处观望，眼前的一切让两个孩子心惊。他们越来越确定这里是他们几乎一辈子无缘，并且绝对不应当进来的地方。进焰火作坊是挖眼睛，闯皇城是砍头，这样比比，好像回到焰火作坊去，并不是那么可怖了。

柳儿问：蓝眼睛，怎么办？

卡拉夫没有回答。他眼睛不由自主地被远处的两个身影抓住。

卡拉夫说：那两个人是在练剑吗？

柳儿看了看，立刻兴奋地说：不是练剑，是在打架，打得很好看哦。

已是少女身量的柳儿，提起"打架"二字仍然兴致盎然。

卡拉夫望了一会儿，有些迟疑：这里是皇城，法度森严，一个女孩子怎么会被一个大汉追打着？

柳儿攥着拳跳脚：那男的好凶，以大欺小，太不要脸了。

当那片锦缎削穿了伯颜的衣袖时，把伯颜那气定神闲的态势也给刺破了。

今日伯颜进宫，是怀着心思的。许多年来，伯颜每每望到皇城，都会想起图兰朵那个小东西。私下里他从不以公主称呼她，这或许有些轻佻，不够恭顺，但充分体现了他的真实感情。他觉得没有比叫她小东西更恰当的称呼。当年，蚌女是自己的父亲进奉给大汗的，蚌女的女儿不过是这次进奉的一个额外的果实，与自己后来进奉到后宫的太阳鱼、月亮鱼和天堂鸟无多大差别。当然，因为大汗看重蚌女，而图兰朵是蚌女的骨肉，这个果实也就金贵起来。长久以来伯颜对这个小东西的种种殷勤，不如说是对大汗的周到，小东西能够享用全是沾了大汗的光，就像那些鱼啊鸟啊花啊草啊，若不是大汗，它们哪里进得了皇城？享用得到皇家雨露？人各有命，小东西命好。

谁料，从那小东西在大殿里摔了一跤后，竟牵扯出了许许多多的与他有关的事件，他开始觉得她与他似乎有些特殊瓜葛，冥冥中她与他是有天意羁绊的。

这些年他见到她的次数不多。因为大汗视公主胜过尘寰珠宝，公主不喜热闹，不喜见人，佳节年庆难得能露一面，人们更将图兰朵公主看神了，仿佛是庙堂里供奉的一朵稀有的神花。既是神花，能否一睹芳容全在机缘，而他与她是有机缘的。所以他只要想要，机会自然会落到他的头上。

大汗无儿。眼下众人都说大汗待伯颜宠渥非常，如同义子。伯颜打算要把握好机会。

他深信自己是能够轻而易举地把握住她的。他从未遇上过无法把握的东西。对她，那个蚌女遗留下的孩子，他自然是成竹在胸，稳操胜券。大汗对她要天给天，要地给地，把握了她便把了天地，这种想象让伯颜血液沸腾。

在走入大殿的一刹那，他感受到难以描述的震惊。眼前这个少女与世隔绝地站在那儿，尘凡间的一切仿佛都与她无关。对蚌女，他仍然记忆犹新，那是个绝色尤物。但这个少女资质远超他能够想象出的词汇，他想到的是，皇家血脉果真能让人脱胎换骨，那不是尤物可比拟的，那种美是遥不可及的高贵。他突然生出强行闯入她的世界的想法，这想法刺激着他，令他手心冒出津津汗水。

他提出要带着海长春进宫，是有一番考量的。无论是制服鹰隼，还是收服虎豹，靠的是比它们更强悍和更威猛的手段。对付那个小东西，所谓宽仁的"指教"肯定不如粗莽的"训导"有效。收人先收心，但以他伯颜当今的身份，自然不便与公主直接交锋，即便降伏对手，也有以强欺弱之嫌。海长春是自己亲侄，海长春陪公主练剑，交锋就变得无伤大雅，达理通情。伯颜将军借亲侄之手将那小东西收入囊中更是名正言顺。

然而，随后发生的一切与伯颜的期待南辕北辙。图兰朵古灵精怪，招数诡秘莫测，海长春出手即输，情形进退两难。最后，伯颜竟不得不亲自披挂上阵了。

伯颜一生碰上的对手不多，更不要说是敢于挑衅自己的人。对方白眼相看的轻蔑，激起了他的一股恶念。小东西无人教导，却有些让人摸不着头脑的怪异本事，明明为囊中之物，转眼却变成棘手的荆棘，伯颜知道小觑了对方。自己若无声无息退出这大殿，定为天下人耻笑；一个堂堂大将军，不能降服一个乳臭未干的小丫头，将如何面对汗国三军？

伯颜手中的津津热汗凝结成心头一块寒冰。

今日定要让这个小东西懂得规矩——伯颜将军用刀剑划下的规矩，他说方便是方，他说圆便是圆。伯颜笃信只要离开了花楼殿，离开了织花机，图兰朵可还击的手段寥寥无几，再桀骜不驯的马驹子也能给带上笼头。

雀鸟惊飞，落英纷飞。卡拉夫与柳儿在园子里呆立，看着伯颜持剑尾随着图兰朵公主的身影穷追不舍。奇怪的是，还有几个人不远不近地跟随着，好像在看热闹。柳儿一眼将其中的一个认了出来。

看，那个家伙也在这儿！

哪个家伙？

当年跟你打架的那个家伙。

卡拉夫定睛望去，看见了身量宛若巨鸟的海长春。岁月变了，对方的身量变了，面容少了当年的青葱，使得那鼻子显得更大而尖，肩膀更加斜溜，走路脖子向前探得更远，更像一只巨大的枭鸟。

他怎么会在这儿？

卡拉夫说出这话的同时，从柳儿的眼睛里看到了相仿的询问。

你说他帮谁的？柳儿歪着头猜测，是帮这女孩子，还是这大汉？还有他们，帮谁的？

卡拉夫答不出。那只枭鸟进退犹疑，看不出是站在哪一方的；他身旁有两个白嫩嫩的矮子跳着脚在叫骂，显然是在帮架，但因听不出骂的是谁，所以仍然辨认不出究竟打算助谁一臂之力。

不知那女孩儿如何招惹了大汉。柳儿说，上次我往霍老栓的店里扔了块狗屎，他气急，带着伙计追了我两里地，不也就算了。

柳儿对打架最有心得。霍老栓是大城里一个专卖胭脂水粉头油的商贩。因他的胭脂水粉成色好，富贵豪门的女子都在他那里订货。由此，他仗势欺人，平常女儿家进他的小店，难免要招致他和伙计的白眼儿。柳儿在大城里与这样的人结下梁子，也不是一次两次。

那大汉不是霍老栓。卡拉夫警告柳儿，大汉武艺极高，他若想打你，只怕你是逃不掉的。

柳儿不服，说：既然如此，更应当有人出手帮她。

卡拉夫迟疑：这些人即便有此心，也不是那大汉的对手。

图兰朵跃过园中的小溪，向柳儿和卡拉夫站立的方向跑来。

她从小在这园子里长大，自然熟悉这个园子的山石树木，凭着身子轻盈，在园子里左闪右跳，偶尔回手用剑尖点点伯颜，逗弄着伯颜跟她狂奔。伯颜的火气如同一条吐着毒芯子的蛇，已经蜿蜒爬到他的头顶，恨不得一剑砍断她的两条腿。

流水潺潺的小溪上游，几个侍女正提着水罐在龙头泉口前接水浇花。见到伯颜凶神恶煞地追杀图兰朵，侍女们扔了水罐，惊叫地四散而逃。

龙头泉口的斜坡上是沉沉的紫藤花架，图兰朵绕过龙头泉口，跳上斜坡。她身轻如燕，若能穿梭在密密的花架和紫藤的屏蔽间，对手将很难控制她。谁料，伯颜突然纵身而起，挥剑砍翻了路边的花架，紫藤花如瀑布汹涌而下。

前路突兀坍塌，图兰朵不由得瞬间愣怔，伯颜趁机出脚踢飞了图兰朵手中的长剑。那柄剑飞出老远，偏好落在卡拉夫眼前。

伯颜笑道：输赢已见分晓，束手就擒吧！

图兰朵冷冷斜睨了伯颜一眼，飞身跃下斜坡，伯颜疾步追上，伸手去抓图兰朵的身体。眼见伯颜的手触到图兰朵肩头，一把银剑横在他面前。

卡拉夫说：好了，不要打了。

伯颜冷不防被个半大小子挡住去路。想也未想，出剑直刺卡拉夫的前胸。卡拉夫不得不倒退了两步：我不是来与你打架的，我是劝解的。

伯颜怒言：以卵投石，不自量力！

卡拉夫说道：你这人怎不明事理……

他的话还未说完，对方的兵刃如同狂风暴雨泼洒而来，将卡拉夫紧裹在其中。卡拉夫顿时觉得剑气凌厉，四下的层层刃雨，刮得皮肉生疼。他不得不抖擞精神，拿出师傅传授的全身功夫。

伯颜连出狠招，卡拉夫艰难地抵御。伯颜手中的宝剑削铁如泥，瞬间卡拉夫手中的银剑已变得残破不堪。眼看卡拉夫已招架不住，伯颜却突然收剑，眼中尽是凶光：这剑法我认得，谁是你师傅？

卡拉夫不肯说，犟嘴道：一人做事一人当。

伯颜哼一声：你做的事情，只怕你和你师傅周大都担当不起。

卡拉夫一惊：你知道我师傅？

伯颜呵呵冷笑：本帅与周大的交情"源远流长"。多年不见，正好会会他带出的好徒弟。

说着，伯颜暴怒，招招都指向卡拉夫的致命处。几个回合后，卡拉夫被伯颜寻到破绽，一剑劈来，卡拉夫踉跄，跌倒在地。伯颜的利剑直取卡拉夫的喉咙，千钧一发间，立在龙头泉口前的图兰朵挥动衣袖，她手腕上的三色镯倏地发出精光，一股泉水泼向大开杀戒的伯颜。澄莹的泉水瞬间变成坚硬的冰块，乒乒乓乓砸到伯颜的脸上。伯颜措手不及，手腕一顿，卡拉夫趁机从伯颜脚下滚到一边。伯颜被气疯了，他反身一跳，长剑刺向卡拉夫的身躯。在长剑刺入卡拉夫肉体前的瞬间，图兰朵闪电般跃起，赤手去挡那把剑，伯颜躲闪不及，长剑径直劈到图兰朵的手腕上。

卡拉夫大喊一声：小心！

柳儿吓得用手捂住眼睛。"当"的一声巨响，那长剑猛地被弹回。三个镯子在碰击下放出令人目眩的熠熠光彩，图兰朵公主的手腕毫发无损。

只见伯颜手中那宝剑嗡嗡一阵乱响后，渐渐显现出裂痕，随着裂痕的延伸，宝剑寸寸碎断在伯颜的眼前，化为细碎的齑粉。转眼，伯颜手中只剩一个光秃秃的剑柄。无论远近的每一个人都露出傻瓜一般的神情。

伯颜望了望图兰朵的三色镯，又看看自己手里的剑柄，目光变得阴郁可怖。

伯颜道：这是什么妖孽！

图兰朵说：这东西陪我这么些年，将军怎会不认识。

伯颜张张嘴，突然一转身，指向卡拉夫和柳儿：哪儿来的两个野崽子？来人啊，给我拖出去砍了——！

海长春带着那些侍卫向卡拉夫等人迅速跑来。

卡拉夫和柳儿与海长春和那些侍卫们厮打起来。

柳儿对着海长春挣扎：嘿，大鸟，不记得我们啦？咱们过去多少有点儿交情呢！

海长春仿佛没有听见，尖尖的鸟脸上毫无表情。

柳儿气急：呸呸呸，算我认错了人！

眼看卡拉夫和柳儿被侍卫捆绑起来，图兰朵突然开口：谁敢动他们？他们是我的人。

伯颜不屑：殿下莫打诳语，金枝玉叶怎会结识这等村野之人！

阿西和阿东一听这话，齐齐地跳出来。

阿西说：大将军说话要有根据！他们是公主的朋友，也是阿西、阿东的朋友。

阿东说：大将军冒犯阿西、阿东的朋友，就是冒犯公主的朋友。

海长春顿时不知所从。

阿西蹦到海长春面前，手叉着腰：还不快给我朋友赔罪！

阿东指着海长春的鼻子：什么少将军，爬高踩低，压小怂大！

海长春听了，脸上涌过一片血红色，此刻那只枭鸟变得像只可怜巴巴的红脸公鸡。

其他人见势头不好，一个个争先恐后匍匐在地上。

图兰朵眼皮不抬地说：滚！

侍卫们忙不迭地退下。

海长春窘迫地望着伯颜：叔父？

伯颜一言不发，目光依旧徘徊在公主手腕间那三个已经恢复了常态的镯子上。他眼中有猜疑有愤懑但更多的是深深的失落。

图兰朵淡淡地对阿西和阿东说：输赢已见分晓，他们怎么还在这儿？

阿西和阿东往园子外面一抬手：大将军少将军请吧，恕不远送！

伯颜悻悻然地扔掉手中的秃剑柄，一转身，怒冲冲地走了。

海长春对图兰朵抱拳：小将告辞。

图兰朵毫不理会，仿佛没有听见一般。

海长春瞥了瞥卡拉夫和柳儿，黯然而去。

阿西笑嘻嘻地看看柳儿和卡拉夫，问图兰朵：他们到底是谁啊？

图兰朵漠然地：你去问他们。

柳儿和卡拉夫与阿西、阿东对望，自己都有些糊涂了。

卡拉夫说：抱歉，我们走错了地方。

阿东说：你们不是我们的朋友吗？

卡拉夫没法子回答。他的直觉告诉他，自己已经惹出很多麻烦了。他对阿西、阿东苦笑道：不早了，我们该走了，能告诉我们如何才能出得去？

阿西、阿东听了觉得很好笑：有我们在，想出去容易得很啊！

柳儿一声不响地揪着卡拉夫的袖子，打算马上跟上这两个长得白白胖胖的矮子往外走。她天生贪玩儿爱热闹爱打架，按照她的天性，好不容易进来一趟，肯定要赖着四处逛逛再走。但此刻，她胸口扑腾扑腾的，目睹这一场生死肉搏，她的魂儿都没了。那个被人称为大将军的家伙，不知道与父亲有什么过节，知道蓝眼睛跟父亲的关系后，一副赶尽杀绝的模样。她不能多想别的了，只巴望快快离开这个地方。

站住！图兰朵公主突然说话了。公主一说话，卡拉夫和柳儿都不由自主地站住。

图兰朵说：你究竟是谁？

图兰朵突兀问话，把站在那儿发愣的卡拉夫和柳儿吓了一跳。他们不由得面面相觑。

图兰朵说：你，过来！

卡拉夫和柳儿不知道说的是谁，无可奈何地一起慢慢走上前。

图兰朵面无表情。她的目光一动不动地盯着卡拉夫：你为何帮我？

卡拉夫答：女孩子家，被人欺负，当然要帮。

图兰朵又问：你知道我是谁？

卡拉夫疑惑：他们好像叫你公主什么的……

阿西纠正：她不是公主什么的，她是图兰朵公主。

柳儿不服：既然是公主，却被人欺负，这公主没意思得很，不当也罢。

图兰朵不理睬柳儿，依旧看着卡拉夫说：你功夫不错，以后你来陪我练剑。

卡拉夫不知如何回答：我是外面的人，进不来皇城的。

图兰朵仿佛没有听见：你把指点我练剑的人气跑了，你不来，怎么办？

柳儿不高兴了：我们误打误撞进来，差点儿赔掉了性命，凭什么还来？

图兰朵说：我没与你说话。

柳儿说：我也没与你说话。

图兰朵说：我说让他来，与你有何干系？

柳儿恼了：蓝眼睛是我哥，我偏不让他来。

几个人正斗嘴，忽然阿东惊叫起来：公主，大汗的侍从官来了！

图兰朵抬头，果然远远看到自己父汗的侍从官带着几个人正向这里走来。

图兰朵不容分辩地对卡拉夫说：下次你来，我等你。

说完，图兰朵撇开卡拉夫和柳儿，径直迎着侍从官的方向走去。

见卡拉夫望着图兰朵的背影久久出神，柳儿扯了扯卡拉夫的胳膊：蓝眼睛，你没有答应她，对不对？

卡拉夫摇摇头。

柳儿说：对啊，就不该答应她。

卡拉夫说：我是说，我还没有想好。

柳儿不高兴了：你帮她，她连个谢字都没有。咱们又不欠她的。

阿东插话：这话没良心，明明是你们欠了我们公主老大的人情。

柳儿反诘：嘿，白胖子，说清楚啊，到底谁欠谁的？蓝眼睛若不出手，你们公主早就输惨了。

阿东瞪大眼睛，对阿西说：她叫我白胖子？

她不知道你的名字。阿西说完，对柳儿分辩：他是比我白胖些。我叫阿西，是姐姐；他叫阿东，是弟弟。

柳儿却不给情面：我喜欢叫他白胖子。

阿西倒也没恼，说：好吧，白胖子与你们说清楚，我们公主若不出手，你与他早就没有性命了！

柳儿不由得语噎，忽然觉得那两个矮子看着很不顺眼起来。她愤愤然地揪下一把把紫藤花，对卡拉夫说：蓝眼睛，别理会他们，咱们走！

阿西说：你们可以不理会我们，不过，没有我们，你们只怕出不去这皇城。

柳儿嘴硬：反正不求他们！

不是求，是请。卡拉夫恭恭敬敬地对阿西和阿东作揖：还是请两位给我们指一指出皇城的路。

阿东说：指路不难，但那样，还得再说清楚，你们又欠了阿西和阿东老大的一个人情。

柳儿气坏了，恨不得将手里的紫藤花都塞到这两个矮子的嘴里去。

第三十八章
狮子的利爪

紫藤架下的遭遇，让伯颜陷入一场长久的噩梦。

他难以相信当日的落败者竟然是自己。他失魂落魄地退出了那个紫藤茂密的园子，就等于失魂落魄地退出了大汗关切的视野，退下了皇城大殿的台阶。

他知道用不着向大汗解释，大将军伯颜带着亲侄海长春溃败在图兰朵公主手下的消息一定比鸟儿还快地飞到了大汗的耳朵里。过后，虽然大汗从没有向他提起过那次事情，但越是不提的事情，往往在胸口刻下的印记越深。

他怎么会输？他当然不是输给了一个小女孩儿。那个小东西哪里配做他的对手？但他的确输了，输给了冥冥中作怪的长生天。他眼睁睁地看到那柄宝剑在自己面前寸寸碎裂，仿佛看到山川崩裂，河水倒流，日月坠落。他也曾经历过多次生死，譬如那次巫人鱼铺天盖地的进攻，譬如那次马尔维亚皇宫前神柱的坍塌。那种生死虽惊悸，但心气还在，这次的落败几乎完全击毁了他的意志。"命运使然，不可抗拒。"他在瞬间领悟了这八个字。

伯颜刚开始与图兰朵交锋时，发觉对方武艺虽不高强，却拥有着一花一叶皆为器的怪异能力。他怀疑有高人暗中传授了些武艺给公主。不过，伯颜心里有数，自己的剑术可谓独步天下。再加上那柄霹雳剑相助，世间任何歪门左道在他面前，都派不上什么大用场。

伯颜的霹雳剑来自他的父亲海都大元帅。当年海都率部征讨北疆，路经天池，狂风骤起，雷雨大作。天池当中的一块凸起的巨石突然燃烧起来，映红了半个天山。那巨石整整烧了七天七夜，眼看将天池的水都烧得烫手了，火势才渐微。海都派人乘船到湖心探看，巨石中间的凹陷处躺着一把焚得赤红的宝剑。待宝剑凉透，颜色变得乌漆墨黑。有行家看过，说，那巨石本为天池的镇池之石，采天地之灵气，受日月之精华，后又被雷电所铸，化为宝剑，所以该剑为霹雳之剑。此剑攻无不克，无坚不摧，可谓天下第一剑。

海都故去，遗下财富万千，伯颜最心仪的就是这柄宝剑。这样一个无敌宝物，竟被那小东西轻轻松松用三个镯子化为齑粉。这不仅仅是羞辱，这是从根基上颠倒了伯颜的世界。

伯颜由于自己的落败，多年的疑惑突然有了结果，一个曾让他心跳的传说实实在在落在地上。它既不在天涯之北，亦不在西域之西，它既不是"奇禽怪兽"，亦非"灵果仙草"，它就是三个不起眼的镯子。那个小东西幸运地得到了它，于是得到了与伯颜大将军抗衡的力量。

伯颜怎能不失落？他孜孜以求寻找多年的那个宝物原来就近在咫尺，如同一个盲人，自以为经历了万里跋涉，重重险恶，其实不过是在原地兜圈子，而那个苦苦追寻的目的地其实就在眼前。他扼腕长叹，他与那个宝物几乎算不上失之交臂，他明明已经将那个东西攥于掌中，却又漫不经心地交了出去——小东西真应当感激他，他让那三个镯子戴在了小东西的手上，成了他自己的噩梦。

他痛心疾首夜夜难眠。他发现与自己过不去的，不是别人，竟然是自己。

胡姬是伯颜的身边人当中最早得知皇城后花园中发生的事情的。当然这不是伯颜告诉她的，也不是海长春透露给她的。她不需要他们开口，她有她自己的耳朵和嘴巴。那一阵子，伯颜的府邸里充满了惊惧，每个人走路都小心翼翼，生怕一脚踩出个祸事来。连那个最知道伯颜心思的玉勒将军都因为某句话说得不太得体，被伯颜在花厅里打了耳光。清脆的响声绕梁三日，吓得掠过府邸的鸟儿再不敢落枝。

胡姬觉得这没什么不好。府邸里一下子清静了许多，伯颜不大出门，坐在屋里不见人，也不召唤胡姬去伺候，胡姬乐得有工夫做些想做的事。在伯颜的府邸里，每个人的心思都围绕着这个府邸和府邸里的主人，唯有胡姬例外，她的心思更多的是在外面。白骆驼国被剿灭了之后，她从伯颜那里讨到了一个她巴望很久的东西。她小心地将那个东西搁置在一个妥当的地方，并隔三岔五地去探看。若不能出门，那东西真的让她牵肠挂肚的。好在伯颜派给她的那些尾巴越来越懂事，跟着她出门只是做样子，往往用不着你挥手，他们便乖巧地散去。大城里有的是喝茶看戏的地方，大家各给各的方便。

胡姬去的地方，是大城一处异族人杂居的地方。这些年风调雨顺，异族人在朝廷里当官的越来越多，异族人在大城的生意越做越好，大城中部的大道两边出现了不少专为异乡客经营的大小客栈。日子长了，异乡人在大城娶妻生子，大家纷纷看中这个地方靠山背风，四通八达，富不张扬，贫不寒酸，于是人气越聚越旺。酒楼，茶馆，瓦舍错落有致，其间可见高高低低的清真寺、教堂、佛庙和道观，成了大城一个热闹去处。

胡姬走到一栋模样普通的院宅前叩门，门开了，那人焦黄的胡须焦黄的眼睛，衣衫简朴，气态不凡，一看绝非仆从之人。见到胡姬，他恭敬地低头：胡姬姑娘来了。

胡姬问：今日太阳好，出来逛逛。

那人叫摩诃，是胡姬的同族。他朝胡姬身后望了一眼，谨慎地闩上大门。

胡姬跟着摩诃向院子里走去。这宅子外面看着普通，里面却别有洞天。三进的院落，花草繁密，曲廊通幽，是典型的中原样式，但屋里面铺设精致的羊毛地毯和挂毯、金银器皿及其陈设却满是西域风情。

摩诃将胡姬引向二进的东跨院，只听得远远传来不绝于耳的犬吠声。这个跨院里盖着几间堆放闲置物品的库房，东北夹角沿着山势修了一个巨大的狗窖。那些畜生听到了人声，都争先恐后地发出警示。

胡姬走到狗窖前，几只身形高大的猛犬狂暴地向胡姬扑来，若不是铁栏杆阻挡，它们顷刻间会将胡姬撕碎。

胡姬向狗窖里望去，隐约见到一个披着兽皮的人形卧在暗处。胡姬望了半响，那个家伙动也不动。但她隐约能感觉一双恶毒的眼睛正悄悄地窥视自己。

胡姬问：他今日怎样？

摩诃答：好像已经饿得不行。抢食都抢不动了。

胡姬嗤笑：都说他能徒手捕狮，所以被人称为"西域之王"，不会这么不中用……这时辰该喂食了吧?

摩诃说：是，就等着您来呢。

摩诃做了个手势，马上有仆人端上煮得半生不熟的羊腿。胡姬拔出匕首，向那羊腿上刺了一刀，猩红的血水冉冉渗出。那些恶狗闻到血腥，顿时丧心病狂地冲撞上来，栏杆被碰得咣咣乱响，一眼望去，栏杆上满是张张血口，血口中尽是白森森锯齿似的牙齿。

胡姬拿起一条羊腿，向那个卧在地上的人形掷去。随着羊腿落下，狂犬们纷纷扑向那人。只见那人突兀跃起，与畜生们打成一团，看不出是争抢羊腿上的肉，还是在撕咬各自身上的肉。

在血肉横飞的争斗中，那个人的惨叫与恶狗的嗥吠交织在一起。片刻之后，那羊腿再不见踪影，连骨头渣都没剩下，那人的惨叫声也渐渐趋弱。恶狗们各自舔着血口，恋恋不舍地散去。

胡姬说：别让他死了。

摩诃点点头，但又说：已有半个月了，他能挺这么久，其实也是不易。

胡姬说：才半个月，不能便宜了他。

胡姬从伯颜手中讨要到这个人的过程有些曲折。

在征讨白骆驼国和罗姆苏丹国后，伯颜带回了大量的战利品，这个人是其中之一，他被脚链锁着坐在笼子里，一人一车来到了大城，待遇十分优渥。胡姬站在街边的人群中，看到这个人，那灼热的目光几乎将那人的衣裳烧出窟窿。

当夜胡姬伺候伯颜就寝，依偎在伯颜身边温香软玉，她零零碎碎地说起在路边看到伯颜率部凯旋的威风，又说起那个白骆驼国国王的相貌，虬髯林立，面貌可怖。

伯颜仿佛不经意地看了胡姬一眼：他曾与你们那个黑骆驼国的国王是兄弟，你和他不会是亲戚吧？

胡姬心中一寒，脸上却笑：那将军将我也捆了吧。

伯颜不语，又将胡姬打量了几眼。胡姬知道自己正在深渊边缘行走，但她已经退不回去。

伯颜说：别跟我藏奸卖俏。你们都是一样的东西，养不熟的白眼狼。

胡姬说：所以将军对胡姬另眼看待。

伯颜将胡姬抓到胸前，在她水嫩的脸蛋儿上狠狠掐了一把：本将军就是要把狼变成狗。

将军说的是谁？我？还是那个家伙？

伯颜道：你说呢？

胡姬娇笑：胡姬再大的本事也翻不出将军的手心。至于那个人，还是留神些。将军没听说过，他能徒手捕狮呢！

伯颜扔开胡姬：不过是市井讹传。

胡姬说：将军说得极是，他那副嘴脸也就是吓唬我们小女子。何不让世人知晓此人外强中干呢。

伯颜打了个哈欠，厌烦地挥了挥手，胡姬无声地退下。

第二日大汗询问自己的臣子们：眼下白骆驼国国君已成朕的阶下囚，如何处置是好？

大殿上众说纷纭，但伯颜的话一下子让众人心悦诚服。

伯颜说：大汗，盛传此人万夫不当，徒手捕狮，大汗何不当场验证，以免日后还有人以讹传讹。

于是，伯颜大将军让大城人有了大饱眼福的机会。

那日皇城外的市场当中设置了一个巨大的斗兽场，场子中央是一只关在牢笼里的饥饿的狮子。大城的百姓们从四面八方蜂拥而至，将场子围得水泄不通。

皇城之上，旌旗飘飘，大汗在文武百官的陪同下登上皇城，极目远眺，将那偌大的斗兽场和纷纷攘攘的百姓尽收眼底。

号角响起，几个力士押解上来一个戴着面罩拼命挣扎呐喊的彪形大汉。百姓们见到那个大汉，发出激动的谩骂和诅咒声。力士们打开牢笼，并将一把长矛塞到那彪形大汉手中，转身迅速奔到场外。

那个大汗仿佛还在懵懂，雄狮却已经从笼中一跃而出。大约是听到了狮子的吼叫，那大汗突然醒悟，握紧长矛躬身面对狮子，这时，全场出现了退潮似的寂静。

狮子左右徘徊着，那大汉以矛相对，慌乱地移动着脚步。

狮子几次佯攻，都被大汉的长矛击退。场子四下的看客们跟随着嘘嘘叫嚷和起哄。饥饿的狮子因自己的猎物不肯束手就擒而显得暴躁不安。它低声嘶吼着，慢慢向猎物靠近，身子渐行渐低，突然，它跳了起来扑向对方。大汉的矛尖戳到狮子的前腿，狮子扑歪了，大汉踉跄了几步，尽管没有被狮子扑倒，但肩膀仍被狮子的利爪抓得鲜血淋漓。血腥气味让受伤的狮子和看热闹的人们兴奋不已。

大汉勉强站立住，他大口喘息。正当人们以为他马上要倒下的时候，他突然举起长矛向狮子冲去。此刻的狮子显然被激怒，张开血盆大口怒号一声，猛然跃起，狮子和大汉几乎在同一刻倒下，狮子压在了大汉的身上。

全场一阵惊呼，片刻后，狮子稳稳站立起来，蒙面大汉却在狮子脚下没有了声息。

大城的百姓们欢声雷动，他们为自己亲眼见证白骆驼国国王死于雄狮爪下而心满意足。

立在皇城之上的大汗望到这一刻，不禁微笑：西域之王，不过如此。

在号角响起之前的某个瞬间，斗兽场外的小帐篷里曾经发生了无人察觉的有趣的一幕——当戴着面具的白骆驼国国王即将被推入斗兽场的那一刻，几个力士从角落中钻出来，将一个衣裳完全相同的人与白骆驼国国王做了对调，一个进了斗兽场，一个被装进麻袋，载到场外的马车中。无论这两个人怎样挣扎反抗都显得微不足道，他们的挣扎嘶喊淹没在人们欢天喜地的嘈杂之中。

在大城的百姓为蒙面大汉勇斗雄狮而如痴如醉的时刻，装着白骆驼国国王的马车正驶向中城那个狗窟。

第三十九章
鹰 的 梦

海长春在梦中，望见了碧蓝的天空，听见了鹰隼们在他头顶徘徊嬉戏。他伸出了手，对它们说，带上我，我跟你们一起走。

它们扑打着翅膀，在他身边旋转，一股气流托住了他双脚，使得他身子轻飘，一下子飞了起来。他感觉自己躯体和四肢那么灵巧自在，随心所欲。他在空中飞着，山川江河都在他的脚下。突然，他的眼睛被什么东西扎了一下，远处有一个雪亮的东西正箭一般射来，直觉告诉他那是一只银亮的梭子。他想要躲避，身子却变得僵硬笨拙。梭子一下子打在他的胸口上，刺心地剧痛。他看到自己变成一块巨石直直坠落。海长春大喊一声，惊醒过来。

习习凉风中，海长春发现自己正汗津津地坐在营帐外。他深深地吸了一口气，恍惚间闻到一种气味，那是一种独特的麝香味道，在他认识的人当中，只有那个女人身上才有的独特气味。可他的梦与那个女人有关联吗？细想想或许有一点，从皇城回来后，她曾用麻雀和鹰的话安抚过他。

他惶惶地看向四下，没有见到胡姬的身影，只看见几只鹰隼正用好奇的目光望着自己。他怎么会在这儿？他想了一会儿，想起适才自己在鹰隼军中巡视，走到营帐边觉得干渴，饮下一瓢清水后坐下落汗，一下子好像瞌睡了。

他本是个极其警觉的人，从来没有在不该睡的时候合拢双眼。但这些日子他却有点反常，白日打不起精神，晚上睡不踏实。鹰隼军大营本是他最爱的地方，在这里他永远波波碌碌，不知疲倦，并有做不完的事情。但今天，他竟然坐在营帐外睡着了。

真没用，与你父亲一般没用！

海长春隐隐约约听到了这个声音。这声音如同梦中那只击中他的梭子，让他胸口剧痛。这是那日叔父训斥自己的话。叔父走出图兰朵公主的后花园，黑着脸对自己说了这句话。自从那天起，叔父再没有与海长春交谈过。这说明叔父对他不知道有多么失望。

那日，海长春去向母亲请安，母亲从他的脸上看出了他的痛苦。

母亲说：你没睡好。

海长春从小像父亲，醒如飞鹰，睡如磐石。母亲从没有挂心过他的睡眠。

海长春跪倒：孩儿不孝，让母亲操心了。

母亲说：不必为那些无谓的事烦恼。你每日都会比今日更好。

海长春头抵在母亲的膝盖前：万一孩儿愚钝，辜负了母亲的冀望……

母亲说：知儿莫如母。你不会的。

海长春沉默，他与母亲的对话往往到此为止。但这一次，他觉得忍不住，他若不与母亲述说，又与谁人述说？他艰难地喃语：母亲总说我像父亲，可是，有人却说……父亲无能，儿子也无能。

母亲抚弄海长春前额的手突然变得僵硬。她那平板无奇的脸上隐约出现了一种铁灰色，如同拂去灰尘的兵器，嘴边细细的每一道纹路都是锐利。她的眼睛往四下瞥了瞥，慢慢地俯下身子，嘴唇在海长春的耳边微微嚅动：记住这个人。

那声音小得如同蚊音。海长春愣了愣，抬起头。他从母亲干枯的眼睛里望见了同样的意思。母亲从没这样对自己说过话，母亲甚至没问那个恶语中伤的人是谁。母亲如果知道了那个人是谁，还会这样说吗？

海长春没有继续与母亲的对话。他向母亲告辞，走出如意斋。他后悔告诉了母亲他的烦恼。母亲是世间最疼爱他的人，但他早已脱离了母亲的羽翼，母亲已经不能够像儿时那样明白他了。关于父亲，他疑惑母亲的话和叔父的话究竟谁对。若让他自己判断，他觉得父亲是大英雄，毋庸置疑；说到自己却是气短，他被图兰朵公主挫败了，但他挫败在公主手中，并未让他有些许的难过。

其实，那一天，在他走入大殿的瞬间，海长春就看到了这个结局。图兰朵站在那儿冰魂玉魄，他们与她仿佛不在同一尘世。她站在那里是降贵纡尊的，万物早已俯首帖耳；她并没有傲然睥睨他们，但凡俗的他们已经匍匐在尘土之中了。这是他心中的图兰朵公主，比他想象的还要高贵，高到遥不可及。他如何与她交手，与她比剑？他只要张嘴，对她说出的每一个字都令他呼吸艰难，他听见一个声音在对他说，你见到她已经是极大的荣耀，你想要战胜她，是冒犯神灵。尽管他知道他不能违背叔父的意愿，但在踏入大殿的那一刻，他的心已经俯首称臣了。

当叔父砍翻了大殿里的织花机的时候，他曾为图兰朵公主捏了把汗。叔父暴戾的脾气他是见识过的。多年前曾有人送给叔父一个出色的舞姬。因那个舞姬可以在任何地方起舞，所以深得叔父的宠爱。一次叔父宴请朝中的几个官员，舞姬受命在叔父最心爱的汗血宝马上起舞。不料，汗血宝马意外惊惧，那个舞姬从马背上跌了下来。叔父暴怒，当场一剑刺杀了他的汗血宝马。酒宴结束，有官员殷勤地到府中献上跌打药，说是给摔伤的舞姬疗伤，却被告知，那个舞姬已经送到豹军营地喂了豹子。

一边是叔父，一边是公主。他绝对帮不得任何一方。所以当那个色目人不知从哪里跳出来，为图兰朵公主挡剑的时候，他心里是那么嫉妒他。他觉得那个小色目人抢了本应当他做的事情。

后来继续发生的一切，古怪到让他想不出究竟。叔父不仅败下阵来，就连那柄大名鼎鼎的霹雳剑都毁于一旦。

叔父想杀人的欲望如同喷发的熔岩，可他既不能伤公主的一根毫毛，也不能取那个小色目人的性命，因为公主声称那个色目人是她的人。所以，在海长春看来，让喷发的熔岩生生憋了回去，叔父的那种挫败感远超过自己。

海长春甚至有些同情叔父了。在公主和叔父之间，他偷偷地倾向公主；在叔父和那个小色目人之间，他坚定地站在叔父一边。显然，在这个事件中收益最大的是那个小色目人，想到这儿他难免有些恨恨的，觉得挫败自己和叔父的人不是图兰朵公主，而是小色目人。

那个跟着小色目人寸步不离的小丫头还说什么？我与他们有交情？海长春听到这句话好笑，天下哪有这样地死缠烂打的交情。海长春对那个小丫头见一面足够刻骨铭心。她的那张嘴，在海长春眼中就是张鸟嘴，世上最多嘴多舌的麻雀嘴，她竟然敢叫自己"大鸟"？她若知道自己手下的任何一只鹰隼，都能让大城所有的麻雀闭嘴，只怕下次见面再开口，就得掂量掂量了。

海长春到底有多沮丧，他自己不清楚，别人大概也不清楚。幸好胡姬说了那句话。那句话无论有意还是无意，都多少给了他一种安慰。胡姬说，麻雀怎么知道鹰能飞得有多高？尽管麻雀可以嘲笑觅食的鹰有时飞得比它们还低，但嘲笑的结果，往往是它们成了鹰的果腹之食。

海长春与胡姬同在一所府邸里长大。

在那座大宅子里，除了母亲，海长春很少与女人相处。

在那座大宅子里，大多数男人在胡姬眼中都是一样的。

海长春第一次引起胡姬的注意，大约就是那次两人一同去看喜鹊大战，过后，胡姬与他的来往突然多了。这种往来并非相互的，是胡姬突然出现在海长春周围的次数多起来。时而在府邸中，时而在府邸外。海长春的耳力和目力让他知道这个女人正在靠近他，后来，他又捕捉到了这个女人的味道，那是一种散发着麝香的迥异芬芳，在这个大宅院里，这个女人独有的气味令人心慌。海长春奇怪，自己知道这个女人多年，以前怎么从未意识到这个女人有着动物一般的气味？

每当夜深人静之时，海长春沉沉睡在自己的寝室当中，他总是能感觉到那个气味特别地浓重，正徐徐沿着他的皮肤和毛发，钻入到他的心肺里。

记得胡姬第一次闯入海长春的鹰隼军大营里的情景，大约是那撩人的气味，弄得鹰隼们在鹰棚里发出激动的骚乱声，海长春下令侍卫把胡姬赶出去。他对她说：你要么离开这里，要么干脆到鹰棚里去，该给它们开午膳了。

最后还是胡姬选择了离开。海长春回转身，望到一张张涨红的面孔，尽管身边的将士们竭力躲避他的目光，但他仍从那些脸上望到了与鹰棚里的鹰隼们一般按捺不住的兴奋。

大少爷，您得当心这个女人。

那是玉勒将军对海长春的警告。海长春推测玉勒对自己的警告是出于善意。玉勒曾是祖父的股肱，后又是叔父的心腹，统领鹰隼军和豹军多年，人们都说，有一日自己或许会取代玉勒的位置。但海长春总觉得玉勒的警告中还含有更多的意思，那是什么，自己一下子分辨不出。

海长春自然会当心胡姬。但胡姬是那种不邀自来的女人，胡姬想要与谁纠缠，那是谁也拒绝不了的。

海长春知道胡姬不仅仅对自己有兴趣，对自己的母亲也表现出一种特殊的关切。但母亲在海长春面前从来不提及胡姬，这让海长春不知道母亲如何看待胡姬，又如何看待胡姬与他的关系，所以他也从不在母亲面前提及胡姬，在海长春和母亲之间，胡姬这个人仿佛从来不存在。

这段日子海长春竭力避开他人。他本来就寡言寡语，有意避开他人让他变成了一个沉默的影子。有时偶尔张嘴，他竟会自己把自己吓一跳，他对那声音陌生到怀疑说话的人是否真的是自己。

他守着鹰隼军大营里的鹰隼们，它们曾是他父亲的朋友，如今是他唯一的朋友。他与它们不需要交流，它们是最懂他的。但那日，当他心不在焉地将撕碎的野兔喂给他的朋友们时，竟被一只白隼的利爪伤了手臂。他愕然地看着这只鹰隼。这是只刚刚成年的鹰隼，性情躁动又正处于求偶期。因为见到海长春将它最喜爱的野兔的心肺全都喂给了其他鹰隼，扑过来夺食而伤了海长春。

海长春困惑地打量这只白隼。它是鹰隼天军最出挑的一只鹰，雪毛玉爪，半人多高，性情如火，行如闪电。这种白隼极其金贵，还有一个别名，叫"海东青"，与主人的亡父同名。什么是"海东青"，鹰隼中的天之骄子，十万神鹰中才出一只"海东青"。未来有一日，这白隼会成为鹰隼天军的首领和灵魂的。

海长春一直对这只白隼另眼相待，从未想过有一日它会伤他。

他心中愕然。鹰隼是从不伤自己的主人的，更何况鹰隼军的鹰隼都是从小调教，对自己的主人忠诚无比。连鹰隼都靠不住了，海长春有多么寂寥。

他不知道怎样排遣这种孤独感，他不愿意向任何人述说，也不愿意任何人窥破他的心思。

好好拿去。

回到府里不久，胡姬就无声地走到海长春身边，将一盒褐色的药膏塞到他的手中。胡姬说：抹在伤处，一周伤口便可愈合。

胡姬又用她那漂亮的小鼻子嗅了嗅海长春的身体：这药忌辛辣，少喝点儿酒吧。

海长春他不明白那个女子是如何发现他的秘密的。他明明很小心地将自己的伤势隐藏起来，连母亲都没有看穿的事情，这女子是如何知道的？

另外，就是有关喝酒。不久前，他开始背着母亲酗酒。母亲曾告诉他，父亲是有酒量的，但父亲很少饮酒，因为饮酒易误事。为此他曾尽量避开酒的诱惑。但自从那日图兰朵公主将他和叔父不客气地请出了花园，他的心绪坠入沮丧和懊恼之中，他想或许自己永远做不了父亲那样的人。没有酒，同样会误事的。所以，他对酒释然了。

海长春再抬头，胡姬已经不见了。

从此，无论他走到哪里，总觉得有一双灵猫似的眼睛在觇视他。这双眼睛燃着了他心里的火苗，撩起了他心中的焦躁，他想象着那只灵猫正悄然无息地在他的脚背上跳来跳去，他想象着自己将那个柔软的肉体捉在手中，抚摸着它，然后按住它温暖的颈部，看着它窒息而死的情景。

不久后的一个晚上，海长春在东书房自己的住处酩酊大醉。恍惚中，他看见那只灵猫蹿上了他的床笫，乖巧地伏在了他的身边，那灵猫的皮毛光滑如水，像上好的缎子。

当他进入胡姬的肉体，浓重的黑夜和他的睡眠混淆在一起。他甚至来不及看一眼那只灵猫的面孔，就忘却了后面的故事。

第四十章
豆蔻年华

那些日子，是卡拉夫的神思浸淫在一片花海里的日子，仿佛他稍一走神，就会看到无边无际的花海，重重垂下的紫藤花在他的眼前摇曳不绝，那些紫色的花影映着刺眼的阳光，逐渐变成喃喃花语：下次你来，我等你……

柳儿见卡拉夫魂不附体的样子，开始与他赌气。

你没魂儿啦?

没有啊。

你就是没魂儿了。

柳儿，你不要瞎说。

我刚才与你说什么啦?

你说……你说什么来着?

柳儿一扭身子，进屋了。往日里，他们两人龃龉不超过半个时辰便烟消云散了，不是柳儿摘了个熟透的果子给卡拉夫吃，就是卡拉夫捉了只好看的蝴蝶给柳儿看。但这一回柳儿在屋里等了半天，卡拉夫都没有动静。她从窗口探头，只见卡拉夫仍然站在大柳树下发愣，做梦一般直直望着皇城的方向。

蓝眼睛的样子是陌生的，让柳儿几乎识不得。就是那么一次意外走入皇城，蓝眼睛把魂儿丢在了那儿了。柳儿自小听人家说皇城，皇城是大汗住的地方。那地方虽然也在大城里面，但那儿与柳儿知道的大城没什么关系，就像雨后大城天空上出现的七色霓虹，你说它是大城的一部分，远远看看也就罢了，与他们有何相干。可蓝眼睛似乎不这么想，他偶尔从七色霓虹下经过，就再也迈不开步子，走不动路了。

皇城里有什么能留住蓝眼睛？柳儿问自己。她明白那个谜底，作为女孩子，这个谜底让她有些气馁。皇城里有珍禽异兽，有琪花瑶草，但若不是意外地碰上了图兰朵公主，蓝眼睛对那些东西顶多瞧瞧热闹，转身还会回到他和柳儿习惯的日子当中。

图兰朵公主，柳儿想到这个名字，五味杂陈。大城人把大汗当作膜拜的天神，而图兰朵公主却是超越了膜拜，那是天神守护的严禁任何人接近的一个绝大的秘密。柳儿自小见到大人们提起这个公主，都神情诡秘，一副说不得的样子。偶尔听到一些故事，也是千奇百怪，故事既然是故事，没有一桩像真的。

所以让柳儿最好奇的是，那个公主究竟是什么样子。她想她不会好看到哪儿去，既然那个公主的母亲曾经是住在蚌屋里的，会不会那个公主长得像一个海里捞上来的蟹或虾？

结果她见到了她。这次偶遇的结果是无穷的后悔，她意识到自己与蓝眼睛大约是世上极少能目睹那个公主的真实模样的人之一，这种"幸运"更让她纠结不已。

柳儿回忆那天发生的事情。那场惊心动魄的打斗结束，自己和蓝眼睛差一点被人拖出去砍头，幸好那一句"他们是我的人"解救了他们。此后，如果他们立刻离开了皇城，该是多好。

可那个公主命令他们站住。他们不得不站住。他们站住后所发生的一切都让柳儿很不高兴。

柳儿真真望到图兰朵公主的相貌时，她是震惊的。她绝非那种没见识的女孩子，她古怪精灵的想法总让别人吃惊，却很少能有什么事情让她吃惊。她见过极贫穷的、极富有的、极丑的和极美的。父亲对她的呵护让她笃信，她与别人顶多是不同，谁又能比她更好？

面对那个图兰朵公主，心高气傲的柳儿不由得忐忑和失落了。那不仅仅是因为意外——图兰朵公主竟然与蟹和虾无关，她真心承认那个公主是美的。但令人震惊的不仅仅是美，是那种飘逸出尘，不屑与世相争的尊贵。柳儿不是个善妒的女孩子，见了公主之后，她突然尝到了酸酸的滋味。

这是图兰朵公主，住在七彩霓虹中的公主大概应当是这个样子。

猜想到蓝眼睛的心里也是这样想的，柳儿胸口的酸楚变成了苦涩。

柳儿对卡拉夫说：你真打算去找她？

卡拉夫说：她说了，她等我。

柳儿说：你去找她要丢命的。

卡拉夫说：我会小心。

柳儿半晌不说话。最后，柳儿说：我不喜欢你去。

卡拉夫为难地看着柳儿。柳儿希望他说：既然你不喜欢，我就不去了。

可卡拉夫踌躇了半天，却说：你若不喜欢我一个人去，那我们两个一起去？

柳儿听了，狠狠瞪了卡拉夫一眼：我更不喜欢两个人去！

柳儿出门了。柳儿去找小骆驼、天狗、铁头、二蛋子他们去了。柳儿开始带着这帮半大小子在大城里闯祸，今日寻衅打架，明日捅马蜂窝，闹得天天有人到周大师傅家来告状。

周大训斥柳儿太过顽劣。

柳儿还嘴：是你生养的我。

气得周大拍桌子：好好，你是我前世的冤家！

柳儿翻个白眼儿，踢着桌椅板凳又出门了。

周大看着闺女的背影，胸口生疼生疼的。姑娘渐大，桀骜不驯胜过小子，有些事情本该由她的娘亲管教的，但柳儿没有娘亲，这让周大技穷而无奈。她要是个小子，也罢了……或许，送子娘娘本想送个小子的，但在紧要关头一疏忽，送错了？这样一想，周大心里舒服些。愁也没用，只当自己既有儿，又有女吧。

李婶儿想着周大照料两个孩子不易，曾打算将自己的娘家妹子说给周大续弦。李婶儿的妹子是个相貌干净、手脚利落的女子。小时定的娃娃亲，但还没等到过门儿，她的郎君就上了战场，不久，李婶儿的妹子成了未亡人。

周大与那女子见过面。女子低着头从周大身边走过，裙摆拂过绣着竹叶的布帛鞋，脸却粉红着，显然是一眼相中了周大。

外人都说这是一段美满姻缘，但周大却迟迟不肯松口。李婶儿问过他的意思。

周大闷闷地说：你妹子是个好女子，我怕耽误了她。

李婶儿盯着周大，觉得他的话中有话，却猜不透那话是什么。

李婶儿只好将原话告诉自己的娘家妹子，谁料那女子竟说：没关系，我等他。

于是，卡拉夫和柳儿的身上又添了另外一个女子的针线。

柳儿总在外面闯祸，最后，连李婶儿都看不过去，觉得自家的儿子难逃干系，于是用擀面杖揍得小骆驼差点蹦到房上去。

李婶儿当着柳儿的面放出狠话：再淘气，就把小骆驼打死。

柳儿扑在小骆驼身前：婶儿，你先把我打死吧！

这些事情都被卡拉夫看到眼里，并让他隐隐内疚。特别是，他和柳儿从皇城回来没两日，师父就带着他们突然搬家，事前除了李婶儿两口子，没知会任何人。行迹之仓促，仿佛大祸临头的样子。尽管师父没说一个字，但卡拉夫猜测此事与他和柳儿在皇城后花园里的遭际应当有关。

但无论是柳儿闹脾气，还是师父搬家，都未阻止住卡拉夫心里的牵挂。那牵挂千丝万缕，网住了他的心。当柳儿抱怨新家过于荒僻，兔子不拉屎的时候，他竟脸上现出笑容，因为他发现从新家去磨盘山近了许多路途。

众人都知道磨盘山中有一条路。但众人知晓的那条路，与卡拉夫心里惦念的路既是一条路，又不是一条路。

卡拉夫还是一个人去了磨盘山，去了通往皇城的秘密路径。

他走在山路上，看到脚边的萱草上滚动着一粒粒清晨的露珠，感觉自己的脚很奇幻。自己的脚下的路像是一条绳子，路尽头拴着的是图兰朵公主，而自己正用脚将那个谜一般的女孩子一点点拉近。

他脑子里不断地出现公主的声音。公主说，你来陪我练剑。那声音袅袅盈耳，令他心跳不已，恨不得下一刻就到那里去。但当他真的快走进花园的时候，他的脚步却变得慢了。他的心开始乱跳，跳得有些虚，脚有些软。他想象见到公主的样子，万一公主根本不记得曾向自己提过练剑的约请，万一错会了公主的意思，公主只是随口说说的，自己一头撞出去岂不愚笨可笑。这念头纠缠着他，使他忐忑着，唯恐自己做了一件不该做的事情。

当卡拉夫再一次出现在皇家花园里的时候，阿西和阿东正闷闷地守在园子里面。见到卡拉夫后，阿西和阿东一蹦老高地跳着，争先恐后说话。

阿西说：我赢了，我赢了！

阿东说：我赢了，我赢了！

卡拉夫懵懂：你们赢了什么？

阿西、阿东一起指向卡拉夫：你啊！

阿西说：我们打赌了。我说你一定会来，阿东说你不会来，所以我赢了。

阿东说：昨天我说你一定不会来，阿西说会来，果然你今天才来，所以我赢了。

卡拉夫问：赢了有什么好处？

阿西说：好处没有，输了的人是要被打屁股的。

阿东接话：对啊，你说个公平话，到底是谁赢了？

卡拉夫想了想：你们都赢了好不好？

阿西和阿东异口同声：不好。

听到这个回答，卡拉夫有点没办法了：为什么？

阿西说：若我们都赢了，该打谁的屁股？

卡拉夫终于摆脱了阿西和阿东的纠缠，一个人走进了花楼殿。遇见阿西和阿东让他有一种好的预感，因为他们在期待他。

外面的太阳有点大，但花楼殿里阴凉得很。

卡拉夫看到图兰朵一个人默默地站在那架残破的织花机前发愣。

卡拉夫走到图兰朵的身边，图兰朵动也不动，仿佛没有在意他的出现。

在大城，织机是百姓家中的平常物件。卡拉夫对织机很熟悉，它们无论高低大小，大多用的是榆木、榉木等寻常树材制造，而眼前这台被砍坏的织机的木料色泽红润，纹理细腻，看似是上好的紫檀木。他不由自主说：可惜了。

听到这话，图兰朵眼中晶莹。

卡拉夫又说：你想修好它吗？

图兰朵没有回答，却说：父汗说，他已经差人去造新的织花机了。

卡拉夫说：可你还是想修好它。

图兰朵慢慢向他看了一眼，他从她的眼中看到了从未见过的孤独。

于是，他对她说：我来帮你。

图兰朵说：你懂这活计？

卡拉夫说：让我试试。

卡拉夫的木匠手艺是跟天狗的父亲孙木匠学的。刚开始时，孙木匠教儿子推刨子、凿眼，卡拉夫和别的孩子在一旁捡刨花玩儿；后来，孙木匠教儿子捉锛、抢斧、打线、开料，别的孩子还是一样捡刨花玩儿，卡拉夫却跟着他们父子后面拉锯、使刨子、抢斧子，很快就将"刮、砍、凿、刺"的功夫做得有模有样。

孙木匠感叹：鲁班爷赏饭，这孩子天生是做木匠的料。

周大听了，却有些不愿意。他说：孙木匠，问你个事儿，你见过牛鼎烹鸡吗？

孙木匠想了想，说：好像没有。

周大说：噢。

周大走掉了。孙木匠闲下来，想到周大的问话，心里疙疙瘩瘩，回去问他的媳妇儿：你见过牛鼎烹鸡吗？

他媳妇儿正在灶房里操持锅碗瓢盆，头也不抬地说：你问我见没见过傻子？

孙木匠愣了愣：什么？

他媳妇儿说：牛鼎烹鸡，大器小用，那不是傻子干的事儿吗？

卡拉夫将那台破损的织机慢慢修起来。幸好当日伯颜只是砍折了机架，而其他部件基本完好，所以他找来合手的工具，用了两天的工夫，将那架织机基本恢复了原形。

图兰朵用手轻轻推了推机身，织机吱呀呀地摇动起来。

图兰朵盯着织机，那吱呀呀的声音有些嘶哑。

卡拉夫说：还要调一调吊框绳和护梭板。

图兰朵说：你怎会懂这些？

卡拉夫傻笑着：不算懂，瞎琢磨。

图兰朵抬起眼睛：你还会什么？

觉到图兰朵目光柔柔地落在自己的脸上，卡拉夫一阵晕眩，透不过气来。他摇摇头。他想不出自己还会什么。气都透不过来的他，自然什么都不会做了。

图兰朵说：起码该给自己找个借口。我这里可不是谁都能来的。

卡拉夫问：为什么？

图兰朵说：这里是皇城，除了皇家侍卫，别人不能来。

卡拉夫想了想，说：我以后也会做皇家侍卫。

图兰朵说：皇家侍卫都是功夫好手，让我先试试你的本事。

卡拉夫愣愣地问：如何试？

图兰朵抿住嘴说：你不是来陪我练剑的吗？

图兰朵的这句话一下子让卡拉夫想起当初自己到这里来的缘由。

卡拉夫胸口顿时通透，呼吸都畅快了。他欣喜地拿起剑，跟着公主走到花园里。望着掠过枝头的小鸟，他的心如同那些小鸟跃跃欲试。

卡拉夫和图兰朵面对面站着，师父教的规矩让他有点踌躇。他可以先人一招胜人一筹，也可以以静制动后发制人。但此刻情形不同，图兰朵身份尊贵，女孩子家，年纪又比他小，无论先后，都有欺负人的意思。

卡拉夫说：公主请。

谁料，图兰朵动也不动，仿佛在等他。

卡拉夫只好说了声"冒犯"，向图兰朵的方向试探性地出剑。他知道，自己应该怎么做，陪公主练剑，点到为止。谁料，他刚刚挺剑直刺，对方就好像早明了他的打算，轻盈闪身，人已经移到一边。卡拉夫再出剑，图兰朵又是一个闪身，卡拉夫的剑无人接招地晾在那里。卡拉夫见过身轻如燕的，也见过身手敏捷的，但图兰朵的身影不能用快形容，她像一道光亮在他眼前闪过，让他无法看清晰。

卡拉夫愣怔住。

图兰朵轻叱一声"看招"，银剑已经劈到了卡拉夫的面前。卡拉夫慌忙抵挡，将剑击回。跟随师父练武多年，卡拉夫深知练武之人无论武功深浅，学识都会成为他或她体态的一部分。他与图兰朵又过了两招，对方直情径行，随心所欲，招数都在门外。他胜不了图兰朵，图兰朵也胜不了他。双方比量的东西不同，一方是武功招数，一方是速度。无论卡拉夫使出什么招数，图兰朵只要身子动一动，便将他的招数化为乌有。

卡拉夫站住，笑说：这样不行。

图兰朵也站住，问：为何不行?

卡拉夫说：既然练剑，用剑取胜才是正道。

图兰朵娇俏：好啊，帮帮我吧。

卡拉夫说：帮你什么?

图兰朵说：帮我用剑赢你啊。

话音未落，图兰朵的剑就到卡拉夫的胸前。这一剑又是无章无法，卡拉夫稳稳将剑挑开。再来一剑，依旧被卡拉夫轻易化解。接下来渐渐古怪，图兰朵开始用一些与他相似的招式，但只是相似，并不全像。或他出剑，或她接招，虽七零八落，但总能自圆其说。招式旧里有新，剑气随之大增。十几招后，图兰朵的脚步渐见飘逸，姿态渐见流畅无滞，使出的手段虽说不出名目，细琢磨又好像与两人刚刚的比试有些关联。这样一剑强过一剑，如同湍急之水遇到顽石阻碍，越突兀的石头，激起越高的浪花。卡拉夫只听说过世上有种人慧根天得，只要经高手略加点拨便一闻千悟，但他绝没有见到过这样混混沌沌，愈打愈强，精进全在不经意之间的事情。难怪师父说法无定法，全在悟性。

渐渐地，卡拉夫觉得自己仿佛不是在与图兰朵公主练剑，而是在用自己的剑刃划破公主身上看不见的束缚，激出公主身上暗藏的深不可测的功夫。

卡拉夫与图兰朵你来我往约莫小半个时辰，图兰朵的剑术显然已远超学剑三五年的习武之人。卡拉夫觉得迷惑而有趣，再看图兰朵，姿态轻妙如鱼得水的样子，显然她对此恍然不知。

你剑术不错。图兰朵说。她那不动声色的语气，听不出是不是在夸人。

跟我师父比，差得远。卡拉夫答。

我觉得已经很好了。

图兰朵说着话，剑却突兀地刺了过来。卡拉夫竭力躲闪，两人的身体几乎碰撞在一起。

图兰朵猝不及防，歪斜到一边。卡拉夫见状，不由伸手扶住她的腰肢。图兰朵侧身勉强站稳，发梢拂过卡拉夫的面颊，让他瞬间看到眼前有彩云缓缓地飘浮，一股温热沿着他的手臂传到他的脸上，不由得面红耳赤。

卡拉夫急忙撤开自己的手臂。图兰朵的神色也变得羞赧。她瞥看了卡拉夫一眼，问：你叫什么？

卡拉夫说：蓝眼睛。

为何是蓝眼睛？

我的眼睛是蓝色的。

蓝色？

对，是天空的颜色。

你说的是长生天的颜色。

图兰朵抬起手，恍惚要抚摸那看不见的蓝色，她腕间的镯子碰撞着发出清脆的声响，发射出牛毛似的细针，不绝地刺向他的眼睛。

卡拉夫感觉心头一悸，双目剧痛，倒退两步，泪水哗哗涌了出来。他不由得捂住脸。

你怎么啦？

他模模糊糊地听到图兰朵的声音。但他的脑子里满是千军万马的轰鸣，心被揪扯着地痛。

要紧吗？

图兰朵的声音再次飘到他耳边，如清风拂面，抚慰着他脸颊，驱赶掉他脑中的轰鸣。心里的阵痛如潮水徐徐退去，他抬起头，再望图兰朵手上的三个镯子，那些镯子灼灼闪亮，他感受到那尖锐渐钝后一种似曾相识的滋味。那已经是多年前的事情，在廊桥边观看喜鹊大战时他与公主的第一次相遇。在那个瞬间，三个镯子精光四射，曾让当头的艳阳黯然无色。

图兰朵沿着卡拉夫的目光，看了一眼三个镯子，她用手捂住了它们。

是它们伤了你？

卡拉夫不语，却是默认。

它们真的会伤人，但通常不在白天，在晚上。图兰朵说。

图兰朵的话听起来离奇，于是卡拉夫说：没关系，我好些了。

图兰朵仔细地打量卡拉夫水汪汪的眼睛。

刚才你说你的眼睛是长生天的颜色？那是很高贵的颜色。

卡拉夫迟疑：我更喜欢另外一种说法。

图兰朵说：告诉我。

有一种花，叫勿忘我，开得漫山遍野，也是蓝色的。

图兰朵想了想，有些茫然。她的花园里有很多的花，但这些花除了形状不同外，很难引起她的关注。

图兰朵微微叹气说：勿忘我，名字很好听，一定很好看。

图兰朵的叹息让卡拉夫的心颤抖不已。他的胸口涌上一股温存的爱怜，霎时间忘却了自己的痛楚。他知道自己无可救药了，他渴望跟眼前的这个女孩子一起陷入深渊。

那一日的晚上，卡拉夫做了一个很奇怪的梦，梦见自己站在一片无际的蓝色花海里，在细细碎碎的小花当中他望到了三个镯子。它们温润地放出光彩，仿佛是在召唤他，让他身不由己。他弯腰拾起了镯子，实实在在地握在手里。他感觉那绝不可能是梦境，三个镯子与他有一种久别重逢的亲切，他和它们有过去，他和它们是熟悉的。

接着，他嗅到了血腥的气味，这样好看的镯子怎会有血腥气味？他恍惚还看到了杀戮，看到了大火和倒塌的房屋，看到血流成河。他从梦中惊醒，久久不能重新入睡。这样幽雅的镯子怎会与杀戮有关？

后来，每每回忆起这个梦，他都想这或许预示着什么邪恶的东西，预示一些他不能领会的黑暗。无论怎样，只要图兰朵公主召唤他，他就会去。他看到了那个女孩子的孤寂，他会为那个孤寂的女孩子奋不顾身。

你知道你有多好看？

此后的某一天，他说出这话。话出口后，他才知道自己的莽撞。但话已经说出去，如同脱缰的马，拉不回来了。

图兰朵回眸看了卡拉夫一眼，面颊被夕阳镀上一片绯红。她没有应答对方的话，而是嘴唇一抿，倏地出剑，将卡拉夫的眼神挑到一边。卡拉夫忙退一步，撞到海棠树上，只见落英如雪，落在两个人的身上。

卡拉夫傻傻地笑起来。笑声中图兰朵粉嫩的面颊更加好看。卡拉夫想，两个人在一起真好。两个人要是永远这样下去，更好了。

天色晚了，图兰朵对卡拉夫说：今日就这样，我该回去了。

说完，图兰朵款款离去，眼神里有一丝留恋。

卡拉夫突然说：你等等。

图兰朵站住。

卡拉夫说：你看那边。

图兰朵向着沉到山边的夕阳转过头去，突然，从卡拉夫的手中扑棱棱地飞出了一只亮亮的鸟，那鸟模样笨拙，扑扇着翅膀，很努力地飞着。在落日余晖中，那鸟是金色的。

图兰朵诧异：你会做焰火！

卡拉夫羞惭地说：在学。

图兰朵深深地看了卡拉夫一眼，说：我喜欢。

图兰朵的目光让卡拉夫再一次晕眩。

卡拉夫说：有一天，我会成为焰火大师的。

图兰朵说：我等着那一天。等你做出世间最漂亮的鸟儿给我看。

卡拉夫说：好。

图兰朵又说：不过，月圆之夜，你千万不要来见我。

卡拉夫说：为什么？

图兰朵望了一眼已经爬上东边的月亮，神色变得有些凋零：那个日子，我不见人。

图兰朵走了。卡拉夫凝望着图兰朵渐渐消失的背影，胸口变得空荡荡的。他会尽力帮她。她正迷失在黑暗中，他竭力靠近她，扶助她，使她不要摔倒。她那么美，像空中的焰火，能照亮世间的一切，却不能照亮自己。

第四十一章

承　诺

国师这几日觉得自己的身子略略松快些了，他决定要到园子里去晒晒太阳。

下人们把国师扶出去，置一张竹椅在屋外的大槐树下。由于国师生性简朴，园子里没有小桥流水、亭台楼阁，只是沿着高墙种着些粗粗细细的竹子，草也是荒草，所以望过去倒有几分野趣。

国师已经很久没有在大城露面了。朝廷里的事务他不再多过问。大汗知道他的身子不好，叮嘱左右，无大事，不要去搅扰国师，让他安心养息。

其实，国师早就向大汗提出了告老还家的请求。大汗说：你上无父母，下无儿女。哪里是家？大城就是你的家。只要你在大城一日，你自然就是汗国的国师。

大汗说的都是实话。一个来到世间孤单单、离开世间也将孤单单的人，走到哪儿，哪儿就是家。

国师受大汗惠爱眷知，恩荣无数，不好推辞，只得继续在家里当国师。

作为国师，这一生他经历了太多，也到了宠辱不惊、去留无意的境界。还有什么能让他心掀惊涛呢？巫人鱼族的生命来得迷迷瞪瞪，去得悄无动静。他是最后一个巫人鱼，但除了脚上的蹼和身上流动的血液，似乎与巫人鱼族没有多少共通的东西。可他仍然是巫人鱼。巫人鱼的生命必须回归在浸满海水的沙子里，不然便会愤然腐烂，恶气冲天。那年，巫人鱼死后就是这样对大城人报复的，就连最聪明睿智的国师也无法违抗长生天的意志，不得不在大城为巫人鱼建一座晶莹芬芳的坟丘，来抚慰那些可怜的生灵。他计算自己的日子，那些日子足够他慢慢安排自己的后事。他打算在临终前，自己悄悄地去那个该去的地方，在那里倾听着大海的声音，他希望能够找回自己遗失很久的睡眠。

面对火镜，他曾望到过许多景致，那些景致是预言，而后又都一一应验，只有他希冀的大海从来没有出现。看来自己还要继续厌倦地活下去，想着真有些沉闷，还有什么事情能让他不沉闷？

在他最沉闷的日子里，唯一能让他惦念的就是那三个镯子了。

那三个镯子出世得无声无息。儿时他从师父那儿听说了它们。它们在他以为它们永远是传说的时候突然冒出来了。它们曾与他咫尺之遥，他竟然麻木不仁，浑然不觉。

师父说过的，独为仙，合为魔。直到那一日，那三个镯子生生地拧在一起，长出根须，盘绕在图兰朵公主的手臂上，刺入她白嫩嫩的肢体，师父的话才如金钟突然撞响在他的脑海里。别人见到的是病了的公主，他见到的是那个苏醒了的邪魔，那邪魔是要用鲜血滋养的，但同时，它又回报给你无人能够抵御的神力。狂悖无道，相爱相杀。

国师犹疑过多次，不知该不该将这秘密公之于众。但公布又能怎样？随着时光荏苒，铜壶滴漏，那邪魔会借助公主的身体而昭世，人们会渐渐感受到它那无所不能的魔力，对那魔力顶礼膜拜，并在随之而来的灭顶之灾面前束手无策。

自己的师父是贤者。跟了师父那么些年，如今看起来，自己依旧目光如豆，所以，修炼是要有慧根的，说到底，自己只是一个平常人。国师想想，似乎不对，自己只是一个脸上无鳃、手上无蹼的巫人鱼，当然，也没有什么不平常。

假若师父在世，他能做些什么吗？

师父过世的消息曾让国师很长一段时间怅然。他没有父母，在他心中师父远胜过父母。师父是贤者，师父已经活了很长很长的日子。师父说，活得太久了不好，你看着那么多的人从你生命中走过，目睹了那么多人的喜怒哀乐，记忆成为一种累赘，让你真的很累。贤者从不把死看成是悲哀的事。他说他要欢欢喜喜地迎接它。因为它不仅是意味着往事的终结，更是新生命的开端。

师父弥留之际，留下一句古怪的话：别拦着我，我已经看到终点了。

这是那个西域的僧人带给他的口信。

国师想，这就是说，师父走的时候是很开心的。但师父说着话的时候，暗示他不用牵挂；还是师父说这话时，已经将他忘却了？

师父走了，最让国师抱憾终生的是没有从师父口中得到那句他想得到的话。

国师曾期望或许有一日自己能与师父重逢，师父能将那段故事亲自告诉自己。只要师父张口，他便无憾。小时候，师父将他的脚蹼一次次地切开。师父说，他有脚疾，师父说只有割开脚蹼才与别人一样了。但鸭子混入鹅群，仍然还是鸭子。国师是巫人鱼族的弃儿，在他知道了这个真相后再也不切割脚上的蹼，由于有鞋袜的保护，他的脚蹼越长越厚实。他打算见到了师父，脱下鞋袜将脚蹼给师父看，他想听到师父说，这就是你。

师父走了，带走了一切。他猜测师父在将他从巫人鱼族那里抱走的时候，就决心要将这个秘密一直带到坟墓里。

国师今日可好些?

国师在园子里眯缝着眼睛，似睡似醒，阳光让他觉得这样舒坦的日子以前没有，以后也没有了。突然听到这个熟悉的声音，以为是自己梦幻了。他微微睁开眼睛，望到了一个不怒自威、唯我独尊雄狮般的面孔。

大汗!

国师挣扎着要站起来，被大汗一把拦住：朕到你的园子里来，就是想看看你，你若拘着，朕还是走了。

国师感到大汗的手的力量，于是说：大汗拔山扛鼎，老臣弱不禁风，只好从命了。

大汗笑了起来。国师许久没有见大汗这样笑了。或许是两人都许久没见了，所以见面有一种特别的亲切感。

大汗玩笑道：打开始，国师就是病鸭子，朕看惯了。

大汗的话让国师突然记起当年与大汗初次相见的情景。那时国师刚刚来到大城，他看到城门前贴着一张布告，说大城要改建城门，重金请能人做设计。众人都议论，说大汗嫌弃大城城门不够高大，统率大军出入不够威武。许多高人已经做了尝试，结果是若将城门加高加大，沉重的城门将变为无人能推得动打得开的"死门"，这样的门毫无意义。

国师微微一笑，揭了告示。很快，一张设计图递到大汗手中。大汗看了，只说了一句话：朕要见此人。

当国师出现在大殿上的时候，面对雄狮一般的大汗，国师太渺小了。

大约在场的每个人都对他充满轻蔑。那矮而单薄的身量，鹑衣百结的打扮，走路蹒跚的模样，像只有病的鸭子，无论如何想象，都不能将他与能操控厚重如山的城门的高人联系在一起。

但大汗却问：你真能行？

国师说：大汗让我试试如何？

大汗的神色仍有些犹疑。

国师又加了一句：愿以性命担保。

于是大汗下旨，任国师挑选工匠，按图施工。几月后，新的城门建好，巨大无比，厚实坚固。人们都担心从此那城门只成为大城城墙上的一个装饰品，当然，那个病病恹恹的矮子也将被挂在城墙上，成为一只风干的鸭子。

谁料，那个矮子一声"开闸"，大城山中的几股河流都沿着渠道汇集，形成巨大的瀑布冲了下来，激流转动辐条，注入水斗，带动轮盘，让城门缓缓打开。

而那山水又从城墙下的河渠分头流出，让百姓在家门前便可取水饮洗，然后流淌出大城，浇灌万亩良田。

大城的人们看得瞠目结舌，纷纷喜呼"天水"。

大汗点头：此人是天人，此门是天门。

大汗将国师留了下来，宠命优渥，国师也就成了"国师"。

众人都说大汗对国师有知遇之恩。国师对此既没有异议，但也没有表现出明显的感恩戴德。众人看出这个矮子骨子里是很傲慢的。多年来，大汗无视国师的傲慢，自始至终待他深仁厚泽，这难免让人嫉妒不已。

过了这些年，国师老了，曾经嫉妒他的人也老了，就连那只雄狮也显出了明显苍老的痕迹。人无论多高贵，多卑微，都躲不过生老病死。

大汗若有事，让人传个话便是。国师对大汗说。他知道大汗要不是有要紧的事情，绝不会屈尊到他这寒舍陋宅来。

这个……朕的确是有点事情想向国师请教。

大汗欲言又止。国师的直觉告诉他此事不是国事，但在大汗心中的分量不下于国事。

是公主的事情？

国师直言不讳。这些日子，大汗向他询问的事情大都与公主有关。他揣测的那个日子应当是越来越近了。尽管他从未将三个镯子的底细与人细说过，但那三个镯子自有它们乖张暴戾的性情，在图兰朵公主鲜血的滋养下，日渐强大，总有一天它们会将小公主变得与它们一般嗜血，它们会嚣张到人所皆知的地步。想到世间最好看的小女孩或有一日变成怪物，国师难免有些黯然。

关于三个镯子无论你说与不说，它们都会一再生事，国师说了也无用。细想当初的起因或许与他有关，但如今他只是个旁观者，说不如不说。

大汗拈须说道：或许爱卿已经知晓，伯颜将军陪公主练剑，竟然输给了公主。

国师点头：是，老臣听说了。

大汗说：看起来那三个镯子……越来越怪异了。

国师看着大汗脸上的笑容想着，此刻大汗对自己的爱将颜面扫地似乎并不很在意。他更关注于公主不可限量的潜能。他也许猜到了三个镯子对公主的左右，甚至他正为其魔力而惶惑，他绝想不到那嗜血的三个镯子很快就要杀人了。

大汗说：图兰朵是朕的唯一骨肉，她自小没有娘亲。昨日，公主的奶娘来向朕说，图兰朵公主来月信了。

国师愣了一愣。流年如水，这些年自己缠绵病榻，难得出门，那个小姑娘竟然已经长成少女了。国师说：恭喜公主长大成人。

大汗的笑容十分复杂。当父亲的看着自己的宝贝女儿长大，喜忧参半。大汗那张皱纹纵横的面孔，让国师好奇。巫人鱼是不分雌雄的，他们对自己的蛋应当是有感情的，但不知是否情感同样？当然，只有想想，再无处去询问了。

大汗又说：昨日，朕得到信息后，去了公主的寝殿。公主样子很古怪，她说她听到那三个镯子说话了，三个镯子问了三个谜语。

谜语？国师目光微微一闪：公主可还记得那三个谜语？

大汗说：她大约是记得的，只是不肯说。看样子，那谜语已经让她很受了些苦。谜面就在三个镯子上。朕亲眼见到了每个镯子上面都出现了一些离奇的文字。今日差礼部的人去看过，可惜无人识得。

国师恍惚看到了许多年前的那一幕，当图兰朵小公主将镯子戴在手腕上时，从那三个镯子上飞出来一串串闪闪发光的金龟子。是了，就是它们，它们在那里匿伏着，一天天地数着日子。公主刚刚成人，它们便跃跃欲试地跳出来。这三个镯子有多么饥渴，多么急不可耐。

大汗说：朕思前想后了一夜，以为那三个谜语应当是与公主的婚嫁有关。

国师答道：大汗说得在理，否则事情绝无如此凑巧。解救公主的办法定在这三个谜语上。

国师说着，心里暗暗感叹。当年那个僧人在自己的授意下，曾用"婚嫁"二字救了诸多人的性命。自己那套"及笄之年，婚配之时"的鬼话，让大汗抓到了救命稻草，众人也都信僧人是个高人。但当日为何就没人想到僧人的话只是对上苍的一个承诺。无论多少人在那一刻逃脱了死，死仍然是他们的定数。早死是清算，也是解脱，晚死是借贷，而借贷要花代价，是要付利息的。三个镯子会让很多很多人死，早晚都要兑现，如今到了真正兑现的时候了。

大汗又说：国师这么说，朕心里就有底了。朕打算几月后公主生辰那日，通告四海，公开招亲。

国师迟疑：这……是否有些操之过急？公主到底还未到及笄之年。

大汗说：招亲要早，出阁可待公主及笄。

国师只得点头同意：公主的婚事全凭大汗做主。不过，有两件事臣不得不说，大汗应早有准备。

大汗说：好。

国师道：公主稀世之珍，求婚者定如过江之鲫。凭适才大汗的话，老臣推测，每一次求婚答谜，公主都是要吃苦头的。

大汗的神色变得阴晦，说：朕想过了，若能解救小女，朕不惜给他汗国的半壁江山，决不食言。若答不出，只好用他项上人头向公主谢罪。

国师又道：另外一事，更为棘手。臣近来潜心求神，终于求得旨意，公主十八岁生辰前，若无人能解开那三个镯子，一切就太晚了。

大汗不解，说：如何晚了？

国师说：公主将变为杀人疯魔。

第四十二章
它们究竟是谁

它们究竟是谁？它们从哪里来的？它们为什么找到自己？它们究竟想干什么？

这个念头曾经折磨了图兰朵很多年，这个念头还将继续将她折磨下去。

那日，当图兰朵第一次听到它们的声音的时候，曾有过片刻的难以置信。它们终于开口了。它们残虐了她这么多年，终于对她发出了声音。

她一直知道它们是活着的，它们诡秘地隐伏在她的身体里，不停歇地伤害她，却从来不与她说话。它们仿佛仇视她，又仿佛很享受将她玩于股掌之上的快乐。所以当她听到那个声音时，她曾疑惑，是它们真的开口对自己说话了，还是自己在对自己说话？

最近她耳边常听到一些窸窸窣窣的古怪声音。她曾问过阿西和阿东，也问过乳娘和侍女。他们都用怜悯的眼神看着自己，仿佛自己病得更重了。

显然，他们什么都没有听到。她想，那些声音应当是属于她的，大约来自她的心头，但这能证明什么，证明自己的确是病得更重了。

这一回她听得真真切切，那声音空旷，难辨男女，但刺透她的脑髓，直至心肺，引起她周身寒栗不止。她绝望地看向四下，正是午后的闲暇时光，阿西、阿东不知到哪里淘气去了，一个侍女正坐在大殿前头的阴凉里一点一点地打瞌睡。与从前一样，没有人听到什么。她不明白自己怎会这样，怎么可能对自己说出这样诡谲的话呢？

然而，随着那些声音渐渐远去，她看到了它们留下的痕迹。那是些离奇的文字，那些文字由里及外清晰地展现在那三个晶莹透彻的镯子之上，使得镯子原来的光泽出现了弯曲的霓虹。她凝视着那些字迹，突然明白刚才就是它们的声音。它们对她说话了。它们在她的身体里提出它们的索求。它们好像说，是该偿还的日子了。它们有恃无恐地折磨她，逼迫她回答。

她如何回答它们？她与它们之间到底有什么宿怨？她再次回忆那些谜面，不由感受到刀锋剔骨的疼痛，她放弃了这个努力，不得不顺从那个声音，那个声音说跟我来，往这里来，这是你偿还的路。

她看到了那里，那儿是个黑不见底的地方，她被那个可怕的声音拉扯着，放弃了无望的抵御，她顺从了它们。她已经没有了自己的白日，她的一切被黑夜代替，痛楚被更深的痛楚代替，渐渐化为麻木。她感觉到自己与那三个镯子真正开始了融合，它们不仅仅占据了她的肉体，也逐渐在占据她的灵魂。

卡拉夫有一阵子没有见到图兰朵公主了。他曾偷偷又进了几次皇城，碰上过阿西和阿东，他们的样子很沮丧。他们说公主不太好，公主大概不能再与他练剑了。卡拉夫不安，他想知道公主是如何不好了。但阿西和阿东不是善于描述的人，他们一脸惊恐地说：公主看起来好像还是那个公主，但再仔细看，公主真的好像不是那个公主了。

卡拉夫被这对姐弟说糊涂了。他无法责备他们，瞧他们垂头丧气的样子，他们心里显然是很难过的。

卡拉夫一直等在这里，公主就算不打算练剑了，或许还会到这里来。他期望能与公主见一面，尽管阿西和阿东对他说，公主不会再练剑了，他仍然要知道公主到底怎样不是那个公主了。公主病得很重？病得不能走路了？他想到图兰朵公主那白得近乎冰雪的肌肤，不由得暗暗担心，公主那样的身子真的是受不住病痛的。

已是黄昏时分，他站在那儿想得入神，甚至不知道花园里开始淅淅沥沥地下雨，那老树的树冠本是可以避雨的，后退几步便别有洞天，但那棵树周边的藤蔓密集，他唯恐被枝叶挡了视线，万一公主路过，会失之交臂。

在花园的另一个不起眼的角落中，站着穿着蓑衣一身殿前侍卫打扮的海长春。他正在巡哨当班，望着雨中伫立的一身透湿的卡拉夫。他既不打算上前盘问，也不打算即刻走掉，他站在那儿不动声色地猜测对方的企图。

几日前，他刚刚离开了鹰隼军，做了大汗的殿前侍卫。殿前侍卫是大汗的贴身侍卫，在汗国本是个极其荣耀的差事，但比起鹰隼军的副将，显得华而不实，说起来总有些底气不足。

伯颜听完他想要到大汗身边去服役的请求，瞥了他一眼，说：你竟不愿做鹰隼军首领，而愿做一个殿前侍卫？

海长春眼睛低垂着，说了一个字：是。

伯颜若有所思：论家世，你做殿前侍卫绰绰有余；论本领，你也是万里挑一的。想做大汗的身边人……我自会成全你。

海长春本打算被叔父臭骂一顿，谁料竟这般轻而易举解脱了，这让他暗暗纳闷。

于是，海长春有了随时进入皇城的特许，成了大汗身边的人。

海长春的母亲得知儿子离开了鹰隼军，半晌不语。

海长春忐忑，知道母亲应当不开心。

海长春说：叔父说，鹰隼军那边的副职仍给孩儿留着，孩儿随时可以回去。

母亲没有责备他，只说了一句话：你已成人，对自己要有担当。更何况娘亲早知道，你有你的心思。

这话让海长春惭愧。母亲对他的期许极高，他的任性却让母亲猜到别的地方去了。但再多的惭愧都挡不住他要进皇城的念头。他想了很久，除此之外没有更好的办法能让自己做到这一点。他很固执，他像一只飞蛾，只想离火更接近一些。

他做了大汗的殿前侍卫。自从他走入皇城，还从未见过公主一次。尽管如此，他心头仍有种暖意的慰藉。他觉得他和她从没有断过联系。他的手摩挲着腰带上的那块鹅卵石，十多年过去了，镶嵌在腰带上的那块鹅卵石已被韶华打磨得光润如玉。

他今日带班巡哨，手下向他禀报，说有个小色目人在花楼殿附近徘徊。

他问：何等模样？

手下答：金发碧眼。

他仿佛一下子看到了那种水洗似的碧蓝，心头被人杵了一下。

他的神色被手下误解，马上殷勤地说：要不，拿住他审一审？

他迟疑片刻，却说出：让他去，那是公主的人。

他当然可以不这样说，他知道那个人是谁，只要他愿意，他可以随时去找那个蓝眼睛的麻烦。但他还是在一瞬间将胸口的恶念按捺下去，说出了"他是公主的人"的话。

他绝不是想帮他。就算他是公主的人，但不是他的人，用不着对他客气。可惜，他已经知道了蓝眼睛的来历了，那个来历与公主无关，却与他自己有关，与他的心结有关。这个蓝眼睛是不是公主的人都无妨了，他现在与海长春有关了，海长春不得不袒护他，这真让人多少有些哭笑不得。

自从在后花园与图兰朵公主对剑之后，海长春开始打听那个色目人的行踪。不仅仅他打听，他知道玉勒将军也在打听。叔叔那日说了，小色目人有个师父，这意味着他们之间曾有渊源。玉勒将军并非闲人，看起来叔叔跟自己一样在意那个小色目人。

打听来打听去竟然毫无结果。据说，那个色目人和他的师父一家突然从那条久居多年的巷子里搬走了，邻里都不知他们的去向。

海长春有些失落。对方感到了威胁，是在躲避自己的敌人。

你找他干什么？胡姬问他，明明是话中有话。

海长春说：不干什么，就想知道他是谁。

胡姬说：他叫蓝眼睛，无父无母，是个孤儿。

海长春问：他不是还有个师父吗？

胡姬说：是啊，他师父叫周大。就是那个尖嘴快舌的小丫头的爹。听着是不是有点儿亲？

海长春说：荒唐，我与他们有何瓜葛？

胡姬翻了个白眼：周大当年可是你父亲鹰隼军中的知心好友。

海长春一怔：竟有这事？我怎不晓得？

胡姬对他意味深长地笑笑。

他闭嘴了。他相信胡姬说的定是实话，在这个府邸里，连叔父都对胡姬的信息依赖三分。

胡姬说：你拿好，这是他新家的地址。

海长春道谢。

胡姬却说：打算告诉你叔父吗？

海长春迟疑了片刻，问：为何你不去告诉？

胡姬说：这不关我的事。

海长春说：也不关我的事。

于是海长春悄悄去了下城周大的住处。

在一片低矮错落的草棚瓦屋间，海长春看到一个坐在槐树下饮酒的独眼人。那人虎背猿腰，气息内敛，凭海长春这些年在鹰隼军练就的眼力，知道那个人该是世间难见的降龙伏虎的高手。他坐在那里自斟自饮，连房梁上爬过的猫都走得蹑手蹑脚。不用猜，这人定是周大。

海长春的心中忽然有些燥热。这人的身边也曾坐过自己的父亲。他想象自己的父亲与这人在鹰隼军中推杯换盏的情景，目光竟有些湿润。这些年，叔父从不提及海东青，过世了的骨肉兄弟，好像灰飞烟灭了。母亲那里提起自己的丈夫也是欲说还休，母亲有母亲的痛楚，海长春不忍去触那伤口。

在海长春的记忆中父亲永远是个背影，越走越远，那影子变得越来越模糊。但此刻父亲的模样陡然地在海长春的眼前活灵活现起来。父亲是有朋友的，自己这一点的确不如父亲。他凝视了周大片刻，父亲若在世，自己与眼前的这个人大约要以叔侄相称。自己与他的徒弟也是要以兄弟相称的。如今这种可能没有了。他与眼前这个人的关系到此为止。海长春微微叹息一声，走开了。

如果那个蓝眼睛是周大的养子，自己与他之间的结下的梁子就变得更加复杂起来。他不得不好好想一想，因为这不仅仅是他们之间的事，还有父辈，还有父亲和那个周大站在他们中间。他该如何对付他，他没有想好。

雨停了，夜色渐浓，一轮圆月从云中慢慢走出来。卡拉夫的身子被淋得湿透，微风袭过，背脊寒气入骨。他又饥又冷，已经一天了，他知道该回家了。这几次出门，回回都是早出晚归，师父问过他，他支支吾吾，幸亏总有柳儿替他遮掩漏洞。今天说他是与小骆驼一起磨豆腐，明日说他是帮着天狗锯木头。周大虽疑心，倒也没有过多追究。但只要师父走开，这边刚帮他打完掩护的柳儿就成了卡拉夫的冤家，句句夹枪带棍的。

谢我？干吗谢我，帮你说谎，长生天要罚我舌头上长疔疮。

卡拉夫不由得一边讨好，一边告饶：你不会，柳儿不会。

会，就会。

要是会，你为何帮我?

我贱呗。

卡拉夫憨笑，说不出话来。

柳儿看着他，咬牙切齿：笑什么笑。光见到贼吃肉，没见到贼挨打。有你倒霉的时候。

这时，刚好周大进来，不由得问：谁是贼?

柳儿说：我啊!

说完，柳儿扭身出去了。周大见了不由得有些嘀咕，说近来柳儿与大城里的杂耍班子混得烂熟，那些人里面真有些是出名的大贼。

卡拉夫想着周大的话，不由得也有些担心了。最近柳儿一味与自己闹别扭，就她那个脾气，越是不开心的时候，越是要做出些胆大包天的事情。

皓月如洗，地面一片霜白。该回家了。卡拉夫对自己说。这里是公主常来的地方，但这个时辰公主还没有来，那就意味着公主大概不会来了。他有些为公主担心，然而转念，即便公主不妥，皇城里有那么多人照应，大约不会有大碍的。

他边走边想，恋恋不舍地走向那棵老枯树，远处传来猫头鹰凄凉的鸣叫声。云层渐厚，圆月黯然，花园里顿时显得阴森。卡拉夫刚刚走到那棵老树的洞口前，突然听到了不寻常的声响。

卡拉夫站住脚，回头看去，只见花园中有个人正窸窸窣窣地走来。那人脚步蹒跚，浑浑噩噩，不辨方向，梦游一般。在明亮的月光下，卡拉夫看到了一张白璧无瑕的面孔。这面孔既属于图兰朵公主，又不似图兰朵公主，僵冷麻木的神情，像是被人戴上了一副蜡做的面具。

卡拉夫不知所措，迟疑了片刻，迎上去：公主……

图兰朵抬起头，那双眼睛里幽黑一片，满是陌生和冰冷。显然，她完全没有认出对方是谁，或者无论是谁在她眼中都是陌生人。

卡拉夫不由得愕然：你认不出我了，我是蓝眼睛啊！

图兰朵愣愣地望着他，说：走开！

卡拉夫问：你怎么啦?!

卡拉夫话音未落，三个镯子在图兰朵的手腕上闪出诡异的光泽。他望到那三个镯子突然活络起来，有了生命一般，透着狰狞的血红色。镯子紧紧地勒住公主的手腕，那光泽在黑暗中炫彩夺目，瞬间让卡拉夫不禁眯起双眼。

图兰朵直视着卡拉夫，突然拔出银剑向卡拉夫刺出，好在习武之人都有听风的习惯，卡拉夫下意识地往旁边一闪，那剑贴着他的肋骨过去。

图兰朵再刺，卡拉夫慌忙再躲，剑又一次走空。

图兰朵仿佛疯了一般，出剑又狠又急，剑剑都奔着卡拉夫的要害，卡拉夫不得不用尽全力，才使自己免于中招。

卡拉夫几次闪跳后，突然回身一个侧仰，攥住了对方的胳膊。他对着图兰朵大声吼道：图兰朵公主，你醒醒！

图兰朵愣怔，恍惚而迷茫。

卡拉夫再吼：公主，你醒醒！

图兰朵公主仿佛从昏厥中逐渐醒来，她望向卡拉夫，艰难地说：走开，你走开！

卡拉夫心痛地问：怎么啦？究竟发生了什么事情？

图兰朵一把推开卡拉夫：再不走开，我杀了你！

三个镯子再次发光，倏地凸起，又猛然缩回，紧紧地勒入图兰朵的肉体，疼得她"啊"的一声。卡拉夫不由撒开手。当啷一声，银剑落地，图兰朵艰难地喘着粗气，随即突然转身狂奔而去。

　　卡拉夫在她的身后追赶：图兰朵!

　　图兰朵已经不见身影。

　　这一幕吓傻了隐在树影中的海长春。因为他站立的位置只能看到卡拉夫的方向，所以听到卡拉夫对图兰朵的呼唤，以为渐渐走近的图兰朵是专门为与这个小色目人赴约而来。随之，他突然见到了图兰朵出剑和卡拉夫的闪避。海长春对公主大开杀戒完全摸不到头脑。他甚至怀疑，那个被卡拉夫称为图兰朵的人是否真的是图兰朵公主，当然，如果这个小色目人死在一个假的图兰朵公主的剑下，他袖手旁观也算不上失职。

　　然而，那个失心疯样的图兰朵在小色目人的呼唤下突然扔下剑，转身跑走。海长春决计赶上去看个清楚。他沿着图兰朵离去的方向追了一阵，图兰朵公主竟如疾风穿越树丛，消失得无影无踪。等他再走回去寻找那个小色目人，发现对方也形迹全无。

　　海长春愣站着，刚才的事情匪夷所思，让他完全理不出头绪来。他扫视着静悄悄的花园，淡淡的月光下，他看到了一柄雪亮的利剑。

第四十三章
人之将死

　　图兰朵公主十三岁生辰的那一日，大汗让自己的侍从官给公主送去了一个黑檀木的盒子。侍从官恭恭敬敬地对图兰朵说：这是大汗的意思。

　　阿西和阿东打开盒子，只见里面摆放着蚌女当年留下的那颗宝珠。望着那颗丰润瑰丽的宝珠，阿西和阿东热泪纵横。他们记起了蚌女，记起了十三年前蚌女的笑容。蚌女幸福地坐在织花机前，一点点地将自己织进了女儿的生命里。最后留下这颗宝珠，替她看护女儿长大。

　　如今公主站在这颗宝珠前，光彩将宝珠比得黯然。无论蚌女在哪里都可以安心了。

　　公主看着宝珠，神色漠然。这些天，她对任何事情的反应最多只能用"漠然"二字形容，而对于阿西、阿东来说，漠然却是让他们最安心的情景，因为漠然代表着公主的病情稳定。这些日子，看着他们眼珠子般珍爱的公主诡状殊形，他们的难过只有他们自己知道。

　　都是那三个镯子造的孽。自从那些镯子上出现了弯弯曲曲各种小虫子似的图形，公主就不是那个公主了。那些小虫子在阿西和阿东看来实在丑陋不堪，连阿西和阿东都不能忍受，公主怎能忍受呢？宫里有学问的人说，那些虫子是一种罕见的文字。就是因为这些虫子爬进那三个镯子，公主大变了。公主以前顶多是夜晚生病，白天还算是好的。如今白天晚上都生病，无一刻轻松。特别是到了每个月圆之时，病得才叫重，提着剑，见猫杀猫，见狗杀狗，见人……自然也要杀人了。吓得阿西和阿东只好东藏西躲，免生不测。他们倒不是怕死，死算什么东西。他们是怕自己死后，谁来照顾公主呢？公主太可怜，只有他们知道公主有多苦。他们如今的期许不高，虽然公主病着，只要公主病得不像月圆时那么吓人，他们就心满意足了。

把它送到花楼殿去。公主突然说话了。公主轻轻仰了一下头，对阿西和阿东说，把宝珠送到花楼殿去。

阿西和阿东生怕自己听错：公主殿下的意思是，把宝珠和那些新送来的织花机放在一起？

图兰朵公主说：放在那儿更妥帖些。

阿西和阿东听了竟有些不能自已。公主说，将宝珠放到花楼殿去，这说明她心中还是看重这宝珠的。大汗已经吩咐宫中的巧匠们按照公主的心思在花楼殿中重新安装了十多台织花机。如今，图兰朵公主的新寝宫连接着花楼殿，公主每日消磨得最久的地方就是那里。花楼殿大门紧闭，公主在那儿做着别人看不懂的事情。若说公主除了生病，除了受苦，唯一还有的一点点快乐就是陪伴那些织花机了。

无论出于什么原因，使得公主想将宝珠放置到花楼殿去，阿西和阿东都喜出望外：是，阿西、阿东这就去办。

他们边说边向外跑，并偷偷擦去眼泪。这些日子他们觉得自己有点老了，要不然怎么会动不动就伤感呢？

一夜间，驿站快马驰向四海八荒。大汗要为图兰朵公主招亲的御旨如同疾风越过河谷山川。

诸国收到此消息，都有些喜忧参半，能与汗国结上亲家，自然是好得不能再好，但略有些记性的人还能想起当年大汗因为公主不开心，向各国求医。也没听说那不开心的病是否治好了，反正去的人没有一个回来的。

既然求亲，自然少不得询问图兰朵公主的相貌。问来问去，竟问不出个所以然来。传说公主美貌，但传说的话大多不可靠。汗国公主如此高贵，总有幅画像可以膜拜吧？回答是否定的。大家再打听，更出了一种新说法，说并不是没有画师想尝试，但凡是真正见到过公主的人，最后都打消了作画的念头。有人甚至撅断画笔，发誓永远不再作画。这让众人更加疑虑重重，想那真相只有两种，或许真的容颜绝世，让画师无从下手；或许实在丑陋不堪，让画师不敢下手。后者好像更有说服力。

各国联姻无外乎是个得失利害，与市场小贩买卖差别不大，挑肥拣瘦，锱铢必较。所以掰着手指头算算，若能得到半个汗国，就算搭上一个丑公主，这个生意还是值得做的。万一碰上那公主是个美妙佳人，那就是锦上添花了。众人议论纷纷，也有人奇怪，汗国公主挑选佳婿，大汗借机寻觅旷世奇才，什么条件不能开？为何要答谜？

当然，天下四分，大汗手中有三分，王者风度，举重若轻；公主幽默风趣，偏偏就喜欢另辟蹊径。总之，猜谜肯定只是个噱头。

事情一想通，诸国王室纷纷清点自己家中即将进入婚嫁年龄的男儿，觉得哪一张面孔都有贵人之相。至于答谜，王室里多少都养了些智者能人，上知天文下知地理，哪有解不开的谜语。

于是，远近各国大小城邦，紧急招募先知贤圣，装载丰厚的聘礼，一支支求婚的队伍争先恐后地出发了。在下一年开春不久的日子里，大城内涌进了七八支求亲的队伍。隔三岔五地便有稀奇古怪的景色，不是吹吹打打，便是载歌载舞，大城人日日都有看不完的热闹。

国师躺在家中听到了窗外喧嚣。他咳嗽着吐出一口浓痰，喘息了好一会儿，才问：今日进大城的是哪国求亲的队伍？

伺候他的下人说：大模国。据说是大模国的阿明王子，有高世之智，一表人才。光跟着他送聘礼的就有千把号人。前些日子大伙儿说向公主提亲的人，好像是搬着金山银山来的，太铺张了，但跟大模国的排场一比，却显得寒碜了。

国师听得发愣：大模国……

他微微闭目，养息了片刻，对下人说：柜子打开，把那个匣子给我拿过来。

下人按照国师的话，打开墙边上的矮柜，将里面一个木色黯然的旧匣子抱给了国师。

国师说：你们出去吧。

下人们一声不响地退了出去。

待门关严后，国师慢慢打开匣子。这匣子是阴沉木做的，因为形状简朴，外行人绝对看不出其中的奥妙。国师搓搓手掌，匣子里微微燃起火苗。阴沉木的匣子开始温热，却并不燃烧。国师对着火苗里的东西凝望了半晌，将匣盖合拢，叹息一声：果然是大模国。

这个日子对他来说是有准备的。他躺在床上等待这个日子等了好久了。火镜示意的一切都无比精准，下一步他该做的事情他也早已想好了。

下人得到国师的指示后，匆匆出门去。

国师颤颤巍巍从床上爬起，他想着今天是自己该走的日子，想来想去，觉得好像除了那件事情，没有什么再要交代的。他已经安排好了送自己出城的车马，若有人问起，下人们会说国师要出门踏青了。但这踏青的路有多远，连国师自己都不知晓。大城离海不近，车马劳顿是免不了的。他希望自己的身子能够挨到那个目的地。等他听到了海涛的声响，就可以撒手一切了。

火镜是要用命祭的。国师是个恪守承诺的人，他想由自己来选择死亡降临的地方，应当不算违约吧。

他略略整理了一下自己的衣裳，作为巫人鱼，这些布麻做成的东西都是累赘，但作为汗国的国师……可不是，他眼下还是国师，他不得不衣衫略微整洁一些地做完那件事情。想起即将见面的那个少年人，他心里有点期盼。他和他原本是毫无交集的。当他寻找到他，并听说那个孩子是周大从外乡捡回来的养子的时候，他就知道这绝不是个意外，那孩子到大城来是有目的的，长生天对一切都有安排，他见到他是命中注定，只是早晚而已。

蓝眼睛，这是那个孩子的名字。这个孩子与自己是有缘的，连身世都与自己有些相像……想到身世，国师的脑子顿了一顿，哪里有什么身世？自己和那孩子的名字明明都是别人随意给予的。他不由得对这个孩子有种恻隐，没有身世来历的人如同风中漂泊的枯叶，永远没有归宿。现在大模国求亲的人马已经进城了，火镜中有的都已经应验了，剩下的事情就是他将这面镜子交给那个叫蓝眼睛的孩子。火镜会帮这孩子找到自己的归宿，这是国师最后打算要做的事情，所以，那个孩子应该感激他。

国师听到外面传来渐近的脚步。接着是下人的声音：先生，他到了。

自己的人愈来愈伶俐了，调理了这么多年总算开窍。能够这么快就将他要的人领到面前绝非易事。

国师说：让他进来吧。

门开了，那人踟蹰地走进来。尽管国师病着，尽管寝室里的光线很暗，他还是隐约看清了来者的容貌，高大阴郁，窄额黑发，两臂很长，像是拖着两只翅膀。这个人的面貌让国师一下子想起了多年前他熟悉的一个人，当然，眼前这人要比他熟悉的那个人年轻很多。

国师叹息一声：弹指之间海东青的独子也有这般大了。

来者听了，样子不禁有些局促。

国师说：老夫想你是走错了地方。这里的事情与你无关，早早退出是非之地的好。

海长春还来不及应答，从他身后无声地钻出了一个年轻女子，褐发琥珀眼，娇俏玲珑。她对着国师妩媚一笑：并非少将军莽撞，只是兹事体大，不得不来。国师还是成全了吧。

国师定睛打量胡姬：老夫看你眼生。你又是何方贤圣?

胡姬说：小女子胡姬，是少将军的朋友。听说国师要出远门，既是轻车简从，不如留下那面镜子，免得拖累。

国师说：老夫并非粉黛女子，身边哪有什么镜子？

胡姬说：匣子里是何物？

胡姬话音未落，国师就将衣袖挥起，想将那只匣子揽入怀里，却觉得眼前电光一闪，那只匣子飞向海长春。

国师愣了愣，年老体衰，技不如人了。但尽管如此，海长春竟能抢在国师之前动作，身手之快，匪夷所思。

胡姬见匣子到了海长春手中，笑道：国师莫怪，得罪了。

国师摇头：那么个旧物件，朋友当年留下的念想。你们专程来抢，是什么意思？

海长春不语，打开了匣子，只见匣子里躺着一面赤色泛金的石镜。拿出来打量，石镜边沿上的花纹已有磨损，除此之外看不出什么异样。胡姬也凑过去，看得十分仔细。

国师并不慌张。即使有人知道这是一面火镜，即使将它真的放在火中，这镜子也不见得会出现任何异象。因为镜子只服侍自己的主人，镜子里的幻景只为镜子的主人显现，镜子中的景致随镜子主人记挂而生。外人拿在手中再摆弄，也不过就是一面石镜而已。

国师叹息一声：黑曜石当中这种赤金的算是难得的，但老夫有一把匕首，是用黑曜石中的鬼仙红眼做的，那才称得上极品。

说着，国师伸手在身上摸索。

海长春呵斥：休得乱动。

但此刻国师手里已经出现了一柄匕首。那匕首小巧精致，锋利无比，在国师手中幽幽发出暗蓝色的光彩。海长春见了不由得眸子一亮。

胡姬轻轻扯了海长春一把，对国师说：胡姬寻常女子，不喜舞刀弄枪，既然国师用不上这面镜子，不如送给晚辈，免得暴殄天物。

国师笑笑：身外之物，不值得一提。你们喜欢，只管拿去……

海长春与胡姬对视，显然，国师的话让他们半信半疑。

胡姬说：国师如此慷慨，小女子恭敬不如从命。

国师说：可惜金无赤金，这石镜虽古朴雅致，也难免有点微瑕。你们看那里，还有那里……

国师对着火镜指指点点，海长春不由得向前探身，以便让国师指点得更清晰。

胡姬惊叫一声：当心！只见国师的手臂倏地长出几倍，仿佛隔空将火镜抓到手里，另一只手则举起匕首向火镜刺去。

与此同时，一柄长剑飞起，穿透国师的前胸。海长春愣愣地握着剑柄，显然，他是出剑后才明白自己做了些什么。

国师的手捂住胸口，火镜和匕首都随之掉在地上。

胡姬扑上去捡起火镜，发现火镜出现了曲曲弯弯的裂纹，不由得恨道：坏了，我忘了能够毁掉这种黑曜石火镜的，只有这柄鬼仙红眼的匕首。

海长春慌神，对着国师不知该怎么办：眼下如何是好？

胡姬说：事已至此，没有退路。

说着，她转向国师：得罪了，这等情景并非我们的本意。

国师望着胡姬喃喃道：你绝非寻常女子，可否告知老夫你的真名？

胡姬说：胡姬是我真名。

国师摇摇头。胡姬上前，附在国师的耳边，嘴唇微动：莲雾……送你上路。

胡姬起手，将长剑从国师胸口拔出。

莲雾。国师突然看见了那棵莲雾树下，一个孩子正仰着脸打量那些红灯笼似的莲雾，询问世间可有一样东西是神力齐天，无所不能。

师父说……师父说什么来着？

国师脸上露出诡谲的笑容，慢慢倒下，胸口流出碧蓝的血水。

海长春神情古怪地望着长剑上蓝莹莹的液体：你与他说什么？

胡姬道：我说，胡姬送你上路。

好大的胆子，竟然行刺汗国国师！

屋门被人推开，门前站着伯颜和玉勒。

胡姬和海长春猝不及防，愣怔地看着伯颜进来。

伯颜走到国师倒下的地方，用手试了试鼻息，瞥了一眼海长春：能将国师一剑毙命，你的功夫大有长进。

海长春的脸色煞白，竟不知如何分辩。

胡姬念头转得飞快。她不仅没有惧怕，反而显出又惊又喜的神色：大将军来得正好，总算有人可以为我们做主。

伯颜哼了一声：汗国纲纪严明，本帅秉公行事，既然你等是杀害国师的凶手，本帅绝不会枉法取私。玉勒，让人将他二人捆起来。

玉勒带人上前动手，胡姬委屈得直跳脚，仿佛要哭出眼泪来：大将军怎可冤枉好人，明明应当替我们向大汗讨赏庆功。

伯颜说：此话怎讲？

胡姬问：将军以为国师是何人？

伯颜不屑地说：本帅与国师共同辅佐大汗多年，当然知道他是何人。

胡姬说：知人知面不知心。将军看这国师胸口剑伤，是否有异样之处？

伯颜和玉勒的目光都再次落到国师的身上，顿时显出惊愕。玉勒伸手摸了一把国师胸前的衣衫，手指捻着放到鼻子前嗅了嗅。

玉勒说：将军，这血迹是蓝色，并有咸鱼臭气。

伯颜半晌不语，突然说：来人，除去他的鞋袜。

第四十四章
挫骨扬灰

国师之死大约是那个春天最搅动大城的一个消息了。

当有人向大汗禀报，说国师暴死在自己的府邸时，大汗不由得黯然神伤。他终于失去了那个唯一能够与他分享快乐和秘密的人了。

大汗曾将自己当作荒漠里的狮子，他喜欢用自己的咆哮声，吓走那些怀着各种目的企图接近他的人。但自从有了国师之后，他渐渐变了。因为那个人远远地站在一边，既不惧怕他的咆哮，又没打算特意接近他，他反而好奇地向那个人走去。他观察并试探那个人，与那个人说话，说多了，习惯了，开始慢慢享受身边有一个聆听者的事实。他发现有一个人与自己分享心事，如同跋涉千里，偶尔将肩头的担子放在脚下歇口气，陶醉一下清风的舒适。国师淡泊的性情，与世无争的为人，让他释怀和放心。

国师身子弱，难免多病。病痛对国师不弃不离，成为国师身体的一部分，大汗难免安其所习，不再对国师的病痛看得那么认真。国师精通医术，大汗相信国师知道该如何照顾自己。当然，他尽量少用闲杂小事打搅国师，他心里有数，只要他需要国师，国师总是在那里。但这一次，国师走了，并且永远不会回来。他怎能不心思沉重，因为他沉重的心思再也没人能够与他分担。

随即大汗想起了"暴死"二字。国师怎会是"暴死"而不是"病死"呢？对于饱谙世故的大汗来说，这几个字的不同，意味着背后事实的截然相反。大汗警觉起来，传自己的侍从官说话。就在侍从官匆匆赶往大殿的时候，伯颜大将军已经站在了大殿的门口。

伯颜一进大殿，便跪倒在大汗的脚下。

大汗说：将军是为国师之死而来？

伯颜答：正是。

大汗说：国师之死难道与将军有关？

伯颜：确实有关。

大汗一怔。听说伯颜急慌慌地求见，大汗推测或许与国师"暴死"有关。但此事干系重大，心眼儿多的早都避得远远的，哪有伯颜这般争着要揽进怀里的做法。

片刻，大汗问：你不是想告诉朕，人是你杀的吧？

伯颜道：人虽非微臣所杀，但与我动手并无二致。

大汗说：究竟何人所为？

伯颜说：大汗的殿前侍卫海长春奉命诛杀乱臣贼子。

大汗脸色铁青：奉何人之命？是你伯颜大将军之命吧。国师敕始毖终，老练稳重，汗国第一功臣，即使有何闪失，该审该罚也有刑部与朕定罪，你们叔侄二人违天逆理，眼中还有朝廷吗？

伯颜说：微臣怎敢僭越？确实是秉承圣意，绝无挟私之心。

大汗大怒：信口雌黄，胡言乱语，朕何曾下过这等旨意？来人啊——！

伯颜见一群侍卫跑上大殿，反倒更加镇定自如：贵人多忘事。陛下还记得十四年前那些与汗国为敌的巫人鱼吗？

大汗略略想了想：那些怪物不是已经被你诛杀灭族了吗？哦，朕倒是想起来，当日大城被那些巫人鱼的恶臭搞得乌烟瘴气。若不是国师出手，朕的大城早给毁掉了。

伯颜说：陛下说得是。臣多年来一直困惑，当日为何众人对巫人鱼作歹束手无策，国师出山，迎刃而解？如今真相大白，原来解铃还须系铃人。也是微臣疏忽之咎，竟让罪魁祸首藏匿在朝廷之中。

大汗说：国师多年为官，若真为巫人鱼一族，怎会无人知晓？

伯颜说：陛下可听说过"灯下黑"的说法？更何况他法术高明，处心积虑，我等磊落之人，难以防范。

大汗说：你有证据？

伯颜说：证据确凿。

大汗说：是真赃实证？

伯颜说：请陛下移步，随臣走一趟。

国师躺在那个陈旧的木床上。苍白的面孔上分得很开的一对眼睛微微睁着，鼻子和颧骨显得比往日凸出许多。这使他看上去更加瘦骨嶙峋。望到国师的模样，大汗心里很不好受，这是一个曾经持国政、操权柄的汗国重臣，身前除了病痛没享过大福，身后无亲人给他设灵堂、客祭、做七。

伯颜说：微臣对他留意也不是一日两日了，专门在他府里安插了眼线。不知是不是风声走漏，他突然准备车马打算出逃，才不得不收网归案。海长春将军捉拿他时，他却行妖作怪，不得已将他一剑毙命。看，这伤口处的血都是蓝色的。

听到伯颜的声音，大汗才想起了自己来这里的目的。他的视线挪到国师的胸前。伯颜略略掀起国师身上的被子，那里果然有剑伤，血迹已经凝固。大汗看见那伤口旁的深色血迹，细细辨认，的确有些发蓝。

大汗说：世上并非只有巫人鱼族的血是蓝色的，朕听说在东南的海岛上，有一些靠养蚌采珠为生的珠人，他们的血都是蓝色。

伯颜一把撩开盖在国师身上的被子：那些珠人，不会有这样的一双脚。

国师赤着脚，脚腕极细瘦，衬得那双脚格外肥大。若细看，并非脚真的肥大，而是因为那脚特别扁平，五个脚趾连成一片。面对那样一双巨大的如同鹅掌般的脚，大汗瞠目结舌。

大汗想起当年自己站在大殿里，面对众臣朗声：大城内，凡是长蹼的，拿不出与巫人鱼脱离干系的凭证的，都给朕砍了手脚……

伯颜说：据国师家中的老家仆回忆，国师早些年为了隐瞒身份，曾隔三岔五将这些脚蹼割开；后因得到大汗的信任，竟胆大起来，无所顾忌，招摇于光天化日之下。

大汗眼前浮现出国师踉踉跄跄上朝来的情景。国师有脚疾，国师被脚疾长年拖累。大汗每一次见到国师鸭子样摇晃的步伐走向自己，都难免生出恻隐之心。

伯颜说：大汗若还有疑惑，不妨想想刚才走入这房间，是否嗅到什么异味？

大汗耸耸鼻子，果然隐约闻到了一种恶臭。适才匆匆走进屋子，大汗心思纠结，除了想即刻见到国师，没有多寻思别的。此刻被伯颜提醒，他发现那臭味似曾相识，一经辨认后，那臭气竟像个活物找到了熟悉的路途，漫溢着冲着自己扑过来，张牙舞爪地钻进你的皮肤和毛孔，侵蚀着你身旁的每一个角落。

大汗一阵反胃，不由得想掩住鼻子。

伯颜说：国师本为妖孽，万死难辞其咎。但若真的张扬出去，汗国颜面扫地。如何稳妥处置，还请大汗示意。

大汗感到自己正站在冰天寒地里，彻身凉意，他只说出了四个字：挫骨扬灰。

国师的尸身将被"挫骨扬灰"。伯颜特意关照玉勒和海长春，遵照大汗的旨意去办。此事不宜声张。伯颜的声音低而谨慎。他要让大汗知道自己是个可靠而体贴的人。

"挫骨扬灰"这四个字简单，但让玉勒和海长春做起来却棘手得很。如何挫？那是要先将根根骨头剔掉了肉，用石磨碾成糜；但即使如此，想要扬灰还是不易。骨头成灰，是点火燃烧后的结果啊。

汗国历来有将阵亡在外的将士们火葬的惯例。直接烧掉是最好的选择，虽然，这好像有点便宜了那个妖孽，但简便轻省，易于操作。可惜，他们刚刚在荒野里准备好柴火，就发现那床上的尸身抬不出去了。国师躺在那里，身体各个部位突然开始变软，五官腐臭，手指脚趾流汤，猝不及防地开始溃烂，其程度之迅猛，如同冰雪融化一般，连紧闭的门窗都已经挡不住那毛骨悚然的气味四处弥漫。

国师果然是神人，想抗旨时死了也有法子抗旨。国师不情愿被烧掉，他宁可烂掉，也不让人把他烧掉。

大家面对那一股股令人窒息的浓重气息，只有绝望，任何试图搬动国师尸身的企图都是徒劳的。玉勒将军本想身先士卒，亮一手绝活儿给众人看看，刚打开门走了两步，就觉得天旋地转，抢步逃出后，一口呕出隔夜的食物，眼泪鼻涕横流，小半个时辰都没有缓过气来。

玉勒坐在地上喘息着说：坏了，坏了，十几年前，大城因为巫人鱼的尸体就曾引发一场灾祸。这次只怕麻烦更大。

海长春懵懂地说：十几年前？你指的是皇城边上的那个巫人鱼坟丘？

玉勒说：那地方早先是个冰窖，就是因为掩埋巫人鱼尸首的臭气才修起了那么个坟丘。

海长春说：那好办，请人给国师也修一个。

玉勒说：你以为那件事是谁人做的？就是屋子里的那个死鬼。他死了，谁来修？

海长春不禁恐慌起来。既然当年是由国师出手才了局，那么由这个人亲手制造的灾难，还不将大城的人都送入地狱。

海长春慌忙去向伯颜禀报。

伯颜听了，冷笑：修什么坟丘。成全他吧。将柴火架到寝室四周，连房子一起烧掉。

海长春迟疑：能行吗？

伯颜反诘：你说，怎样才行？

海长春不语。凭直觉，他以为熊熊大火只会将臭气送得更高更远。

胡姬突然插话：既然当年那个妖孽是用香料制住了臭气，我们何不也试试香料呢？

伯颜对胡姬的话寻思了一会儿。自从闯见海长春跟胡姬合伙杀了国师，伯颜投向胡姬的眼神变得狐疑。

胡姬迎着伯颜的目光：这也是以毒攻毒的法子。当然，并非万无一失。

伯颜道：说说看。

胡姬说：我们不妨先去做个密封的铁匣子，将国师装进去，棺材里填满香料，再用火烧，铁匣子是烧不着的，里面的东西自然成灰。这样大致能对付过去。

伯颜微微点头。

海长春说：但如何进得去那屋子，里面的臭气会要你的性命。

胡姬说：听说大城里有些人专做盗墓营生的，遇到毒墓，他们会使用一种闭气法逃生。若是将军肯出重金请他们来，进那屋子有个三五分钟的工夫，此事便能搞定。

伯颜说：凡是钱财能搞定的事情，都不是事情。胡姬，人你去找。其他的事交给玉勒将军办。

胡姬出门，小心地在集市上转了几个弯，无论是否有人跟着，她都确定已经将尾巴甩掉，然后直奔那处她要去的地方。这一阵子，她常来这里，她怕自己来得太多，会让有的人起疑。

胡姬叩门，门开了，仍然是那个胡须眼睛焦黄叫摩诃的色目人出来迎她。摩诃望见胡姬，脸上略略显出不安。

胡姬目光犀锐地瞥了他一眼：怎么了？

摩诃说：没什么，只是今天早上起来，照顾狗窖的下人们禀报说，那个家伙没气儿了。

胡姬仿佛有些不信：他死了？

摩诃说：是。应当是昨天后半夜的事情。

胡姬迅速去了后院。在柴房的角落里放着一具蜷曲的尸体。胡姬默默望着地上的尸体，她没有想到他会是如此姿态，一双伤痕累累的手臂抱住自己干枯瘦弱的肩膀和蓬乱花白的头，蜷缩着腿，像是在逃避对手的进攻。让人很难相信，这就是那个器宇轩昂的白骆驼国的国王，那个声称可以徒手捕狮的人。

你是谁？

胡姬仿佛又听到了他的吼叫，他冲着胡姬龇出鬣狗一般粗壮的牙齿，若没有栅栏阻挡，他会扑倒胡姬，并嚼碎她的骨头。

胡姬回答他的话说：你怎会不知晓我是谁？仔细想想……若真的想不出我是谁，就说明你做过的坏事太多了。

他那双绿莹莹的眼睛起了火光：不管你是谁，我都不会向你求饶。我根本不怕死。

胡姬说：你撒谎，你明明是个卑鄙胆怯的胆小鬼。不然，你就该战死在疆场上，而不会跟这些狗关一起。幸好，你不会马上死的，我会给你足够的时间去品尝死亡的滋味。

他恶狠狠地喊起来：你去打听打听，我是西域第一勇士，自小到大何曾胆小过！

胡姬说：当日你借刀杀人，诬陷黑骆驼国国君谋反，就是卑鄙胆怯！

他不由得愣怔了。

胡姬接着说道：听说他是你兄长，自小事事让你，你还要害他？好狠毒。

他突然说：这事怪不得我，他手中有我要的东西。

胡姬说：什么东西？

他说：世间至宝。独为仙，合为魔。有人曾听到黑骆驼国国王悄悄与王后说，你将世上至宝带到我家，我要好好珍惜。后来黑骆驼国果然日日富庶，远胜我白骆驼国。不是那至宝相助，又是什么？

胡姬愣怔了，半晌问道：你知道那东西的下落吗？

他说：据说大军破城时，他把那东西交给一个游僧带走了。近两年我又听说，那宝物到了图兰朵公主的手上，已经与公主合为一体。

胡姬惨笑一声：原来如此。你睁大眼睛看看，我像不像那至宝？

他不屑地瞥了胡姬一眼，呸了一声：你这种女人，成千上万，唾手可得。

胡姬说：眼瞎，活该去死。

胡姬转身走了。她听到那人对着她的背影正发出最恶毒的诅咒，但那嘶喊很快淹没在一片狗吠声中。

她心里凄然，直到这一日，她才知道了自己国破家亡的原因：都是那三个镯子惹的祸事。

世人皆有珍惜之物，在父母眼中，她胜似世间的一切珠宝。骆驼国王室五代男丁相传，她父亲娶了她母亲后，等待了好几年才有了第一个孩子，这个孩子竟然还是个女孩子，所以，父母将她看为天赐，任人拿什么来比较都视如粪土。私下打趣，更称她为"至宝"。

尽管她是家族中唯一的女孩子，但平常人看来，却稀松得很。女孩子有什么好，说到底，再金贵的女孩子也是要嫁人的，男孩子自然比女孩子好。

他就是说着这句话向她伸出手的。

他害死了他的全部家人，将她的国家像块糖果装入自己的囊中，却根本想不起她是谁，也不想知道她是谁。在他眼中，世间至宝只可能是一样东西——便是那三个诡秘的镯子；却不知在别人眼中的至宝可能是别样东西。

或许她真的变了很多，但她知道自己骨子里的东西是没变的。很多年前，他和她的父亲还是好兄弟，他曾企图抱她。他一边说着女孩子是要嫁人的，一边向她伸出手。可惜年幼的她天生不喜欢生人的味道，狠狠揪住他的胡子，一直到他放了手，她才放手。他摸着痛楚的下巴，不以为忤反而哈哈大笑，对她的父亲说，这个小丫头的确是咱们家的血脉，脾气像我，太像我了。可惜是个女孩子。

他已经记不得她了，更记不住他曾说过的那些话。

然而她并不像他，她记性比他好，她记得黑骆驼国最后的日子，那在大火中倒塌的宫阙，那四处哭号奔逃的人们，那死在乱军奸污下的母亲和雪亮的刀刃下的两个弟弟，她最忘不掉的是空中的太阳——那天的太阳是黑色的。

当她随着苦役大军离开黑骆驼国的都城的时候，父亲还被挂在城门的鸟笼里，她向鸟笼子中那个蜷曲着身子的可怜的国王深深地望了一眼，她和他今生不会再相见了，她向他诀别，向生她养她的热土诀别。她走了，她要去大城，去一个陌生的地方。她能够活下来是有原因的。那个游僧说，去大城吧。所以，她拼死也要到大城去，父亲即将升天的灵魂正在为她送行。

她在大城的日子是一天一天计算过来的。大城是一个谜团像雾气般缭绕的地方，她在试图一点点地解开身边的那些谜。每一个雾气腾腾的谜团都可能是杀伤她的利器，也是隐隐约约指引她前行的路标。她已经渐渐熟悉了大城，熟悉了大城里迷宫般的大街小巷，熟悉了许许多多匿伏在大街小巷中的人。大城的冬季很长，大城的白天很暗淡，大城里的人像土里过冬的虫子一日日地熬着，胡姬挣扎着要让自己不被冻僵而死。

幸好她不是一个人，幸好她还有一些朋友。当年的苦役大军成千上万，他们熬不过冬季，死了一批又一批，但始终没有死绝。有人苦苦攒钱赎身，有人渐渐钻营发达，他们在大城里生儿育子，变成了大城人当中的一部分。但他们见面，说的仍旧是自己的语言，他们的心中间依旧有一个黑骆驼国。无论是在那些个异族人聚集的热闹的客栈里面，还是在街头卖沙枣无花果的小贩当中，都有他们的身影。

他们彼此联络着，像章鱼的触须伸得很长很长，并将遥远的白骆驼国度里发生的一切尽收眼底。当白骆驼国国王正左拥右抱佳人美女的时候，一条看不见的绳索慢慢套紧他的脖子。

复仇不仅仅是一个结果，复仇是许许多多个夜晚的克制，是小心翼翼地策动，是耐心者的游戏。

在白骆驼国公主与罗姆苏丹国王子联姻的婚宴上，伯颜给贺喜者们带来的"惊喜"是超乎人们想象的。暴力总有其相似的一面，白骆驼国和罗姆苏丹国王室被全部灭族，只不过被乱军奸污后杀死的女人当中有一个是新娘。胡姬早就听说罗姆苏丹国的公主是一副羞花闭月的姣好模样，可惜她嫁错人家了。

胡姬转身走开。她不愿意再看这个人一眼。走了几步，胡姬问：我要的东西都备好了吗？

摩诃说：放心，一样不少。

胡姬说：好，你把那个家伙装进铁棺材的底层。然后带上人拉上另外那个箱子，去国师家吧。照我说的，要快。

因为白骆驼国国王死了，胡姬原先的筹划要做一点点调整了。多亏她本就不是个拟规画圆的人，任何意外都显露了另外一种可能。她马上有了新的念头，只是那个铁棺材的分量要略略重了些，辛苦了抬棺木的兄弟们。

国师的死并非在胡姬的打算之中。她杀他干吗？他从没有碍过她的事，她探听他的事情也只是因为他在她眼中是无数谜团中比较有趣的一个。胡姬在国师的府邸里安插眼线，这一点并不难，只要有钱，都能办到。重要的是不露痕迹，手脚干净。被收买的是国师家中的一个贴身老仆，那不是个话多的人，也不是个机警人。由于国师寡言且聪明，他身边的人都一个比一个话少并愚钝。好在胡姬想要的就是这样的人，世上最麻烦的都是那些自作聪明的家伙。这几年，胡姬断断续续从那个人不多的话里挖出了不少奇奇怪怪的东西，她将这些东西一点点拼凑起来，却看到了一个意想不到的图景。国师果然是个有趣的人物，他身边尽是有趣的事情，但让胡姬觉得最有趣的却是一面镜子！她才不在意国师是巫人鱼、巫人猫，还是巫人鸟，但她在意那面镜子。她猜测那面镜子就是她在大城寻找了很久的那个火镜，这种可能性让胡姬心跳不已。

世上有一面奇妙的火镜，可以告诉人们一切他们想知道的。当这个传说传到她的耳朵里的时候，她脑中冒出的就是，我想知道……

她不会把她想知道的东西说出来的，她只是提醒她的人留意那个火镜的去向。

曾经的黑骆驼国国民多钱善贾，他们到了大城，依旧都是理财好手。胡姬手头从不缺钱财，但她花得精明而谨慎。她希望那些钱财与她来大城一样，每一分一文的去向都是有原因的。通过钱财，四海八荒的各种各样的动静像活水源源不绝地流向胡姬。所以有一日，当她得知那面预测未来的火镜来到了大城之后，她对她的人说，帮我找到它。

谁料火镜是在国师的手里，这成为一件难事。如何从国师手中得到这面镜子？买？钱财用不上。国师不缺钱财，更不看重钱财。骗吗？国师高人鬼才，有几人能胜过他的心智。偷？国师寸步不离他的寝室，又是个几乎日夜不眠的人。抢吗？国师是汗国重臣，到国师的府邸行抢，不啻找死。胡姬作难了。如果国师真的是巫人鱼，在大城人人得而诛之，但胡姬不愿自己是其中一个。她觉得这个把柄还是不作声地捏在自己手里好。

直到那一日，胡姬突然接到了她手下人的密报，说国师的老仆传出话来：鸟儿出笼了。

胡姬的手下与那老仆有约定，国师那里有了大动静，就用"鸟儿出笼"来通报。

胡姬站在那儿，一时束手无策。国师要做什么，她不清楚。她不能莽撞地招呼自己的人手去闯国师府。自己只身前往，什么理由？国师不是阿猫阿狗，任谁都可以见的。除非是大汗身边的人……她即刻想到了海长春。殿前侍卫，这个头衔在大城很好用。

海长春不信：国师真的是巫人鱼？

胡姬说：有可能。

有可能？海长春气馁。

胡姬说：所以我才要你去。国师手里有面宝镜，据说可以照出事情真伪，到底是不是，你不妨去向他讨要来验证一下。

于是，海长春跟着胡姬去了国师府。

接下来发生的事迅雷不及掩耳，结果更是始料不及。国师死了，伯颜恰好闯了进来，胡姬一下子站在深渊薄冰上。

胡姬知道自己被人出卖了，应当是那个面似愚钝的老仆。这是教训。胡姬瞬间恨得咬牙，绝不可以低估人心。那个老仆或许真的愚钝，但不妨碍他愿意同时接受两份好处。胡姬不得不找出说辞来为自己解围，幸亏国师是个巫人鱼，巫人鱼的身份就是大罪，一个死了的巫人鱼，更是没有能力为自己的死辩护。

当国师的裸脚显露在众人面前之时，伯颜选择相信了她的言辞。国师是妖孽，这鸭子一般的脚板，使得任何推测都凿凿有据。面对意外收获，伯颜大喜过望，剩下的枝微末节他已经顾不上追究。

当然，那面被毁坏的火镜也落到了伯颜的手中。

伯颜如获至宝地拿起了那面镜子，黑色的镜面上满是一道道的蜘蛛网纹。

怎么会这样？伯颜悻悻然地看向海长春和胡姬。

胡姬一脸无辜：我们也是凑巧撞上，少将军看出这是个要紧的东西，但国师还是手快了一步。

海长春递过去那把匕首：也不知是什么妖术，这把匕首竟是这面镜子的克星。

伯颜的眼睛将四下扫了扫，拿起了那个木头盒子：你们以为这是什么？

海长春眨眨眼：将军说的是这面镜子，还是这个匣子？

伯颜不答，显然，他并不希望胡姬和海长春真的知道这个答案。

胡姬看着那个褐色的阴沉木的匣子被伯颜牢牢抱在怀里，心中有憾，却无可奈何。此刻，她唯一能做的就是要让那个出卖她的人付出代价。另外一件事，就是她要处置好国师的尸身。

沉重的铁棺材拉进国师的府邸，玉勒掀开棺材盖看了看，赞道：好茁实的家伙。

对于那个摆在铁棺材上的大木头箱子，他知道那是装香料的。那箱子隔着老远就散发出直奔脑仁儿的奇异香气，让他产生了有可能再次昏厥过去的预感，所以玉勒碰都没碰。

国师的小院里堆满了泼了豆油的柴火，玉勒命怯薛军查看四邻，发现家家户户空屋空房。原来邻里们忍受不住莫名臭味的侵扰，全都仓皇逃离到大城的其他地方投亲靠友去了。城门失火，难免殃及池鱼。而这些人全都拜那恶臭所赐，免于为这个巫人鱼陪葬，也是运气。

看着几个高大的色目人先将各自衣裳的手腕脚腕用绳索牢牢系住，将鼻孔和耳朵用一个个浸透了橙黄色液体的湿棉花球堵紧，然后动手开始将铁棺材和香料抬进屋里去。玉勒将军及其手下都毕恭毕敬地让到两旁。作为怯薛军，难得表示出这样的谦卑，因为他们知道凡是进去的人，很可能出不来了。

那几个大汉打开门的瞬间，玉勒与他的手下掩着口鼻已经躲避在十丈开外。他们靠在墙根儿，大眼瞪小眼地盯着远处的那扇房门，祈祷长生天助这些人一臂之力，不然，他们也了无生路。

这个片刻在那日显得特别绵长，漫长到让人绝望。当那扇门突然打开，那几个大汉抬抱那个香料木箱逃出屋外时，玉勒几乎有点热泪盈眶，他大喊一声：点火！快点火！

熊熊大火瞬间蹿到树梢高，转眼将那片灰墙黑瓦的屋舍吞没在烈焰中。浓烈的烟雾呛得人喘不上气来。

大火足足烧了一天一夜。大城的人们都知道国师家失了火，不仅国师家失火，那四周的邻里也烧掉了上百间上好的老宅。

可怜的国师在大火中丧命，众人为国师叹息。周边的四邻都在着火之前逃离了家园，那么个睿智绝顶的人，怎会竟让大火烧到自己？真的有人大智若愚到如此地步？

在大火染红天边的时刻，两个色目汉子赶着马车出城了。轻车简从，那只奇香的大木箱子被稳稳地放在行囊中。木箱子是千年的沉香木做成的，空间不大，国师身量虽小，但睡在里面，还是有些委屈。匣子的底层铺的都是湿润的沙子。国师躺在这匣子里，等待他们将他运往离大城最近的海边。

巫人鱼的归宿在大海里。他们的生命必须回归到浸满海水的沙子里，才会安宁。胡姬知道这个秘密。虽然她与他只是短暂地见了一面，还来不及彼此熟悉就送他去了，但她觉得她对他是有责任的，甚至，她对他有种超乎陌路人的亲近，所以，她决定帮这个可怜人一把。

做这事是要冒很大风险的，这种做法与胡姬往日行事的风格全然不同。但她决意要这么做。她要将这个臭烘烘的国师运出大城，运到那遥远的海边去。这个沉香木的箱子值万金，将国师埋在湿沙子里，再用琥珀密封，这奢华的排场赶超皇室。总之，这是胡姬为了心中那一点点歉疚，替那个巫人鱼做了他自己已经做不了的事情。

　　他是一个异乡人，她也是个异乡人。她从不期待有一日自己离世，别人能将她送回家乡，所以她送他走，也算是对自己的慰藉。

　　她在最后一刻告诉了他自己的真实姓名叫"莲雾"。他是大城里不多的几个知道她真实姓名的人。她的母亲在怀着胡姬的孕期，曾十分喜爱吃莲雾。

第四十五章
万兽园

铁箱子里的人终于化为灰烬，但扬灰的举措却迟迟难以实施。那只铁箱子在烈焰中被焊成一体，尝试着将它打开的念头显得十分愚蠢。谁也猜不透那里头还藏着什么，于是，这只铁箱子成了烫手的芋头。

伯颜不能去向大汗讨主意。大汗说的话除了他自己，别人是不能更改的。假若不能将国师扬灰，起码应当有一种比扬灰更拿得出手的办法去惩治那个妖孽，但这比扬灰还要伤脑筋。

那日，玉勒将军对伯颜说，那一片火烧后的废墟不能总这样摆在那儿，如同一大块癞皮癣，太刺眼了。

伯颜不高兴地说：你若有办法，你去弄吧。

玉勒说：前一阵子听礼部的人说，各国进贡给汗国的珍禽异兽已经多得无处搁置，将军不如禀报大汗，在这个地方建个"万兽园"吧。

伯颜听了，不由得脸上有了笑意：你的脑袋瓜子也有灵光的时候。

玉勒老老实实告诉伯颜，那是海长春的主意。

伯颜愣了一下，说声：很好。

自从国师死在海长春和胡姬手中，伯颜对这两个人就有些在意了。过去，他把这两个人看作他手中的棋子，用与不用，在他高兴。然而，当他发觉他们背着他联手，竟可以做出如此惊天大事，他必须在意他们了。说起来，伯颜对海长春并没有看走眼，这孩子平日闷声不响，但要紧时刻总是能派上用场的。十几年的养育，也算得上青出于蓝，只可惜他长相与他爹过于酷似这一点上无法改变。他怕的是海长春羽翼渐渐丰满，心比他想的大。伯颜自认为善用人。大才大用，小才小用，但无论多大的才，都不可有大心。扶助大心者最后往往就是扶助了一个自己的敌人。

至于那个灵猫似的胡姬，他觉得该给她拴上链子了。她野惯了。过去他让她野，是因为他喜欢她那种野味道。但不能让她以为她真的可以逍遥在他的眼界之外。

其实用不着玉勒的提醒，伯颜已经在海长春的身上闻出了胡姬的骚味儿。他一直不动声色，他需要用这个女人去唤醒海长春的欲望，欲望是男人获得力量的源泉，是人心中最幽深的黑暗。

他曾打算给海长春提亲。为了这件事，他破例跨进了寡嫂住的院子。多少年过去，尽心供养着海东青的妻小，他外面名声是极好的。但在府里，他从不往那掩在青竹丹枫中的如意斋去一步。偶尔听到下人们向他请示有关这个女人的事宜，他的心里会飘过一个声音，这女人真能活啊。他隐隐还记得那是个长脸大脚身上无多肉的女人，站在那儿像根丝瓜。在他心中，这个女人，其实早就该跟着海东青去了。即使眼下还能吃喝，也不过是一根老丝瓜，风中摇曳，行尸走肉。所以当他走入如意斋，与海东青的遗孀面对面坐下时，他竟有些愕然，这个女人的确老了，枯槁憔悴，但目光中却藏着隐隐锋刃。他突然胸口有些堵得慌，这个女人在努力活着，而且还会活很久。

当初父亲海都元帅给哥哥选了这么个苍白寡淡的女人，曾让伯颜暗暗嗤笑。仅有些家世背景，却毫无姿色，这种女人在大城可以大把挑的。但海东青将媳妇娶进门后，竟当宝贝似的捧着，外面女人从此不沾。这更让伯颜轻蔑，为了讨好自己的父亲，这也太难为他了。

伯颜避开嫂子的视线，说了自己的来意。他满心以为对方会感恩戴德的。谁料，却听到一句：多谢将军好意，回头我问问春儿的意思。

伯颜说：这……婚事本该父母之命，媒妁之言。

嫂子却说：将军说得不错。但当初春儿的父亲与我成亲，也是事前问过他的意思的。

伯颜难以置信地瞪着眼睛。

嫂子淡淡地说：等春儿有了回话，我即刻着人告知将军。

伯颜忍着气走出了如意斋。想必这个老女人盼这一天已经盼了很多年了，她想用婚事将儿子抓在手里。自己若着急上火，正好着了她的道。于是，对方没有下文，他也再不去催促。他等着看笑话。海长春已经是血气方刚的年纪，他娘亲手再长，也拦不住儿子要睡女人。所以，当胡姬放肆的目光在海长春身上打转转的时候，伯颜仿佛看到了一只偷腥的猫。胡姬这类女子一日不生事便骨头发痒，在搅乱男人心思方面，没有比她们更出色的。

伯颜偶尔可以容忍一只嘴馋的猫偷腥，但前提是得让猫明白，在他的眼皮子底下，即使想偷嘴，也得经过他点头才能得逞。

伯颜禀报了大汗，大汗对万兽园的念头笃爱。

甚好，甚好。大汗说：朕早就想在大城里搞件事情，与民同乐。

伯颜问：至于那个铁棺材……

大汗说：那个棺材……

显然，这个棺材与大汗的心情是抵触的，大汗不愿意在它上面再多花工夫。

大汗说：就地埋了吧。

伯颜毕恭毕敬地拱手：大汗高见，那种臭气熏天的东西，只配埋在畜生们的脚下。

修建万兽园的差事被交给海长春督办。很快，那个铁棺材成了万兽园的基石之一。万兽园很大，铁棺材被埋在了园子的西南角上，那是五行八卦里的煞位，在那个地方盖上个茅厕。这也是有讲究的，大城人喜欢以恶制恶、一物降一物地把秽气彻底压在了底下。

建园子是个繁杂的事情，海长春洞察飞禽走兽的目光落在劳役工匠们身上，每一根懒毛都看得清清楚楚。在海长春的监管下，竟无人敢偷奸耍滑。

大汗觉出海长春办事妥当，是个人才，对伯颜说：海都的长孙，有祖父之风，矫矫不群，甚合朕意。

伯颜自然也是得意的。他终于决定要让那个一直悬在空中的念头落地。有些事情必须试一试，不试，怎知水深水浅？转日，伯颜将海长春叫到西花厅，备了一桌好菜、几壶好酒与海长春共饮。

海长春进了西花厅，站在那儿，不坐。这是规矩，伯颜的人，能进西花厅说话就是面子。

伯颜说：你我叔侄，不必拘谨。

海长春迟疑地慢慢坐下，只有半个屁股挨在凳子上。

伯颜替自己和海长春在银把盏里斟满酒，说：大汗看重你，我也替你高兴。

海长春说：都靠叔父提携指教。

海长春心里有一句话没有出口，除了叔父，还有另外一个人当真要好好谢谢。

伯颜说：你若用心，前程不可限量。等那万兽园的差事完了，我看还是回鹰隼军吧。

海长春望着伯颜，不作声。

伯颜端起把盏，说：我打算将鹰隼军交给你。你父亲就是在你这个年纪当上鹰隼军首领的，如今轮到你了。

海长春眼中浮现蒙蒙的泪花。他等待这句话已经很久了，一切付出都变得值得。他恭恭敬敬端起了把盏，将里面的酒水一口喝下。

只有海长春明白，有关万兽园的主意和对铁棺材的处置都是来自胡姬的脑袋瓜，只是借助海长春的嘴说出来，借助海长春的手做了。

海长春的天资不在这些方面。他反应靠直觉，他的思索比他的行动慢很多。但即便海长春有胡姬同等颖悟，也无法达到同样的想象力。杰出的想象力是需用仇恨来营养的。

当海长春听到胡姬一桩桩说出她的主张，神色既折服又困惑。显然这些想法对他来说太精妙，太不可思议了。

所以后来他得了赞许，心中不安。他说：我该照实告诉他们，这都是你的主意。

胡姬说：千万拜托，不要将我扯进去。

海长春说：该是你的，就是你的。

胡姬说：这事在你身上，是家仇国恨，分内之事；在我身上，就是越俎代庖，令人侧目。我当日也只是随便说说，你听了，动了心思，去一桩桩做了，是你的成就。

海长春依旧有些惭愧，但听胡姬说得诚恳，也不便再争。他会记住胡姬的好处，他是个拿了别人好处一定要还的人。尽管这样，海长春还是要将一事搞清楚。

胡姬问：什么事情？

海长春：听起来你比我还要憎恶那个棺材里的家伙。好像巫人鱼曾经害的不是我的家人，而是与你不共戴天。

胡姬的胸口咚地一跳，她抿嘴笑道：还不是因为想帮你。

海长春闷闷地说：从小就听人讲，父亲是被巫人鱼谋害的。我也问过娘亲，父亲究竟是如何被巫人鱼谋害的，但娘亲却说，不知道。我跟你去找国师，初衷也是为了弄清这事的真伪。

胡姬无奈：现已如此，又能怎样？听说与巫人鱼那场大战结束之后，汗国军队清扫战场，将全部阵亡将士们的尸首架柴堆用火焚烧掉了。你娘亲说不知道或许是实情。

海长春低头不语。胡姬说得在理，汗国阵亡在外的将士无数，无论身份贵贱，带回给大城亲人的只是一抔骨灰，包括海都和海东青父子，概莫能外。

但海长春还是惶惑，娘亲那么说，定有娘亲的缘由。当日娘亲的声音里明明有许多不甘。这么多年过去了，不仅仅以为没有机会报仇，而且没有机会弄清事实了。谁料突然冒出来了一个余孽，德隆望尊的国师竟然是最后一个巫人鱼，这意外来得过于仓促，叫他无法接受。

那面镜子本来寄托着海长春的希望的，却被国师用那个黑曜石的匕首给毁了。如果不杀国师就好了。海长春想，若不杀他，也许还能从他嘴里撬出些有用的东西。都说他无所不知的，对父亲的死他是不是也知道些什么？

海长春无法忘怀的那面镜子，也是胡姬心里最放不下的东西。当日，镜子被伯颜装在匣子里带走了。胡姬一直不错眼珠子地盯着伯颜的身影，猜想他会如何处置这面镜子。

谁料，伯颜最先做的那件事情是找人，寻找国师的那个寡言愚笨的老仆。他让玉勒马上派人将那个老东西看住了，不可有任何闪失。

玉勒转身出去，再回来报告说：那个老东西不见了。

伯颜奇怪：怎会不见了？

玉勒告诉伯颜，国师一死，那些下人们就作鸟兽散了。

伯颜又下令，让玉勒带人在大城里细细盘查，即使那家伙钻进老鼠洞里，也要将他揪出来。

数天后，玉勒两手空空地回来了。玉勒禀报说，能找的地方都找了，能打听的人也都打听了，那个老仆失踪了。

伯颜不信：谁失踪也不会是他失踪，他手里拿了老子那么多钱财，不在大城好好享受富贵，玩失踪？这无论如何让人不信。

玉勒迟疑地说：那个老仆表面憨厚，实则狡诈，末将听说他拿着好几家的好处，他的消息也是货卖好几家。

伯颜道：他敢背着我，狡兔三窟？

说出这话，伯颜就想起在国师寝室里撞见的海长春和胡姬，玉勒说的是实情，自己在他的买卖里头，可能还是排在后头的。

玉勒说：这种人，眼里只有钱财，谁的金银不是金银呢？

伯颜恨得咬牙：等老子拿到他，不将他碎尸万段……

玉勒低声：将军早该有数，各个府邸里都有拿好处给人做眼线的家奴。这在大城的富贵人家中早就见怪不怪了。

伯颜不语。他想起前一阵子朝廷里的一件事。有个朝廷命官酷爱喝酒，大汗怕他喝酒误事，命他每日喝酒不准超过三壶。那人闷闷不乐领命而去。但不久后一天，那人进宫觐见大汗，竟面带桃花。

大汗问：爱卿今日喝了几壶酒？

那人说：三壶。

大汗问：何等酒壶？

那人舌头开始打结：家中……寻常酒壶。

大汗说：是兵来将挡，水来土掩之壶吗？

大汗笑着，那家伙差点把裤子尿了。原来，前一日他的小妾见他因不能每日畅饮而郁郁寡欢，让工匠特制了一把尺高的大壶。见了此壶，那家伙笑逐颜开，搂住小妾，说了句"兵来将挡，水来土掩"的疯话。

这大城里处处有耳，哪有不透风的墙。

玉勒问：国师已死，那个老仆再无用处，何事令将军烦心？

伯颜懊恼地说：我听说，国师死前，曾要那个老家伙去找一个人来。

玉勒说：什么人？

伯颜说：我也想知道。

胡姬是直到那个时候才知晓国师死前在等一个人。人之将死，必有托付，国师要找的那个人肯定干系重大。胡姬有点后悔，当初只是恨那个老仆愚弄了自己而示以颜色。看来还是性急了，若在手里多留一留，说不定会有意外收获。可惜那个吃里爬外的老家伙已经再不能开口，他被人捆了石头扔进大城外那条最湍急的河流，喂了鱼虾。

自从国师死后，伯颜突然不再召唤胡姬到他房中去伺候。

伯颜身边不缺女人，四处征战，他搜集女人如同搜集各色珍宝，府邸里漂亮的女人多到让人厌恶。

女人的用处实在而简单。十多年前他的正妻一病呜呼，那些女人一个个都盯住了那个虚空的位置。伯颜看清楚这一点，放出话来，生儿子者扶正。伯颜已经有了六个千金，缺的就是儿子。府里的女人都渴望自己能像母鸡天天下蛋，而且那些蛋孵出的小鸡都是雄性的。当那些女人们为自己的肚皮你争我夺时，胡姬却置身事外，她的漠然反而得到了伯颜更多的青睐。

胡姬并不在他的侍妾之列。胡姬是伯颜的女人，又不是伯颜的女人。因为胡姬自己不愿意。她不打算给伯颜生孩子，也不甘被任何人挥之即去，招之即来。

伯颜曾与胡姬说过：你跟我这些年，究竟想要什么？

胡姬说：要很多。

伯颜道：贪心，说说看。

胡姬说：我想要的不在这个园子里，将军能给的将军给，不能给的我自取。

伯颜说：这个园子不好吗？

胡姬说：在这个园子里，女人只活一辈子，胡姬要活几辈子。

伯颜被胡姬堵了嘴。这个女人太拔尖，不屑与任何女子为伍，倒让伯颜心里添了分量。

胡姬刚到大城时，伯颜差人暗访过胡姬的身世，传回话都说是个无依无靠的孤女。可惜没有好的出身来历，伯颜养狗也是要看家世的。但一个孤女，怎会有这样大的心境和眼界，伯颜不信。胡姬的孤傲让伯颜把胡姬既当成女人，又不当女人。胡姬的优长比一群女人捆在一起还要大。但没有出处，就像个没有线拉扯着的风筝，随时可能飞走。所以伯颜在她身上用了点心思，他打算好好给她一个交代，他要看牢她。

后来，胡姬自己渐渐露出破绽，或者说，过于聪明就是破绽。伯颜不动声色地看着这个女子显示自己的才华，既赞赏又惊骇。这的确是个稀罕的宝物，他要好好看住她。

伯颜相信胡姬曾经说过的那番话都是真话，她要的与其他女人不一样。其他女人要的是园子里的天，她要的是园子外面的天。既然如此，伯颜虽不能真的给她那个天，但可以让她看看。

伯颜曾庆幸胡姬是个女子，若是个男人，就不仅仅看牢，而要时时提防了。

但国师死了，国师之死开始让伯颜疑惑胡姬要的天究竟在哪里？园子外面的天很大，如若她是想染指伯颜属意的那个天呢？

119

胡姬等待着伯颜盘查自己。她知道伯颜的爪子一定会挠到自己身上。从国师死了的那天起，胡姬就在等待。伯颜不叫她去伺候，她乐得有更多的工夫去做想做的事。伯颜喜欢考验人的耐心，他越是做出遗忘的姿态，越说明他的身影离你很近。他是要在你以为安全了的时候出其不意地掐住你的喉咙。

对大多数人来说，等待是种煎熬，胡姬决定把它当作乐趣。

那段时间，胡姬很少出门。她开始侍养一些古怪的东西，一些肉虫子，长毛的和没长毛的。那些虫子有的身形粗大赛过手指，有的娇小只有簪子尖细巧，红橙黄绿青蓝紫，乍看过去花哨俏丽，细打量张牙舞爪挺吓人。有人好奇地问起，她说是蝶虫，有一日都要变蝴蝶的。她养的蝶虫脾气与她相近，既孤傲，又刁蛮。喝的水要清晨日出前的露水，素菜要刚出芽的嫩叶和未绽放的花蕾，荤食是各种刚宰杀的牲畜的心肝和脑花。它们绝不肯受半点委屈，否则饿死也不开牙。

为了照顾那些古怪的蝶虫，胡姬突然对品尝食物有了好奇心。她常常天不亮就跑到府邸的园子里摘采各种鲜叶和花草，或者去厨房里去品尝一些她过去很少去碰的菜蔬。过去胡姬只喜欢吃果子吃肉，黑骆驼国的人都只喜欢吃果子吃肉，不喜欢吃菜蔬。他们觉着那些菜蔬是地里长出的杂草，供给牛羊牲畜吃的。但当她发现她心爱的蝶虫口味比她宽容，她决定对自己的食谱也做一些调整。

经过一系列的尝试，胡姬发现原来伯颜的园子里和厨房里有许多东西吃起来味道虽不像果子和肉，但绝对刺激而稀罕。比方说带着雨水的春笋芽，比方说鲜美的荠菜尖，比方说那些从南方跑马运来的甘甜的豌豆荚和微苦的红菜薹心。

凡是胡姬想要的，园子里没有的就到大城的市场上去找，大城市场上没有的就向各地去讨要。胡姬伸手要东西经常打着伯颜将军的招牌，伯颜将军吃不吃没关系，但应季的东西伯颜将军的厨房里没有是不行的。

四面八方送来的菜蔬花草有着不同的气息和春天的味道，唤醒了胡姬舌头上许多沉睡着的精灵，让曾经喜欢吃甜腻肥荤的她欲罢不能。于是，她天天在府邸里转悠，看看还有什么特别的"草"是她和蝶虫们能吃的。

这天，胡姬带着个女仆在园子里的香椿树下折椿芽，伯颜正好走过来。他本已经走过去了，却突然停住脚，转身对着胡姬看。片刻后，他说：胡姬，你跟我来。

胡姬"哦"了一声，手里抓着把椿芽，一边用嘴咬着，一边随着伯颜走去。

伯颜走着走着，说道：你什么时候开始吃椿芽了？

胡姬说：今日，嗯……刚开始。

伯颜说：好吃吗？

胡姬说：怪怪的，但好吃。

伯颜说：你是什么都想尝尝。

胡姬说：不尝，怎知道滋味。

伯颜说：太贪吃，会死人的。

胡姬答：我命大。

伯颜说：南方有种鱼，叫河豚，味美无比。它的心肝则是美中之王，有人说尝一口成仙，想试吗？

胡姬说：想。

伯颜说：明日让人给你弄。

胡姬说：谢将军。

伯颜又是一阵不说话。片刻，他开口：胡姬，那事情你是怎知道的？

胡姬无辜地看着伯颜：知道何事？

伯颜问：知道国师是巫人鱼？

胡姬说：猜的。

伯颜说：为何别人猜不到，唯独你猜到？

胡姬说：国师是何等大人物？别人想的都是如何巴结他，从他那里得些好处，自然将他捧成神仙一样；唯独胡姬这样的小女子既然得不到国师的什么好处，看他全是短处，猜到真相就没有那么难。

伯颜说：果然厉害，让本帅想起一句话，螳螂捕蝉，黄雀在后。

胡姬反诘：谁是螳螂，谁是黄雀？

伯颜微笑不语。看来，这个曾经混在苦役队伍里的一心要往大城来的女子很想知道答案，可惜，他不会即刻回答她。

有谁还能将眼前的这个胡姬与当年的那个面黄肌瘦的小丫头联想到一起？岁月让她成为树上熟透的果子，香甜可口，芬芳四溢。但她骨头里的镇定，狠劲儿，与当初并无二致。

就在伯颜打算走开的瞬间，胡姬突然追问：将军明日真的会让人给胡姬弄河豚肝吃吗？

第二日，厨房果真给胡姬献上了一盘已切成薄片雪白晶莹细腻如玉的河豚肝。胡姬待下人退去，从怀中掏出个小小的琉璃瓶，瓶中装着绿色的药酒。她将药酒倒在盘里，用筷子搅拌了一会儿，雪白的薄片渐渐染上翡翠色。她伸手捡起一片河豚肝，递给在她脚边觊觎的虎斑猫。那猫迫不及待一口咽下，并拼命地舔她的手掌。

　　胡姬望着猫笑了。她又用指尖挑起一小片河豚肝，慢慢放到齿间，那肝脏丰腴鲜美、入口即化，果真是人间极品。她想，她的蝶虫们肯定会爱死了。

第四十六章
木偶人戏班子

那个夜晚之后，卡拉夫又试着去了皇城两次。他一定要见图兰朵公主。因为他不能相信自己的眼睛，他一定要从图兰朵那里讨一个明白话：那天晚上见到的那个人究竟是不是她。如果真的是她，他要弄清楚究竟发生了什么事，让图兰朵公主病得连他蓝眼睛都不认识了。

结果，他去了两次，坐在静静的园子里，将自己要说的话默默重复了一遍又一遍。他发现自己想说的话的内容已经变了。他现在想对公主说的是无论发生了什么，我都在你旁边，无论发生了什么，我都替你分担。

卡拉夫坐在园子里等了又等，等不到一个人影。大汗在花楼殿旁为公主新盖了寝宫，修筑环廊甬道直连花楼殿里。无论风雨，公主每日都可以从寝宫直接走到花楼殿去，只要公主不想见人，外人再无见到公主的可能。

卡拉夫孤零零地坐在园子里，抬头看蜘蛛织网，看喜鹊搭窝，低头看蚂蚁搬家。他聚精会神地看着这些不相干的事情，想着自己与它们有何相同。一直看到太阳偏西，他觉得自己明白了一个道理，只要去做，每一点努力都是有意义的。

这天，就在他打算出门的时候，周大说话了。

这几天，你们给我老老实实待在家里。周大对柳儿和卡拉夫说。

卡拉夫还没有应答，柳儿就诘问：为什么？

外面不太平。

哪儿太平啊，昨天李婶儿还说，甜水巷的吴小二坐在家里，让雷劈死了。

周大瞪柳儿：闭嘴，绣花去。我说了不行就不行！

周大很少对柳儿瞪眼睛，周大真的瞪了眼睛，柳儿只好气馁。她嘟嘟囔囔地走开了：绣什么花啊，我的绣花线都用完了。

周大说：等我有空出门，替你买。

柳儿心里很不服。眼下各国求婚的王子们纷纷到了大城，好玩好看的东西太多了，出门都看不过来，不出门，还能干什么？

卡拉夫没有说什么，但他心里与柳儿一般懊恼。他也想出门，他的心事无法向任何人吐露，于是他帮腔说：师父，外面的确很精彩，若不出门，错过的精彩就不是一点点了。

周大说：什么精彩？

卡拉夫答：据说大模国求亲的王子带了个木偶人戏班子到大城，在皇城下的东市里搭起华丽的台子天天演戏呢。

柳儿补充：那些木偶人饮酒歌舞吹拉弹唱骑马打架样样都会，每日只演一场，看过的人都说，活这辈子，光凭这场木偶戏也值得了。

周大冷笑一声：你们只有一条命，活完这辈子再说吧。

卡拉夫望到师父脸上的颜色，师父一向宽宥，突然黑下脸了厉害话，肯定是认真的。周大说不行，就只好不行了。

周大对卡拉夫和柳儿的沮丧装作不见。他拿着一捆麻线来到大槐树下，开始修补一张捕鸟的大网。雏鸟们只知道往花红柳绿的地方飞，它们哪里懂得花越红柳越绿的地方，罗网设得也越多。眼下各国求婚的王子们都聚集到了大城，凭周大的嗅觉，他知道很快就会闹出大动静了。

　　柳儿坐在门槛儿上，望着蹲在了柳树下的父亲，眼睛叭叭眨着直冒出火星来。往日父亲也就是说说算了，今日竟拿出门神的架势，翻脸不认人了。

　　铁头和小骆驼他们都跟柳儿多次描述过那些木偶人珠光宝气的服饰衣衫和逗人的举止，并且早与卡拉夫、柳儿约好今日要去看热闹，那木偶戏的锣鼓声已经传入云霄，让少年人坐立不安了。

　　柳儿揪了一根茅草，放在嘴里咬着：蓝眼睛，怎么办？

　　卡拉夫说：没办法。

　　柳儿说：为什么？

　　卡拉夫说：师父守在那儿，这不好办。

　　两人正烦恼，小骆驼瘦长的影子突然出现在院子门口。这两年，小骆驼个子蹿得贼快。小伙伴儿们跟他站在一起，都得仰起头，仿佛在看一根雨水浇灌后疯长的竹子。李叔感叹说，这小子吃下的东西全长了骨头，一点儿没用在长脑子上。

　　跟在小骆驼身后的是戆头戆脑的铁头和天狗。铁头，大脑袋，后脖子肉层层叠叠。虽然长得敦实，但耍坛子、上杆儿、走绳的功夫已经很好了，在集市上吆喝买卖的嗓门儿极洪亮，撂摊儿卖艺，已经能在杂耍班子里独当一面。

　　天狗跟着他父亲做木匠，心思奇巧，那镶嵌螺钿物件的手艺被他学了十之八九，哪怕是做个小板凳都有人抢着出价。

在铁头和天狗前后跑着的是铁头家的那只又肥又壮的大黄狗。大黄狗水油的皮毛，是柳儿打小儿的玩伴儿，也是铁头街头卖艺的帮手。它远远见到柳儿，连声吠着喜奔而来。

柳儿搂住扑到她怀里的大黄狗，脸上一点儿笑模样没有。

周大在槐树下低头忙活，对走进院了的少年人视而不见。

小骆驼虽忠厚但不笨，他觉出这小院儿里的气氛不对，于是在槐树前站住脚，小心翼翼地叫了一声"周师傅"。

在这帮小子眼中，天底下最让他们惧怕的就是这位周师傅，周师傅拿虎拿豹拿鹰拿雕跟拿猫拿雀一样，所以他们见了周师傅，都做出乖模样。

周大抬起头，对小骆驼说：今日柳儿他们不出门，你们自己玩儿去吧！

小骆驼、铁头和天狗顿时傻眼，望望门槛儿上的柳儿和卡拉夫，不知该往前走，还是往后退。

柳儿跳起来说：哎，都到我们家了，进来喝碗水！

于是几个小子跟着柳儿进了屋子。

五个人站在屋里，你看我，我看你，都不提喝水的事儿。

小骆驼说：怎么啦，你们做错了啥事儿？

柳儿翻个白眼儿：我还想知道，到底做错了什么。

她突然看向卡拉夫：蓝眼睛，是你做错了什么吧？

卡拉夫认真地想了想：我最近出门儿有点多，或许师父知道了。

柳儿哼一声：该去的地方不去，不该去的地方偏要去。

柳儿话里有话。卡拉夫自觉有罪地瞥了柳儿一眼，低下头。柳儿不提醒他，他也知道自己惹着柳儿了，柳儿时不时会提醒他这一点。

铁头问：你到底去了哪儿？

小骆驼说：还能去哪儿，笃定是去了焰火作坊。

天狗说：蓝眼睛，你疯了。去那地方被人知道是要挖眼睛剁手脚的。

铁头也说：就算你自己不怕死，总不该连累了周师傅和柳儿。

听到这群浑小子抱怨卡拉夫，柳儿突然不忍：谁说蓝眼睛连累了我们？再说了，难道我和我爹是怕连累的人！

几个傻小子顿时茫然。

柳儿说：听好了，蓝眼睛是去了焰火作坊。他去那儿，是焰火大师要他去的。

那一阵子，卡拉夫总往皇城里去，每次去了，快乐得像捡了大把的金子。柳儿看见了，肚子里把醋坛子打翻了无数遍。后来又有几次，卡拉夫去了，回来后沮丧得像只挨打的狗。这下柳儿不仅仅将醋坛子打翻，而且砸得稀烂，碎碴子扎得柳儿浑身打战。

蓝眼睛是柳儿的，从周大带着蓝眼睛走进这个家的那一刻，柳儿就把蓝眼睛当成每日一睁眼她惦念的最大的快乐。柳儿的心不大，有了蓝眼睛，她的心一下子就填得满满的。现在却有人伸手想将柳儿唯一的快乐拿走。

皇城与柳儿家相隔很远，图兰朵公主突然冒出来了，一副从天上走下来的模样，卡拉夫对她百依百顺。为什么？就因为她好看！柳儿是女孩子，女孩子对其他女孩子的模样是最敏感的。虽然柳儿过去不在乎这个——柳儿也好看，在宠爱柳儿的人们眼中，柳儿就是世间最好看的，但面对图兰朵的容颜，柳儿看到了天和地之间的那个东西。她的自信心突然崩塌。图兰朵的好看简直是个祸害。

她好看又怎样，她有病！想到大家都说图兰朵公主有病，柳儿的心松了一松；但想到那个有病的人只是一句要蓝眼睛陪她练剑，就弄得蓝眼睛也要生病了，柳儿的心又紧了。柳儿心里在打架，一会儿舒服，一会儿焦虑，好累。眼下，就算卡拉夫不往皇城去了，站在小院儿里，那呆呆的眼神还总是往皇城里瞭着。好看真的有用，吃人不吐骨头哟！

柳儿虽然气得不行，但转念一想，仍努力给自己排解。大汗已经通告天下，要给公主招亲了，招的都是各国的皇亲贵胄，卡拉夫就算能入皇城，也不过是与公主练练剑。等大汗选定中意的女婿，陪公主练剑就换别人了。这样最好，皇城里的公主过公主的日子，我们大城里的小百姓过小百姓的日子。

于是，柳儿努力让自己开心起来，同时也想让蓝眼睛哥哥开心，要做到这一点挺难的，什么东西能比图兰朵公主好看？柳儿冥思苦想，想到了焰火，过去只要提到焰火，卡拉夫的眼睛一定会发亮。于是，柳儿开始怂恿卡拉夫。

柳儿说：蓝眼睛，还想不想学焰火？

卡拉夫闷闷地说：想，可很难啊。

柳儿说：给你指条容易的路。

卡拉夫不太信：说说看。

柳儿说：想办法结识那个焰火大师，是不是比较容易？

柳儿的话一下子把卡拉夫点醒了。他想的是他曾经答应了图兰朵，下次要带更好的焰火给她看。就算她得了古怪的病症，那焰火肯定能帮她。何况她说过，她喜欢焰火。

这个念头让卡拉夫着迷，着迷后便有些走火入魔。结识皇家焰火大师其实也不是件容易的事情，但卡拉夫一心想做，竟被他做到了。

卡拉夫与焰火大师结识的过程有些可笑。卡拉夫用了很笨的办法，从早到晚跟踪焰火大师的行迹。他毫不掩饰对大师的尾随，把自己弄成了一条明目张胆的尾巴。大师大约早已对崇拜者的尾随习以为常，根本不理睬卡拉夫。直到那天，在一家小茶馆里，卡拉夫被跟随焰火大师的怯薛兵凶恶地吼了两嗓子，才终于给了卡拉夫结识大师的机会。

卡拉夫不是在茶馆里遇上的焰火大师。他是从磨盘山的焰火作坊一直跟到这个茶馆里的。每日焰火大师干活干得疲乏，都要到这个小茶馆里喝一阵子加料茶，金链子哗啦哗啦地扯着他，让他腰酸背痛，这个小茶馆是他唯一舒心的地方。

一日又一日，那两个怯薛兵对这个少年人不声不响地跟在身后的举动既疑惑又无奈。这一日，他们的耐心终于消磨完了。见卡拉夫跟到了茶馆仍不肯走开，终于沉不住气，其中一人凶神恶煞地吼起来：滚远点，小色目人，找死啊。

卡拉夫没有被那两个怯薛兵吓跑。他定定地站在那儿，望着焰火大师。显然，这是个倔强孩子，遇上事情，有点冥顽不灵。

焰火大师已经坐下，开始喝茶馆老板早就为他备好的加料茶，那晒青毛茶因加入胡桃、松实、芝麻、杏、栗等干果，香气四溢。

焰火大师吹着茶碗里浮动的芝麻，眼也不抬地突然说：你跟着我做什么？

卡拉夫终于等到这句话了。卡拉夫急匆匆地跑上前，从怀里掏出一个小布口袋：想将这东西给师傅。

焰火大师问：是何东西？

卡拉夫规规矩矩地打开口袋。焰火大师探头看去，里面是一些褐色的小豆子和细细的花干。

卡拉夫说：这是决明子和金银花。煎水当茶喝，治眼疾最好了。

焰火大师说：谁说我有眼疾。

卡拉夫说：师傅没有眼疾，但每日烟熏火燎，是很伤眼睛的。春日最易上火，师傅还是当心些好……

焰火大师的胸口突然涌起一股比香茶还要舒适的暖意。他眯起眼睛打量着卡拉夫问：你怎会懂这些？

卡拉夫说：听我师父说过。

焰火大师问：你师父是谁？

卡拉夫说出周大的名字。焰火大师微微笑了。他接过那个布口袋，说：好孩子，难得你有心，东西我收下了。

事后，卡拉夫欢欢喜喜地告诉柳儿，虽然那两个怯薛兵吼了他，他却一点不怪他们，他们真的也挺辛苦。卡拉夫近处仔细打量过焰火大师腰上的那条金链子，实打实沉得很呢。

卡拉夫没有向周大提起此事，但他向磨盘山跑得越来越勤。焰火师傅有空能偷偷教他两招，比他自己私下里乱琢磨的确管用得多。

或许是师父知道了自己去焰火作坊的事，或许是师父知道了自己偷进皇城的事。尽管柳儿替卡拉夫辩解，卡拉夫还是感到负疚。他暗想，要是早跟师父说实话，师父就算不高兴也不至于连带柳儿跟着吃挂落。

小骆驼叹气：认命吧。周师傅说"不"，谁又能说"是"呢？

铁头说：即便周师傅要罚你们，换个时辰不行吗？今日可是个大日子，昨日刚刚抽过签，王子们答谜的顺序已经出来了。一会儿皇城里就有王子去答谜，很好看的光景呢。

柳儿听了心痒得只想挠胸口。她眼珠子骨碌碌地乱转，突然盯住了脚下的大黄狗。

铁头，借你家的狗用用。

干什么？

铁头神色警觉。他本来不是小气鬼，但这条狗跟他的兄弟一般亲，晚上睡觉都搂着，柳儿要打大黄狗的主意，让他马上联想到柳儿过去曾做出的最恐怖的事情，他心疼他的兄弟。

柳儿说：今日你们杂耍班子要出去卖艺吗？

铁头点头：我爹说，今日集市上人最多，生意特别好。

柳儿说：你待会儿就跟你爹说，你们家大黄去不了。

铁头不明白：为什么？

柳儿说：大黄病了呀。

铁头的爹是杂耍班子的首领，当听儿子说大黄狗病了，他比谁都急。铁头和大黄狗都是他一手训出来的，铁头站在场子中间的桌子上顶坛子，大黄狗立着前脚围着铁头站立的桌子顶绣球，这一大一小、一高一矮的把戏是大城男女老少永远看不腻的。

今日大黄得的毛病有点怪，瞪着眼睛不停地打嗝，肚子还一抽一抽的。过去大黄偶尔也打过嗝，那是一袋烟的工夫就过去了，今日却是一炷香灭了都没停。卖艺卖的都是巧活儿，大黄打嗝打得站都站不利落，照这样下去，那头上顶绣球的招数肯定废了。

铁头的父亲火急火燎地找到周大。在大城谁家养的飞禽走兽有了毛病，都来求周大。周大是那些生灵的活菩萨，只要不是阳寿到了，周大都有法子让它们绝处逢生。大黄狗打嗝不是大毛病，但大黄狗不能上场却是大事情，那有关杂耍班子七八号人的生计。

周大听了，放下手中的麻线，站起来就走。临出门，他冲着屋里的柳儿撂下话：在家好好绣花儿，不许到处乱跑。

柳儿脆脆地"唉"了一声。

眼看周大没了影子，柳儿活蹦乱跳地扯住卡拉夫的衣袖：走，去集市！

卡拉夫说：师父要你绣花。

柳儿道：对啊，绣花线没了，得先买绣花线啊！

尽管出了门，卡拉夫仍心思不定，想着师父回来，得发多大的脾气。

柳儿劝慰卡拉夫：没事儿。做猪好啦。

卡拉夫说：做什么猪？

柳儿说：死猪，死猪不怕开水烫呗！

柳儿笑嘻嘻地看燕子飞，看猫打架，看牛下水，看到什么都眉飞色舞，显然，她对来之不易的东西格外珍惜。

卡拉夫突然问：铁头家的大黄到底得了什么病？

柳儿说：铁头他爹说了，打嗝啊。

卡拉夫说：怎能要它打嗝，它就打了？

柳儿咯咯地笑起来：傻呀，当然得有办法。

大黄狗是柳儿眼瞧着长大的。这条狗自小有个毛病，吃凉东西容易打嗝。于是柳儿指使铁头去最凉的深井里打了一桶水，隔半支香便给大黄喂半瓢，于是，大黄开始了不停息地打嗝。

卡拉夫还是有点可怜大黄：不会真的落下毛病？

柳儿全不在意：能落下多大的毛病？有我爹在，手到擒来。

今日，大城的一半人都拥到这个离皇城最近的东市上来了，人挤人，人挨人，多得走不动路，喘不过气。只有像柳儿和卡拉夫这样泥鳅似的半大孩子才可能在熙熙攘攘的人群中游刃有余，并能够不与伙伴们走散。

市场上的人喜气洋洋过节一样。其实大城过节也没有这么热闹过。人人脸上都油亮亮地映着太阳。大汗给图兰朵公主招婿，各国王子们抢着求亲，大城人都觉得很有面子。

柳儿和卡拉夫在集市里穿梭。他们首先找到了小骆驼。小骆驼的个子比寻常人高，所以很打眼的。小骆驼带着他们再去找铁头，他说杂耍班子在集市里圈了一块极好的场子，位于集市的中央，走到那儿得要会儿工夫。

他们随着人群的流动往集市更深处走，除了普通的大城人，他们见到了异常多的刚刚来到大城的外乡人。这些人衣着特别光鲜，举止特别傲慢，穿金戴银的，每走一步浑身钱财都在哗啦啦地响；这些人的身边大都跟着不同模样的侍卫，有全副披挂，钩爪锯牙的，也有上半截裸露，炫耀着肌肥骨重的肉身的。总之，形形色色，千奇百怪。

小骆驼告诉柳儿和卡拉夫，可不能小瞧这些人。他们都是各国的贵族，跟着自己国家的王子来到大城，一旦自己的王子答谜成功，成为公主未来的夫婿，他们也就跟大汗攀上了亲戚，所以，早早就有点绷不住得意了。

人群中还有一种人特别多，那就是大城里的赌徒。自打昨日王子们答谜顺序一公布，大城的赌场里再无人掷骰子。王子们答谜，一天一个人。大家只下两种赌注，赌王子们当中哪一个能答出谜底，和赌当日答谜的王子能不能答出谜底。既然"骰子"都在皇城里，许多赌场便将赌桌搬到了皇城城楼子底下，开赌的人都清楚赌徒的心理，抢人之先是最重要的。赌徒们大喝小叫地各押各的宝，他们心急火燎，恨不得替皇城内的王子们去答谜。

三个人一头油汗，终于在一个杂耍人的圈子里找到了铁头。铁头刚刚顶完坛子，在人群一片叫好声中，一个利落的筋斗从桌子上翻下来。见了卡拉夫等人，铁头满脸成就感，大黄狗也叼着绣球，颠颠地跑过来。

柳儿嗔怪：你这儿太难找了，

铁头说：这地界儿多抢手啊，我爹他们天不亮就带人占场子了。

柳儿说：就为了人多？

铁头憨憨地说：做生意，可不就是图个人多。

柳儿往四下望望，都是人头。她对小骆驼说：嘿，骆驼哥，劳驾！

柳儿说着，攀着小骆驼的身子爬上他的背。小骆驼个子高，打小就被柳儿爬上爬下，是个登高望远的好用具。

左边勾栏里的戏子们穿红戴绿地正在上演《棒打薄情郎》。围观者项背相望，看到动情处，想擤鼻涕抹眼泪，连胳膊都抬不起，只好顺势抹在了前面人的肩膀上。右边的圈儿里摆着一溜罐子，罐子前坐着几个远东来的艺人。他们顶着硕大的头巾，花哨地吹着笛子，拨着西塔琴，敲着塔不拉鼓，逗弄得十几条狂舞的毒蛇摇曳不止，并不断变换着队形。看客们比肩叠踵，抬脚尖的，再想落下，就踩到了旁人的脚背上。

柳儿在小骆驼身上突然喊起来：我看到木偶戏班子的戏台了！

柳儿喊得忘情，往上蹿了蹿。小骆驼站不稳了，柳儿从小骆驼的身上滑下，一头撞到一个人的怀里。

当心！

那个人刚说了一句"当心"，下半句被柳儿抢去了。

你干吗撞我？柳儿瞪眼望着那个人。

那人懵懂：好像是你撞我。

柳儿说：谁看到我撞你了？

那个人说：我自己看不到吗？

柳儿说：你眼神不好，所以，你才撞我。

那个人说：你——！

卡拉夫拦住对方：的确是我妹妹撞的你，她不是有意的。

那个人说：总算有个明事理的人说话了。

柳儿说：谁是他妹妹，我跟他长得像吗？

那个人迷惑，看卡拉夫又看柳儿。

柳儿说：再说了，撞没撞你，跟他是不是我哥有关系吗？

那人认输，苦笑：大城的姑娘，我算领教了。

卡拉夫看对方也是个色目人种的少年，身材修长，黑发卷曲，脸上的线条分明，极深的眼窝，极高的眉骨，挺直的鼻子，看人的时候，一双精煤似的眼睛掩在寒鸦羽翼般浓密的睫毛中，让人觉得他是个有些傲慢的人，但那微微凸翘的下巴，又让他的脸庞带出少许柔软。那是个站在少年和青年的门槛上的大孩子，像一片俊俏的竹林，青翠中夹杂着许多深绿，那种颜色混合在一起，十分地诱人。

卡拉夫说：你不是大城人，从哪里来？

少年人说：大模国。

柳儿叫起来：大模国人？你们大模国来了一个木偶戏班子，把这里所有的把戏都比下去了。

少年人说：哦……

铁头抢过话头：那可不是普通的戏班子。木偶戏班子也是大模国国王御用的戏班子。据说，班主是个年纪不大的少年，里面的戏文，歌舞唱腔，都是他一手操持，每天的戏码里都有一个王子去向公主求婚，但不是遇上妖，就是碰上魔，把那个王子折腾得七荤八素的，但最后，九死一生的王子命大福大，总是能与公主成就姻缘。

少年人笑说：真有这般好看？

小骆驼说：骗你乌龟。不是好看，是好看得要你的性命。

少年人说：若要我性命，我就不看了。

柳儿反驳：不要性命也要看啊！

卡拉夫说：我们这就要去那儿，你不妨跟我们一起去？

走走走！

还没容少年人点头，众人已经推着他开始走。于是那个少年人身不由己地随着其他孩子在人群中施展泥鳅功穿行。

柳儿跟在少年人后面，说：别看你是大模国人，一准儿不知道你们国王与我们大汗的交情有多深。听说公主要选婿，不甘人后。这次前来求亲的是大模国国王的长子阿明王子，光送聘礼的队伍就足足占了两条街，打点朝廷的大小官员，给的都是上好的猫眼儿，粒粒有我手指肚大。

少年人说：我从未听说他们用猫眼儿石贿赂你们的官员。

小骆驼一边推开闲人一边说：你见识少。听说你们大模国王子可是个人才。七八个国家的王子入皇城觐见大汗，殿上站成一排，众臣的目光只落在阿明王子的脸上。连大汗都暗赞大模国国王好福气，生了个体面的儿子。

这群孩子在人群的缝隙中挣扎了一阵子，终于来到木偶人的戏台子前。那戏台子前人山人海，台上已经没有妖魔鬼怪，歌舞也到高潮，木偶们围着衣裙华丽的王子和公主喝酒吃肉，蹦蹦跳跳，捧着鲜花的村姑们往观众席上扔红艳艳的桃花瓣儿、白嫩嫩的玉兰瓣儿，撒亮晶晶的糖果子，最后戏台子上还飞出了漂亮的鸽子。小骆驼、卡拉夫等人在台下站着，目不暇接。

柳儿手快，抓到一个糖果子，捏一捏，软软的，包在半透明的丝绸里，金丝线扎口，让人舍不得下嘴。柳儿把金丝线小心解开，揣进怀里，她要留着扎头花儿用。然后，对着糖果子咬了一口：好吃，太好吃！

柳儿把另一半，塞进卡拉夫口里。卡拉夫嗓子咕噜一下，还没尝出滋味就吞进肚子里。

卡拉夫奇怪地问：到底怎么个好吃法？

小骆驼遗憾卡拉夫吃了竟然没吃出滋味：你看你，白吃了。

柳儿细细吧唧着嘴：好像是蜜糖和一种奇怪的果子……

是大模国的无花果。有人提醒他们。

柳儿不由得向接话茬儿的人瞟一眼，她都忘了，旁边还站了个少年人。于是柳儿改口：我早就知道是无花果。

少年人说：好啦。糖果子扔完了，戏就完了。

柳儿问：哪有这么快就完了。

少年人说：不管故事怎么编，只要戏快完了，就要扔糖果子了，每次都这样。

柳儿说：我不信。

少年人说：打赌！

少年人的话音刚落，台上那漂亮的天鹅绒幕布就跟着落了下来。柳儿气得直跳：真晦气，我刚来，还没看够。

那个少年人笑了：明天日落后还有一场，想看，你们再来。

铁头说：骗谁啊，戏班子演戏，都日落收场。

少年人说：我们不同。

柳儿说：你是谁啊？还我们。

那个人说：管我是谁，信我就是。

柳儿偏不喜欢轻易信人。她说：我为何要信你？

那个少年人笑笑：因为我是这个戏班子的班主。

第四十七章
安南国王子的人头

　　这是柳儿和卡拉夫他们第一次见到阿里王子的情景。但那时候，他们把眼前这个俊朗的少年人只看成一个普普通通的外来者。阿里说，他叫阿里。于是，柳儿他们就叫他阿里。他们与阿里一点不见外，大城人对外来者向来宽容大度，甚至有一点点优越感。

　　柳儿听说了对方的身份，眼神变得友善。尽管大城里骗子不少，但冒充一个戏班子的班主没什么益处。柳儿攀住阿里的肩膀：都说班主年轻，原来是你。难怪这么爽气大方。等人散尽，你带我到台子后面去看看，好不好？

　　阿里转着眼珠看着柳儿，说：容我想想。

　　柳儿说：哟，刚夸你，你就嘚瑟了，这么容易的事情还要想，你真的是班主吗？

　　阿里说：如假包换。

　　阿里坦然面对柳儿挑衅的目光。他没有马上答应柳儿的原因不是别的，而是他奇怪这个女孩子不求他明日在戏台子前面占座位，却急着要到后台去看风景的真正原因。

　　柳儿有柳儿的心思。打小周大珍爱柳儿，觉得闺女必须按闺女养。不教她功夫，而要她纺线绣花。周大说，你娘亲曾是大城里顶尖的女红高手，你该更胜一筹。但柳儿天生灵

140

巧，手眼如风，穿针引线实在太不过瘾，想学些手眼更快的，于是无心插柳，却修成了一手好戏法。

开始时，柳儿仅仅是好奇。一个普通的人，用毯一蒙，能变出很多的好东西来。水里游的，火里蹦的，天上飞的，地下跑的，吃的用的。有人告诉她，那些东西都是这个人提前穿戴在身上的。柳儿听了还是纳闷儿。这么些东西怎么穿戴着的？火带在身上着不了，水带在身上洒不了，还能变得来去自如。

于是她被告知，穿戴只是个巧活儿，成功的关键是快。天下戏法，唯快不破。

醉心于快的柳儿决定要勘破里面的秘密。

戏法在卖艺人当中是个巧活儿，那些玩意儿是卖艺人的命根子，对儿女们都藏着掖着的。柳儿要做的事情却是把每个戏法人的手法弄得一清二楚，这事儿有点儿不着调。

听到众人说这事情不着调，竟把柳儿的好胜之心挑逗起来。她靠着自己嘴甜哄人死缠硬磨，靠着半偷半学半琢磨，把大城几家杂耍艺人的戏法儿学了七七八八。随后，显摆地在众人面前玩起"仙人摘豆""三仙归洞""金钱抱柱""空壶来酒"的把戏。众人被她唬得一愣一愣。连她的爹，见闻广博的周大都看得眼直。

我怎么生了你这么个丫头。周大抓着脑瓜嘟囔。

好不好？说啊，好不好？柳儿催问周大和卡拉夫。

周大说：弄鬼掉猴的，有什么好。

柳儿才不在乎周大怎么说。她偏生要站在一旁的卡拉夫说好。

卡拉夫想想，说：要是能保师父以后再不缺酒喝，就好。

周大听了苦笑：别，你还是别劝她做这事。

周大明白戏法是怎么回事。他更知道女儿千万不能夸，不然她真会把周边酒铺里的酒都搬到家里来。柳儿学了本事，免不了技痒，要不是因为周大死拦着，柳儿说不定早就跑到卖艺场子里露两手了。

刚才柳儿见到木偶人在戏台子上喝酒吃肉，与卡拉夫打赌，那些吃喝都是障眼法，无论吃的还是喝的全是假的。卡拉夫却说不可能，那些吃食必是真的，至于吃食的去处，他推测偶人们的脖子底下一定接了个口袋。所以今日柳儿若不到后台去扒开偶人们的衣服看看究竟，晚上会睡不着。

铁头则对柳儿说：你那事儿不忙，阿里该还有更要紧的事情。

柳儿不高兴了，说：什么事比我的事更要紧？

铁头不答，却转脸以同行的口气开导阿里，说：你初来乍到大城，有些规矩定是不懂的。这一带都归开赌场的徐老怪管，交一点地皮费，他就能大小事替你罩着。我爹跟他熟，要不要我带你去拜拜码头。

阿里说：这个……就不用了。

铁头说：别小气，提个猪头过去就行。

小骆驼却嘻嘻笑起来：还猪头啊，我看你就是猪头。他若没拜码头，能圈下这么好的场子？

阿里笑而不语。

大家都觉得小骆驼的话老到。卡拉夫诚心诚意地对阿里说：你那些偶人吹拉弹唱活灵活现，大城里没有第二份儿，怎不到皇城里去演？

铁头接话：对啊，大汗定会打赏。

小骆驼说：还有我们的图兰朵公主，她一定喜欢得紧。

卡拉夫开心地点头。

柳儿却有点不开心了。这些日子她听到了"公主"两个字，就像被人偷偷踩了一脚，不仅脏了绣鞋，还钻心地疼。她瞥了卡拉夫一眼，扭头对铁头和小骆驼说：我们的公主？真好笑，你们好像跟公主沾亲带故。

小骆驼说：大汗是我们的大汗，公主怎不是我们的公主？

柳儿冷笑：咸吃萝卜淡操心。这是大模国的戏班子，要是大模国的王子成了大汗的女婿，还愁打赏吗？

柳儿伶牙俐齿，但平日对伙伴大都算客气。突然如此刻薄，让大家都有点讪讪的。

见铁头和小骆驼被抢白得无趣，卡拉夫知道是自己的话题让柳儿不开心了，于是对阿里说：无论怎样，明日那场要等到日落后开演，还是没道理。

阿里说：怎无道理，等我们大模国的王子答对了谜，大城要放焰火。有大城的焰火做陪衬，定是再好看不过。

这么一说，阿里的话变得让人信服。

大伙儿笑了。卡拉夫跟着也笑了笑，只是笑容有些黯然。是啊，那真是个绚丽的结局。这些年，大城的人们不就是等着这一天吗？谜答对了，图兰朵公主的病就治好了。到那时，只怕无论自己的焰火做得再好，也没有多少机会给她看了。

小骆驼却冷不丁发现一个破绽：你怎知道一定是你们大模国的王子答对谜底？今日午时，安南国的王子第一个答谜。他若答出，焰火就会今日放，难不成你明日的戏码也要挪到今晚吗？

这个答案早就在阿里的心里。阿里不大相信小骆驼说的那种结果会出现，在他看来，再多的王子来到大城，都不过是来给大模国的阿明王子做映衬的。当然结果只能有一个。但他越是这样骄傲地想着，越是不愿意将骄傲显露给人看。他随和地说：明日的戏还是明日演，其他的都是上苍的意愿。

对于谁将会成为大汗的佳婿这个事，阿里本没有多少兴趣。但父王说，一定要拿下那个公主，那不仅仅是做汗国的驸马，还有汗国的半壁江山同时揽入囊中。父王是想用一个儿子轻而易举地换来一望无际的国土，父王精明，看出这桩交易甜头很大。后来，阿里听说嫁妆当中有焰火，顿时觉得若能与大城结成亲眷，也不是什么坏事。半个汗国有多大，阿里难以遐想，但皇家的焰火却璀璨夺目地在那里招手。对阿里来说，那绚丽的焰火比半壁江山有趣得多，所以哥哥做大汗的佳婿是个可以接受的选择。

阿里王子是大模国阿明王子的兄弟。自小哥哥牵着他的手长大，在他眼中，哥哥就是他早上看到的那个太阳，耀眼，温暖，睿智，包容。兄长到大城来求亲，阿里吵着要跟来。大模国的国王开始不允，不合规矩，名分说不过去啊，但始终熬不过小儿子的纠缠，最后答应阿里隐名埋姓，以木偶人戏班子班主的身份跟着去大城开开眼界。

乐天的人无忧无虑，玩木偶人是阿里所长，以木偶人戏班子班主的身份去大城，他再乐意不过了。当然，阿里闹着要到大城来的真正的原因却是焰火。大模国同为东方大国，国中珍奇无数，但身为王子的阿里，每每听到别人提焰火，都被对方那神秘而奥妙的言辞而迷惑，他们议论焰火像在议论人生，他们说只有看到焰火，才知道上苍给予的最美的东西一定是最短暂的；他们议论焰火像在议论财富，他们说只有灿烂地燃烧，如数耗尽，才知道你曾经拥有过。

阿里的梦想被焰火照亮，他来大城是来寻找他心中的焰火的。当然，首先是有人能够答出那三个谜。

阿里是个乐天的人，凡事都往好处想。三个谜算什么？哥哥自小博学多才，多年来让他父王最苦恼的事情，是悬赏重金找到一个能与他授课的师父。不要讲三个谜，世上的谜都摆在哥哥面前，也难不住他。阿里想，只要哥哥答出三个谜，就为父王拿下了汗国的半壁江山，为自己拿下了汗国的焰火，当然，也就拿下了皇城里的那个公主，他相信那个公主大约不会太差，哥哥是世间最好的男子，心高气傲，姿色平庸的女子哪能入哥哥的眼。

关于那个公主，阿里或多或少听到一些诡秘的传说，说图兰朵公主从小绝世美丽，所到之处，日月星辰暗淡。又有说，她幼年被神人指点，修炼成一个精灵，白天一个模样，晚上一个容颜，要见她的真身却是很难。还有说图兰朵公主因美貌和聪明无双，世人难以与她对话，因为无论你想说什么，她都一清二楚。

阿里曾好奇地问哥哥：万一那个公主不像人们传说的那样，万一她又蠢又丑，你怎么办？

哥哥笑说：很简单，我掉头走掉，忘掉她就是。

父王想要江山，自己想要焰火，哥哥想要的是与他白头偕老的美人。各取所需，挺好的。

已是午时，答谜的时辰到了。

皇城城楼上号角吹响，随即，皇城里传来音色粗犷的宫廷"大乐"，皇城下东市里唱戏的、卖艺的、杂耍的生意纷纷停了，连带其他商贩也都歇了。设赌的不再下注，剩下的事情就是谁输谁赢谁拿钱。大城人懂规矩，这是什么关口，公主的婚事兹事体大。这一个时辰可是大城人等了多年才等来的。人们或站或坐着，难得那么有耐心。众人知道安南国的王子已经上了皇家祭坛，答谜已经开始。为了大汗和图兰朵公主，一辈子等这么一次也是应当的。这倒成全了路边的大小茶馆和吃食店，人们等待着结局，但这一个时辰中不用耽误吃喝。既然是求亲答谜，提前小喝一杯也不算错。

　　柳儿、小骆驼和铁头终于得了机会，去窥测阿里王子后台的偶人们的机关。

　　过了一会儿，柳儿一脸懊恼地走回来。卡拉夫问她结果如何。

　　柳儿说：你赢了，那些偶人们竟然喝的酒水吃的腌肉全是真的。

　　卡拉夫好奇：你尝过了？

　　柳儿不吭声。

　　卡拉夫问：好吃吗？

　　柳儿做了个呕吐的鬼脸：下次再不尝。

　　阿里说：蓝眼睛赢了，你们赌了什么？

　　柳儿说：还能赌什么，请大家吃油酥饼呗！

　　小伙伴们打赌，不过就是一点吃喝。可柳儿想想，依旧不服，气哼哼地说：明明可以障眼法的，为什么你要弄真的吃喝……

　　卡拉夫猜说：大约障眼法只能真人自己来做，台上的那些到底还是人偶。

阿里一脸促狭的神态说：倒也不是。我们也能做一些障眼法的把戏，只不过要用不同的人偶。不妨明日再找人赌一次，我让你赢。

柳儿顿时跳起来：嘿，把你那些能做障眼法的偶人先让我看看……

说话间，小骆驼和铁头兴冲冲地跑回来，手里捧着荷叶包，里面有一打热乎乎的油酥饼。柳儿用本该买丝线的钱请客，小骆驼乐于跑腿。小骆驼家的豆腐是大城最好的豆腐，出于这层关系，小骆驼对大城吃食了如指掌，总能淘换到合意的佳肴。黄灿灿的油酥饼上撒着香喷喷的糖桂花，人人有份。

柳儿挑了个大的给卡拉夫，说：你赢了，你吃大的。

随后，柳儿往阿里手上塞了一个，说：你帮他赢的，你陪吃。

卡拉夫饿了，闷头吃起来。

阿里没有推辞。油酥饼有点烫，他乐呵呵地倒着手，然后咬了一口。

柳儿得意地说：你们大模国没有这么好吃的油酥饼吧？

阿里被烫着了舌头，他呜呜地说：嗯，嗯，有差不多的。

柳儿不信：不可能。

阿里说：我们那里做点心，用牛乳、水果和果仁儿。

柳儿轻蔑地"喊"了一声，说：我们做点心，用鲜花。

阿里问：哪种花？

柳儿说：随便哪种。

阿里将信将疑。

柳儿指了指那些地上已经被人踩得污烂的桃花和玉兰花

瓣儿：多好的花儿，都被你糟蹋了。

显然，阿里被镇住。他看向卡拉夫。他相信卡拉夫是个老实人。

卡拉夫说：桃花可以熬粥，玉兰可以蒸糕，做饼。我妹妹用花能做出很多饭食。

阿里无话可说：没吃过，不一定好吃。

柳儿说：不好吃？打赌，明日来我家，我做给你吃。

柳儿有赌性，张口便打赌。阿里却不接她的茬儿，说：你若真的能做，明日带一块糕给我就行了。我舌头向来厚道，从不骗人。

柳儿说：好，说话算数。

说着话，阿里突然想起了什么，他左右看看柳儿和卡拉夫：对了！你为什么叫她妹妹？

卡拉夫坦然：她当然是我妹妹。

阿里摇头：你是色目人，她不是。

卡拉夫说：她的父亲是我的师父。她比我妹妹还亲。

阿里笑起来：比妹妹还亲，更不该叫妹妹。

卡拉夫愣怔，柳儿的脸却突然嫣红一片。她凶凶地对阿里说：叫不叫妹妹，跟你有关系吗？管得宽！

几个人正你来我往地斗嘴，却被皇城城楼上一声低哑的长号声打断。城楼下的人们顿时一片肃静。

汗国礼仪官慢慢吞吞地走到城楼边上，他扫了一眼下面黑压压的人群，各国的达官贵人们脸上的肌肉都紧张得快抽搐了。赌桌前的赌徒们大气不出，恨不得将耳朵伸到礼仪官的嘴边去。

礼仪官宣：安南国王子，答谜失利……斩首。

众人都听清楚了"答谜失利"这几个字。在一片惋惜声中，随之而来的"斩首"几乎被淹没了。

台下人都在交头接耳，说这个安南国的王子运气太不好，也有人说他运气若好了，后头还有那么多个王子等着，就没的看了。各国贵族们表情矜持，今日的终局已经有了，明日的事情归明日了，失利只是一个安南国，悬而未决的却是大多数。最沉不住气的是城楼下的赌鬼们，他们在"失利"两个字离开礼仪官的嘴开始，就疯癫了，输了的灰头土脸，赢了的大呼小叫。

突然间有人问，刚才好像说起要斩首，斩首谁啊？没有几个人注意到这问话。答谜失利就是失利，与斩首有何关系？于是，问话的人也羞愧起来，觉得大约是自己耳朵失灵，听岔了。

然而，片刻间城楼上竖起了行刑台。皇城侍卫们都齐刷刷地站上来了。这真的是要砍头啊，城楼下的人大眼瞪小眼。接着，他们看见怯薛兵们押上来一个白衣飘飘的年轻人，装扮贵重，一副玉叶金柯的模样，原来，被砍头的是答谜失利的安南国王子。

那日未时三刻，白衣飘飘的安南国王子的头被挂在了皇城城楼上。

大城的人们望到那颗人头，都吓得噤声。城楼下的人群散去得比蚊蝇还快，偌大的集市也一下子走空了。大家只有远远离开了那个吓人的地界，才敢低声打听到底发生了什么事情。

柳儿和卡拉夫回到家中，两个人都被今日的事情搞得有点迷糊，见了周大已经忘了自己准备做"猪"，被开水烫的打算。周大站在院子中，望到他们回来，显然松了口气，脸上的焦灼退去许多。周大没有盘问他们，他们也没有说。各自都有数了。

安南国王子被砍头的消息很快就传遍了大城，但他被砍头的缘由却众说纷纭。有的说今日安南国的王子答谜前，曾去觐见图兰朵公主。那觐见的大殿只有一个入口，却有两个出口，一个通往答谜的祭坛，一个通往出皇城的城门。觐见后，礼仪官告诉答谜者，答谜失败，是会死人的，当然，死的是答谜的人。若惧死，可以选择放弃答谜，离开这里。而安南国的王子想也未想，就朝着通往祭坛的出口走去，他仿佛迫不及待，仿佛与死神有个约会似的。

也有的说，不是这样，答谜者在觐见公主之前，就已经得知答谜失败后要掉脑袋，但因最后的决定是在觐见过公主之后做出，所以，安南国王子在走入大殿前的那个片刻，还是犹豫不决的。但觐见后，他却变了个人，面红耳赤，不能自已，被摄了魂魄一般。他走向祭坛的神情绝对是开开心心的。

无论哪种说法，安南国王子赴死都是心甘情愿的。没有人强迫他，他自己引着自己走上不归之路。关键是王子觐见图兰朵公主的片刻，到底发生过什么？于是，又生出来了第三种说法和第四种说法。前者说，图兰朵公主从小精通移星换斗之法，安南国王子被图兰朵公主悄悄施展了法术，失了本性。后者说，是求婚者当中有人对安南国王子嫉恨在心，所以才行罢布气加以谋害。这两种说法的可信度令人质疑。公主为何要对自己的求婚者施法？何等法术才能让一个人舍生求死？若是其他求婚者做手脚，得与安南国王子结下多大的仇，才会失心疯般用出这等卑劣手段？再者说，既然是求婚的竞争对手，送安南国王子去祭坛答谜，万一答对了，那不是鸡飞蛋打吗？

安南国王子的头颅挂在皇城城楼上，让多少大城的人辗转在噩梦里。

第二日清晨，柳儿早早起来。取了家里爹亲手酿的土蜂蜜，从鸡窝里拿了母鸡刚下的鸡蛋，又摘下院门口玉兰树上将开未开的最鲜嫩的花朵，再将鸡蛋和蜂蜜搅拌进头一日发好的稀面里。灶台里的柴火被卡拉夫烧得旺旺的，锅里的水滚滚的。柳儿先将三分之一的鸡蛋面倒在屉布上摊平，撒满洗净切好的玉兰花丝，再将另外三分之一倒在上面，又撒一层玉兰花，最后，上面仍摊上鸡蛋面。锅底被火苗亲昵地舔舐着，蒸汽冉冉升起，满屋子都是玉兰花的甜香。

转眼玉兰糕蒸好了，倒扣在砧板上，切块。趁着热乎，柳儿挑了几块最整齐的小心地包进手巾里。她与卡拉夫说：好了。

卡拉夫却指指门外，摇摇头。周大还未离家，他们也不能走。

柳儿与卡拉夫在屋里探头探脑。日头渐渐升高，周大依旧在院子里忙活，没有出门的打算。放在灶台上的手巾包渐渐变得温热。柳儿终于忍不住，上去与周大搭讪：爹，您不走啊？

周大说：去哪儿？

柳儿说：前两日您不是说要去城外采药吗？

周大说：不急。

柳儿跺脚：还不急，太阳都老高了。

周大瞪她：想诓我出门，你们再跑。

柳儿没话了，噘起嘴。

卡拉夫鼓起勇气走上前说：师父，徒儿今日必须出门。事出有因。

周大黑着脸看卡拉夫一眼，不接茬儿。

卡拉夫接着说：师父教导我们多年，做人要言而有信，言信行果。昨日我们结交了一个大模国的朋友，与他约好今日午时之前在皇城下见面。

周大说：见面做什么？

卡拉夫说：给他送糕。让他尝尝大城的玉兰糕。

周大正奇怪两个孩子如此勤快了一早上，原来却是为他人做糕，而这糕也成了埋直气壮的理由，真有些哭笑不得。

周大说：我早与你们说过，这些天，不准出门。

卡拉夫说：这是徒儿的过错。今日出门，有违师命；若不出门，食言而肥。师父一贯赏罚分明。徒儿想，还是出门见过朋友后，回来领罚。是打是骂，咎有应得。

周大直视卡拉夫片刻，他见识过各种各样固执的，而像徒弟这样认死理的固执，戳疼你的软肋，还不好抱怨。

周大说：你既然已经想清楚，问我作何？

卡拉夫认罪地低声说：师父？

周大瞪了卡拉夫一眼，转身走进屋里。

柳儿哇地跳了起来：蓝眼睛，你行啊！

卡拉夫说：行什么？

柳儿说：没事儿啦，走吧！

卡拉夫说：我说了，回来要让师父罚的。

柳儿说：回来再说回来的事情。爹爹心软，求求情，兴许就混过去。再说了，罚又能怎样，还是那句话，做死猪好啦。

卡拉夫嘟囔：只见猪偷嘴，没见猪挨打。

柳儿哈哈笑起来：我记得原话不是这样。

卡拉夫问：怎样？

柳儿说：只见贼吃肉，没见贼挨揍。

柳儿和卡拉夫匆匆忙忙地向皇城走去，一路见到人们都在往那里走。昨日城楼上悬挂的人头点缀了大城人的生活，让大城人感到格外的兴奋和刺激。砍头就砍头，砍了，还要挂起来，让人看，这叫作枭首示众。这是一种惩罚，也是一种警示，它警告后来者，不要犯同样的过错。

集市边上，人群比昨日更稠密，但喧闹声却不及昨日，人们都压下嗓门说话，仿佛有了忌讳。在集市上吆喝声最大的仍然是那些下注的赌徒，皇城里的"骰子"们带了血色，这让每一个赌码散发出诱人的血腥气。

城楼下有人望着城墙上安南国王子的人头，窃窃私语：这人看着挺体面的，竟然答不出个谜语，真是绣花枕头一包糠。

有人反驳，你以为问的是什么？麻房子，红帐子，里面住个白胖子？

又有人说，会不会是这个，画时圆，写时方，有它暖，没它凉。

旁边人呵呵笑起来。随即有人警告，散了吧，散了吧，说死人的坏话，要倒霉的。

大家纷纷散去。

柳儿和卡拉夫在东市里走了一遭，竟没有找到阿里的影子。那木偶戏的场子还在，但台上无人，台下冷清。柳儿手里提着的玉兰糕也渐渐凉了。

柳儿说：他不会病了吧？

卡拉夫没有答。其实他心里想着和柳儿一样的疑问。

昨日行刑，众人目睹到意外的血腥。当时卡拉夫只觉得后脖子阴风直起，他情不自禁地握住柳儿冰凉的手。柳儿回握了他一把，神情古怪地对他努努嘴——只见阿里站在一旁，身子纸片般虚虚地晃着。卡拉夫立刻抓住阿里的胳膊。他以为自己若不抓牢对方，下一刻阿里会哗啦倒下。

我没事。阿里挣开卡拉夫的手。

阿里虽然说他没事，但卡拉夫明明看出他是有事的。到底是多大的事，卡拉夫猜不出来。

人群消散，孩子们也都心慌地各自回家。走的时候卡拉夫想到阿里，四处张望，不见踪影。

阿里悄悄走了，没跟他们再说一句话。

第四十八章

阿明王子的人头

下注啦，下注啦!

两个强壮的汉子在人群当中设赌。其中一人身形魁梧，豹眼环瞪，满脸刀枪林立的络腮胡子。此人正是大城里著名的混混老大徐老怪。个子小些的长得蒜头鼻子团头团脑，他是徐老怪的弟弟，徐小怪。

那两人正对着众人吆喝着，一个手里端着个铁盘子，另一个哗啦哗啦摇着钱罐子。四下人们不由得向他们围过来。徐老怪说：快下注了，快下注了啊。今天答谜的大模国的王子，从小就有雄才大略，上通天文下知地理，机敏聪慧无人能及。破解图兰朵公主镯子上的三个谜手到擒来，驸马爷是当定了。这可是送上门儿的发财机会。凡是押中王子猜出第一个谜的，一赔二十。押中他猜出第二个谜的，一赔一百。第三个谜，一赔一千啦⋯⋯

人们面面相觑，和者寥寥。

徐老怪有点心急。今日的赌局开得晚了，皇城下的赌徒们该下注的或许都下得差不多了。昨日安南国王子被砍头，徐老怪赢下大钱，欢愉之下老酒喝到酩酊，早上若不是弟弟泼盆冷水在他脸上，他会睡到日头偏西。懊恼自己贪杯误了大事，所以他的吆喝声中带着慌张。

徐小怪也跟着喊：快下注，快下注，免得错过发财的好机会。

但无论他们怎么吆喝，下注的仍是不多。有人嘀咕说，万一午时城楼上的号角没有吹响——也就是说，大模国的王子选择退出答谜求婚，这注岂不是白下了。该设一新赌，猜那王子会不会临阵脱逃？

柳儿与徐老怪认识，于是上前：嘿，老怪，昨日你说的是这套。今日还是这套，没有点新鲜的。

徐老怪正为下注的人少而恼火，见柳儿搅局显然不快：一边儿玩去，别挡了你徐叔的生意。

柳儿嬉笑：生意不好，怪你自己。你家的钱又不会生儿子，大家为何要帮你。

徐老怪恼了：小丫头，再多嘴，徐叔认你，徐叔的拳头不认你。

卡拉夫即刻将柳儿挡在身后：柳儿哪里说错？别人一赔二十，你也是一赔二十。做生意讲究多钱善贾，你要别人图你什么？

徐老怪不由得愣怔，他看了看徐小怪，显然徐小怪也是赞同卡拉夫的说法的。诱饵不够大，鱼儿不上钩。

徐老怪顿时发狠：涨了啊，涨了。千载难逢的机会。押中第一个谜的，一赔四十。听好了，一赔四十啊。押中第二个谜的，一赔二百。押中第三个，一赔两千……

庄家赔率转眼翻番，看客们难免贪利，交头接耳中，一只只手犹犹豫豫地伸过来，赌注渐渐堆高了。

徐老怪暴戾的眼神随着钱币的堆积变得柔和，嗓音也和顺起来：有财大家一起发，谁也别落下！

这时，有人抬脸望着太阳说：到午时了，怎么还不见动静？今日的赌局会不会泡汤了？

又有说：不会是大汗一高兴，将规矩改了，求亲又有了新招数了？

正嘀咕着，皇城上突然响起悠长而洪亮的号角声，人们纷纷长出一口气。好了，好了，这就是说，皇城里的"骰子"终于被长生天攥在手里，半个时辰后，要见真章了。所有的人都觉得没有白来，脸上泛漾喜色。

突然，一个麂皮钱袋扔到了铁盘上，那份沉重让徐小怪的手差一点托不住那个铁盘子。

那个人说：一千金币，三个谜都押上。

徐小怪迟疑：午时了……

那个人说：不能再下注？

徐小怪说：这是规矩……

徐老怪慌忙打断徐小怪的话：能下，能下。只要贵人愿意，规矩是死的，人是活的。

赌徒们听到这番对话，难免自惭形秽。这才叫出手定乾坤，一掷千金。徐老怪的话不错，跟谁有仇，跟钱没仇，规矩都是人定的。

柳儿和卡拉夫对着刚刚闯进赌局的人瞪大眼睛。这个在午时的号角吹响后赶来下注的人，似曾相识。依旧是那个深凹的眼窝，挺拔的鼻子，线条分明的脸庞，但娇嫩的脸上生出了胡须，嘴唇苍白干裂，目光黯然神伤。这个人明明就是他们正在寻找的阿里，但细看，这个阿里又不似他们昨日熟悉的阿里，那好看的青翠一夜间邃然退尽，老绿中夹杂着枯黄。

昨日，站在城楼下的阿里目送安南国王子踉跄地走上行刑台，随后，那个头被悬在城楼上，过程简单而突兀。原来，人的头可以像一个未熟的果子，粗暴地被别人从身体上砍下来，拧下来，或者掰下来。阿里王子的脖子生生疼起来。

阿里与那个安南国的王子不算熟谙，只有过片刻交往。他记得那是个有些羞涩的年轻人，高高的颧骨身子单薄，牙齿黑黢黢的。那一日安南国的王子来看木偶戏，站在人群中边笑边嚼槟榔，他吐着血红的口水，那一刻，阿里注意到王子的牙齿因嚼了过多的槟榔而显得特别黑。

撒完了糖果子，飞完了鸽子，王子将自己嘴里的槟榔吐干净。他询问阿里是否有可能带着戏班子去安南国，将操作木偶人的本领传授给安南国王宫里的年轻人。当时阿里怀着一点好奇打量哥哥的竞争者。看得出，那是个略带孩子气的好脾气的人，运气颇佳，抽签抽到了第一。但若凭相貌才智，哪一点都不能与自己的哥哥阿明王子比肩而立，大约上苍就是这样公平的。

阿里为自己哥哥的优势而暗暗得意，所以对安南国王子特别客气。一个春风拂面的人，往往不会给人任何威胁，但阿里不知在不久后的某一日，春风将日日拂过这个挂在城楼上的头颅，拂过那口漆黑的牙齿。

望着城楼上那个既熟悉又陌生的面孔，阿里觉得自己不仅仅脖子在疼，连腿脚似乎也在软了，整个人要飘起来。他对卡拉夫说，我没事。但他说这句话时，他的视线模糊起来。他隐约看到了城楼上有些半透明的人影正在轻盈地飘动。他们身形、装束都不一样，唯一一样的是他们在空中飘来飘去。阿里不由得惊心，他知道那些飘动的都是影子。记得儿时听人讲过，人若要死，影子会先飘开，和主人是分开两段的。难道要死那么多的人吗？

这事情正与自己的期盼背道而驰。阿里跟着哥哥来到大城，他看到的那个大城是个亲善和蔼的大城，像个笑眯眯的巨兽，对各国求婚的人们敞开怀抱，温情脉脉，你侬我侬。他们都是巨兽的朋友，他们将来有可能是亲戚，他们是上苍命定，前世姻缘，打算百年好合的。但只是片刻间，这个巨兽突然张开血盆大口，开始吃人了。

阿里打定主意要到皇城去见自己的哥哥一面。自从答谜排序出来之后，各国求亲的王子都住进了皇城。最好的茶饭伺候着，锦衣玉食神仙一般。但皇城上的号角声，把人从美梦中叫醒了。原来神仙不是人人都可以当的。阿里必须去见哥哥，他的眼睛不会欺骗他，他看到了皇城上的那些影子，那些影子比已经失去头颅的尸首还要惊心。

阿里在会同馆找到陪同哥哥的大模国的大祭司。他说：我要见哥哥。

大祭司在进膳，见到阿里王子后，他赤红着脸连连咳嗽，仿佛有人掐住他的喉咙。他说：这，不可能。你进不去。

阿里依旧坚持说：那让哥哥出来。

大祭司竭力清着喉咙里的东西，摇头：这也不可能。除非……答谜结束。

阿里说：你有令牌，你带我进去。

大祭司是在答谜前唯一能见到阿明王子的人。这是大汗的恩赐，每个王子在答谜前，随时可以与他的灵魂大师交谈。大祭司终于吐出嗓子里的障碍，这是一个椰枣的枣核儿。人会死的，一个椰枣也会卡死人的。这个枣核儿让他瞬间想了许多，他怜悯地看了阿里一眼，决定不再劝阻他，说：我知道你要跟他说什么。你见了他也无用。

阿里扮装成随从，跟着大祭司进了皇城。

王子们居住在福缘阁、福音阁、福泽阁几个幽雅的院落里。阿里在福缘阁中见到哥哥阿明。阿明坐在一株雪样的梨花树下读书，华英飘拂，姿态闲散悠然。那一瞬间阿里几乎失态，他一把抓住阿明的手：我不要你答谜。

阿明见了弟弟很快乐的，他看向弟弟，问：为什么？

这是个邪恶的地方。这儿，这一切，这个大城，还有那个公主。阿里说着，眼中沁出泪水：我不喜欢这桩亲事，它可能害了你。

阿明却十分安详：你是说，我答不出谜？

阿里不回话，他不愿意这样说。哥哥真的是大模国最聪明的人，他的老师们全是大模国的智者，哥哥来大城前，读过的书籍足足有好几个房间，天下的事情几乎都被哥哥装进肚子里了。

阿明说：生命有两种，一种是选择，一种是被选择。

阿里说：你呢？你要哪一种？

阿明说：我若不能做选择，就会接受被选择。别为我担心。

阿明王子与阿里王子是兄弟，他们的执拗是一模一样的。阿里的泪水扑簌簌地滚落下来，他说：你的生命是有意义的，即使放弃答谜，也不是懦夫。

阿明不由得安慰阿里：放心，没有人能够强迫我，我知道该怎么做。

阿里离开了皇城，他一直不敢去看哥哥的影子。直到离开院子的那最后一刻，他才偷偷瞥了一眼，他望到哥哥的影子正正地跟在哥哥的后面。

阿里记住了阿明的话。他将全部希望寄托在逐渐移到当头的太阳上，祈祷着上苍伸出手，尽快地把太阳牵过正午。他沉重地呼吸着，望着那团火慢吞吞地挪到天空的中央，他徘徊在绝望和希冀当中，焦急变成汗珠从他额头沁出。他听到了人们的议论，侥幸一丝丝地爬上他的心头。就在这时，皇城城楼上的号角突然响起，粗莽的声音撞击到阿里的胸口上。他疼痛地闭上眼睛，哥哥终于做出了他的选择，尽管阿里不愿意承认，这个选择其实是在他的意料之中。阿里突然感到无比的愤怒，于是，他将那个装满金币的麂皮口袋重重地扔在铁盘子上，他要哥哥赢。

柳儿和卡拉夫小心翼翼地挨近阿里。阿里的模样让他们担心。

卡拉夫说：总算找到你了。

柳儿说：我们刚才还在担心呢。

阿里看着他们，说：找我何事？

卡拉夫和柳儿面面相觑。这个人真的是病了。他漠然的样子仿佛不认识他们。

卡拉夫说：你难道不记得我们打赌？

阿里没有反应。显然，阿里已经把那段记忆弄丢了。

柳儿说：都午时了，饿不饿？你看，我带糕来了。

柳儿知道这时候该怎么做。她边说边解开了手巾包，蜂窝样的玉兰糕金灿灿地裸露在阿里面前。阿里突然嗅到了吃食的气味，肚子情不自禁地咕咕叫了两声。他恍然想起自己已经整整一日没吃过像样的食物，吃食的气味牵回了他的记忆，让他看到了昨日与柳儿斗嘴的情形，以及那个"比妹妹还亲"的打趣。那一切好像已是长久以前的事情。

柳儿从阿里的眼睛里看出了微微的冰融。她说：早上做的，可惜已经凉了，热的时候更香些。

柳儿说着，把手巾包托到阿里眼前。一块块方糕摆在手巾上，深黄浅黄中间夹杂着浅褐色的花丝。阿里看愣了。

阿里喃喃地说：蜜糕。

柳儿和卡拉夫面面相觑。

阿里叹息：是我和我哥哥在家乡最爱吃的蜜糕，我们那里是用面粉、牛乳、蜂蜜和果仁做的。样子差不多。

柳儿笑了，这人虽病了，但见了吃食还能想起自己爱吃的东西，说明有救。她说：你喜欢就好。

阿里把糕拿在手里又端详了一会儿，重新包裹起来，抱在怀里。他说：留着，留着待会儿吃。

柳儿不解：为什么？

阿里只说：留着。

柳儿说：留到什么时候？

阿里干涩地咽了口唾沫：等答谜结束。

卡拉夫安慰说：别为你们王子担忧，结果也许很好。

柳儿说：是啊，我听说你们大模国的王子是个脑瓜极聪明的人。

一个妩媚的声音突然在不远处响起，那声音说：这有什么不同？愚蠢的人会死，聪明的人也会死。世界上哪里有不死的人？

几个人不约而同向那个说话的人望去。那是一个女子，似笑非笑地站在那儿。看见她，你会有一种迟钝感，仿佛能发出那个声音的肉身与你时而很远，时而很近，在扰乱你的视听。周边的男人都偷瞥着她，一个个显得不能自已。

阿里的眼睛里出现了刀刃般的锋利：又是你？你为何一直尾随我？

女子说：只是巧了，我们刚好又碰面了。

阿里说：你究竟想做什么？

女子摇摆着极灵活的腰肢向他们走了过来：说：会会老朋友。

阿里说：谁与你是朋友？

那个女子说：当然不是你，至少现在还不是。

阿里转身对卡拉夫和柳儿：蓝眼睛，我们走。

女子说：我与他们是旧识，你不能拦住我叙旧吧。

卡拉夫和柳儿愣看着这个女子。

胡姬说：怎么，不记得啦？几年不见，我没有变得那么多吧。

卡拉夫望着那个灼人眼睛的面孔，隐隐约约从记忆里捞出了一个似曾相识的模样。

柳儿抢先说道：无论你变成什么样子，我都认得你。

阿里诧异地看着柳儿。

柳儿说：我们打过架。跟我打过架的，我都能记住，无论是猫是狗还是人。

胡姬笑了：你记错了吧？你我是看打架的，不是打架的。

柳儿说：对，那次不是我跟她，也不是蓝眼睛跟她，是黑喜鹊跟灰喜鹊，但我们还是打过架。

胡姬是昨日下午才得知安南国王子被砍了头的消息。这个消息惊人，对一贯耳听八方的胡姬来说，竟然晚于许多大城人得知，几乎是一种耻辱。

这些天她没有出门，她在思索一件事情。这件事情在她心中过于重要，以至于她竟忽略了大城中正在发生的另外一些事情。

摩诃回来了。他从当年的黑骆驼国故土回来，带回了家乡的音信。自从白骆驼国被灭国后，过去的黑骆驼国与白骆驼国的土地都归属了汗国，大汗封了白骆驼国国王当年的心腹宰相做首领，这个家伙因为在婚宴上出卖了自己主子的一家而臭名远扬。

苛捐杂税更多了，老百姓的日子更苦了。人们都怀念过去，怀念我们黑骆驼国国王在世的好日子。摩诃对胡姬说：大家说，什么都变坏了，连葡萄和无花果的滋味都变苦了。

怀念还有用吗？黑骆驼国没有了，白骆驼国也没有了。它们只存在于百姓的记忆中，与曾经的葡萄、无花果的香甜搅和在一起。胡姬不由得泪光晶莹。

摩诃说：我已经让人悄悄在百姓们当中将黑骆驼国王室的后裔还有人活着的话散布出去。

胡姬惊愕地望向摩诃。

摩诃固执地说：这是实情，该让他们知道。

胡姬静坐了好几日，心里翻腾了好几日，结果几日的工夫竟出了大事，无论如何她不能原谅自己，甚至不能原谅她手下的人们。她和他们疏忽了什么？她和他们的直觉都不灵光了？本来，当各国的求婚大军聚集到大城的时候，她就和他们议论，说这中间或许有什么机会。但这机会是什么，她和他们竭力寻找着，如同一个站在黑暗中的人，在倾听四面八方来风。然而猝然间，前方出现了光亮，他们却不知所措了。

胡姬手下的人安慰胡姬说，事情来得突兀，或许那日安南国王子自己站在行刑台前，也带着几分愕然。他是来求亲的。求亲的路应当贝阙珠宫，繁花似锦，但这条路竟将他引到了刽子手的面前，这是多大的奚落。

没有勉强，让一个人心甘情愿地走向死亡，对此胡姬迷惑不解。虽然，胡姬得到的音信比很多人晚，但音信内容的准确和真实足以屏蔽所有的流言蜚语。安南国的王子的确觐见了图兰朵公主，觐见前他已经知道了猜谜可能付出的巨大代价。在场的人们甚至说，当他去见图兰朵公主的时候，神情是犹疑的，这证明面对危境他已经生出退却之心。但觐见后，他却选择了死亡。觐见公主，决定了他的死亡。

胡姬不甘心在黑暗中摸索，她知道自己必须在那里。她打起精神，她不会再次错过接下来的热闹。是血腥唤醒了她的嗅觉，让她恢复了想象力，于是，胡姬出现在皇城城楼下的人群里。

胡姬在人群中撞到了阿里。她的人已经提供了她应当知道的细节，于是，她迎着他走过去，和善地与他说话。凡是胡姬想要说话，没有人能够拒绝她。

胡姬说：年轻人，你有心事。

胡姬说这话有根据，她从看他的第一眼，就看到了他的心事，他的眼神让人怦然心动。那清澈的眸子里是清清楚楚的焦灼，是与其他人截然不同的痛楚。各国随着求亲的队伍来到大城的人，只把安南国王子的死看成是角逐中少了一个对手，但这个人却看出那是个凶险的开端。

阿里王子没有与她说话的兴趣。他甚至没有往她明媚的脸上看一眼。他说：走开。

胡姬说：既然你有心事，不如我给你算算命吧。

阿里说：我已经说过了，走开。

胡姬说：怕什么？竟然把手给我的勇气都没有。

胡姬的话终于激起了阿里的愤怒。他将目光转向胡姬，那是一个婀娜俏丽的女人，企图用灵动撩人的姿色窥探他秘密的人。

阿里说：这种骗钱的伎俩，我见多了。

胡姬说：我若说得不对，不收你钱。

阿里说：我是谁？

胡姬道：我当然知道你是谁。我还知道你为何来到大城。

阿里说：我为何？

胡姬说：为了你的兄弟。

阿里说：谁是我兄弟？

胡姬说：皇城中大汗的贵客。

阿里愣了，看着胡姬的眼神有一种恶狠狠的忿怼。

胡姬说：怎不问我你兄弟会如何？

阿里转身就走，胡姬轻声笑起来，笑声撩着路人的耳根，却不再追逐阿里。她仰起脸，望望天上的太阳，快了，快到大家盼望的那个时刻了。太阳走得不慌不忙，走向正午这个一日当中阳气最盛的时刻。这是杀人的好时刻，被杀者无论是否罪有应得，他们的魂魄都被阳气冲散，都无法再向自己的亲人哭诉什么。

当阿里再次与胡姬相遇的时候，他就像见到鬼魂似的瞪着胡姬。他的愤怒和不安让卡拉夫知道，弄不好，胡姬就是那根将阿里的脊梁压断的稻草。

卡拉夫对胡姬说：不管我们以前是不是认识，我的朋友此刻不愿意见到你。

胡姬笑眯眯地说：这由不得你们，由不得我，也由不得他。

柳儿说：你还是快走吧，今日若打架，你连个帮手都没有。

胡姬说：谁与你打架？我与你们一样，是来看热闹的。天下哪里有只准你们看热闹的道理。

卡拉夫说：不要理她，我们走。

卡拉夫拉着柳儿和阿里要离去，胡姬却说：这是何苦。该来的都会来，又能躲到哪儿去。更何况此刻想躲，也来不及了。

就像是对胡姬这句话的回应，城楼上的号角声猝然响起，浑厚的声响撞击着人们狂跳的胸口，说走的人一下子再迈不开步子。片刻间那个胖乎乎的礼仪官出现在众人的视野中，他慢吞吞地向下面看了一眼，下面的人们马上被他冷得不能再冷的眼神封住呼吸。

礼仪官说：大模国阿明王子，答谜……

阿里没有听到后面的声音，他是看到了那个声音。他看到在那城楼上瞬间爬上了许许多多半透明的影子，像旗帜一般招展飘动。

阿里用手挡住了自己的眼睛。卡拉夫和柳儿面对阿里毫无血色的脸庞束手无策。各种喧嚣从四下涌来，仿佛要将他们吞没。

柳儿慌乱地说：我们不看了，我不想看有人砍头。

卡拉夫对阿里劝说：阿里，我们走吧。

阿里不动，死死地站在那儿，任凭谁都推不动。

柳儿对卡拉夫说：怎么办？

卡拉夫摇摇头。

胡姬说话了：还是让他看完吧，至少是与自己的兄长告别。

柳儿愤怒：谁是兄长？你不要胡扯！

胡姬回答柳儿，话语中毫无怜惜：你去问问你的朋友，那要砍头的是不是他的兄长。我若是他，也不会走。

第四十九章
长着月亮脸的女人

城楼上的血迹已经干了，大城的人们很快恢复了往日的常态，他们在城楼下行走的时候，有时也会漫不经心地朝城楼上打量一眼。他们已经安然接受了那个死者，并把那个神情悲哀的头颅当作城楼上新添置的装饰。大城人什么都见过，各种在街头水嫩的新鲜到了明日就是陈渣剩饭。人们在意的是今日有何事发生，而不在意昨日曾发生过何事，所以人们的激动只在那个片刻，那个片刻过后旧事重谈，会显得落伍遭人鄙视。大城人的记忆是世间最坏的。

胡姬站在那儿，眼睛不眨地看着大模国的王子被砍下头来。即便大模国的王子真的在被砍头的王子们当中是最杰出的，但这杰出仍不能免除砍头的结果，所以他与其他六个并没有实质的差别。

皇城的城楼很高，尽管人群拥挤，胡姬还是清清楚楚地看到了大模国王子长着一个好看的头颅，那个头颅充分地向众人显示了王子血统的高贵和聪颖，所以，当那个头颅被砍下的瞬间，随着鲜血溅到几尺之外，人们的唏嘘此起彼伏。

胡姬静静地站在那儿，看到刽子手将那个好看的头颅捧起来，像摆放一枝被折断的花朵，插到削尖的木桩上。她想到的是，至少这个头颅已经不再痛苦，任何死亡之外的东西，都是留给活人的。

比较起来，安南国王子和大模国王子的命运真真不算是最坏的。有一种活法，叫生不如死，可惜体味过的人并不多。大模国王子死了，很多人转眼忘记了曾经有个叫阿明的王子来到过大城，但胡姬记住了这个人。她瞥了身旁的阿里王子一眼。还有他，大城人的记性不好，但至少记住这个死亡的，不仅仅是她一个人。

大城里的游戏继续下去，皇城城楼上的人头一天比一天更多。到了第七天，最后一个王子的头颅被挂上去，一排人头灿然可观，但城墙下看热闹的人们已经波澜不惊了。

大汗的失望可想而知。朝臣们安慰大汗，姻缘天赐，公主还小。放眼望去，天下有意与大汗结亲的人不胜枚举，陛下不必担心。

伯颜也是这样对大汗说的。伯颜说，此事急不得，凡事全靠机缘，眼下只是机缘未到。

其实，大汗操心的事也是伯颜牵挂的事。从王子们陆续入城的第一天开始，伯颜的心就一直吊在喉头。日子一天天过去，城墙上王子们的头个挨个地排起来，他的心才渐渐放回到肚子里。应该是这个结果，应该让那些人知道，奢望的结果是丢了自己性命。

在这个汗国中，很少有谁能像伯颜那样对三色镯牵肠挂肚的。通过金钱招募，伯颜搜集到了最详尽的有关三色镯的点点滴滴，但都对他毫无裨益。他叹息自己有眼无珠，感慨长生天造化弄人。他是那个给公主带来三色镯的人，他本来可以做三色镯的主人，却阴差阳错，将三色镯戴到了图兰朵公主的手上。既然三色镯把他和图兰朵公主的命系在一起，他只能顺水推舟，借力打力了。

公主已到豆蔻年华，大汗决定要让各国王子们来到大城求婚，这是任何人想拦也拦不住的事。这消息让那些王子们如同饿极了的叫花子听说包子店舍肉包子，着急忙慌地往这儿赶。但拦不住不等于束手待毙。伯颜冥思苦想了多日，突然拜访了礼部尚书的府邸。这个礼部尚书与伯颜将军素来交好，言听计从。更何况将军还让人抬了一棵八尺之高的红珊瑚过去。伯颜说：都说这棵珊瑚是个好东西，本帅粗人，除了大小，看不出精彩，还是送给尚书大人随意把玩更妥帖。

礼部掌管四海纳贡之物，尚书阅宝无数，一眼便知这棵红珊瑚属稀世之物，哪里还敢随意把玩，即刻找宽敞的内室供奉起来。

第二日，礼部尚书觐见大汗，说：公主玉叶金柯，各国王子前来求婚，该有规矩。

大汗道：说说，如何规矩？

礼部尚书说：三个谜的谜面均藏于三色镯中。公主身边人讲，那三个谜是那三个镯子折磨公主的凶恶手段，每次显现，公主都要饱受三色镯的折磨，痛苦难挨。如今求婚者趋之若鹜，求婚的王子当中有人猜中谜底，当然皆大欢喜；但若屡屡不中，岂不是让公主白白受苦？

大汗赞同：此话有理。所以朕曾想过，若能解救小女，朕情愿给他半壁江山。若答不出，他该用性命向公主谢罪。但我汗国为礼仪之邦，这样做，恐被人指责野蛮霸道，并吓跑了所有求婚的，岂不是竹篮打水？

礼部尚书又说：陛下所言极是，所以微臣有个主张不知当讲不当讲？

大汗道：说来听听。

礼部尚书说：微臣想，不妨让前来求亲的王子们首先觐见公主，然后再由他们自行决定是否答谜。答谜成功，自然是光风霁月，享不尽的荣华富贵；答谜失败，斩首处决，以儆效尤。这也是愿赌服输，公平待人。

大汗沉吟不语。

于是，事情就这么定下来。热包子哪里是那么好吃的。看着各国王子纷纷走上不归之路，伯颜的心才渐渐安顿。

四季轮回，在转眼到来的另外一个春天里，各国的王子求婚的队伍依旧陆陆续续地来到大城。人们依旧热切地议论着各国王子的风采，议论他们中间哪一个可能成为大汗的佳婿。在那些日子里，伯颜更加忙碌，胡姬难得在府中看到他。听伯颜的贴身人说，大汗越来越离不开伯颜做帮手，弄得伯颜将军席不暇暖，连饮一口舒心酒的工夫都没有。

府邸里的女人们一个比一个寂寞起来。伯颜将军好辛苦，人都明显黑瘦了。众人悄悄议论，猜测伯颜将军在忙什么。还能忙什么？自然是公主招亲的事，那些王子大到礼仪交往，小到饮食起居，事无巨细，不能怠慢了汗国未来的佳婿。

胡姬听到了这些闲话，眼珠微微转着。伯颜忙碌，那是真的，但胡姬深信伯颜将军忙碌的事情一定与众人猜测的大相径庭。至于到底是什么事情让伯颜将军如此忙碌，胡姬能猜到一些，但猜不到全部。

胡姬想着想着，就想到了那面镜子。国师过世那日，镜子落到了伯颜的手里，胡姬再无缘见到那面镜子，也再没听到有人提到那面镜子。那面镜子在伯颜的手里,却像落进一个黑洞里,永远地消失了。伯颜如此繁忙,在忙一些别人并不知晓的事情。该不是与那面镜子有关系吧?

果子很新鲜,请贵人尝尝。

胡姬正梳理着的心思被人搅乱。她懒懒地抬起头,又是那张扁扁的月亮似的大脸,那小心翼翼的眼神和细细绵绵气息不足的声音。

胡姬看了一眼她手中端着的水果盘子,水果的外皮明明已经失去了光亮和水嫩,与新鲜一点无缘。但她没有多说,只是点点头:放下吧。

那个女人笨手笨脚地放下盘子,两手参着,仿佛不知该举着还是落在两边,站在那儿显得十分滑稽。

往常胡姬见了女人这副模样,会忍不住扬起下巴,示意这个女人赶快退下。明眼人都能看出这女人是在竭力讨好胡姬,但那拙笨实在是成事不足败事有余。只有对方走开了,才让人如释重负。但今天胡姬的脸扬到一半,却突然改了主意,胡姬说:你坐下吧。

那个女子脸上掠过类似惊慌的神情:圣楠站着就很好,站惯了。

胡姬说:我不习惯,你坐下吧。

于是,那个女子挨着椅子慢慢坐下。

胡姬问:你来府里多久了?

女子举起两只手,看来看去,像是要从指头上点出数来。

胡姬说:你来府里已经一月有余,可有你家人的音信吗?

女子眨眨眼:牛牛知道我在这里,他会来找我。

女子的话没头没脑，胡姬却明白她在讲什么。胡姬说：总不能这样下去。难道你真的愿意在这里做下人？

女子说：能在贵人身边有口饭吃，心满意足。

胡姬道：我在府里，也是与人为奴，你跟着我，有什么出路？

女子说：贵人对圣楠有恩，在圣楠眼中就是主子，当牛做马都是应当的。

胡姬望着这个下巴宽大的脸，这个人明明混沌，但听她说话好像句句都有条理，说她木讷，木讷中却有一种沉在底下的颖悟。胡姬突然想起一句话，钝刀也是可以杀人的。

胡姬暗暗叹息着说：这事你要想好，免得往后反悔。

女子说：圣楠想好了。

胡姬不再想为难她：既然如此，你就留一阵子，将来要是有了去处，我绝不会拦你。

女子懂了胡姬的意思，脸上有了一丝欣喜：多谢贵人。

胡姬说：以后不要叫我贵人，称我胡姬便可。

女子坚持：胡姬是贵人。

胡姬说：既然留在府里，就得有些规矩。圣楠不像是个下人的名字，我以后叫你楠儿好吗？

女子咧开嘴，露出一个笑模样：圣楠以后就叫楠儿。

胡姬点点头。

女子站起身，一双脚磕磕绊绊地退了出去。做下人讲究的是个伶俐，这女子手脚放在哪里都显得多余，显然不是当下人的料。幸好，胡姬对身边人更看重老实可靠。老实人容易被人欺凌，胡姬曾经看过这个女子被人欺凌的情景，所以想，至少这一点还是可取的。

这个女人是胡姬从外面捡来的。

那日胡姬从外面回来，走到离大门不远处，发现街头人挤人围着一个圈，又听到圈子中叫嚷起哄，不由走进去。只见一个衣衫褴褛的女人躺在地上，被两个壮汉围着又踹又打。往日胡姬并不爱管闲事，但不知那日怎的，站住脚竟多看了几眼，觉得那两个男人下手太狠，有血仇似的，于是忍不住说话：大男人顶天立地，怎可欺负一弱女子。

旁边看热闹的人低声插话：那是个拍花婆子，该打的。

胡姬说：讲这话得有证据。

那人说：怎无证据？刚才众人都看见了，那女子光天化日的，差点将钱二嫂家的狗蛋儿抱走。幸好小孩子不肯跟，哭闹起来，才被大家察觉。打人的正是苦主的两个兄弟。

胡姬转头，果然看到旁边站着一对胖胖的母子，小孩子的脸上还挂着委屈的鼻涕眼泪，那母亲则是怒目圆睁。

胡姬看着像是实情，打算离去，那个被打的女子却突然爬了起来，向那小孩子扑去，嘴里喊着：牛牛，跟娘亲回家……

人群顿时一片惊叫。那女子还未摸到小孩子的衣衫，就被壮汉一个老拳打在门面上，嗵地摔出去。

胡姬见那个女子满脸淌着黑血，模样惨烈，觉得再无人说话，这女子会被打死，不由得高声说道：这女子是失心疯了，打死她，报官也是要偿命的。既然小孩子没丢，何苦再与她纠缠，大家散了吧。

众人听了胡姬的话，都向小孩子的母亲和舅舅望去。

壮汉当中个子矮些的样子特别凶恶，对胡姬呵斥：打死人我抵命，与你有何干系？

胡姬不高兴了：我说有干系，就有干系。

壮汉说：狗拿耗子多管闲事。

胡姬说：这桩闲事本姑娘管定了。

壮汉还要争辩，却被认得胡姬的人上前劝住：伯颜将军府里的贵人都出来说话了，这个面子多少该给的。

听说胡姬是伯颜府中的人，小孩子母亲的气焰声势首先落下来。她对自己的两个兄弟说：你们两个也是混账，那贱人就是疯子，教训一下算了，你们还真打算杀人偿命啊。

两个壮汉顿时语噎。

众人见状，纷纷四散。大街上很快空旷了。

胡姬扶起地上的女子，见宽大的脸上泥土和鲜血混在一起，青中泛紫，像个踩烂的茄子。胡姬说：你跟我来。

胡姬把那个女子带到伯颜府中自己的房里。按照规矩，没有管事的开口，外人是绝不可以随意进出这座府邸的大门的。

守门人见到那个女子破烂的样子，伸手忙拦：哪儿来的叫花子？

胡姬掷给他一个白眼儿，说：我捡的。

守门人被这话堵了嘴，眼瞧着那个丑陋的女子跌跌撞撞跟着胡姬长驱直入。

胡姬吩咐人打来温水给那女子清洗伤口，撩起褒衣，发现那女子的背后从肩骨到腰部有一大片陈旧的疤痕，看着触目惊心。胡姬不禁动了恻隐之心，想那女子一定曾受过极大的痛苦和伤害。女子洗净了污垢，那张脸更加地不好看。胡姬看着都觉着痛，但女子好像毫无感觉，嘴里喃喃，不断喊着"牛牛"。

胡姬猜"牛牛"是个孩子的名字，问道：牛牛是你的孩儿？

女子说：正是。圣楠的孩儿叫牛牛，圣楠只有一个牛牛。

女子虽骨骼粗大，但说话懂礼地垂着眼睑，声音十分纤细。

胡姬说：你叫圣楠?

女子说：是。

胡姬说：你的孩儿丢了?

女子摇头，说：没有丢，适才他还在这里。

胡姬说：你看清楚了，我这里并没有你的牛牛。

那女子却说：牛牛说，他去别处玩了，片刻就回来。

胡姬无奈了，这个女子头脑不清，跟她说什么都是无用，看她这副落魄的样子，肯定饥肠辘辘，于是对旁边的下人说：你去厨房看看，拿些现成的吃食或新鲜瓜果来。

下人应声刚要走，那个女子忙不迭地追上去说：我去拿，我去! 伺候贵人的事情，交给我好了。

胡姬说：不用你去。有人会做这事情。

女子说：圣楠是贵人的人，让圣楠去做。

胡姬说：你怎会是我的人?

女子固执地说：圣楠自然是贵人的人。刚才贵人在门口说过，圣楠是贵人捡来的。

胡姬说：我与你萍水相逢。让人给你拿些衣物吃食，歇息过后，自己去寻你的家人。

女子不语，抬起眼睛直直地瞪看着胡姬。

胡姬诧异：你不肯走?

女子说：圣楠不走，圣楠要在这里等牛牛。

胡姬说：这里是伯颜将军的府邸，不养闲人。

女人的眼睛里有了泪光：我能做事，我能伺候贵人。

胡姬道：这事情并非我说了算数。

女子说：贵人不要赶圣楠走，我若走了，牛牛到何处寻我……

女子声音悲怆，让胡姬竟一时不知该如何处置这个头脑不清但十分固执的女子。胡姬只好说：这事情不好办，得禀告府里的管事，就算管事答应，还得告知伯颜将军。

女子点点头：任凭贵人吩咐。

那个叫圣楠的女子就这样赖在了胡姬的住处。胡姬原以为府里的管事绝不会对一个来历不明的陌生人通融。那是个势利的家伙，待下人一贯苛刻，待外人更是狗仗人势。有管事发话，这女子只有乖乖地走路。谁料，那日管事突然转性，和悦地说，留与不留，还是胡姬姑娘自己做主。这下胡姬左右为难了。她绝没有留下这个叫圣楠的女子的打算，在这个府里，她无亲无故，无牵无挂，连那只虎斑猫都是下人们收养的宠物。她怕麻烦，更怕麻烦后的各种累赘，所以她真的后悔自己那日为何多事，管了一桩无头无脑的官司。

胡姬悄悄让自己的人在外面打探这个女子的来历，多少为了安心。但自己的人回禀，都说此女子没有出处，在胡姬与她相遇之前，没有人见过她，没有人与她有过交集，甚至众人们都否认大城曾有过一个脸像月亮般扁圆的女人。总之，她的来历无迹可寻。胡姬仔细听那女子说话，不知是否先天缺陷，她吐字有点咬舌头，那纤细的声音上气不接下气的，明明模仿着大城人的腔调，却又混杂着一些外乡人的口音。当然，大城那么大，每日出入的闲人胜似牛毛，查出这样一个举止失常的女子的背景，如同海里捞针。胡姬信她是与家人失散并丢了孩子，至于头脑不清是出现在失散前还是失散后，就难讲了。胡姬破天荒地违心留下了这个叫圣楠的女子。

圣楠被改名楠儿后，天天在胡姬的住处洗衣，浇花，拂尘，她甚至跃跃欲试，打算照顾胡姬那些五颜六色的蝶虫，却被胡姬一口拒绝。圣楠活计干得认真，但脑子不好使唤，常常闯祸，不是浇花淹了满地的水，就是拂尘砸了茶碗，被人训斥倒也从不辩解，只是低头认错。胡姬觉得与其给这个女人提供做错事情道歉的机会，倒不如让她什么都不做，大家耳根子清净。

白日里胡姬出门，圣楠缩在房里不声不响，只要胡姬回到府里，圣楠和那只虎斑猫一样，眼里的欢喜是极真切的。这让胡姬突然有些明白为何有些人喜欢猫狗作陪，他们的选择与寂寞有关。

胡姬渐渐习惯屋里多了个人。不知道从什么时候开始的，胡姬渐渐觉得身子特别容易乏困，懒懒的打不起精神。出门少了，望着窗外越来越浓的绿色，她竟有些烦闷。屋子里虽有个楠儿，但只能算多了堵墙。胡姬无事闲话几句，原本只当是自己与自己说话。但无论说什么，楠儿总有应答，并让胡姬觉得胡扯八扯中也有些特别的趣味。

胡姬说：近来，大城格外热闹，异乡人多得很。

楠儿说：异乡人是什么人？

胡姬说：他们的家在别处，跟胡姬一样，他们不是大城人。

楠儿说：楠儿的家在这里，楠儿是大城人。

胡姬说：他们不是普通的外乡人。那些人都是金枝玉叶，都做梦要娶图兰朵公主。

楠儿说：娶媳妇好，娶了媳妇，就可以做姑爷。

胡姬说：大汗的姑爷哪里是想做就能做的，看看城楼上悬挂的脑袋，哪个像大汗的姑爷？

楠儿说：贵人说得对，除了我家的牛牛，哪个像大汗的姑爷？

胡姬说：还是不要做梦好，不做梦可以活得长些。

楠儿说：我的牛牛从来不做梦。

胡姬说：脑袋是个好东西，用来吃饭，用来想事情，这些人本可以在自己的家乡做快乐君王，怡然自得地活下去，生儿育女，直到寿终老死。但他们做了一个梦，脑袋就没了。

楠儿说：这些人好蠢。有脑袋才好，没有脑袋的人，难看得很。

胡姬说：如果仅仅是一个人的愚蠢，那他本人当承受这个命运，但如果不远的将来，还有许许多多同样的人在等待承受愚蠢，那大汗的麻烦就大了。

楠儿说：贵人讲的是什么麻烦？

胡姬突然不说话了。她看着楠儿，她觉得楠儿刚才的目光有些异样。

不知不觉当中，她觉得自己已经说得太多。墙也是有耳的。

第五十章
需要一个新国师了

这是一个多事的春天。

大汗给图兰朵公主招婿，却赶上北疆持续无雨，旱魃为虐，这时有探子密报，说南疆藩属国出现反叛作乱的苗头。

大汗难免烦恼。伯颜说，大汗宽心，此事交给微臣去办吧。大汗点头，暗叹伯颜忠臣良将，肯替自己分忧。伯颜即刻派兵弹压，那些藩属国的小贼纷纷缴械投诚，汗国大军轻轻松松地大获全胜。大汗总算略略松展眉头。

其实若细究，无论是探子的密报，还是出征报捷的喜讯，都有人在那里小题做大文章，微风做暴雨状。于是时势造英雄，伯颜就成了那个安邦定国的英雄。伯颜要的是在大汗心中的那个位置。不管是朝廷老人，还是外来的新到者，偷觑伯颜位置，定不会有好果子吃。

大城每逢月圆，总是要出事。大城里记忆好的人都说，那些凶兆是从大汗给图兰朵公主招婿的那个春天开始的。先是大城爱刮风了。每每昏晚，新月趋向满月时，夜里的风声也随之渐起，月圆之夜风声咆哮尤为凄厉，仿佛满城妖孽都出来作怪了，百姓们无大事不敢出门。过了满月，月晕渐散，月体渐残，日暮后的夜风也和缓下来，像是暴怒的野兽，发过脾气后，身子累乏，也要打个盹儿，歇息一阵子。

随着大城出现莫名之风，大城人开始流传月圆之夜小孩子特别容易走失，而走失的孩子大都会被邪魔摄走魂魄之说。有人不信，说那飞沙走石当中小孩子容易走失也是实情，何苦再用鬼怪吓人。但坚信此论者言之凿凿，说为何那些走失的小孩子被家人寻到后，个个少见哭闹，大都神情痴傻。问他如何走失的，无人说得出头绪，不是被邪魔摄走了魂魄，是什么。

于是，街头孩子们诅咒发誓，便说：若扯谎，月圆让妖精逮走。

父母们若遇上特别难管教的孩子，便吓唬说：见到没有，月亮都圆了，待会儿妖精来拿你的魂儿。

偶尔家中有小儿彻夜娇啼，大人们也会拍着襁褓恐惧地低声制止：乖儿，不哭不哭；再哭，把妖精招来了。

柳儿开始为卡拉夫担心。卡拉夫有时会在夜晚出门。柳儿知道他一直偷偷在跟焰火大师学做焰火，但说不准这也是个幌子，他一直就没有忘却那个她最不愿意提起的人。

大城闹妖，万一真的碰上妖精，伤的可是蓝眼睛。想到这个，柳儿心一软，胸口扑腾扑腾乱跳起来。

卡拉夫挑着水进来。柳儿在笸箩里拣着米中的糠皮，装着随意地问：昨晚你去哪儿呢？

卡拉夫憨憨地笑着，把桶里的水往缸里倒。

告诉我，我不告诉别人。柳儿耐心地等着卡拉夫告诉她。她心里想，只要他告诉了她，无论他去了哪里，见了谁，她都决意不记恨他。

但卡拉夫就是不说。卡拉夫说：随便走走。

城东？城西？城南？城北？

卡拉夫挠着头，说：不知道。

见柳儿两只眼睛在他身上看来看去的样子，卡拉夫补充说：走迷糊了。

哦，我听说，妖精专拿小孩子的魂儿，原来你这么大的人它们也不放过。

柳儿说完，气鼓鼓地到灶房去了。她决定要记恨卡拉夫，要牢牢地记卡拉夫的仇了。她站在灶前，刚要从缸里舀水淘米，突然想到这饭并非给她自己做的。她啪地扔下水瓢，决定晌午饭和晚饭都不做了。不给他吃，看他还有力气去跟妖精见面。她想他一定去了皇城，这么多日子了，他仍然惦记她。

话是这样说，但柳儿不出半个时辰，就又开始做饭。她给自己找来理由，就算想饿蓝眼睛，但不能饿着爹啊，得让蓝眼睛知道，这饭不是给他做的，他能吃上，是沾了爹的光。

等饭做好了，柳儿叫爹吃饭的时候，觉得好像跟卡拉夫已经没有那么大的仇。她盛好了大碗的粳米南瓜粥，凉拌豆角，切了两个咸鸭蛋，顺手将那个黄大油多的鸭蛋放在了卡拉夫的面前。

可卡拉夫把粥喝了，把鸭蛋吃了，抹抹嘴，心思很快就不在家里了，这会惹来柳儿更多的气。

蓝眼睛，你站住。柳儿拦住卡拉夫上下打量：我看你今天无精打采的。

卡拉夫拍拍胸口：我没事儿，魂儿在这里呢。

卡拉夫越是满不在乎，柳儿越气：妖精怎么没把你拿走，真是可惜了。

妖精不喜欢我的气味。卡拉夫打趣说。

于是，柳儿旧恨添了新恨。

卡拉夫有些内疚。他知道柳儿对他的牵挂，但多少牵挂都抵不过他要往那个地方去的念想。因为一开始就没有将自己在皇城里经历的事情告诉柳儿。这么长时间过去了，他知道自己再不会将此事告诉任何人。

那地方他又去了很多次，次次都没有结果。看来，唯一的选择是月圆。他决定等再一次月圆的时候去见她。即使图兰朵公主说过，月圆之夜，你千万不要来见我。但他不得不辜负她了。

正是公主的那句话，让他知道了月圆之夜与图兰朵公主有很大的干系。那一次他没有听她的告诫，撞破了一些她不愿意让人知晓的秘密。或许公主怨他了，生他的气，再不肯见他。那的确是他的错。但他还要去见她。横在他胸前的那把利剑挡不住他要见她的念头。她那痛苦决绝的面孔让他觉得他必须去，她若苦楚，他替她苦楚；她若在坠落，他跟她坠落。

他知道白日里见公主是很难的。皇城那地方白日里来来往往都是身份贵重的人和伺候他们的人。夜晚更不容易，到处都是明晃晃的灯火和锋利的刀剑。然而月圆之夜去皇城就是难上加难，雪亮的月光是最冷酷的巡夜者，让你无处逃脱，无所遁形。都知道"偷雨不偷雪，偷星不偷月"，卡拉夫选择月圆之夜，简直是寻死。

但卡拉夫还是去了。他没有那么莽撞，提前做了些准备。他是去帮公主的忙的，所以尽量让自己不要出差错，那样反而给公主添了麻烦。

卡拉夫是黄昏前出门的。那日暑热有点重，他却一反常态地换了件深色的褂子。他的皮肤已经被夏日的太阳晒成了小麦色，但他还是抓了几把青草，揉烂了在胳膊和颈子上涂抹了一阵，这样，让他的模样黯淡了许多。这副打扮或许哄骗不了贼亮的月光，但只要小心，将身影隐匿在墙根儿树影和岩石间，还是能混淆普通人的视线的。

天擦黑的时候，他轻轻地进了园子，站住脚眺望。园子里很静，远处草丛中传来蝈蝈和油葫芦的叫声。今晚上到底能不能见到公主，他没有数。公主白日在花楼殿里织作，夜晚在寝宫中应该是很寂寞的。她会不会也留意到了那些小虫们时起时落的鸣吟?

他只进过公主的花楼殿，但从没有进过公主的寝宫。他知道花楼殿外总有皇家侍卫把守，而夜晚，公主的寝宫绝对是禁地。公主自己不走出来，自己是没有可能见到她的。

他想，至少应该有机会见到阿西和阿东吧。

那是两个粉嫩可爱争强好斗的家伙。就算见不到公主，能见到阿西和阿东也好。阿西、阿东不识织作，更不愿对着房梁发呆，无聊的时候他们总该到园子里去透透风，遛遛弯儿。那样，起码能从他们那儿打听到些许公主的音信。

他设想着与阿西和阿东见了面会怎么说。

他们会说，公主已经不要你来了，你为何还来?

他答，说除了公主，我也可以看看你们啊。

这话听着很合理，也很友善，他们大概不会拒绝自己看他们的。

然后，自己可以问他们，公主好吗？

他们还会说什么？阿西大约会说：那三个镯子害人，公主很苦。

阿东大约会说：有多苦只有公主自己知道。

听了这些，他就会说那句话：我们不该看着她受苦，我们要帮她。

他们问，怎么帮？

于是他说，带我去见她。

卡拉夫这样想着，在园子里的一块石头上坐下。这里地势略高，树丛较密，他看得到别人，别人不易看到他。他耐心地等待着。

月亮已经渐渐爬上大殿东面的屋脊。卡拉夫注视着月亮，突然意识到皇城宫殿的屋脊大都是用蓝色琉璃瓦铺就的。他从来没有注意过它们的颜色，或许因为白日它们融化在天空里，所以，竟让人们忽略了。此时沉沉的夜幕中，皇城大殿的层层墨蓝的屋脊就像是深邃的大海，托着一轮冉冉升起的明月。

起风了，风的劲头很大，带着沙石吹过来，园子里的草木乱飞。

贼风掀得卡拉夫的衣裳扑啦扑啦，暑气一下子就没了。

卡拉夫突然远远看到了阿西和阿东的身影。那两个胖胖的姐弟出现得有些猝不及防。他们慌慌张张地从寝宫里出来，慌慌张张地在公主的寝宫前后跑来跑去，七手八脚地忙碌着什么。

为了看得更清楚，卡拉夫不由得半站起身。这时，他看到的不仅仅是阿西和阿东，还看到了另外几个人，几个公主身边的侍女。那些人跟阿西、阿东一样，都神色仓皇，她们紧张地关闭寝宫的每一扇金丝楠木的门窗。那一排排的菱花隔扇门被她们关得乒乒乓乓乱响。她们将那些高大的门窗关好后，又仔细地查看一遍，然后离去了。她们并没有走回到寝宫中去，而是反身向着寝宫外的另一个地方去了。她们几乎不是在走，而是奔逃。她们那种匆忙的样子，仿佛再晚一刻就走不脱了。

卡拉夫莫名其妙地望着她们的背影，她们的举动让人有些看不懂。起风了，飞沙走石，铺天盖地的，抢着关闭门窗理所应当。但为何门窗关好后，她们不回寝宫去躲避风沙？她们在风沙中走得那么狼狈，难道她们躲避的不是风沙，而是风沙以外的东西？

卡拉夫身子被风吹得站立不稳。风声大作中他四处望望，可以肯定，此时的园子里不再有人。既没有巡夜的皇家侍卫，也没有公主身边的下人。这些人往日里都像夏日的蚊蝇，一群群的，撵都撵不走，今天都到哪里去了？他忍不住向前走着。他想看看究竟，看看那里还有什么他没有看到的东西。

卡拉夫慢慢走到寝宫前，紧闭的门扇内看不到光亮。难道图兰朵公主不在寝宫内？他靠近大门，往里窥探，里面跟外面一样昏暗。他决定开门进去，却无法推动门扇。他又试了试，发现每一个门扇都被一把大锁紧紧锁住。

他愕然了，再查看其他出入口，不仅仅门扇，每一个窗户上也都有锁，这就是说，这个寝宫成为一个锁死的匣子。里面的人被完全封闭在当中。

图兰朵公主，你在里面吗？

卡拉夫小心地向着里面询问。他不信阿西阿东会做出这样的事情。图兰朵公主是他们最爱的人，他们怎么舍得将自己的心头肉幽禁在一个巨大的匣子里。这种混账手段对世间任何一个女子都是亵渎，更何况对图兰朵，她是汗国的公主，大城人的骄傲，大城人心中的神明。

他恍惚听见里面有人簌簌地向这边走来。那个人犹疑着，脚步踯躅，欲行又止。他忍不住大喊：图兰朵公主，是你吗？我是蓝眼睛！

那个人站在了，却不肯出声，但卡拉夫能觉得对方的眼睛正死死盯着隔开他与她之间的门扇。

卡拉夫用力摇晃着门扇，门很牢固，锁很结实。他想着打开锁的办法，可以用石头砸，或许用棍子撬？

图兰朵公主，你应一声，我放你出来。

卡拉夫疯狂地拉扯着门扇，门缝在他的臂力下渐渐变大。他要拯救她，他绝不能让他们像囚禁野兽般地将他心中的珍爱囚禁在牢笼里，他要给她自由。

就在他几乎要将门扇扯脱的时候，一条白刃唰地刺了过来，若不是卡拉夫躲闪得快，几乎割断了他的手掌。

门扇砰地弹回去，在卡拉夫眼前重新关紧。他退后两步，愣愣地望着门缝间的锋利。此兵器的形状过于怪异，以致让他懵懂。但片刻后，他很快辨认出那白刃既非铁，又非铜，甚至不是真的兵器。那是一条锦片。锦片上银色的芙蓉花十分熟悉，枝梗柔曼，花萼肆意。卡拉夫曾在空旷堂皇的花楼殿见过那花，在晨光妩媚的园子里见过那花，在夕阳西斜的暮色中见过那花，那片耀眼的灿烂一直束在图兰朵公主的身上，那是公主的束身腰带。

图兰朵公主?!

门里无人应答，锦片上的芙蓉花反射着冰冷的月光。

那是又一个撕碎人心的夜晚。卡拉夫已经不记得自己是怎么走回家的。他躺在床上，眼前只有那些大锁、那些紧闭的门扇和那条插在门扇间如刀刃般锋利的锦片。他和她隔着门扇恍然隔世，他知道拯救被囚禁在牢笼里的她，已经不是一件容易的事情了。

虽然有关月圆之夜的传说继续弥漫在大城里。但卡拉夫听而不闻。无人知道每一个月圆都让他辗转反侧。因为月圆之夜，大城里有个女孩子尤为可怜，她被禁锢着，她因为那三个魔鬼似的镯子而被禁锢，被折磨。

他怎么才能帮她？怎么才能走到她的身边守望她？他希望她能知道，黑夜当中她并非一个人。他与她在一起，他能感受到她的疼。

这些心思卡拉夫只能讲给自己听。他平日里信赖柳儿，柳儿也想懂他。但这件事情特殊，说不清道不明，没有头绪，他自己都无法了然，又怎样让别人懂呢？于是，他和柳儿两个人中间渐渐有了一个解不开的结。

柳儿频繁地在与卡拉夫闹别扭，闹完了别扭，她却悔得比谁都快。这让周大瞧出了些端倪。他看到卡拉夫出门后，柳儿孤单单地站在大槐树下对着黑夜远望，不由得心疼。周大说：丫头，一人儿在这儿等谁呢？

柳儿偏偏硬气：没等谁，吹夜风呢。

周大说：这种日子蓝眼睛还出门，等他回来，看爹骂他！

柳儿一听又急了：你骂他干吗？我吹夜风，你骂蓝眼睛，欺负老实人啊！

于是周大不再多说，孩子们渐渐成人，心事也越来越难猜。过去是今天好，明天吵。如今是背后吵，当面好。弄得周大不知听信哪一面。在周大眼中，卡拉夫还是一如既往，但柳儿却有心思掖着藏着了。要是她娘亲还在就好了。姑娘家长大了，心事不跟当爹的说呀。周大想着就伤感起来。

大城里有各种各样的贼，贼偷了东西无论大小贵贱都是要销赃的。有道行的贼越偷越有要求，他们希冀自己偷来的东西让有见识的人都觉得是个稀罕物件。这样，大城里的有些销赃窝点的生意日渐兴旺，三教九流的人士半掩着脸，都不声不响地会往那里去。柳儿听说了其中的有趣和神秘，得闲，便去逛逛。

一日，柳儿从某处见到一块罕见的玉璧。拿给她看的人显摆说，此玉璧曾给西域的马八尔国前王后护身，月圆时光亮如饼，月缺时光亮如玦。后来那个王后病逝，此玉璧也随她下葬了。

柳儿嗤笑：若是马八尔国前王后的陪葬之物，怎会在这里？

那人说：王后下葬，手忙脚乱，调包轻而易举。

柳儿举起那块圆形的玉璧，精光内蕴，体如凝脂，果然从中能看到一半的光晕，心头大喜，却故作不屑说：看不出所以然，谁知道你说的是真是假。

那人分辩：今日是上弦月，等满月的时候，你再看，灵着呢。

柳儿说：好，好，我带回家试试。

那人有些急：你还没出价钱。

柳儿说：我爹手中有许多整治飞鸟走兽的方子。等我给你讨一个来如何？

那人想了想，觉得是个合适的生意。

柳儿将那块玉璧拿回家中，摆在卡拉夫的面前。

柳儿说：这是我好不容易才弄到手的宝贝，给你挂在身上，图个太平。

卡拉夫拿起端详说：看你说得，好像我背后站的都是妖精。

柳儿说：我是说，你若真想去会妖精，也提防它们翻脸不认人。

卡拉夫说：妖精要是将我拿走了，岂不可惜了这块玉璧。

柳儿说：算我多嘴。既然如此，砸了它算了。

柳儿上手要夺，卡拉夫急忙小心地将玉璧放进怀里：砸了更可惜。还是我替你先存着。

柳儿不觉嘴角翘了翘，总算有了一点笑模样。

大汗也听说了大城闹妖的传言。

大汗不信真有妖孽敢在自己的大城里作怪，所以这些传言让大汗烦恼。

大汗说：朕底下的人都长耳朵了吗？

大汗的侍从官知道大汗指的是什么，但不敢挑明，因为若挑明了就要讲出主张和手段。

大汗说：朕有六部，都是吃白饭的？

大汗的侍从官还是不吭声。六部指的是吏部、户部、礼部、兵部、刑部、工部；吏部管官吏任免考核，户部管土地赋税，礼部管典礼科举，兵部管兵籍军务，刑部管司法刑狱，工部管工程营造，各司其职，谁能管得了妖怪？

大汗郁闷叹气。

大汗的侍从官心里也跟着叹气。他想起了埋在了万兽园底下的那个人。当年他在大城，大城里真的很太平，偶尔有些乱子，请他出面打理，转眼便风清月朗了。

大汗的侍从官暗想，汗国中需要一个新国师了。

第五十一章
新国师

伯颜还记得第一次与那人见面的情形。他最先见到的不是人，而是那人的一只手。那人的手从一顶小轿中伸出，将那个阴沉木的匣子小心翼翼地递给伯颜将军。这是一只柔若无骨的手，衬着黯淡破旧的木匣子，显得格外刺眼。

伯颜将军第一眼见到这人的手，曾想，如此绵软白净，定是个女人。

伯颜说：可有办法修补？

那人说：没有。

伯颜说：此镜废了？

那人说：那要看在谁手里。

这个人只跟伯颜交谈了只言片语，伯颜想，这人气息内敛，声音雌雄难辨，若真是个女人，的确有些可怕。

在各国王子们求亲的队伍未抵达大城前，伯颜就已经委派玉勒将军出了好几次远门，每次都带回一群诡秘莫测的人物，据说个个是一方神圣。然而神圣并非万能，显然，伯颜在这些人身上并没有寻到他要的东西，所以，这些家伙很快又都销声匿迹了。

这个人不是玉勒将军从外面带来的，那些花了大价钱找来的人或许真有学问，但都不是伯颜将军要的学问。伯颜要的是三色镯的谜底。那些人说想要三色镯的谜底不难，请伯颜将军先说出谜面来。

伯颜被窘住，说：那谜面除了公主谁又知道，若我都知道了要你们有何用处？

后来，伯颜因为国师的死，意外地得到了火镜，便追问火镜。那些人对于火镜能说的更少，其中有两个是人精鬼才，算是识得火镜的，他们的答话却让伯颜沮丧，他们告诉伯颜，这面镜子废了。

伯颜不甘心，问：都传火镜不死，你们怎说废了？

那些人说：不死，是讲火镜破碎后总有办法修复，但如果是用鬼仙红眼的匕首戳碎的，另当别论。

伯颜问：有何不同？

那些人说：黑曜石中的鬼仙红眼是这面火镜的克星。

伯颜尽管失望，但还是对此镜不舍。终于，他见到了这个人。这一回不同，这一回此人虽也提到火镜没有办法修复，但他并没有说"废了"，这让伯颜冥冥中看到了一种希望。

伯颜说：伯颜想请高人到府中小叙。

轿中那人说：将军的府邸人多口杂，还是我选个地方。

伯颜跟着那人去了大城中一处僻静的地方。轿子停在一个小巷里，那是个不起眼的小店的后门。只见那个人下轿，脚步轻盈，从披着斗篷的身量看，个子比想象中高出许多，微微有些丹凤眼，嘴唇线条柔和，面容丰腴，看不出年纪。

那人回眸看了伯颜一眼：将军请。

伯颜终于判断，这是个阴阳人。

伯颜走进小店的后门，一股刺鼻的药香气迎面而来。他突然想起了一个人，不由得心中一怵。他说：你这里是香料店。

那人说：不错，人总要吃饭，所以经营些小本生意。

伯颜不是傻子，香料这东西在大城比珠宝还金贵，他若是小本生意，谁又敢说自己是大本生意。

伯颜环视四下，慢慢坐下：为什么你们都喜欢弄香料？

那人一笑：我们？还有谁？难道将军指的是前日故去的国师？

伯颜不答，这个人果然有道行，自己说什么和想说什么，他一清二楚。

伯颜不答，对方也不催促，只是拿起手边的兰花瓷盆里一小块鸡舌香，嗅了嗅，放进嘴里。

那人说：香料好啊，朝臣们觐见大汗，口含鸡舌香，口气芬芳；嗜酒人饮酒前嚼些鸡舌香，酒量大增。有益无害的东西，谁不喜欢。

伯颜说：那些都是凡俗之人。

那人说：可惜神灵与人相似，也喜欢芬芳的气息。为什么？因为香气与高贵和财富相通，表明你的身份。将军可知西域很多王族死在异乡后，尸首都要由大祭司用香料处置，以保在返回家乡的路途中不会腐烂。他们相信人死后魂灵会依附在尸首上，若让肉身毁灭则意味着魂魄的消亡，只要保存住肉身，魂魄便有栖身之地，死者就能够转世再生……

伯颜说：伯颜只求一世，不求来世。

那人说：哪怕只活一世，也离不开香料。在下看将军眼圈发青，印堂晦暗，近日定是无眠少睡。不妨入睡前用些沉香熏焚，那香气芳馨幽雅，舒缓神气，祛除烦恼，理畅血脉气息，促睡安眠。更何况贤者常以熏香作为驱秽辟邪、修身养性的路径。

伯颜终于耐不住性子，道：好了，好了，本帅知道了。这店里的香料本帅都买下了，你开个价钱。

那人笑看伯颜：将军，买卖不可以这样做。

伯颜说：该怎样做?

那人说：这样做像是一锤子买卖。没有长远。

伯颜无奈：那你说个办法。

那人说：将军明明并不在意小店里的香料，何苦都搬到家里去。在下这里有特制的沉香和檀香给将军安眠，试着去用，若好，将军再来。

伯颜被那人逼得无奈，只得说：还请先生赐教那面火镜……

那人叹息，说：可惜了那面宝镜。不过宝镜毕竟是宝镜，虽破损，但也还有些用途。至于怎么用，我会替将军筹措，此事万万不可操之过急，凡事欲速则不达。

伯颜的眸子亮了：先生神人，伯颜愿洗耳恭听。

从那次起，伯颜便常往那个香料小店走动了。他竟然慢慢习惯了那些刺鼻的香气，并能够叫出一些香料的名字。后来，当大模国的王子被砍头之后，他果然发现大模国的人到处采买香料，一堆堆珍奇的香料不分昼夜地被运到大模国大祭司的下榻处。大祭司关起门来，与那无头的尸身相处了九天九夜，最后，让阿明王子的尸身卧睡在轿中运出了大城。

望着曾经载歌载舞的大模国的队伍悄悄离去，伯颜问站在自己身边的玉勒将军：听说他们用黑檀木给那个王子做了一个人头?

玉勒说：是，他们请了大城里最有名的孙木匠做的。据说孙木匠用螺钿给那个死鬼做了眉眼五官，让那面目熠熠生辉，大模国的人看了十分满意。

伯颜叹息：真有这事。

玉勒不解地望向伯颜。

伯颜道：他们当真相信那个王子的魂灵是依附在肉身和雕像上的。

其实，伯颜也曾让人打听过那个香料小店的来历。回话说，那个小店及其小店的主人仿佛是一夜间被大风吹到大城的，香料小店的生意不温不火，店主平日里更是谨慎为人，毫无锋芒。

深藏若虚，真人不露相啊！伯颜知道，这才是自己要找的人。可惜他是个阴阳人，娘里娘气，招人不喜。若能把那阴气收敛些，举荐到大汗身边，在朝中也是自己的一个帮手。

一日，伯颜对那人说：如今朝廷思贤若渴，大汗爱才好士，你既然才华出众，不该埋没在芜俚人群之中，本帅想给你个机会，让你为汗国大展身手，免得明珠蒙尘。

那人笑笑，说：谢将军赏识，不急。

伯颜知道，那人是有打算的，于是不再多说，只是留心他想做什么。

事情的开始，看不出与此人的丝毫干系。事情是从大城的值更开始的。

大城是世间最大的城，难免鱼龙混杂，良莠不齐。自从有了月圆之夜妖孽作怪的流言之后，人心难免有些散乱。为防止不肖之徒趁机作奸犯科，值更便成为守护大城的怯薛军和寻常百姓的一件大事。一夜分五更，日落数更，直至次日凌晨，巡更的将士根据报更执勤。一更为"定更"，将士关城门，怯薛们开始巡更。皇城及大街小巷的更夫们手持铜锣、梆子上街，一为报时，二为守卫大城安全，三为百姓驱妖。五更为"亮更"，怯薛们巡更结束。天要亮了，就算妖孽们再有精神也乏了，回巢的回巢，归窝的归窝，更夫们也都打着哈欠回家睡觉。将士开城门，百姓自行出入。城中庶民、文武百官闻亮更起，闻定更息。

为了这报更，大城出现了数千的更夫。更夫们全凭守着滴漏或燃香更报时，于是那时辰把握多多少少免不了会有一些差池，夜夜更夫们报时，上城的梆子已经敲完，下城的锣竟还当当地响，每个时辰临近，警醒的人们觉着大城的东西南北锣梆声此起彼伏，不绝于耳。

住在大城的人们对此早习以为常，但初来乍到的异邦来客对此却有些不适。一日高丽国使臣觐见大汗，多出了一件事情。

那高丽国使臣是高丽国国王的亲弟弟。他献上高丽国国王给大汗的厚礼和书信后，态度谦逊，克恭克顺。

大汗一时兴起，说：你既是第一回来大城，看朕的大城如何？

高丽使臣说：四衢八街，人稠物穰。

大汗说：众人都是这样讲，但朕觉得好像哪里还有些瑕疵。

使臣说：有瑕疵也是白璧微瑕。

大汗说：哦，说说看。

使臣一愣，说：外臣不敢造次。

大汗摆手：你我两国甥舅之好，但说无妨。

那使臣想了想，笑说：昨夜，外臣心绪激越，辗转少睡。一夜明明只有五更，恍惚竟觉得有十更之多。

大汗不明白：哦，怎会呢？

那使臣说：似醒非醒，似梦非梦，或许也是因为外面的更声有些乱……

大汗不再言语。

那高丽使臣走后，大汗对自己身边的侍从官说：去，即刻把兵部、刑部、枢密院的人叫来。

兵部尚书、刑部尚书和枢密院院事匆匆赶到大殿，见大汗脸色阴沉，几个人不禁惴惴不安。

大汗说：你们讲，这些年，为何朕的帝军总能打胜仗？

兵部尚书说：陛下治军有方。

刑部尚书说：上行下效，赏罚严明。

枢密院院事说：言出法随，令行禁止。

大汗说：可朕看这大城里有些事情乱糟糟的。

这些官员都肩负大城城池卫戍、警巡捕盗之责，听到这话，心里打鼓得厉害，一个个扑通通地骨碌到大汗的脚下，连声请罪：微臣失职，大汗恕罪。

大汗瞥他们一眼：朕还没有怪你们，你们就都知错了？

他们异口同声，说：知错了。

大汗问：错在哪里？

三个人瞪着眼睛面面相觑。

大汗说：都给朕滚出去，限你们两月将大城乱糟糟的报更时辰给朕弄得精准无误。

三个大臣背脊湿透地走出大殿。他们脑子再不好用，也明白这桩差事有多难。想将数千更夫的报更声弄得精准，首先得将他们每个人的滴漏弄得精准，这就是说，必须将滴漏或燃香控制在一个点上，这如同夏日之夜，面对黑压压的蚊群袭击，想要在瞬间空手抓住全部的蚊虫。

想到肩膀上顶着的这个头只剩下两个月的好光阴，他们恨不得抱头痛哭。几人走出皇城，十万火急地发出悬赏，寻求高人指点。众人相信大城的报更时辰若能整齐划一，笃定是道很美的景致，但如何能够，似乎无人想得出对策。三日后，那位香料店的老板依旧被那顶小轿抬着到了枢密院门口。

枢密院院事正愁眉不展，忽听有人上门，忙迎到院外，请下轿，让座敬茶。

香料店老板不慌不忙坐在枢密院里，将三张纸头放在枢密院院事的案上。

枢密院院事拿起纸头看看，一脸懵懂：这是什么？

香料店老板说：你要的东西。

枢密院院事说：我何时要过这东西？

香料店老板冷笑：赶快去找人做吧，能救你性命的就是这三张纸头。

那口大钟以响铜为料，由枢密院招募大城百个最好的工匠夜以继日地铸造出来。钟体通高约莫两丈，净重数万钧。刑部的人也没闲着，他们找来一群大城掌握绝密做鼓手艺的"鼓人"，用德里苏丹国进贡的整张的好牛皮，做出三十六面大鼓，主鼓面径六尺，副鼓面径四尺，鼓座为紫檀木，上雕云纹。

在工匠们铸钟、鼓人们造鼓的同时，兵部召集大城内技艺最高的木匠和石匠按照那个香料店老板的指点，在中城某座陡峭山崖的顶部建造出了两座巨人似的高楼。一座为钟楼，一座为鼓楼。

为了将那口大钟和三十六面大鼓运上高楼，枢密院、兵部、刑部倾巢而动，动用了二百根滚木，四百匹最结实的驮马和上千个怯薛壮士，马拉人扛。眼瞧着驮马口吐白沫，累得抽搐瘫倒，怯薛壮士们一个个上气不接下气几乎呕出血来，那大钟和大鼓才终于就位。

听说巨钟和大鼓各自被安放进高楼里，伯颜意识到，那个卖香料的阴阳人很可能做成了大事。他不动声色地来到小店。

小店里那人正在吃瓜。他一边小口吮着，一边极有耐心地用泛着贝壳般珠光的指尖，从沙瓤瓜肉上剔下黑黝黝的瓜子。

将军来了，吃瓜吗？

那人挑起眼睛，意思是请伯颜一同享用西瓜，但他既不起身，也不将瓜给伯颜递过来。于是，伯颜忽略了他的邀请，对那人说：你想好了？

那人说：想好什么？

伯颜说：别跟我说那大钟和大鼓与你无关。

那人用汗巾擦擦嘴和手，道：自然有关，但哪里是我想的，明明是瓜熟蒂落。

大殿上的人们都听到了从遥远的天边传来的悠扬的声响。这声响延绵不断，醇厚而洪亮。

大汗愕然地看向自己的朝臣们：这是哪里来的钟声？

众人们面面相看，大城海纳百川，城中有佛庙，有道观，有清真寺和教堂，但从没有一种钟声能够抵达大汗的大殿。

侍从官忙跑出去打听，片刻回来禀报：是枢密院的人在新建的钟楼里试钟。

大汗略一忖量，道：众爱卿陪朕一同去看看热闹？

大汗带着众臣来到钟鼓楼前，只见钟楼下部是十字拱券门洞，四方通透，向上望去，钟楼屋顶为穹顶式结构，那口悬在二楼半空中的黑压压的大钟，把周边一切衬得无比渺小。

大汗问：这钟楼为何门开成这个样子？

在场的官员都支支吾吾，好像嘴里含了热包子。

枢密院院事将头转向站在自己身边的那个披着黑大氅的人。

那人即刻向前一步：十字拱券门洞易聚音，同声相应，同气相求。高楼顶部为穹顶，利于扩音。以此保证大城内外，莫不耸听。

伯颜不由得眼睛瞪圆。这五官，这丰腴的面容，明明就是同一人，但声音却毫无过去的柔媚，显得中气十足，仿佛在用另外一个嘴巴说话，让伯颜一时听得很不习惯。

大汗又说：这样大的钟，如何敲响？

那人说：靠它们。

众人看到大钟两侧各吊长约一丈、粗约一尺的撞钟圆木。

那人说：用此圆木撞钟，钟声方圆数十里内均可听到。

大汗说：每日如何报更？

那人说：楼中设有铜壶滴漏报时，听到报时，报更者开始报更。清晨寅时击鼓敲钟为亮更，傍晚戌时击鼓撞钟为定更。

大汗说：那么，二至四更呢？

那人说：二至四更只击鼓，不撞钟，以免影响百姓歇息。

大汗点头：好，暮鼓晨钟，甚合朕意，朕喜欢。

大汗喜悦地点点头，转而向鼓楼走去。仰头看了一阵，大汗又有疑问：朕看这鼓楼与那边的钟楼构建似乎有些不同，如何传递鼓声？

那人说：鼓楼传音全靠其内部一整套更鼓群。六面主鼓，三十面副鼓。当同时敲打更鼓时，鼓声响彻云霄，震耳欲聋。

大汗说：可否给朕试上一试？

那人微笑：那要请陛下退避两里之外才好。

大汗不解：这是为何？

那人道：此处的撞钟人和击鼓人都备有耳塞。钟鼓声发蒙振聩，无耳塞者近处听闻，只怕会终身失聪。

从此，大城夜间报更，全凭一座钟楼，一座鼓楼。

每逢黄昏时分，鼓楼击鼓六遍，钟楼击钟六遍，每遍十八下，共击各一百零八下，算报完一个时辰。这一百零八下也是很有说头的。因一年有十二个月，二十四节气，七十二候，相加正得此数。

百姓们凭这钟声和鼓声起居作息，心中安稳，绝无差错。

大汗为大城有这样气派的钟鼓楼而骄傲，更因为大城从此报时精准无误而欣慰。有了这钟声鼓声，百姓夜晚出门，觉着脚步踏实，四周的妖气也退去许多。

大汗下令嘉奖枢密院、兵部和刑部。

大汗对伯颜说：这个人沧海遗珠，国士无双。

伯颜窃喜，说：恭喜大汗，贺喜大汗。汗国又得大厦栋梁。

从此汗国有了新国师。

第五十二章
春去夏来

转眼，大城又迎来了一个夏天。

孙木匠要给天狗娶亲了。未来的新媳妇叫红秀，是甜水巷里的乖巧女子，据说性情极好，手脚麻利。自打及笄礼之年，上门说亲的媒婆就踩烂了她家的门槛。个个家境殷实，有屠户家的长子，有脂粉店的少东家，还有笔墨店的少掌柜。父母疼她，由她自己拿主意。她不说话，指着眼前一个首饰匣子，说：我就要它。

那是她母亲当年的陪嫁，孙木匠的手艺，细木嵌螺钿，红漆已有些剥落，但螺钿镶嵌的一对彩凤依旧光彩照人。女子的父母明白了闺女的意思，对众媒人说，谢婶子们热心，我们家的红秀有主了。

听说红秀在众小伙儿里相中了天狗，这叫天狗的父母亲很有面子。他们跟天狗说：看来你前世修了福气，竟有这般好的女子要跟你。

天狗听了没说话。他听说过红秀的人品，知道那是个会过日子的好女子。

小伙伴们都开始用红秀与天狗打趣。只要柳儿在眼前，这打趣就会让天狗觉得有点不自在。因为天狗心里曾有过柳儿。

小时候，天狗、小骆驼和铁头曾在一起议论过娶媳妇的事情。小骆驼说，一定要娶个嘴巧手巧会持家的；铁头说，一定要娶个模样喜兴爱笑的；天狗想了半天，说，最好是娶个柳儿那般的媳妇。几个小伙伴都不吭声了。真的，柳儿身上的诸多好处几乎把小小子们眼中的女孩子们的好处都占全了。

天狗问柳儿：小柳儿，等你长大了，嫁给我们当中的哪一个？

小柳儿将他们几人扫了一眼：谁能打过我的蓝眼睛哥哥，就嫁谁！

这话让天狗、铁头和小骆驼他们几个伤心了好几天，伤心过后，倒也想开了。他们依旧将柳儿装在心里，宠着柳儿让着柳儿，每日满足于听柳儿指使打杂跑腿，除此外，即使有更多的奢望，也只能藏在心里。他们都知道只要蓝眼睛在那儿，柳儿的目光就不会落到别人身上。

柳儿打小就恋旧。李婶儿说，这孩子有良心。李婶儿给她做的小衣服小裤子经过了这么些年早已洗白穿旧，她却把它们收拾得干干净净，叠得整整齐齐，跟小时抱着睡觉的布娃娃放在一个包袱里。她说，不能丢，多旧都是李婶儿给的。她对卡拉夫也是一样，从她见到卡拉夫开始，她的心就只跟随着卡拉夫的影子，她跟随惯了，假若放弃旧日的习惯，她会不知道往哪里走。柳儿的钟情与岁月无关。纵然窗间过马，柳儿对她喜爱的东西从来不变。

孩子们都渐渐长大了，渐渐知道了男女之别。柳儿与这些过去的伙伴们并没有因此而生分。男孩子的心思在柳儿这般琉璃似的清爽人看来，都是清清亮亮的。柳儿是个侠义人，别人对她好，她便对别人好，友情如酒只随着光阴而醇厚。

所以尽管柳儿日日长大，长成碧玉年华，但她对诸位伙伴们的情态并无二致。柳儿仍旧喜欢领头淘气闯祸，喜欢事事抢着拿主意，她依旧喜欢跟男孩子们伙在一堆，对着小骆驼、天狗、铁头等人指手画脚。或许是被柳儿指使惯了，或许是被柳儿指使也是一种快乐，男孩子们遇到事情，会说：这事得听听柳儿的说法。柳儿则会说：别急，等我回去跟蓝眼睛商量商量。

卡拉夫依旧是柳儿崇拜的对象。卡拉夫站在周大的身边气宇轩昂。在柳儿眼中，自己亲爹的本事若在大城排列第一，卡拉夫的本事至少是第二了。但论气韵风度，金发碧眼的卡拉夫当然是排列第一，至于第二是谁，柳儿想也没想过。

这两年在卡拉夫身后不知不觉增添了许多大城姑娘们的目光。由于他跟随在周大身边的工夫越来越多，反而不像小时那样有更多的闲暇与柳儿相处，这让柳儿难免忐忑。

周大要将卡拉夫带在身边，一是为了悉心传授卡拉夫各种本事，二是为了看住他，免得他的心思往别处走。周大这样做也是无奈。许多年了，他尽力用自己的身躯挡住那个曾经的过去。那时，孩子小，在他腿前腿后地转着，三两句话就能哄骗过去。如今不行了。卡拉夫已经长得比周大高出小半头，那飘飘金发和碧蓝的眼睛时时让周大想起卡拉夫的父母。他还能为他遮几日风、挡几日雨呢？

这阵子，卡拉夫似乎在寻思一件事情。这个寻思是对过去答案的某种质疑。

师父，你到底是从哪里捡到我的？

从哪儿捡到我的？这是句老话。一代又一代，小孩子从小到大，都会有这种询问。询问总是不知何缘故突然开始，长辈们则似谑似谐，笑着便给了"城门前""巷子口""水井边"，甚至"猪圈""羊圈"里的答案。小孩子们只要拿到答案，即使觉得悲惨，心里都踏实很多，因为那毕竟是个出处。

幼年的卡拉夫曾拉扯着周大的衣襟怯生生地问。

周大回答卡拉夫说：一个荒野上。

周大的这个答案已经准备了好多年。无论问多少次，只有这一个答案。这个答案无隙可乘，滴水不漏。幼年的卡拉夫听到答案便满足了。

后来，少年的卡拉夫又向周大提问，他说：师父，你捡到我的地方，是个什么样的荒野？

周大说：一个与其他荒野并无二致的荒野。

那个荒野离大城有多远？

跑马三五天，行路十天半月。

少年的卡拉夫拿到这个答案愣怔了一阵儿，似乎并不满足，但聊胜于无，再无多话。

可是有一日，卡拉夫重新开口。他询问的方式与往常一样，但他询问的东西变了，这让周大警觉。

卡拉夫说：师父，你真的是在荒野上捡到我的？

周大说：是。

卡拉夫说：来到大城之前，我是不是还在别的什么地方待过？

周大注视着卡拉夫热切的神情，他意识到那张稚嫩的面孔已经变得粗糙。这是一个男人与一个男人的对话。

周大慎重地说：或许。

卡拉夫说：那地方有过大火吗？

周大说：什么大火？

卡拉夫说：房屋在火中倒塌，男人和女人从火中走出来。他们身上有绣着花朵与利剑的图案。

周大心惊，玫瑰与利剑的图案是马尔维亚王徽的标识。周大说：孩子，你做噩梦了吧？

卡拉夫有些迟疑：我知道是梦，可在那里头我看见许多景象，似曾相识的景象，仿佛我亲眼见过。还有，我在梦中见到你，你在传授一个孩子剑法……

周大说：梦不可当真。

卡拉夫没有听周大的劝告，卡拉夫说：可是，怎会有那么多的火呢？

周大必须阻止卡拉夫了。他看到卡拉夫在试图接近那个一直被自己遮挡的记忆。周大板下脸，说：行了，什么火？又是焰火！这阵子你总在念叨这个火那个火的，日有所想，夜有所梦，走火入魔了吧！

卡拉夫愣怔，师父生气了。师父的话是有信服力的。这一阵子跟焰火大师偷学到不少绝技，难免得意忘形，嘴里自然念叨得多了。惹师父生气是罪过，卡拉夫不由得对着师父内疚地笑笑：师父说得对。

周大知道这绝非随便说说。卡拉夫偷学焰火，周大一直睁一只眼、闭一只眼地违心做了让步。而这梦中之火只怕比那焰火作坊里的火要险恶得多。周大不能视而不见。但对此他是堵，还是疏呢？

周大背着卡拉夫与焰火作坊的那位大师早就有过一次交谈。

周大说：拜托大师，切不要再私下传授技艺给蓝眼睛，若让皇城里头知道，这孩子的性命便没了。

大师说：蓝眼睛与焰火是缘分，我不教他，他该学的还是会学到。我私下里指点，也是为了他少冒些风险。

周大说：难道就不可以想法子灭掉他学焰火的念头？

大师说：你可知大禹治水？堵不如疏。

周大道：如何去疏？

大师说：因势利导，顺势而为。

周大说：让我想想。

于是，周大想出了自己佯为不见的主意。

谁料，眼下卡拉夫有了让人更为担忧的情形。周大能做什么？只得将卡拉夫日日带在身边，他得让卡拉夫忙起来，忙碌的人是没有工夫想心事钻牛角尖的。于是，就出现了周大走到哪里，卡拉夫跟到哪里的一幕。

卡拉夫以为自己明了师父。师父养育他多年，对他只有一个好字。若能让师父开心，他肯做任何事情，他尽力跟着师父学本事，他用心尽力，他要让师父满意。然而到了夜晚，他的梦境中总是被不同的火焰困扰着，时而绚丽无比，时而凶神恶煞，这让卡拉夫的夜晚特别累。白日里卡拉夫规规矩矩地跟着师父练功，夜里漫天漫地的火让他躁动不安。师父管得住他的身子，管不住他的梦境。

半夜时分，周大被卡拉夫的梦话惊醒，他听到卡拉夫的呓语。卡拉夫说：师父啊，天都烧红了，那火真的是焰火吗？

周大爬起来，闷闷地坐在炕头上。那火当然不是焰火，那是毁灭马尔维亚的战火，是吞噬卡拉夫父母尸骨的魔火。周大悄悄起身挪开墙砖，从墙洞里拿出一个东西。十几年过去，东西拿在手里清凉滑润。这是一个绣着王室徽章的披肩，是卡拉夫父母亲留下的唯一的遗物。他又一次听到了他们的声音。他们说，剑侠师父，你快带着卡拉夫走。他们说，卡拉夫交给你了，他是我们的希望……

周大思索了片刻，将那披肩放回墙洞。他走到灶房，抱出小铡刀和刚刚晾晒好的中草药，鸡血藤切斜片，白芍切圆片，桑白皮、枇杷叶切丝，整整切了一夜。饱经世故的周大自然看得出前些日子自己的招数并未真的对卡拉夫起到什么作用。他做不了什么了，这孩子心里的火要靠他自己去扑灭。

于是，又经过了好几个不眠夜，终于有一日，周大把卡拉夫叫到身边。周大说：你功夫已成，该到外面去闯荡一下，做些大事了。

卡拉夫愣愣地听着，说：好。

周大问：你想做什么？

卡拉夫仿佛脱口而出：皇家侍卫，师父以为如何？

周大暗暗叹息，原来卡拉夫早有这个打算。纠结之卜，他没有马上回答，而是凝视了卡拉夫片刻，说：大城的皇家侍卫亲军担负着护卫宫廷的重任，属于枢密院管辖，入选的条件十分严格。

卡拉夫说：但每年仍有一些色目人入选，不是吗？

周大沉吟不语。卡拉夫说得不错，大汗重用色目人，朝廷当中有不少色目人身兼文武官员的要职，当然也有人成为皇家侍卫，甚至担任侍卫亲军队长。对普通的色目人来说，皇家侍卫是渐渐接近汗国的权力中心的一个路径，说不定哪一日便可飞黄腾达。但周大知道，卡拉夫要做皇家侍卫的目的绝非如此。这小子是借着皇家侍卫的头衔，惦记着焰火呢！

周大却不挑破，说：你自己去试，成不成全凭你自己的本事。

卡拉夫笑得合不拢嘴，说：谢师父。

听说卡拉夫要去做皇家侍卫，柳儿第一个跳出来反对。柳儿说：蓝眼睛为什么要去吃皇家俸禄？

周大淡然地说：只是去试，不一定成呢。

柳儿说：若是成了，怎么办？

周大说：那要由蓝眼睛自己拿主意。

柳儿气得把嘴鼓了又瘪，她本打算反身立刻去找卡拉夫，但想了想，忍住了。

傍晚，柳儿熬了粥，烙了葱花饼，摊了鸡蛋。盘子和碗都摆上了桌，卡拉夫发现自己面前少了双筷子。

周大说：柳儿，给你蓝眼睛哥拿双筷子。

柳儿坐在那儿不动。

卡拉夫说：我自己拿。

卡拉夫起身刚走，柳儿马上跟过去。

卡拉夫说：你坐着吧。

柳儿仿佛没听到卡拉夫的话。但卡拉夫到了碗橱前，手刚伸出去，眼前装筷子的竹筒就不见了。卡拉夫对着柳儿嘿嘿地笑：我斗不过你的乾坤挪移大法。

柳儿瞪着他：你要去吃皇粮了，还稀罕吃我做的饭？

卡拉夫说：你的饭好吃啊。

柳儿说：吃着碗里的还惦记着锅里的。

卡拉夫说：哪是锅？哪是碗？

柳儿说：你干吗要去当侍卫？

卡拉夫说：学本事。

柳儿哼一声：蒙谁啊，当了侍卫，你就方便了。

卡拉夫说：方便什么？

柳儿说：装傻！你不就是想进皇城去看她嘛！

柳儿甩手走了，卡拉夫手中突然捏满了筷子。

柳儿原本怀着一丝侥幸。谁料，卡拉夫一试便中了。卡拉夫真的要去当皇家侍卫了。柳儿与周大不依不饶：你去与他说一句，他定不会去。

周大拿着艾草和火镰打算熏蚊子，说：我已然答应他，考上就让他去。

柳儿跺脚：你曾说过，我们家一辈子不沾那个"皇"字。我娘亲就是在皇城里被祸害死的，那就是个害人的地方……

话一出口，柳儿看到周大的脸色变得晦暗，艾草上的火星儿一下子被他的拇指生生按灭。柳儿顿时悔了。娘亲的事，是爹心中最碰不得的痛。这么些年，无人敢在周大面前揭那块伤疤，那会塌天的。柳儿不由得一把抱住周大的肩膀，泪水扑簌簌地淌下来：爹呀，我错了。我再不浑说了……

周大的气息半天才平缓过来。柳儿脖子上的金项圈硌得周大阵阵酸楚，他说：丫头，蓝眼睛有自己的志向，咱不能捆他的手脚。

周大是在无奈的情况下，依照焰火大师的提示，做了"因势利导，顺势而为"的事情。

卡拉夫会被皇家侍卫亲军录取，这个结果在周大的意料之中。

卡拉夫进入侍卫亲军后不久，便被派去守卫皇家焰火作坊。这也在周大的策划之内。卡拉夫是个执拗的人，既然他惦念焰火，那就让他正大光明地靠近他热爱的焰火，他惦念焰火总比惦念其他要好，这也算两害相权取其轻。周大盼望焰火可以帮着卡拉夫远离马尔维亚灰烬中埋藏的火星。

卡拉夫欢欢喜喜地去了皇家焰火作坊。他跟她说过，他以后要做最好的焰火给她看；他还说过，有一日他会成为皇城侍卫。本来，这两件事情一起做有点难，现在这个难题似乎解决了。

他丝毫不知师父给他帮了多大的忙。周大把对卡拉夫的关爱放在手上掂来掂去，决计在卡拉夫受到任何伤害前不留痕迹地帮他一把。周大在侍卫亲军中是有朋友的，让卡拉夫去做焰火作坊的守卫不是难事。大城不是清明世界，有妖，有魔，有怪，大城里的鬼影只有周大这只眼睛看得见，一只眼睛的好处或许也在于此。他无法将真相告诉卡拉夫，所以，凭他自己曾有的经验——若能懂得与猛兽相处的诀窍，即使在它的巢穴里也会很安全。偷学焰火是捻虎须的事，做了皇家侍卫，做了那只老虎的看守，名正言顺地与那老虎打交道，也许倒没有那么危险了。

卡拉夫做了侍卫亲军，这让小伙伴羡慕不已。这是个极大的荣耀。什么人才能做皇家侍卫？那都是大汗最信得过的人，弓马骑射都是一等一的，平时护卫皇族，战时随大汗出京征伐；衣裳盔甲光鲜，俸禄丰厚。出入皇城如履平地，百姓们见了，屏声息气退避三舍。卡拉夫做了皇家侍卫，小伙伴们都期待看他带刀巡街，在他身边大呼小叫，跟着出出风头。

谁料，卡拉夫竟去做了焰火作坊的守卫，这让小伙伴们的虚荣心打了折扣。磨盘山是大城最冷清的地方，胆小怕事的对"焰火作坊"四个字提都不敢提，在那里做守卫，差事自然十分清闲，但想在大众面前露脸就太难了。

听到小骆驼、天狗他们私下有微词，原本对卡拉夫一肚子埋怨的柳儿突然翻脸了。

柳儿说：瞎嘀咕什么！做焰火作坊的守卫，有何不好？你们不喜欢，我欢喜。

小骆驼说：不是说不好，而是蓝眼睛明明可以干更好的。

柳儿说：我看就很好，比到皇城里去干守夜巡更的有意思多了。

小骆驼说：可那是给大汗和公主守夜巡更啊。

柳儿说：你愿意喝醋，我愿意吃盐。你说大城有多少皇家侍卫？

小骆驼说：成千上万？

柳儿说：能有几个在焰火作坊当守卫的？

小骆驼说：几十个？上百个？

柳儿说：百里挑一，想争都争不上呢！

天狗和铁头点头：那也是。

小骆驼不由得改口：谁说不好啦。昨儿我娘还说，蓝眼睛从小看着就比我们几个出息，周大师傅好福气。

柳儿听了这话，脸上才算有了点笑模样。她说：蓝眼睛做了皇家侍卫，是个长脸的差事。我要去集上割肉买菜，晚上都来我家吃饭啊。

第五十三章
海长春的心思

卡拉夫做了皇家侍卫的消息几乎是第一时间传到了海长春的耳朵里。

自从胡姬帮助海长春找到了周大的住处后，他就会时不时地惦念那个叫蓝眼睛的色目人，并到那对师徒居住的山脚下的村落附近去转转。他并非真的想碰上那个色目人以及色目人那个独眼师父。如果见面，除了尴尬，有什么话好说的呢？所以，惦念与见面是两回事。

他惦念色目人，好似惦念胸前一块总无法愈合的伤口，红肿疼痛瘙痒，时时抚摸，抚摸过后更加地不舒服。如果那次喜鹊大战是他们结梁子的开端，那么在后花园里的遭遇就是他与他芥蒂的赓续。他没有将这一切告诉过任何人，包括叔父伯颜。尽管他知道叔父也在打听这个人，他还是悄悄地将自己所知道的一切小心地隐藏起来。他不打算与任何人分享。

这是他胸口的伤口，不容任何人窥探。任何企图触痛他伤口的人，都会被他看成是恶意挑衅，是打算与他为敌，他不会放过那个人。

当然，他的不舒服有许多来自他对这个色目人复杂的情感。从他看到这个色目人的第一眼，就产生了某种诡秘的感

215

觉，混杂妒忌和好奇的情感。

无论从哪个角度讲，这个色目人都不是他的对手。但他竟然惦念他，这让他自己难免有点糊涂。好像是一只扶摇直上的金雕，突然望见天空中竟有一只麻雀向自己炫耀羽翼。他弄不清是这只麻雀的胆量超大，还是这只麻雀从未见识过金雕，把它当作一只会飞的鸡？他可以轻而易举地用利爪将这只麻雀撕碎，但他没有这样做，他让这只胆大妄为的麻雀徘徊在他海长春的天地里，他给了他一些特许。

照理说，苍天中的鹰不该对一只麻雀过于在意的。

海长春完全可以将那个色目人排除在自己的视野之外，就像许多年前他可以将他带到焰火作坊的大门外，将他抛在那儿弃之不顾一样。因为他知道那个蓝眼睛能达到的最远地界只能在那里，蓝眼睛之所以能够到达那里，也是因为他的特许。但他还是惦念他。他究竟惦念他什么呢？一个色目人，没有父母家人，没有财富地位，甚至没有一个正式的名字，蓝眼睛？蓝眼睛也算名字吗？他与他根本不在一个天界，他们有云泥之别。他对他不屑，不是吗？他的存在仅仅是沧海一粟。

但就这样，他的存在依旧让海长春的视野不舒服。为什么？因为他拥有一些海长春没有的东西。

那个蓝眼睛是个快乐的人。他从色目人的脸上看到一种混沌的从里到外的满足。那个色目人活得无忧无虑，活得快乐。快乐是海长春自小到大都不曾有过的东西。海长春想知道是什么东西让那个蓝眼睛满足而快乐。

他想来想去，将原因归结到色目人的师父周大身上。海长春曾经质疑市井流言对这个独眼人的神话。

胡姬嗤笑说：知道有句俗话，"大隐隐于市"吗？

海长春迟疑地想了想，认可了胡姬的说法。这更说明周大是个人物。

自己亡父曾经的老友，一个"大隐隐于市"的人物，竟收留了一个无来由的孩子做徒弟，这孩子的确太幸运。光凭这点，还不该满足和快乐吗？这让海长春心里莫名地酸溜溜。

由于那色目人多少沾了周大的光彩，吸引了许多亲近他的伙伴。他们叫他蓝眼睛，那些孩子们将"蓝眼睛"这三个字叫得鲜亮水灵。大约也是这个缘由，他赢得图兰朵公主的注目，说"他是她的人"。他哪里配得上做"她的人"。他顶多算得上她脚边的泥土，甚至泥土都不如。

海长春想到这个，胸口真的疼。即便海长春能够原谅色目人的一切，但不能原谅这一点，图兰朵公主是天上的太阳，是海长春心里的太阳。色目人的存在，是片云雾，遮挡了海长春对图兰朵公主的仰慕。

更让海长春郁闷的是那个蓝眼睛从未在意过海长春的存在。这种麻雀对金雕的轻蔑让海长春蒙辱。海长春愤愤然，愤愤然中唯一能让海长春聊以自慰的是，手中攥着色目人的把柄。

蓝眼睛为什么要做一个守卫皇家焰火作坊的侍卫？人人皆知皇家侍卫是个通往功名富贵的好路径，蓝眼睛却甘愿到皇家焰火作坊里去做个不起眼的守卫，其用心大概只有海长春能够窥破。

当年喜鹊大战，海长春与蓝眼睛过招，输赢赌的就是皇家焰火作坊。过招完毕，海长春与那个小色目人打了平手，于是海长春主动引着小色目人去了焰火作坊。到了作坊门口，海长春若无其事走了进去，小色目人气急败坏地被挡在了外面，这让众人都明白了小色目人的劣势，小色目人怎么可以与海长春比长短。这也就是说，海长春还是赢了最后的结果。

时光如梭，如今那个被人称为蓝眼睛的色目人竟然混入了皇家侍卫，可以在皇家焰火作坊自由出入。海长春发现自己小觑了对方，对方从未罢休，更不肯认输。海长春能够看穿他的企图，就算色目人将自己的企图隐藏得很深，很长久，但海长春有鹰隼的洞察力，他看穿了色目人的心思。

换作别人，解决此事容易得很。随便给那个色目人安个偷觑焰火制作的罪名，就够他死好几回的。但海长春不屑这么做，他是海都大元帅的孙子，海东青将军的儿子，他蔑视背后捅刀子的做法，他要做的是光明正大地抓住色目人的过错，将色目人永远从皇家侍卫队列中赶出去。

那日，海长春又一次不动声色地走入皇家焰火作坊。他已经来过几次了，次次都挑选了色目人执勤的时候。焰火作坊是个巨大的迷宫，蜿蜒曲折，高低参差，皇家侍卫除了把守作坊入口，还要在作坊中巡查，留神劳作者当中有人偷奸耍滑，提防心存歹念者偷窥焰火师们的配方和制作过程，所以通常每班执勤的侍卫至少二十人。

海长春行走在皇家焰火作坊中，一股股洞穴中的清凉带着撩人的火药气息冲撞着他的心肺。他深深嗅着气息，感觉到刺激和兴奋，这是一场金雕和麻雀的较量，一场捕捉和逃脱的比试。

这将是海长春与那个色目人之间恩怨的结束。

然而，几次在焰火作坊中与那个色目人相遇，他们之间并未发生任何故事。海长春鹤立鸡群般地出现在焰火作坊中，凭借他过人的目力，很快便能判断出那个色目人的位置。他远远地观察那个色目人，看得出色目人与作坊中的其他人相处和睦，并且热衷作坊中的一切杂务，查点入库，清扫搬运，谁唤他帮忙都应承，常是一身汗一身土的。海长春从色目人的勤快中看出蹊跷，一个焰火作坊的卫兵，只要行监督之权，就已恪尽职守，为何要热衷作坊里那些与自己毫不相干的杂务呢？

所以，有时海长春故意走到色目人身边，咫尺的距离让对方必须接受他目光的盘查。大多数时候，面对海长春犀利的眼神，色目人神色淡然。他好像早有准备，好像他一直期待着海长春的盘查似的。他们不相往来，但他记得他，他也记得他。彼此都惦记着。最后，海长春转身走开。这事情笃定了，色目人的从容是因为心中已有准备。他对海长春应战了。

几番见面，海长春更看重自己的对手了。色目人的师父曾与自己的亡父是知己。海长春知道自己与色目人永远不可能成为这种关系。他决定将色目人看成是个不可忽略的对手。愿意把一个人看作对手，已经是最大的认可和尊重。

这日，海长春走进焰火作坊，感觉里面的气氛有些异样。他在作坊当中走了半圈，刚要进入作坊石窟的深处，却被一个侍卫拦住。

那侍卫恭恭敬敬地禀报：今日焰火大师试放焰火，一切与此无关的闲杂人员免进。

海长春说：以往大师也试放焰火，今日有什么特别？

那侍卫说：今日的确有些特别。大师筹划琢磨了很多日子，样样都是保密的。要等到有一日公主大婚,才肯真正示人。

海长春说:那我来得巧了。

然而,那个侍卫却显出迟疑:焰火大师有话……

海长春眼睛瞪起:怎么,难道闲杂人等也包括本将?

那侍卫不由得结巴:这……大师没有特别吩咐。

海长春说:那就好。

海长春边说边径自向里面走去,将侍卫晾在一边。

从心底讲,海长春对那个整天戴着沉重的金锁链行走的焰火大师还是有所敬畏的。金锁链为大汗所赐。大汗有旨,见此金锁链如见朕。一个背着"大汗"到处乱走的人,他的话自然就有特别的分量。但今日海长春偏偏不想照着焰火大师的话做。什么闲杂人等?海长春在外面转了半天,都没有见到蓝眼睛的影子,这说明那个蓝眼睛被当作焰火大师信赖的自己人留在里面了。连个正经名字都没有的色目人可以去的地方,他海长春,海东青将军的独子,海都元帅的长孙,却被拦在外面,成了闲杂人等,笑了。

这怪不得谁,要怪只能怪焰火大师自己。海长春拿定了主意,就算今日得罪了焰火大师,他也得进去。

如果将磨盘山看作一个巨兽,这个焰火试放场所便是巨兽的心脏,所有大城人爱得要死的流光溢彩绚烂多姿,都是在这里萌生出青芽,开出花朵的。这颗心脏每日在大山深处跳动得活活泼泼,令人神往,但那是禁处,是少数人能出入的地方。

海长春大步往里走着,越接近那颗心脏,越感觉到自己的热血流动的速度正在加快。这是他和他的角逐,此刻,那个色目人正像个臭虫藏匿在皇室巨兽的心脏里,他要将他捉

220

住，用两个指头将他从隐秘的缝隙中捏出来。

一块巨大的石壁挡住海长春的视线。那石壁如同一道天门，卡住通往焰火作坊心脏的路径，拐过这个石壁的狭窄处，便是焰火师们试放焰火的场所。

海长春刚走到石壁一侧，便听到三下响亮的锣声。他知道这是警示的锣声，告知众人焰火试放即刻要开始了，赶紧躲避。海长春迟疑了一下，寻常人在这个时候贸然闯进去，当然是鲁莽的。但海长春不是寻常人，他也不是第一次进入焰火作坊。他来做什么，不就是来赶赴这场焰火盛宴的吗？他若站在了石壁外面，就丧失了来到这里的全部意义。

海长春迎着锣声加快脚步走进去。一眼望到不远处的空场子里立着一棵郁郁葱葱的参天大树。若不是海长春记忆过人，知道这里从未有过树，他绝不会质疑这棵树的真伪。在试放场子里冷不丁冒出一棵树来，定是与焰火有关。海长春猜测这是棵假树，是可以乱真的"架子树"。所谓架子，就是放焰火的架子，各种机关都藏在这棵树里面。

想到今日试放的大约是架子焰火，顶多里面加一些盘火，海长春顿时轻松了许多。海长春从小身份尊贵，在汗国庆典上见过各种各样的架子焰火，有跑着的华丽车马，有走着的麒麟，有立着的楼台亭阁，无论是动是静，从这些景致里放出的焰火都属于中低空焰火，喷放的火力有限，只要不是离得太近，是伤不了人的。

这有什么值得大惊小怪的。还说什么焰火大师筹划琢磨了很多日子，不过就是弄出一棵树来。当然，这树看着不错，几乎看不出跟焰火有什么关系。

海长春一边心里暗暗骂那个刚才阻拦自己的侍卫，一边用犀利的目光寻觅，猜测那个色目人应该藏在什么地方。岩洞四周高高低低，凸凹不平，藏个人很容易。海长春大步向前走去，树身挡住了海长春的视线，他觉得若不在焰火施放前将那个色目人寻到，就是他的失败。

这是谁在那儿，使不得，快躲开……

场子里有人注意到了海长春的出现，大声呼喊。

海长春毫不理睬，继续往前走。什么使得使不得，别人使不得，少将军使得。

这时大树间突然砰响，茂密的枝丫里冒出一团团红色的火焰，如同大朵的红花怒放在树梢上，瞬间，大树又被一双看不见的手撕扯开，变成一片绿色屏障，并从屏障中飞出成百上千只五彩缤纷的小鸟。

随着小鸟腾空，到处是娇脆的鸣叫。海长春恍惚觉得眼前的那片绿色屏障变成了一张大网，竟将自己死死网住。无数火球带着尖厉的声响向他抛来，海长春想要腾挪躲避，无奈左右空间无处可逃。

就在那些火球竞相在海长春的面前炸开的时候，一个身影飞进屏障，将海长春扑倒，滚烫的火焰擦着海长春的面颊热辣辣地飞过，刺眼的火星在他四周蹦跳。

海啸雷鸣般的喧嚣，一波一波滚滚而来，声浪冲荡着海长春的眼球和耳朵，令他心肺俱裂。就在海长春几乎昏厥，任由自己被雷鸣海啸吞噬的时候，轰鸣却渐渐从他耳旁消退了。

海长春恢复了意识，咳嗽着在弥漫的烟雾中慢慢爬起来。他茫然了片刻，意识到胳膊腿都还齐全，惊喜自己还活着。这个念头让他想到了扑在自己身上的那个人。海长春回头打算道谢，却看到了一张蓬头垢面的面孔。那张面孔上沾满火药的灰烬，黑乎乎地只呈现出几个洞，使得一口龇着的白牙齿和那一双湛蓝的眼睛格外地醒目。

那双眼睛海长春是认识的。那双眼睛，让海长春的感激之词被堵在了嗓子里。这时，焰火作坊中的人都在往这里跑，焰火大师跑在了前头。两个侍卫牵着大师身上的金锁链，使焰火大师看起来像只被锁链锁住的愤怒的獒犬。

那两个伺候焰火大师的金锁链的皇家侍卫到了海长春面前，首先认出了对方的身份，再顾不上那御赐的金锁链，抢着上前拍打海长春身上的灰烬和尘土，高声呼喊"少将军受惊"。

海长春不答，只是发愣。

你小子活得不耐烦，找死啊！

焰火大师指着海长春大声叱骂。他才不管"少将军"的脸面如何，这是他的地盘，他做主。

海长春脑袋里嗡嗡地响，与其说听到了对方的怒言，倒不如说是焰火大师的嘴型让他猜到了意思。他看着焰火大师的嘴继续一动一动地扭曲。这条獒犬对着海长春狂吼，只差咬人。

海长春推开了替他掸灰的侍卫，气恼地说：我没事。

焰火大师说：你是没事，蓝眼睛差一点没命了。

海长春看了那个灰头土脸的色目人一眼，抱拳：乞蒙见恕。

他知道自己该说"救命之恩，没齿难忘"之类的话，但偏偏说不出口，所以这句"乞蒙见恕"显得不情不愿，不着力道。

色目人倒是大度，说：没伤着就好。

这让海长春更加下不来台面。他瞥了周围人一眼，众人的神色都尴尬得很，于是他一声不响，快步离开了这里。

这是海长春一生中最为屈辱的事情。他堂堂的少将军，鹰隼军的首领，伯颜大将军的亲侄，竟然在众目睽睽之下被那个叫蓝眼睛的色目人救了性命。这当中有多少不甘啊。然而，无论有多少不甘，他全得忍了。

他欠了蓝眼睛的人情，这人情欠得身不由己。但一是一，二是二，毕竟是欠了。虽然这并不能改变他对对方的怨尤，但他不会再向那个色目人主动下手，除非有一日色目人与他对阵，抢先出手。他有过教训，自己的父亲是个做事堂堂正正的人，他渴望做自己父亲那样的人，自从杀死了国师之后，他曾多日纠结不已，所以与母亲有了一番对话。

他问母亲，自己是否是个恶人？

母亲说：我的孩儿是个善心的孩儿。

海长春说：国师尚未定罪，就死在我手中。假若父亲的死与巫人鱼无关，我杀国师，岂不罪孽？

母亲说：菩萨也会生气。你杀人，不是你想杀人，而是那人该死了。

母亲的话给了他一些慰藉。但夜深人静时，他还是会追问自己，那个最后的巫人鱼到底是否该死？这取决于他是否真的能对这个白发苍苍的老怪物定罪。为何这么多年，母亲不肯给他一个明确的答复？那样的话，也可让他从此安心了。

这样的疑问一直追随着海长春，让他不得安宁。万兽园建好后，他再也没有跨入过那个园子一步。他说他的鹰隼们已经够让他操心的了，但私底下却是不愿回忆起埋在万兽园西南角茅厕底下的那个家伙。他杀死了他，但他无法杀死自己的记忆。他记得他的声音，记得他那诡秘的笑容。海长春是练武之人，知道那个老怪物的动作比他还快，他用那柄黑曜石的匕首毁了那面镜子，他若有恶意，凭那手法，那柄匕首也是可以捅向海长春胸口的。

这是海长春对自己不满意的一个原因。他杀了一个人，这个人却似乎没有伤害他的意图。

这几年，叔父伯颜对海长春很好，并且越来越好。叔父曾对他说，想给他娶亲。他说，不急。他说，想再等两年。

伯颜说：你也老大不小了，你父亲在你这个年龄，已经娶了亲，并生下了你。

海长春说：叔父说得不错。但若与父亲相比，父亲在这个年纪，早已立下显赫战功，我等望尘莫及。

伯颜说：你该为你娘亲着想。

海长春说：娘亲也说不急。

伯颜说：难道你娘亲不想看你娶上个好女子，早早抱孙子？

海长春踌躇着，仿佛在考虑伯颜的话。片刻，他说：娘亲只说，不急。

伯颜不再多言，很长一段时间也没将此话题重提，好像真的打算听从海长春自己的心思。对此，海长春有点疑惑，叔父是不允许任何人与他的意志相悖的，海长春曾准备为此付出代价。但他忐忑地等待了一阵子，叔父见了他毫无异样。似乎把这件事忘却了。

忘了？你做梦吧！胡姬像条蛇，盘在海长春的身上对海长春说。

为何不能忘?

你都没忘,他能忘吗?

但叔父毕竟不再提了。

那是他没有找到更好的机会。

海长春觉得胡姬的话或许有道理。这些年,他已经渐渐地习惯有胡姬夜里作陪,他有时会把自己无解的疑问告诉胡姬。

胡姬拒绝他:你别跟我说。

海长春说:那我跟谁说?

胡姬说:跟你的家人说,跟你娘亲。

海长春说:我把你当作我的家人。

胡姬讥讽道:家人?跟家人上床,你不怕乱伦?

无论胡姬说得有多难听,海长春知道除了娘亲,胡姬比府中的任何一个人都可靠。因为胡姬尽管拒绝人,但从来不出卖人。海长春虽然有些话会与胡姬说,但他并没有真心期待从对方那里找到答案。总体来讲,海长春相信那个答案就在那儿,在不远的未来,它会自己走出来。

皇城上王子们的头换了一拨又一拨。求亲的队伍年年都有,带着许多希冀来,带着无头的王子的尸首离去。

汗国的麻烦随着王子们的人头落地也渐渐多起来。这些年来,汗国与诸国的关系如同一个家长不辞劳苦地管束着那些肤色不同、性情各异的孩子们。对于孩子,家长稍有放纵,他们就会不知深浅,犯上作乱。不然也不会有三天不打、上房揭瓦之说。大约是久不挨打,皮肉发痒了,表面上看,诸国对汗国依旧马首是瞻，但私底下却有了不规矩的举动，比方说提起大汗，言语不再那么恭顺；比方说到了朝贡的日子，竟然拖拖拉拉，辗转推诿，找出各种借口迟迟不肯将贡品送入大城。

家长管教不守规矩的孩子，有其放之四海而皆准的手段，即做错了事情，一定该打要打，该罚要罚。罚得狠、打得痛才能长记性。于是玉勒将军带着豹军、海长春带着鹰隼军出征了好几回，自然，回回都有成效。鹰隼的悍戾和豹子的凶猛，让那些"孩子们"在眼泪和鲜血中很快地懂事，并承诺今后要安分守己。

海长春被大汗论功封赏，有骏马，有女人，也有土地。海长春在朝廷内外异常瞩目，可谓平步青云，春风得意。

上门给海长春提亲的人越来越多，伯颜既不怂恿，也不阻拦。只是看热闹似的任凭媒人们一个个乘兴而来，败兴而去。

这一次，连海长春的母亲都说话了。她在海长春向她请安的时辰，突然说：孩子，你到底在等谁人？

海长春说：母亲何出此言？

母亲微笑：母亲眼下是老了，但当年也曾年轻过。

海长春的脸变成一块红布：母亲曾言，不急……

母亲说：此一时，彼一时。你身边该有个陪你说话的人了。

海长春不再吱声。陪自己说话的人。自己的期待没有那么高，自己只盼着能站在她身边默默地看着她，便心满意足。

能看出海长春心思的人只有胡姬一个人。那一日他站在皇城下，目不转睛地看着城墙上的人头，突然有人拉了海长春的胳膊一把。那人对海长春说：别看了，你没有机会。

海长春猛地回头，一眼看到胡姬，他目光暴戾，像只扑食鼠兔的秃鹫。

胡姬笑道：果然被我说中，若不中，你也不会恼的。

海长春忍住胸口的激愤，转身快步走开。他决意不理睬胡姬。胡姬的脾气是你越计较，她兴致越高，兴致越高，越与你纠缠不休。

胡姬的话让海长春更加看清楚了自己。他如同一团火被泼入了油，火势越发不可遏制。为何我没有机会？为什么？

海长春依旧忍不住地眺望着皇城上的人头，不甘的话在他的肚子里喃喃，声响渐大。终于有一日，那声响引起了叔父伯颜的注目。

伯颜说：既然你有想法，不妨一说，看叔父能否帮你？

海长春木讷地看着伯颜。海长春用这副不变的面孔应付千变万变。

伯颜说：你若不说，那么，叔父就猜猜。

海长春垂下眼睛。

伯颜道：眼下你已战功显赫。大城权贵无不巴望与你结亲，看你左选右选不中意的样子，是有心上人了？

海长春沉默，这沉默是无声的告白。

伯颜说：哪家的千金？

海长春说：我与她有缘无分。

伯颜说：只要在这大城里，叔父说你有分，你就有分。

伯颜的话在瞬间给了海长春勇气。他情不自禁地说出了自己的不甘，他说得有些期期艾艾：我是想，那三个谜，难道真的无人能答出吗……

海长春遽然感到有一把锋利的刀片嗖地刮到自己的身上，皮开肉绽。他惊诧地抬起头，却见伯颜的视线已经若无其事地从自己身上挪开。

海长春说：叔父，你也觉得我没有机会？

伯颜却微微笑了：果然是你父亲的好儿子，抱负不凡。既然你有此心，云从龙，风从虎，机会总会有的。

第五十四章
神仙花

天狗娶媳妇的那天，大城里的许多人都来看热闹。

孙木匠在大城是个名人，孙木匠家的天狗娶了甜水巷的好闺女红秀，这对姻缘让大城人觉得"天造地设"这个词就是为了这两个新人想出来的。

放鞭炮，迎花轿，拜天地，新娘入了洞房。铁头、小骆驼、柳儿等人给天狗道喜，扯着新郎官的耳朵说：等揭盖头，你去问问那红秀图你什么？

天狗说：图什么？我天狗一表人才，除了小柳儿瞧不上我，看我好的人大把抓。

柳儿嬉笑：那就让她说出你的好来。

卡拉夫道：那是人家小夫妻的私房话，怎会告诉你们？

柳儿说：他若不告诉我们，这么些年的交情就算完了。

晚上，天狗进了洞房，他已经喝得微醺，小心翼翼地揭开新娘的盖头之后，打量烛光下的那个美娇娘，真的是好看。

天狗突然记起伙伴们的叮嘱，于是说道：红秀，我是家中老大，下面还有两个兄弟，你嫁入我家，上有公婆，下有幼弟，实属很辛苦的。我问你一句话，你要告诉我真情。

红秀羞涩地点点头。

天狗说：据说当日给你说媒的挤破家门，你挑来挑去，却挑中了我，这是为何？

红秀低头不语，双手相互绞着。

天狗看红秀的手，那粉嫩的手细如葱白：都说你是甜水巷最聪明的女子，做事有打算。你若不讲实话，我心里不踏实。

红秀低声说：我想学做嵌螺钿。

天狗以为听错：嵌螺钿？

红秀说：我要跟你和你娘学嵌螺钿。

第二日中午，新嫁娘要跟着天狗学做嵌螺钿的话就在小伙伴中传开了。大伙儿觉得意外，又不那么意外。原来，那个红秀看中的不是天狗，而是天狗家祖传的嵌螺钿的手艺。孙家做出的嵌螺钿家具器物在大城是头一份。论分工，木匠活计靠的是男人的工巧，制螺钿片要的是女人的精细。孙木匠的媳妇有一手剥离薄螺钿的绝技，她制出的螺钿片软如锦缎，薄如纸片。天狗青出于蓝，自然得到了父母两方技艺的真传。

大家都知道孙家的手艺传媳妇不传闺女，红秀这回算是嫁着了。

柳儿却说：嵌螺钿的手艺当然不错，但为了学手艺嫁人的事我才不干呢。

铁头说：所以我们家才亏大了。柳儿没嫁到我们家，却把那变戏法的手法都学去了。

小骆驼不以为然：大城里杂耍班子里戏法绝活儿都被小柳儿学了，你要她嫁几回啊？

汗国要打大仗了，据说这回西部疆域好几国同时叛乱，大汗怒了，下令伯颜大将军亲自带兵讨伐。

大城开始征兵征夫。十五之上，七十之下，三男丁中抽一人。天狗家里三兄弟，加上孙木匠，要出一壮丁，所以天狗首先被抽中。铁头家也被抽中，铁头的父亲看看铁头和铁头的哥哥，叹口气说：铁头，你哥哥有媳妇儿和孩子要养活，这丁你去吧。

李婶儿家里一儿一女。女为长女，早已出嫁，所以家中只有李大骆驼和小骆驼。免兵役，但赋税要倍增。李婶儿家的小磨整夜地转，那做出的豆腐是换儿子性命的本钱。

周大有军功，又有残疾，家中无子，顶多是再负担些赋税。

卡拉夫已经是皇家侍卫，看守焰火作坊责任繁重，免上沙场。此刻的柳儿为卡拉夫的幸运念佛不止。

抽中兵签的还有二蛋子和麦娃，都是柳儿和卡拉夫等人打小的玩伴儿，身边的人一下子走了大半，众人心里空落落的。

出征那日，家家都是难舍难分的场面，尤其见到红秀穿着新嫁娘的绣衣来送天狗，每个人都不忍地扭过头，鼻子酸楚。

天狗对红秀说：你是长嫂，家中二老迟暮，弟弟年幼。全靠你了。

红秀说：放心。我会悉心伺候公公婆婆，定不负你嘱托。

天狗低声说：你也放心。东西我放在这儿了。

天狗摸摸胸口，红秀不禁羞赧。这日早晨，红秀曾将一个东西悄悄塞入天狗的手里。天狗看了，是一个鸳鸯戏水的香囊。他心中暗暗有些内疚，因为自己答应给媳妇做的首饰匣子，刚做了一半。

小骆驼说：还有我们，你父母就是我们的父母。

柳儿则说：我天天去陪嫂子，不让她孤单。

卡拉夫则将自己满十五岁那年，周大特地给他铸造的那柄好剑递到天狗手里。卡拉夫说：称手的武器是护身法宝。上了沙场，背后要长双眼睛。

到了铁头那边，气氛要松快些。铁头对着众人说笑话，道：没事儿，我是铁头，从小练就童子功，刀枪不入。

铁头的母亲说：杂耍班子的遮眼法，遇上真枪真刀有啥用。

铁头的父亲瞪自己的媳妇儿：别说晦气话，我儿就是刀枪不入。

一声长号，新兵们集合要去城外的新兵大营了。

天狗对着孙木匠夫妇扑通跪下，说：孩儿不孝，家中万事辛苦二老。

红秀也跟着跪下，一言不发，眼泪只是忍在眼眶里。

孙木匠说：你好好去，好好回，你媳妇儿还等着跟你学嵌螺钿呢！

这话刚刚说完，红秀的脸像被染坊的染料泼了红色。她没想到自己打算跟着天狗学做嵌螺钿的私房话也传到了公公婆婆耳朵里去。红秀偷偷瞥了一眼天狗，天狗看她，唇边若隐若现的笑意。红秀也想笑笑，泪水却不由得夺眶徐徐流下她白皙的脸颊。

伯颜将军率部出征，玉勒将军的豹军和海长春的鹰隼军也跟着浩浩荡荡的大军走了。偌大的府邸因为少了两个男主人，一下子变得冷清许多。

太阳已经当头，胡姬起床后，用泡着柠檬花的温泉水沐浴一番。出浴后，穿上一件水红的合欢襟，再让下人给自己拿来一条素白绉纱的团衫披在身上。这团衫飘逸宽松，下摆拖地，将胡姬原本玲珑的身材勾勒得凹凸有致。团衫是一种宽松长袍，出门见客为示隆重，还配有精美云肩，是大城豪门贵族的女子才穿得的服饰。夏日里大都是用艳丽的织金锦缝制，冬日则是丝绒皮毛，为的是金碧辉煌，庄重挺拔。胡姬到了大城，第一眼便喜欢上了团衫。她全然不顾大城的规矩，自行让下人按她的心思挑选纱罗绢丝的各色面料，缝制了许多绵软轻薄的团衫样式的衣衫，相搭配的云肩上则嵌着柔曼的羽毛和五彩流苏。

府邸里的人见了胡姬穿着轻飘飘的团衫到处乱走，目瞪口呆，仿佛见到一个鬼魂在游荡。有人自然把状告到了伯颜那里。

伯颜其实早看到了胡姬的胆大妄为，他装作视而不见，因为他看胡姬穿着团衫的翩妍模样很顺眼。

月上柳梢，胡姬来给伯颜侍酒。酒杯斟满后，胡姬将酒举到伯颜的嘴边，伯颜不理睬，只是盯着胡姬那亮灿灿的眸子看。

于是，胡姬只好就将酒杯那样托着。

伯颜说：你该知道你的身份，那团衫是轮不到你穿的。

胡姬说：胡姬哪里穿了什么团衫？胡姬只是穿了件普通衫子。

伯颜说：你以为别人的眼睛都是瞎的。

胡姬说：将军若一定要说胡姬穿了什么不该穿的衣裳，胡姬脱了就是。

说着胡姬放下酒杯，像条蝴蝶虫蜕皮般地从团衫里钻出来。她只穿着合欢襦，越发像只打算展翅的蝴蝶。

伯颜知道胡姬的打算，故意不理睬她，径自拿起酒杯：穿团衫是有讲究的，夏有织金锦，冬日有豹狐皮。这般轻飘飘的，你那算什么东西？

胡姬说：将军说得在理，所以这不是团衫。

伯颜说：不是团衫是何物？

胡姬答：是胡姬衫。

伯颜不禁笑了：好个胡姬衫。

胡姬嘟囔地：真是不懂，那织金锦的衫子又笨又累赘的，怎会有人喜欢。

伯颜伸手将胡姬扯到怀里：想穿就穿吧，在我府里，我说你能穿，你就能穿。

胡姬算是有了伯颜的特许。在府里，胡姬的华服虽多，但她还是更偏爱穿不合规制的团衫。这些年过去，胡姬永远不懂规矩，众人倒也看惯了。

胡姬穿着白色的团衫，照照镜子，脸色与团衫一般白，于是打开珠贝镶嵌的宝盒，上了些水粉和胭脂；再照，还是觉得过于素了，又折了一朵红石榴花插在鬓角。她瞥一眼镜子里的自己，这个女子还是美艳如花的。

胡姬今日觉得精神好些，所以想着要出去。她有些日子没有见自己的人了。再不去，他们会像蜂巢里的工蜂，因为蜂后不在，炸巢的。过去，胡姬日日都往外头跑，从来没觉得累过，近日不行了。这阵子胡姬总是觉得身子不随心，觉得身子从里到外像是被一个恶魔攥在手里搓揉，充满酸楚和疼痛。所以，她心中充满急切。她天天都盼望着那个药碗的出现，即使她要出门，也先要把那碗汤药喝下去，那汤药是她救命的汤药，有了那汤药，她的日子好过很多。

胡姬感叹过去自己无所牵挂，无畏生死，如今一碗药汤就将她拿住。无来头的病痛竟然比死神还凶恶，她不由得对那个恶魔让步，不由得心慵意懒，自然出门也少了。难道胡姬老了？镜子里的胡姬明明还那么青春年少，为什么心却觉得苍老了？

胡姬正胡思乱想着，楠儿进来了。楠儿手里端着一个碗，碗里是胡姬等待的那黑黢黢的小半碗汤药。

楠儿说：神仙汤，贵人喝。

楠儿已经跟了胡姬快两年了，说话还是那么细声细气，没头没脑的。胡姬记得她来时的楚楚可怜，如今人懂得干净了，也胖了许多。五大三粗的身量在屋里傻乎乎地转悠，让你担心她随时可能要闯祸，所以，大多数时候，胡姬都不唤她到屋子里来，也不管束她做什么。平日她见人嘴里仍然时不时提起她的牛牛，昨日牛牛如何，前日牛牛如何，好像那个牛牛隔三岔五在与她见面似的。胡姬任凭她说，只当没听见。她猜测楠儿与那个牛牛除了在梦境中，这辈子见面的可能性不大了。

神仙汤，好喝。

楠儿又把碗向胡姬推了一推。

胡姬拿起碗，闻到那熟悉而亲切的味道。记得第一次喝时，她曾觉得这药汤有一股子腥臭味，极苦，差点呕出来。

当时，胡姬推开碗说：苦。

圣楠却说：神仙汤，圣楠天天喝。

胡姬的确见到圣楠时不时会喝这种黑褐色的汤水。胡姬答应尝一尝，也是因为看到常溜进自己屋子里偷嘴的那只虎斑猫前一阵一直病病恹恹无精打采，但只要见了圣楠喝过汤药的那只碗，就两眼放光，扑上去将碗中的汤水舔得干干净净。随之几个时辰房上房下乱窜，虽没有成仙，但的确亢奋得很。

胡姬迟疑地将那碗汤水皱着眉头喝下去，腥苦之余，嘴中渐渐泛起了一丝古怪的甘甜，让她情不自禁地回想起第一次吃河豚肝的鲜美，那肝脏的每一丝肉里，好像都有这种滋味。

从那次开始，胡姬对那碗汤水渐渐有了期盼。腥苦味道变成甘之如饴，这是个奇妙的感觉。

更重要的是，这碗汤药给胡姬带来另外一个生命，那是瞬间每一个毛孔被滋润、心花怒放的过程，它让人生气无比，水灵灵地对着太阳霎时开放。那是一种平日可望而不可即的状态。

胡姬记不清自己的身子到底是从什么时候开始觉得不好的，好像是在遇见楠儿之前，又好像是楠儿来了之后。当然，这不舒服是一点点，慢慢的，不见痕迹的侵蚀，令人浑然不觉，在这不觉中胡姬萎靡了。然而，神仙汤却挽救了她，将她的生命一次次催醒。

胡姬一仰头迫不及待地将药汤子喝了下去。胡姬没有选择。胡姬还有大事要做。就算再难下咽的药汤胡姬也要喝下去，何况这药汤并不难喝，真的有妙手回春的效用。

胡姬放下药碗，对楠儿说：我出去走走。

楠儿傻傻地点头：看到牛牛，跟他讲，不要净在外头淘气，早些回来。

胡姬一个人走出寝室。迎面是刺眼的阳光，她伸了个懒腰，觉得自己骨头中的疼痛明显好了许多。

后花园里的下人们见到胡姬，都无声地让到一边。胡姬不跟人打招呼，也不要别人与她打招呼。胡姬在府邸里是个众人都不喜欢，但众人又不愿意招惹的角色。胡姬在府邸里永远是一个人，若是胡姬身后出现了人影，那就是说她已经走到了大门外。因为每当胡姬走出伯颜的府邸的时候，伯颜赐给她的尾巴便会自动粘到她的身后，然后，又要麻烦胡姬想办法让这些尾巴全部消失掉。

胡姬顺着廊子走到尽头，满眼望到一大片的极其艳丽的红黄紫白的花朵在微风中摇曳。原先这里也种花草，长得稀稀落落。直到楠儿来了，种下这些炫目的花朵，才让府邸里有了这般妖娆景象。

胡姬站在花海前，心中涌起一种奇怪的喜悦。望见花海里许多色彩斑斓的蝴蝶在翩跹，这些都是她的蝶虫宝贝的变身。它们从幼虫到蛹，破蛹后又变成蝴蝶，经历了许多生死，它们与胡姬一样痴爱这片花海，每每见了这些花朵，闻到这些花朵的气息，都会情不自禁，心醉神迷。胡姬闭上双眼，享受着自己在花海中的快乐，觉得自己气和神莹，仿佛脱胎换骨正变成花海中的一只蝴蝶。

这是什么花？胡姬曾随嘴问楠儿。

神仙花。楠儿答。

胡姬以为楠儿如同自己，不过是随嘴说的，没放到心上。过了些日子，胡姬又问。楠儿答得同样。胡姬知道大约对方不是在信口胡说。看来，有些事情楠儿是心里明白的，一点都不疯疯癫癫。

胡姬发现这些绚丽的花开败后，会结出一个个圆形的果实，将果皮切开，里面流出乳白色的汁水。楠儿经常徘徊在这里，等待果子成熟，并收集这些白色的浆汁。这些浆汁干燥后结成深褐色的块状，被楠儿珍藏起来，所谓神仙汤就是它们熬制的。

神仙花。这名字果然贴切，不仅贴切，还令人遐想。胡姬暗暗感慨，幸亏有了楠儿，府里的人才有福气见识到这么好的花朵。也幸亏有这个楠儿，自己的病痛才有了缓解的方子……

胡姬正在花海前徜徉，远远见到几个人正迎面向这边走来。胡姬诧异地发现，那些人当中有个脸奇长而骨瘦如柴的半老女子。府中长脸的女子虽有，但长到让人过目不忘的却不多。胡姬认出那女子是海长春的母亲。这些年来，府邸里见过海长春母亲的人寥寥可数。对府中许多人来说，他们都已经不屑弄清楚大少爷海长春与如意斋中的那个老女人的关系，在他们眼中，确认了海长春是府中的大少爷，确认了伯颜将军对大少爷的态度，这就够了。再费心费力地去弄清楚其他关系是毫无意义的。多年过去，世人习惯于把海长春和伯颜将军摆放在一起，以至于海长春的过去，他的生父，以及那个住在如意斋中整日没有一句话的寡妇都成了影子般的人物。

一个活死人般的影子。伯颜将军养她于府中，如同墙上挂着的旧画，在日光中渐渐黯淡，是情理之中的事情。

胡姬挺直了身体，脸上浮现出温和的笑容。在这个宅院中，她可以不与任何人打招呼，但她是要与海长春的母亲打招呼的，她对这个长脸女人有特别的感触和想法。她觉得有一日，她会从那张旧画里读出新的意思。

海长春的母亲带着下人走到胡姬的面前。胡姬向海长春的母亲微微屈膝，说：夫人。

海长春的母亲心事重重，她瞥了胡姬一眼，脚步只是慢了一慢，算是与胡姬打过了招呼。

两人错开，海长春的母亲刚刚要从胡姬身边走过。胡姬忍不住又说：人生苦短，生如夏花。

听了这话，海长春的母亲不由得向身旁的花海望了一眼，突然站住，脸上出现异样的神情：怎会有花？

众人都不知此话何意，面面相觑。

胡姬说：此处过去一直有花。

海长春的母亲说：我说的是怎会有这种花？

胡姬迟疑，道：夫人说的是这神仙花？

海长春的母亲说：你叫它什么花？

胡姬迟疑一下，说：胡姬孤陋寡闻，听人讲，是叫神仙花。

海长春的母亲深深地看了胡姬一眼，嘴唇动了动，欲言又止。她转开视线，默默地从胡姬的身边走了过去。

胡姬站在那儿，半天未动。

第五十五章
马革裹尸还

后来胡姬打听到，那日海长春的母亲走出如意斋是为了回娘家奔丧。海长春的姥姥病亡了。海长春的母亲常年面对空室，身如枯木，能让她走出那个地方，也就是自己母亲辞世这等大事了。自从海长春的两个舅舅过世后，海长春母亲的娘家愈加式微，现在最后一个亲人也去了，海长春的母亲自然肝肠寸断。面对胡姬语无伦次，大约也是因为胡姬那句"人生苦短"的话刺痛了她。

胡姬很快将海长春母亲的事情放在了脑后。她来到那个朱罗国的商人开的客栈里。如今，那个商人在大城已经声名显赫腰缠万贯，他在中城又分别开了两家商行，客栈的生意全部交给了自己的妻子打理。

胡姬走进客栈的胡人酒肆，迎面见到了酒肆的黑伙计。当年那个笑起来只见白牙齿的孩子已长得人高马大，成了店里的好帮手。他见了胡姬，欢快地说：贵人来了，里边请。

胡姬随着他的手势往客栈的深处走去。

这个客栈到底有多大？来过客栈的人多半弄不明白。表面上看，这个客栈连带天井，只是一个两进的客栈。但走过那个客栈后院，经过一截弯弯曲曲的夹巷，前面突然会人声鼎沸，豁然开朗，一个仓库模样的大院子出现在你面前。人们在卸货、装货、看样品、谈价钱。终于有一日胡姬知道了，原来客栈的前门就是后街那个丝绸商行的后门。但那夹巷中间的地方是做什么的？无论从哪一个前门走进去的客人，想尽办法也打听不出来的。

胡姬走到夹巷里，看两头无人，往夹巷的墙壁上推了一推，墙动了，原来这道墙是个暗门。墙挪动后，里面是个影壁，影壁的侧面拐弯进去又是一个门。胡姬走到这道门前，叩了两下，又叩了两下。门开，走出一个焦黄胡须焦黄眼睛的胡人。他就是胡姬常去的那个三进院落的主人摩诃。大城人都知道他是个很有品位的陶器瓷器商人，但很少有人知道，他曾是黑骆驼国国王的贴身侍卫。他恭恭敬敬地对着胡姬一弯腰：殿下。

他让胡姬进门，自己则到后面去关那堵被挪开的活动墙。

胡姬走进这间屋子，里面已经聚集了五六个异国男子。见到胡姬，他们纷纷站了起来。他们说：公主殿下。

胡姬微微一笑，说：你们还是叫我胡姬的好，免得生分了。

这些人互相望望，神色微微有些忐忑。他们当中除了摩诃，都是各国在大城的富商，在大城有一份自己的生意。好的商贩即是好的耳朵和眼睛，所以他们亦是各国权贵在大城的心腹卧底。这些人住在大城里，一面悉心经营着自己的生意，一面悉心经营自己势力。他们面对胡姬显示出敬重，不仅仅因为她曾经的身份，更是因为这些年她的坚忍和能够给予他们的最大的信赖。

胡姬说：这几日西域的战事如何？

一个黑须黑发长着鹰钩鼻子的男人沮丧地说：消息有了。虽说未见战局的最后结果，但木丁国的王子已经战死，绿衣国的国王被伯颜的鹰隼军啄瞎了眼睛，自尽而亡。

众人沉默不语。那木丁国的王子向来以脾气暴躁著称。据说，他无缘无故地跳出来公开质疑大汗为图兰朵招婿之事，说汗国以招亲为名滥杀诸国无辜，所以要为大家讨个公道；而绿衣国的国王则是个慈父，因为两个儿子先后求亲失败，被斩首在大城，心智大乱，发动叛乱是以求速死，好到天国去与儿子们团圆的。

胡姬问：大模国那边怎样？是否打算出兵？

鹰钩鼻子摇摇头：大模国国王态度暧昧，派去的几个说客都无功而返。

摩诃说：反叛诸国都是各自为政，伯颜的大军击败了其中实力最强的木丁国和绿衣国后，剩下诸国只怕全是强弩之末，除非大模国国王改变了主意。

胡姬心中无声地叹了口气。为了这场大战。胡姬和她的手下曾忙活了很多日子。他们一直在为这些国家穿针引线，当然，远不止如此，他们不动声色地把这些国家的君王心中的愤怨悲哀慢慢烘烤成干草，再顺手投放点点火星，让那干草瞬间燃起烈焰，并形成燎原之势。那个木丁国的王子一马当先就是他们怂恿的结果；而绿衣国的国王奋不顾身更是他们挑唆的功绩。开战后，他们又将大城里的动静和各种部署迅速准确地传递出去。他们是筹谋者，煽动者。他们播种，耕种，他们等待收获。

他们估计自己是有赢的机会的，这是群狼战独狮的局面，狮子再强壮，也惧怕狼多势众。若有大模国的插足，基本可以稳操胜券。胡姬相信聚沙能成塔。可惜，此塔易聚也易倒。久战不下，大模国一直骑墙而立，大大动摇了军心。加之木丁国的王子和绿衣国国王阵亡，这些坏消息足够让人丧气的了。

胡姬说：既然如此，眼下我们只能伺机而动，静观其变了。

城中耸立的钟楼鼓楼先后在正午时分响起，震耳欲聋的锵鸣穿透云霄，大城人都有片刻的呆滞，这钟鼓楼从来没有白日敲得这样响过，难道是出了什么天塌的祸事？

大汗的侍从官随着仪仗登上皇城城楼，向百姓宣读大汗的御旨，汗国征讨叛逆的战役终告结束，大军即将凯旋，天下太平了。

听到这话，大城的百姓攥紧的心并没有松开。钟鼓给众人带来的惊骇使得这告捷的迪报罩上一层淡淡的阴霾。

大军返城的日子到了，百姓们拖儿带女纷纷站到大道两边翘首相望。自从大城成为四海之都后，许多年没有打过这样的大仗了。人们对班师凯旋习以为常，几乎忘记了打仗是要流血，要死人的。但这一次不同，这一次战役从初夏打到了深秋，拖延的时间足够长，长得让人们记忆起战争应有的一切。这一次，人们听到了种种汗国大军受挫的消息。有谣言说，敌手很凶狠，凶狠到了不畏死的程度；有谣言说，木丁国的士兵都是签了生死状的，要与他们的王子共生死，王子不撤兵而首先退却的人，犯下诛族大罪；有谣言说绿衣国的士兵都把自己的身体当成了武器。他们在与豹军和鹰隼军交战的时候，全身涂满剧毒，一旦被豹子撕咬被鹰隼啄伤，便与其同归于尽。

汗国大军面对的是一场异常艰苦的战争，这场角逐靠的是一个个生命的消耗，前面的人倒下去，仅成为后面人的一块垫脚石。最后，当海长春拖着血淋淋的战刀，向伯颜报告玉勒将军负了重伤时，战局终于清晰了，汗国大军收获了苦涩的胜利。

汗国大军的队伍宛如长蛇，从大城的百姓们面前慢慢爬过。人们看到探马赤军，金甲、银甲、铜甲和铁甲军四支怯薛铁骑军，看到豹军、鹰隼军。人们眼巴巴地期待自己熟悉的面孔出现在队伍当中，怀着侥幸的心情，大声呼唤着自己的孩儿和兄弟。呼唤声出去，有应者，欢喜雀跃；无应者，黯然沮丧。接下来，众人看到一捆捆缴获的武器，一队队邋遢的俘虏，再下去，是一车又一车受伤的士兵，百姓们知道这长蛇已经走到了尾部，这是他们最后的希望，他们开始小心翼翼地在那些形容憔悴的面孔当中寻找自己的亲人。

最终，当拉伤兵的车辆渐渐走尽走远，大道两边出现了压抑不住的哭泣声。没了，没了，没回来！哭泣的人们跪坐在道边，对着秋风哀号。他们的骨肉，他们的孩子，他们的兄弟没有回来。哀号声随着秋风卷入大城的上空，在许多个巷弄里回荡。

麦娃没回来。二蛋子没回来。天狗也没有回来。

孙木匠铁青着脸，紧闭着嘴，两口子互相搀扶着回到家中，再也没出过门。

红秀没有哭。她不信天狗会不回来。她说，天狗跟她约好，要教她嵌螺钿手艺的。她今日没等到他，她明日再到大道边去等他。

傍晚，铁头来了，铁头瘸着一条腿，脸上纹路粗糙，好像老了十岁。他说自己跟的那辆车子半途断了车辕，整修车子误了时辰。

天狗呢？红秀说，天狗乘的车子也坏了吗？

铁头不语，默默递给红秀一个东西。

红秀认得那个东西，那是离别那日，红秀塞进天狗手中的那个鸳鸯戏水的香囊。

红秀依旧说：天狗呢，天狗在哪儿？

铁头瞥了一眼香囊，说：这儿。

红秀说：天狗答应我了……

铁头泪滚下来：是，所以天狗兄弟说了，无论发生什么事，都要让我带他回家。

红秀低头望向那个香囊，那里面装着天狗的骨骸。当然不可能是全部的骨骸，那是一双巧手，是答应要教红秀嵌螺钿的那双巧手的骨骸。

第五十六章
求婚者

阿西和阿东坐在图兰朵公主花楼殿的门口，望着枝头的绿色新芽发愣。

又是一个春天了，又该有新的王子进大城向图兰朵公主求婚了。这已经是第几个年头了？第四个还是第五个？各国的王子们每年春天都有人来，多则七八个，少则三五个，脑袋掉得太多，有点数不过来。所以阿西和阿东争来争去，谁都无法证明自己说的是对的，对方是错的。

刚开始的时候，阿西和阿东对公主猜谜招亲怀着又惊又喜的好感。他们觉得这事情有趣啊，招亲能这般有趣，也就是图兰朵公主能够做到。他们本来就是最喜欢游戏的，他们想若不是大汗有御旨，讲明了只有求婚者才有资格去猜谜，他们早就抢着去试试身手了。他们盼望着这个游戏带给他们和公主一些快乐。自从图兰朵公主戴上三色镯之后，快乐离他们越来越远，在他们的记忆中，公主曾经的笑容是那么动人，让他们每每回忆，都热泪盈眶。他们期望这一次或许是个机会，这一次，或许能让公主开心一次。

谁料后来猜谜却与砍头连在一起了。来猜谜的王子一个个都掉了脑袋，阿西和阿东发现这个游戏很吓人，这个游戏不好玩了。他们私下里商量，要不要劝说公主改个求亲的规矩。比方说，答谜答错了打屁股；比方说，答谜答错了扇耳光；比方说，答谜答错了赶到马圈去喂马，或者送到膳房去挑水劈柴，总之最好不要砍头，因为脑袋砍了就安不回去了。

但他们商量来商量去，发现自己的提议并不妥当，因为后来求婚的人即使不会再掉脑袋了，但先前砍掉的脑袋仍然安不回去。这样看起来，后来者就占了先前者的便宜。这不公平啊，阿西和阿东都是最反对不公平的游戏的。

怎么办呢？阿西说，要不，图兰朵公主就不要出嫁了，好不好？

阿东说，好啊！可是，图兰朵公主手上的三色镯怎么取下来呢？

他们都想起了那个僧人曾经说过的有关公主婚配之年以及那三个镯子的话。众人苦苦地等了这么多年，等来的竟然是这样一个结果。茫茫人海当中，那个人究竟在哪儿？还要等多久呢？

那个叫蓝眼睛的，有多久没有来了？阿西突然问阿东。

阿西和阿东太寂寞了，时常将记忆中所有有好感的人拎出来晒一晒。

阿东掰着手指头算算：昨日，前日，大前日……反正好多日子了。

这几年，阿西和阿东在宫中越发过得乏味。公主心性大变之后，众人对一切与公主有瓜葛的人和物都敬若神明，畏如雷霆，使得公主的花楼殿和寝宫门可罗雀。去年，公主的乳娘告老还乡了，阿西、阿东连个斗嘴的人都没有了。这无聊成了病痛，无聊到每一个日子都很艰难。

阿西和阿东从早到晚坐在花楼殿的台阶上眼巴巴地盼着什么，盼着有什么事情发生，无论好事坏事，能让他们觉得这一天的日子与往常不同。等得烦了，哪怕眼前飞过来一只鸟，也会让他们激动一阵子。他们开始惦念那个蓝眼睛，公主当年曾说过他是她的人。有一阵子他常来的……哦，对了，那还是大城月圆之夜未起大风、公主的心性尚未大变之前的事情。那时候只要他来了，公主的样子就变得特别的美，像园子里沾了露水的花蕾，阿西和阿东在一旁看见，心花满院子里怒放。

后来，出事了。公主在月圆之夜开始伤人。第二天她清醒了，知道自己做了什么。她对阿西和阿东说：别再守着我，走开。

阿西和阿东说：公主，你会好起来的。

她说：那就是我十八岁以后的样子。或许，我会比那样子更糟些。

她再也不肯见任何人，包括阿西和阿东。

奉大汗之命，每逢月圆之夜阿西和阿东都要带人将花楼殿和寝宫的门窗封闭，锁禁起来。尽管阿西和阿东心里反对这样做，但他们也担心公主会闯下更大的祸事，他们在一起嘀咕，那真的会成公主以后的样子吗？

他们觉得除了他们自己，好像没有什么人真的关心这件事。

阿西和阿东坐在花楼殿的台阶上，想叹气却又忍住。

大殿的大门尽管紧闭，但在大门那一边，他们恐怕自己的一颦一泣被公主听到，公主很不开心，他们不该让公主更加不开心。

公主选择将自己与别人用一堵堵墙、一道道门、一把把锁隔开。公主只想自己一个人待着，对阿西和阿东也不能例外。公主不在意墙外的天地。公主的心里是怎样的，没有人猜得透。众人只道公主高贵，孤傲，但在阿西和阿东眼中，公主心里一定是非常不好受的。

这是一个素净的世界。这个世界没有图兰朵公主的颔首，无人能够进来。在这个世界当中，没有冬寒夏暑，没有白天和夜晚。

这是图兰朵公主一个人的世界。

几年前，大汗下令重新修缮这座花楼殿。这是蚌女消失、公主出生的地方，是大汗心中分量最重的地方。工匠们用了九百几十几根汗国最好的金丝楠木巨柱，根根高达五丈、粗达两人才可环抱。梁、枋、檩、椽、斗拱、望板、门窗、天花板，大小构件金丝纹理明目耀眼。大殿的尽头置一高案，案头供放着一个黑檀木的匣子，匣子里摆放着蚌女留下的那枚宝珠。

每当图兰朵走入大殿，宫殿大门和窗扇随之自行闭合。宝珠在匣中放出赫赫之光，照耀得大殿通体清朗。花楼殿中搁置着十几架庞然的织花机。花楼数丈，错落高耸。只有站在这个大殿中，图兰朵公主才能寻找到幼年时光的适意，那种回到母亲腹中的熟悉、亲切和安心。只有站在这个大殿中，图兰朵公正才能将手上的那三个镯子忘却在脑后，或许因为蚌女冥冥中的庇护，或许因为那三个镯子并不太讨厌这些织花机，所以它们也会保持暂时的沉默。

图兰朵常常谨慎地从织花机中走过，她的目光抚过那些花楼，像个孩子抚过自己心爱的玩具，又像个将军在排兵布阵。当那些织花机在她的抚摸下渐渐苏醒的时候，她会突然跃起，双臂一摆，将衣袖朝一台织机的织轮甩去，巨大的织花机开始应和地吱呀呀摇动起来。她袖子再一甩，袖中的梭子星星一般飞出去，打在不同的织花机上，又反弹到其他花楼的织轮上。那些织机像巨人被一个个的梭子催促着，缓缓伸展着肢体，劳作起来。

图兰朵公主轻盈地引导着那些巨人们举手投足，她在大殿中跳跃穿梭，衣袂飘飘，摇曳生姿。织花机们都与她息息相通，懂得她的心思，明白她的一指一点，驯服地弹跳着织作。图兰朵翩跹在大殿中，织机此起彼伏，吐出一幅幅奇妙的画卷，上面是千百朵盛放着的焰火，那些焰火不断变幻，千姿百态，晶莹点点。公主的身影旖旎掠过，瞬时间只见大殿中一片流金溢银，落英灿烂。

大汗在偏殿里坐着，有些愁闷。自从伯颜将军帅部讨伐归来，朝堂上下要给伯颜将军请功的声音此起彼伏，不绝于耳。大汗是个慷慨的君王，对功勋卓越的将士荫封袭职，赏赐财帛从不吝惜。这些年，伯颜权重望崇，成为汗国第一功臣。大汗先后赏赐给他两处府邸、授爵国公，分封西域万里疆土，早已超过当年大汗对海都元帅的恩宠。如今还能给他什么？尽管放眼望去，普天之下皆是汗国之土，四海之内皆为大汗之臣，但眼下能给伯颜将军的东西真的有限了。

那一日众臣在大殿上商议褒奖平叛归来的将士之事，七嘴八舌，莫衷一是。

终于，难得开次金口的国师说话了。这个国师黑压压地走上来，因为他四季总披着一件古怪的黑大氅，哪怕上殿面君也不改模样，所以，他给众人的印象是黑压压的。大汗的侍从官曾偷偷告诉大汗，有人说国师离不开那件斗篷，因为国师有两张嘴，斗篷里面一张嘴，斗篷外面一张嘴。大汗不信这种荒唐的说法，但国师的模样实在让大汗不那么喜他。大汗想，就算上一个国师是个巫人鱼，好像也从没有弄件宽大的衣衫藏着掖着什么。

国师走上前，躬身建言，说：陛下，微臣以为，伯颜将军多年效力汗国，运筹帷幄，驰骋疆场，令人倾心感悦。应在大城的钟鼓楼边，给伯颜大将军立一块记功碑。将伯颜将军的卓越功勋撰写成文，铭刻于碑，供百姓瞻仰。

国师的话说完了，大殿中一片肃静。

大汗瞪着眼珠子愣愣的，这记功碑的提法实在是前无古人，后无来者。

工部尚书小心翼翼地在一旁说道：国师的话当然极好，只是汗国从未给任何人立过记功碑，从规制上看，似乎有所不符。

礼部尚书说：伯颜将军讨伐乱逆，威动四极。汗国以前没有给将士立过记功碑，今日若是立了，规制不就有了。这也是利泽长久的好事。

伯颜上前，一揖，道：万万不可。天尊地卑，君臣道别。伯颜何德何能，军功再大，也大不过陛下，立记功碑这种事情僭越了。

兵部尚书是伯颜的亲信，他立马接过话茬：将军言过。大汗明圣，立记功碑只是为了表彰义士，褒奖功臣；说到头，无论多少功绩荣耀还不都是大汗陛下的功绩荣耀。

兵部尚书的话在大殿中收获一片赞许声。

大汗沉默片刻，终于允了，命工部去做。但在大汗心里，其实是有些不情愿的，就像是喝酒，自己喝是舒心，被人灌是违心。但众臣的话已经堵了他的嘴，让他不得不将这口酒咽下去。

就在大汗闷闷不乐的时候，只见自己的侍从官轻轻走了进来。

大汗瞥了一眼：什么事？

侍从官说：礼部刚刚禀报，说大模国的王子求婚的人马快进大城了。

大汗微微一震。大模国！多年前，汗国曾与大模国来往频繁，大模国一直是大汗稳定西域的一个帮手。后来，因为大模国的阿明王子求婚失败，头颅被悬在了皇城上，尸身带着一个木头脑袋回了家，就此，大模国与汗国渐行渐远。说生分，还是轻的。这次西域诸国叛乱，曾有流言蜚语，说大模国的国王是叛乱的幕后主使。幸好大汗没有采信此说法。大汗知道大模国国王的秉性，那是个做事喜欢酣畅淋漓的人，以那个家伙的脾气，若要反，必是真枪真刀闯在前头，哪里会甘心做缩头乌龟。

此刻，大模国的另外一个王子来求婚了。他是今年春天首个来大城求婚的人。这起码能说明大模国仍对汗国保持善意。

大汗想到这儿，不由站了起来。大汗对侍从官说：走，去公主那边看看。

大汗带着人来到花楼殿门前时，阿西和阿东正坐在大殿的台阶上打瞌睡。他们听到杂乱的脚步声，懵懵懂懂地跳起来。

阿西说：大汗来了！

阿东也说：大汗来了！

光秃秃的台阶上突然冒出两个圆滚滚的身影，将大汗和大汗的随从们都吓了一跳。大汗的贴身侍卫们倏地拔出刀来。阿西和阿东却欢喜地哈哈笑起来。

阿西说：吓到他们了？

阿东说：当然吓到他们了！

他们蹦到大汗面前一副热辣的样子，让握刀的侍卫们不知如何是好。

公主不喜被人打搅，闲人难得有往这里来的。因为有日子不到公主的花楼殿来，这些侍卫们也已经将阿西和阿东会隐身爱捣乱的事情淡忘了。

大汗的侍从官悄悄对侍卫们挥挥手，暗示侍卫们退下。侍从官跟随大汗多年，当然知道阿西和阿东这两个矮子天真烂漫不谙世事的毛病，但眼瞧着他们对大汗亲昵，却也让人眼眶子发热。

大汗问：就你们两个？

阿西和阿东左右看看，说：大汗是嫌人多，还是人少？

大汗疑惑地：难道公主不在里面？

阿西和阿东一起点头：在里面啊！

大汗不再多说。与他们分辩既然公主在里面，为何眼前公主的贴身侍女一个都不见踪影，只怕不会有什么结果的。

大汗说：好，带朕进去看看。

大汗与阿西、阿东的对话声如同小蚊虫穿过厚重的大门，嗡嗡地飞入大殿。正忙碌着的图兰朵听到了蚊虫的纷扰声，一个旋转，摆动双袖，只见那些梭子唰唰地飞回到图兰朵的

254

衣袖中。十几台忙碌的织花机像得到指令，吱呀呀地停止了运作。图兰朵敛住衣裙，走向宫殿大门。大门向两边敞开。大汗走了进来，他身后跟着蹦蹦跳跳的阿西和阿东。

阿西和阿东若不是跟着大汗，平日里是跨不进这道大门的。所以他们到了门槛前，对着公主探头探脑。他们唯恐公主责怪。公主若责怪他们，会永远不许他们跨这道门槛，那样，得把他们难过死了。

图兰朵忽略了阿西和阿东，只是望着渐渐走近的大汗，微微屈膝，低下头：父汗。

大汗打量着女儿，女儿一日比一日更美，那是一种世间女子没有的超尘脱俗的美，那是一种冰雪似的晶莹纯粹。每每望到图兰朵的面孔，他都情不自禁地想起了蚌女，如今女儿长大了，长得比当年的蚌女还要明艳动人，若是女儿有个好归宿，也算对蚌女有个交代。

图兰朵说：父汗有事？

图兰朵并不期望有人闯入这所大殿，包括自己的父亲，她有些不耐烦地等待大汗阐明来意，尽快离去。

大汗从图兰朵的脸上看到了她没说出的话。女儿如此之美，却躲避天日，躲避自己的亲人，这让当父亲的怎能不愁闷呢？

大汗心里悲叹，脸上依旧勉强笑着：图兰朵，好消息。大模国王子求婚的人马快进城了。

图兰朵垂着眼睑：几年前，不就曾有一个大模国的王子来求过婚了吗？

大汗说：那是大模国国王的长子。

图兰朵说：父汗是为又一个大模国的求婚者而高兴？

大汗说：朕以为这个弟弟的运气应当比他哥哥好。

第五十七章
盗亦有道

柳儿在家里烙好了两打薄饼，一打留在灶房的铁锅里，遮上湿手巾，再盖严实锅盖；另一打放进小挎篮中。篮子里已经放了个海碗，盛满榆钱粥，碟子里头装着酱肘子肉、嫩豆芽儿和鲜葱，卷饼和榆钱粥是周大和卡拉夫最爱的吃食，想到他们狼吞虎咽的样子，柳儿很开心。

收拾利落灶房，柳儿换上了清清爽爽的青花襦裙，她要给在焰火作坊值岗的蓝眼睛送饭去。在焰火作坊值岗的皇家侍卫可不是蓝眼睛一个，她不能给他丢人。昨天她就动了这个念头。她不声不响地用了家中的那一点救急才肯用的积蓄，到集市割了肉，到李婶儿家抓了一笸箩豆芽儿，在自己后院儿摘了两把鲜葱，打整出了一顿好饭食。对着铜镜看着自己的模样，柳儿觉得自己皓齿明眸，挺顺眼的。

快清明了，柳儿才刚顾上给周大和卡拉夫做卷饼。往年立春的时候开始吃卷饼，吃到清明，恨不得都吃腻了，但今年不同，今年柳儿实在太忙了。她整日天一亮就往外跑，连周大都不说她一句重话，可见得她出门的理由十分充足。

从去年深秋的那个日子起，大城的很多年轻人再不能回家了。二蛋子没回来，麦娃没回来，天狗也没回来。侧耳凝神，左邻右舍尽是压抑的啜泣声。大城里那么多家缺了人口，日子一下子变得很艰难。柳儿走到这些家门口站站，又慢慢走开，她不知自己进去能说什么顶用的话。

自打铁头带回来天狗阵亡的消息，孙木匠家的生意就停了。孙木匠看着手边的木匠家伙，无论斧子、锤子、锯子、刨子，样样都有天狗的影子，细听屋子里的动静，处处都有天狗打磨螺钿的声响，哪里还干得了活计。天狗的母亲日日哭天狗，眼哭得半瞎，那裁剪剥离螺钿的手艺也做不得了。

红秀倒是不哭，坐在自己房里，对着那个鸳鸯戏水的香囊发呆。任谁劝她，都无用。天狗的两个兄弟年幼，顶不起天来。这个家眼看就垮了。

开始，柳儿总到孙木匠家去陪红秀，她记得自己对天狗的承诺。天狗不在了，她更要天天去。但她这样陪着，看着一家子人垮下去，自己心先慌了。她觉得自己是辜负了天狗的嘱托，于是，她盯着案头放着的那个天狗做了一半的首饰匣子琢磨起来。

这天，天狗的母亲端了一碗小米稀饭到儿媳妇的面前。红秀整日不肯进汤水，人瘦得像画片儿，一阵风都能刮走。天狗母亲说：红秀，喝口粥吧。

红秀没听见一般。

天狗母亲叹口气，放下碗，正要走开。柳儿蓦地指着那个做了一半的首饰匣子对天狗的母亲说：婶儿，这首饰匣子应当嵌什么花？

天狗母亲拿起首饰匣子端详着：不知当初天狗是如何打算的。在我看，嵌什么花都是好的。

柳儿说：牡丹？梅花？桃花？石榴花……

红秀的目光转过来，她突然低声说：不，当初天狗说了，要嵌一枝并蒂莲花。

屋里死静。片刻，柳儿对天狗母亲说：这匣子嵌上并蒂莲花一定好看。

天狗母亲的眼圈儿红了，她说：好是好，可惜，我眼神儿不行了。

柳儿说：那让别人做。

天狗母亲说：天狗走了，家里头没人能做了。

柳儿说：红秀眼神儿好，婶子教她呀。

天狗母亲迟疑地向着红秀看过去。红秀的眼睛也正望着她。

婆媳两人相对无言，泪水扑簌簌地一同落在那个首饰匣子上。

几天后，红秀开始跟着大狗母亲学做嵌螺钿了。又过了一阵子，孙木匠也摸起了锯子和斧头。

这是一家人，一家人再难也得活下去。柳儿想着，恍惚看到了天狗，天狗正憨憨地对她笑。他在另外一个地界，大约也能松口气了。

冬天未完，城里的粮价却涨了。说是因为前一年秋收缺人手，许多庄稼未进仓，都烂在地里。这让那些家中刚刚死了亲人的人生计更加难了。周大带着卡拉夫张罗着为那些家中缺粮少米的人募集粮食和钱财，柳儿跟在一边看着，心里气得慌。没钱的穷人想帮忙，帮不上；有钱的富人跟他们讨口粮食，募点钱财，好像从他们肋骨上剔肉。柳儿觉得这事原本不用爹爹和蓝眼睛那么辛苦，她有更好的方法。虽然那法子不能光明正大地说出去，但简便实用。跟坏人用不着客气，更用不着浪费那么多的口舌。

于是，柳儿留心白天周大和卡拉夫等人去过的富人家，凡是那吝啬小气的、气焰嚣张的、言语粗暴的，柳儿都在他家墙上画个记号。过了几日，自然有人在夜风咆哮的晚上不作声地进了那些商铺和大宅门里，搬稻米的搬稻米，拿白面的拿白面。缺吃少穿的人家都在清晨早起时发现自己门前放着粮食口袋和棉衣。周大听闻此事，疑惑了好久。他猜测这些该是城中侠义人士所为，但为何侠盗的脚步与他跟得如此之紧，却是个谜。

大城里过去也有失盗的。盗窃这行风险大，下手人要探风踩点，图的是一年不开张，开张吃一年，自然都往油水丰厚的东西下手。但这一回，窃贼拿的与珠宝金银毫无干系，被盗的又大都是些为富不仁的家伙，邻里无人替他们叫屈。究竟要不要报官？失盗的面对自己的损失，一阵盘算。官府是民不举，官不究；民若举也需有证人。左邻右舍纷纷声言，除了风声惨厉，绝无一点异样动静。房内房外一无撬锁痕迹，二无脚印，失盗人家大都养狗，连狗都没有叫一声，如何证明你家真的失盗。

邻里们更说，长生天有眼，待人公平。谁知道这些铁公鸡是不是招惹了天神鬼怪？人分五等，妖分七类。大城里的妖精乘风而来，闲逛也是闲逛，拿点儿粮食给穷人救急，是施仁布德的事情。大城人纷纷奔走相告，别小觑了妖孽，它们高兴了，便会行善呢！

大城出了义侠妖精。柳儿听了面生得意，她在别人面前还能忍住几分，到了卡拉夫那里就有点原形毕露。

柳儿说：蓝眼睛，听说了吗？

卡拉夫说：听说什么？

柳儿说：拣大的想。

卡拉夫说：大汗要给伯颜将军立记功碑了。朝廷正给各家各户派工呢。

柳儿说：那算什么，昨儿晚上朱六指家的粮仓被妖精搬家了。

朱六指是大城鼎鼎有名的粮食行老板，因为去年粮食歉收，他早早动手大量收购粮食，囤积居奇。大城这股粮食涨价风就是由他作怪刮起来的。

卡拉夫略略讶异：前几日听说朱六指刚刚招募了好几个看家护院的新伙计，怎么那么多人都看不住点粮食？

柳儿笑道：看家护院的人又不是他喂养的狗，他那几个臭钱还想买到死上？

卡拉夫想想：这么说，是家丁当中有人给妖精做了内贼？

柳儿眨眨眼：谁说的？

卡拉夫说：你说的？

柳儿耍赖：我哪里说了？那些家丁昨晚上都喝大了酒，没听到外头的动静。

卡拉夫说：就算喝酒，也是人各有异，不会都无知觉，该是被人下了药吧？

柳儿嘻嘻笑起来：这是你说的，不是我说的。

说着，柳儿转身要走，却又被卡拉夫喊住。卡拉夫说：昨晚的事情，师父和我都还未知道，你怎知道的？

柳儿说：什么事？哦，朱六指的事情？我有耳报神。

卡拉夫问：到底是谁告诉你的？

柳儿说：街上人说的。

卡拉夫说：街上谁？

柳儿说：你猜！

柳儿得意扬扬地对着卡拉夫扮个鬼脸，跑了。卡拉夫心里却咯噔一下猜到了多半。自小柳儿就与一般的女孩子不同，以淘气胆大而出名，整日混在男孩子堆里头，心思灵透又事事抢着做主，成为名副其实的孩子王。年复一年，这些男孩子尽管已经长大，但仍习惯听命于柳儿的唆使指派。

去年征兵，大城里的不少人都去了战场，秋后能回家是九死一生。像铁头那样伤了胳膊腿的后生小子，养了三五月后便能行动自如的，都是运气特别好的。征战的血泊遭际磨砺了他们的性情，街头出现了不少寻衅滋事的混混。这些人一改出征前的憨厚老实，身上只剩下勇武好斗。柳儿想做事，对这些人招招手，他们就一窝蜂地来了。

柳儿早就跟大城里的贼有交情，再招呼上这帮子伙伴儿一起动手，便是水到渠成。这事情是替那些魂灵永远漂泊在外的兄弟们做的。大家有责任，有义务；更何况他们中间不乏手脚敏捷身轻如燕的铁头之类呢。

卡拉夫思索柳儿近来的踪迹，想到这些日子里，柳儿夜晚出门格外频繁。柳儿总说是到李婶儿那儿去看小骆驼磨豆腐，或是到红秀那儿陪着做针线，但在卡拉夫看来，那豆腐和针线只怕都是幌子。说不定小骆驼和红秀的两个小叔子也与此事脱不了干系。

柳儿不怕惹祸，柳儿胆大包天，但卡拉夫不得不为柳儿以及柳儿身边的那些后生们揪心。于是，卡拉夫经常在柳儿刚刚出门后不久，自己也找了个借口出门。他小心地隐没在黑暗中，窥看着柳儿他们的行踪。他小心地守在角落里，倾听任何飞过的夜鸟，任何走近的脚步，直到露水打湿他的衣衫，直到月落星稀，柳儿他们事罢收工。

第二日清晨，柳儿和卡拉夫各自走出房门，相遇在院子里。两个人都会装出若无其事的模样。尤其是卡拉夫，他必须打起精神，强掩浓浓的睡意，不然，偶尔的一个哈欠，就会给柳儿提供碰出火星儿的可能。即便这样，卡拉夫发青的眼圈和满面的倦容仍然让柳儿觉得可疑。她不由得想起卡拉夫那依旧常常惦望的皇城。

柳儿水晶心肠，最不存话。一般来讲，只要有疑心，柳儿便会挑起话头。她心里有别的想法，那想法就要刺痛她的喉咙，让她不得不开口。于是，她假作随意地说：蓝眼睛，你昨晚可没睡好哦。

卡拉夫说：挺好的。

他看到柳儿嘲弄的眼神，解释说不是睡得不好，而是梦太多了。

柳儿撇嘴：做梦不怕，就怕梦游。

卡拉夫笑说：只要你不梦游，我就不会。

柳儿说：真要是梦游到什么地方去，你会告诉我吗？

卡拉夫说：你告诉我，我便告诉你。

柳儿说：好，那就说说你梦见什么啦？

卡拉夫说：梦见好些北风肉。

北风肉即腊肉。大城人都是腊月腌制整扇的牛肉羊肉，柏枝熏制，夏季蚊蝇不爬，经三伏而不变质。又因挂在风口，所以众人喜欢叫它北风肉。

柳儿听了"北风肉"三个字，打了个愣。她和铁头他们昨晚光顾的正是一家专供大城富人们享用的腊肉店。大块的腊肉已经被柳儿送到了那些上有老人下有小娃的人家，那

262

些东西可以够他们吃一阵子。

两人目光一对，都有些忌讳，于是，假做无事地将话题转开。

柳儿说：快清明了，还梦见那些油腻东西。

卡拉夫说：可不是，天暖和了，榆钱儿都下来了。

柳儿说：馋嘴猫想吃榆钱儿了？李婶儿家有好几棵大榆树，我回头让小骆驼撸了榆钱儿给你做蒸窝窝。

周大正好走到屋门口，听到他们的对话，说：晚上没事儿都给我在家好好待着。大城里这阵子净是丢孩子的。

柳儿对着周大眼睛瞪得老大：爹，你不会觉着我们出门也会丢吧？

周大转了话题，说：谁知道呢？哦，刚才说什么来着？对了，榆钱儿。丫头，摊鸡蛋饼吧，榆钱儿鸡蛋饼好吃。

卡拉夫说：熬粥也好吃。

周大点头：嗯，那就榆钱儿熬粥，再摊点薄饼，卷酱肘子吃。

柳儿说：要鲜豆芽吗？

周大一本正经地说：要，记着再弄点儿小嫩葱。

第五十八章
阿里王子

　　柳儿提着小挎篮走到了大街上，这是大城的一条主路，从城门起，南北大道，进出城的，做生意的，投宿通旅的都要走这里，这条路上永远熙来攘往。柳儿刚上大街不远，就听到南边传来呜啦呜啦的喇叭声和手鼓的击打声。这外域的音乐格外喧闹，一下子就揪住了路人的耳朵。众人站住脚，踮脚张望。孩子们欣喜若狂地跑着，叫嚷着：求亲的人来了，向公主求亲的人来了。

　　这支求亲队伍带给大城开春以来最热闹的景象。他们男男女女弹拨着像短脖子琵琶似的乌德琴，摇着叉铃，双手对击着象牙棒子，敲打着塔卜勒鼓，扭着灵活的身躯，向前行进着。他们时而翻滚，时而跳跃，起伏的胸部，光润的腹部和俏皮的臀部仿佛燃着火苗，热烈地摇摆抖动。他们的手臂蛇蚓一般起伏不断，手腕脚腕和腰间的银铃随着全身燃烧的火苗哗啦哗啦地响着，清亮之声不绝于耳。

　　领头的白象背上设着金灿灿的座驾，王子高傲地坐在上面。在他身后是成群的大象和骆驼，驮着满箱满屉的宝石珠玉。这阵势和气派，把夹道围观的大城百姓们看傻了。柳儿混杂在人群当中，目不转睛地盯着那些轻歌曼舞的艺人。她早就知道西域诸国善歌善舞，每年逢春日就会有求亲的队伍来到大城，带来令人眼花缭乱的音乐歌舞。但这次不同，这支队伍带来的歌舞摄人心魄，他们不是在歌舞，他们仿佛是在施法，他们的鼓声乐声，让你的手脚不由自主地跟着暗暗抽动。柳儿觉得身上发痒发烫。柳儿一直为自己手脚的灵便而沾沾自喜，见了这些四肢翩翩的男女，她突然变得不那么自信了，他们好似可以轻易地分离一个人的骨头和皮肉，皮肉只是骨头的衣服，骨头随时想脱离那件衣服，就能钻出来。

她正看得有滋有味，一个大山似的巨人随着那领头的白象走到柳儿的面前，挡住了她的视线。柳儿仰起脸，向那个龇着牙傻乐的巨人看去，好大的嘴巴，好黑的皮肤，一粒粒的牙齿像大马的牙齿，只是罕见地雪白。

柳儿冲那个巨人喊着：你们是哪儿来的？

显然，嘈杂的人声和乐曲声淹没柳儿的询问，巨人仍仰着头，傻呵呵地冲着路两旁的人群东张西望。

这时，人群当中有喊声：金子！

原来，求婚王子的随从们开始向看热闹的百姓撒出大把大把的金沙。人们尖叫着开始争抢。

那个巨人看见眼前情景，蒲扇般大的手伸向衣襟。他从那里面掏出了一个羊皮口袋，小心地倒出一些金沙在手掌当中。柳儿估算那个手掌里的金子，那一大把沉甸甸的金子很值钱呢。那一把金沙可以换不少有用的东西呢。

巨人扬手一挥，金沙如同金雨哗啦啦地落在人群当中。柳儿看那天空中，突然觉得满天明晃晃地飞着粮食、衣物和药品，还有修房子的茅草和泥瓦。

道路两旁的男女老少们喊着"金子"哄抢。柳儿手疾眼快地接到了几粒金沙，那金子米粒大小，用牙齿咬咬，成色极好。

那个巨人像一个淘气的孩子，又一次露出满嘴好大好白的牙齿，混乱的人群让他兴奋。突然，柳儿身子一歪，脑袋撞到巨人的肚子上。

那巨人被柳儿撞愣了，一把揪住柳儿，哇呜哇呜地叫起来，原来，他是个哑巴。

柳儿冲着哑巴咧嘴一笑：嘿，是你撞我啊！

哑巴拼命摇头，指着自己的肚子。

柳儿说：算了，算了，这么大个子，不道歉也罢了，还瞪眼睛对着本姑娘乱叫唤，不跟你计较。

柳儿拂开哑巴的手，轻盈地跑开了。哑巴憨憨地对着柳儿的背影张望了片刻，再低头却发现手里的金沙口袋不见了。哑巴在自己的脚下左看右找，不见那个金沙口袋的踪影，他拍拍自己大大的脑袋，朝柳儿消失的方向看去，哪里还有柳儿的一丝行迹。

磨盘山上的那条通往焰火作坊的石子路已经被过往运载的车驾轧得坑坑洼洼。柳儿坐在车上，颠得屁股生疼。自从卡拉夫做了看守焰火作坊的皇家侍卫，柳儿就开始勤勉地跟那些与焰火作坊有瓜葛的人攀交情。无论是卡拉夫的侍卫同伴、给作坊提供原料的商人，还是替焰火作坊跑运输做脚力的，她都有笼络的手段，不是今天递上一把好茶叶，就是明日送一坛子自家酿的米酒。柳儿的小嘴将叔叔大爷、哥哥小弟喊得生甜，那些人怎能不喜欢她。于是，柳儿每每往焰火作坊这边来，一伸指头就能搭到顺风的车子。

这种便宜事情小骆驼他们也想尝试一下，尽管他们的胳膊摇得酸疼，驶往磨盘山的车驾却对他们视而不见。

他们羡慕地对柳儿说：柳儿，你人缘可真好。

柳儿得意：那是。

车子停在作坊外不远处，柳儿跳下车。她冲着作坊门前的侍卫们招招手。守门的侍卫一共四个，但柳儿望过去，那双眼睛里只看见了一个人。卡拉夫站在那儿对着柳儿微笑。柳儿顿时觉得春风曛暖，扑面而来。

我家的蓝眼睛一表人才。柳儿心里说着，十分自得。

在柳儿眼中，卡拉夫身上的哪一点都是最好。但卡拉夫身上的好让她说出来经常言语惊人。那回，刚刚当上皇家侍卫的卡拉夫穿上戎服，站在众人面前。众人都说好，只有柳儿闷声不吭。

卡拉夫发现了，问：怎么啦，柳儿，有什么不妥？

柳儿说：哪有什么不妥，只是你比别人好看得太多。

卡拉夫说：侍卫们的戎服都是一样的。

柳儿固执地摇头，说：不一样。

卡拉夫说：如何不一样？

柳儿说：你的衣衫一看就像量身定做，他们的衣衫像是偷来的。

柳儿说得一本正经，听到此话的人都笑得前仰后合。柳儿瞪着众人说：有错吗？你们穿上戎服和蓝眼睛比比！

小骆驼等人忙往后退：是，是，我们若穿上戎服，肯定是偷来的。

皇家焰火作坊外的侍卫们对卡拉夫有这样一个伶俐俊俏的妹妹一直眼热得很。他们说，你们家柳儿太好了。他们还说，你妹妹心里头有人了吗？

卡拉夫答：这你们得去问她啊。

于是，这些小伙子们有机会便讨好柳儿：柳儿姑娘，跟你爹说说，家有什么活计要我们帮忙的？

柳儿说：你们能做什么？

他们拍胸脯：什么都行，开口就是。

柳儿抿嘴：我爹说了，如今世道乱，屋里缺守门的，你们去帮着弄条看门狗吧！

柳儿的话堵了他们的嘴。但并没有堵死他们的心。所以每每柳儿来到焰火作坊，都是件让他们欢悦不已的事情。

柳儿姑娘！他们纷纷争着跟柳儿打招呼，柳儿姑娘带什么好吃的了？

柳儿来焰火作坊从来都不会空手，性子急的撩起篮子上的手巾，往里探头。卷饼和肉！他们喊起来，柳儿姑娘菩萨心肠，知道我们饥肠辘辘了。

柳儿抢过篮子，往卡拉夫的胸口一推：蓝眼睛，你先吃，吃完了再给他们。

几个人瞪大了眼睛往卡拉夫脸上看，咽口水声像打雷一般。

柳儿说：没出息，看什么看，篮子里有多的，管够。

柳儿催着卡拉夫用汗巾擦手，自己拎出一张薄饼平摊在手掌上，先夹上亮晶晶的豆芽菜和小绿葱打底，再铺上肥瘦相间的肘子肉，底边一折，顺着卷到手里握住：吃吧，可香啦。

卡拉夫接过来，大大地咬了满口。

柳儿问：什么时候下岗？

卡拉夫呜噜呜噜：还有……半个时辰。

柳儿说：下了岗，咱们去逛集。

阿里王子带着他的哑巴随从来到皇城下的市场。队伍进入大城后，随从们都说一路鞍马劳顿，劝阿里王子先在会同馆略作小憩。他却低声对身边的哑巴说：来，跟我出去走走。

哑巴看了自己的主人一眼，转身想往屋子里走。屋里有他随身的金瓜大锤，跟主人出门，就算不打架，拎在手里也是很威风的。

阿里拦住他说：用不着。

四年了，阿里王子心里一直牵挂着那个地方。四年中的无数个睡梦中，他一次次地回到那里。高耸的皇城，熙攘的市场，他总是茫然地在人群中徘徊，仿佛在寻找什么，直到一声长长的号角声将他从梦境中惊醒。从梦里走出来的他久久失落，没有等到，还是没有等到，他是在皇城上的汗国官员刚刚要宣读猜谜结果的时候，被驱除出梦境的。假如能多滞留一刻，他或许就能明了一些真相，或许，那个噩梦可以就此结束。

阿里王子在市场里走着，仍旧是这个市场，看起来似乎与四年前没有什么两样。

市场上依旧是人头攒动热闹无比，这里聚集了来自万里之外的各式各样心思不同的人，有衣着鲜亮的富贵豪绅、蓝眼睛高鼻梁的传教士、穿着长袍的阿拉伯武士、皮肤黝黑的非洲贵族、高丽商人、日本商人和一些看不出来历的人，他们脸上只写着"冒险"两个字。

杂耍艺人依旧在场子里走绳、踢碗、变魔术。勾栏前依旧站满了随着台上的戏子们或哭或笑的人。商家的吆喝声与轰赶乞丐的叫骂声掺和在一起，许多惊喜，许多失落，在这里走上一圈，如同掠过一世。

阿里终于站住脚。他仰起脸，眺望着皇城城楼。那是曾经悬挂自己哥哥头颅的地方，如今点燃着一排排的长明灯。

　　据说前些年，皇城城楼上挂满了求婚猜谜失败的王子们的头颅，这些按照时间先后砍下的头颅虽经受风吹日晒，雪打雨淋，但丝毫没有腐烂变质，面目五官栩栩如生。夜幕降临后，皇城的侍卫们将夜巡皇城的城墙看成一件苦事，因为经常有人见到那些王子对着月亮悄悄地眨眼，听到他们压抑的私语和哧哧的笑声。于是流言四起，说，王子们被砍头前，都喝下特制灵药，以将自己的魂灵保藏在头颅里，使得肉身不坏；也有另一个说法，说那是苍天的一个咒语，为的是警示每一个新到的求婚者，劝告他们不要重蹈覆辙。总之，城楼上的一排排的人脸，让每一个眺望皇城城楼的人，都感到触目惊心。到了第三年的时候，汗国来了一位新国师。新国师对大汗讲，那些人的头颅一年年地怒怼大城，是一个不吉利的象征。于是，汗国有了新规矩，每个头颅示众百日。百日后，汗国将这些王子的头颅殓葬。

　　就在圣谕下达的当晚，巡夜的侍卫们听到皇城之上惨厉的哭声绵延。清晨后，侍卫们发现那些悬挂的人头都不见了踪影，于是，大城里又有了那些头颅不愿留在异乡、一夜之间随风归去、返回故里的传说。大汗听了，也有些坐不住了，命人在那曾经悬挂人头的地方点上了一盏盏长明灯。

　　阿里站在那里，望着那些长明灯发愣。哥哥下葬的时候，棺木里除了尸身，便是那个木头脑袋。他不知道那一夜哥哥的魂灵是否真的回到了大模国，面对多出来的一个脑袋，哥哥会不会感到为难？

柳儿和卡拉夫肩并肩地在广场上走着。柳儿不停地对着卡拉夫诡秘地笑着，欲言又止的样子明明是在挑逗卡拉夫开口。

卡拉夫说：别掖着藏着的，拿出来看看吧！

柳儿说：看什么？

卡拉夫说：你的宝贝啊。

柳儿将两个手摊开，手心手背地对着卡拉夫晃了晃，蓦然间，她的手里出现了一个沉甸甸的小口袋。

柳儿向上望着：啊呀，今天是什么日子，长生天要送我这么重的礼。

说着，柳儿将口袋上的羊皮细绳松开，倒出一些金沙在自己的手掌上。

卡拉夫脸上掠过一丝警觉，他早已不像几年前那么好骗，他知道长生天很忙，要照料的事情太多，肯定也缺钱花，就算长生天真想救济谁，也不会随意将金沙口袋乱扔，更不会掉到柳儿的手掌上。

卡拉夫问：哪儿来的？

柳儿嘻嘻笑：你问我，我哪儿知道！

卡拉夫的脸阴沉下来，说：柳儿，你又胡闹。

柳儿还嘴：天下的财宝生不带来，死不带走。

卡拉夫沉默了片刻：柳儿，我们不缺钱。

柳儿说：谁说我们不缺钱。天热了，你的春装还是几年前做的。我正打算扯几丈好布给你做两套衣服，再给爹买几坛子好酒……

卡拉夫打断柳儿的话，说：柳儿，咱们不花来历不明的钱，行吗？

柳儿翻了卡拉夫一个白眼儿：不行！

卡拉夫沉默了。柳儿偷瞥卡拉夫，她有点担心卡拉夫跟她生气了。都说卡拉夫是个好脾气的，但柳儿知道卡拉夫是个认死理的人，若真的生起气来，就会许多天不开口。而柳儿最喜欢跟人说话，若是她的蓝眼睛哥哥不与她说话了，她就束手无策了。

柳儿缓了口气：就算我们不缺钱，但麦娃家缺啊，麦娃的爹病了大半年了，这金子可以给他请大夫买药。

卡拉夫说：师父和我已经给麦娃的父亲筹到请大夫的钱了。

柳儿说：前几日柿子街缝穷的徐奶奶家山墙被雨水冲塌了，要请人盖房呢。

卡拉夫说：明日不当值，我已经跟小骆驼他们说好，去帮徐奶奶修房。

柳儿见卡拉夫故意用话堵他，倔强地说：反正你不稀罕，有人稀罕。这袋子金沙可以派大用场。

卡拉夫望望柳儿，眼前的柳儿已经不是那个硬要剪开鞋跟，将鞋子让给自己穿的孩提之童，也不是那个拉着小卡拉夫看猫上树公鸡打架的小丫头。这是个明眸皓齿人见人爱的好姑娘。他明白柳儿，大城里的愁苦太多，这袋金子多少可以给人们添些欢乐，但他就是不喜欢"偷盗"两个字与这么干净的一个姑娘沾边。

卡拉夫说：你是姑娘家。

柳儿说：姑娘家怎么啦?

卡拉夫说：姑娘家有些事情不可以做。

柳儿眼珠子转着：我喜欢，偏要做呢?

卡拉夫知道这是柳儿的招数，柳儿打算撒娇耍赖，可他不会让她轻易滑过去。他下意识地瞥一眼旁边卖珠花的小摊子。

小贩仿佛逮住了卡拉夫的眼神，说：这位小哥，要买枝珠花吗？

卡拉夫从上面捡起一朵红艳艳的珠花。

卡拉夫问：柳儿，喜欢吗？

柳儿不吱声。柳儿自小收拾得干净利落，但很少穿花戴朵的。

卡拉夫说：姑娘家应当有花儿戴。你要是答应我，我买花给你。

柳儿心怦怦地跳着。卡拉夫的俸禄不多，月月全部交给柳儿做家用，自己手中空无一文。这是卡拉夫第一次提出给自己买衣饰。

柳儿不信：你哪里有钱？

卡拉夫掏出些钱来说：师父给我喝茶的。

柳儿乐了：换一枝，这枝不好。

卡拉夫在摊子上又拿起另外一枝粉白相间的珠花，嫩蕊鹅黄，十分精致。卡拉夫说：这枝淡雅，中意吗？

柳儿将那枝珠花接过来，对着小摊上的铜镜比画了一下，镜中人面相映珠花，柳儿欢喜地点点头。

卡拉夫说：你看你，平日也太素净了，戴上珠花多好看。

卡拉夫掏钱与那小贩付账，再抬头，却发现柳儿不见了。

阿里王子和哑巴随从在皇城下的市场里待了半个多时辰。哑巴个子高，在人群中东张西望，什么都看得清清楚楚，一目了然。他很喜欢这个热闹的地方，这里有趣的东西实在太多。但他不知道自己也成了许多人注目的对象，不知不觉当中，他和阿里王子的身后，已经跟上了几个人。

终于，阿里王子对哑巴说：我们回去吧。

哑巴站在那儿恋恋不舍。他眼前一伙子杂耍艺人正在变戏法，那人用剪刀和草纸剪出了一条纸头鱼，塞到了伙伴的袖子里，但一转身，他就从伙伴的衣领里拎出了一条活蹦乱跳的大鲤鱼。

阿里王子说：回去还有很多事情。

哑巴只好走了。

哑巴很想知道下一步这条鲤鱼会被如何处置。因为他们变出了一团火，看样子，他们打算把这条鱼做熟。然而哑巴是个懂规矩的随从，这条鱼从活到死、从生到熟的过程一定有趣，但阿里王子的事情肯定要比这条鱼重要。

阿里王子转身，慢慢走着。他根本没有留意眼前的喧闹。在半个时辰里，他将自己四年中经历的许多事情想了一遍。四年的光阴，这里是他旅程的起点和终点。他还有许多事情要做，留给他的时间不多了。他心事重重，身边的嘈杂都与他无关，更没有留意自己和哑巴身后正不即不离地跟随着几个人。那是衣着十分普通的几个人，混杂在看热闹的人群当中如同一碗水里的水滴。但细看，他们的视线不在那些货摊和杂耍场子里，却时时徘徊在阿里王子和哑巴的身上，他们属于那碗水里沉淀出的细细的渣子。他们当中领头的是铁头，另外几人当中有两人是天狗的双胞胎弟弟大虎和小虎。

铁头是带着伤回到大城的。他的伤在腿上，所以，痊愈后走路的姿势变得有些怪异。走路左右摇摆，一肩高，一肩低的。说他瘸，他可以行走飞快；说他不瘸，两条腿确实长短不一了。

铁头再也不肯上桌子顶坛子卖艺。他说从桌子上翻筋斗下来，若站不稳，会坏了生意。铁头的父母觉着对不起这个儿子，倒不勉强他。于是，铁头成了杂耍班子里的闲人。高兴的时候拿着锣吆喝场子，帮着抬抬道具。不高兴了，就抄着手在市场里乱逛。那大黄狗再不能与铁头搭伙，认定是铁头拆台，见了铁头也爱搭不理的。

铁头太闲了，闲了就要惹是生非了。大城里恰好有愿意给铁头做帮手的，他们大都跟铁头有相似的经历，身上有些看得见的残疾，或心上有些看不见的残疾。除了他们，还有一帮半大小子，天狗的俩弟弟，麦娃的外甥，还有许多其他人。

今日，是天狗的弟弟大虎首先将哑巴指给铁头的。

那哑巴太扎眼了，站在那儿简直是沙漠里的一棵绿树，让人忍不住产生伐砍他的欲念；而哑巴身边的那个人，锦罗玉衣，珍宝缠身，腰间那把镶满宝石的匕首更是格外刺眼，瞧着像是一丛灌木结满香甜熟透的果子，不伸手摘采对不起自己。

见到阿里王子和哑巴打算离去，铁头对下面人使了个眼色。该动手了。人们走入集市的时候，大都注意力最集中最警觉；离开集市的时候，则是最无防备最放松的时候。

铁头的帮手们带着大虎和小虎正准备贴过去，突然有人在铁头的肩膀上拍了一下。铁头一惊，却见柳儿笑眯眯地挡在他们面前。

其他人乖乖地站住，若说铁头是他们的首领，那柳儿就是首领中的老大。

柳儿说：干什么呢？

铁头忙道：还能干什么，忙里偷闲。

柳儿不理睬铁头，却转向大虎、小虎：还不快回家，你们红秀嫂子正满世界找你们呢。

大虎、小虎忐忑地对看，说：嫂子找我们什么事？

自打天狗不在了，全靠红秀帮着孙木匠两口子支撑起一个家。孙木匠夫妇觉着祖传的衣钵总得有人继承，所以将期望都放在了天狗的两个弟弟身上。谁料一母同胞却秉性两样，大虎、小虎半大小子，顽劣不堪，对木匠手艺和嵌螺钿的技能毫无兴趣，只要听到打架就两眼放光。孙木匠对他们骂也骂了，罚也罚了。他们皮肉厚，挨几下巴掌，挠痒痒似的。唯一叫他们有些惧怕的就是他们的红秀嫂子。他们再不懂事，也知道嫂子年轻轻守寡，不容易；更何况家里吃喝穿戴浆洗缝补都是嫂子的活计。

柳儿说：家里的水缸都见底了，你们打算让红秀拿什么做饭啊？

大虎、小虎一听有点傻眼。吃水在孙木匠家是大事。孙木匠家巷子口上有个井，水苦涩，要吃甜水，得绕过巷子口上的牲口市，走到柳荫街去挑。而孙家规定洗衣服沐浴可用苦水，做饭洗菜一定要用甜水。大虎、小虎撒腿就跑了。

铁头见柳儿转身也要走开，说：有生意做呢。那边刚刚白送来两只肥羊。

柳儿听了，不由得站住。一般来讲，柳儿并不赞成铁头他们白日里成群结伙呼啸街头，邻里已经有人在嘀咕铁头等人的劣迹。连周大都曾担忧地对柳儿和卡拉夫说，得跟铁头他们提个醒，别羊油糊心，走歪了。但铁头他们从没把卡拉夫和柳儿当外人，加之眼下柳儿的很多事情都得靠铁头等人做帮手，这叫柳儿左右为难。

柳儿说：算了，你不嫌吃多了羊肉口腻。

铁头说：就算不吃羊肉，也该剪点羊毛。

柳儿再想说什么，却一眼瞥到了哑巴，她不由得笑了。

铁头说：你认识他？

柳儿说：放他一马吧，刚才在大街上，他已经被剪过羊毛了。

铁头说：另一个呢？另一个更有油水。

柳儿瞥了一眼走在哑巴前面的人，看模样，那人好像就是刚才高高坐在大象上的王子。这人在大城显摆了一路，眼下又招摇到集市上了。被铁头他们盯上，算他活该倒霉。

铁头说：喜欢那把匕首？

柳儿不语，那人侧腰上的匕首仿佛正伸出细长的指头，抓住了她的眼睛。

怎么样？铁头怂恿着：上回你不是还说，蓝眼睛那儿正缺把合手的匕首呢。

这话让柳儿更加踌躇。她端详那匕首，不知是那匕首太出挑，还是自己的眼神过好，隔着那么远越看越觉着称心。

铁头见柳儿没有反对，即刻说：放心，包在我身上。

话音刚落，铁头就一阵风似的刮走，转眼到了哑巴和他的主人跟前。他弯着腰，变得一脚深一脚浅的，踉踉跄跄突然倒下。

哑巴和他的主人都愣住。脚底下瞬间横了一个人，这意外让两个人有些不知所措。铁头呻吟，样子痛苦。哑巴想去扶，铁头却蜷着身子，死不肯起来。

阿里说：你这个人，怎么耍赖？无人碰你，是你自己倒下的，起来好生说话。

阿里呵斥着铁头，旁边麦娃的外甥已经贴身粘过去，手飞快地伸向阿里的腰间。眨眼间，那个匕首连着套已经过了三四个人的身子传递到了柳儿的手里。

柳儿笑眯眯地将匕首正要揣进怀里，突然一只大手一把将她揪住。柳儿想挣脱，却动弹不得。

卡拉夫说：柳儿！

柳儿气恼：干什么？

卡拉夫说：给人家还回去。

柳儿瞪着卡拉夫不响。

两个人僵持。突然，卡拉夫对着不远处的几个人扬声喊起来：嘿，你——，我说你呢，你丢东西了。

这边铁头已经懒洋洋地站了起来。麦娃的外甥那手绝活儿是他教授的，笃定万无一失。到这时候，戏最精彩的部分演完了，铁头也该不慌不忙地收场撤台了。铁头掸掸身上的脏土，对着阿里露出一个鄙夷的笑容。为了柳儿，自己亲自下场子，这是多大的面子。铁头正要走开，卡拉夫那边却叫唤起来。

阿里扭头循声看去，看见一个金发碧眼的色目人揪着个俊俏的姑娘走过来。

卡拉夫对着阿里说：我妹妹捡到一把匕首，会不会是你的？

阿里摸了摸自己的腰间，他一边做着寻找匕首的动作，一边盯着卡拉夫和柳儿端详，手越来越慢，脸上却显出难以掩饰的愕然。

阿里的诧异很快变成了卡拉夫的诧异。那极深的眼窝，极高的眉骨，以及看人时那一双精煤似的眼睛都让卡拉夫在瞬间唤回了遥远的记忆。

卡拉夫不由得迟疑地说：我不会认错人了吧？

阿里说：我也正想说这话。

卡拉夫说：那我没认错人。

阿里说：肯定没有。

卡拉夫笑了：柳儿快看，这是谁？

柳儿刚才只顾得生气。听到卡拉夫和阿里两人莫名其妙的一问一答，她才忍不住扭过头打量，这一看蓦地两眼亮了。柳儿"哎呀"一声，反而把阿里和卡拉夫惊了一惊。随后，柳儿不做任何解释，掉头就走，边走边四下张望，这么一会子，铁头以及他的手下已经不见踪影。

柳儿跺脚：铁头，你给我出来！

柳儿脆亮的声音在人群里炸开。柳儿知道，铁头绝不可能走远，铁头这会子的耳朵竖得比谁都高。片刻后，在人群中出现了铁头打探的面孔。

柳儿伸出一个手指头对铁头点着：你来看看他，那个肥羊，看看他是谁啊？

阿里对卡拉夫低声问：她说谁是肥羊？

卡拉夫肯定地说：自然是你。

见阿里困惑，卡拉夫补充道：柳儿把她喜欢的东西和人，都叫肥羊。

阿里咧咧嘴：这个丫头越来越淘气了。

铁头无可奈何地一颠一颠走过来：好了，他究竟是谁嘛？

柳儿哈哈地大声笑了起来，说：阿里呀，阿里又来大城了！

第五十九章
不坏之身

暮色当中，大城里的鼓声和钟声先后响了起来。

伯颜出神地倾听着这声响。自从大城里建起了钟鼓楼之后，伯颜的耳力变得特别好，那鼓声和钟声穿透心肺，让人神清气爽。再后来，钟鼓楼边上立起了记功碑。那石碑修了好几个月，宽一丈多，高五丈有余，碑首精雕八条巨龙，条条攀云而上，成了钟鼓楼前最为夺目的物件。

记功碑建好后，大城的百姓都到山坡上去看热闹，众人站在石碑前，不由被那石碑的气势镇住。一个小孩子怯生生地说：这是给大汗建的碑吗？

小孩子的父亲说：不是，是给伯颜大将军建的。

小孩子说：大汗也有这样的碑吗？

小孩子的父亲说：没有。

小孩子想了想，又说：那就是大将军的功劳比大汗还要大？

小孩子的父亲不由得去捂小孩子的嘴，说：此话说不得。

小孩子竭力扒开父亲的手掌，说：为何说不得？

小孩子的父亲再没有下文，抱起小孩子掉头就走。他已经被自己儿子的话吓得六神无主了。

这事情让玉勒将军知道了，他在一个恰当的时候禀报给了伯颜。他说：百姓们都说，伯颜将军的功劳比大汗还要大呢。

伯颜不动声色地看了玉勒一眼：百姓们这么说可以，你不可以。因为你是我的人。

玉勒说：末将明白。

伯颜挥挥手，让玉勒下去。玉勒躬身退下，心中却将信将疑。他尝试着试探伯颜将军深藏不露的心思。虽然他期待着"因为你是我的人"这句话，但对这句话的真实度却有保留。

跟随伯颜这么多年，玉勒对伯颜顶礼膜拜，忠心耿耿。他一直觉得自己跟对了人，只有这样的人才能做成大事情。那事情到底能做得多大，玉勒只是期盼，但又有点不敢想。或许他正亲眼见证着一个命世伟人的诞生？伯颜将军早已不是那个当年与巫人鱼大战之时临危受命的豹军首领，如今的伯颜将军手握汗国权柄，洞若观火，运筹帷幄。玉勒曾感叹自己当初的抉择，那是一步多险的棋啊。

但伯颜对玉勒究竟是怎么想的，玉勒心里不像过去那么笃定了。特别是这半年多来，他觉得伯颜将军与他说话，仿佛总隔着点儿什么。伯颜一边说玉勒劳苦功高，一边不声不响从外面弄来了一个叫那木罕的家伙，将管束豹军的差事交到了那个家伙的手里。伯颜一面夸赞玉勒披肝沥胆，一面却将那个那木罕提为了玉勒的副将。玉勒觉得主子在盘算什么，盘算的结果是对他玉勒的信任少了，授予的权力轻了。

伯颜待玉勒的脚步消失后，嘴角才溢出笑容。他思索着百姓对记功碑的说法。当然，自己对汗国的功绩哪里是一个记功碑可以承载的。若不是国师提议，那些功绩就被淹没在汗国的河流中，随着时光被人遗忘。如今建立了记功碑，这个记功碑多少是一种实实在在的痕迹。记功碑建在钟鼓楼边，大城的钟鼓声每每响起，都在有意无意地提醒百姓大城除了大汗，还有一个人对于他们十分重要。那钟鼓声不仅仅是对伯颜大将军的表彰，更是提醒大城的人们伯颜大将军在那里呵护照料着他们，伯颜将军才是汗国真正的守护神。

按照大汗给汗国立下的规矩，这江山既可以传给大汗的子嗣，也可以传给跟他打天下的兄弟。大汗除了图兰朵公主，再无子嗣。眺望满朝文武，汗国最大的功臣除却自己，再无他人。伯颜想着，脸上掩饰不住地得意。

在伯颜眼中，这个国师果然是个道行极深的人物，筹划的事情都寓意深远。伯颜开始与国师推心置腹。他说：你看，我是否已经为大汗尽心尽力？

国师说：没有人能比将军做得再好。

他说：大汗对我怎样？

国师说：也算君臣知遇，宠信优渥。

他说：大汗为何对我宠信？

国师微笑不答。

于是他自答：因为我对大汗有用。一旦大汗觉得我无用了，会如何？

国师依旧不语。

他说：弃若敝屣？

国师开口说话了。国师说：那就做对大汗有用，又让大汗难弃之人。

他说：如何做到？这事情大汗说了算数。

国师说：这事情将军也可以说了算数。

自从那面火镜破碎后，伯颜一直在寻找修补复原的法子。

他听说过火镜的功能，他坚信有了火镜，就可以把握将来。火镜虽然破碎，但既然能到他的手中，那就是缘分，是有缘故的。珍世之宝不可能被人轻易废掉，一定有高人能处置此难题。伯颜怀着这样的期望去寻找世间高人，这件事与寻求三色镯的谜底同时进行的，几乎无人觉察。但一次次地，他得到的回答都是镜子"废了"二字。这一次次的回答让他几乎开始怀疑自己的期望是否实际。直到国师出现，直到国师对他说，火镜虽无法复原，但也还有些用途。他在冥冥中遽然看到了亮光，这是他要找的人，真正的高人不会把话说得太满，对方的说法令人信服。

伯颜迫不及待地要听下文，但高人却没有下文了。伯颜不得不沉住气，看着那人安安静静地做香料店的小老板。伯颜知道，那人也是在等待。世间一切都是有价码的，那人是在等待一个合适的价码出售自己。直到后来，大城要建钟鼓楼了，那人穿着他那一成不变的黑色斗篷走上大殿。那人用另外一副喉咙说话，并很快成为汗国的新国师。

伯颜继续耐心地等待，他要国师感激自己。这一切若没有伯颜做推手，一个香料店的老板，一个阴阳人哪里能要风得风，要雨得雨。

终于有一日，伯颜和新国师相遇在皇城的小径中。伯颜站住，新国师也站住。伯颜盯着新国师的面孔，他等待的东西终于来了。

新国师用他那斗篷里面的男声说：将军找我有事？

伯颜诧异地发现，那张丰润的脸上竟毫无一丝感激之情。他一时不知如何对答。

新国师径直说：我知道你要什么。

新国师知道伯颜要什么，这让伯颜开始猜测这个阴阳人究竟能帮自己多少。他们一起来到那个不大的香料店。新国师已经有了新的府邸，但他依旧喜欢在他熟悉的地方见他的老熟人。

当伯颜将自己的疑问和盘托出时，对方的回答却让他迷惑，因为那些回答大都是否定的。

伯颜说：世人都知道三色镯上有三个谜。国师可知道那……

新国师说：世人只知道三色镯上有三个谜，但无人知道那谜面和谜底。

伯颜说：国师与凡人不同。

新国师说：在此事上，国师与凡人并无不同。

伯颜愣怔。

新国师说：我若是知道那三个镯子的谜底，你以为我会等到现在还守口如瓶吗？当然不会。我会直奔皇城，求见大汗，即刻说出谜底。大汗赌上的是江山和美人，谁也没有勇气拒绝。

伯颜目不转睛地看着对方，一个人竟能将这种话说得如此平淡无奇。阴阳人，果然与寻常人不同。

国师又说：将军可知那公主手上的三个镯子具有齐天之力？

伯颜犹疑：我在宫中也有耳目，据说那几个镯子随着公主的成年，越来越形迹诡秘。但说齐天之力，只怕是言过其实了。

新国师说：那是因为时候未到。据说那镯子几百年才出世一次，每次出世，都会搅得天下大乱。更何况那镯子出世后是要用鲜血慢慢滋养它的魔力的。

伯颜说：图兰朵公主的鲜血？

国师说：岂止，还有那皇城上的人头……

新国师看了一眼伯颜，说：当然，这要谢伯颜将军成全。

伯颜说：当初我拿到那三个镯子，只以为是平常之物。

新国师说：是啊，将军若是知晓底细，或许自己就戴上了。

伯颜开始有些厌恶与眼前这个人的对话，这个家伙毫不隐瞒他有能看穿别人的心思的本事，并且还喜欢大声说出来。

国师好像听到了伯颜的念头，却笑了，说：不用懊恼，戴与不戴，都是命定。

伯颜说：既然如此，我也直言不讳，那三个镯子与三个谜连在一起，而那三个谜与汗国的江山连在一起，假若真有人抢先破解了那镯子上的三个谜，本将决不能坐以待毙。

新国师说：将军为何没想过另外一种可能，在公主有生之年，无人能解开这三个谜？

新国师的话使得伯颜背后一阵通凉。若真是那样，他岂不是非常可笑。他一直在奔忙，他恐怕有人会赶到他前头。但他从未想过，或许这一切都毫无意义，因为这场角逐根本没有终点。谁都不可能跑在别人的前面。

伯颜说：那样会如何？

新国师说：无人知道。可惜，火镜破碎了。

新国师的话让伯颜陷入更多的惶惑当中。如果那样，按照这个阴阳人的说法，未来的图兰朵公主因三色镯神力齐天，大汗必定会将江山交到图兰朵公主手中，谁人能与她分享这江山？

新国师仿佛又听到了伯颜的念头，说：除非是那个能娶她为妻的人。一个神力能与之匹敌的人。

伯颜思索着说：那三色镯法力究竟到何等程度？

新国师说：三个镯子有三色，据说三色意味着世间三种人最渴望的东西，美貌，智慧和权力。先戴上哪一个颜色的镯子，此后遭际便会各自不同。这让人难以估量它们的法力。

伯颜说：既然三色镯法力无边，国师又怎能帮我？

新国师说：不是我帮你，是你帮你自己。

伯颜：国师可否明说？

新国师说：将军难道忘掉了那面火镜？

新国师提到了火镜，伯颜当然没有忘记，他记得阴阳人说过，那面火镜虽然破碎，还是有些用途的。

新国师说：将军想要的东西在下心里有数，但大汗不会将江山随意交出去的。与其临渊羡鱼，不如退而结网。

伯颜问：如何结网？

新国师说：将军是否听说过金刚不坏之身？

伯颜说：世上当真有吗？

国师说：信则有，不信则无。

伯颜第一次走入那个地方，他被那间石室里的阴森摆设吓住了。他还没来得及打量这地方的高低宽阔，第一眼便望到了迎面那几十个狰狞的人头。

伯颜说：他们是何人？

何人？国师嘻嘻地笑起来。国师的声音恢复了本色的阴柔，尖厉的尾音刮着石壁，在幽深的石室里回荡。

伯颜发现，当他们两人独处的时候，这个阴阳人会变得毫无顾忌。此刻，他从嘴里发出的声音有一种嘲弄的意味。他说：将军竟然认不出了？哦，难怪，自从他们到了这里，都露出了本相，人的本相并无差别。

伯颜被阴阳人弄得有些气愤，对着那些人头哗地拔出剑来：少给我装神弄鬼的。

阴阳人赶忙阻拦，说：将军千万对他们以礼相待。这些都是诸国的王子们，我给他们换了个更惬意的地方，免得在城楼上经受风吹雨打。当然，也是因为他们能为将军效力。

伯颜不禁有些口吃：王子？他们不是都回家乡了吗？

阴阳人说：那些流言将军也信？

伯颜不作声了。他突然意识到那些流言很可能就是这个阴阳人放出去的。然而当初，那些悬挂在皇城上的王子人头虽经风雨，但全都五官生动，并不凶恶，被这个阴阳人搬到这里，不知动了什么手脚，让他们面目变得如此狰狞可怖。

那阴阳人粲然一笑：将军是见过大阵仗的人，这几个人头骨不至于坏了将军的胃口吧。

伯颜问：弄他们来，有何用处？

阴阳人说：将军片刻便知晓。

说着，阴阳人领着伯颜往里面走。伯颜环视四下，只见石室的石壁挂着各色图案的神符。石室的中心有一眼泉眼，汩汩冒着晶莹的水花。泉眼边上堆积着些暗黑色的石头。

阴阳人把手伸向伯颜：将军，那火镜呢？

伯颜从怀中小心翼翼地掏出那面裂纹像蛛网四散的火镜。他这些天经常将火镜拿出来端详。这面镜子里曾经出现过的东西，伯颜已经看不到了。因为这面火镜出现得太晚，很多机会都曾在自己的手心中，但又不知不觉地让它们溜走了。伯颜不由得嫉恨那些拥有过火镜的人，他觉得他们偷走了本来可以属于自己的东西。眼下，这火镜若真的能助他炼成金刚不坏之身，那么，砸碎了它，倒也没有多可惜的。

阴阳人将那面破碎的火镜放在了泉眼上，镜子淹没在泉水中，泉水冉冉冒出热气，镜子在热气中渐渐熔化。面对泉眼，阴阳人将自己的双手伸向前方，喃喃有词。石室当中渐渐刮起了阴风。

伯颜察觉，那些阴风竟丝丝缕缕来自身旁的那些人头骨。片刻，室中的风呼啸着越来越大，石壁上的神符簌簌抖动，上面的图案长长短短地活动起来，飘离了衬底，像风中的草片，旋舞着飞向火镜的上方。泉眼中的泉水汹涌，瞬间四面都是汪洋。这时，半空中突然隐隐约约出现了一个身材高大的彩衣女子，女子脚下那泉眼口向下凹陷，变成了一口大锅，锅里徐徐冒出热气。

伯颜说：这是何人?

阴阳人说：补天的女娲。

伯颜当然是听说过女娲的，他马上想到了那个水神共工跟火神祝融打架的故事。阴阳人说：共工败后，怒撞不周山。女娲炼石补天，剩下的三块彩石变成了三色镯。

原来，这才是三色镯的真正来历。想到那三个镯子曾握在自己手中的感觉，一股酸楚冲到伯颜的喉咙，又撞回到胸口。

伯颜感慨：难怪说它们神力齐天，它们明明就是苍天的一部分。

阴阳人说：不仅如此，三色镯里还承载了共工残破的魂灵。嗜血而不甘罢休。

伯颜凝视着眼前的情景，那高大的女人若无其事地眺望着远方，慢慢从他们的眼前消失。神符纷纷飞回到石壁上，各自恢复了先前的图案。风声息止，石室内静谧如初。

伯颜说：这么多年，我听说过许许多多有关它的传说，可从无人提起它们与马尔维亚王室手中的三个镯子有关。

阴阳人说：只怕王室的人自己也不一定清楚它的本源。至于它们是如何到了马尔维亚王族的手里，就更是一个说不清的故事。

伯颜深深地躬身抱拳，说：国师奇人，令伯颜心悦诚服。望国师成全伯颜。

阴阳人说：将军见外，你我既然已走到这一步，只能同心同行，共荣共辱。

伯颜说：那是当然。

那一日是伯颜与那个阴阳人真正结成同盟的日子。那一日，伯颜充分见识到阴阳人的暴虐刁恶。他深信阴阳人有能力给他自己想要的东西。面对大把的希望，他在喜悦中又夹杂着暗暗担忧，当事情最终有眉目的时候，只怕那个阴阳人向他讨要的东西会超越他能够给予的。

阴阳人是个计划周全的人，一旦打算做事，未焚徙薪，未雨绸缪。伯颜发现，在自己第一次进入那个石室之前，阴阳人为这一切已经做了充分的筹划。伯颜捡起堆在泉眼边上的石头看，这些暗黑的石头表面粗糙，看不出任何特别之处。

伯颜说：大师就打算用它们给本将军炼出不坏之身？

别小看这些石头。阴阳人说：这里任何的一块小石子，都比我香料店里最昂贵的龙涎香还要珍稀，这堆石头可以买下半个大城。

伯颜莞尔：大师只怕是言过其实了。

阴阳人接过伯颜手中的石头用手掌擦了一擦，石头表面顿时变得细腻光滑，泛出五彩熠熠之光。阴阳人说：将军可知它们前生前世？它们都曾是天上的星辰，落入凡间变成这等模样。当年女娲补天，就是用它们炼出了五彩晶石。

伯颜见对方说得郑重，不得不信。他对阴阳人说：那些人头骨有何用途？

阴阳人说：将军一定能够看出这些头颅的变化。就算我们能借助这些石头炼出晶石，但这些晶石的性情过于平和。当今世上哪里去寻撞不周山的共工的魂灵？我思忖这些王子的头颅能够长年累月面容不腐，就是因为它们聚着怨气和冤气。所以，打算借它们试上一试。

伯颜听到这里，觉得阴阳人实在已经想得很周全了。他不由得说：一切全凭大师做主。

第六十章
罂粟花开

胡姬这些日子越来越迷恋起神仙汤了。每日清晨醒来，她一睁眼想起的事情就是那碗黑黢黢的汤水。她想起汤水的同时，觉得浑身的骨头酸痛无比，骨头缝隙里恍惚有无数的蚂蚁在穿梭。这让她迫不及待地爬起来，喊人：楠儿呢？快让她给我端汤来。

楠儿很尽心，那碗神仙汤总是早早备好，温热适中，瞬间就送达胡姬的房间里。胡姬迫不及待地端起碗，一口气将那碗汤甘甜地喝下去。随着那黑褐色的液体从喉咙滚落，流向腹部深处，聚集在骨节处的痛楚迅速地被驱散，消失在冥冥之中。胡姬渐渐感觉穿梭在自己骨头缝隙中的再不是那些咬噬她的蚁虫，是温暖的春风和清冽的泉水。

今日同样，胡姬喝下汤药，不禁心头充满喜悦，她感觉自己的魂灵正轻飘飘地从头顶冒出去，慵散地对着阳光伸个懒腰，牵住身边一个孩子的手——那是她幼年的弟弟肉肉的小手，走向花园。天蓝得刺眼，花儿香得醉人，蜜蜂扇动的翅膀，发出巨大的嗡鸣声。他们走进花园深处，看见两个英俊的男人站在那里，他们在亲热地对话，说着笑话，彼此拍着肩膀。胡姬认识他们，那两个人是自己的父亲和自己的叔父。但胡姬还是有些诧异，他们怎么会在这儿？他们不是已经死了吗？

他们死了吗？胡姬问自己的弟弟，自己的弟弟正仰起粉嫩的脸蛋笑眯眯看着自己。

胡姬突然觉得不对，自己的弟弟明明也早已死了。她吓得松开了手，这时她的魂灵倏地回到她的身子里，眼前的情景退得干干净净。胡姬愣愣地瞪着眼睛，又是一个白日梦。

喝了神仙汤之后，胡姬总是有各种各样的白日梦，而这些梦里的光景总是那样赏心悦目，其中的人与物却又大都是胡姬曾经企图忘却的。她疑惑地环顾自己的房间，看着雕花的木头柜子和桌椅，最后目光落在眼前这张样式奇特的床上。这张床的床脚是四只骆驼的蹄子，床的四面有四个立柱，雕着四只骆驼头。所以看过去，好像是四只骆驼抬着一张床。伯颜讨伐白骆驼国后，从西域拉回来些精美的家具，让府邸里的姬妾们任意挑选。胡姬只要了这张床，安置在自己的房间里。这张床带给了她许多熟悉感。在家具上装饰骆驼头曾是白骆驼国和黑骆驼国王族家具的标志。胡姬凝视着立柱上的骆驼头，自己近来总是看到许多过去的情景，是否就是与这张床有关？

贵人今日要出门？

胡姬听到有人问自己。看楠儿扁脸上呆滞的笑容，胡姬突然想起昨日自己的确吩咐下人们备好车马今日出门。过去胡姬总喜欢一个人轻盈而来，轻盈而去；但今日这次，她却盘算好了要坐马车。

胡姬说：是，我要去集市买东西。

楠儿说：集市好，圣楠要去。

胡姬说：你乖乖待在家里，我给你带油糕回来。

胡姬边说边站起来。她必须即刻起身。就算她依恋着这似梦非梦的舒适，但她知道自己时间不多。趁着自己清爽，她要抓紧时间出去一趟。摩诃替她约了一个人，摩诃说，那个人专程为你来到大城，姑娘一定要见见他。

胡姬说：此人来自何处？

摩诃道：姑娘放心，若不靠谱，绝不敢引荐给你。

摩诃没有告诉她那人是谁。但无论那个人是谁，都应当是可靠的。摩诃因为担忧胡姬的身子专门请来的大夫，定是杏林中的绝顶高手。

胡姬不认为自己真有什么大的不妥。自己一年连喷嚏都难得打，想生病，还不知道病在哪里呢。

但是，她得过去。她过去既是为了解除自己的疑心，也是为了打消众人的担心。胡姬过去一直是众人的主心骨。众人若开始为她担忧，那么人心就散了。

近来胡姬的确有些瘦了，吃东西没胃口，容易乏困。连最粗心的人，都看出了胡姬的不对头，她的精神支撑不了多一会儿，顶多一个时辰就会倦意袭来，无精打采。哪怕议论天塌的大事，都挡不住她睡意昏昏，哈欠连天。她知道自己的失态，她泪水蒙眬地竭力掩住嘴，人们异样的目光不由自主地在她身上徘徊。

摩诃已经好几次忧心忡忡地告诫胡姬：咱们的人在为你担心。

胡姬说：担心什么？

摩诃说：担心你的身子。

胡姬说：我没事，挺好的。

摩诃说：不仅仅这个，你气色很坏，看你瘦得，皮包骨头了。

胡姬听摩诃这样一说，不由得摸了摸自己的脸颊，原来丰满的两腮果然瘦了下去，再看自己手腕，曾经浑圆的手臂变得干瘪，两个圆圆的腕骨显得格外突出。

胡姬对摩诃说：别担心，只是近来清瘦了些。

摩诃固执地说：不是清瘦，请殿下回去好好照照镜子，这不像我们认识的公主殿下，这是个病人。

摩诃极少叫胡姬"公主殿下"。胡姬与他私下有约定，除非有一日他们能够复国归家，不然，还是忘却这个称呼，免得伤心。摩诃的郑重让胡姬心头一惊。镜子？胡姬意识到这一阵子自己很少照镜子。自从迷恋上神仙汤，胡姬已经不太在意自己的样子，因为她感觉自己挺好的，似乎比过去任何时候都好。

贵人越来越有神仙气了。楠儿每次伺候胡姬喝下神仙汤时都唠唠叨叨：圣楠眼里，贵人就是神仙。

楠儿说到自己，如果以"圣楠"自称时，一定是为了显示郑重。

胡姬笑问：神仙？你怎么知道神仙的模样？

楠儿说：就是贵人这个模样，不是凡人。

胡姬听了楠儿的话，觉得人虽然有些疯，但话却很受用。

楠儿对胡姬依恋无比，胡姬对她也越发信赖起来。胡姬每每从圣楠手中接过那神仙汤，都像接过了一日的好心情。所以，胡姬渐渐忽略了许多东西，包括那面以前自己百照不厌的镜子。

胡姬过去从不知天下竟有一碗汤水，便可忘却万千烦恼的事情。自从尝了神仙汤之后，胡姬很容易就把心头苦痛都交付给这碗汤水，沉浸在这碗汤水中，她觉得自己果真再不是凡人，身子轻得像根羽毛，飘飘欲仙。

胡姬没有意识到自己的不好，但忠心的摩诃看出了她的不好。一个漂亮女子，连镜子都忘却了，这该是多大的不好。

摩诃说：公主若是觉得身子不好，一定要寻可靠的人医治，切不可耽误。

胡姬说：好，让我想想。

胡姬将摩诃的话认真地思索一番。回到伯颜的府邸后，她让下人请来了专门给府里女眷们看病的大夫。

大夫望诊号脉后，问：胡姬姑娘有何不妥吗？

胡姬说：并无不妥，只是近日容易困乏。

大夫说：春三月，此谓发陈。天地俱佳，万物以荣。五脏同时生发，难免让人气血不足，觉得困倦乏力。

胡姬点点头。

大夫留下一张方子，离去。胡姬对着大夫的背影，将那个方子团在手里。

第二日，胡姬让人送了一枝杏花到自己常去的客栈。客栈老板见了杏花，包了一包杏花饼给胡姬送回来。

跑腿的人夸赞说：那客栈老板娘真是有心，见了姑娘的杏花，就知道姑娘想吃杏花饼了。

胡姬微笑不语，将那包杏花饼塞到了柜子中。她猜测此时那枝杏花已经由客栈伙计传到摩诃手中。摩诃会根据这枝杏花的意思为她去寻她要找的人。至于那包杏花饼，只是客栈老板娘临时起意，当然却是恰到好处。

胡姬第一次请府里熟悉的大夫看病只是试探，但这试探却试出了疑心。因为当那个大夫问她有何不妥的时候，她觉得那个大夫明明已经知道她如何不妥，而他后面的那番话仿佛早已备好，专门说给她听的。

胡姬去了集市。她告诉下人和马车夫，她要去集市看首饰。于是，马车直奔皇城下的集市。大城珠宝行的生意都掌握在波斯人手里，波斯人最好的珠宝首饰店都开在皇城下的集市里。胡姬带着人先后进了几家珠宝店。她十分有耐心地在镶嵌着红蓝宝石猫眼儿祖母绿的各类首饰中间挑挑选选，但最后什么也没有买，又走了出去。

胡姬身边的人弄不清胡姬的打算。胡姬从不缺珠宝，伯颜对自己女人十分慷慨。这些年四海征战讨伐，带回来的珠宝总是尽着胡姬挑选，胡姬得到的赏赐该可以自己开个珠宝店了，所以，他们想不出胡姬在寻找什么样的珠宝。

胡姬又到了一个珠宝店门口，她向里面探了探头，这个店格外狭窄局促。胡姬回头对自己的随从说：你们在这儿等吧。

随从们没有吭声，因为里面的确站不下。胡姬进去，店里坐着一个头发花白的老人，胖胖的身躯，穿着件波斯商人在大城常穿的那种丝绸宽松衣袍。那老人向她抬起脸来，外头的日光晃了老人的脸，他不由得举起手挡了挡，手腕上露出一串古玉色的念珠。

胡姬的眼睛不由得雪亮了一下。那店主却看着她显得若无其事。

胡姬压抑住自己的心跳，说：请问老伯，你店里有什么稀罕货色吗？

店主道：我这里的货色都是稀罕的。

胡姬说：不在乎价钱，挑那独一无二的让我看看。

于是，一件件的珠宝被摆放出来，有臂饰、腕饰、项饰、发饰和耳饰。胡姬一边看饰物，一边看老伯，欢颜如花。

店主问：贵人是想试哪一种？

胡姬说：烦劳老伯，胡姬都想试试。

于是，店主将一个猫眼戒指，递给胡姬。胡姬戴上后，举起手臂，端详了一下，摇摇头，又摘了下来，放在桌上。

店主又将一对蓝宝石耳坠递给胡姬，胡姬对着镜子照了照，摘了下来：老伯，你家东西看不出有多么出众。只怕你还有更好的藏着不肯示人。

店主慢慢靠近胡姬，将那戒指和耳坠小心翼翼地收到首饰盘中。他瞥到盘中的戒指和耳坠都变了颜色，本来蜜黄色的猫眼儿戒指变成暗褐色，而碧蓝色的宝石耳坠上出现了缕缕墨纹。

店主说：贵人果然挑剔，让老夫想想……

店主思索着走开了，胡姬听到了店主微弱的腹语声：姑娘，你中毒了。

胡姬一怔，声音有些颤抖：不可能。

为何不可能？

我买珠宝，一贯小心，免得受人愚弄。

毒物可防，人心防不胜防。

片刻后，胡姬说话：老伯，胡姬求你指点，听说你从不让人失望。

片刻那微弱的腹语又传到胡姬的耳中：解毒须知毒从

何来。

胡姬沉默了。对方即使不说这句话，她也能猜出事态的严重性。这老伯并非此地的波斯珠宝商人，更不是此店的店主，他的身份在任何地方都是神秘莫测。他若换下这身丝绸长衫，换上他那破旧的粗麻长袍，他就是个邋遢的西域游僧；就算你忽略他那褴褛的装扮，注意到他那智慧的眼神，也难以猜测到他竟是这些年世间传说的那个大名鼎鼎的"圣僧"，身心早已在三界之外了。

对胡姬而言，这人曾是胡姬的大恩人。

当年白骆驼国国王联手伯颜的大军践踏黑骆驼国国土的时候，就是这个胖游僧从狼奔豕突的乱兵中救出了胡姬，并在她的手中塞了一颗硕大的祖母绿宝石，这块宝石使得胡姬有机会踏上了前往大城的艰难旅途。后来，她又曾见过游僧一次。那时她刚刚来到伯颜的府邸不久，游僧的出现让她又惊又喜。

那一次，她问游僧：会在大城待多久？

游僧说：想来就来，想走就走。

她说眼下在大城要当心，伯颜不知什么原因，正派爪牙四处搜捕抓人。

游僧却笑说：你何不将我来大城的事情讲给他听。

于是游僧来到大城的消息立刻传到了伯颜的耳朵里。

转眼已经十多年过去，胡姬与游僧这次意外相见，自然喜出望外，但游僧直言"中毒"二字迎面打了胡姬一记闷棍。是谁下手？如何下手？以及为何下手？种种念头顿时抵消了胡姬心头的欢欣。

店主说：老夫这里还有一个镇店之宝，贵人不妨试试。

店主将一个露垂珠帘琥珀抹额的首饰放在胡姬的眼前。胡姬小心翼翼地捧起，这是一串殷红的琥珀，又称血珀。从小至大排列悬挂着一粒粒露水似的血珠，深邃耀眼，通体晶莹。最罕见的还是中间那颗顶大的血珀，当中活生生地立着一只美丽的飞蛾。胡姬知晓，这串琥珀抹额该是血珀中的极品了。

胡姬叹息：果然是好东西，老伯当真舍得出让给胡姬？

店主说：此物辟邪化煞，只要能保贵人平安就好。

胡姬心事重重地返回伯颜的府邸。这一来一去已经过了近两个时辰，胡姬坐在马车中只觉得气虚头重，困意阵阵袭来。她不停地打着哈欠，抱怨：怎么还不到家？

手下人只得催促马车夫：快点，快点，胡姬姑娘乏了。

马车飞奔起来，胡姬仍觉得耐不住马车里的那段路途，心里煎熬，光阴仿佛被延长了数倍，漫漫望不到尽头。终于听到马车夫"吁"的一声，车子停住。随从们忙招呼：到家了，到家了。

胡姬不等人搀扶，慌忙下车，脚一软差点跌在车前。

随从说：姑娘小心。

胡姬暗暗吃惊。为何从没有意识到自己变得这般不中用，那个身轻如燕的胡姬竟在众人面前几乎变成软脚蟹，岂不太丢人？但这个想法只在瞬间便被另外一个念头冲散，假若有了那碗神仙汤一切就不一样了。那碗汤会让人脱胎换骨，有了那碗汤，没有手脚也可以走路。她急切地需要找回那御风而飞的感觉。

胡姬挣脱了随从的手，快步穿过前厅，朝后花园的方向走去。她仿佛已经看到那满眼的绚丽，红黄蓝白的花朵在微风中摇曳。她仿佛已经闻到了那醉人的气息，那花香一直沿着人的毛发和皮肤钻进她的肉体。她无法让自己走稳，两腿磕磕绊绊，她正沿着自己的渴望和想象的小径奔走，在她的前方那碗褐色的汤水正向她招手。于是，她烦躁地说：快传楠儿，让她给我备汤。

那个随从的眼神充满惧怕，诺诺两声，转身就跑。胡姬不由得意识到自己声音里的尖厉，这种声音不要说下人们，连自己听起来都感到陌生。她知道今日的自己的确有些反常。没关系，只要喝下了那碗神仙汤，一切都会好了。只要喝下了那碗神仙汤，她就可以慢慢思量今日的事情。

胡姬走进自己的住处，一眼望到那碗汤已经放在小桌上等待自己。胡姬急不可耐地端起汤碗，汤水如同往日一般温热适当。胡姬张开饥渴的嘴唇将碗中的汤水一饮而尽。当那些汤水滑过胡姬的喉咙的时候，她的耳边突然传来刺耳的嗡鸣声。她的视线不禁挑起，瞥到自己的眉间，只见琥珀抹额当中最大的那颗赤红的露珠显得鲜血淋漓，血珀中的蛾子正在疯狂地扇动翅膀。

胡姬的身体僵硬住。

你若见到了蛾子扇动翅膀，那就是说，它找到毒物的来源了。

这是胡姬离开那间首饰店时，游僧用腹语轻轻说出的告别语。

第六十一章
月圆之夜

阿里王子与卡拉夫及柳儿的重逢是有些悲喜交加的。

阿里盯着卡拉夫皇家侍卫的打扮说：蓝眼睛，你这身装束，不敢认了。

卡拉夫说：你看你的装束……

柳儿快人快语截过话说：穿金戴银的，才叫人不敢认。

阿里说：柳儿姑娘可是把我认成穿金戴银的肥羊了？

铁头等人捂着嘴，笑得咪咪的。

阿里说：真不够朋友，我头一眼就认出柳儿姑娘了……

阿里话没有说完，哑巴那边就"啊啊"地大声叫唤起来。从一开始哑巴就站在阿里身边，瞪着铃铛似的眼球看着这几个突然冒出来的可疑人。特别是那个俊俏的小丫头，不仅与他的主人拍拍打打，还说说笑笑，这让哑巴突然警觉起来。他的手在肚皮上一阵乱摸。显然，他不仅仅认出了柳儿，还想起了那袋失踪的金沙。

柳儿眨巴着眼睛：你怎么啦？肚子疼啊？

铁头坏笑：这么大个子，肚子疼忍忍吧。

哑巴气得脸色通红。卡拉夫将手中的匕首递给阿里：好匕首，喜欢它的人一定不少，看住它。

阿里将匕首插回腰间，说：是我大意了。

卡拉夫话里有话地说：如今的大城跟前些年不太一样了，你要留心。

阿里说：看来，一个陌生人很难在这儿不遇上麻烦。

柳儿不高兴地瞪卡拉夫一眼：别听他的。

铁头却忽然想起来什么，说：蓝眼睛说得不错，大城里近来总丢孩子呢。都是那些脸蛋儿长得特别水灵的小孩子。

阿里不由摸摸自己长着黑森森胡须的脸。

柳儿说：有我们在，你尽管闭着眼走路，没人敢动你。

铁头忙说：可不是，有柳儿姑娘、蓝眼睛和我在，大城没人敢动你。

阿里笑了：好，今晚上我正想在大城里逛逛……

哑巴连连点头。

阿里接下来却说：哑巴，你不用跟着我了。

哑巴委屈地看着自己的主人，摊开两手。

铁头拍拍哑巴簸箕似的大手，说：要不，你跟我去治治肚子疼？

话音刚落，哑巴的手突然攥紧，铁头的手骨在哑巴的掌心发出稀里哗啦的声响，铁头"哎哟哎哟"地跳了起来。

柳儿想起什么，低声问阿里：刚才你说，第一眼你就认出我了，吹牛吧？

阿里说：真话。

柳儿不信：那么多年，你怎会还记得我？

阿里说：因为玉兰花。因为我们那里没有玉兰花。还因为你用玉兰花做甜糕真的好吃。

柳儿欢喜：你来的季节正好，玉兰花又开了。

月亮升起的时候带着大大的月晕，城里的风声变得猖獗。卡拉夫当夜并不轮值，但他还是去了焰火作坊。傍晚时分，他曾与焰火大师见了一面，因此有了个让他按捺不住的想法，他心痒手也痒，即刻就要试试。

卡拉夫依旧是在那个茶馆里见到的大师。大师坐在那儿一边喝茶，一边用手捶腰，大师腰上的金链子过于沉重，无论走着坐着还是躺着，都像背着一座大山。所以大师总是腰疼，而且这些年腰疾越来越厉害。这疼痛让大师走路不得不驼起背，显得年纪老了一大截。

卡拉夫曾问过那些皇家侍卫的同伴。为何不能偶尔解开链子，让大师舒坦一下。他们说不可能。他们告诉他，那链子上面有金锁，而那金锁永远不可能打开。

卡拉夫疑惑，难道金锁没有钥匙？

当然有钥匙。对方说，但拿钥匙的是大汗，而大汗是打算将焰火大师和焰火作为公主的陪嫁一起送给自己未来的女婿的。所以就算公主有一日出嫁，钥匙也会转交到驸马爷的手里。而眼下，未来的佳婿还不知在何方，所以焰火大师只好熬着了。

看守大师的两个皇家侍卫见到卡拉夫，顿时笑逐颜开。他们每日两班，无论大师吃饭洗浴上茅厕都要寸步不离地跟随，而卡拉夫的出现是让他们抽空子给自己放放风的好机会。

两个皇家侍卫瞬间消失了。卡拉夫坐在了大师身边。自从卡拉夫做了皇家侍卫，大师与他见面再也不用偷偷摸摸。两个人说话，也不用那么遮遮掩掩。

卡拉夫伸手将那根金链子用力扯起，小心地放在条凳的一侧。卡拉夫低声说：我把这把金锁锁头的样子拿给人看了。

他们说，应当有办法。

大师知道卡拉夫说的是什么，卡拉夫一直在为那根锁住大师的金链子操心。

前些日子，卡拉夫曾与柳儿一同来到茶馆。卡拉夫与大师闲聊，柳儿却一直将那金锁把在手里端详来端详去。第二日，柳儿拿了一把胶泥做的锁头放在卡拉夫面前。

卡拉夫定睛看去，竟将大师身上的那把金锁仿作得惟妙惟肖。

卡拉夫看着泥锁说：还真像，不过你仿得了锁壳，仿不了锁芯锁梁啊。

谁都知道锁头上锁，靠的是将锁芯与锁梁插入锁壳，簧片撑开，抵住锁壳内壁；而开锁是将钥匙插入锁中，挤压钳制撑开的簧片使其合拢，从而将锁梁和锁芯顶开，锁具方可开启。假若不知锁芯锁梁的模样，锁头做得再漂亮，也无用处。

柳儿撇撇嘴：不就是八道簧片吗，有什么了不起。

八道簧片？卡拉夫以为自己耳朵听错。往常的锁都不过两三道簧片，八道簧片闻所未闻。更何况锁芯锁梁都在锁壳里，柳儿怎能看出是八道簧片呢？

卡拉夫说：你是真有数还是乱猜？

柳儿嘻嘻哈哈：我是谁啊？大名鼎鼎周师傅的闺女，周柳儿，我用得着乱猜吗？

卡拉夫对柳儿的话半信半疑。

柳儿虽然对着卡拉夫把话说得极轻巧，但前一日在茶馆，柳儿可是急出了一身冷汗。这是一把皇家御用的双龙戏珠纹镏金锁，柳儿第一眼就被双龙中间嵌的那颗火珠抓牢了。那是个硕大的红宝石，光这东西就很值钱的。不过锁的优劣不在贵重，而在是否能束缚住没有钥匙的人。

柳儿上手用指尖一敲，锁中内音传到耳内，她不由得蒙了。

世人皆知上锁开锁全靠锁中那几条长短错落的簧片控制。这些年柳儿学过许多杂七杂八的招数，其中最高妙的就是听锁，即听出一把锁中簧片的长短和位置。柳儿有听锁的天赋，敲击锁头，锁芯振动，那些簧片一唱三叹。听多了，在柳儿耳中如同烂熟的曲调，只要弹拨，即刻回荡于心。从道理上讲，锁芯上的簧片越多越安全，但柳儿这辈子也没遇上超过四道簧片以上的锁，每多一道簧片，由于长短位置的错落，听到的音律便迥然不同。

她还记得那个传授给她听锁绝技的人曾警告说，天外有天，山外有山。这把锁是皇家御用，天当然是皇家的天，山当然是皇家的山。但就算如此，也不该簧片多到让柳儿听了惊骇的地步。

自己竟然碰上了一把世上从未听说过的金锁，这顿时激起了柳儿的好胜之心。她战战兢兢用指头轻弹重拨，用嘴嘘嘘吹气，用耳朵凝神屏气倾听。她渐渐在杂乱的音调里听出一些规律，她判断这些簧片不仅长短不一，而且双层排列，共有四排，这是一把八簧锁。

这样开一把锁需要的就是多把钥匙。她再仔细端详锁头上的钥匙孔，那是个"寿"字的开口形状，就算是你有钥匙，位置若插得不对，也打不开。

真是一把万年难见的好锁，大汗用这样一把锁来锁焰火大师，可见得他对焰火大师的忌惮和重视。柳儿不禁对这把锁爱不释手，瞪大眼睛将锁上的每一个纹路都印在了脑子里。

卡拉夫道：你可有把握打开？

柳儿说：你以为我是神仙啊？

见卡拉夫略显失望，柳儿忙说宽心话：我虽不是神仙，但神仙归我管。世上有打不开的人心，但绝对没有打不开的锁。给我半月工夫……

柳儿的话让卡拉夫放心了。他明了柳儿和大城里那些"高人"的交情。

大师叹口气说：就算能打开，又如何？没有大汗旨意，打开就是死。锁着，虽不舒服，但还死得慢些。

卡拉夫说：大师不妨换个想法。若有办法打开此锁，大师的命是自己的；若没有办法打开此锁，大师的命就永远是别人的。

大师想了想，微笑：好，那我就等着命拿到自己手里的那天。那一日若真的来了，我该怎样谢你？

卡拉夫说：此话蓝眼睛当真承受不起。大师传授给我的东西，已经让我终身受益。

大师说：你我虽无师徒之名，却有师徒之实。有朝一日你定会超过我。

卡拉夫说：能学到大师的皮毛，足矣。

大师感叹：老话说学无涯。知道吗，我做了一辈子焰火，仍有一心愿未了，总是有些不甘。

卡拉夫说：大师请说。

大师说：你可听说过凤凰鸟？

卡拉夫点点头：我师父跟我讲过，那是百鸟之王。五百年一轮回。雄曰凤，雌曰凰。

大师说：你知为什么它们每隔五百年一轮回吗？

卡拉夫摇头。

大师说：人间太多情仇，太多苦楚。凤凰鸟慈悲，可怜众生，问长生天如何解救芸芸众生。长生天说，只有背负着所有痛苦和恩怨，投身于大火中自焚，人间自然祥和了。于是，凤凰鸟真的用自己的性命去换取众生幸福。长生天看了不忍，让火神帮着凤凰在火中重生。

卡拉夫不由得听愣。

大师感叹：我虽已老，但总想着能用焰火做出的最稀罕的东西，莫过于从火中飞出的五彩凤凰了。

卡拉夫说：大师已经做出了盘龙焰火。做五彩凤凰该也不难。

大师摇头：不不，它们是吉祥神鸟，不仅仅难在形上，更难在神气上。比当年我做盘龙难得多啊。

大师的话让卡拉夫的心头唰地闪过了一道光，照亮了他曾经的记忆。他想起了那紫藤摇曳的花园，想起了那个美丽的女孩子说的话：等你做一只世间最漂亮的鸟给我看。

世间最漂亮的鸟儿。他曾琢磨，哪种鸟儿是世间最漂亮的鸟儿。现在他知道了，原来是这样，原来公主等待的是这种神鸟。这些年，卡拉夫一直在尝试着用焰火做出各种各样的鸟来，但从来没有满意过。那些焰火中飞出的鸟尽管漂亮，但卡拉夫总觉得那并不是公主要的样子。是了，公主说的一定是这种神鸟，这种五百年轮回一次的吉祥神鸟。

五百年轮回一次的鸟，经受了何等痛苦才能得以重生。承载着人间种种不幸飞入熊熊大火，在金色的火焰中其羽更丰，其音更清，新的美好生命就此诞生。

卡拉夫胸口怦怦跳着，他顿时觉得自己必须马上回到焰火作坊中去。他已经看到了那对吉祥神鸟的模样。

当大城风声大作的时候，皇城里树木都发出了呻吟声。皇城是在大城的最高处，狂躁的夜风如同野兽的利爪，撕扯着巡夜侍卫们的衣襟；推搡着他们的身体，让他们行进艰难，站立不稳。这种日子是巡夜的侍卫们最煎熬的日子，他们心中咒骂着，缩着肩头，半闭着眼睛在黑暗中跌跌撞撞地走着，巴不得用最快的速度，选择最短的巡查线路，完成他们的例行公事。但今天晚上不行。今天晚上由海长春少将军亲自带班，他们不得不强打精神，瞪圆眼睛。

海长春是鹰隼军的首领，那是训雕熬鹰的高手，平日只对鹞鹰游隼亲近。今日突然来到皇城带班，他开口对巡夜的侍卫们讲话，仿佛是面对一群没长翅膀的飞禽，自然让众人面无人色。

海长春黑着面孔对大家说：今晚上都给我警醒着点，偷懒耍滑的，明日给我到鹰棚里去。

谁都知道少将军不是个好相处的人，"人情世故"这四个字好像根本没听说过。此刻再粗疏的人也不敢拿自己的脑袋打趣，所以众人听少将军训话，连汗毛都顺顺地趴着，不敢乱动。

前些年，海长春曾做过大汗身边的殿前侍卫，当值巡夜皇城是例行公事。但自从伯颜把鹰隼军交到他手中后，他大多时间都在鹰隼军的大营当中。每次回大城都来去匆匆，更不要说进皇城了。

伯颜的传唤十分仓促，今日当海长春纵马赶回大城，已经临近黄昏。叔父见到他没有多解释，只是说：今夜有人要到皇城中生事。你曾做过大汗的殿前侍卫，那里面情形你最熟，由你带人巡夜，千万小心。

海长春说声"是"。海长春在纵马飞奔的时候，已经猜测是桩大事。此刻他从叔父的语气当中听出实情可能比自己想象的还要棘手。在皇城里生事？这是谋反啊。但叔父既不告知自己谁要生事，又不点名谁要谋反，这如何去防范？他看着伯颜的眼睛，没有多问。那双眼睛里有一些他看不懂的东西。

伯颜说：你不是对公主有心思吗？大汗和公主都在皇城里，今夜就看你的了。

海长春心头的血一下子都扑到脸上，这句话说得他浑身热乎乎的。叔父想帮自己，叔父自然都是好意。

海长春首先想到的是将巡夜的侍卫兵分几路，皇城的所有小径路口都有人马把守，再在大汗及图兰朵公主寝宫的树后假山阴暗处布满侍卫。全部兵士都以口令交接，每半个时辰换一次口令。值更巡夜的侍卫只认口令，不认人。这是一张坚固的大网，相互守望，人声呼应。海长春相信若真有歹徒敢闯这张网，定让他插翅难飞。

临近半夜，远处传来了钟声，已经是子时了。

海长春带着巡夜的侍卫又一次走到图兰朵公主的后花园小径上。他算过了自己的脚步，从大汗的寝宫到图兰朵公主的寝宫，间隔约一千四百步，沿后花园的蜿蜒小径巡视公主寝宫和花楼殿一周，约两千步，沿长廊绕大汗寝宫一周，约一千七百步。所以，每个时辰，海长春可带着下属至少两次经过公主的窗扉。

随着脚步的迈近，海长春有一种难以名状的激动。海长春在守护大汗和公主。大汗和公主正依赖于自己。他们的尊贵安乐都把握在自己的手中。

想到这些，海长春仰起头，翘望公主的寝宫。寝宫台阶很高，窗棂紧闭，门扉里漆黑一片，并无烛光透出。尽管海长春的目力在大城数一数二，尽管在黑夜里，他也能看清蚊蝇的身影，但他仍无法看到门扉中的情景。

公主已经歇息了吗？假若公主没有歇息，她会留意窗外的黑夜吗？她会想到黑夜中有人在为她彻夜不眠，她会知晓在皇城侍卫中间有一个叫海长春的将士吗？

海长春想起曾经的那个月圆之夜，想起那个叫蓝眼睛的色目人。

他已经有一阵子没有看到那个蓝眼睛。他没有看到他并不意味着他忘却了他。只要他想起他，几年前的情景顿时历历在目。他仿佛见到了那把宝剑，听到了清亮的月光下那个色目人绝望的喊声。那把宝剑分明划开了公主与那个色目人的界限，让那个色目人无望。说起来，那个色目人运气并不比别人好。尽管如此，海长春还是无法对他释怀。

走着走着，海长春突然心中一凛。他止住脚步，将手一摆，跟随他的侍卫们也都一动不动地站住。海长春凝神倾听，风声带过来的是另外一队巡夜侍卫的脚步声。海长春熟悉这些侍卫的脚步，皇城侍卫穿的都是千层底的云头靴，而刚才让自己侧耳的明明是一双旱靴的皮底摩擦石子小径的声响。

望月当头，风声仿佛渐渐小了。此刻海长春无论怎样凝神屏气，那个异样的声响再没有出现。

海长春迟疑着，难道是自己将风吹落叶敲打路面石子的声响错听成人声？他正迟疑着要不要继续前行，突然望到寝宫的窗扉内有人影飘过。海长春想看得更清晰一点，但那个人影已经消失。他愣站在那儿，知道绝对不是自己的幻觉，唯一不能确定的是，那个人影是不是图兰朵公主。

这一刻，海长春脚下的土地变得有些虚浮，眼前一切都随风而去，连天上的月亮都隐匿了。他死死盯着那面侧窗。假若那是图兰朵公主，下一刻她会不会走回来？如果走回来，她会不会伫立片刻，甚至打开窗扉，向外眺望呢？

海长春期待着，喉头热灼无比。他突然感到焦虑和痛苦，一动不敢动，唯恐自己任何一点细微声息破坏了他美好的想象。但他又渴望自己有所动作，哪怕是往前挪动一小步，那样，他可以更接近寝宫里的那个人。

谁?!

就在海长春如饥似渴地凝视着寝宫的那一刻，他眼角的余光却望到一个人无声地蹿到了寝宫前的一棵槐树背后。瞬间，花园中炸响了一声呵斥，连海长春都几乎不相信这喊声是自己发出的。众人恍惚看见一只鹰隼从海长春的身体里飞了出去，直扑大树下的那个黑影。

跟在海长春身后的侍卫们纷纷抽出刀剑，向图兰朵公主的寝宫奔去。

海长春落到大树前的瞬间，一个皇家侍卫踉跄地撞到他的面前，将他的身体挡了一挡。然而他的剑刃已经削下无数槐叶和一块树皮。诡异的是，剑走空风，既无兵器抵挡，也无鲜血淋漓。他是第一个来到那棵槐树前的人，那个皇家侍卫是第二个，他无法相信的是，就在自己抵达的霎时，那个黑影已不着痕迹地消失了。

这时，埋伏在远近路口和四下幽暗处的侍卫们也都现身，小径上一片嘈杂，火把燃起，人声鼎沸。将海长春和那棵树围了起来。海长春茫然地将那棵树上上下下打量了几次。这是一棵极大的金枝槐，树干粗壮，树冠茂密，尽管如此，他仍确定这棵树的树冠上没有藏人的可能性。

海长春说：搜，给我搜，别让他跑了。

侍卫们应声向四下跑去。海长春愣愣地立在那里，直觉告诉他，那个人如同夜风，眼睁睁地从自己利爪的缝隙间逃逸了。

海长春抬头再望那台阶上的寝宫，门窗紧闭，无声无息。

第六十二章
夜色朦胧

一个时辰前，卡拉夫还坐在焰火作坊里的那个石头台子前忙碌。

作坊中寂静无人。他特意制作的小小的萤火灯闪着微弱的光亮，照耀着这个不大的石头台面。

当初，焰火大师听说卡拉夫成为看守焰火作坊的皇家侍卫后，说了一句话：你这小子行啊，暗偷不如明抢。

焰火大师帮卡拉夫在这作坊最下端的角落里找了一个石头台子。大师说：这里归你了。

卡拉夫乐不可支。

大师说：你乐什么？你只是个焰火作坊看门的。这作坊里的每个人都比你懂得多。慢慢跟着大家学吧。就算是瞎子摸象，也有用。

于是，只要不在当值的时候，卡拉夫就来给工匠师傅们打下手，推碾子，搬罐子，装火药。这里的每个人都是焰火秘密的一部分，有的善显色，有的善绘形，有的善拟声，但全部的秘密仅仅存藏于焰火大师的心中。卡拉夫在这过程中慢慢领悟了大师那番话的含意，一头象再大，也少不得耳朵鼻子脑袋和尾巴。

卡拉夫在石头台子边已经不知待了多久。他小心地将一小撮一小撮深浅不一的粉末放在台子上，然后，用火石点燃，转眼流光溢彩，熠熠耀眼。这些粉末极其贵重，大都来自四海之外，它们原本是深山中的宝藏，皇家焰火作坊高价采买了这些石头，运到这里，用特制的炉子一点点冶炼出来，再将冶炼出的石精碾成粉末。由于原料贵重，各个工匠领到的研制焰火材料的重量，都是按人头用称珍珠玛瑙的小秤按钱称量，并有精细登记。

好在猫有猫路，鼠又鼠道，卡拉夫勤勤恳恳每日清洁作坊，寻觅边边角角，将那些石磨、木桶、磅秤上粘着的粉末一丝丝地扫下来，积少成多，倒也有了一点私房本钱。别人放出的焰火，星星点点的光亮都是皇家的金银；他放出的焰火，闪闪烁烁的色彩都是他自己的汗珠子。学做焰火这些年，卡拉夫已经掌握了很多焰火的诀窍，无论鸟兽花鱼，他都能弄得惟妙惟肖，栩栩欲活。但图兰朵公主要的那种鸟，那种从火中飞出的神鸟岂是平常鸟兽花鱼可比拟的。

卡拉夫在自己的台子前，想象着那火中凤凰的样子。他先在纸头上画着，边画边试着颜色和光亮。他一点点揣摩着，心里悄悄地问，公主，你眼中的神鸟的模样是这样的吗？他有些遗憾，当年，若多问一声公主就好了。不知为什么，他眼前看到的凤凰神鸟突然与公主的模样有些相像，难以描绘的高贵，无人能比拟的美丽和痛苦。

卡拉夫想着，手指一抖，粉末撒出来，落到衣襟。他忙起身，将衣服上褐红色的粉末珍爱地轻轻掸回到台子上。他的手在衣襟上，眼睛却望到了腰间的那块柳儿给自己的玉璧。自打柳儿将这块玉璧给了卡拉夫后，她的目光就经常会徘徊在卡拉夫的身上，寻不到玉璧便会寻卡拉夫的不是。卡拉夫怕她纠缠，干脆将玉璧天天挂在腰间，这也让柳儿脸上多了些笑模样。

此刻，只见那玉璧出奇地圆润，闪着月光般幽幽的暗光，卡拉夫不由得愣住。他算了算今天的日子，该是十五；再估摸时辰，是望月当头的时分了。

卡拉夫的胸口撞了几下，觉得不安且不祥。他匆匆将石头台子上的东西归置了一下。因为他好像听到一个声音在催促自己，今夜，你应当在那里。

当卡拉夫拨开紫藤的枝蔓，从树洞里露出身子的时候，他首先望到的是一轮圆月。今日的月亮在狂风中比往日显得大了许多，大得像个窗子，能隐约看到那里面影影绰绰的动静，显得鬼影森森。这种月亮是要害人的。卡拉夫想着，悄悄从树洞中出来。这些年他长高长大，这棵老树的树洞显得比过去狭小了些，但仍能让卡拉夫出入自由。

卡拉夫刚刚往图兰朵公主的寝宫方向走了不多几步，倏然站住。凭直觉，他嗅到了围猎的味道，今夜这里埋伏了许多人。直觉，这些年师父周大传授给他的本事当中，最玄妙的大约就是直觉了。

师父说：呼啸山林，不是因为你比其他飞鸟走兽更凶猛。而是因为你知道它们在哪儿，以及它们正在做什么。

有人在这里布下了罗网，他们要捕谁？卡拉夫用目光扫过草丛和山石，他从那些地方看到了蛛丝马迹。接着他听到了轻捷的脚步声和低声对话声。这是几队巡夜的皇家侍卫，核对口令后交错而过。身为皇家侍卫中的一员，卡拉夫明了皇城应有的戒备森严，但今日这种如临大敌的情形过于异常，只能证明今日必定要出事情。

卡拉夫犹疑起来，他本可以神不知鬼不觉地退回到树洞，原路离去，但他仍想知道这些埋伏到底打算对付何人。

卡拉夫将目光投到更远的地方，他望到了公主寝宫，望到了寝宫镂空雕花的门窗。卡拉夫突然一阵心悸，那是从记忆深处揪住的熟悉，他记起了门扉缝隙中一段白惨惨的锦片。图兰朵公主，你在那儿吗？

卡拉夫想象着有一个人影正缓缓走到窗扉前，慢慢地推开窗户。图兰朵公主绝美的面孔在月光下显得苍白如玉。她神色痛苦地仰起脸，遥望着天上阴森森的圆月，一簇强光从她的手腕射出，直刺卡拉夫的眼睛。

就是因为那三个镯子作怪，公主才吃了那么些年的苦头。大城里已经有了传言，说那三个镯子是报应，是对大汗和汗国的诅咒。汗国杀人杀得太多了，报应落到大汗的心头肉的身上……当然这种话仅限于酒友们酩酊大醉后的胡话，若是要传到官家耳朵里，定是要割舌头的。

无论这话是否荒唐，卡拉夫每每与公主相遇，那镯子都莫名地让他不安。这镯子并不能真正伤害他，但这镯子一直在伤害他的公主。他记起几年前看到三色镯作怪的情形，异常艳丽的血红色，像蛇蟒蠕动着紧紧地勒住图兰朵公主的手腕。卡拉夫从那镯子上看到妖魔的狰狞。这月圆，这风声，这公主的苦楚，种种异象都与这妖孽的镯子有关。他恨它们，恨不能将它们碾成齑粉。

卡拉夫想着，觉得身边的树丛在风中全变成野兽张牙舞爪，树影投在地上是一个个鬼怪的倒影。这时，一个黑衣人突然从假山边闪过，极快地掩在离卡拉夫不远的一棵大槐树的阴影下。

只听得花园中炸雷般地响起喊声：谁！

皇宫花园内的静寂被打破了，夜鸟惊飞，远近巡查的侍卫们持着火把向这里跑过来。高声的喊叫和混乱的脚步夹杂着兵器相撞的声音。原来他们等待的是这个人！

月光投在那黑衣人冷峻的脸上，他倏地掏出一把匕首。而卡拉夫已经本能地一步蹿到那人的眼前。就在卡拉夫竭力分辨敌友的刹那间，他突然看到那匕首眼熟，一把攥住了对方的手腕：阿里王子？！

那黑衣人愣住。月光下他瞥见了卡拉夫的面孔。卡拉夫不再多话，扯住黑衣人便往紫藤花缠绕的树洞飞奔。他感觉脚步刚起，脑后便有凌厉剑风削来。而当他们的身体将将掩进紫藤花影中时，数丈外的那棵大树已经被人团团围住，一片嘈杂混乱。

卡拉夫引着阿里从暗道里走出来的时候，月已偏西。

他们站在夜风中。这里是一道山涧的出口，在暗道中跌跌撞撞疾跑，两个人的衣衫既有汗又有水，夜风吹过，只觉阵阵寒战。卡拉夫到避风处拾了些干草和树枝，用怀里的火石燃起一堆篝火。两个人靠着崖边坐下，心定了，觉得可以说一会子话。

你怎会知道这里有一条路？阿里望着篝火问。

偶尔发现的。卡拉夫说。

好巧。阿里说。

是啊，好巧。卡拉夫回答。

当年，卡拉夫和柳儿曾沿着焰火作坊的暗道误打误撞进入皇城后花园，从那次之后卡拉夫就一直猜测那条暗道的由来，是长生天神工鬼斧，还是有人故意而为？这么多年一直废弃在那里，竟然从未被人发现？

他问过阿西和阿东：过去这地方，这花楼殿，谁来过？

谁来过？阿西和阿东相互看看。

我说的是在公主常来这里之前。

大汗啊。

还有谁？

还有谁，阿西和阿东的眼中有了朦胧泪光，只有一个人，公主的娘亲。

卡拉夫听说过公主的娘亲的故事。在大城关于公主的娘亲故事很多。有人说她是个鲤鱼精，有人说她是桃花精，也有人说她是个狐狸精，总之都说那是个精灵般的女子，在花楼殿生下图兰朵公主之后，便消失得无影无踪。有人说，是长生天召她去了天界；也有人说，公主出生，公主的娘亲消失了，因为公主就是她娘亲的再生再世。但无论哪种说法，那条通往焰火作坊的暗道与公主的娘亲会有什么关系吗？

卡拉夫又问：大汗和公主的娘亲爱看焰火吗？

爱看。

岂止爱看，是爱死了。

提起焰火，泪水珠子从阿西和阿东朦胧的眼睛里滚落：公主的娘亲最爱焰火。知道大汗说什么吗？大城里两样东西最美，天上的焰火，公主的娘亲。

卡拉夫觉得这话说得不错。如今大城里仍有两样东西最美，天上的焰火和图兰朵公主。但这仍然无法证明这条通往焰火作坊的暗道与图兰朵的娘亲有关。

于是，卡拉夫每一次走入这条暗道，都仿佛在尝试寻找这条暗道的缘起，他想象着那个消失了的美丽的女子，感觉每次都是一个新的故事，一个新的开端。

柳儿警告他：别以为你每次都能那么走运。

卡拉夫说：没关系，我当心。

柳儿鼻子哼了一声：告诉你一句老话，常在河边走，没有不湿鞋的。

柳儿的话让卡拉夫的心动了动。师父教过他，没有退路的进路，都是死路。于是，卡拉夫又开始在磨盘山里转来转去，树洞，石缝，山崖，他都试探过，但没有一条路能走通。卡拉夫回忆起焰火作坊中有好几条暗河，于是他开始在磨盘山上寻找各种水源。终于，他发现了这道小溪，并沿着曲曲弯弯的溪水走进了磨盘山中的主暗河。从此，他向左可去往焰火作坊，向右可通向公主后花园。走这条新路，虽然要湿鞋，但很安全。

你怎么会在那里？卡拉夫问。

晚上出来闲逛，走错路了。阿里说。

这自然不是实话，再走错路，也不会走到皇城的后花园去，更不会走近图兰朵公主的寝宫。何况阿里王子是来向公主求亲的，他完全可以堂堂正正地走进皇城，用不着这身夜行人的打扮。

卡拉夫望了望阿里，却没有将自己心里的话说出来。卡拉夫说：大城太大，你还是不要乱走，免得迷路。

阿里说：柳儿说，你比任何人都熟悉大城。早知道这样，应当让你给我带路。

卡拉夫说：你想要的东西，想去的地方，告诉我就行。

阿里感叹：我是来求亲的，拥有的时间不多，我没什么选择。

卡拉夫说：我知道了。记得那年你来大城说过，要看一眼大城的焰火……

阿里打断说：那是小孩子家说的傻话，你还当真。

卡拉夫有些扫兴，转念又说：不要紧，焰火是公主的陪嫁。你若解谜成功，焰火就是你的了。

阿里说：你真以为我能解谜成功？

卡拉夫说：为什么不能？

阿里微微一笑，说：那好吧，跟我说说你们的公主。

卡拉夫说：她一出生就没有母亲。

阿里说：这个世界的孤儿多得很。你不也是跟着你师父长大的吗？

卡拉夫说：她的兄长都死在战场上了。

阿里说：皇城城楼上曾经挂满了那么多人头，他们也都是别人的兄长。

卡拉夫说：她很孤独……

阿里盯了卡拉夫一眼，说：这不是她脾气坏的理由吧？

卡拉夫说：你不明白，你不曾有过被囚禁在黑暗中的经历，她比世上任何人都痛苦。

阿里打量卡拉夫说：痛苦？我的兄弟，你跟许多人一样，被她的漂亮迷住了眼睛。那么多人都因为她而丧命，他们的家人不比她痛苦吗？

卡拉夫说：你不该责怪公主，害人的是那三个镯子。她被诅咒了，这不是她的错。

阿里说：她是镯子的主人，她理应为此承受痛苦。

卡拉夫说：我刚刚听说一个故事。有种美丽的神鸟，看到人间有太多的苦难，它独自承载着所有不幸飞入大火之中去解救众生。

阿里微笑，说：我小时候也听说过一个故事，跟你的故事有些出入，那飞入火中的不是神鸟，那是愚蠢的蛾子。

卡拉夫说：你从来没有说过你倾心于公主，你却来大城求亲。不就是为了解救公主，解救百姓吗？

阿里说：是啊，也许我就是那只愚蠢的蛾子。若论真心，在我眼中，你妹妹柳儿都比那个公主可爱得多。

卡拉夫迟疑了一下，说：你喜欢柳儿？

阿里说：那么一个好女孩子，除非眼瞎。

卡拉夫愣愣地看着阿里：你喜欢柳儿！

阿里笑笑：喜欢啊。

卡拉夫说：我是说既然你喜欢柳儿，干吗不告诉她？

阿里说：我不会告诉她。我是大模国来求亲的王子，喜欢上别的姑娘便是害她。我倒是担心你，你好像迷上了那个公主。

卡拉夫黯然道：不用担心，我不会成为你的情敌。我不是王子，没有资格向她求婚。

阿里说：你该庆幸。生在王室，注定要被那份职守压断脖子。

卡拉夫说：那你何苦要来？

阿里说：这是命。我到大城就是为了终结这一切而来的。

卡拉夫说：终结什么，我不明白。

阿里说：做人不用太明白。

随后阿里转开话题说：我曾有个兄长，几年前死了。你我有缘分，从此，咱俩做兄弟吧。

说着，阿里摘下腰间的匕首，说：这把匕首是喀喇昆仑山的金石和神水所铸。假如有一日我不在了，你拿着，算是个念想。

卡拉夫接过匕首，仿佛想起什么，将腰间的玉璧摘下来，递给阿里：这个辟邪的，据说也是极好的东西，给你。

两人眼中全是暖暖的笑意。

阿里说：今晚幸亏有你。不然只怕凶多吉少。

卡拉夫突然想起了什么，他说：我正为此事想不通。那些人明明是精心准备的，他们怎么知道你要去皇城？

第六十三章
豺狼的牙齿

圆月正一点点地往西挪动。胡姬坐在自己的寝室里，她感到隐约发冷，恶心，泪水不由得悄悄地顺着眼角往外流淌。月光探进窗棂，笨手笨脚地似乎在摸索什么。胡姬抬起头，向圆月看了一眼，那张扁而发亮的脸明明就是个女人的脸，是那个叫圣楠或者叫楠儿的女人大脸。

她是怎么找上自己的？胡姬有些想不清楚了。圣楠一直恭恭敬敬地叫自己贵人。这样想来，自己大约真的是给那个圣楠或者那个楠儿带来了好运气。

胡姬很疲倦，却无法入睡。因为她只要闭上眼睛便看到一些影子在自己周围飘来飘去，那些影子是她曾经最熟悉的人，他们这阵子时不时会来造访她。

胡姬伸出手去，那些影子惊慌地躲开她。母亲和两个弟弟的脸上都沾着些污垢，这是他们倒在血泊中后留下的痕迹。父亲骨瘦如柴，眼睛深凹着像两个空洞的酒盅。父亲最后饿毙在鸟笼中，大概死前是这副模样的。为何他们约好了似的突然都来到她的身边，他们不仅仅来到她的身边，还神色惶惶，弄得胡姬也心慌起来。

你们怎么啦？出什么事啦？若无事，你们走吧。

他们不言不语，只是这样看着她。

胡姬再不敢合拢眼睛，只好爬起身，坐着等待天亮。

胡姬又看到了那个月亮，银盆一般地悬在天上。是谁把圣楠的脸摘下来，放到天上去了？胡姬望着月亮想着，觉得有点好笑。天上的那张面孔对视着她，显出些狡诈。这与圣楠平日对待胡姬的神气很不一样。到底哪个圣楠更真实些，天上的这副面孔是从哪儿来的？胡姬问自己。此刻她的头脑依旧有些混乱，她不知自己看到的究竟是梦境，还是真实发生着。

这些日子，她觉得自己时而醒着，时而睡着，白昼和黑夜混淆。她说，让我死了吧。我不怕死。但她知道，她仍旧活着，比死还痛苦地活着。很多时候，她都是因为身上的疼痛酸楚而询问自己为什么还不死？那些时候，她恍惚间看到大大小小的野兽扑在自己身上撕咬，自己浑身鲜血淋漓。她听到圣楠站在她身边，说：贵人，这里有神仙汤。喝了就好了。

胡姬摇头。胡姬说，还是让这些野兽把我咬死吧。死了，就解脱了。于是，她听到那些野兽啃噬她身体的声音，听到那些尖利的牙齿敲击着她的头盖骨，撕裂她的腿骨和手臂，将她的身体啃噬得骨头渣子乱飞。她感到那些野兽张开血盆大口，一条条热腾腾的舌头滴着唾液，舔着胡姬的面孔，那些黏稠的唾液糊住她的口鼻。

胡姬无法呼吸了。她涨红脸，在窒息中拼命咳嗽着。

贵人，喝吧，喝了就好了。圣楠在胡姬身边忽远忽近地哼唱着。

胡姬不知是怎的抓住了圣楠的手，那碗救命的神仙汤被送到胡姬的嘴边，甘露一般地涌进胡姬的喉咙。片刻间她得救了。那些匍匐在她身体上的野兽恋恋不舍地离去，她突然有了大口吞咽空气的能力。接下来是从心肺到每一个毛孔的舒畅和肉体的逐渐安宁。胡姬泪如泉涌，紧闭双眼，万念俱灰。她不仅仅知道了生命是如此之甜美，并且明白了死是一件很不容易做到的事情。

天下竟有这样的毒，让人生不如死！胡姬突然看到了许多人生，看到了自己的父亲、自己的叔父，以及自己周围的许多人。她原本是不怕死的，但直到此时她才真正尝到活着比死要难得多的滋味。

她说过：我不怕死，我早已死过。

但有人不让胡姬死。死是一了百了，活着才是折磨。

胡姬何尝不懂这个道理。但就算明白，人不会因此选择死亡的。

胡姬问圣楠：你到底是谁？

从看到那个蛾子在那粒血红的琥珀中扇动翅膀开始，胡姬就不再将那个大脸的女子称呼为楠儿了。她见过各种各样的陷阱和背叛，那个叫圣楠的女人并没有施展什么特别的手段，只是胡姬任性地信任了别人一次，却被证明自己是多么愚蠢。

保护好你自己，不要相信任何人。胡姬从死人堆里逃出来时，记住了母亲的这句话。隐姓埋名背井离乡来到大城，委身豺狼，她自然无人可信任。怀里那瓶碧绿的药酒是她根据黑骆驼国王室祖传的秘方提炼的，那药酒庇护它的主人不会被世间的毒物伤害。谁料，世间竟有一种毒物是潜移默化的，是给你欢愉的同时扼杀你的心智，在不知不觉中将你的肉体一点点攻陷，将你的廉耻一分分地剥落，直到你完全湮灭。

你到底是什么人，想做什么？

那日，胡姬面对着一望无际的神仙花的花海向圣楠提出质问。

她是拿着那只装汤药的碗，一路思索着走过来的。在她找到真相之前，她不能将这件事情向自己人和盘托出。走出曲廊，便是大片的神仙花，那个大脸的女人果然在这里。圣楠每年春秋都在这里撒种，两季收获让她十分繁忙。此刻，神仙花花苗已孕育出新的花蕾，在微风中起伏摇曳。这花海曾让胡姬如痴如醉，但此刻望过去却是一望无边的绚丽罗网，是深不可测的五色沼泽。

圣楠拔着花海当中的杂草，自言自语地嘟囔着说：圣楠是谁？贵人怎会不知道圣楠是谁？我是圣楠啊。

胡姬说：你要害我？

圣楠抬起头，眨巴着没有睫毛的肉乎乎的眼泡说：有人要害贵人？为何有人要害贵人？

圣楠扁圆的大脸在日光下泛着光，这是一种胡姬从来没有注意过的油腻腻的光。由于她眉毛极其稀疏，看过去那张脸像一张发面发过了头，又被人乱捅乱切了几刀的油煎饼，还有她嘴唇边的那颗小黑痣，浑然就是饼上叮着的一只苍蝇。胡姬深信，大概还有许多有关圣楠的细枝末节她自己过去没有留意。这个人并非自己以为知道的那个人，但这个人到底是谁？

胡姬说：你来告诉我，比我自己发现更好。

圣楠对着胡姬傻笑。

胡姬轻轻地将那只碗放到圣楠的面前。胡姬说：无论真痴假痴，害我总有原因。谁是那个背后主使？

圣楠又低下头，不声不响地继续拔草。她那厚厚的背如同龟壳，将她大半个身子都藏在里面。

这时，有一个人从回廊的阴暗处里走出来。显然他站在那里听到了胡姬与圣楠的全部对话，或者说，他早已预料到会有这样一场对话，所以，一直耐心地等待在那里。他说：问得好，本帅倒想知道，在我的府里，何人吃了豹子胆，敢害公主殿下？

胡姬见到伯颜，一时愕然。

圣楠却毫无异样，镇定如初，继续在花苗当中起起落落地忙碌。

伯颜不看圣楠，只将目光嬉戏地在胡姬身上扫来扫去。

胡姬脸色微微苍白，说：将军回来了。

这一阵子，府里人难得见到伯颜。朝中伯颜将军杖节把钺，翻云覆雨，繁忙得很；但深夜总不归府，还是让人意外。府里渐渐有了传言，说将军在外面有了勾魂的女人，这让府里的女人们难免暗暗忧戚。但胡姬不信，伯颜要的女人只在床榻上，他绝不会在床榻下为女人分心的。伯颜不在府中，对胡姬来说是一种轻松。她不在意伯颜在何处，伯颜越忙碌，胡姬和她的人便越加安全。

伯颜说：听说公主身子不适，本帅挂心，可有大碍？

胡姬面对伯颜，她从伯颜的脸上看出一个可怕的事实，这个人不仅知道有关她的一切，而且知道她想知道的一切。

胡姬说：将军真会打趣。就算将军对胡姬另眼看待，胡姬只是奴婢，怎敢妄称公主。

伯颜哈哈大笑，笑声随着花苗的摇曳飘远。伯颜说：你以为本帅又聋又瞎？就算你能蒙骗本帅一时，又岂能蒙骗一世？当初我就生疑，寻常女子，小家碧玉，哪里有这种胆识？又哪里拿得出那价值连城的祖母绿贿赂乱兵呢？黑骆驼国虽亡，但公主的身份在那儿呢。金枝玉叶尊贵无比，屈居寒舍本帅多有怠慢。

胡姬身子发冷，她恍惚看到了十多年前那只凶恶地捉住自己孱弱身体的手，那手像拧抹布般把自己的骨头拧得嘎嘎响。

胡姬的心在呻吟，她说：将军弄错人了。

伯颜说：讲实话，于你我都好。

胡姬说：胡姬说的句句实话。将军不信，杀我好了！

胡姬直视伯颜，毫无一点怯意。

伯颜脸上却泛出笑意。伯颜道：我不杀你。要杀，早杀了。

胡姬说：我不怕死，我已经死过。

伯颜说：公主殿下这是往哪里想呢？只有你活着才对我有用处。哦，麻烦转告你手下的那些人，若能安分守己，我保他们安然无事；不然朝廷有朝廷的法度，我伯颜也是眼中不容沙子的。

当圣楠再将那碗黑褐色的神仙汤端到胡姬的面前时，胡姬说：走开！

圣楠说：这是神仙汤啊！

胡姬一挥手，将那碗汤打在地上。圣楠看着地上打碎的碗喃喃：神仙汤啊！

那只虎斑猫嗖地扑过来，在地上疯狂地舔舐，碗碴子将它的舌头刺得鲜血淋漓，它却无知无觉。这些日子，它病得比胡姬还厉害，不是乱叫乱抓乱咬，就是蔫蔫地趴在角落里，如同僵死一般。伺候胡姬的下人们几次要将那只猫赶出去，却被胡姬拦住。她知道它也中了毒，它只能靠那汤药碗中的残汤还魂。它能感受与胡姬一般的苦楚，但它没有胡姬那种甘愿去死而不能死的心思。

好可怜的一只畜生，过一日算一日，无人能救你。她眼前一直徘徊着那只飞蛾，那飞蛾的翅膀传来另外一个声音：没有人能救你，除了你自己。

那日，胡姬不顾一切地离开了伯颜的府邸。伯颜没有让手下人阻拦和跟随胡姬。他淡然地说：公主殿下出门散散心，等她想回来，自然会回来的。

于是，胡姬头发凌乱，面容憔悴地出现在摩诃等几个心腹的面前。向来沉着的摩诃见到胡姬蓬头垢面的模样，不由得乱了分寸。

胡姬说：我中毒了。

摩诃说：这……

片刻寂静后，有人马上去摸刀，他们能够想到的唯一办法就是拼命了。

胡姬见了，不由得问：你们要干什么？

只听一片七嘴八舌：公主的命就是我们的命，告诉我们那害你的歹人是谁？让他碎尸万段。

摩诃虽然乱了分寸，但仍旧一边安慰胡姬，一边安慰大家：大家莫急，有那圣僧在，一定会有办法。

胡姬说：我刚才已经见过他了。

摩诃说：圣僧怎说？

胡姬不语。

摩诃难以置信：难道没法子了？

胡姬低下眼睑。

没人能救你。这句话是那个游僧说的。游僧当时平静地对胡姬说：我已经没有多少可做的了。

听到这句话，胡姬只有掉下万丈悬崖的绝望。面对胡姬血色全无的脸，游僧又说：没有人能救你，除了一个人，你自己。

胡姬抬起头说：应当还有法子。

几个人听了微微松了口气：那就赶快给公主解毒，要什么药，我们去弄。

胡姬沉声：能解我这毒的并非寻常之药。你们先出去，我有话要与摩诃说。

众人固执地站在那儿，却是不肯走。

摩诃说：公主说了，此事还有转圜之地。你们去吧。

待众人退下，摩诃转向胡姬：望公主殿下将全部实情告知摩诃。

胡姬苦笑：实情？别担心，我不会死，起码不会即刻就死。

摩诃说：谁人这般歹毒？

胡姬说：你该能猜到。

摩诃的脸顿时黑了，拳头攥得嘎巴嘎巴响，不再说话。

胡姬说：想拼命吗？你不会跟他们一般蠢吧。

摩诃不答。

胡姬说：如今在大城，他是一人之下，万人之上了。以卵击石，得不偿失。

摩诃道：你是黑骆驼国最后的国君，我们的命与你拴在一起。

胡姬说：我不会死，也不让你们死。

看到摩诃脸上沉沉的铁色，胡姬说：你们是黑骆驼国最后的子民，有你们在，黑骆驼国就没有亡。因为这个，我们都不该轻易去死。

摩诃愤恨：当初伯颜与白骆驼国的那个畜生一起害得公主国破家亡，如今，他又对公主下黑手，怎能放过他？

摩诃说这话是有缘由的。当初摩诃为了保护胡姬，主动跟随到大城为奴。两年后自我赎身，开始做瓷器生意。他曾竭力劝说胡姬从伯颜的府中脱身，胡姬却不肯。

胡姬说：我一走，岂不轻饶了他。

摩诃疑惑，说：殿下的意思是，留在伯颜府里，伺机向那个家伙寻仇？

胡姬说：不，还轮不到他。我要先借他的利齿用一用。

伯颜与胡姬的叔父狼狈为奸，在死去的亲人们的尸身上，分不清哪一个是狼的咬痕，哪一个是狈的齿印。借狼的牙齿，咬死狈，是最好的选择。然而，那狼的牙齿怎会让你白用。

摩诃恨得痛心疾首：都怪我，当初只是心存侥幸，让殿下涉险。又是谁人告发了公主殿下的身份？

胡姬摇摇头。其实是有人告发，还是伯颜猜到了她的身份，都不重要。她知道要怪也只能怪自己，这么多年，以为往事烟云，竟然大意，被他算计。

胡姬说：他对我定是早有企图，我猜这也是他不会让我即刻死的理由。

摩诃说：公主殿下千万不可回那个虎穴狼窝了。要死死在一起。

胡姬不知该如何对摩诃解释，摩诃没有与伯颜打过交道，不知伯颜的阴毒和暴虐，更不知他们的生死早都在伯颜的算计当中。胡姬曾经想，即使伯颜知道了她的底细，顶多是拿她一个人的性命。但很快她便明白自己的愚钝。伯颜说了，我要你的性命做何用？在他眼中，天下众生轻如草芥，死活在他捻指之间，还有什么拿不拿的。他不要她和他们死，他要她和他们生不如死。

胡姬身上又开始了一阵阵蚁噬的疼痛，这疼痛正在慢慢加剧。她强忍着肉身上的苦楚，仅仅说：只怕他对我们的一举一动已经了如指掌。无论回不回去，他都有对策。

摩诃愣愣地：他究竟想让公主做什么？

做什么？这三个字刺进胡姬的胸口。胡姬恍惚听到了伯颜的声音：你在我的府中委曲求全多年，必然是有大抱负的。身为金枝玉叶，竟能甘心为人奴仆。卧薪尝胆，也不容易。过去我没少帮你。此刻，你也该报答我了。

当时胡姬气急，她只回答他：你做梦。

伯颜说：我当然不会强迫殿下，我会让你心甘情愿地为我做事。

胡姬仍旧说：你做梦。

伯颜一笑：殿下不妨试试。

胡姬说：我可以死。

伯颜说：你愿意这样做，本将军绝不拦。你的死日，便是那些死心塌地跟随你的人的死日。

胡姬不能告诉摩诃实情，她对摩诃说：他还没有明说。

摩诃一咬牙，说道：无论什么，先答应他，让他给殿下解毒。

胡姬不语。

她付出了与虎谋皮的代价，不能再奢望什么。但她不要摩诃他们为她担忧，更不能让他们为她死。

见胡姬不语，摩诃又说：公主若觉得这主意不好，不妨安心在我这里住下，我去为殿下找解毒药。

摩诃的话让胡姬再次苦笑。

胡姬说：容我想想。

胡姬说完，站起身要走。

摩诃说：公主这是去哪里？

胡姬忍住浑身难挨的苦楚，轻声说：我还有些事未了，都是要紧的事。

摩诃愣了愣：何事能比给殿下解毒还要紧？

胡姬浑身哆嗦着说：我要见个人，回头再告诉你。

摩诃想拦又不敢拦，倏地想起什么：难道殿下指的是大模国的阿里王子？他来大城了，已经与我们的人见过面……

后来的事情胡姬有些记不清晰了。

她听身边的人讲，自己是被抬回伯颜府的。

当胡姬打算从摩诃家中走出来时，毒性已经发作，她浑身发冷，骨头酸痛，喉咙干紧，眼前不时荡漾着那碗黑黢黢的汤水。她听见摩诃与她谈及大模国的王子，却觉得自己正被无影的手撕成两半，一半肉体上隐约可见尊贵，一半则流着卑贱的血。两边的撕扯让她痛不欲生，让她泪水横流。她瞥见摩诃诧异地看向她。她企图掉头离去，她容不得自己的人看到这番丑恶。她是黑骆驼国的莲雾公主，不是那个胡姬。于是，她对摩诃说：我走了，我必须走了。

胡姬不顾摩诃的阻拦，跌跌撞撞走出摩诃的家。她决意朝着与伯颜的府邸相反的方向走去。她不在乎自己会往哪里去，此刻，她不能放弃的只剩下那么一点点尊严和骨气。有人把你当作摇摇骨头就会跟他走的狗，绝不能让他称心如意。胡姬对自己说着，踉踉跄跄走了几个街口，又是几个街口。最后，她扶着墙慢慢倒下，倒在了紧跟在她身边的摩诃的怀里。

公主殿下，公主殿下！

她听见了摩诃的呼喊，也看到了慢慢凑上来的几个陌生而诡秘的影子。那都是伯颜的人。伯颜说放她出去散心，当然是有把握随时将狗脖子上的锁链收紧。那些人将摩诃和她围在当中。摩诃拔出刀来，摩诃要拼命了，他拼起命来，眼下这几个人不见得是他的对手。

她含糊地说：把刀放下。

摩诃不动。

识相点，你的公主殿下跟我们走，才有活路。

她听到了呵斥的声音，见到一个熟悉的面孔，这是玉勒将军。玉勒来了，伯颜的身影该不会离得太远了。她意识还在，她竭力挣扎着又说了一遍：摩诃，把刀放下……

说完这句话，她就将自己的力量全都耗光了。恍惚间当嘟一声，摩诃手中的刀掉在地上。

在伯颜的府中，胡姬闭着眼睛，她周身痛楚，万箭穿心，只期待速死，但死神仿佛将她忘却了。她远远近近只听到一个女人在她耳边念叨：贵人，这是神仙汤啊，你喝了，就好了。

那声音是有诱惑力的，像细细的蠕虫顺着她的毛发钻入她的五脏六腑，在那里盘绕打结。渐渐地，胡姬听到有另外一个胡姬也在对自己说，你以为你是谁？你明明就是胡姬，一个卑贱的女子。你知道神仙汤能带给你快乐。为什么拒绝它呢?

她糊涂了，她不知道她到底是谁了。最终，那个胡姬赢了，那半个卑贱的胡姬击败了另外半个高贵的莲雾公主。

对于莲雾公主来说，背叛是一种耻辱；对于胡姬来说，顺从就是一种归宿。

第六十四章

伯颜的算盘

伯颜没有想到从胡姬那里得到他想要的东西如此之难。这个女子骨头很硬。但硬骨头里榨出的油水更加金贵。

伯颜对那个叫圣楠的傻乎乎的女子说：你一定要让她开口，并把她说的每一个字都告诉我。

那个大脸的傻女子像没有听懂般地看着他。这也算是女人？丑，加上傻。他不明白为什么国师会将这么个半痴半傻的女子郑重地交给他使唤。国师说，这个人靠得住。

靠得住有两种意思，一种是这个人不会出卖你；另一种是这个人不说假话。乍听不错，但细想却不然。对国师靠得住的人，不见得对伯颜靠得住。对一个人说真话，却有可能对别人说的都是假话。

他让人盯了那个女子几年了。但除了傻，没有看出什么异样。

伯颜说：汗国向来海纳百川，大城里有许多异族人。那些异族当中有些人白天是人，晚上是老鼠。他们是大城里最坏的老鼠。

伯颜看看圣楠，他想，对这个傻女人，自己这番话无论多精彩，都可能是白说。于是，他继续说：那些人在挖汗国的墙脚。挖汗国的墙脚，就是挖国师和我的墙脚。你要让她说出他们想干什么和正在做什么。国师说，这种事情你行。

圣楠既没有点头，也没摇头，走了。

后来，伯颜听说胡姬被抬回来之后的几个时辰里，不肯喝一口水、吃一口饭、说一句话。回话的人说，她拒绝喝神仙汤，她什么都没有说，她的确很痛苦，或许她就快死了。这让伯颜开始怀疑国师的话。国师曾与他说，世上无人能扛得过去这种毒的痛苦，这种痛苦只要经受一次，往后再想起来都会不寒而栗。这是一只手，可以将所有人从生铁化为齑粉，从坚冰融为温水。

伯颜有些不信，说：那个圣楠不也常常服用这东西吗？

国师微笑：说来你可能更不相信，身为国师，我也常常服用。要不怎会叫神仙汤呢？

伯颜被国师的微笑弄得浑身不舒服。他不由得怀疑这个阴阳人是否会悄悄唆使府里的哪个家伙毒害自己。

这样从黄昏到次日清晨，伯颜都没有往后花园那边去。那一夜他睡得不太安稳，恍惚听到夜鸟惊叫徘徊，不敢落脚在周围的树丛中。

天亮不久，伯颜起身，他推门出去，见到圣楠正立在台阶下，身上沾着露水。不知这个丑女人在那里等待多久了。

伯颜说：怎么样？

圣楠说：贵人喝了。

伯颜说：还有呢？

圣楠说：贵人说了……

伯颜无言地看着这个女人，这么个大脸，平静得像一潭死水。她一直对胡姬恭恭敬敬地叫着"贵人"，下手却不软。

圣楠说：贵人说，好像有人打算今晚上进皇城看看。

伯颜问：什么人？

圣楠自问自答着，说：什么人？一个叫阿里的人。

伯颜想让圣楠从胡姬的嘴里挖出更多的东西，但没有成功。伯颜安慰自己，作为开端，这已经不错。他正需要这样的东西。大汗垂垂老矣，皇室后继乏人。大城内有贼人伺机谋反，大城外诸国蠢蠢欲动。谁能守护江山？唯有伯颜将军。

伯颜急召海长春进大城，安排了当晚在皇城里的布局。他放心地将此事交给海长春去处置，既是因为海长春不言不语却心思缜密，更是因为伯颜知道海长春继承了他父亲海东青那飞禽般的目力和听力，夜战的能力超乎常人。当然，除此之外，伯颜还特别宽厚地提到了图兰朵公主的名字。海长春对图兰朵公主有一份心思。伯颜深知，在那种年纪，男人对女人的心思如同鹰隼渴望鲜肉，比金钱和地位的作用直接而有效得多。

伯颜没有用此事惊动大汗和大汗身边的人。这事若过分张扬，难免风声走漏，增添麻烦。

大城里叫阿里的人很多，但伯颜的耳目曾告诉他，大模国的阿里王子来到大城不久，便与胡姬的手下有所来往。这叫伯颜警觉。伯颜查过了那个大模国王子的底细。去年那场西域之战结束后，他是第一个来求亲的王子。为此，大汗对大模国国王赞许有加，并对这个王子的求亲充满期待。

去年那场战役中，大模国始终保持着观望的态度。众人都知大模国是西域大国。若参与任何一方，都将成为输赢的决定性筹码。所以有人指责大模国作壁上观，很不仁义。

朝廷中一些人将这些不满直接传到大汗的耳朵里。他们说，大模国首鼠两端。他们推断大模国国王是在等待两败俱伤，再来汗国背后捅刀子的。

大汗听了，哼了一声说：在朕看来，大模国没有受叛贼裹胁，本当褒奖；你们的意思是与朕作对的人太少，要逼着四海八荒都与朕为敌吗？

于是众人纷纷闭嘴。

在西域前线的伯颜听说这些，难免失落。他原来期待能够尽量将这场战争拖得更长久些。流血越多，人们的恐惧越多，朝廷越要倚重大将军伯颜；死人越多，百姓们越加绝望，他们越会将大将军伯颜当作自己的唯一的救星。一个为汗国建下丰功伟业的人，自然成为汗国的擎天柱，自然让包括大汗在内的人不敢尝试失去伯颜大将军的可能。

草原上只有两类动物，吃牛羊的虎狼狮豹和被虎狼狮豹吃的牛羊。虎狼狮豹的好日子，就一定是牛羊们的坏日子；怜惜牛羊的虎狼狮豹，是违背天意的，其结果只能是活活饿死。

大汗老了。但大汗毕竟还是大汗，可以对自己说"不"。

后来，国师又指点了另外一种选择，你若能强大到随意可以摧毁这个汗国，那么谁还能对你说"不"字？你就是神，你来决定别人的命运。

国师的话让伯颜瞬间懵懂。当他明白过来，忍不住胸口驰鹿，浑身战栗。他突然意识到过去自己不管如何心大，都不过是做个人上之人；从今往后，若天遂人愿，自己将成为一个俯瞰众生的神。

从那日起，伯颜环顾四下，多了许多想象，目光中难免流露出轻蔑和悲悯。

每当黑夜降临，伯颜大步踏入国师的那个秘密的石室时，他都双手搂抱着种种希望。但每当晨曦微露，伯颜走出那个石室的时候，他都是攥着破碎的失望。次数多了，伯颜难免有所抱怨。

伯颜说：这不坏之身，如同水底捞月。捞了数月，国师不乏，我可乏了。

国师用尖厉的声音反唇相讥：那不坏之身就是水中的月亮，能捞上来是缘，捞不上来是命。

伯颜说：国师不会是戏弄本将军吧？

国师道：戏弄？将军忘了当初之言。你我只是试上一试，在下并不欠将军的。

伯颜被抢白得无语。想想也对，从人到神若是如此便利，那岂不满天下都跑着神仙了。更何况国师神通广大，至今自己都还仅仅是个人，虽不是普通人，是个阴阳人，但离神仍差着一截子，这说明不坏之身真不是那么容易到手的。

挫败让伯颜胸口的那头鹿跑得慢下来。一面暗暗祈祷长生天助他一臂之力，一面想着必须做些他该做的事情。国师和他都需要更多的时间。他希望大城乱起来，但这乱是在他掌控之中的乱。为此，他觉得该把胡姬他们那些人派些用场了。有了他们推波助澜，伯颜的筹划才会落到实处。

那一夜，海长春守候皇城，皇城里果然进了贼人。

第二日大汗听说了此事，勃然大怒，后又知道幸亏海长春的提前布防，贼人没有得逞，不由得又转怒为喜。

大汗说：不愧是海都的嫡孙、海东青的血脉。伯颜，你教导有方啊。

伯颜说：大汗恩光渥泽，自当肝脑涂地。

大汗说：海长春是你的左膀右臂。依朕看，除了鹰隼军中的事务，将皇城里的防务以后也交给他来操持，如何？

伯颜答：大汗深谋远虑。海长春这孩子也算是可造之材，缺的就是历练。

伯颜回到府里，在西花厅里默默坐了一阵。原本，伯颜对海长春昨晚无功而返是有些恼意的。他期望着有场好戏要看，谁料开场锣鼓响了，戏却草草收场。都说是看见了一个黑衣人，天罗地网的，海长春竟叫那个人在咫尺之外消失了。伯颜听了，怎么想都无法相信。莫非那个人不是大模国的王子，莫非那个人有钻天入地的本事？

自从钟鼓楼边上立上了记功碑，伯颜将军在大城声名鹊起。但伯颜并没有忘乎所以，因为他觉得这阵子大汗对自己有些若即若离了。木秀于林，风必摧之。朝廷中的文臣武将，谁不想给自己也立上几个记功碑？那些当面巴结的，背后就可能是捅刀子的。所以伯颜从不相信"挚友"这个词。有机缘当仁不让。这话既是提防别人，也是告诫自己。

无论那个人是不是大模国的王子，只要抓住了人，就证明大城里有人要造反。只要查找那人的背景顺藤摸瓜，就能端出一窝汗国的敌人，就能让大汗在皇城里如坐针毡。做一个对大汗有用，又让大汗难弃之人。这对于伯颜是很要紧的。

可惜，那人跑了。好在皇城鸡飞狗跳了一夜，大汗心里过了分量。能做禁军首领的人，都是被大汗看作儿子的人。

这个位置曾让伯颜朝思暮想了许多年。最后大汗轻描淡写的一句话，交到了海长春手里。这既是对海长春的嘉许，也是对伯颜的信赖。从此以后，皇城里哪怕飞过个苍蝇，都在伯颜的视野之中。伯颜想着，嘴角隐隐有了笑意。

片刻后，伯颜叫来海长春。他喝着茶水，收了脸上的笑容，淡淡地说：你坐。

海长春诺诺，心里忐忑得很。昨夜皇城里，图兰朵公主的后花园里果真来了贼人，贼人嚣张，竟然从他手中跑掉，这事故令他沮丧。

伯颜说：去见过你娘了吗？

海长春说：还没有。

海长春想了想，补充道：刚刚回府，还未来得及。

伯颜说：辛苦了一夜。好好睡一觉，起来后去陪陪你娘。

伯颜的话让海长春心里开始不安。

昨日海长春匆匆回来，被伯颜交代了差事，便出门了，连跟母亲打个照面的工夫都没有。今日交差从皇城回来，已是中午。海长春知道母亲有午睡的习惯，所以打算等母亲起身后，再去看她。让海长春诧异的是，伯颜为何会突兀地提起母亲。海长春的母亲是伯颜的长嫂，伯颜是海长春母亲的小叔子。但在海长春的记忆里，叔嫂两个人住在同一个园子里，如同相距天涯海角，从无往来，言语中若不是万不得已，也少有提及。

海长春说：母亲没有什么不好吧？

伯颜说：没有，没有。你想到哪里去了。我是说，你娘养你这么大，你总算有出息了。我有件事情要告诉你……

这些话让海长春更加坐立不安。他知道叔父叫自己来定是有大事，这弯子在母亲身上绕了许久，绕得他手心开始出汗。

伯颜说：大汗爱惜人才，有意提拔你做汗国的禁军首领。这是个极有面子的差事，干得漂亮，你我脸上都有光彩。

这个消息让海长春太意外了，所以，竟愣怔着半晌没有作声。

伯颜瞥了一眼海长春，又说：不过，这也是个棘手的差事，干坏了，你我都担待不起。

海长春开口：叔父是说，守护宫廷的禁军首领？

伯颜道：正是。负衡据鼎，北门之管。在大城担任此职务的历来都是大汗最信任的人。你阅历尚浅，遇到事情无论大小，都不妨跟我来说。

海长春涨红脸，额角暴出青筋，说：叔父放心，侄儿定不辱使命。

伯颜点点头：最近大城不太平，鹰隼军那边有玉勒和那木罕帮着照应，你还是将心力放到城里的事务上来吧。

第六十五章
胡姬病了

　　海长春兴冲冲地往如意斋去。大汗没有一点怪罪自己的意思。不仅没有怪罪，反而给了一个大大的褒奖。守护皇城，守护图兰朵公主，这让海长春觉得今日是他一生中最好的日子。

　　海长春的母亲见了儿子，马上让身边人都退下。听了儿子的报喜，她没有想象中的开心，只是说：禁军首领，宫廷要职，我儿担得起。

　　海长春说：孩儿唯一怕的是陪母亲的时间更少了。

　　海长春的母亲说：娘亲虽为女流之辈，也还有些见识。只想看你长进。

　　说着，海长春的母亲仿佛想起什么，摸摸索索用钥匙打开身边的卧柜，从里面拿出个匣子：这是娘亲给你存的。

　　海长春看不懂地望着手中的一沓子银票。这些银票都是海长春在战场上用性命挣下的，海长春把银票一张张地交给母亲，这都是他的荣耀，他要与母亲分享，而母亲却将这些荣耀锁在了匣子里。

　　海长春的母亲说：既然你已成为禁军首领，这些钱财也该有去处了。

　　海长春说：母亲何意?

海长春的母亲说：你我寄人篱下多年，母亲盼的就是有一日你能顶天立地。眼下到了自立门户的时候了。

海长春迟疑片刻，说：母亲说得是。此事让孩儿慢慢筹措。

母亲说：万事可慢，此事不可慢。

母亲的话让海长春吃惊。海长春与母亲的目光对视，母亲的目光瞬间尖锐。两人都有些话没有说出口。海长春自幼见母亲少言寡语，今日这些话已经算是说了很多。海长春知道凡是母亲说出口的，必是非说不可的，而那些没有说出的内容，母亲并不鼓励海长春去猜测。

海长春说：知道了，母亲。

海长春正打算向母亲告辞，母亲又对他说出一句让他更加震惊的话。母亲说：听说，那个胡姬姑娘病了。

海长春不知如何回答母亲的询问。因为他根本不知道胡姬病了。这两年，他多在鹰隼军大营里过夜，与胡姬见面的时候也少了。有时回到府里，撞到胡姬，两人干柴烈火般地烧上一阵，余烬未灭，他就离去。他也曾注意到胡姬的消瘦，在床上抚着那个灵猫似的身体，他打趣胡姬眼睛大了一圈。胡姬不在意。因为胡姬依旧是那个随时可以牵走男人视线的人。即便胡姬消瘦了，仍然是女人当中最耐看的。

这么多年过去，母亲当然是知晓胡姬的存在的。母亲是个极其睿智的人，凡是她不提及的人，都是她刻意避免，她不要那人站在自己和儿子之间，妨碍她和儿子相聚时难得的和睦和亲密。尽管这么多年过去，尽管海长春身边最亲近的女人除了母亲便是胡姬，母亲一直缄默。海长春以为自己等不到母亲的询问了，没想到母亲突然以这个话题提及胡姬。

海长春不得不答。他含含糊糊地"哦"了一声。

海长春的母亲用低到只有海长春一个人能听到的声音自言自语：听说病得不轻。好好一个人，没来由地在这宅子里得了病。这宅子太老了，不太平。还是赶快在外面寻一处干净的地方，搬出去妥当些。

海长春从如意斋中走出的时候，思量着是否该即刻去探望病中的胡姬。这是他当下唯一能做的事情，但这也是让他为难的一件事情。

关于母亲提出自立门户，是早晚的事情。在大城的富裕人家，娶亲便意味着自立门户。由于海长春一直将亲事拖延着，所以，何日离开取决于海长春何日娶亲。母亲在如意斋里从不出门。母亲不多语，但这不多语中掩饰着诸多的不开心。他猜测母亲的不开心既来自父亲的早逝，又来自不得不寄人篱下的处境。对此他感到歉疚。他本人也不愿意仰人鼻息，但娶一个自己碰都不想碰的女人进门，他还是宁可拖着。母亲此番说法有些迫不及待，母亲甚至跨过了娶亲这件大事，直接要求儿子与她搬出去住。

叔父待自己不薄，府里大少爷、大少爷地叫了这么多年，真搬出去，海长春对叔父总要有个交代。海长春想既然自己已经把心事告知了叔父，他相信只要有机会，叔父会帮他铺路架桥的。所以，海长春决定先不急着对叔父提搬家的事，私底下悄悄托人打听合适的宅子。大城里的好宅子虽多，但海长春想的是好上加好的。只要真寻到合适的地方，不妨先买下来，对母亲也是个交代。

但胡姬却是另外一回事。听到胡姬病了，海长春有种隐隐不安，仿佛突然知道自己身上的某个部分生了毛病。胡姬平日不见，海长春并不见得如何思念，可一旦提起，却牵肠挂肚，是非亲非故却骨肉相连的感觉。

今日母亲第一次向海长春提到了胡姬。母亲的口吻古怪，与平日说话的口气大为不同。母亲提示海长春胡姬生病了。母亲自己身子不爽时，都难得哼一声，这种提示是有分量的。母亲说的是胡姬的病，暗示的却是别的东西。换句话说，母亲从胡姬的病里看到了别的什么。母亲将胡姬生病与自立门户拉扯到一起，这叫海长春更加意识到"搬家"这两个字非同等闲。

母亲的话海长春是一定会放在心上的，如何去做则要他自己定夺。

海长春是在离开母亲的住处那一刻，就盘算要不要立即去看望胡姬的。在海长春的心里头，母亲的话自然重要，但同时，他的思绪仍然纠结在昨晚上的事情里。细想那个从皇城后花园里消失得无影无踪的人影，那个人必是对后花园极其熟悉，常来常往，了如指掌。这个人会是谁？他不由得想到了一个人。

这么多年的瓜葛宿怨，是他不是他都不重要了。他知道自己终于下决心要去做一件事了。

不过，在做那件事情之前，他有时间先去见胡姬。这不仅有对胡姬的牵挂，也有对母亲不寻常的语气的猜忌。不管有多少疑问，见了胡姬，一切应当有个答案。

海长春慢慢地向后花园走去。

他知道胡姬住在后花园的某一处，但他自己从没有独自去过那地方。边走，他边四处打量，只觉绿荫渐浓，小径渐窄，竹篱上牵牛红红白白，树丛当中露出一角高矮参差的屋顶。

有传闻说后花园里的这个偏僻住处是胡姬自己选的。那时候她已经在伯颜的府邸里住了几年。

开始时，胡姬与伯颜的那些女人一样，都住在东路的水榭庭院中。后来胡姬闹着搬出来。她说：吵，像个鸟巢！

换了别的女子，伯颜或许早把她打发到自己圈养蛇蠹的蛇苑去"住"了。那里没有鸟，向来很安静。但对胡姬的无理要求，伯颜竟然答应了。

伯颜要府邸里的管事给胡姬换个地方。管事给胡姬选了几处，虽说不上雕梁画栋，也安逸舒适。但胡姬翻翻眼皮。她说不在意屋子的大小，但在意左右的邻居。胡姬对管事说话的神气居高临下，仿佛她对自己的要求已经很将就。

管事心里憋气。什么东西！不知道自己的身份。骂完，又觉得无奈，在这个宅院里，谁都说不明白胡姬的身份。伯颜对她永远比对别的女人宽容。也许就是因为她从不把自己当作谁的女人，同时也没人敢把她当成谁的仆役，这种谁也不是的古怪处境，让人难免心生忌讳。

府邸的管事头疼得很，大将军交下来的差事必须有着落。那一日，府邸的管事一声不响地将胡姬带到了后花园，他指着荒凉小径尽头一处破旧园子说：这里如何？没有邻居。

胡姬看那园子，前后的石阶上青苔累累，墙外爬满藤蔓，窗棂破损，走进去地面上一汪汪的水，那是屋顶漏雨的陈迹。

胡姬说：很好。

管事听到这"很好"，气憋在心里差点炸了，只得青着脸让人重新换了屋瓦，修了门窗，看着胡姬高高兴兴地搬进去住了。

胡姬搬到了新的住处，与府邸里的其他女人远了。其他女人松口气，胡姬自己也松口气。

海长春觉得，胡姬从不屑把别的女人放在眼中，也不跟别的女人比。首饰啊，衣料啊，新奇的玩意儿啊，宝马香车啊……那些东西通常都把女人的心占得满满的。但对胡姬而言，有了高兴，没有并不伤心。胡姬活得与其他女人不同，想的也不同。

咱们园子里的女人像什么？

海长春记得胡姬曾意味深长地问他。那次他们两个恰好在园子里相遇，他看到胡姬蹲在石台阶上，望着一只蜿蜒爬行的蜗牛神情古怪。

海长春说：像什么？

胡姬说：像是园子里的蜗牛。

海长春想了想，没有想通，说：有什么不好吗？她们吃穿不愁。

胡姬却沿着自己的思路说：你知道蜗牛为什么爬得慢？就是它那个壳拖累了它。

说完，胡姬站起身，对他笑得很神秘。胡姬好像参破了一个谜，那样子心满意足，走的时候脚步翩然。

海长春不明白为什么胡姬将别的女人看成是背负着壳的蜗牛。有个遮风挡雨的屏障，不好吗？

当然，胡姬也不把男人们放在眼中。通常，男人对女人的索取很直接，有钱有势的男人给予女人的也大方；女人们跟那样的男人睡了，换取了琼厨金穴的日子，心就被那个男人占了。

胡姬却不是这样。胡姬从不让男人占她的心。说得好听些，她只将男人看成是她出入的宅子；说得不好听，是她随意落脚的一根树杈，一块石头。当叔父想要她时召唤她去，那就是她不得不进去的豪宅；叔父没有要她时，她主动爬上海长春的床笫，那是她想落脚的枝丫。所以海长春知道，胡姬对自己是真诚的，起码没有对别人那么多的戒备。

在海长春的记忆中，胡姬是唯一一个真心对自己有兴趣并且关切的女人。她比他年长，漂亮，聪明。她几乎知晓海长春的全部秘密，既像一个朋友，又像一个同谋，有她陪伴，漫长的黑夜对海长春来说变得多彩多姿。胡姬的存在，安抚了海长春孤独的青春。她传授给他的东西，远远超过他母亲能够给他的，她抓住他的手，带着他磕磕绊绊地行走。

两人关系如此密切，海长春却从没有自己主动到胡姬的住处去过。他的心不允许他这么做。他好像是在以此证明什么。到底是证明什么？又在向谁证明呢？他不解释，只是坚持这样做了，并且坚持得有些露骨。

你不是做给你叔父看的吧？

记得胡姬放肆地嘲笑他。她嘲笑他时绝不留情面。他不答。他与她在一起最好的地方就是他不愿意答她，他就不说话。于是，她也就不追究了。

他是有答案的，但他不会告诉她。那是他藏在心中唯一的一句不能与胡姬说的话。他这么做，是为了"她"。那个女子是天上的太阳，海长春竭力在向她证明自己无处述说的忠诚，以及对白昼的渴望。

海长春走到胡姬住处，只见两个陌生的女子把在门外。伯颜的府邸里下人们太多，海长春对陌生的面孔只当是自己不认识她们，她们必是认识自己的。

海长春说：胡姬姑娘在吗？

两个女子警觉地看着海长春，不作声。

海长春奇怪，难道这两个人都是府里的新人，见了自己这个"大少爷"，既不行礼问安，也不速速去禀报自己的主人，太不懂规矩了。

于是，海长春又说：胡姬姑娘不在吗？

这两个女子彼此望望，又摇头。

海长春觉得奇怪，自己近日多不在府里，但也不至于让人看成是陌生人吧。

海长春说：她不是病了吗？怎会不在屋里。

海长春说着，不再理睬她们，径直往里面走。

那两个女子顿时急了：大少爷，你不可以进去。

原来她们是知道自己的。见她们来拦自己，海长春心里冷笑。他不声不响一挥手，这两个人立刻甩到一边去。

正当海长春迈腿要走入上房，突然一个人影扑过来，将房门砰地关上，并死死闩住。

海长春惊呼：胡姬姑娘，是我！

屋里无人应声。

海长春继续拍门：听说你病了，所以过来。不会待久，看看你就走。

　　屋里依旧无人应声。

　　海长春说：我若想进去，这门挡不住我。

　　这时，屋里传出一个恨恨的声音：走开！你我本来就无干系。你若硬要进来，看见的就是一个死人！